KATE MORTON

Titulaire d'une maîtrise sur la littérature victorienne, férue de gothique, l'australienne Kate Morton est depuis toujours fascinée par les romans d'atmosphère. Son premier roman, *Les Brumes de Riverton* (Presses de la Cité, 2007), écrit à 29 ans, est un succès mondial, bientôt suivi par *Le Jardin des secrets* (2009) et *Les Heures lointaines* (2011), chez le même éditeur. Son dernier roman, *La Scène des souvenirs*, paraît aux Presses de la Cité en 2013. Mariée à un compositeur, elle est mère de deux enfants.

Retrouvez toute l'actualité de l'auteur sur
www.katemorton.com

LES HEURES LOINTAINES

DU MÊME AUTEUR
CHEZ POCKET

LES BRUMES DE RIVERTON
LE JARDIN DES SECRETS
LES HEURES LOINTAINES

KATE MORTON

LES HEURES LOINTAINES

Traduit de l'anglais (Australie)
par Anne-Sylvie Homassel

PRESSES DE LA CITÉ

Titre original : *The distant hours*

Pocket, une marque d'Univers Poche,
est un éditeur qui s'engage pour
la préservation de son environnement
et qui utilise du papier fabriqué à partir
de bois provenant de forêts gérées
de manière responsable.

© Kate Morton, 2010.
© Presses de la Cité, un département de place des éditeurs, 2011,
pour la traduction française.

ISBN : 978-2-266-22390-4

A Kim Wilkins, qui m'a soutenue dès le début.
Et à Davin Patterson,
qui m'a accompagnée jusqu'au point final.

Chut… Tu l'entends ?

Toi, je ne sais pas, mais les arbres, oui. Les arbres sont les premiers à sentir son approche.

Ecoute. Entends-tu dans la forêt si sombre et si secrète les arbres trembler et secouer leurs feuilles, fines coques d'argent battu ? Entends-tu le vent rusé se faufiler entre leurs cimes, murmurer son message ? *Bientôt tout va recommencer.*

Les arbres le savent bien, eux qui sont sans âge ; ces moments-là, ils les ont déjà vécus.

C'est une nuit sans lune.

L'Homme de boue vient toujours par ces nuits-là. Celle-ci a enfilé des gants de fin chevreau et jeté sur la terre un voile noir : ruse, déguisement, sortilège qui vous endort, si bien que tous sommeillent en paix sous son empire.

Terre enténébrée, certes, mais beaucoup plus que cela : il y a dans son obscurité des nuances, des degrés, des textures. Bois enchevêtrés, laineux, champs quadrillés à l'infini, mélasse veloutée des douves. Et puis, et puis… à moins que tu ne sois voué à la pire des

9

infortunes, tu n'as pas dû voir que quelque chose bougeait, là où pourtant tout est plongé dans l'immobilité du sommeil. Ah, bienheureux que tu es. Sache en effet que la mort attend tous ceux qui ont vu l'Homme de boue surgir de terre.

Là… vois-tu ? L'eau dans les douves, noire, lisse, épaisse, s'est plissée. Une bulle s'est formée à sa surface, une bulle qui émerge lentement, cerclée de vaguelettes tremblantes, à peine perceptibles…

Ah, tu as détourné la tête. Tu as bien fait, crois-moi. Toi et les tiens n'êtes pas faits pour de telles visions. A présent, tourne ton regard vers le château. Quelque chose ou quelqu'un vient de s'y éveiller.

Là-haut, dans la tour.

Regarde bien, tu la verras.

Une fillette, qui s'agite dans son lit et repousse sa couverture.

Cela fait des heures qu'on l'a couchée, bordée ; dans une chambre mitoyenne, sa nourrice ronfle tout bas, en rêvant de savon et de lys et de grands verres de lait tiède, fraîchement trait. La fillette, elle, ne dort pas ; elle se redresse sans faire un bruit, traverse à quatre pattes le drap immaculé et pose ses pieds, fins et pâles, sur le plancher.

Nuit sans lune qui ne donne rien à voir – et cependant l'enfant est à la fenêtre. Le verre martelé est froid ; grimpée sur la petite bibliothèque, la fillette sent la bise nocturne mordre sa peau tandis qu'elle s'assied sur le haut du meuble, dans lequel les livres autrefois tant aimés prennent la poussière, condamnés à l'oubli – elle a tellement hâte de grandir, tellement hâte de partir ! Elle serre sa chemise de nuit entre ses cuisses pâles et pose sa joue sur le creux que forment ses genoux serrés.

Il est un monde hors du château, et les gens s'y meuvent en tous sens, comme des automates.

Un jour, elle ira le découvrir de ses propres yeux ; car les portes du château ont beau être verrouillées, les fenêtres pourvues de barreaux, ce n'est pas pour la garder prisonnière – c'est pour empêcher l'autre d'entrer.

L'autre.

On en parle souvent, de cet autre. Il n'est pourtant qu'une vieille histoire, un conte ancien. Barreaux et verrous témoignent d'une époque où les gens y croyaient encore, où l'on se murmurait à l'oreille des choses terribles – monstres cachés dans les douves, attendant patiemment qu'approche l'innocente vierge. On parlait aussi d'un homme horriblement lésé et qui n'avait de cesse que de se venger de son sort.

Mais l'enfant – qui n'apprécierait guère de s'entendre ainsi décrite – n'est plus la proie crédule des monstres et des fées de l'enfance. Impatiente, moderne, presque adulte, elle ne souhaite qu'une chose : quitter ces murs. Cette haute fenêtre, ce château, cela ne lui suffit plus. Elle doit pourtant s'en contenter pour le moment ; morose, le front au carreau, elle épie la nuit.

Là-bas, au-delà des douves, dans le pli que font les collines, le village sombre dans un sommeil hébété. Un train lointain, le dernier de la soirée sans doute, signale d'un terne hululement son arrivée, appel solitaire auquel nul ne répond ; le chef de gare, titubant, une casquette de toile cirée enfoncée sur le crâne, donne le signal du départ. Dans les bois tout proches, un braconnier surveille son gibier et rêve d'un prompt retour à la maison cependant qu'à l'orée du village, dans une maisonnette aux murs lépreux, pleure un nouveau-né.

Evénements parfaitement ordinaires dans un monde où toute chose est à sa place : ce qui est est ; ce qui n'est pas n'est pas. Un monde qui n'a pas grand-chose à voir avec celui dans lequel l'enfant vient de se réveiller.

A ses pieds en effet, si près d'elle qu'elle n'a pas même songé à y jeter un coup d'œil, quelque chose est en train de se produire.

Les douves à présent respirent. Au plus profond de la boue, le cœur de l'homme enseveli bat, humide et tendre. Un gémissement indistinct – le vent ? non point – s'élève des profondeurs et plane, accablant, au-dessus des eaux. La fillette l'entend – ou plutôt elle le sent, car les fondations du château font masse avec la boue ; la plainte suinte à travers les pierres et rampe au sein des murs, étage après étage, invisible, jusqu'à la bibliothèque sur laquelle l'enfant est juchée. Un livre autrefois lu et relu bascule, tombe sur le plancher, et dans sa tour elle se met à trembler.

L'Homme de boue ouvre l'œil – vif, soudain, ténébreux et mobile. Y pense-t-il seulement, à sa famille perdue – sa jeune femme si accorte, ses deux petits aux membres potelés, à la peau crémeuse ? Ou bien son esprit est-il parti à la recherche de souvenirs plus anciens – les courses avec son frère dans les champs aux longues tiges claires ? Ah, peut-être pense-t-il à cette autre femme, qui l'aima juste avant qu'il ne meure, et dont les flatteries, l'insistance, le refus d'être rejetée coûtèrent à l'Homme de boue tout ce qui était sien.

Quelque chose a changé. La fillette le sent ; elle frissonne. Sa main plaquée contre la vitre laisse sur le givre une empreinte en forme d'étoile. L'heure des sortilèges est sur elle, bien qu'elle ne sache quel nom lui donner. Nul ne peut plus lui venir en aide. Le train est reparti, le braconnier est couché près de sa femme ; il n'est pas jusqu'au nourrisson qui ne dorme, fatigué qu'il est d'avoir voulu faire comprendre au monde tout ce qu'il savait. Au château ne veille plus que la fillette à sa fenêtre ; la nourrice a cessé de ronfler ; sa respiration est si légère qu'on pourrait la croire en catalepsie ; les oiseaux alentour se sont tus de même, la tête fourrée sous leur aile frémissante ; on ne voit plus de leurs yeux qu'une mince ligne grise, dernier rempart contre la chose qu'ils sentent approcher.

La fillette est seule éveillée, avec l'homme, émergeant du limon. Son cœur palpite, de plus en plus vite. Son temps en effet est venu ; il lui est cependant déjà compté. Il fait pivoter ses poignets, ses chevilles, il s'extirpe de son lit de boue.

Ferme les yeux. Je t'en supplie, détourne la tête, n'attends pas qu'il crève la surface des eaux, qu'il remonte à grand-peine la pente des douves et se hisse sur la rive noirâtre, qu'il lève les bras, remplisse d'air ses poumons. Qu'il se souvienne de la manière dont on respire, dont on aime, dont on souffre.

Regarde plutôt les nuages d'orage. Il a beau faire nuit, tu les vois approcher, n'est-ce pas, en nuées tumultueuses, hostiles, jusqu'à la tour. Est-ce l'Homme de boue qui apporte avec lui l'orage, ou est-ce l'orage qui réveille l'Homme de boue ? Nul ne le sait.

L'enfant en son refuge penche la tête, tandis que tombent, presque à regret, les premières gouttes de pluie, sur la vitre, sur sa main. La journée pourtant a été belle, le soleil a brillé sans excès, la soirée a été fraîche. Rien qui puisse annoncer cette tempête nocturne.

Demain, les paysans incrédules considéreront la terre trempée, les champs dévastés ; ils se gratteront la tête, échangeront des sourires :

— Ça alors ! Et dire que l'orage ne nous a même pas réveillés !

Ah, prends garde ! Qui va là ? Une forme, une masse indistincte… qui s'élève le long de la tour. Agile, rapide, défiant les lois de la gravité. Est-ce un homme ? On a peine à le croire.

Le voilà à la fenêtre de la jeune fille. Ils se font face à présent. Elle l'a vu surgir derrière la vitre ruisselante, battue par la pluie, créature monstrueuse sous sa carapace de boue. Elle ouvre la bouche, elle va hurler, appeler à l'aide ! Puis tout change.

Ou plutôt c'est lui qui change, sous les yeux de l'enfant. Ces yeux qui exhument de la croûte boueuse, des siècles de ténèbres, de rage et de chagrin qui l'ont masqué, le visage d'un homme. Un homme jeune encore, et pourtant oublié. Aux traits empreints de nostalgie, de tristesse, de beauté. Elle tend la main, sans réfléchir. Elle va ouvrir la fenêtre. Elle va le laisser entrer, le sauver de la pluie.

Raymond Blythe,
La Véridique Histoire de l'Homme de boue (Prologue)

I

Le retour de la lettre perdue

1992

Tout a commencé par une lettre. Une lettre égarée, attendant son heure depuis un demi-siècle dans un sac postal, sous les combles obscurs d'un triste pavillon des faubourgs de Londres. J'y repense de temps en temps, à ce monceau de courrier : des centaines de lettres d'amour, de factures diverses et variées, de cartes d'anniversaire, de petits mots envoyés par des enfants à leurs parents, feuilles recroquevillées dans le noir, palpitantes, éplorées, dont les mots perdus chuchotaient en vain dans les ténèbres. Puis quelqu'un s'est enfin rendu compte qu'elles dormaient là, infiniment patientes. Une lettre, vous le savez sans doute, est toujours à la recherche d'un lecteur ; tôt ou tard, que cela vous plaise ou non, la lumière attire les mots et les secrets viennent au grand jour.

Vous excuserez, je l'espère, ces élans romanesques : c'est une habitude que j'ai acquise dans mon enfance, durant les longues soirées où je lisais des romans victoriens à la lueur d'une lampe de poche, alors que mes parents me croyaient endormie. Ce que je veux dire par là, c'est qu'elle est vraiment singulière, cette histoire de courrier perdu : si Arthur Tyrell avait été un tant soit peu plus scrupuleux, s'il n'avait pas bu un grog de trop le soir de Noël 1941, s'il n'était pas rentré chez lui se coucher, ivre mort, sans finir sa tournée, s'il n'avait pas soigneusement dissimulé le sac de lettres dans son grenier jusqu'au jour de sa mort, si l'une de ses filles ne l'avait pas retrouvé cinquante ans plus tard et n'avait pris l'initiative d'appeler le *Daily Mail*, les événements auraient suivi un tout autre cours. Constat qui vaut pour maman, pour moi – et surtout pour Juniper Blythe.

Vous vous souvenez peut-être de ladite affaire. Elle a fait la une de la presse et des journaux télévisés. Channel 4 a même organisé un débat où quelques-uns des destinataires étaient invités à parler de la lettre qu'ils avaient reçue avec un demi-siècle de retard, surprenant retour du passé. Etaient venus cette femme dont le fiancé était pilote de chasse, ce vieil homme à qui son fils avait envoyé une carte d'anniversaire. Evacué à la campagne, le petit garçon devait périr la semaine suivante, tué par un éclat d'obus. Une superbe émission, avec des moments émouvants, des histoires gaies et d'autres infiniment tristes, le tout illustré d'actualités d'époque. J'y étais allée plusieurs fois de ma petite larme, ce qui ne veut pas dire grand-chose : j'ai un vrai cœur d'artichaut.

Maman, elle, a décliné l'invitation. L'équipe de Channel 4 l'avait contactée pour lui demander si elle avait envie de partager avec quelques millions de spectateurs l'histoire de la lettre qu'elle avait reçue, ce à quoi elle avait répondu par la négative. Le fameux retour du passé, leur avait-elle dit, avait pris en ce qui la concernait la forme banale d'un bon de commande envoyé par un magasin de confection qui n'existait plus depuis quelques décennies. Un mensonge pur et simple.

J'étais là quand la lettre est enfin arrivée à destination. J'ai vu la façon dont ma mère a réagi, et je peux vous dire que c'était tout sauf ordinaire.

On était fin février et l'hiver vous serrait encore à la gorge ; la terre des pots de fleurs était dure comme du fer. Comme parfois le dimanche, j'étais venue donner un coup de main pour le rôti du déjeuner. Ça fait plaisir à mes parents, bien que je sois végétarienne et qu'il y ait toujours un moment au cours du repas où ma mère se met à froncer les sourcils d'un air inquiet. Puis carrément douloureux. Elle finit invariablement par craquer et m'accable de statistiques : les protéines ! les risques d'anémie !

Ce matin-là, je pelais des pommes de terre dans l'évier quand la lettre est tombée par la fente de la porte. Bien sûr, le dimanche, il n'y a jamais de courrier, ce qui aurait dû nous mettre la puce à l'oreille. Bizarrement, ni elle ni moi n'avons réagi. J'avais d'autres préoccupations, pour être franche : je me demandais comment apprendre à mes parents que j'avais rompu avec Jamie. C'était presque de l'histoire ancienne : deux mois déjà que nos chemins s'étaient séparés. Il allait falloir que je leur en parle un jour ou l'autre, mais plus j'attendais, plus les mots perdaient leur sens. Ce silence n'était pas sans justification ; depuis le début de notre relation, mes parents se méfiaient de Jamie. De surcroît, ils n'aiment pas être pris au dépourvu. Lorsque maman prendrait conscience que je vivais désormais seule dans l'appartement que nous avions loué, Jamie et moi, elle se ferait encore plus de souci. La vraie raison n'était pas là, cependant. Ce que je craignais le plus, c'était l'inévitable et pénible conversation qui suivrait mes confidences. Voir se succéder sur les traits de ma mère des

19

expressions familières d'étonnement, d'angoisse et de résignation, tandis qu'elle se plierait à ses obligations maternelles et chercherait désespérément les mots pour me consoler… Mais je m'égare. Revenons à la lettre. Au bruit léger qu'elle a produit en tombant de la fente.

— Edie, tu peux aller voir ce que c'est ?

Edie, c'est moi. Désolée, j'aurais dû vous le dire plus tôt. C'est donc ma mère qui parle, le menton pointé vers la porte d'entrée, une main fourrée dans le poulet et l'autre désignant d'un geste vague le palier.

J'ai laissé les pommes de terre dans l'évier, je me suis essuyé les mains et je suis allée ramasser le courrier. Ou plutôt la lettre, qui avait atterri sur le paillasson : une grande enveloppe de la poste tamponnée du sigle « Courrier à réexpédier ». Je l'ai rapportée dans la cuisine en décrivant l'objet à maman.

Elle avait enfin fini de farcir la volaille. Les sourcils légèrement froncés – c'est plus une habitude chez elle que l'expression d'une quelconque impatience –, elle a pris la lettre et récupéré ses lunettes de presbyte, qui trônaient sur l'ananas de la corbeille à fruits. Elle a parcouru l'enveloppe du regard puis, les yeux plissés, a procédé à son ouverture.

J'étais revenue à mes pommes de terre, une occupation probablement plus passionnante que celle qui consistait à regarder ma mère ouvrir son courrier. Ce qui fait que je suis incapable, hélas, de vous dire quelle tête elle a faite en découvrant la petite enveloppe à l'intérieur de la grande, son papier de guerre, jaune et friable, son vieux timbre, et le nom de l'expéditeur, inscrit au dos. Depuis, cependant, je l'ai mille fois reconstituée dans mon esprit, cette scène : le sang qui se retire immédiatement de son visage, les doigts qui tremblent si fort tout à coup qu'il lui faut deux ou trois minutes pour ouvrir la lettre.

Du son, en revanche, je n'ai pas raté une miette. Le hoquet presque guttural, horrible à entendre, la rafale de sanglots qui a immédiatement suivi, si brusque, si sèche, que je me suis coupé le doigt avec l'économe.

— Maman ?

J'ai couru vers elle, j'ai passé le bras autour de ses épaules en prenant soin de ne pas tacher sa robe du sang qui me dégoulinait du doigt. Elle n'a pas répondu. Elle en aurait été bien incapable, m'a-t-elle confié plus tard – la question venait trop vite, trop tôt. Dos à la cuisinière, rigide, les joues ruisselantes de larmes, elle serrait contre sa gorge la drôle de petite enveloppe au papier si fin qu'on devinait le carré plus clair que faisait la lettre pliée à l'intérieur. Puis elle a filé à l'étage, dans sa chambre, après avoir bredouillé quelques recommandations sur la volaille, le four et les pommes de terre.

Après sa fuite éperdue, la cuisine a sombré dans un silence blessé que je me suis soigneusement efforcée de ne pas troubler. Ma mère n'a pas la larme facile ; cependant, la scène à laquelle je venais d'assister – sa surprise, sa réaction bouleversée – me semblait curieusement familière, comme si je l'avais déjà vécue. J'ai laissé passer un quart d'heure, durant lequel j'ai pelé d'autres pommes de terre, élaboré diverses hypothèses sur la provenance de la lettre et des stratégies non moins variées sur la marche à suivre ; après quoi je suis allée frapper à la porte de sa chambre.

— Tu veux que je prépare du thé, maman ?

Elle avait retrouvé son calme. Nous nous sommes assises l'une en face de l'autre dans la cuisine, les coudes sur le formica de la petite table. J'ai feint de ne pas remarquer qu'elle avait pleuré ; elle m'a parlé de l'enveloppe et de son contenu.

— C'est une lettre… une lettre que m'a envoyée quelqu'un que j'ai connu dans le temps. Quand j'étais gosse. Je devais avoir douze-treize ans.

Une image m'est revenue à l'esprit – souvenir brumeux d'une photographie que ma grand-mère, dans ses derniers jours, gardait sur sa table de nuit. Trois enfants ; maman était la plus jeune : une fillette aux cheveux courts et bruns, en arrière-plan, juchée sur un piédestal improvisé qu'on ne voit pas, chaise ou carton. Curieux : j'avais tenu compagnie à mamie des dizaines et des dizaines de fois, mais j'étais incapable à présent de revoir clairement les traits de cette petite fille. Je me demande si les enfants ont vraiment envie de savoir à quoi ressemblaient leurs parents avant leur naissance, à moins qu'il ne se produise quelque événement qui soudain fasse remonter ce passé à la surface. J'ai avalé une ou deux gorgées de thé en attendant la suite de l'histoire.

— Je ne t'ai jamais vraiment parlé de cette époque, il me semble. La dernière guerre… On a vécu des choses terribles, tu sais. Tout était si confus, si chaotique. On aurait dit… (elle a poussé un lourd soupir)… on aurait dit que le monde ne reviendrait plus jamais à la normale. Qu'il était sorti de son orbite et que rien ne l'y ferait jamais revenir.

Elle a posé les mains sur le rebord de sa tasse et plongé le regard dans le liquide ambré et brûlant.

— Tous les cinq, ton grand-père et ta grand-mère, Rita, Ed et moi, on habitait une petite maison de Barlow Street, près d'Elephant & Castle. Le lendemain de la déclaration de guerre, tous les enfants ont été regroupés dans des salles de classe, puis conduits au pas de charge à la gare et transférés dans des trains. Je n'oublierai jamais la scène. Des centaines de gamins avec leur petite étiquette, leur masque à gaz et leur valise, et les mères qui avaient changé d'avis, qui accouraient à la gare, hurlaient aux gardes de laisser repartir leurs enfants. Puis, effarées, elles suppliaient les plus grands de prendre soin des plus petits, de ne jamais les perdre de vue.

La scène visiblement se rejouait dans la mémoire de maman, qui se mordait la lèvre inférieure, le regard absent.

— Tu devais être morte de peur, ai-je dit d'une voix douce.

Dans la famille, on n'est pas vraiment doué pour les manifestations de tendresse. Sans quoi je lui aurais pris la main.

— Oui, au début.

Elle a ôté ses lunettes et s'est frotté les paupières. Son visage a soudain pris un aspect vulnérable, presque immature, comme celui d'un petit animal nocturne prisonnier des rayons du jour. Dieu merci, elle a aussitôt remis ses lunettes.

— Je n'avais jamais quitté la maison à cette époque, jamais passé une nuit loin de ma mère. Mais je n'étais pas seule dans le train, j'avais mon grand frère et ma grande sœur pour me protéger ; un des professeurs nous a donné du chocolat et tout le monde a retrouvé le sourire. Finalement, ça devenait une aventure excitante. Tu te rends compte ? La guerre venait d'éclater et nous étions tous à chanter dans le train, à manger des poires en conserve et à regarder chez les gens, quand le convoi passait près des maisons. Tu sais, les enfants survivent à bien des choses. Parfois même, ils sont quasiment insensibles à ce qui les entoure.

« On est tous descendus à la gare de Cranbrook, d'où nous avons été dispersés en plusieurs groupes et transférés dans des bus. Je n'avais pas lâché Rita et Ed, et nous avons été conduits dans un village du nom de Milderhurst. Là, nous sommes descendus du bus et sommes allés en rang jusque dans une sorte de salle communale. Nous y attendaient des femmes du village, le sourire figé, la liste à la main. On nous a disposés en ligne et les femmes ont fait leur choix.

« Les plus jeunes et les plus mignons sont partis les premiers. Les femmes pensaient sans doute que ça se passerait mieux avec les petits, qu'ils étaient moins corrompus par l'air de Londres, pour ainsi dire.

Maman a eu un sourire amer.

— Ils ont vite compris leur erreur. Ed, mon frère, a bientôt trouvé preneur, lui aussi. C'était un grand gaillard, très vigoureux pour son âge, et les fermiers avaient besoin de tous les bras disponibles. Rita a suivi peu après avec une de ses amies de l'école.

Je n'ai pas pu résister. J'ai tendu le bras, posé ma main sur celle de ma mère.

— Pauvre maman !

— Allons, allons.

Elle s'est dégagée de mon étreinte, m'a donné une petite tape sur les doigts.

— Je n'ai pas été la dernière à partir. Il y en avait quelques autres après moi ; je me souviens d'un petit garçon qui avait une terrible maladie de peau. Je ne sais pas ce qu'il a bien pu devenir. Quand je suis partie, il était encore là. Tu sais, Edie, pendant des années, je me suis forcée à ne jamais regarder à deux fois les fruits que j'achetais au marché. A cause de cette journée, de ces femmes qui faisaient le tri. Si les fruits étaient abîmés, tant pis. Les inspecter sous toutes les coutures et les remettre dans le cageot parce qu'ils ne me plaisaient pas... Non, impossible.

— Mais finalement, tu as été choisie.

— Oui, j'ai été choisie, finalement.

Elle a baissé la voix. Ses doigts ont effleuré son décolleté, et j'ai dû me pencher pour mieux entendre.

— Elle est arrivée bien après les autres. La salle était presque vide, les enfants étaient presque tous partis, et les femmes du Service volontaire débarrassaient les tables du goûter. Moi, je m'étais mise à pleurer tout doucement, en essayant de ne pas me faire remarquer. Soudain, elle est arrivée en coup de vent, et j'ai eu l'impression que la salle, la texture même de l'air avaient changé.

— Changé ?

J'ai plissé le nez. Bêtement, j'ai pensé à cette scène de *Carrie* où les lampes explosent.

— Ce n'est pas facile à expliquer. Ça t'est déjà arrivé de rencontrer quelqu'un qui, quel que soit l'endroit où il se trouve, semble toujours enveloppé de sa propre atmosphère ?

Oui, si on veut. J'ai haussé les épaules ; j'avais peut-être mal compris ce que voulait dire maman. Mon amie Sarah fait tourner les têtes où qu'elle aille, mais je ne suis pas certaine que ce soit le genre de phénomène atmosphérique qu'elle avait à l'esprit.

— Non, ça n'a jamais dû t'arriver. D'ailleurs j'ai du mal à décrire la chose de façon sensée. Ce que je veux dire, c'est qu'elle n'était pas comme les autres. Elle était plus... plus... Ah, je ne sais pas. *Plus*, voilà tout.

Belle, singulière, de longs cheveux, des yeux immenses, l'air assez farouche, mais ce n'était pas ça qui la rendait si particulière. Elle n'avait guère plus de dix-sept ans à l'époque, mais quand elle est arrivée, toutes les autres femmes se sont pour ainsi dire recroquevillées.

— Tu veux dire qu'elles lui témoignaient une sorte de crainte ? Ou de déférence ?

— De déférence, oui, c'est le mot. Elles avaient l'air étonnées de la voir ; visiblement, elles ne savaient pas comment l'aborder. Finalement, l'une d'entre elles lui a proposé de l'aide, mais la jeune fille s'est contentée de faire un geste de sa longue main. Elle était venue chercher son évacuée, c'était tout, leur a-t-elle dit. Oui, c'est exactement ce qu'elle leur a dit : pas *une* évacuée, non. *Son* évacuée. Elle a foncé droit sur moi. J'étais encore assise à même le plancher. « Tu t'appelles comment ? » m'a-t-elle demandé ; je lui ai répondu ; elle m'a souri, a dit que je devais être bien fatiguée, après un si long voyage. « Ça te dirait d'être hébergée chez moi ? » J'ai dû hocher la tête, presque sans m'en rendre compte, car elle s'est retournée vers la plus affairée des dames, celle qui tenait la liste, et lui a simplement dit qu'elle m'emmenait chez elle.

— Elle s'appelait comment, cette jeune fille ?

— Blythe, a répondu ma mère en dissimulant le plus discret des tremblements. Juniper Blythe.

— Et la lettre, c'est d'elle qu'elle vient ?

Maman a hoché la tête.

— Elle m'a emmenée en voiture jusque chez elle. Je n'avais jamais vu d'auto aussi splendide à l'époque. Avec ses deux sœurs jumelles, plus âgées, elle habitait une énorme maison dans les bois. On y arrivait après avoir franchi un grand portail de fer forgé et remonté une longue allée sinueuse. Milderhurst Castle.

Le nom sortait tout droit d'un roman gothique. J'ai eu un frisson en repensant au sanglot douloureux que la lettre avait arraché à ma mère. J'avais lu des choses terribles sur ce qu'avaient vécu certains enfants évacués.

— Est-ce que tu as souffert, maman ? ai-je dit, le souffle court.

— Non, non, bien au contraire, rassure-toi.

— Mais la lettre… Elle t'a…

— Un souvenir surgi d'un passé très lointain… je m'y attendais si peu. C'est tout.

Elle est restée silencieuse un long moment. J'ai repensé à l'effroyable traumatisme qu'avait été l'évacuation, à l'étrange expérience qu'elle avait dû vivre – se retrouver, enfant, dans un endroit inconnu où tout était différent. Je n'avais pas complètement rompu avec mes sensations de petite fille. Parfois, oui, j'avais été contrainte d'affronter des situations nouvelles ; pour survivre, j'avais dû passer des alliances avec les lieux, avec les adultes qui me comprenaient, avec les amis qui partageaient mes peurs. Souvenirs éprouvants… Une idée m'a alors traversé l'esprit, fugitive.

— Maman, tu y es retournée, après la guerre ? A Milderhurst, je veux dire ?

Elle a levé les yeux, m'a dévisagée.

— Bien sûr que non. Pour quoi faire ?

— Je ne sais pas. Pour renouer les liens, tu sais. Revoir ton amie.

— Non.

Son ton était tranchant.

— J'avais ma famille à Londres. Ma mère avait besoin de moi ; on n'a pas chômé après la guerre, crois-moi. Il fallait tout remettre sur pied. Puis j'ai rencontré ton père. La vie a continué. La vraie vie.

Entre maman et moi, le voile est retombé, une sensation que je ne connaissais que trop. J'ai compris que le sujet était clos.

En fin de compte, nous n'avons pas touché au poulet. Maman ne se sentait pas trop vaillante.

— Ça ne va pas te manquer ? Tu vas pouvoir passer le week-end sans ?

Je n'ai pas eu la cruauté de lui rappeler que je ne mangeais pas de viande et que ma présence à leur table relevait plutôt de la piété filiale. Je l'ai rassurée et lui ai suggéré de prendre un peu de repos. Ce qui lui est apparu comme une excellente idée. J'ai mis de l'ordre dans mon sac tandis qu'elle avalait deux cachets de paracétamol pour se mettre en condition.

— Il fait froid, couvre-toi bien les oreilles, Edie.

Quant à papa, il n'avait pas ouvert l'œil de la matinée. Il est plus âgé que maman ; à l'époque, il venait de prendre sa retraite. L'inactivité ne lui valait rien : il errait sans but dans la maison du lundi au samedi, bricolait et faisait le ménage dans les moindres recoins, rendait maman chèvre et passait le dimanche à somnoler dans son fauteuil. C'est, disait-il à qui voulait bien l'entendre, le privilège de droit divin de l'homme de la maison.

Avant de partir, je suis allée lui poser un baiser sur la joue. Puis, de la maison à la station de métro, j'ai affronté le vent glacial de février, épuisée, troublée, et quelque peu réticente à affronter seule le retour dans l'appartement monstrueusement cher que Jamie m'avait laissé sur les bras. Ce doit être entre High Street Kensington et Notting Hill Gate que je me suis rendu compte que maman ne m'avait rien dit du contenu de la lettre.

Le souvenir sorti des brumes

Avec le recul, je me rends compte que je n'ai pas réagi de façon très intelligente. Mais c'est toujours comme ça : le temps fait de nous des experts de nos propres erreurs. Maintenant que les choses sont claires, il est facile de me reprocher de n'avoir su mener mon enquête. Cela dit, je ne suis tout de même pas complètement stupide. Quelques jours plus tard, j'ai pris un thé avec maman ; si je n'ai pas osé mentionner Jamie, je lui ai bel et bien demandé ce que disait la lettre. Elle a éludé la question d'un geste de la main : rien d'important, m'a-t-elle assuré, juste un petit mot gentil. Si elle avait réagi aussi brutalement, c'était sous le coup de la surprise. Je n'avais pas conscience à cette époque du fait que ma mère mentait à merveille, sans quoi j'aurais douté d'elle – oui, j'aurais posé d'autres questions, observé avec plus d'attention les expressions de son visage. En général, on ne pense pas à soumettre ses interlocuteurs à ce genre d'examen, surtout lorsque ce sont des amis ou des parents. D'instinct, on leur fait confiance. Enfin, avec moi, c'est comme ça que ça marche. Ou plutôt, que ça marchait.

De sorte que cette histoire de château et d'évacuation m'est complètement sortie de la tête. Je ne me suis même pas posé de questions sur le fait, pourtant étrange, que ma mère ne m'avait jamais parlé de cette période de sa vie. Cela dit, ce n'était pas bien difficile à comprendre – rien ne l'est vraiment, du reste, pour peu que vous y mettiez du vôtre. Maman et moi, nous nous entendons plutôt bien, sans être réellement proches. En tout cas, pas au point de nous répandre en discussions intimes sur le passé. Ou le présent, il faut bien le dire. Apparemment, l'expérience de l'évacuation avait été agréable, sans plus : rien de bien mémorable en somme. Raison de plus pour ne pas m'en parler. Dieu seul savait le nombre de choses que je lui avais, de mon côté, cachées…

Ce que j'avais plus de mal à m'expliquer, c'était l'étrange et irrésistible sensation qui s'était emparée de moi lorsque j'avais vu ma mère sangloter à la lecture de la lettre, l'incompréhensible certitude que cela correspondait à un souvenir capital que ma mémoire cependant n'arrivait pas à fixer. Quelque chose que j'avais vu ou entendu, puis laissé sombrer dans l'oubli, quelque chose qui voletait sans repos dans les confins obscurs de mon cerveau et sur lequel je ne pouvais pas remettre de nom. Qu'était-ce donc ? J'ai fouillé en vain ma mémoire. Cette scène, ne s'était-elle pas déjà déroulée des années auparavant ? La lettre, les sanglots ? Malgré mes efforts, le souvenir, plus fuyant que jamais, est resté dans l'ombre. Une fois de plus, mon imagination m'avait joué des tours. Mes parents pourtant me l'avaient dit mille fois : sois prudente, il n'est pas bon de trop rêvasser !

La réalité a vite repris ses droits. Sous la forme d'une préoccupation toute simple : Jamie m'avait offert six mois de loyers, en guise de cadeau de rupture – histoire aussi de se faire pardonner son odieuse conduite. Ce qui me permettait de tenir jusqu'en juin. Mais ensuite ? Je consultais régulièrement les petites annonces des journaux et les vitrines des agences immobilières, mais mon salaire, plus que modique, ne me permettrait sans doute pas de trouver ne serait-ce qu'un studio à proximité de mon lieu de travail.

Je ne vous ai pas encore expliqué ce que je fais dans la vie. Je suis responsable des publications chez Billing & Brown, une petite maison d'édition indépendante de Notting Hill, créée à la fin des années 1940 par Herbert Billing et Michael Brown. A l'origine, il s'agissait surtout pour ces deux auteurs de publier leurs propres œuvres, poésie et pièces de théâtre. Cela étant, Billing & Brown avait à ses débuts, je crois, une excellente réputation. Les années passant, hélas, les grands éditeurs ont englouti d'énormes parts de marché et le public s'intéresse de moins en moins à la littérature dite élitiste. De sorte que Billing & Brown se consacre maintenant à deux catégories d'ouvrages : les « spécialités », pour parler gentiment, et le compte d'auteur (ce qui est nettement moins sympathique). M. Billing – ou plutôt Herbert – est tout pour moi : mon employeur, mon maître, mon défenseur et mon meilleur ami. C'est que j'en ai bien peu, des amis, du moins du côté des vivants. N'y voyez pas un constat désespéré ou lugubre : simplement, je ne suis pas de celles qui collectionnent les relations et sont à leur aise dans les soirées mondaines. J'aime les mots, pourvu qu'ils ne soient pas dits, mais écrits. Ah, si toutes les relations pouvaient se mener par le seul truchement du papier ! Quel bonheur ! Dans mon cas, ce n'est pas seulement un vain souhait : des amis, j'en ai des centaines, qui vivent à l'abri des couvertures de livre, baignant dans l'encre splendide des pages, des histoires qui se déroulent toujours de la même façon sans jamais perdre de leur éclat. Innombrables compagnons qui me prennent par la main, me font franchir le seuil de leur maison et me conduisent en des mondes de sublimes terreurs et de profonde extase. Ils ne déçoivent jamais, sont toujours présents, jamais ennuyeux, parfois de bon conseil – mais quand il s'agit de vous héberger un mois ou deux, histoire de vous dépanner, ils ne peuvent pas faire grand-chose, hélas.

Je n'avais aucune expérience en matière de rupture. Jamie était mon premier vrai petit ami, du moins le premier avec lequel j'avais fait des projets d'avenir, et c'était sans doute le moment ou jamais de demander de l'aide à mon entourage. Et mon entourage, c'était avant tout Sarah. Nous avions grandi dans la même rue. Sarah était l'aînée d'une famille de cinq enfants ; quand les quatre petits se déchaînaient, elle venait toujours se réfugier chez nous. Que quelqu'un comme Sarah trouve du réconfort dans une famille aussi tranquille, aussi ordinaire que la nôtre, c'était plutôt flatteur. Nous sommes restées très liées pendant nos études secondaires, jusqu'au jour où elle a été surprise à fumer dans les toilettes une fois de trop et a alors laissé tomber les maths pour une école d'esthéticienne. Maquilleuse de renom, elle travaille à son compte pour la presse féminine et le cinéma : une carrière formidable, ce qui ne me servait guère en mon heure de détresse. Elle avait filé pour le printemps à Hollywood, afin de travailler sur un film de zombies, et sous-loué son appartement, chambre d'amis comprise, à un architecte autrichien.

Que faire ? Je me voyais déjà condamnée à une vie sans domicile fixe, dont je me figurais les détails les plus cocasses, lorsque le chevaleresque Herbert m'a offert le canapé qui trône dans son petit appartement, juste au-dessus de nos bureaux.

— Après tout ce que tu as fait pour moi ? s'est-il exclamé, alors que je lui demandais timidement s'il était bien certain de vouloir m'héberger. Tu m'as relevé alors que j'étais à terre, tu m'as sauvé la vie.

C'était quelque peu exagéré. Je ne l'avais pas littéralement relevé, bien sûr, mais je comprenais ce qu'il voulait dire. Je travaillais chez Billing & Brown depuis deux ans à peine et je rongeais déjà mon frein dans leurs bureaux vieillots lorsque M. Brown est mort. Le choc a été si dur pour Herbert que je ne pouvais décemment pas le quitter à ce moment-là. Apparemment, il n'avait d'autre compagnie dans l'existence que celle de sa chienne, Jess, une petite bestiole toute ronde qui ressemble à un cochon. Il ne s'en est jamais ouvert à moi, mais vu l'intensité de son chagrin, je crois que les relations qu'il entretenait avec M. Brown ne s'arrêtaient pas à la maison d'édition. Il a passé des journées sans manger ni se laver, et s'est même soûlé au gin un matin, lui qui d'ordinaire ne boit pas une goutte d'alcool.

Je savais ce qui me restait à faire. Je lui ai confectionné des petits plats pour qu'il retrouve l'appétit et j'ai caché la bouteille de gin. Quand les comptes étaient dans le rouge et que je n'arrivais même plus à le faire réagir aux mauvaises nouvelles, j'ai décidé d'aller faire du porte-à-porte pour nous trouver d'autres contrats. C'est l'époque où nous nous sommes mis à concevoir des prospectus pour les entreprises du quartier. Une fois sorti de sa torpeur, Herbert était si ému de ma fidélité qu'il s'est mépris sur mes intentions. Il m'appelait tout le temps sa protégée ; chaque fois que nous parlions de l'avenir, son visage s'illuminait.

« Toi et moi, nous allons faire redémarrer la maison, en l'honneur de M. Brown. »

Il avait retrouvé un peu de sa joie de vivre. J'ai remis mes recherches d'emploi à des jours meilleurs.

Qui ne sont jamais arrivés : huit ans plus tard, je suis toujours chez Billing & Brown. A la grande stupéfaction de Sarah. Comment lui expliquer, elle qui est si vive, si créative et qui refuse de se plier à quelque contrainte que ce soit, qu'on peut avoir d'autres sources de satisfaction dans l'existence ? Je travaille avec des gens que j'adore, je gagne relativement bien ma vie (enfin, pas assez pour me payer un trois-pièces à Notting Hill), je passe mes journées à jouer avec les mots et les phrases ; j'aide les gens à exprimer leurs idées et à réaliser leurs rêves d'édition. D'ailleurs, ma vie professionnelle n'est pas si stagnante qu'il y paraît. L'an dernier, Herbert m'a nommée vice-présidente de la maison. Laquelle, il est vrai, n'emploie que deux personnes à plein temps, lui et moi. Mais c'était une vraie promotion, que nous avons dignement fêtée. Susan, qui travaille chez nous à mi-temps, a confectionné un quatre-quarts ; elle est venue en dehors de ses heures de travail et nous avons bu tous les trois du vin sans alcool dans des tasses à thé.

L'heure de mon expulsion approchant, j'ai accepté l'offre que m'avait faite Herbert de m'installer chez lui. C'était vraiment très gentil de sa part – il faut savoir que son appartement est microscopique. Cela dit, je n'avais pas le choix. Herbert était ravi.

— Merveilleux ! Jess va être folle de joie. Elle adore quand il y a du monde.

C'est ainsi qu'un beau jour de mai je me suis préparée à quitter sans espoir de retour l'appartement que nous avions partagé, Jamie et moi. A tourner la dernière page – blanche, par malheur – de notre histoire, et à commencer un nouveau chapitre, qui n'appartenait qu'à moi. J'avais du travail, j'étais en pleine forme et ma bibliothèque était abondamment fournie. Il ne me restait qu'à rassembler assez de courage pour affronter les longs jours à venir, que j'imaginais aussi mornes, aussi gris les uns que les autres.

Pourtant, je ne me débrouillais pas trop mal : ils n'étaient pas si fréquents, les moments où je me laissais entraîner par des pensées larmoyantes. Quand elles venaient me tirer par la manche, je me trouvais un petit coin très sombre – pour s'abandonner plus complète-ment à la rêverie, rien de mieux – et m'imaginais dans le moindre détail ces futures journées incolores. Je me voyais marcher dans notre rue, m'arrêter devant notre immeuble, lever les yeux vers le balcon où naguère je faisais pousser des herbes aromatiques, apercevoir, au-delà de la vitre, une silhouette inconnue. Errer sur la frontière indistincte qui sépare le passé du présent, ressentir la douleur trop réelle que provoque cette terrible certitude : jamais, jamais je ne pourrai revenir en arrière…

Enfant, j'avais déjà tendance à rêver, ce qui était pour ma pauvre mère une source constante d'irritation. Je ne faisais jamais attention où je mettais les pieds : dans les flaques de boue, dans les caniveaux, voire sur la chaussée, là où le bus passait à toute allure. Maman, désespérée, en était réduite à des avertissements rarement suivis d'effet.

« Tu sais, c'est dangereux de se perdre dans ses propres pensées. »

Ou bien :

« Tu ne fais jamais attention à ce qui se passe autour de toi. Tu sais, ça peut mal se finir, Edie. Ouvre les yeux, cesse de rêvasser ! »

Pour elle, ce n'était pas bien compliqué : difficile d'imaginer esprit plus concret et lucide que le sien. Pour une gamine qui n'avait cessé de chercher refuge dans ses propres pensées, du plus loin qu'elle s'en souvînt, c'était une autre histoire. « Et si… ? » Bien sûr, je n'ai jamais « cessé de rêvasser » ; simplement, j'ai mis au point des techniques subtiles pour que les gens ne s'en rendent pas compte. Reste que ma mère n'avait pas complètement tort. Perdue dans mes pensées, imaginant, minute après minute, les tristes journées de ma vie sans Jamie, je ne m'attendais absolument pas au cours qu'ont soudain pris les événements.

Fin mai, au bureau, nous avons reçu un appel d'un individu qui se prétendait chasseur de fantômes et qui voulait publier le récit de ses rencontres surnaturelles à Romney Marsh. Quand un client potentiel prend contact avec nous, nous mettons tout en œuvre pour lui faire plaisir, raison pour laquelle je me suis retrouvée au volant du vieux break Peugeot de Herbert sur la route du Kent, pour un rendez-vous que j'espérais fructueux. Je conduis rarement, et j'ai horreur du monde sur l'autoroute. Je suis donc partie dès l'aube, ce qui, dans mon idée, devait me permettre de sortir de la capitale sans trop de casse.

A neuf heures, j'étais à pied d'œuvre. Tout s'est passé comme prévu, le client a été dûment cajolé et les contrats ont été signés. A midi, j'étais de nouveau sur la route. La circulation s'était entre-temps faite beaucoup plus dense ; la vieille voiture de Herbert, qui avait du mal à dépasser les 80 km/h sans perdre les trois quarts de ses boulons, n'était plus à la hauteur. Je me suis installée sur la voie réservée aux véhicules lents, ce qui n'a pas empêché les coups de klaxon et les hochements de tête excédés. De quoi vous miner le moral : tout cela, c'était de la faute de cette pauvre guimbarde. Je n'avais guère le choix. J'ai quitté l'autoroute à Ashford. Je me sentais mieux sur les petites routes. J'ai un sens de l'orientation passablement déficient, mais avec quelques arrêts sur les bas-côtés pour consulter l'atlas routier que Herbert gardait toujours dans la boîte à gants, tout aurait dû bien se passer.

Du moins le croyais-je. Au bout d'une demi-heure, il a bien fallu se rendre à l'évidence. Je m'étais complète-ment perdue. En cause : l'âge canonique de l'atlas routier. Et le ravissant paysage de la campagne du Kent en mai, les champs envahis par les primevères, les fleurs sauvages dans les fossés de chaque côté de la route. J'avais dû rater le bon croisement. Je roulais à présent sur un chemin étroit, sur lequel se penchaient gracieusement de grands arbres, sans même savoir dans quelle direction j'allais. Nord, sud, est, ouest ? Aucune idée.

Ce qui ne m'inquiétait pas vraiment. Ou pas encore. Tôt ou tard, j'en étais certaine, j'allais croiser une autre voie, un village, un monument quelconque, ou même une petite boutique de bord de route où quelqu'un pourrait me renseigner, et qui sait, tracer un grand X rouge sur ma carte.

« C'est là que vous êtes, mademoiselle. »

J'avais l'après-midi à moi ; toute route, aussi solitaire qu'elle soit, a une fin. A moi de veiller aux moindres signaux… ce que je n'ai pas manqué de faire.

C'est ainsi que je l'ai vu surgir tout blanc d'un monticule recouvert d'une vigne vierge vorace : un poteau indicateur à l'ancienne, noms gravés dans des panneaux de bois en forme de flèche, pointant vers les villages environnants. Sur l'un de ces panneaux, j'ai déchiffré ceci : *Milderhurst, 4,5 km.*

Je me suis arrêtée près du poteau et j'ai relu soigneusement ces deux mots. Mes cheveux s'étaient hérissés sur ma nuque. J'ai été submergée par une curieuse sensation. Ce souvenir indistinct que j'avais traqué après que maman avait reçu sa lettre perdue s'est rappelé à ma mémoire. Je suis descendue de voiture, comme dans un rêve, et j'ai suivi la direction qu'indiquait le panneau. J'avais l'impression de me voir de l'extérieur, comme si, au fond de moi-même, je savais ce que j'allais trouver. Ce qui était peut-être le cas.

Car elles étaient bien là, à quelques centaines de mètres du croisement, à l'endroit même où je savais les trouver. Emergeant des ronces, jadis grandioses, à présent penchées sous le poids des années ou d'un fardeau plus lourd encore, les grilles du château se sont matérialisées. Sur le linteau du petit portail de pierre pendait une vieille pancarte rouillée : « Milderhurst Castle ».

Mon cœur s'est mis à battre plus vite, à me rompre les côtes, et j'ai traversé la route. J'ai posé les mains sur les barreaux, j'ai senti sous mes paumes le contact froid et rugueux du métal rouillé ; lentement, j'ai appuyé mon visage, mon front, contre le fer noirci. Des yeux, j'ai suivi l'allée de gravier, la courbe qu'elle traçait au flanc de la colline, jusqu'au pont, jusqu'à l'épais bosquet où elle disparaissait.

Mélancolique paysage, empreint de beauté et d'abandon. Mais ce n'était pas cela qui m'ôtait le souffle, non, c'était la certitude impérieuse, absolue, de l'avoir déjà eu sous les yeux. Ces grilles rouillées, ces ronces, ces oiseaux qui voletaient sous les branches frémissantes comme autant de fragments d'un ciel nocturne, je les avais déjà contemplés.

Autour de moi, le décor printanier s'est ordonné en un curieux scintillement ; il m'a semblé pénétrer dans la texture même du rêve, comme si je réintégrais un espace, un moment dans le temps occupé, il y a bien longtemps, par un moi depuis oublié. Mes doigts se sont resserrés sur les barreaux ; au plus profond de mon être, je me suis souvenue de ce geste. Ce n'était pas la première fois. La chair de mes paumes avait gardé la mémoire de ces tiges de métal. Elle m'est revenue enfin dans toute sa lumière. Un jour de grand soleil, une brise tiède qui faisait danser les plis de ma robe, ma plus belle robe. Et dans un coin de mon champ visuel, l'ombre immense de ma mère.

J'ai tourné la tête pour mieux la voir. Elle avait les yeux fixés sur le lointain, sur la silhouette sombre du château. J'avais soif, j'avais chaud : j'aurais tant voulu aller me baigner dans le lac que je voyais étinceler, au-delà des grilles, et folâtrer avec les canards, les poules d'eau, les libellules qui se faufilaient de leur vol saccadé entre les roseaux. Le souvenir s'est fait plus précis.

« Maman… »

Elle n'avait pas répondu.

« Maman ? »

Elle avait tourné la tête vers moi et, pendant un millième de seconde, ses traits étaient restés figés, comme si elle ne me reconnaissait plus. Saisis dans une expression que je ne pouvais déchiffrer. Elle m'était apparue soudain comme une étrangère, une femme adulte, une inconnue dont le regard recelait d'impénétrables secrets. Aujourd'hui je sais comment décrire ce curieux alliage de sensations – regret, affection, chagrin, nostalgie – mais ce jour-là je n'avais rien su lire sur le visage de ma mère. Elle avait fini par me répondre, ne faisant qu'ajouter à ma confusion.

« C'est idiot, ce que j'ai fait. Je n'aurais jamais dû venir ici. C'est trop tard. »

Je ne me rappelle pas lui avoir répondu quoi que ce soit. Qu'avait-elle voulu dire ? Je n'en avais pas la moindre idée. Sans même attendre que je lui pose la question, elle s'était emparée de ma main et l'avait tirée si fort que mon épaule me faisait mal. Tandis qu'elle me traînait vers notre voiture, garée de l'autre côté de la route, son parfum m'était venu aux narines, plus aigre, mêlé qu'il était à l'air étouffant de cette journée d'été, aux odeurs peu familières de la campagne. Puis elle avait démarré, et nous étions reparties ; et j'observais, silencieuse, un couple de moineaux par la vitre lorsqu'il a retenti… ce gémissement terrible, mi-cri, mi-soupir, qui lui échapperait, des années plus tard, à la lecture du nom de Juniper Blythe sur une lettre perdue.

Une librairie et une ferme

Les grilles du château étaient verrouillées et bien trop hautes pour que je puisse les escalader ; ce qui ne veut pas dire que j'aurais tenté ma chance si elles m'avaient paru moins infranchissables. Je n'ai jamais eu beaucoup de goût pour les sports, ni pour les défis physiques. Du reste, le retour inattendu du souvenir de ma première visite à Milderhurst m'avait littéralement coupé les jambes. J'avais la curieuse impression de ne plus être tout à fait connectée au monde. Interdite, je suis restée un moment près des grilles puis je suis retournée m'asseoir dans la voiture. Que faire, maintenant ? Je n'avais pas vraiment le choix. J'étais trop bouleversée pour pouvoir reprendre la route de Londres. J'ai redémarré et roulé le plus lentement possible jusqu'au village de Milderhurst.

A première vue, rien ne distinguait le village de tous ceux que j'avais traversés durant la matinée. Ils consistaient tous en une seule rue qui débouchait en général sur une grande place flanquée d'une église. L'école donnait toujours sur ladite rue. Je me suis garée en face de la salle communale ; il m'a semblé en un éclair revoir les jeunes évacués de Londres en longues files devant la porte, leurs petits visages inquiets et crasseux après l'interminable voyage en train. Et parmi eux l'image spectrale de maman, des années avant qu'elle ne soit maman, des années avant que sa vie n'ait trouvé quelque direction, quelque substance, en rang avec les autres enfants, poussée bien malgré elle vers le grand inconnu.

J'ai erré sans but dans la rue principale, m'efforçant, en vain, de maîtriser les embardées de mon esprit déchaîné. Oui, maman avait éprouvé le besoin de revenir à Milderhurst, et je l'avais accompagnée. Nous étions allées jusqu'aux grilles ; elle avait cédé à l'émotion. Je m'en souvenais très clairement. Ce n'était pas un effet de mon imagination. L'énigme du souvenir perdu avait trouvé sa solution et provoqué dans la foulée une avalanche de questions nouvelles, qui me tournaient dans la tête comme autant de papillons de nuit, attirés par je ne sais quelle lumière. Pourquoi étions-nous venues, pourquoi avait-elle pleuré ? Qu'avait-elle vraiment voulu dire ? Quelle bêtise avait-elle faite, pourquoi était-ce « trop tard » ? Et surtout, pourquoi m'avait-elle menti, en février, lorsqu'elle avait reçu la lettre de Juniper Blythe ? Pourquoi essayer de me faire croire que cela ne signifiait plus rien pour elle ?

Les papillons dansaient, dansaient devant mes yeux avec tant d'insistance que je ne savais même plus où j'allais. J'ai fini par me retrouver nez à nez avec la vitrine d'une librairie. La porte était ouverte. Dans les moments de doute profond, il est normal, je pense, de chercher du réconfort dans les choses familières. Les hautes étagères, les longues rangées de volumes soigneusement alignés avaient quelque chose d'infiniment rassurant à mes yeux. L'odeur de l'encre et des couvertures, les grains de poussière qui flottaient doucement dans les rayons filtrés du soleil, la caresse de l'air, tiède, immobile, tout cela m'a mis du baume au cœur. Ma respiration, mon pouls se sont apaisés, mes pensées ont replié leurs ailes inquiètes. L'intérieur du magasin était plongé dans la pénombre, ce qui me convenait parfaitement. J'ai passé en revue les rayons et retrouvé tous mes auteurs, comme un professeur compte ses élèves au début du cours. Brontë Charlotte ? Présente. De même que ses deux sœurs. Dickens Charles ? Bien représenté. Shelley ? Une bonne dizaine d'éditions ravissantes. Je n'avais même pas besoin de les extraire de leur rangée. Il me suffisait de les savoir là. Reconnaissante, je les ai caressés du bout des doigts.

J'ai traîné entre les étagères, remarqué des noms, des titres, remis en place des livres qui s'étaient égarés ; au fond du magasin, il y avait un espace ouvert et dans cet espace, une table sur laquelle était posée une pancarte mentionnant : « Ouvrages d'intérêt local ». Ce qui désignait une accumulation de recueils de contes et nouvelles, de beaux livres et d'ouvrages divers par des auteurs de la région. *Histoires mystérieuses et criminelles*, *Les Aventures des contrebandiers d'Hawkhurst*, *Une histoire de la culture du houblon*. Au beau milieu de tous ces titres trônait, sur un chevalet de bois, un livre que je connaissais bien : *La Véridique Histoire de l'Homme de boue*.

— Oh !

Je l'ai pris dans mes bras et bercé comme un enfant.

— Vous aimez ce bouquin ?

La libraire avait surgi de nulle part. Elle tenait à la main un chiffon à poussière qu'elle était en train de plier.

— Ah oui, passionnément, répondis-je, la voix empreinte d'une quasi-révérence. Mais qui ne l'aime pas ?

Ma rencontre avec *La Véridique Histoire de l'Homme de boue* avait eu lieu l'année de mes dix ans. Malade, j'étais confinée à la maison. C'était l'une de ces affections de l'enfance qui vous maintiennent en quarantaine pendant des semaines. Sans doute avais-je dû finir par me montrer singulièrement pleurnicharde, si bien que le sourire compatissant de ma mère avait fait place à une grimace stoïque. Un jour, après une expédition, brève mais salvatrice, dans le centre-ville, elle était revenue, une expression de soulagement sur le visage. Et, dans les mains, un livre de bibliothèque à la couverture passablement usée, qu'elle avait posé sur le bord du lit.

« Ça va peut-être te distraire, ça, avait-elle dit, pleine d'espoir. Le livre est destiné à des lecteurs un peu plus âgés, je crois, mais tu es plutôt précoce. Avec quelques efforts, je suis certaine que tu y arriveras. Il est plus long que ce que tu as l'habitude de lire, et il te faudra persévérer. »

Je lui ai sans doute répondu par une pathétique quinte de toux, bien peu consciente du fait que ce livre extraordinaire allait me permettre de franchir un seuil sans aucun espoir de retour, et que j'avais dans les mains un objet dont l'apparence piteuse ne trahissait rien de son incroyable pouvoir. Les vrais lecteurs peuvent tous vous dire quel livre, quel moment leur a fait franchir ces portes. Ce moment, je l'ai vécu après que maman m'a offert ce volume aux pages maintes fois tournées. Ce jour-là, au fond de mon lit, je n'en avais pas encore la moindre idée – et pour cause. Après ma longue et lente plongée dans le monde de l'Homme de boue, jamais plus la réalité n'a été en mesure de reprendre le dessus sur la fiction, dans mon esprit du moins. Longtemps, j'ai voué à Mlle Perry, la bibliothécaire, une reconnaissance éternelle. Lorsque, de derrière son comptoir, elle avait tendu le livre à ma mère épuisée en la pressant de me le faire lire, elle avait dû se tromper sur mon âge, ou me confondre avec une élève plus avancée. A moins qu'elle n'ait su, dans un accès de lucidité, pénétrer au plus profond de mon âme et percevoir le manque qui ne demandait qu'à être comblé. Je dois dire que j'avais un faible pour cette dernière hypothèse. Après tout, c'est la vocation immuable du bibliothécaire que de faire rencontrer les grands livres à leurs vrais lecteurs.

J'avais soulevé la couverture jaunie et dès le premier chapitre, celui qui décrit l'éveil de l'Homme de boue au plus profond des douves enténébrées, le moment terrible où son cœur se remet à battre, j'avais été ensorcelée. Mes nerfs vibraient, le sang flambait sous la peau de mon visage, mes doigts impatients tremblaient au coin des pages, que d'innombrables jeunes voyageurs avaient tournées avant moi, jusqu'à les rendre presque friables. Sans quitter un instant le canapé de la salle à manger, recouvert de mouchoirs en papier, j'avais visité, bien loin des faubourgs, de vastes et terribles contrées. *La Véridique Histoire de l'Homme de boue* m'avait retenue prisonnière des jours durant. Ma mère avait retrouvé le sourire ; j'avais repris visage humain, et dans ce voyage immobile mon identité future s'était forgée.

Mon regard s'est posé sur la pancarte. « Ouvrages d'intérêt local ». La libraire, qui n'avait pas quitté les lieux, me regardait avec un sourire radieux.

— Raymond Blythe est un de vos auteurs locaux ?

— Mais oui, et non des moindres !

D'un geste de la main, elle s'est lissé les cheveux derrière les oreilles.

— Il a vécu à Milderhurst Castle. C'est là qu'il a écrit et qu'il est mort. C'est ce beau domaine que vous avez peut-être vu, à l'écart du village.

Sa voix a pris un ton désolé.

— Beau, il l'était en tout cas autrefois.

Raymond Blythe. Milderhurst Castle. Mon cœur s'est remis à battre la chamade.

— Est-il possible qu'il ait eu une fille ?

— Il en a eu trois, pour être précise.

— Et l'une d'entre elles se nomme Juniper ?

— Tout à fait, c'est la plus jeune des trois.

J'ai repensé à maman, au récit de son évacuation, à la jeune fille de dix-sept ans qui, disait-elle, avait fait vibrer l'air en entrant dans la salle communale. La jeune fille qui l'avait arrachée au petit groupe des évacués, et qui lui avait, en 1941, écrit une lettre. La lettre ressurgie du passé qui avait fait pleurer maman. Prise de vertige, j'ai eu soudain besoin de m'adosser à quelque chose de solide.

— Elles sont encore vivantes, toutes les trois, a poursuivi la libraire. Elles vivent là-haut. Ma mère dit tout le temps que c'est l'eau du château qui leur est bénéfique. Elles sont en pleine forme. Excepté votre pauvre Juniper, malheureusement.

— Juniper ? De quoi souffre-t-elle ?

— Démence sénile. Apparemment, c'est dans le sang. Triste histoire que la sienne, vous savez. On dit qu'elle était très belle autrefois – une femme intelligente, de surcroît, un écrivain très prometteur. Son fiancé a rompu avec elle, pendant la guerre ; elle a changé du tout au tout. Quelque chose s'est cassé... elle n'a jamais cessé d'attendre son retour. En vain, hélas.

J'allais lui demander où le fiancé était passé, mais elle était partie sur sa lancée.

— Dieu merci, ses deux sœurs ont pu prendre soin d'elle. Oh, ces deux-là, ce sont des femmes comme on n'en fait plus. Elles étaient très impliquées dans les associations d'entraide à cette époque. Croyez-moi, sans ses sœurs, Juniper aurait été internée sans autre forme de procès.

La libraire s'est retournée pour vérifier que nous étions seules et s'est penchée vers moi.

— Je me souviens que, lorsque j'étais enfant, Juniper errait sans cesse dans le village et dans les champs alentour. Elle n'a jamais importuné qui que ce soit, jamais ; elle traînait, tout simplement, hagarde, sans but. Les enfants du village la trouvaient effrayante. Il faut dire que les gosses adorent se faire peur. Vous n'êtes pas de mon avis ?

J'ai eu un vigoureux hochement de tête.

— Elle n'aurait jamais fait de mal à une mouche. Elle ne s'est jamais attiré d'ennuis dont ses sœurs n'auraient pu la tirer. D'ailleurs, tout village digne de ce nom a son... son original.

Un sourire timide a tremblé sur ses lèvres.

— Il faut bien quelqu'un pour tenir compagnie aux fantômes. Tenez, si vous voulez en savoir plus, vous devriez vous procurer cet ouvrage.

Elle m'a montré un volume intitulé *Milderhurst au temps de Raymond Blythe*.

— Je vous l'achète, en effet, ai-je dit en sortant un billet de dix livres. Plus un exemplaire de *L'Homme de boue*, s'il vous plaît.

J'étais sur le point de sortir de la librairie, mon sac en papier kraft sous le bras, lorsque la femme m'a hélée.

— Si le château vous intéresse vraiment, vous pourriez peut-être essayer la visite.

— La visite du château ?

J'ai plongé le regard dans les entrailles de la librairie.

— Allez trouver Mme Bird. Elle tient le Home Farm Bed & Breakfast, sur la route de Tenterden.

La route de Tenterden était celle que j'avais prise pour arriver au village. Je l'ai remontée sur quelques kilomètres, jusqu'à la ferme de Mme Bird, une maison de pierre au toit d'ardoise perdue dans des jardins luxuriants parmi lesquels on distinguait à peine les autres bâtiments. Deux chiens-couchés ornaient le toit ; une gracieuse bande de colombes blanches voletait autour de la coiffe d'une haute cheminée de brique. Les fenêtres aux carreaux cerclés de plomb étaient ouvertes, laissant passer dans la maison la lumière et la chaleur de ce beau jour de mai ; les vitres minuscules scintillaient, aveuglées, dans le soleil de l'après-midi.

Je me suis garée sous un immense frêne dont les branches retombantes enserraient le bord de la maison dans leur ombre. J'ai traversé la cour ensoleillée où abondaient le jasmin, les delphiniums, les campanules, envahissant jusqu'à l'allée de brique. Deux oies blanches, qui se promenaient en se dandinant, n'ont pas même daigné remarquer mon intrusion. En franchissant le seuil de la maison, je suis passée du grand jour à un vestibule plongé dans la pénombre. Les murs étaient ornés de photographies en noir et blanc du château et de ses dépendances, toutes extraites, à en croire leurs légendes, d'un numéro de *Country Life* qui datait de 1910. Au fond de la pièce, derrière un comptoir sur lequel trônait une petite pancarte dorée indiquant fièrement « Réception », se tenait une petite femme dodue, vêtue d'un tailleur en lin bleu marine. Elle s'attendait visiblement à ma venue.

— Ah, mais vous devez être notre jeune voyageuse de Londres.

Derrière d'épaisses lunettes rondes en écaille de tortue, ses yeux ont eu un clignement comique.

— Ne soyez pas surprise, a-t-elle poursuivi avec un large sourire. Alice, la libraire du village, vient de m'appeler pour me dire que vous passeriez peut-être me voir. On ne peut pas dire que vous ayez traîné en route ! Bird pensait que vous en auriez pour une bonne heure.

J'ai levé les yeux vers le canari jaune qui se balançait dans sa cage au-dessus du comptoir.

— Il était prêt à passer à table, mais je lui ai dit que vous arriveriez juste au moment où je retournerais la pancarte.

Elle s'est mise à rire – un curieux rire de gorge, qui tenait du gloussement enroué. A première vue, je lui avais donné une petite soixantaine d'années, mais ce rire dénotait une femme plus jeune, et sans doute moins innocente qu'elle n'en avait l'air.

— Alice m'a dit que vous aviez envie de visiter le château.

— Elle ne s'est pas trompée. J'aurais bien aimé pouvoir y faire un tour. D'où ma visite. Je dois signer quelque chose ?

— Bonté divine, non, c'est inutile. Rien d'officiel là-dedans, vous savez. C'est moi qui organise les visites.

Son abondante poitrine s'est fièrement soulevée sous la veste de lin, pour s'affaisser aussitôt.

— Du moins c'était le cas.

— Vous en parlez au passé ?

— Ma foi, oui. C'était une tâche bien agréable, croyez-moi. Autrefois, les demoiselles Blythe s'en chargeaient elles-mêmes, bien sûr. Elles s'y étaient mises dans les années 1950. Il leur fallait trouver des fonds pour l'entretien du château, et elles voulaient échapper aux griffes des Monuments historiques. Mlle Percy ne voulait pas entendre parler de ces gens-là. Malheureusement, c'est beaucoup de travail. Nous avons tous nos limites, hélas, et quand Mlle Percy a compris qu'elle avait atteint les siennes, j'ai pris la relève, sans rechigner, je peux vous le dire ! A une époque, je n'avais pas moins de cinq visites par semaine. Ce qui n'est plus vraiment le cas de nos jours. C'est comme si le monde avait oublié notre pauvre vieux château.

Elle m'a jeté un regard interrogateur, attendant peut-être que je lui explique les caprices de l'esprit humain.

— A dire vrai, j'adorerais pouvoir visiter l'intérieur du château, lui ai-je répondu avec un grand sourire, la voix frémissant d'espoir – ou était-ce de résignation ?

Mme Bird a cligné des yeux.

— Je comprends bien, ma chère. Et j'aimerais tant pouvoir vous faire découvrir notre beau château.

Simplement, je crains que ce ne soit impossible. On ne visite plus.

Ma déception était si vive et si inopinée qu'elle m'a un instant ôté l'usage de la parole.

— Oh, ai-je finalement bégayé. Oh, mon Dieu.

— J'en suis sincèrement navrée, sachez-le, mais Mlle Percy a pris sa décision une bonne fois pour toutes. Elle n'a plus aucune envie de montrer sa maison à des touristes incultes pour qu'ils s'y débarrassent de leurs papiers gras. C'est ce qu'elle dit, en tout cas. Alice aurait dû vous prévenir.

Elle a haussé ses épaules potelées avec une expression désabusée ; un silence embarrassé a suivi.

J'ai bien essayé d'opter pour une résignation polie, mais alors que la possibilité de franchir le seuil de Milderhurst Castle paraissait de plus en plus lointaine, j'ai compris une chose. Cette visite était devenue une obsession. J'aurais tout donné, ou presque, pour que Mlle Percy change d'avis.

— C'est que... vous savez, j'adore Raymond Blythe, me suis-je entendue dire comme dans un rêve. Si, enfant, je n'avais pas lu *L'Homme de boue*, jamais je ne serais devenue ce que je suis maintenant... Je travaille dans l'édition, vous savez ? Est-ce vraiment sans espoir ? Je veux dire, est-il possible d'intervenir en ma faveur ? Oh, si vous pouviez dire à Mlle Blythe que je ne suis pas une touriste comme les autres, que je sais me tenir ?

— Voyons...

Mme Bird a froncé les sourcils derrière ses épaisses lunettes.

— Le château est une vraie splendeur. Je connais peu de gens qui soient aussi fiers de leur demeure que

Mlle Percy de son nid d'aigle. Vous m'avez bien dit que vous travaillez dans l'édition ?

J'avais, sans le savoir, touché une corde sensible. Mme Bird appartient à cette génération pour laquelle le monde des livres revêt encore une saveur romanesque. Elle n'a fort heureusement jamais visité mon minuscule bureau envahi par les dossiers et la paperasse. J'ai sauté sur l'occasion comme un naufragé sur sa bouée.

— Oui, Billing & Brown Book Publishing, à Notting Hill.

Par bonheur, je me suis alors souvenue des cartes de visite que Herbert m'avait solennellement remises lors de notre petite fête de promotion. Je ne m'en sers presque jamais dans ma vie professionnelle, mais elles font des marque-pages très bienvenus. J'en ai promptement extrait une du *Jane Eyre* que je garde toujours dans mon sac, en cas de besoin – attentes prolongées, trajets en métro. Je l'ai tendue à Mme Bird comme je l'aurais fait d'un billet de loterie gagnant.

— Vice-présidente, a déchiffré Mme Bird, qui m'a ensuite dévisagée par-dessus ses lunettes. Oui, bien sûr.

Son expression avait changé, et ce n'était pas un effet de mon imagination. Plus déférente, plus pensive. Elle a passé le pouce sur la tranche de la carte, elle a pincé les lèvres puis hoché la tête avec une expression résolue.

— Très bien. Vous voulez bien patienter un moment ? Je vais appeler ces chères vieilles demoiselles. Je me fais fort de les convaincre de vous organiser une visite cette après-midi.

Tandis que Mme Bird complotait à voix basse, la bouche collée à un antique combiné téléphonique, je me suis installée dans un fauteuil recouvert d'indienne pour jeter un coup d'œil à mes acquisitions littéraires. J'ai passé la main sur la couverture toute neuve de *L'Homme de boue* et, presque tendrement, j'ai retourné le volume. Je n'avais pas menti à Mme Bird. Ma rencontre avec le court roman de Raymond Blythe avait été absolument déterminante. Le simple fait de tenir ce livre entre mes mains suffisait à me donner le sentiment impérieux, rassérénant, de savoir exactement qui j'étais.

Les éditeurs n'avaient pas changé l'illustration de couverture depuis la lointaine époque où ma mère avait emprunté le livre à la bibliothèque de West Barnes. Je me suis juré d'acheter une enveloppe matelassée pour leur renvoyer cet exemplaire tout neuf aussitôt rentrée à Londres. Histoire de rembourser une dette vieille de vingt ans…

Car le jour où, guérie, j'ai dû rendre *L'Homme de boue* à la bibliothèque, le livre avait disparu. Maman a eu beau chercher, j'ai eu beau protester de mon innocence, rien n'y a fait. La maison retournée de fond en comble, jusqu'au bric-à-brac qui s'était accumulé sous mon lit, il a bien fallu que j'aille, la tête basse, confesser ma négligence. Ma mère, qui m'avait traînée à la bibliothèque, a eu droit à l'un des fameux regards de Gorgone de Mlle Perry, ce qui a manqué la faire mourir de honte. Quant à moi, ivre du bonheur secret de la possession, je n'ai pas eu un seul remords. C'est la première et la dernière fois que j'ai volé quelque chose. Je n'avais pas le choix : *L'Homme de boue* et moi, nous ne faisions plus qu'un.

Mme Bird a raccroché avec un petit claquement sec et j'ai sursauté. A voir l'expression crispée de son visage, j'ai compris que les nouvelles n'étaient pas bonnes. J'ai sautillé jusqu'au comptoir, le pied gauche encore tout engourdi.

— Malheureusement, il se trouve qu'une des demoiselles Blythe est malade. La plus jeune, en fait. Elle a eu un malaise ; ses sœurs ont appelé le médecin.

J'ai fait de mon mieux pour dissimuler ma déception. Je ne voulais pas faire étalage de mon impatience alors que cette malheureuse vieille dame souffrait.

— Oh, mon Dieu. J'espère que ce n'est pas trop grave ?

Mme Bird a chassé mon inquiétude d'un revers de la main, tel un insecte aussi inoffensif qu'inopportun.

— Rassurez-vous. Ce n'est pas la première fois. Elle a ce genre de crises depuis son enfance.

— Des crises ?

— Des absences, comme on disait autrefois. Des trous de mémoire, en un sens, des moments pendant lesquels elle ne se souvient de rien. En général, ils surviennent lorsqu'elle est dans un état de grande excitation. C'est en rapport avec son rythme cardiaque – trop rapide ou trop lent, je ne pourrais pas vous dire. Le résultat est qu'elle a un passage à vide ; et lorsqu'elle émerge, elle n'a plus aucun souvenir de ce qui a pu lui arriver pendant ce temps-là.

Ses lèvres se sont pincées d'une façon singulière, retenant, peut-être, des précisions qu'elle jugeait préférable de ne pas me communiquer.

— De ce fait, ses deux sœurs n'ont guère de temps à vous consacrer aujourd'hui. Ce dont elles sont désolées, m'ont-elles dit. « La maison a besoin de ses visiteurs. »

Leur réaction m'étonne un peu, pour ne rien vous cacher. Ah, ce sont de drôles de vieilles dames, ces deux-là. D'ordinaire, elles ne tiennent pas vraiment aux visites. Ah, c'est qu'au bout d'un moment on doit se sentir seul dans cette immense maison… L'un dans l'autre, elles vous proposent de passer demain, en fin de matinée. Cela vous conviendrait-il ?

Ma gorge s'est nouée. Je n'avais pas prévu de rester à Milderhurst, mais la seule pensée de repartir sans avoir vu l'intérieur du château me plongeait dans un abîme de désespoir.

— Une de mes chambres s'est libérée, si le cœur vous en dit, a ajouté Mme Bird. Le dîner est compris dans le tarif.

J'avais quelques dossiers à boucler avant la fin de la semaine, Herbert devait récupérer la voiture pour un rendez-vous à Windsor le lendemain après-midi, et je ne suis pas du genre à passer une nuit loin de chez moi sur un coup de tête.

— Parfait, ai-je répondu à Mme Bird. C'est une excellente idée.

Un homme et son château

Mme Bird a rempli une petite fiche à l'aide des informations mentionnées sur ma carte de visite, et j'en ai profité pour aller faire un tour dans le jardin après avoir marmonné quelques remerciements polis. A l'arrière de la maison principale s'ouvrait, entre les murs des bâtiments de la ferme – l'étable, le pigeonnier, et une curieuse petite construction coiffée d'un toit conique, dont je devais apprendre qu'il s'agissait d'un séchoir à houblon –, une petite cour. Au centre, une mare profonde, sur la surface scintillante et tiède de laquelle les deux oies flottaient, grasses et royales, dans des entrelacs de vaguelettes qui venaient mourir sur le rebord de galets. Un paon inspectait, circonspect, la pelouse impeccablement tenue qui séparait la cour d'une vaste étendue envahie par les fleurs des champs. Baigné dans la lumière du soleil de mai, le jardin, dans le cadre obscur que formait le chambranle, ressemblait à la vieille photographie d'un lointain jour de printemps, jailli du passé.

— Une vraie splendeur, a murmuré Mme Bird dans mon dos.

J'ai sursauté. Je ne l'avais pas entendue approcher.

— Avez-vous déjà entendu parler d'Oliver Sykes ?

J'ai secoué la tête. Elle a souri, trop heureuse de pouvoir m'apprendre quelque chose.

— C'était un architecte, assez connu à son époque. Un excentrique. Il habitait dans le Sussex, à Pembroke Farm. Au tout début du XXe siècle, il a effectué quelques travaux dans le château. C'était après le premier mariage de Raymond Blythe ; lui et sa jeune femme venaient juste de rentrer de Londres. Une des dernières commandes de Sykes avant sa disparition – il s'est embarqué dans une version très personnelle du Voyage sur le continent. Sykes a fait creuser un bassin circulaire près du château – le nôtre en est une version réduite – et il a transformé les douves en une immense piscine en anneau pour Mme Blythe. Une réalisation tout à fait remarquable. La première Mme Blythe était une excellente nageuse, une femme très sportive. A cette époque, ils mettaient…

Elle a plissé le front.

— … un produit chimique… Voyons, comment appelle-t-on cette substance, déjà ? Bird ?

— Sulfate de cuivre, a répondu une voix masculine, venue de nulle part.

J'ai levé les yeux vers la cage du canari, lequel fouillait la paille à la recherche de quelques graines, puis j'ai examiné les photographies sur le mur.

— Exactement. Sulfate de cuivre. Ils mettaient du sulfate de cuivre dans les eaux des douves pour qu'elles restent toujours bleu azur.

Elle a soupiré.

— Ah, ça ne date pas d'hier. Malheureusement, les douves ont été comblées il y a des années, et le grand bassin rond a été livré aux animaux sauvages. L'eau est stagnante, sale ; toutes les oies du domaine y font leurs besoins.

Mme Bird m'a tendu une lourde clef de bronze ; je l'ai serrée dans ma main et elle m'a gentiment tapoté les doigts.

— Demain, nous irons au château. Il devrait faire beau, d'après les prévisions météo, et du deuxième pont la vue est formidable. Dix heures demain matin, cela vous convient ?

— Chérie, tu as rendez-vous avec le pasteur demain matin. Souviens-toi.

De nouveau cette voix sans corps, à la sonorité mate et tranquille. Cette fois-ci, j'ai réussi à en déterminer l'origine. Elle émanait d'une petite porte, juste derrière le comptoir.

Mme Bird a eu une moue songeuse. Puis elle a longuement médité cette énigmatique considération.

— Bird n'a pas tort, a-t-elle concédé en dodelinant du chef. Diable, c'est ennuyeux.

Puis le sourire lui est revenu.

— Ma chère, ce n'est pas grave. Je vais vous laisser des instructions détaillées, vaquer à mes affaires au village et vous retrouver dès que je le pourrai au château. La visite ne devrait pas durer plus d'une heure. Je préfère ne pas rester plus longtemps. Les demoiselles Blythe sont très âgées, vous savez.

— Une heure, c'est parfait.

Libérée à onze heures, j'aurais le temps d'être à Londres en début d'après-midi.

Ma chambre n'était pas bien grande : un lit à balda-quin occupait presque tout l'espace, si bien que le reste du mobilier consistait en un petit bureau coincé sous la fenêtre. Mais quelle vue splendide ! La pièce, située à l'arrière de la maison, donnait sur la prairie dont j'avais eu un aperçu au rez-de-chaussée. Du premier étage, on voyait mieux la colline qui s'élevait vers le château, dont j'ai pu distinguer, au-dessus de la cime des arbres, l'une des flèches hardies.

On avait disposé sur le bureau une couverture de pique-nique à carreaux, soigneusement pliée, et quelques fruits dans une coupelle, en guise de bien-venue. L'après-midi était plus que clémente, le jardin magnifique : j'ai pris la couverture sous le bras ; une banane dans une main, mon acquisition de la matinée, *Milderhurst au temps de Raymond Blythe*, dans l'autre, j'ai filé au jardin.

Je ne me suis pas arrêtée dans la cour. Pourtant, l'air y était lourd du parfum sucré des jasmins, dont les fleurs blanches tombaient en cascade d'une alcôve de bois, au bord de la pelouse. D'énormes poissons rouges nageaient lentement juste sous la surface du petit lac, leurs corps grassouillets scintillant dans les rayons dansants du soleil. Au bout de la prairie, un délicieux bosquet me faisait signe. Je me suis frayé un chemin au milieu des hautes herbes et des boutons-d'or. L'air était merveilleusement sec et tiède ; parvenue sous les arbres, j'ai senti la transpiration perler à mon front.

J'ai étalé la couverture sur l'herbe tachetée de soleil et je me suis débarrassée de mes chaussures. Plus loin dans les bois, un ruisseau murmurait son éternelle chanson aux galets de son lit ; des papillons se lais-saient porter par la brise. La couverture avait une bonne odeur de lessive et de feuilles foulées aux pieds. Je m'y suis assise ; les herbes folles de la prairie ont dressé devant le monde un rideau presque impénétrable.

J'ai posé le livre sur mes genoux levés en guise de lutrin et passé la main sur la couverture. Y était reproduite une cascade de photos en noir et blanc, éparpillées à des angles divers sur un fond sombre. Fillettes au beau visage, en robes d'autrefois ; pique-niques d'antan au bord d'un étang scintillant ; nageurs prenant la pose au bord des douves – tous avaient le regard sérieux et rêveur de ceux pour lesquels la capture de la lumière dans un appareil relève encore de la magie.

J'ai ouvert le livre.

Chapitre 1
Un enfant du Kent

Certains prétendent que l'Homme de boue n'est jamais venu au jour, mais qu'il a toujours été, de même que le vent, les arbres et la terre ; ils se trompent, ceux qui disent cela. Les choses vivantes ont toutes un commencement, les choses vivantes ont toutes une demeure ; de même en allait-il pour l'Homme de boue.

Pour certains écrivains, l'exercice de la fiction offre l'occasion de dresser les cartes de massifs inconnus, de décrire dans le moindre détail des royaumes improbables. Tel n'est pas le cas de Raymond Blythe. Comme quelques-uns de ses contemporains, ce natif du Kent sut puiser dans sa région natale une inspiration constante, aussi fertile que profonde, dont on retrouve la trace tant dans son œuvre que dans sa biographie. La lecture des lettres et des articles qu'il a laissés au cours des soixante-quinze années de sa vie le fait encore mieux comprendre : Raymond Blythe était, sans équivoque, un homme de terroir auquel le pays que les siens habitaient et cultivaient depuis des siècles put toujours offrir le repos, le refuge et la foi. Un enracinement qui lui permit de trouver dans sa maison natale, Milderhurst Castle, la matière même de son célèbre conte fantastique pour la jeunesse, *La Véridique Histoire de l'Homme de boue*. Une transmutation pas si fréquente dans l'histoire de la littérature, et un juste retour des choses. Ce château fièrement perché sur sa verdoyante colline des plateaux du Kent, ces champs fertiles, ces forêts sombres et bruissantes, ces jardins merveilleux que Milderhurst Castle domine encore de ses vénérables murailles : ils ont, chacun à leur manière, contribué au talent et au destin peu ordinaires de Raymond Blythe.

C'est par le jour le plus chaud de l'été 1866 que Raymond Blythe naquit, dans l'une des chambres du premier étage de Milderhurst Castle. Ses parents, Emily et Robert Blythe, lui donnèrent le prénom de son grand-père paternel, auquel on doit la fortune des Blythe, glanée dans les mines d'or du Canada. Raymond était l'aîné de quatre garçons, dont le benjamin, Timothy, perdit la vie lors d'un violent orage en 1876. Emily Blythe, poétesse de talent, ne se remit jamais de la mort de son fils. Elle sombra dans une terrible dépression dont rien ne put la tirer et se donna la mort en sautant de la tour de Milderhurst, abandonnant à leur sort son époux et ses trois jeunes enfants.

Le passage était illustré par le portrait d'une belle femme aux cheveux bruns relevés en un chignon compliqué. Penchée à l'une des fenêtres du château, elle contemplait quatre petits garçons sagement alignés, du plus grand au plus petit. Le cliché, daté de 1875, avait l'aspect laiteux des vieilles photographies d'amateur. Le petit Timothy n'avait sans doute pas pu s'empêcher de bouger pendant la pose ; de son visage indistinct on ne voyait qu'un vague sourire. Pauvre gosse, bien loin de se douter qu'il n'avait plus que quelques mois à vivre.

J'ai parcouru plus rapidement les paragraphes suivants. Le père à la réserve toute victorienne, le départ pour Eton, les études à Oxford, l'entrée dans l'âge adulte.

Son diplôme en poche, Raymond Blythe s'installa à Londres en 1887 et fit ses premières armes d'auteur dans les colonnes du magazine *Punch*. Avant la fin du siècle, il publia douze pièces de théâtre, deux romans et un recueil de poésie pour enfants. En dépit de cet indéniable succès, sa correspondance trahit un certain malaise : Blythe n'est pas heureux à Londres ; les campagnes fertiles de son enfance lui manquent.

Sans doute cette nostalgie fut-elle quelque peu atténuée par son mariage. En 1895, Raymond Blythe épouse Muriel Palmerston, « la reine des débutantes de l'année », selon la presse de l'époque. Ils s'étaient rencontrés par l'intermédiaire d'un ami commun. Un tournant dans l'existence de l'écrivain, dont les lettres se font beaucoup plus joyeuses. Les jeunes mariés se ressemblent en de nombreux points. Ils apprécient la vie au grand air, les jeux sur les mots, la photographie ; ce couple élégant et bien assorti a fréquemment les honneurs des pages mondaines de la presse londonienne.

A la mort de Robert Blythe, en 1898, Raymond hérite de la propriété familiale. Les Blythe quittent la capitale pour s'installer à Milderhurst. Avec un regret lancinant, que Raymond exprime à plusieurs reprises dans ses lettres : le couple n'a toujours pas d'enfant. Ce bonheur familial leur échappera encore de longues années. En 1905, Muriel Blythe confesse, dans une lettre à sa mère, l'effroi que lui inspire la perspective d'une « union qui ne serait pas bénie par la venue d'un enfant ». On imagine donc sans peine la joie immense – et sans doute le soulagement – que Muriel éprouva quatre mois plus tard en apprenant à sa mère qu'elle « avait enfin conçu ». L'enfant tant attendu allait venir. Ou plutôt les enfants… Après une grossesse difficile, qui la contraignit à garder le lit pendant de longues semaines, Muriel accoucha en janvier 1906 de jumelles. Les lettres que Raymond Blythe écrivit à cette époque à ses deux frères le démontrent clairement, ce furent les moments les plus heureux de sa vie. Un orgueil paternel dont les albums de photographies de la famille se font abondamment l'écho.

Clichés dont plusieurs étaient reproduits dans l'ouvrage. Les jumelles se ressemblaient énormément, même si l'une était plus menue, plus petite que sa sœur, et si son sourire me semblait plus timide. La dernière photographie de la série montrait un homme d'une quarantaine d'années, la chevelure abondante, le visage empreint de bonté. Assis dans un grand fauteuil, il posait avec ses fillettes emmaillotées de dentelles, une sur chaque genou. Il y avait dans son attitude quelque chose qui exprimait la profondeur de son affection pour les petites. Etait-ce la chaleur de son regard, la douce pression de ses mains sur leurs bras ? J'avais rarement vu sur des photographies de cette époque un homme aussi tendrement, aussi simplement absorbé dans son rôle de père. Comment ne pas éprouver une sympathie immédiate pour lui ? J'ai poursuivi ma lecture.

Ce bonheur devait, hélas, être de courte durée. Un soir de l'hiver 1910, Muriel Blythe fut grièvement blessée dans un tragique incendie. Un morceau de charbon incandescent roula de l'âtre et mit le feu au tissu de sa robe. Les flammes se propagèrent immédiatement à l'ensemble de ses vêtements avant qu'on ait pu venir en aide à la malheureuse. L'incendie fut si violent qu'il détruisit la tourelle est du château et l'immense bibliothèque familiale. Les brûlures dont souffrait Mme Blythe étaient trop étendues et trop profondes : elle eut beau recevoir les meilleurs soins des médecins les plus réputés du pays, elle succomba quelques semaines plus tard à ses terribles blessures.

La mort de sa femme fut un choc si rude pour Raymond Blythe qu'il fut incapable de publier le moindre texte dans les années qui suivirent. D'aucuns disent que le chagrin avait tout simplement tari son inspiration. D'autres, qu'il fit murer son bureau et se refusa désormais à tout travail d'écriture. Ce silence prit fin avec le roman auquel il doit sa célébrité, *La Véridique Histoire de l'Homme de boue*, fiévreusement rédigé au cours de l'année 1917. Même si l'œuvre a su séduire nombre de jeunes lecteurs, les exégètes de Blythe y lisent souvent une allégorie de la Grande Guerre, qui vit périr tant de soldats dans les tranchées boueuses de la Somme et du nord-est de la France. Le sort des survivants n'est pas sans ressemblance avec celui de l'Homme de boue que met en scène Blythe : le retour à la mère patrie fut difficile pour ces hommes qui devaient retrouver leurs marques dans des foyers et des familles ébranlés et meurtris. Raymond Blythe, en dépit de son âge, combattit sur le front des Flandres et fut blessé en 1916. Renvoyé en Angleterre, il effectua sa convalescence à Milderhurst. On peut lire dans la perte d'identité dont souffre l'Homme de boue et dans les efforts du narrateur pour retrouver le vrai nom de la créature et reconstituer son histoire un hommage aux anonymes de la Grande Guerre. Le livre se nourrit sans doute aussi des douleurs et des angoisses que l'auteur lui-même dut ressentir à son retour du front.

Cependant, et en dépit des thèses et des articles innombrables que l'œuvre a suscités, *L'Homme de boue* reste une énigme. Raymond Blythe – c'est de notoriété publique – n'a jamais voulu dévoiler les sources profondes de son inspiration, se contentant d'affirmer qu'il s'agissait d'un « don ». « La muse avait fait son travail », et le roman était sorti d'un seul jet de la plume de l'auteur. Peut-être est-ce la raison pour laquelle *La Véridique Histoire de l'Homme de boue* est l'un des rares romans qui soient parvenus à conserver toute son aura à travers le siècle, jusqu'à acquérir un statut et une influence presque mythiques. Les chercheurs du monde entier continuent à débattre de sa composition et de sa signification ; à ce jour, malgré tout, la question des sources de *La Véridique Histoire de l'Homme de boue* reste l'une des énigmes littéraires les plus impénétrables du XXe siècle.

Une énigme littéraire ! J'ai répété ces mots à voix basse, fascinée ; un délicieux frisson s'est emparé de moi. Ce que j'avais toujours aimé dans *L'Homme de boue*, c'était l'histoire, et les sensations que me donnaient les mots fiévreusement assemblés par Blythe. Le mystère de sa création ne faisait qu'ajouter à mon plaisir.

L'œuvre de Raymond Blythe avait jusque-là béné-
ficié d'une réputation assez flatteuse. L'immense
succès critique et financier de *La Véridique Histoire de
l'Homme de boue* fit quelque peu oublier les publications qui l'avaient précédé. Blythe passa à la postérité
comme l'auteur du roman le plus lu en Grande-
Bretagne. L'œuvre devait être adaptée à la scène et
représentée à Londres dès 1924, mais en dépit de
l'engouement du public, Raymond Blythe refusa
toujours de donner une suite à *La Véridique Histoire de
l'Homme de boue*. Blythe dédia le texte à ses deux filles
jumelles, Persephone et Seraphina, ajoutant cependant
les initiales de ses deux femmes, MP et OS, dans les
éditions plus tardives de l'ouvrage.

Auteur désormais reconnu et salué, Raymond Blythe
avait en effet entamé un nouveau chapitre de sa vie
privée. En 1919, il épousa une jeune femme du nom
d'Odette Silverman, qu'il avait rencontrée à Bloomsbury, dans les salons de lady Londonderry. D'origine
très modeste, Odette Silverman était une harpiste de
grand talent, ce qui lui avait ouvert nombre de portes
dans le grand monde. Les fiançailles furent de courte
durée et cette union provoqua un petit scandale dans les
cercles littéraires et mondains. La différence d'âge était
considérable : Raymond Blythe avait cinquante-trois
ans et Odette dix-huit, soit cinq ans de plus seulement
que ses futures belles-filles. La différence de milieu
social était tout aussi remarquable, si bien que la rumeur
ne tarda pas à courir que l'écrivain avait été proprement ensorcelé par la jeunesse, la beauté et le talent
d'Odette. Quoi qu'il en soit, les deux époux furent unis
devant Dieu dans la chapelle de Milderhurst Castle, qui
n'avait plus été utilisée depuis les funérailles de l'infor-
tunée Muriel Blythe.

En 1922 naquit Juniper, premier fruit de ce mariage
heureux. L'enfant avait hérité de la beauté de sa mère, à

en croire les nombreuses photographies prises à l'époque. Si Raymond Blythe dans sa correspondance put faire quelques plaisanteries sur le fait qu'il n'avait toujours pas d'héritier mâle, il était visiblement ravi de cette dernière addition au cercle familial. Hélas, une fois de plus, la tragédie reprit le dessus. En décembre 1924, Odette succomba à des complications liées à sa seconde grossesse dans les premiers mois de celle-ci.

Deux photographies de Juniper Blythe illustraient ce paragraphe. La première avait été prise alors que la fillette ne devait pas avoir beaucoup plus de quatre ans. Elle est assise, ses jambes longues et fines tendues devant elle, les chevilles croisées. Elle est pieds nus et, à en croire son expression, elle a été surprise – ce qui ne lui plaît guère – pendant un moment de contemplation solitaire. Elle fixe l'objectif de ses yeux en amande, un peu trop écartés l'un de l'autre. Avec ses cheveux blonds et vaporeux, son nez retroussé, tavelé de taches de rousseur, ses lèvres closes au pli méfiant, ces yeux lui donnent une curieuse apparence, celle d'une enfant qui a déjà trop vu, trop vécu.

Le second cliché montrait une Juniper presque femme. Les années avaient passé en un éclair, si bien que ces yeux de chat, inchangés, me regardaient maintenant dans un visage adulte, d'une très grande et très insolite beauté. Je me suis alors souvenue de ce que maman m'avait raconté, de la façon dont les femmes s'étaient écartées lorsque Juniper était entrée dans la salle communale, de l'aura qui semblait la suivre partout où elle allait. Jusqu'à nimber cette photographie en noir et blanc… Portrait d'un être à la fois curieux et secret, absent et trop conscient du monde qui l'entourait. Les traits du visage et ce qu'ils exprimaient, dans leurs jeux d'ombre et de lumière, des émotions et des pensées de la jeune fille formaient un tout fascinant. La légende de la photo donnait-elle une date ? Oui, avril 1939. Quelques mois plus tard, ma mère, alors âgée de douze ans, allait croiser le chemin de cette singulière créature.

Après la mort de sa seconde épouse, Raymond Blythe, s'il faut en croire les témoignages de ses contemporains, trouva refuge dans son bureau. Cependant, hormis quelques courts essais destinés aux colonnes du *Times*, il ne publia plus aucune œuvre d'importance. A l'époque de sa mort, il travaillait sur un projet qu'il laissa inachevé. Ce n'était pas, contrairement à ce que ses nombreux lecteurs espéraient, la suite tant attendue de *L'Homme de boue*, mais un long texte sur la nature non linéaire du temps. Le passé, expliquait-il, revient parfois hanter le présent, une théorie déjà abordée dans son roman.

Ses dernières années furent assombries par une santé déclinante. Physiquement et mentalement affaibli, il était persuadé que son Homme de boue avait fini par lui échapper. Dotée d'une vie indépendante, la créature s'était retournée contre le créateur, le tourmentant sans relâche. Crainte certes singulière, mais que l'on peut comprendre au regard des tragédies familiales qui avaient marqué son existence. Elle était du reste partagée par nombre de visiteurs du château. Bien sûr, il n'est pas de demeure historique qui ne traîne son fardeau d'histoires effroyables, et Milderhurst n'échappe pas à la règle. De surcroît, une œuvre aussi lue et aussi appréciée que *La Véridique Histoire de* l'*Homme de boue* ne peut que provoquer l'apparition de telles théories, d'autant qu'elle a pour décor ce même Milderhurst Castle.

A la fin des années 1930, Raymond Blythe se convertit au catholicisme et refusa désormais toute visite, hormis celles de son prêtre. Il succomba le 4 avril 1941 à une chute de la tour de Milderhurst. Soixante-cinq ans plus tôt, sa mère avait trouvé la mort de la même façon.

Le chapitre s'achevait sur une photographie de Raymond Blythe, ô combien différente de celle qui m'avait tant émue – le père souriant tenant ses enfants sur ses genoux. Je me suis alors rappelé la conversation que j'avais eue le matin même avec Alice, dans la librairie du village. N'avait-elle pas fait allusion au fait que la fragilité mentale dont souffrait Juniper Blythe était sans doute héréditaire ? Cet autre Raymond Blythe n'avait plus rien de serein ni de rassurant. Ses traits étaient dévorés par l'angoisse : les yeux méfiants, les lèvres pincées, le menton et les mâchoires figés par la tension. Le portrait datait de 1939 : Raymond Blythe avait alors soixante-treize ans, mais ces rides n'avaient pas été creusées par le seul passage du temps. Plus je le regardais et plus j'en étais convaincue. Les démons de Raymond Blythe n'étaient pas seulement des figures de style sous la plume de sa biographe, comme je l'avais d'abord pensé. Cet homme-là portait le masque effroyable de qui subit, vivant, les tourments de l'enfer.

Alentour le crépuscule lentement s'est installé, emplissant les vallons et les bosquets du parc de Milderhurst, rampant sur les champs et dévorant peu à peu la lumière. Le portrait de Raymond Blythe s'est fondu dans l'obscurité et j'ai refermé le livre. Je n'ai pas bougé, pourtant. Il n'était pas encore temps. Je me suis retournée, j'ai cherché du regard la brèche entre les arbres par laquelle on pouvait voir le château se dresser sur la colline, masse noire se détachant sur un ciel plus noir encore. Un frisson d'excitation m'a parcourue.

— Demain, ai-je murmuré, j'en franchirai le seuil.

Il avait suffi d'une après-midi pour que les habitants du château prennent vie à mes yeux. Ils s'étaient insinués sous ma peau au fur et à mesure de ma lecture ; j'avais désormais l'impression de les avoir toujours connus. Et si j'avais retrouvé Milderhurst par le plus grand des hasards, ma présence en ces lieux avait quelque chose d'une évidence. Une sensation qui n'était pas nouvelle pour moi – je l'avais déjà éprouvée en me plongeant dans *Jane Eyre* ou dans *Les Hauts de Hurlevent*… Comme si l'histoire que je lisais m'était déjà familière, comme si elle venait confirmer ce que j'avais toujours pensé du monde, comme si elle m'avait patiemment attendue, des années durant, jusqu'à ce que je vienne la faire mienne.

Voyage dans les vestiges d'un jardin

Il me suffit aujourd'hui de fermer les yeux pour voir paraître, sous mes paupières, le ciel étincelant du matin, le soleil de ce début d'été vibrant, plein et rond, sous un filtre bleu clair. Il doit avoir, ce ciel, une place bien particulière dans ma mémoire, car lorsque j'ai revu Milderhurst, le carrousel des saisons avait tracé un arc de cercle ; les jardins, la forêt, les champs avaient tous revêtu le manteau de cuivre et de bronze de l'automne. Mais ce jour-là, ce premier jour… En montant vers le château, la feuille de route de Mme Bird à la main, je me suis laissé ranimer par les douces palpitations d'un désir enfin tiré de son long sommeil. Tout me parlait de retour à la vie : l'air vibrait du chant des oiseaux, auquel les abeilles ajoutaient leur bourdonnement sucré ; le soleil, chaud, si chaud, me tirait vers la colline et jusqu'aux murs du château.

J'ai marché, marché ; alors que je commençais à me demander si je n'étais pas condamnée à errer éternellement dans les sous-bois sans fin, j'ai vu surgir d'entre les troncs d'arbres un portail rouillé, et je me suis retrouvée au bord d'un grand bassin de pierre. Je l'ai immédiatement reconnu : c'était la piscine dont

Mme Bird m'avait parlé, celle qu'Oliver Sykes avait conçue pour la première femme de Raymond Blythe. Parfaitement circulaire, elle faisait environ dix mètres de diamètre. Hormis la taille, le dessin était le même que celui de la pièce d'eau des Bird. Mais la ressemblance s'arrêtait là. Le bassin de la ferme scintillait gaiement dans les rayons du soleil, la pelouse soigneusement entretenue faisait un écrin vert à la vasque de calcaire blond. Celui-ci, perdu dans la forêt, avait été abandonné depuis longtemps à son triste sort. La mousse avait envahi la pierre, les mauvaises herbes – soucis, marguerites – s'étaient insinuées entre les moellons, leurs pâles pétales tachetés de soleil. Les nénuphars avaient envahi la surface de l'eau, si nombreux que leurs feuilles épaisses se chevauchaient ; la brise de printemps les faisait doucement osciller, et l'on aurait dit la peau écailleuse et verdâtre d'un immense poisson, monstre solitaire sorti tout droit de la préhistoire.

Je n'ai pas pu voir clairement le fond de la piscine mais elle était, sans nul doute, profonde. Un plongeoir avait été érigé de l'autre côté du bassin. La planche de bois était blanchie et fendillée par les années, les ressorts rongés par la rouille, si bien que l'ensemble ne paraissait plus tenir debout que par miracle. Dans un arbre immense et tout proche, deux cordes retenaient une balançoire, à présent condamnée à l'immobilité par les ronces qui régnaient en souveraines dans l'étrange petite clairière. Oh, elles s'en donnaient à cœur joie maintenant... Sous leurs buissons épais, j'ai fini par distinguer le toit pointu d'une petite construction de brique – une cabine de piscine, sans doute. La rouille avait bloqué le verrou de la porte ; les fenêtres, enfouies sous les ronces, étaient recouvertes d'une épaisse couche de crasse, impossible à nettoyer. A l'arrière, cependant, la vitre de la fenêtre était cassée ; un lambeau de fourrure grise pendait encore au tesson le plus saillant. Je me suis empressée de regarder à l'intérieur de la maisonnette.

Tout y était recouvert de poussière – des décennies de poussière, si épaisse que l'odeur me montait aux narines. Des lucarnes aux volets brisés, une lumière pâle tombait sur les décombres, par faisceaux minces où tournoyaient des particules scintillantes. Sur une étagère, des serviettes soigneusement pliées attendaient les nageurs ; impossible d'en déceler la couleur d'origine. A l'autre bout de la pièce, une porte au dessin élégant donnait, s'il fallait en croire la pancarte, sur les cabines à proprement parler. Une tenture de gaze caressait, rose, quelques chaises longues empilées les unes sur les autres en un lent ballet qui devait durer depuis des années.

J'ai fait un pas en arrière, soudain consciente du son mat que mes tennis faisaient sur le tapis de feuilles mortes. Une curieuse tranquillité régnait sur la clairière, à peine troublée par le vague bruit de succion des feuilles de nénuphar ; l'espace d'une seconde, j'ai eu la vision de l'endroit tel qu'il avait été des années auparavant. La poussière s'est levée, les lucarnes ont retrouvé leurs battants ; puis je les ai vus, les joyeux baigneurs dans leurs maillots anciens, étalant leurs serviettes sur le bord de la piscine, buvant limonades et thés glacés, sautant, gracieux, du plongeoir, se balançant longuement au-dessus de l'eau fraîche, si fraîche…

Cela n'a pas duré. J'ai cligné des yeux : ils ont instantanément disparu, me laissant seule dans la clairière envahie par les ronces, en proie à un regret que j'avais du mal à définir. Pourquoi avoir laissé la piscine à l'abandon ? Pourquoi avoir verrouillé la porte de la maisonnette pour n'y plus jamais revenir, pourquoi s'être détourné de ces lieux qui avaient dû être enchanteurs ? Les demoiselles Blythe étaient fort âgées aujourd'hui, mais tel n'avait pas toujours été le cas. Elles avaient vécu des années au château : il y avait certainement eu des étés merveilleusement chauds pendant lesquels rien n'aurait été plus plaisant qu'une baignade au cœur de la forêt.

Les réponses à ces questions, j'ai fini par les apprendre – plus tard, beaucoup plus tard. Et me sont venues aussi d'autres révélations, en réponse à d'autres interrogations que j'avais à peine osé me formuler à moi-même. Ce jour-là, dans la clairière abandonnée, j'avais des préoccupations plus immédiates, cependant. J'ai facilement chassé ces visions du passé pour me concentrer sur ma mission. Mon inspection de la piscine n'avait fait que retarder le moment de ma rencontre avec les demoiselles Blythe. Un doute lancinant s'est insinué en moi : cette piscine, était-elle réellement sur le chemin du château ?

J'ai relu soigneusement les instructions de Mme Bird.

Mes appréhensions étaient justifiées. Aucune mention de la piscine. D'après ma feuille de route, j'étais censée à cette heure approcher de la pelouse sud. « Passer entre deux piliers majestueux et continuer vers le château. »

Lentement, très lentement, mon cœur effaré a sombré tout au fond de ma poitrine.

Pelouse sud ? Piliers majestueux ? Mais où étaient-ils donc passés ?

Rien de surprenant, naturellement, à ce que je me sois égarée ; c'est le genre de chose qui m'arrive tout le temps, même dans Hyde Park. Mais quel ennuyeux contretemps ! Les minutes passaient impitoyablement, et je n'avais que deux possibilités : soit revenir sur mes pas et suivre à la lettre les instructions de Mme Bird, soit continuer droit devant moi et m'en remettre au hasard. De l'autre côté du bassin, il y avait une porte qui donnait sur un escalier de pierre fort raide, taillé au flanc même de la colline embroussaillée. Une bonne centaine de marches, dont chacune s'enfonçait dans la précédente comme si l'escalier, tel un jeu d'orgues minéral, ne cessait de pousser un immense soupir. Mais sans doute menait-il dans la bonne direction ; aussi en ai-je entamé l'ascension. Question de logique, tout simplement : le château et les sœurs Blythe m'attendaient là-haut sur la colline. En montant, je ne pouvais que me rapprocher du but.

Les sœurs Blythe. C'est, je crois, au cours de cette marche forcée que j'ai commencé à penser à elles sous ce nom collectif. Ces « sœurs » s'étaient accolées de force à « Blythe » comme les frères à Grimm. Ces deux mots sont restés inséparables dans mon esprit. Curieuse, tout de même, la façon dont les choses vous arrivent. Avant la lettre de Juniper, je n'avais jamais entendu parler de Milderhurst Castle ; à présent le château m'attirait aussi irrésistiblement qu'une flamme puissante et claire attire le frêle papillon de nuit. Tout avait commencé par les révélations de maman :

l'histoire de son évacuation, la demeure mystérieuse au nom si gothique. Puis le lien avec Raymond Blythe : c'était là, au cœur de ces collines sombres, qu'était né *L'Homme de boue* – *mon* Homme de boue ! En approchant frémissante de cette flamme, j'ai compris qu'il y avait dans mon excitation une composante nouvelle. Etait-ce le livre lu dans la prairie, la veille au soir, ou les quelques informations dont Mme Bird m'avait régalée au petit déjeuner ? Toujours est-il que j'en étais venue à considérer les sœurs Blythe avec une fascination au moins égale à celle que m'inspiraient Raymond et son château.

Il faut dire que les fratries m'ont toujours intéressée. Leur intimité m'intrigue autant qu'elle me révulse. Les gènes partagés, le caractère aléatoire et parfois injuste de leur distribution, le lien auquel il est si difficile d'échapper. Ce lien, je le comprenais, d'une certaine façon. Autrefois, j'avais eu un frère – ou plutôt mes parents avaient eu un fils. Il est mort avant que j'aie pu le connaître ; et quand j'ai eu de mon côté rassemblé assez d'éléments pour reconstituer un être aussi réel qu'irrémédiablement absent, les quelques traces qu'il avait laissées dans le monde avaient été soigneusement effacées. Deux actes – naissance, décès – classés dans une mince chemise rangée dans une commode ; une petite photo dans le portefeuille de mon père ; une autre dans le coffre à bijoux de ma mère… Rien d'autre qui puisse proclamer : « Ah, j'ai vécu. » Hormis, bien sûr, les souvenirs et le chagrin que mes parents gardent bien vivants au fond de leur âme. Sans pour autant les partager avec moi.

Oh, je n'essaie pas de vous tirer des larmes. Mais seulement de vous expliquer ceci : même si je n'ai pas grand-chose qui me permette de faire revenir Daniel d'entre les morts – ni souvenirs ni reliques –, je sais depuis toujours que nous sommes liés, aussi sûrement que la nuit l'est au jour, par un fil invisible et ténu. J'ai été une présence dans la maison de mes parents, aussi indéniablement qu'il en a été le grand absent. Ces mots que nous n'avons jamais prononcés, mais que nous avons, je crois, tous entendus… Lorsque nous avions un moment de bonheur à trois, c'était : *Ah, s'il était là, lui aussi*. Lorsque je les décevais d'une façon ou d'une autre : *Daniel ne se serait jamais conduit de cette façon, lui*. A chaque rentrée scolaire : *Ces grands types, là-bas, ils auraient pu être ses camarades de classe*. Cela, et cette expression pensive que je surprenais parfois dans leur regard, quand ils se croyaient seuls.

Ce qui ne veut pas dire que la curiosité que m'inspiraient les sœurs Blythe avait le moindre rapport avec Daniel. Ce n'était pas aussi simple que cela. Mais qu'elle était singulière et belle, leur histoire – deux sœurs jumelles renonçant au monde pour se dévouer à leur cadette au cœur brisé, à l'esprit condamné à l'errance par un amour non payé de retour. Et si Daniel avait été de ceux que l'on doit protéger, même si cela doit vous coûter la vie ? Comment me serais-je comportée ? Comme les sœurs Blythe, ou… ? Elles m'obsédaient, ces trois femmes, vous comprenez ? Trois sœurs liées par le sacrifice. Le temps passait, elles vieillissaient ensemble, se desséchaient sous le toit ancestral, ultimes héritières d'une grande et tragique lignée.

J'ai monté les marches une à une, lentement ; sur mon chemin, un cadran solaire battu par les vents, une rangée d'urnes patiemment dressées sur leurs piédestaux silencieux, deux cerfs de marbre se faisant face par-dessus des haies mal taillées... En haut des marches, la colline s'est aplanie. Sous mes yeux s'ouvrait une allée bordée d'arbres fruitiers aux branches noueuses, qui formaient une tonnelle. L'indication était claire : droit devant ! Comme si le jardin avait une volonté propre (c'est du moins la pensée que j'ai eue, ce matin-là), comme s'il m'attendait depuis des années et se refusait, maintenant que je lui étais confiée, à me perdre dans ses propres labyrinthes ? Non, ce qu'il voulait, ce jardin, c'était me guider jusqu'au château, et me livrer à ses habitantes.

Réflexions enfantines et sentimentales, bien sûr. Sans doute la montée des marches m'avait-elle donné un léger vertige, encourageant mes délires les plus absurdes et les plus grandioses. Quoi qu'il en soit, je me suis sentie comblée, exaltée. Rien ne pouvait plus me résister (hors la transpiration). Une aventurière qui s'était libérée des contraintes de temps et d'espace et qui partait sans peur à la conquête de... Ah, de quelque chose, sans doute. Même si ce n'était qu'un trio de très vieilles dames dans une tour tout aussi antique. Voire, si j'avais un peu de chance, une tasse de thé et un muffin.

Le jardin aux allées couvertes n'avait pas été mieux entretenu que la piscine. J'avais, en parcourant ses tunnels ombreux, l'impression de marcher à l'intérieur du vénérable squelette de quelque monstre énorme, mort depuis de longues années. Au-dessus de ma tête, les branches figuraient les côtes immenses de l'animal, que poursuivaient sur le sable clair de l'allée leurs longues ombres. Je ne me suis pas attardée sous ces arches lugubres ; mais, l'extrémité de l'allée enfin franchie, je suis restée immobile, interdite, un long moment.

Sous mes yeux, voilé d'ombre bien que la journée soit claire et chaude, se dressait Milderhurst Castle. Ou plutôt la façade arrière de Milderhurst Castle : ni grilles, ni pelouse majestueuse, ni vaste allée, mais un fouillis d'appentis, de cabanes et de tuyauteries.

J'ai soudain compris la nature de mon erreur. Dès les premiers mètres de mon périple, j'avais très certainement raté un embranchement et j'avais dû me frayer un chemin sous les bois qui recouvraient la colline, approchant ainsi le château par le nord plutôt que par le sud.

Tout est bien qui finit bien, ai-je pensé avec un certain soulagement. Je ne m'en étais pas si mal tirée, et mon retard n'était certainement pas de nature à m'attirer les foudres des demoiselles Blythe. Comble de bonheur, un petit sentier envahi par les herbes folles montait en douceur vers les murs des jardins du château. Je l'ai suivi. O victoire ! J'avais enfin sous les yeux les deux fameux piliers décrits par Mme Bird, et la pelouse sud, à l'extrémité de laquelle, comme il se doit, la façade de Milderhurst Castle se dressait fièrement à la conquête du soleil.

Si j'avais déjà, dans ma traversée erratique du jardin, senti le poids tranquille et régulier des années, il se faisait plus sensible encore autour du château, l'enserrant comme une toile d'araignée. La bâtisse, nimbée d'une grâce toute théâtrale, n'a pas fait mine de remarquer mon arrivée. Les fenêtres à guillotine regardaient droit devant elles, vers la mer, vers la Manche, avec une expression de lassitude et d'ennui qui m'a fait comprendre à quel point je leur étais indifférente. L'immense demeure en avait tant vu au cours de sa longue existence qu'elle n'avait pas de temps à consacrer à une visiteuse aussi éphémère, aussi chétive que moi.

Un vol d'étourneaux s'est échappé des hautes cheminées pour se diriger vers le ciel, puis fondre sur la vallée, au creux de laquelle se nichait la ferme des Bird. J'ai été curieusement surprise par cet immense murmure.

J'ai suivi les oiseaux des yeux tandis qu'ils frôlaient les cimes des arbres et se laissaient tomber vers les minuscules toits de tuile. Elle avait l'air si loin à présent, la ferme ! Soudain j'ai été envahie par une singulière conviction : durant mon ascension de la colline boisée, j'avais, je le savais, franchi une ligne invisible. J'avais été *là-bas*, je le savais – mais à présent j'étais *ici*, et ce n'était pas seulement une question de déplacement *physique*.

J'ai abandonné les étourneaux à leur sort et tourné les yeux vers le château. A la base de la tour, une grande porte noire était ouverte. Chose étrange, je ne l'avais pas remarquée jusqu'ici.

— Il est temps…

A peine avais-je atteint le vaste perron que je me suis arrêtée dans mon élan. Assis près d'un lévrier de marbre rongé par le temps, son descendant de chair et d'os me regardait fixement. Sans doute me surveillait-il depuis mon apparition sur la pelouse. C'était un grand chien noir, un lurcher, comme je l'apprendrais plus tard.

Se dressant soudain sur ses pattes, il m'a bloqué la voie et défié de ses yeux sombres. Un obstacle que je n'avais ni l'envie ni la possibilité de surmonter. J'avais le souffle court, une curieuse sensation de froideur dans les membres, mais ce n'était pas la peur qui me mettait dans cet état. Comment expliquer ce que je ressentais ? J'avais l'impression que ce chien était un passeur, ou un majordome à l'ancienne manière. Il me fallait son accord pour poursuivre ma route.

Il s'est avancé vers moi, le regard intense, le pas silencieux. A frôlé de sa fourrure noire le bout de mes doigts avant de faire demi-tour. Puis, sans se retourner, il a franchi la porte de la tour, s'est fondu dans la pénombre.

Me faisant signe de le suivre – c'est du moins ce que j'ai pensé.

Trois sœurs au crépuscule

Vous êtes-vous jamais demandé à quoi ressemble l'odeur du temps qui passe ? Je ne m'étais jamais posé la question avant de franchir le seuil de Milderhurst Castle, mais j'en connais maintenant la réponse. Moisissure et ammoniaque, une pincée de lavande et une bonne poignée de poussière, à laquelle on peut ajouter le produit de la décomposition de très anciennes feuilles de papier. Là-dessous quelque chose qui ressemble à des effluves de pourriture ou de plat longuement mijoté, sans pour autant en atteindre l'intensité. Il m'a fallu quelque temps pour identifier ce dernier élément, mais j'y suis enfin parvenue. C'est le passé. Pensées et rêves, espoirs et blessures, jetés dans le même brouet dont le fumet continue à flotter dans l'air stagnant, sans pouvoir jamais se dissiper.

— Bonjour ?

Sur la dernière marche du perron, j'ai attendu une réponse, qui n'est jamais venue.

— Bonjour... Y a-t-il quelqu'un ?

J'avais parlé plus fort, cette fois-ci. Mme Bird m'avait conseillé d'entrer sans crainte dans le château ; les sœurs Blythe attendaient notre venue ; elle-même me retrouverait dans les murs. Mieux que cela, elle m'avait recommandé de ne pas frapper à la porte, de ne pas tirer la sonnette ou faire quoi que ce soit qui signale bruyamment mon arrivée. Ce qui m'avait laissée perplexe : à Londres, quand vous entrez chez quelqu'un sans prévenir, cela équivaut pratiquement à une violation de domicile. J'ai fini cependant par suivre son conseil. Je suis passée sous le porche de pierre, j'ai traversé un long couloir voûté et je me suis retrouvée dans une pièce ronde et sans fenêtre dans laquelle il faisait très sombre, malgré un plafond en coupole. J'ai levé vivement la tête : sous le dôme, un oiseau blanc voletait dans les faisceaux de lumière poussiéreuse.

— Fort bien.

La voix avait surgi à ma gauche. J'ai fait volte-face : à deux ou trois mètres de moi venait d'apparaître une très vieille femme, appuyée au chambranle d'une porte. Le chien noir était assis à son côté. Grande et mince, elle portait un tailleur-pantalon de tweed et une chemise boutonnée jusqu'au col – un vrai costume de gentilhomme. Les années avaient gommé toute courbe, toute féminité. Son front était passablement dégarni ; ses cheveux blancs encadraient ses oreilles de mèches rêches et obstinées. Son visage, presque ovoïde, trahissait une vive intelligence. Ses sourcils, épilés avec soin, avaient été redessinés à l'aide d'un crayon rouge sang. L'effet était théâtral, voire lugubre. Elle s'est penchée sur une élégante canne à la poignée d'ivoire.

— Vous êtes Mlle Burchill, n'est-ce pas ?

— Oui, Edith Burchill, ai-je murmuré, le souffle coupé.

Je lui ai tendu la main.

— Ravie de vous rencontrer.

Elle a souri et de sa main sèche et froide m'a pressé légèrement les doigts. Le bracelet de cuir de sa montre a glissé sans bruit jusqu'à son poignet.

— Marilyn Bird, la fermière, m'a dit que vous deviez passer. Je suis Persephone Blythe.

— Je vous suis si reconnaissante d'avoir bien voulu me recevoir ! Depuis que je connais l'existence de Milderhurst, je meurs d'envie de voir à quoi ressemble le château.

— Vraiment ?

Elle a pincé les lèvres d'une drôle de façon – un sourire tordu, en épingle à cheveux.

— Je me demande bien pourquoi.

Sans doute aurais-je dû lui parler alors de maman, de la lettre reçue en février, de l'évacuation, de son séjour au château. Puis voir sans doute le visage de Percy Blythe s'illuminer sous l'effet du souvenir et, tout en visitant le château, échanger nouvelles récentes et vieilles histoires… Cette entrée en matière était si naturelle que la réponse que j'ai fini par bredouiller m'a surprise moi-même.

— J'en ai entendu parler dans un livre.

Elle a émis une sorte de soupir poli, un « Ah » sans point d'exclamation.

— C'est que je lis beaucoup, me suis-je empressée d'ajouter, comme si cette vérité indéniable pouvait atténuer la force du mensonge. J'adore les livres. Les livres sont mon métier. Et ma vie.

Commentaire qui a fait naître sur son visage ridé une expression consternée ; rien d'étonnant à cela. Le mensonge initial était banal et sans imagination, les précisions autobiographiques parfaitement superfétatoires. Pourquoi ne pas m'être contentée de la vérité ?

Non seulement ç'aurait été plus honnête, mais aussi plus intéressant. Je crois qu'en mentant j'ai voulu – idée infantile et naïve, sans doute – accaparer cette visite, passer sous silence la présence de ma mère en ces lieux, cinquante ans plus tôt. De tout cela j'ai pris conscience immédiatement. Mais à peine m'étais-je décidée à revenir sur mes déclarations qu'elle m'a fait signe de la suivre ; elle m'a tourné le dos, le lurcher sur les talons, et tous deux se sont engagés dans le couloir obscur. Elle marchait d'un pas à la fois ferme et léger ; la canne, apparemment, n'était qu'une coquetterie. Sa voix soudain a résonné, irréelle.

— Quoi qu'il en soit, je vous sais gré de votre ponctualité. Je déteste attendre.

Nous avons continué en silence – un silence de plus en plus lourd et profond. A chaque pas, la séparation d'avec le monde extérieur se faisait plus sensible : adieu, chuchotement des arbres, chant des oiseaux, mélodie lointaine d'un ruisseau invisible… Ces bruits, je les avais perçus sans les entendre : maintenant qu'ils étaient absents, ils me manquaient ; les avait remplacés un vide si vertigineux, si assourdissant, que mes tympans se sont mis à bourdonner, à créer des sons fantômes – murmures et sifflements, tels ceux qu'inventent les enfants lorsqu'ils imitent vipères et cobras.

Plus tard, j'ai fini par m'y faire, à cet étrange isolement. A cette quasi-dissolution des sons, des odeurs, des images, si limpides au-dehors, dans l'antique pierre – comme s'ils étaient incapables d'en franchir la frontière. Des siècles durant, le grès poreux avait bu son content. S'y étaient fossilisées des milliers d'impressions, tout comme ces fleurs séchées que l'on retrouve si souvent entre les pages des livres du siècle passé. Redoutable et fragile muraille dressée contre le monde extérieur… Au-delà des murs, la brise était colorée de l'odeur subtile des boutons-d'or et de l'herbe fraîchement coupée. De ce côté-ci des murs, cependant, rien que le râle boueux du temps.

Sur les pas de mes guides muets, je suis passée devant d'innombrables portes closes, tout aussi prometteuses les unes que les autres. Au bout du couloir, juste avant que celui-ci ne s'enfonce dans les ténèbres, la dernière de ces portes était entrouverte. Le rayon timide qu'elle jetait sur le plancher s'est fait flot de lumière quand Percy Blythe en a poussé le battant de sa canne.

Elle a reculé d'un pas, m'a fait un bref signe du menton. Lequel me signifiait très clairement : « Après vous, mademoiselle. »

Je me suis exécutée. Après le couloir aux sombres boiseries, le contraste était bienvenu. Percy Blythe m'avait ouvert la porte d'un des salons, dont les tentures, d'un jaune qui avait dû être jadis étincelant, avaient pâli avec le temps. Les motifs déroulaient à présent des volutes languides, aussi lasses que les rosaces de l'immense tapis, rose, bleu et blanc. Avait-il subi les assauts du temps, lui aussi, ou avait-il toujours été aussi pâle ? Campé face à la cheminée, au manteau richement sculpté, un canapé à la forme curieusement longue et basse, sur lequel, sans doute, s'étaient prélassés d'innombrables corps, ce qui ne l'en faisait paraître que plus confortable. Près du canapé, une machine à coudre Singer sous le mécanisme de laquelle était glissé un pan de tissu bleu.

Le chien noir m'a dépassée de son pas tranquille et est allé s'installer, comble de l'élégance, sur une peau de mouton, au pied d'un immense paravent qui devait dater de plus de deux siècles. Y étaient peintes des scènes canines, sur un fond dont les verts et les bruns avaient fini par se fondre en une sorte de teinte mate et lugubre, le tout sous un ciel éternellement crépusculaire. Là où le chien avait coutume de se coucher, la peinture s'était complètement écaillée.

Une femme visiblement aussi âgée que Percy était assise à une table ronde, la tête baissée sur une feuille de papier, île blanche perdue dans une mer de pièces de Scrabble. Elle portait d'épaisses lunettes qu'elle s'est hâtée de retirer quand je suis entrée, et qu'elle a rangées dans une poche de sa longue robe de soie. Elle s'est levée. Elle avait les yeux gris-bleu et ses sourcils n'avaient rien d'extravagant, ni spécialement arqués ni exagérément fournis. Mais ses ongles... ses ongles étaient d'un rose aussi vif que celui de son rouge à lèvres et des fleurs qui ornaient l'imprimé de sa robe. Si leurs mises différaient considérablement, la femme aux ongles roses était aussi soigneuse, aussi impeccable que Percy, inclinant plus que sa sœur, cependant, à une forme d'élégance quelque peu passée de mode, même si sa robe, elle, ne l'était pas.

— Je vous présente ma sœur Seraphina, m'a dit Percy en se dirigeant vers sa jumelle. Saffy (et sa voix s'est démesurément enflée), je te présente Mlle Burchill.

Saffy a tapoté doucement le lobe de son oreille.

— Percy, ma chérie, a-t-elle pépié d'une voix douce et mélodieuse, nul besoin de t'égosiller. Mon sonotone est bien en place.

Elle m'a décoché un timide sourire, les yeux papillonnants, fort démunis sans les lunettes que sa coquetterie lui avait fait ôter. Elle était aussi grande que sa sœur, même si, par je ne sais quel jeu de couleur, de lumière ou peut-être de maintien, elle semblait plus menue.

— Il est si difficile de se débarrasser de ses vieilles habitudes ! Percy a toujours aimé mener son monde à la baguette. Bien. Je suis Saffy Blythe ; ravie de vous rencontrer.

Je me suis approchée pour prendre sa main dans la mienne. Sa sœur et elle se ressemblaient comme deux gouttes d'eau, même si le temps avait fait ressortir quelques différences. Quatre-vingts ans, ce n'est pas rien… Ils avaient visiblement été plus généreux pour Saffy, dont le visage était moins marqué. Elle avait l'air d'une aimable châtelaine, telle que nombre de manoirs anglais doivent en héberger, et je me suis sentie aussitôt à mon aise avec elle. Si Percy était une hôtesse presque terrifiante, Saffy m'a immédiatement fait penser aux biscuits au son, aux lettres gribouillées sur un beau vergé ivoire. Drôle de chose que la personnalité, qui marque de plus en plus impitoyablement les gens au fur et à mesure qu'ils vieillissent, s'extrayant de l'âme pour laisser ses cicatrices sur la peau.

— Mme Bird vient juste de nous téléphoner, a dit Saffy. J'ai bien peur que ses affaires ne la contraignent à rester au village.

— Ah, quel dommage !

— Oui, la pauvre femme était toute retournée, a ajouté Percy d'une voix neutre. Mais je lui ai dit que je n'avais aucune objection à vous faire faire la visite moi-même.

— Aucune objection ! Tu en seras enchantée, veux-tu dire.

Saffy a eu un bon sourire.

— Ma sœur aime le château comme d'autres leur conjoint. Chaque fois qu'elle le peut, elle prend un plaisir infini à le faire visiter. Et comme je la comprends ! Cette vieille maison lui doit tout. Sans elle, sans ses années de travail et d'abnégation, Milderhurst ne serait plus qu'un tas de ruines.

— Saffy, je me suis contentée de faire le nécessaire pour que les murs continuent à tenir debout. Rien de plus.

— Ma sœur est trop modeste.

— Et la mienne est têtue comme une mule.

Cette petite passe d'armes faisait visiblement partie de leurs rites ; elles se sont tues et m'ont regardée avec le même sourire entendu. L'espace d'un instant, je me suis retrouvée dans une autre dimension, me souvenant soudain des photos du livre que j'avais parcouru la veille. Comment retracer les liens ? Laquelle des jumelles était devenue Percy, laquelle était devenue Saffy ? Cette dernière finalement s'est approchée pour prendre la main de Percy dans la sienne.

— Ma sœur prend soin de nous depuis toujours, et nous ne sommes plus des jeunes femmes.

Puis elle a tourné vers le maigre profil de sa sœur un regard si chargé d'admiration que j'ai compris qu'elle avait été, sans doute, la plus petite, la plus fragile des jumelles, celle qui souriait timidement devant l'objectif de l'appareil photo.

Percy n'a guère goûté ce compliment. Le regard fixé sur le bracelet de sa montre, elle a marmonné :

— Depuis toujours, ah. Certes. Mais il n'y en a plus pour très longtemps.

Que dire quand un vieillard fait allusion devant vous à l'imminence de sa mort ? Je lui ai appliqué le traitement que je réserve généralement à Herbert quand il m'explique qu'« un jour » je dirigerai la maison d'édition. J'ai souri, comme si j'avais mal entendu, et j'ai posé le nez sur la vaste baie aux carreaux illuminés.

C'est alors que j'ai remarqué la troisième sœur, Juniper sans doute. Elle était assise, aussi immobile qu'une statue, dans un fauteuil recouvert de velours vert fané, contemplant par la fenêtre le spectacle que lui offrait le parc. Une volute de fumée de cigarette s'élevait d'un cendrier de cristal, l'enveloppant d'une brume indistincte. Elle n'avait, contrairement à ses sœurs, aucune prétention à l'élégance. Elle portait cet uniforme universel des malades chroniques : une veste-chemise trop large, dont les pans étaient soigneusement rentrés dans un pantalon informe et dont le plastron était constellé de taches de graisse.

Il se peut que Juniper ait senti que je l'observais, car elle a tourné la tête, sans toutefois me montrer beaucoup plus que son profil. Son regard était vitreux, vague ; sans doute suivait-elle un lourd traitement médicamenteux. Je lui ai souri, mais elle n'a pas semblé remarquer ma tentative de communication. Elle a continué de braquer le regard droit devant elle, comme si elle voulait m'en transpercer physiquement.

J'ai fini par prendre conscience d'un chuintement confus, insistant, que je n'avais pas remarqué auparavant. Près du rebord de la fenêtre, un téléviseur avait été installé sur une table d'appoint. Sur le petit écran défilaient les acteurs d'un feuilleton américain, leurs dialogues enlevés ponctués de rires en boîte et de grésillements. Ce poste de télévision, ce salon qui sentait le renfermé, ces fenêtres qui donnaient sur une journée ensoleillée, cela m'a replongée dans un passé familier. Je me suis souvenue des longues visites à ma grand-mère, les jours où je n'avais pas école ; chez elle, au moins, j'avais le droit de regarder la télévision l'après-midi !

— Que faites-vous là ?

Les souvenirs de mamie ont volé en éclats sous ce coup inattendu. Juniper Blythe ne m'avait pas quittée des yeux, mais son regard était loin d'être vague à présent. Il était même très clairement hostile.

— Eh bien, je… Euh… Bonjour. Je…

— Mais pour qui vous prenez-vous ?

Le lurcher a émis un jappement étranglé.

— Juniper !

Saffy s'est ruée vers sa sœur.

— Ma chérie, voyons. Edith est notre invitée.

D'un geste tendre, elle a pris le visage de sa sœur entre ses deux mains.

— Je t'en avais parlé, June, tu te rappelles ? Je t'avais expliqué qu'Edith venait voir la maison. Percy va juste lui faire faire un petit tour. Ne t'inquiète pas, ma chérie, tout va bien !

J'aurais voulu disparaître sur-le-champ. Les jumelles ont échangé un regard qui s'harmonisait si bien à leurs traits respectifs, à la fois si semblables et si différents, que j'ai compris à quel point ce genre de scène leur était familière. Percy a adressé un signe de la tête à sa sœur, lèvres pincées, puis son visage s'est rasséréné avant que je puisse analyser ce qui, dans leurs yeux, m'avait paru si poignant.

— Parfait ! a-t-elle claironné avec un enjouement feint qui m'a fait mal au cœur. Le temps passe, le temps passe… Vous êtes prête, mademoiselle Burchill ?

Je l'ai suivie, infiniment soulagée, dans le couloir. Une première bifurcation, une seconde ; il faisait frais et sombre.

— Nous allons commencer par l'arrière du château, m'a-t-elle expliqué, sans nous y attarder. Il n'y a pas grand-chose à voir. Tout est bâché depuis des années de ce côté-là.

— Pourquoi donc ?

— Toutes les pièces que vous allez voir donnent sur le nord.

Percy avait une façon de s'exprimer qui évoquait celle des grandes heures de la BBC, à l'époque où la radio faisait encore référence en matière d'élocution. Phrases courtes, diction parfaite, et des univers de nuances dissimulés dans la moindre ponctuation.

— Il est impossible, hélas, de chauffer ces pièces en hiver. Comme nous ne sommes plus que trois à vivre ici, nous n'avons guère besoin de tous ces appartements. Il nous a semblé plus facile de ne pas utiliser ce côté de la maison. Mes sœurs et moi demeurons dans l'aile ouest, laquelle est plus petite. Le salon jaune que vous avez vu en est en quelque sorte le cœur.

— Oui, je comprends, me suis-je hâtée de répondre. Dans une aussi vaste demeure, vous devez avoir une bonne centaine de pièces. Tous ces étages… je m'y perdrais, à coup sûr.

C'était pur bavardage. Même si j'en étais consciente, j'étais incapable de me taire. Je n'avais jamais été très douée pour la conversation polie ; cela, joint à l'excitation d'avoir enfin franchi le seuil du château et au vague malaise qu'avait provoqué en moi la réaction de Juniper, donnait des résultats désastreux. J'ai repris ma respiration et je me suis entendue, à ma grande épouvante, poursuivre sur le même ton.

— Mais bien sûr, vous qui vivez ici depuis toujours, vous vous y retrouvez certainement, n'est-ce pas ?

— Je suis désolée, a répliqué Percy d'un ton sec.

Elle a fait volte-face. Il avait beau faire sombre dans le couloir, j'ai vu que son visage avait changé de couleur. *Elle va me dire qu'il vaut mieux que nous en restions là. Je n'aurais pas dû venir. Elle est vieille, fatiguée, et sa sœur est malade.*

— Notre sœur est malade, a-t-elle articulé.

Mon cœur a fait un bond.

— Ne le prenez pas en mauvaise part. Elle est parfois impolie, mais ce n'est pas de sa faute. Elle a beaucoup souffert. Une immense déception. Un terrible choc. C'était il y a très longtemps.

— Je comprends, ne vous inquiétez pas. Ne vous excusez pas.

Je vous en supplie, Percy. Ne me dites pas que la visite est finie.

— C'est très aimable à vous, mais je vous dois quelques explications, tout de même. Elle a été si impolie envers vous. Elle a du mal avec les étrangers.

C'est une épreuve de tous les jours, vous savez. Notre médecin de famille est mort il y a une dizaine d'années, et nous n'avons toujours pas réussi à trouver quelqu'un qui nous convienne, en dépit de nos efforts. Juniper a parfois hélas l'esprit confus. J'espère que vous vous sentez à votre aise en notre compagnie.

— Tout à fait, je vous l'assure. Je comprends très bien.

— Je l'espère. Nous sommes ravies de votre présence.

Elle a eu son curieux petit sourire un peu tordu.

— Le château aime ces visites. Il en a besoin.

Les gardiens dans les veines

Le jour de mon dixième anniversaire, papa et maman m'ont emmenée à Bethnal Green, visiter le musée de l'Enfance et ses maisons de poupée. J'ai oublié qui de nous en avait eu l'idée – en avais-je exprimé l'envie, mes parents avaient-ils lu un article sur la question ? Toujours est-il que je me rappelle cette journée dans ses moindres détails. L'un de ces souvenirs parfaits, cristallin, sphérique et clos comme une bulle de savon qui n'aurait jamais explosé. Nous nous y sommes rendus en taxi, ce que, du haut de mes dix ans, je trouvais délicieusement snob ; après la visite, nous avons goûté dans un salon de thé très chic de Mayfair. Je me souviens même de ce que je portais, une robe très courte avec un motif à losanges sur laquelle je louchais depuis des mois. Mes parents me l'avaient offerte le matin même.

L'autre grand événement de la journée, d'une clarté aveuglante dans ma mémoire, c'est que maman s'est égarée. C'est cela sans doute, et non les maisons de poupée, qui fait que ce dixième anniversaire est resté gravé dans mon esprit, qu'il ne s'est pas confondu dans la galaxie tournoyante de mes expériences enfantines. C'était un incident absurde, vous comprenez ? Dans mon petit monde, les adultes ne se perdaient pas : c'était le privilège des petites filles que de s'égarer, surtout celles qui, comme moi, suivaient le chemin de leurs rêveries, se mettaient à traîner les pieds et ne faisaient Jamais Attention A Rien.

Ce jour-là, cependant, le monde s'est, inexplicablement, mis sens dessus dessous. C'est maman qui a suivi le lapin blanc. Papa et moi étions sagement dans la file d'attente de la boutique du musée, avançant à la vitesse de l'escargot lorsque la file s'ébranlait, l'un et l'autre silencieux, perdus dans nos pensées respectives. Lorsque nous sommes arrivés devant le comptoir, muets, nous avons d'abord considéré la caissière avec un sentiment d'incompréhension, puis nous avons échangé un regard affolé. Nous venions de nous rendre compte qu'il manquait à notre trio familial son porte-parole habituel.

C'est moi qui l'ai retrouvée. Maman était à genoux devant une maison de poupée que nous avions remarquée sans nous y arrêter. Dans mon souvenir, elle se dresse encore, haute et sombre, pleine d'escaliers qui courent dans tous les sens. Sous le toit, d'immenses combles. Maman ne nous a pas expliqué pourquoi elle avait éprouvé le besoin d'y revenir.

— Edie, tu sais, m'a-t-elle seulement dit, dans la vraie vie, il y a des maisons qui ressemblent à celle-ci. Avec des gens qui y habitent pour de bon. Tu te rends compte, toutes ces pièces ?

Les commissures de ses lèvres ont frémi imperceptiblement, et elle a ajouté, d'une voix lente, mélodieuse :

— *Murs anciens qui chantent les heures lointaines.*

Je ne me souviens pas de lui avoir répondu quoi que ce soit. En ai-je même eu le temps ? Papa venait de nous rejoindre, rouge, ému, et sans doute quelque peu vexé. Et puis, que dire ? Nous n'en avons plus jamais reparlé ; mais pendant des années je me suis raccrochée à cette curieuse évidence : oui, il y avait de par le monde des maisons comme celle-ci, où vivaient des êtres de chair et d'os, et où les murs chantaient.

Dans les couloirs obscurs où je suivais Percy Blythe, la remarque pensive de maman m'est revenue, de plus en plus claire, si bien qu'enfin j'ai revu son visage, entendu sa voix, aussi distinctement que si elle s'était trouvée à mon côté. Pourquoi avait-il reparu, ce souvenir ? Etait-ce l'impression qui s'était emparée de moi tandis que nous explorions l'immense demeure, la singulière sensation d'avoir été victime d'un charme qui m'avait réduite à la taille d'une marionnette dans une maison de poupée ? Un jouet autrefois luxueux, mais que sa petite propriétaire, maintenant adulte, aurait délaissé pour des préoccupations nouvelles. Papiers peints et tentures de soie avaient perdu leurs couleurs ; et dans les pièces abandonnées, aux planchers couverts de paille, les vases, les animaux empaillés, les vieux meubles attendaient patiemment, silencieusement, le retour à la vie.

Cette impression avait-elle réellement précédé le souvenir de mes dix ans ? N'était-ce pas plutôt la remarque de maman qui l'avait provoquée ? Je savais maintenant quelle en était la source. Quand elle m'avait parlé de ces vraies personnes qui vivaient pour de bon dans des maisons aux pièces innombrables, c'était bien sûr Milderhurst qu'elle avait à l'esprit. D'où l'expression énigmatique que j'avais lue alors sur ses traits sans pouvoir la comprendre. Milderhurst, Percy, Saffy, Juniper Blythe et toutes les choses étranges et secrètes dont elle avait été témoin – elle, la petite évacuée des faubourgs de Londres. Ces mystères qui, cinquante ans plus tard, par la grâce d'une lettre oubliée, l'avaient rattrapée avec suffisamment de force pour la faire fondre en larmes.

Quoi qu'il en soit, ma mère, ce matin-là, nous a suivies, Percy et moi, dans les couloirs du château. L'aurais-je voulu que j'aurais été incapable de me débarrasser d'elle. Peu importe mon accès d'inexplicable jalousie, ce désir vain d'accaparer la visite à Milderhurst : elle avait laissé dans ces murs un peu de son âme, une part obscure dont je n'avais pas eu connaissance. Nous n'avions jamais réellement partagé quoi que ce soit et l'idée qu'il puisse en être autrement m'a soudain donné le vertige. Pourtant, je me suis fait une raison. Mieux que cela : l'idée que la remarque de maman n'était plus une bizarrerie, une pièce qui n'appartenait à aucun puzzle, m'a rassurée. Elle avait finalement trouvé sa place dans mon paysage mental, y brillant d'une lumière plus vive et plus fascinante que tout le reste.

Et tandis que Percy menait la marche, que je suivais sagement, les yeux et les oreilles grands ouverts, hochant la tête quand il le fallait, nous accompagnait maintenant une écolière spectrale, les yeux écarquillés, les genoux tremblants, découvrant le château pour la première fois, elle aussi. J'étais heureuse de sa présence, finalement ; si j'avais pu, j'aurais franchi la barrière du temps pour la prendre par la main. Comment étaient-ils, ces appartements, à son époque ? Quels changements avaient apportés ces cinquante dernières années ? Milderhurst Castle était-il déjà aussi somnolent, ses pièces innombrables déjà aussi poussiéreuses, lugubres, mal éclairées ? Vaste et vieille demeure attendant son moment. Pourrais-je jamais la retrouver, cette fillette fantôme, pour lui poser la question ?

Je ne vous dirai pas tout ce que j'ai vu et entendu ce jour-là à Milderhurst : non seulement j'en suis incapable, mais je ne suis pas certaine que ce soit utile. Il s'est passé tant de choses depuis ; les moments qui ont suivi ont été si bien malaxés, travaillés et enchâssés dans mon cerveau qu'il m'est difficile aujourd'hui d'isoler mes toutes premières impressions de la maison et de ses habitants. Il me faut ici me contenter de rapporter les images, les paroles les plus saillantes, les événements qui ont un lien avec ce qui est survenu par la suite ou, bien sûr, un lien avec le passé. Des événements qu'aucun travail de la mémoire n'aurait pu ou ne pourra jamais effacer.

J'ai rapidement compris deux choses pendant la visite. Tout d'abord, lorsqu'elle m'avait confié que Milderhurst avait connu des heures meilleures, Mme Bird avait donné dans l'euphémisme. La maison était au bord de la ruine, et cet état n'avait rien de plaisamment bohème. Mais le plus extraordinaire, c'était que Percy Blythe ne semblait pas en avoir conscience. La poussière avait beau recouvrir les meubles d'une couche épaisse et duveteuse, les particules danser en suspension dans l'air stagnant, les rideaux avoir été transformés en dentelle par des générations de mites avides, Percy me décrivait ces pièces comme si nous étions encore aux jours de leur splendeur. Tables élégantes dressées dans les salons ; princes des artistes et fine fleur de la noblesse s'y mêlant tandis que des armées de domestiques invisibles s'affairaient dans les couloirs. J'aurais pu m'apitoyer sur ce repli imaginaire dans un monde qui n'était plus si Percy avait été de ces personnes qui inspirent la compassion. De toute évidence, elle s'était toujours refusée à jouer les victimes ; ma pitié s'est immédiatement transformée en admiration. Elle refusait obstinément de reconnaître que les murs s'effondraient autour d'elle et de ses sœurs, ce qui ne méritait que le respect.

Autre détail concernant Percy : j'ai rarement vu une octogénaire marcher aussi vite, avec ou sans canne. Nous avons parcouru au pas de charge la salle de billard, la salle de bal, le jardin d'hiver, nous sommes dirigées vers les offices, avons traversé les quartiers du majordome, la pièce où vaisselle et verres étaient rangés, la plonge, pour arriver enfin à la cuisine. Une batterie en cuivre était accrochée le long des murs ; une cuisinière Aga massive rouillait sous une étagère affaissée ; toute une famille de cocottes en céramique était alignée, ventre contre ventre, sur le plan de travail. Au centre de la pièce, une énorme table en bois de pin reposait lourdement sur des pieds enflés, ses quelques siècles d'estafilades cautérisées à la farine. L'air y était froid et renfermé ; plus encore que les pièces du dessus, les quartiers des domestiques portaient la marque blême de l'abandon, rouages à présent inutiles d'une immense machine victorienne qui n'avait pas résisté à la course du temps et gisait, immobile, dans les sous-sols du château.

Je n'étais pas la seule à remarquer le poids du déclin.

— C'est difficile à croire, sans doute, mais il n'y avait pas un moment de silence ici, autrefois, a déclaré Percy Blythe en passant le doigt sur les égratignures de la table. Ma grand-mère n'avait pas moins de quarante domestiques. Quarante ! On oublie souvent l'éclat qu'a pu avoir ce lieu.

Le sol était jonché de petites boulettes marron que j'ai prises d'abord pour de la saleté ; mais au bruit qu'elles faisaient sous la semelle, j'ai pu les identifier. C'étaient des crottes de souris. Si on te propose du gâteau, refuse poliment, me suis-je dit.

— Plus récemment, durant mon enfance, nous avions encore une vingtaine de domestiques à domicile, sans parler des quinze jardiniers qui entretenaient le parc et les dépendances. C'est la Grande Guerre qui a eu raison de tout cela. Ils se sont tous engagés comme un seul homme. Les jeunes, en tout cas.

— Aucun n'est revenu ?

— Deux seulement. Deux d'entre eux sont rentrés, mais ils étaient presque méconnaissables. Ce n'étaient plus les mêmes hommes. Nous les avons repris, évidemment. Il eût été inconcevable de leur fermer la porte. Mais ils n'ont pas tenu le coup bien longtemps.

Que voulait-elle dire ? Qu'ils étaient repartis aussitôt ? Ou morts aussitôt ? Elle ne m'a pas laissé le temps de lui poser la question.

— Il a bien fallu que nous nous débrouillions après cela ; quand nous le pouvions, nous avions du personnel temporaire ; mais je puis vous garantir qu'après la déclaration de la Seconde Guerre mondiale l'espèce des jardiniers a bel et bien disparu. Quel jeune homme en pleine possession de ses moyens se serait contenté d'entretenir les jardins d'oisifs châtelains alors que la guerre faisait rage ? Il n'aurait pas eu sa place chez nous, celui-là. Les choses n'étaient pas plus faciles avec le reste de la domesticité. Nous avions tant d'autres soucis.

Elle était pensive soudain, penchée, immobile, sur le pommeau de sa canne ; ses pensées se sont égarées et la peau de ses joues s'est curieusement distendue.

J'ai toussoté pour m'éclaircir la voix.

— Et maintenant, lui ai-je demandé d'une voix timide, employez-vous du monde ?

— Oui, oui.

Elle a eu un geste désinvolte de la main, a repris contact avec la réalité.

— Nous faisons avec ce que nous avons. Une femme de charge vient une fois par semaine nous seconder en cuisine et pour le ménage, et un des fermiers des environs entretient les clôtures. Nous avons aussi un jeune homme, le neveu de Mme Bird, qui vient du village tondre la pelouse et arracher les mauvaises herbes. Il ne se débrouille pas si mal que cela, mais le plaisir du travail bien fait n'a pas survécu au passage des années, à ce qu'il me semble.

Elle a eu un sourire bref.

— Pour le reste, nous ne pouvons compter que sur nous-mêmes.

Tandis qu'elle me montrait le petit escalier de service, je lui ai retourné son sourire.

— Vous m'avez dit, je crois, que vous étiez bibliophile ?

— Ma mère prétend que je suis née un livre à la main.

— J'imagine en ce cas que vous souhaitez visiter notre bibliothèque ?

Je me suis souvenue de la biographie de Raymond Blythe. L'incendie dans lequel avait péri la mère des jumelles avait dévasté la pièce. Qu'allions-nous donc trouver de l'autre côté de la porte noire, au bout du lugubre couloir ? Quelques volumes sauvés du feu ? Mais lorsque je suis entrée dans la bibliothèque, j'ai eu la surprise de découvrir des murs couverts de livres, du plancher au plafond. Bien qu'il fasse sombre dans cette pièce comme dans les autres – les fenêtres y étaient dissimulées sous d'épaisses tentures qui frôlaient le parquet –, je me suis rendu compte que ces ouvrages étaient fort anciens : reliures de vieux cuir, papiers de garde marbrés, tranches dorées. Mes doigts me démangeaient d'aller caresser leurs dos tavelés, jusqu'à ce qu'ils atteignent celui dont l'attrait serait irrésistible ; alors je l'extrairais soigneusement de sa rangée, l'ouvrirais, fermerais les yeux pour me repaître de l'odeur de l'antique poussière de livre, celle qui allume des incendies imaginaires au fond de mon âme.

L'expression de mon visage n'a pas échappé à Percy Blythe, qui l'a immédiatement déchiffrée, je crois.

— Des substituts, naturellement, a-t-elle dit. La plupart des livres de notre vieille bibliothèque de famille sont partis en fumée. Rien ou presque n'a pu être sauvé. Ceux qui n'ont pas brûlé ont été détruits par la suie ou par l'eau.

— Tous ces livres, ai-je soupiré.

J'en avais mal au ventre.

— Oui, tous ces livres. Mon père en a été très affecté. Il a consacré une grande partie de sa vieillesse à faire renaître notre collection. Des échanges de courrier sans fin… les marchands de livres rares étaient nos visiteurs les plus nombreux. Les autres n'étaient pas spécialement appréciés. Cependant papa n'a plus jamais utilisé cette pièce, après la mort de mère.

Sans doute était-ce le fruit d'une imagination surexcitée, mais j'ai soudain senti, très nettement, l'odeur d'un feu ancien, suintant de dessous les murs peints à neuf, du cœur même des vieilles pierres. Et ce bruit dont j'avais du mal à déterminer l'origine – un tapotement sourd qui, dans n'importe quelles autres circonstances, ne se serait pas même signalé à mon attention. Dans cette étrange et silencieuse maison, il en allait autrement. J'ai jeté un coup d'œil à Percy, qui se tenait derrière un fauteuil de cuir aux coussins rebondis. Avait-elle entendu, elle aussi ? Elle n'en a rien laissé voir.

— Mon père était un épistolier hors pair, a-t-elle dit, le regard fixé sur un petit bureau installé dans un agréable recoin, près de la fenêtre. Saffy lui ressemble en cela.

— Et vous ?

Sourire fermé.

— Je n'écris de lettre que si c'est absolument nécessaire.

Singulier aveu que celui-là ! La vieille dame a perçu mon étonnement.

— Je n'ai jamais eu de talent pour l'expression écrite. Dans une famille d'écrivains, il était préférable, je crois, de reconnaître ses faiblesses. Les tentatives médiocres n'étaient pas encouragées. Quand nous étions enfants, père et ses deux frères avaient coutume de s'envoyer de remarquables dissertations sur des sujets divers ; le soir, il nous les lisait. Il recherchait la distraction et n'avait aucun scrupule à critiquer sévèrement ceux qui n'étaient pas à la hauteur de ses attentes. L'invention du téléphone l'a réduit au désespoir. C'était pour lui la source de tous les maux.

De nouveau ce tapotement, nettement plus audible, accompagné d'une sensation de mouvement. Comme si le vent s'était introduit dans les fentes du mur, et poussait devant lui des grains de sable, ou de petits cailloux. Le bruit, j'en étais à présent certaine, venait du plafond.

J'ai levé les yeux vers l'ampoule terne qui pendait d'une rosace grisâtre, la fissure qui zigzaguait dans le plâtre. Une terrible idée m'a traversé l'esprit : et si ce curieux bruit était le symptôme avant-coureur d'un effondrement imminent du plafond ?

— Vous avez entendu… ?

— Oh, ne vous inquiétez pas, a dit Percy Blythe avec un geste de sa main noueuse. Ce ne sont que nos petits gardiens qui jouent dans les veines.

J'ai dû prendre l'air passablement déconcerté.

— Dans une maison aussi ancienne que la nôtre, c'est le secret le mieux gardé.

— Vos… « petits gardiens » ?

— Les veines.

Elle a levé les yeux, le front soucieux, a suivi du regard la courbe de la corniche, comme si elle observait l'avancée de quelque créature invisible.

— Au tout dernier étage de la maison, il y a un petit placard, et au fond de ce placard une porte secrète.

Sa voix n'était plus tout à fait la même ; sa contenance, naguère impassible, s'était imperceptiblement troublée. J'ai eu un bref moment l'impression de la voir et de l'entendre avec une clarté singulière.

— Cette porte est le point de départ de tout un labyrinthe de passages secrets. On peut s'y frayer un chemin d'une pièce à l'autre, du grenier à la cave, comme une petite souris. Avec un peu d'attention et de silence, on finit par y entendre toutes sortes de sons cachés. On peut aussi, si on n'est pas prudent, s'y perdre. Ces passages sont les veines de la maison.

A peine s'était-elle tue que je l'ai vu, ce monstre immense et patient qu'elle avait évoqué à demi-mot : maison aux murs vivants, bête sombre et sans nom, retenant sa respiration. Le gigantesque crapaud des contes, attendant que passe à sa portée une vierge qui voudrait bien l'embrasser. J'ai frémi. L'Homme de boue n'était pas loin, cette créature des profondeurs à la peau luisante, émergeant du lac pour s'emparer de la jeune fille de la tour.

— Lorsque nous étions petites, Saffy et moi, nous aimions à nous inventer des histoires. Par exemple, qu'avait vécu au château une famille qui demeurait à présent dans les veines, sans qu'on puisse l'en déloger. Nous les appelions les gardiens ; chaque fois que nous entendions un bruit inexplicable, c'était à eux que nous pensions.

— Vraiment ? ai-je soufflé.

Mon expression a tiré un curieux rire à la vieille femme, un gloussement sec et sans joie qui s'est arrêté aussi soudainement qu'il avait commencé.

— Chère mademoiselle Burchill, ils n'existaient pas, ces gardiens. Ils sortaient de notre seule imagination. Ce que vous entendez, ce sont les souris. Dieu sait que nous n'en manquons guère.

Elle m'a regardée, les paupières battantes.

— Je me demandais… Voulez-vous le voir, ce placard qui donne sur la porte secrète ?

Je crois me souvenir que j'ai poussé un petit cri de joie.

— Si je pouvais, oui !

— Suivez-moi, en ce cas. C'est toute une expédition.

Le grenier vide et les heures lointaines

Percy Blythe ne m'avait pas menti. L'escalier tournait à l'infini sur lui-même, plus étroit et plus sombre à chaque palier. Je commençais à craindre que nous ne soyons condamnées à progresser dans les ténèbres les plus absolues lorsque Percy Blythe a appuyé sur un interrupteur. Une ampoule nue, suspendue au très haut plafond par un simple fil électrique, a émis en réponse une lumière sourde. Je me suis rendu compte qu'une rampe avait été ajoutée du côté du mur pour faciliter la montée des dernières marches, encore plus raides que les précédentes. Ces travaux avaient dû être effectués dans les années 1950, à en juger par la sobriété du tube de métal qui constituait la rambarde. Peu m'importaient la cause et l'époque, l'entreprise était louable. Les marches étaient dangereusement usées, ce dont je m'étais doutée en y posant le pied ; la solide présence du fer sous mes doigts me rassurait. Malheureusement, la lumière me dévoilait également les toiles d'araignée. Personne n'avait dû emprunter cet escalier depuis des années et ces hôtes indésirables s'en étaient bien vite aperçus.

— Notre nourrice, quand elle nous accompagnait au lit, le soir, portait toujours un long cierge, m'a expliqué Percy en s'attaquant à la dernière volée de marches. La flamme dansait sur les pierres au passage de notre procession, et elle nous chantait cette comptine qui parle d'oranges et de citrons. Vous la connaissez sans doute : *Voici une chandelle pour vous mettre au lit.*

Voici un hachoir pour vous couper la tête. Oui, je connaissais la chanson. Une barbe fine et grise m'a frôlé l'épaule, suscitant au tréfonds de mon âme un retour d'affection pour la chambre minuscule que j'occupais chez mes parents. Il n'y avait pas de toiles d'araignée là-bas ; maman faisait la poussière deux fois par semaine ; il y régnait éternellement l'odeur âcre et rassurante du désinfectant.

— C'est que nous n'avions pas l'électricité à cette époque. Il nous a fallu attendre le milieu des années 1930 ; et encore, nous n'avons eu qu'un faible voltage. Père ne supportait pas la présence de tous ces fils. Il avait une peur bleue des incendies. Cela peut se comprendre étant donné ce qui était arrivé à mère. Il avait d'ailleurs mis au point des exercices d'évacuation après l'incendie. De la pelouse, il faisait sonner la cloche et nous chronométrait, tout en hurlant que le château allait s'embraser tout d'un coup, comme un immense bûcher.

Elle a ri de nouveau de son chevrotement aigre puis s'est brusquement interrompue en posant le pied sur la dernière marche.

— Alors, s'est-elle exclamée en enfonçant la clef dans la serrure sans la tourner. Y allons-nous ?

Elle a poussé la porte et j'ai bien failli tomber en arrière, submergée par un vrai flot de lumière. Clignant des paupières, j'ai fini par m'accoutumer à cette clarté nouvelle. Bientôt, j'ai pu distinguer l'intérieur de la pièce.

Après notre marche dans les ténèbres, les combles avaient quelque chose de très ordinaire. Le lieu était dépouillé, sans rien des extravagances de la nursery victorienne. Contrairement au reste de la maison, où toutes les chambres avaient été préservées comme si le retour de leurs habitants était imminent, les lieux étaient curieusement vides. La nursery avait dû être lessivée du plancher au plafond, peut-être même passée à la chaux. Il n'y avait pas de tapis, pas de couverture sur les petits lits jumeaux, en fer, qui saillaient de chaque côté d'une cheminée désaffectée. Il n'y avait pas de rideaux non plus, d'où l'extrême clarté des lieux ; ni jouets ni livres sur la petite étagère sous la fenêtre.

Une étagère sous la fenêtre des combles.

Je n'avais besoin de rien de plus pour retrouver mon enthousiasme. Il m'a semblé voir la jeune fille du prologue de *L'Homme de boue* se réveiller en pleine nuit et s'approcher de la fenêtre, grimper tranquillement sur le sommet de la bibliothèque et contempler le domaine familial, rêvant de ses pérégrinations futures, joyeusement ignorante de l'enfer dans lequel elle allait bientôt être plongée.

— Ces combles ont accueilli des générations d'enfants Blythe, a dit Percy, dont le regard a lentement balayé la pièce. Des siècles et des siècles de petites graines dans leurs cosses.

Elle n'a fait aucune allusion à l'état de la pièce ou à son statut très particulier dans l'histoire de la littérature ; je n'ai pas insisté. Depuis qu'elle m'avait fait entrer sous les combles, son humeur semblait s'être considérablement assombrie. Etait-ce l'effet de la nursery elle-même, ou le flot de lumière qui régnait sous les toits faisait-il cruellement ressortir les rides de son visage ?

— Pardonnez-moi, a-t-elle fini par dire. Cela fait si longtemps que je ne suis pas venue. Tout me semble… plus petit que dans mon souvenir.

Un sentiment qui ne m'était pas inconnu. A trente ans, je trouvais déjà assez singulier de pouvoir m'allonger sur mon lit de petite fille, de voir mes pieds dépasser du bout, de tourner la tête et de distinguer sur le papier peint aux couleurs passées un carré plus vif, seule trace du poster de Blondie qui y avait été punaisé. Ah, ces nuits passées à idolâtrer Debbie Harry ! Percy avait pratiquement trois fois mon âge, et le choc du passé ne pouvait qu'être encore plus puissant.

— Vous avez couché ici toutes les trois ?

— Non, pas toutes les trois. Juniper ne nous a rejointes que plus tard.

Les lèvres de Percy se sont plissées comme si elle avait un goût déplaisant dans la bouche.

— Sa mère a fait transformer l'une des pièces de son propre appartement en chambre d'enfant. Elle était jeune, elle ne savait pas comment les choses se passaient chez nous. Ce n'était pas sa faute.

Curieux choix de mots ! Je n'étais pas certaine d'avoir bien compris.

— Chez nous, la tradition veut que les enfants ne soient autorisés à occuper leur propre chambre dans les étages inférieurs qu'après leur treizième année. Même si Saffy et moi nous sommes senties très heureuses et très fières quand notre tour est enfin venu, je dois dire que je regrette parfois ces petits lits au grenier. Saffy et moi avions l'habitude du partage.

— Ce doit être courant entre jumelles.

— Assurément.

Elle a presque souri.

— Venez, je vais vous montrer la porte des gardiens.

L'armoire d'acajou se dressait tranquillement dans une minuscule remise à laquelle on accédait après les deux petits lits. Le plafond était si bas qu'il m'a fallu baisser la tête ; il régnait dans le réduit une odeur organique, suffocante.

Ce qui n'a pas eu l'air de gêner Percy. Elle s'est courbée vers l'armoire, a abaissé la poignée ; le battant orné d'un grand miroir s'est ouvert avec un craquement sec.

— La voilà. Tout au fond.

Elle s'est retournée vers moi, les yeux écarquillés, puis ses curieux sourcils se sont froncés.

— Si vous restez là-bas, vous n'allez pas voir grand-chose.

J'étais trop polie pour me boucher le nez. J'ai donc pris une profonde inspiration et me suis approchée à grands pas du placard.

Percy a reculé. Le message était clair : « Approchez, approchez ! »

J'ai eu une vision fugitive : Gretel se penchant sur le four de la sorcière. Non, il ne fallait pas y penser. J'ai plongé dans les profondeurs du placard, jusqu'à la taille. Dans les ténèbres poussiéreuses, j'ai fini par distinguer la petite porte.

— Super, ai-je articulé – je n'avais plus de souffle. Je la vois.

— Elle est là en effet, m'a répondu une voix lointaine.

Il a bien fallu que je recommence à respirer ; il faut dire que l'odeur n'était pas si terrible que je l'avais pensé. Et puis, comment rester insensible à cette porte secrète au fond d'une armoire ? C'était un vrai conte pour enfants.

— C'est donc par là qu'entrent et sortent vos gardiens ?

Ma voix résonnait tout autour de ma tête.

— Les gardiens, peut-être, a répondu Percy avec une sèche ironie. Quant aux souris, c'est une autre histoire. Ces petites pestes ont pris le dessus, et je puis vous garantir qu'elles n'ont pas besoin de portes.

Je suis sortie de l'armoire et me suis époussetée. J'ai alors remarqué sur le mur d'en face un tableau que je n'avais pas vu en m'engouffrant dans le placard. Non, ce n'était pas un tableau, mais un texte religieux mis sous verre et encadré.

— A quoi servait cette pièce ?

— C'était la chambre de notre nourrice. Quand nous étions de toutes petites filles. Ah, pour nous, c'était le plus bel endroit sur terre. (De nouveau, ce sourire fugace.) Ce n'est pas beaucoup plus grand qu'un placard, n'est-ce pas ?

— Un placard avec une très jolie vue.

J'ai désigné la fenêtre toute proche – la seule, venais-je de remarquer –, qui avait conservé ses rideaux.

Je les ai tirés pour regarder la vue. Chose curieuse, la fenêtre avait été agrémentée de cinq ou six gros verrous. Percy a remarqué ma surprise.

— Mon père était très soucieux des questions de sécurité. Un accident survenu dans sa jeunesse, qu'il n'a jamais pu oublier.

J'ai hoché la tête et me suis retournée vers la fenêtre ; un frisson m'a parcourue. Tout cela m'était familier. Ce n'était pas le souvenir d'une chose vue, mais bien celui d'une chose lue et imaginée. A l'aplomb de la fenêtre, au pied des murs du château, une bande d'herbe s'étendait sur sept ou huit mètres de large. Epaisse, luxuriante, elle se détachait très nettement sur la pelouse.

— Il y avait des douves ici autrefois, ai-je murmuré.

Percy était tout près de moi et retenait les rideaux de sa main osseuse.

— En effet. L'un de mes tout premiers souvenirs est celui d'une soirée où je n'arrivais pas à trouver le sommeil. J'entendais des voix dans les douves. C'était une nuit de pleine lune, et lorsque je suis montée sur le lit pour regarder par la fenêtre, j'ai vu notre mère nager le dos crawlé, riant dans la lumière argentée de la lune.

— C'était une excellente nageuse, ai-je ajouté, me souvenant de mes lectures de la veille.

— Papa lui avait offert en cadeau de mariage le bassin rond, mais elle aimait mieux les douves, si bien que nous avons fait faire des travaux. Papa les a fait combler après sa mort.

— Le souvenir était trop cruel.

Ses lèvres ont tremblé.

— Oui.

Je me suis rendu compte que j'étais en train de remuer sans aucune délicatesse des souvenirs douloureux. Pour changer de sujet, j'ai tendu le doigt vers un repli du mur qui coupait dans la bande verte de la douve.

— A quoi correspond ce mur ? Je n'ai vu de balcon nulle part.

— C'est la bibliothèque.

— Et là-bas ? C'est un jardin clos ?

— Non, ce n'est pas un jardin.

Elle a laissé retomber le rideau.

— Nous allons continuer la visite, si vous le voulez bien.

Son ton, son attitude générale s'étaient subitement altérés. Sans doute l'avais-je blessée, mais quand et comment ? J'ai rapidement passé en revue nos échanges. Non, ce n'était pas de mon fait. Mais la conséquence du retour inopiné de tous ces vieux souvenirs...

— Quelle sensation incroyable ce doit être de vivre dans une maison qui appartient à la famille depuis des générations, ai-je dit d'une voix douce.

— Oui, même si cela n'a pas toujours été facile. Il nous a fallu faire des sacrifices. Nous avons vendu la plus grande partie du domaine. Et même la ferme, il y a quelques années. Mais nous avons pu garder le château.

Elle a passé sa main sur le cadre de la fenêtre, a ramassé entre deux doigts un morceau de peinture écaillée. Sa voix tendue, monotone, trahissait un effort désespéré pour tenir les émotions à distance.

— Ce que vous disait Saffy tout à l'heure est très juste. J'aime cette maison comme d'autres aiment leurs prochains. Il en a toujours été ainsi. (Elle m'épiait du coin de l'œil.) Sans doute trouvez-vous cela singulier.

J'ai secoué la tête.

— Pas vraiment.

Ses sourcils rouge sang se sont haussés, incrédules. Percy Blythe avait tort de douter de ma sincérité. Ce sont des sentiments que je n'ai aucun mal à comprendre. Le grand chagrin de mon père est d'avoir perdu à jamais la maison de son enfance. Une histoire banale : un petit garçon bercé par les glorieuses légendes familiales, un oncle fortuné et adoré qui fait des promesses imprudentes, un testament modifié sur un lit de mort.

— Les vieilles familles et leurs vieilles demeures sont inséparables, a-t-elle repris. Il en a toujours été ainsi. Les miens continuent à vivre dans les murs du château ; à moi d'en prendre soin. C'est un devoir que je ne puis confier à un étranger.

La voix était coupante ; elle exigeait l'assentiment.

— Je comprends. Vous devez avoir la sensation qu'ils sont encore là… (et tandis que les mots me sortaient de la bouche, j'ai revu maman agenouillée devant la maison de poupée)… faisant chanter les murs.

Le fin sourcil a fait un bond d'un centimètre.

— Que dites-vous ?

Ces derniers mots, j'avais cru les avoir prononcés pour moi. En moi.

— Les murs, a-t-elle répété. Vous venez de parler de murs qui chantent. Qu'était-ce, exactement ?

— Rien de très important… Quelque chose que ma mère récitait autrefois, ai-je murmuré timidement. *Les murs anciens qui chantent les heures lointaines.*

Le visage de Percy s'est illuminé de plaisir. Quel contraste avec son expression habituelle, hautaine et méfiante !

— C'est mon père qui a écrit cela. Votre mère a dû lire sa poésie.

J'en doutais fort. Maman n'est pas une grande lectrice, et je ne l'ai jamais vue ouvrir un recueil de poèmes.

— C'est possible.

— Quand nous étions enfants, il nous racontait toujours des histoires, des légendes du passé. Il nous disait que parfois, lorsqu'il allait dans les couloirs du château, sans prendre garde aux choses, alors les heures lointaines lui revenaient.

Percy a esquissé un vaste geste de la main gauche, comme une voile qui se déplie. Cela ne lui ressemblait guère, ces manifestations théâtrales. Jusqu'ici, elle ne s'était jamais départie d'une certaine raideur. Soudain ses phrases s'allongeaient, son ton se faisait plus amène.

— Et dans les couloirs sombres et déserts, il les croisait. Pensez à tous ceux qui ont vécu dans ces murs, qui y ont chuchoté leurs secrets, avoué leurs trahisons…

— Vous les entendez, vous aussi ? Les heures lointaines ?

Son regard a croisé le mien, l'a soutenu, grave, l'espace d'une seconde.

— Fariboles que tout cela, m'a-t-elle répliqué avec un de ses curieux sourires en coin. Ce sont de vieilles pierres que les nôtres, assurément, mais rien de plus que cela. Elles ont dû voir nombre de scènes pittoresques ou curieuses, mais elles n'ont jamais été bavardes.

Ses traits se sont légèrement affaissés, comme sous l'effet d'une douleur subite. Sans doute pensait-elle à son père, à sa mère, à ces voix qui revenaient résonner en elle, défiant les années.

— Peu importe.

Elle avait prononcé ces deux mots comme pour elle-même.

— A quoi bon se lamenter sur le passé ? Penser sans cesse aux morts finit toujours par vous plonger dans une grande solitude.

— Vous avez vos sœurs avec vous ; ce doit être un grand bonheur.

— Assurément.

— Les frères et sœurs, quel réconfort… c'est ce que j'imagine, du moins.

Un silence a suivi.

— Vous êtes fille unique.

J'ai hoché la tête avec un petit sourire.

— Unique et solitaire.

— Un enfant unique est-il vraiment plus seul qu'un enfant qui a des frères et sœurs ? Je me suis toujours posé la question.

Elle m'a fouillée du regard, comme si j'avais été une bête curieuse, digne du plus grand intérêt.

J'ai pensé à cette grande absence qui avait marqué ma vie et aux quelques nuits que j'avais passées avec mes cousins et cousines, dans les ronflements plutôt que dans les confidences. Pourtant j'avais, rongée par la culpabilité, souhaité ardemment être des leurs, appartenir à leur cercle.

— Oui, ai-je répondu. Parfois, oui, on se sent seule.

— Seule, mais libérée, pourrait-on penser ?

J'ai remarqué soudain, pour la première fois, une petite veine qui battait sous la peau de son cou.

— Libérée ?

— Rien de tel qu'un frère ou une sœur pour vous rappeler les péchés de votre passé.

Sans doute sa réponse se voulait-elle ironique, mais la chaleur de son sourire a fait passer un tout autre message. Elle a dû s'en rendre compte, car les commissures de ses lèvres se sont abaissées. Elle a fait un geste vers l'escalier.

— Il est temps de redescendre, je crois. Attention, mademoiselle Burchill. Prenez soin de ne pas lâcher la rampe. Mon oncle, le jeune frère de mon père, s'est tué en tombant dans cet escalier ; il avait à peine sept ans.

— Oh, mon Dieu ! Quelle horreur !

C'était ridicule et déplacé, mais que dire dans ce genre de circonstances ?

— Les choses, dit-on, se sont passées de cette manière. Un soir que l'orage tonnait, le petit a pris peur. Un éclair a déchiré le ciel et la foudre est tombée tout près du lac. Le garçonnet a poussé un cri et avant que la nourrice ait pu le retenir, il a sauté du lit et s'est rué vers l'escalier. Pauvre petit : il a trébuché, il est tombé, il s'est écrasé au pied des marches comme une poupée de son. Quand nous étions petites, nous avions l'impression de l'entendre pleurer les nuits de mauvais temps. Il se cache sous la troisième marche, voyez-vous. Il attend que quelqu'un tombe, se tue et le rejoigne.

J'étais sur la marche du mort et Percy sur la quatrième. Elle s'est tournée vers moi.

— Croyez-vous aux fantômes, mademoiselle Burchill ?

— Je ne saurais dire. Plus ou moins.

Ma grand-mère en avait vu, des fantômes. Ou du moins un fantôme : celui de mon oncle Ed, après sa mort dans un accident de moto, en Australie. « Il se croyait encore en vie, m'avait-elle raconté. Mon pauvre petit agneau. J'ai tendu la main vers lui, je lui ai dit que tout allait bien, qu'il était revenu auprès des siens, que nous l'aimions tous. » Ce souvenir m'a fait frissonner et les lèvres minces de Percy Blythe se sont incurvées en une grimace de satisfaction morbide.

L'Homme de boue, les archives
et le verrou sur la porte

J'ai suivi Percy Blythe le long d'escaliers interminables, de couloirs ténébreux. N'étions-nous pas
descendues beaucoup plus bas que le salon jaune ?
Comme toutes les demeures bâties en plusieurs temps,
Milderhurst était un vrai labyrinthe. Des ailes avaient
été ajoutées, puis rallongées ou rehaussées ; d'autres
avaient été détruites et reconstruites. Difficile de s'y
retrouver, surtout pour quelqu'un qui, comme moi, n'a
aucun sens de l'orientation. J'avais l'impression que le
château s'était replié sur lui-même, comme dans une de
ces gravures à la Escher, si bien que nous étions peut-
être condamnées à monter et à descendre les escaliers
pour l'éternité, sans jamais arriver au bout de notre
périple. Depuis que nous avions quitté les combles, je
n'avais plus vu une seule fenêtre ; et dans ces couloirs
de plus en plus sombres, j'ai perçu – j'en aurais juré –
une mélodie qui bourdonnait, errante, le long des
pierres. Un air mi-joyeux, mi-tragique, pensif, vaguement familier. Puis nous avons bifurqué dans un autre
couloir et je ne l'ai plus entendu. Avait-il existé ailleurs
que dans mon cerveau ? En revanche, l'odeur âcre de ce

labyrinthe, elle, n'avait rien d'imaginaire. Plus nous descendions et plus elle était forte et terreuse, ce qui l'empêchait du reste d'être réellement nauséabonde.

Certes, Percy avait traité à la légère les heures lointaines dont avait parlé son père : mais errant à sa suite dans le château, je n'ai pu m'empêcher de frôler les pierres froides d'une main légère : et si maman, d'une façon ou d'une autre, y avait laissé un souvenir, une impression, à l'époque où elle vivait à Milderhurst ? La petite fille m'avait suivie tout ce temps sans rien dire. Il m'était difficile à présent d'en parler à Percy, même si l'idée me taraudait. J'avais trop tardé, et toutes les formulations qui me venaient à l'esprit portaient le sceau de la duplicité. J'ai fini par opter pour l'attaque détournée.

— Dites-moi, mademoiselle Blythe, le château a-t-il été réquisitionné pendant la guerre ?

— Dieu soit loué, non ! Je n'aurais pu le supporter. Les déprédations qu'ont subies quelques-unes des plus belles demeures du royaume… Impossible. Ç'aurait été une véritable torture. Cela dit, nous avons participé à l'effort de guerre. J'ai été ambulancière pendant un moment, à Folkestone. Saffy confectionnait des vêtements et des bandages pour les hôpitaux. Elle a bien dû tricoter un millier d'écharpes. Au début de la guerre, nous avons même recueilli une évacuée.

— Ah ? ai-je fait d'une voix ridiculement aiguë.

Dans mon dos, la petite fille s'était éclipsée.

— Oui, Juniper y tenait absolument. Une petite qui venait de Londres. Bonté divine, voilà que j'ai oublié son nom. Suis-je sotte ! Mademoiselle Burchill, j'espère que l'odeur des lieux ne vous importune pas trop.

Mon cœur s'est serré de compassion pour l'enfant oubliée.

— C'est l'odeur de la boue, a poursuivi Percy. Elle vient des douves, même si celles-ci sont comblées depuis bien longtemps. En été, l'eau remonte dans les terres, suinte dans les caves, d'où cet effroyable fumet de poisson pourri. Dieu merci, il n'y a rien de très précieux dans ces parties basses. A l'exception de la chambre des archives, mais elle est complètement étanche. Les murs, le plafond, le plancher ont été recouverts de feuilles de cuivre, la porte est blindée. Rien n'en sort, rien n'y entre.

— La chambre des archives. (Un frisson a couru le long de mon épine dorsale.) Comme dans *L'Homme de boue*.

La pièce secrète dans la maison de l'oncle, celle qui recèle tous les papiers de famille, celle d'où il finit par exhumer le vieux journal rongé par la moisissure qui va lui révéler le passé de l'Homme de boue. La chambre des secrets au cœur de la maison.

Percy s'est tue, penchée sur sa canne.

— Vous l'avez donc lu.

Ce n'était pas une question, mais j'y ai quand même répondu.

— Quand j'étais enfant, j'adorais ce livre.

A peine les mots avaient-ils quitté mes lèvres que j'en ai saisi la banalité. Comment pouvais-je exprimer mon adoration pour ce livre, le sens qu'il avait donné à ma vie ?

— C'était mon roman préféré, ai-je ajouté.

Phrase idiote et pleine d'espoir qui a flotté un moment avant de se désintégrer en mille particules de poussière, aussi inconsistantes que des grains de poudre sur une joue, et de se perdre dans les ombres du couloir.

— *L'Homme de boue* a eu un succès considérable, a remarqué Percy en reprenant la marche.

Ces poncifs, elle avait dû les entendre cent fois.

— Succès qui ne s'est jamais démenti. L'an prochain, le livre fêtera ses soixante-quinze ans de présence en librairie.

— Vraiment ?

— Soixante-quinze ans, a-t-elle répété en tirant sur une porte, qui donnait, ô surprise, sur un autre escalier. Je m'en souviens comme si c'était hier.

— Vous deviez être très excitée quand le livre est sorti.

— Nous étions ravies de voir papa heureux.

Ai-je remarqué alors sa subtile hésitation, ou mon souvenir est-il influencé par ce que j'ai appris plus tard ?

Dans le lointain, une horloge s'est mise à égrener, non sans lassitude, les notes de son carillon, et j'ai pris conscience avec un pincement de regret que l'heure était passée. Non, impossible ! Le temps, cette créature bizarre, échappe à toute description. L'heure qui s'était mollement écoulée entre le petit déjeuner et mon départ pour Milderhurst m'avait semblé durer des siècles, mais les soixante minutes qui m'avaient été accordées au château avaient fui comme un vol d'étourneaux effarés.

Percy Blythe a jeté un coup d'œil à sa montre.

— Je me suis quelque peu attardée, a-t-elle constaté avec un étonnement poli. Je vous prie de m'excuser. La grande horloge avance de dix minutes, mais il nous faut presser le pas, hélas. Mme Bird doit venir vous récupérer à l'heure dite, et le chemin est encore long avant le grand vestibule. Je crains fort que nous n'ayons pas le temps de visiter la tour.

J'ai laissé échapper un son qui tenait du « Oh ! » de surprise et du cri de douleur, et me suis aussitôt ressaisie.

— Je suis certaine que Mme Bird ne m'en voudra pas si je suis un peu en retard.

— Ne m'avez-vous pas dit que vous deviez rentrer sans tarder à Londres ?

J'ai soupiré. Une heure durant, j'avais tout oublié : Herbert, sa voiture, son rendez-vous à Windsor. Et le reste.

— Bien sûr, vous avez raison.

— Ce n'est pas grave, a repris Percy Blythe en repartant d'un bon pas, la canne à la main. Vous y monterez la prochaine fois. Quand vous reviendrez nous voir.

L'allusion ne m'a pas échappé, mais je ne m'en suis pas étonnée, sur le coup. Je l'ai interprétée comme une réplique plus ou moins humoristique. Du reste, je ne m'y suis pas attardée : en sortant de la cage d'escalier, mon attention a été attirée par un curieux frou-frou. Le son était si ténu, guère plus audible en vérité que le tapotement sans fin des petits gardiens, que je me suis demandé si je ne l'avais pas imaginé. Après toutes ces histoires d'heures lointaines, de fantômes enfermés dans les pierres… Quand Percy Blythe a tourné la tête, le regard inquiet, j'ai compris que mes sens ne m'avaient pas menti.

Nous n'étions plus seules. D'un couloir proche, le chien noir venait d'émerger.

— Bruno, a dit sa maîtresse étonnée, tu as fait tout ce chemin pour nous retrouver ?

Il s'est arrêté à mon côté et a levé vers moi ses yeux aux paupières tombantes. Percy s'est penchée pour le caresser entre les oreilles.

— Savez-vous ce que « lurcher » signifie ? C'est un mot qui vient du romani, et qui veut dire voleur. Pas vrai, mon vieux ? Ah, c'est un nom bien méchant pour une aussi bonne pâte que toi.

Elle s'est redressée lentement, la main sur le creux de ses reins.

— Dans le temps, ces chiens en effet étaient élevés par les romanichels, qui s'en servaient pour braconner : lapins, lièvres et autre petit gibier. A moins d'être noble, vous n'aviez pas le droit d'élever des chiens de race. Le châtiment encouru était sévère. C'était donc un véritable défi que de conserver à ces chiens leur aptitude à la chasse, tout en les rendant relativement inoffensifs. Bruno appartient à ma sœur Juniper. Enfant, elle aimait déjà beaucoup les animaux, et ils le lui rendaient avec une grande générosité. C'est pourquoi nous lui avons toujours trouvé des chiens, surtout depuis ce grand choc qu'elle a eu. Nous avons tous besoin d'aimer quelque chose ou quelqu'un. C'est ce que l'on dit en tout cas.

Bruno a poursuivi son chemin comme s'il avait conscience d'être au centre de la conversation, ce qui n'avait pas l'air de lui plaire. Dans son sillage, le vague frou-frou que j'avais déjà perçu s'est de nouveau fait entendre, bientôt noyé par la sonnerie d'un téléphone tout proche.

Percy s'est redressée, rigide, aux aguets, attendant sans doute que quelqu'un se donne la peine de décrocher.

La sonnerie s'est éteinte dans un silence navré.

— Suivez-moi, a dit Percy, avec dans la voix une nuance d'énervement. Nous allons prendre un raccourci.

Ledit raccourci n'était pas plus obscur que les couloirs déjà parcourus – de fait, et comme nous étions remontées des profondeurs, il s'ornait même de quelques volutes de lumière, échappées aux meurtrières du château. Nous avions parcouru les deux tiers du couloir quand le téléphone s'est remis à sonner.

Cette fois-ci, Percy n'a pas attendu.

— Je suis navrée, s'est-elle exclamée, visiblement irritée. Je me demande vraiment ce que fabrique Saffy. J'attends un appel extrêmement important. Je vous prie de m'excuser, mademoiselle Burchill. J'en ai pour une minute.

— Mais naturellement.

Et sur un signe de tête elle a disparu à l'angle du couloir, m'abandonnant à mes propres ressources.

Ce qui s'est passé ensuite... C'est la faute de la porte. Celle que j'avais sous les yeux, à un mètre à peine. J'adore les portes. Toutes, sans exception. Elles conduisent toujours quelque part, et jamais je ne suis passée devant l'une d'elles sans avoir envie de l'ouvrir. Cependant, si cette porte n'avait pas été aussi ancienne, aussi richement sculptée, si elle n'avait pas eu l'air aussi obstinément fermée, si un rai de lumière ne s'était pas si opportunément, si malicieusement posé sur la serrure et la clef qui y était enfoncée, j'aurais peut-être résisté à la tentation. Oui, j'aurais sagement attendu le retour de Percy. En l'occurrence, j'ai immédiatement cédé à mes impulsions. C'était inévitable. Il y a des portes encore plus fascinantes que d'autres.

La poignée était noire, luisante, et affectait la forme d'un tibia ; elle était lisse et fraîche sous mes doigts – du reste, un froid curieux émanait de ces battants, chose inexplicable.

J'ai refermé la main sur la poignée, l'ai abaissée, et soudain…

— On ne rentre pas dans cette pièce.

Mon cœur, je n'ai pas honte de l'avouer, a fait un bond dans ma poitrine.

J'ai fait volte-face et j'ai fouillé du regard la pénombre alentour. Je n'ai rien vu, ni personne, et cependant, il y avait quelqu'un. Quelqu'un qui venait de m'adresser la parole. D'ailleurs, se serait-elle tue que je l'aurais perçue. Une présence qui se mouvait, furtive, dans les recoins ombreux des couloirs et des cages d'escalier. Accompagnée d'un frou-frou qui n'était plus si ténu, plus si lointain. Un son qui ne devait rien à l'imagination ni aux souris.

— Je suis désolée, ai-je dit, les yeux tournés vers le passage obscur. Je…

— On ne rentre pas dans cette pièce.

J'ai ravalé la panique qui me bloquait la gorge.

— Je ne savais pas…

— C'est le salon bleu.

C'est alors qu'elle a surgi de l'ombre froide et qu'elle est apparue à mes yeux. Juniper Blythe. D'un pas lent, elle s'est avancée vers moi.

Dis-moi, viendras-tu danser ?

Elle portait une robe merveilleuse, semblable à celles que portent les riches débutantes des années 1930 dans les comédies romantiques, et qu'on peut parfois trouver au fin fond d'un dépôt-vente, dans les beaux quartiers. Taillée dans un organza qui avait dû être du rose le plus délicat, avant que le temps et la poussière ne le souillent de leurs doigts impudents. Le jupon était ample, renforcé de tulle, et les pans de tissu saillaient curieusement de sa taille de guêpe ; ce froissement que j'avais entendu, c'était l'ourlet de la longue jupe frôlant les murs.

Nous sommes restées dans le couloir obscur à nous dévisager en silence pendant un temps qui m'a semblé infini. Elle demeurait les bras ballants, tout contre sa jupe. Puis elle a bougé, presque imperceptiblement. Sans me quitter des yeux, elle a levé lentement la main gauche, paume tournée vers la terre, d'un mouvement infiniment gracieux – comme si un fil invisible relié à son poignet avait été tiré du plafond.

— Bonjour, ai-je dit d'un ton que j'espérais chaleureux. Je suis Edie, Edie Burchill. Nous nous sommes croisées tout à l'heure dans le salon jaune.

Elle a cligné des yeux et penché la tête. Ses cheveux ont coulé, fins, raides, argentés, sur son épaule. Les mèches de son front avaient été hâtivement relevées sur le haut de son crâne par deux peignes aux formes baroques. La transparence inattendue de sa peau, l'extrême minceur de sa silhouette, la robe rose, tout concourait à créer l'impression que j'avais sous les yeux une adolescente dégingandée et cependant déjà consciente de sa grâce. Pas une once de timidité dans cette créature insolite, non ; elle a fait un pas vers une tache de lumière, échappée d'une haute fenêtre, et j'ai lu sur son visage une expression interrogative, alerte.

Curieuse, je ne l'étais pas moins. Juniper avait à cette époque près de soixante-dix ans ; cependant, le visage que j'avais sous les yeux ne présentait pas une ride. Chose impossible, bien sûr : une femme de soixante-dix ans dont le visage n'a pas subi l'usure du temps, cela n'existe que dans les contes. Juniper ne faisait pas exception à la règle, comme nos rencontres ultérieures me l'ont amplement prouvé. Mais ce jour-là, dans cette lumière, avec cette robe, et sous l'effet peut-être du sortilège du moment, elle m'est apparue pâle et lisse, la peau nacrée, comme si les années qui avaient si diligemment façonné et creusé les visages de ses sœurs avaient, par miracle, laissé le sien intact. Cependant, elle n'était pas sans âge. Il y avait dans son attitude, dans ses gestes, quelque chose qui n'était pas de notre temps. Elle ressemblait à une photographie ancienne protégée par un carré de papier vitrail, dans un album aux pages sépia. J'ai repensé à ces fleurs de printemps que les victoriennes aimaient tant à faire sécher dans leurs carnets de croquis. Jolies choses arrachées à la vie avec la plus grande douceur possible et conservées dans un espace, une époque, une saison qui n'étaient plus les leurs.

La chimère a parlé ; l'illusion s'est renforcée.

— C'est l'heure de dîner.

Sa voix claire, éthérée, a fait courir un curieux frisson entre mes omoplates. Tous mes sens étaient en alerte.

— Tu viens avec moi ?

J'ai secoué la tête et toussoté, pour me débarrasser de la boule qui m'était venue dans la gorge.

— Non, non, merci. Je ne vais pas tarder à rentrer chez moi.

Ma voix avait changé, elle aussi, et je me suis rendu compte que j'étais littéralement pétrifiée. Etait-ce la peur ? Oui, sans doute, mais la peur de quoi ?

Juniper apparemment n'a pas remarqué mon malaise.

— J'ai une robe toute neuve, a-t-elle dit en soulevant délicatement les coins de sa jupe, déployant dans la lumière les pans d'organza, pâles et poudreux comme les ailes d'un papillon de nuit. Enfin, elle n'est pas vraiment neuve, je te raconte des histoires. Elle a été retouchée pour moi. C'était une des robes de ma mère.

— Elle est très belle.

— Je ne pense pas que tu l'aies jamais rencontrée.

— Votre… ta mère ? Non.

— C'était une femme adorable, vraiment adorable. Elle est morte si jeune ! Si jeune. Cette jolie robe lui appartenait.

Elle a fait tournoyer ses jupons d'un geste presque aguicheur et m'a regardée par-dessous ses longs cils. Ses yeux avaient perdu leur expression fixe et vitreuse. L'iris était bleu clair, vif : c'étaient des yeux qui voyaient, qui savaient, les yeux de la fillette dont j'avais vu le portrait dans la biographie de son père, la

131

gracieuse créature tirée inopinément de sa rêverie dans le jardin.

— Tu la trouves jolie, toi aussi ?

— Oui, elle est magnifique.

— Saffy l'a retouchée pour que je puisse la mettre. Elle fait des merveilles avec sa machine à coudre. Il suffit de lui montrer un modèle qui te plaît, elle t'expliquera exactement comment il a été fait. Même les tout derniers modèles de Paris, les robes qu'on voit dans *Vogue*. Elle a travaillé des semaines sur celle-là… N'en parle à personne ! C'est un secret. Percy bien sûr ne va pas être contente, parce que c'est la guerre et parce que c'est Percy, mais toi, je sais bien que tu ne le répéteras à personne.

Elle a souri, de façon si énigmatique que ma respiration s'est suspendue un moment.

— Je serai muette comme une tombe.

Nous nous sommes observées pendant un moment, sans rien dire. Je n'avais plus peur, et c'était un soulagement. Ç'avait été une réaction impulsive et sans cause réelle, dont le souvenir me cuisait encore un peu. Cette rencontre n'avait rien d'effrayant. La femme perdue dans ces couloirs sombres n'était autre que Juniper Blythe, celle qui, autrefois, il y avait bien longtemps, avait choisi ma mère, l'avait soustraite au petit groupe d'enfants tremblants et lui avait donné un foyer à l'heure où les bombes allemandes tombaient sur Londres – celle qui, plus tard, n'avait cessé d'attendre le retour d'un amant perdu à jamais.

Elle a levé le menton, a émis un soupir pensif. Je n'étais pas la seule à avoir mis de l'ordre dans mes pensées. Je lui ai souri, ce qui, je crois, l'a décidée à entrer en action. Elle s'est redressée, a marché vers moi d'un pas lent et délibéré. Elle était… féline, oui, voilà le mot. Chacun de ses mouvements était empreint de cette audace languide qui caractérise les chats, mélange de souplesse, de prudence et de défi.

Elle s'est arrêtée si près de moi que je sentais le parfum de naphtaline de sa robe et l'odeur fétide de son haleine de fumeuse. Ses yeux ont plongé dans les miens.

— Je peux te confier un secret ?

J'ai hoché la tête, ce qui l'a fait sourire – l'espace entre ses deux incisives était incroyablement enfantin et touchant. Elle a pris ma main dans les siennes, comme si nous étions deux amies dans une cour de récréation. Ses paumes étaient lisses et fraîches.

— Un vrai secret. Personne ne doit rien savoir.

— D'accord.

Comme une gamine, elle a arrondi la paume de sa main, s'est penchée et l'a collée sur mon oreille. Son haleine m'a chatouillé la nuque.

— J'ai un amoureux.

Elle a reculé ; il y avait sur ses lèvres de vieille femme une expression d'excitation juvénile, grotesque et cependant si triste et si belle à voir !

— Il s'appelle Tom. Thomas Cavill. Il veut m'épouser.

J'ai compris alors qu'elle était vraiment restée prisonnière du temps de son amour et de ses peines ; une insupportable tristesse m'a submergée. Ah, que Percy revienne au plus vite et mette fin à cette conversation irréelle !

— Tu me promets que tu ne le répéteras à personne ?

— Je te le promets.

— Bien sûr, je lui ai dit oui mais… chut ! (Elle a posé un doigt sur ses lèvres.) Mes sœurs n'en savent encore rien. Il doit venir dîner à la maison, un de ces jours.

Elle a souri plus largement encore, montrant des dents jaunies de vieille femme dans un visage lisse comme nacre.

— Ainsi, nous pourrons annoncer nos fiançailles.

C'est alors que j'ai remarqué qu'elle portait quelque chose à l'annulaire. Ce n'était pas une vraie bague, mais une sorte de grossier simulacre – sans doute un petit morceau de papier d'aluminium roulé et façonné à la ressemblance d'un anneau.

— Et puis nous irons danser, danser, danser toute la nuit…

Elle s'est mise à tournoyer tout en fredonnant une musique surgie, peut-être, du fond de sa mémoire. C'était la mélodie que j'avais entendue pendant la visite du château, flottant dans les recoins des couloirs. Je n'ai pas réussi à retrouver le nom du morceau, bien qu'il m'ait plus d'une fois frôlé l'esprit. La musique avait dû cesser depuis un bon moment mais Juniper, sans y prendre garde, l'écoutait encore, les paupières closes, les pommettes roses d'excitation, comme une jeune fille qui attend son bien-aimé.

Il y a quelques années, j'ai travaillé avec un couple âgé qui voulait écrire son histoire à quatre mains. La femme souffrait d'un début de maladie d'Alzheimer ; ils avaient décidé de recueillir ses souvenirs avant qu'ils ne soient emportés par la bourrasque comme les feuilles jaunies d'un arbre à l'automne.

Il nous a fallu six mois pour venir à bout de ce projet, et dans ce laps de temps je l'ai vue sombrer, impuissante, dans l'oubli de tout ce qui faisait sa vie, puis dans le vide absolu. Quand elle parlait de son mari, elle disait : « ce type, là-bas » ; bientôt cette femme si drôle, si vivante, au langage si expressif, qui aimait tant débattre, plaisanter, couper la parole, a été réduite au silence.

Je savais donc ce que démence sénile voulait dire ; ce dont souffrait Juniper était bien différent. Son monde, quel qu'il soit, n'était pas vide ; ses souvenirs étaient incroyablement vivaces. Que son esprit soit malade, je n'en pouvais pas douter. Toutes les vieilles dames vous confient un jour ou l'autre avec un petit rire – et souvent quelques regrets – qu'au fond d'elles-mêmes elles ont encore dix-huit ans. C'est un mensonge. Moi qui ne suis encore qu'une jeune adulte, je peux vous l'affirmer. Le passage des années a raison des âmes les plus résistantes : elle nous déserte bien vite, cette bienheureuse invincibilité supposée de la jeunesse. Bientôt le fardeau des responsabilités la réduit à néant.

Juniper, elle, ne mentait pas. Confit dans le chagrin, son esprit n'avait pas vieilli d'une heure. Dans son monde, la guerre faisait encore rage – et ses hormones de même, à en juger par sa curieuse danse. Hybride extraordinaire, jeune fille et vieille femme dans un même corps, sublime et grotesque, écartelée entre l'ici et l'ailleurs, spectacle si peu naturel et si déconcertant que quelque chose en moi s'est profondément révulsé. Au dégoût, cependant, a aussitôt succédé la honte. Qui étais-je pour juger cette malheureuse ?

Juniper m'a prise par les poignets ; ses yeux écarquillés roulaient dans leurs orbites.

— Mais suis-je bête !

Elle a retenu un gloussement, ses longs doigts pâles sur les lèvres.

— Tu connais Tom, bien sûr. C'est grâce à toi que je l'ai rencontré !

Peu importe ce que j'allais répondre ; à ce moment précis, toutes les horloges du château se sont mises à sonner l'heure. Quelle singulière symphonie chantaient ces carillons qui, de chambre en chambre, se répondaient les uns aux autres, marquant chacun à leur façon le passage du temps ! Ils m'ont pénétrée jusqu'à la moelle des os, lugubres, me privant momentanément de toutes mes forces.

— Juniper, je dois vraiment repartir cette fois, ai-je bredouillé d'une voix enrouée une fois ce concert mécanique fini.

Un léger bruit m'a fait me retourner, pleine d'espoir : Percy, peut-être, enfin de retour ?

— Repartir ?

Ses traits se sont affaissés.

— Tu viens juste d'arriver. Où vas-tu ?

— Je rentre à Londres.

— A Londres ?

— C'est là que j'habite.

— Londres.

Une lueur orageuse est soudain apparue dans son regard. Elle s'est avancée, m'a saisi le bras avec une surprenante vigueur. Sur ses poignets pâles et minces, j'ai vu tout un lacis de cicatrices, blanchies par l'âge.

— Emmène-moi.

— Non, je… je ne peux pas.

— Mais c'est la seule solution pourtant. Aller à Londres, retrouver Tom. C'est là-bas qu'il est, j'en suis sûre, dans son petit appartement, assis sur l'appui de la fenêtre…

— Juniper…

— Tu m'avais dit que tu m'aiderais.

Sa voix était sifflante, haineuse.

— Pourquoi m'as-tu abandonnée ?

— Je suis désolée, je…

— Tu es censée être mon amie. Tu as toujours dit que tu m'aiderais. Pourquoi n'es-tu pas venue ?

— Juniper, je crois que tu me confonds avec…

— Oh, Meredith, a-t-elle alors murmuré – et son haleine contre ma joue était si âcre, si tristement fétide. J'ai fait une chose terrible, une chose affreuse…

Meredith. Mon estomac s'est brutalement retourné.

Un bruit de pas rapides, et le chien enfin a réapparu, suivi de près par Saffy.

— Juniper ! Oh, ma June, c'est là que tu te cachais !

La voix de Saffy était lourde de soulagement. Elle a étreint sa sœur avec une infinie tendresse, puis s'est reculée un instant pour scruter son visage.

— Il ne faut pas te sauver comme ça, June. J'ai eu très peur. Je t'ai cherchée partout. Je n'avais aucune idée de l'endroit où tu pouvais t'être cachée, ma petite poule.

Juniper tremblait de tous ses membres, et moi de même, je crois. *Meredith*… Ces trois syllabes résonnaient dans mes tympans, aussi lancinantes qu'un bourdonnement de moustique. J'ai eu beau me dire que ce n'était qu'une coïncidence, un nom lancé au hasard par une vieille femme à l'esprit chancelant, je savais bien qu'il était inutile de me mentir à moi-même – cela n'a jamais été mon fort.

Tandis que Saffy mettait un peu d'ordre dans les mèches folles qui balayaient le front de sa sœur, Percy est arrivée à son tour. Elle s'est arrêtée à quelque distance de la scène, qu'elle a observée sans mot dire, appuyée sur sa canne. Les jumelles ont échangé un regard, semblable en tous points à celui qui m'avait tant intriguée quand nous nous étions retrouvées dans le salon jaune. Saffy, la première, a rompu le silence. Elle avait réussi, je ne sais comment, à dénouer les bras crispés de sa sœur, et a serré très fort ses mains dans les siennes.

— Je vous remercie d'avoir pris soin d'elle, a-t-elle hoqueté. C'est si gentil de votre part, Edith.

— E-dith, a répété Juniper, sans me regarder cependant.

— Parfois, son esprit se brouille et elle se met à errer. Nous essayons de ne jamais la perdre de vue, bien sûr, mais…

Saffy a secoué la tête, comme pour me faire comprendre l'impossibilité dans laquelle on se trouve parfois de vivre à la place des autres.

Comment lui dire que j'avais très bien compris ce qui se passait ? Je ne retrouvais plus mes mots. *Meredith*. Le prénom de ma mère. Mes pensées, par centaines, se sont ruées à contre-courant du temps, cherchant, fébriles, le moindre indice – jusqu'à la porte de l'appartement de mes parents, jusqu'à la cuisine, dans la pâle et froide lumière de février… Un poulet sur la table, une lettre qui arrive un dimanche, maman en larmes…

— E-dith, psalmodiait Juniper, E-dith, E-dith…

— Oui, mon chou, oui, a murmuré Saffy, rassurante. Edith, c'est cette jeune femme que tu vois là. Elle est venue nous rendre visite.

Les doutes qui me taraudaient depuis février se sont brutalement confirmés. Maman m'avait menti lorsqu'elle m'avait dit que le message de Juniper était sans importance, tout comme elle m'avait menti sur les raisons de notre voyage à Milderhurst. Pourquoi, pourquoi ? Que cachait-elle ? Que s'était-il passé entre maman et Juniper Blythe ? Juniper avait parlé d'une promesse non tenue – d'une promesse qui concernait le fiancé de Juniper, Thomas Cavill. Si tel était le cas, et si la vérité était aussi terrible que Juniper l'avait avoué, la lettre qu'elle avait envoyée était peut-être pleine d'accusations et de reproches. Que croire ? Etait-ce un remords étouffé pendant un demi-siècle qui avait fait pleurer ma mère ?

Pour la première fois depuis mon entrée dans le château, j'ai été envahie par le désir d'en sortir au plus vite, de laisser derrière moi ces vieilles pierres et ces chagrins anciens. Revoir le soleil, sentir la brise sur mon visage, respirer autre chose que l'odeur rance de la boue, de la naphtaline et du vieux tabac... Oui, me retrouver seule et libre avec ces innombrables questions, y réfléchir à tête reposée.

— J'espère que sa conduite ne vous a pas choquée...

A travers le voile de mes pensées, si confuses, si vertigineuses, la voix de Saffy a résonné, semblant venir de derrière une immense et lourde porte.

— Quoi qu'elle vous ait dit, il ne faut pas lui en tenir rigueur. Parfois, elle dit des choses si curieuses, si absurdes...

Sa voix s'est peu à peu éteinte mais le silence qui a suivi était plus troublant encore. Saffy me scrutait, d'un regard lourd de sentiments inexprimables. Inquiétude, souci ? Pas seulement. Ce qui se cachait derrière ces

139

rides, soudain plus profondes, c'était… la peur. Une peur qu'elle partageait avec sa sœur jumelle. Oui, le regard qu'elles ont échangé était hanté par la peur.

J'ai levé les yeux vers Juniper. Elle s'était caché le visage sous ses bras croisés. Etait-ce un jeu de mon imagination ou attendait-elle, immobile, l'oreille aux aguets, la réponse que j'allais faire à ses sœurs ?

J'ai eu un sourire un peu bravache, dont j'espérais, en dépit du bon sens, qu'il pourrait passer pour détaché.

— Elle ne m'a rien dit de particulier, ai-je enfin répondu, accompagnant ma réponse d'un haussement d'épaules expressif. Je lui faisais des compliments sur sa jolie robe.

L'atmosphère du couloir s'est soudain allégée, tant était profond le soulagement des jumelles. Juniper n'a pas bronché ; il m'est venu l'impression étrange, troublante, que j'avais commis un faux pas. Je n'aurais pas dû mentir, j'aurais dû rapporter aux jumelles la conversation que j'avais eue avec leur sœur, leur expliquer la raison de son chagrin. C'était trop tard. Je n'avais pas su leur parler de ma mère, de sa présence au château. Comment rattraper cette faute ?

— Marilyn Bird vient d'arriver, a dit Percy d'une voix brusque.

— Oh ! a soufflé Saffy. Parfois on ne sait plus où donner de la tête.

— Elle va vous raccompagner à la ferme. Vous êtes attendue à Londres, d'après ce qu'elle dit.

— C'est vrai.

Dieu merci.

— Quel dommage, a repris Saffy.

Des années d'entraînement, sans aucun doute, et une bonne dose de sang-froid lui avaient permis de retrouver ses esprits.

— Nous aurions tant aimé pouvoir vous offrir une tasse de thé. Les visites sont si rares !

— La prochaine fois, a dit Percy.

— Oui, très juste, la prochaine fois.

Perspective pour le moins improbable.

— Je tiens vraiment à vous remercier pour le temps que vous m'avez consacré…

Et tandis que Percy me raccompagnait par des chemins mystérieux vers Mme Bird et la normalité, Saffy et Juniper se sont retirées dans la direction opposée, et leurs voix ont l'espace d'un instant couru le long des pierres froides.

— Saffy, je suis désolée, Saffy, tu ne peux pas savoir. J'ai… j'ai oublié, voilà tout.

Les mots se sont mués en sanglots. Une plainte si lamentable que je n'avais qu'une envie, me plaquer les mains sur les oreilles.

— Viens, ma petite chérie, ne t'inquiète pas. Ça n'en vaut pas la peine.

— Mais c'est que j'ai fait une chose terrible, Saffy. Une chose vraiment, vraiment terrible.

— Allons, mon petit agneau, c'est absurde. N'y pense plus. D'accord ? Et si nous prenions le thé ? C'est l'heure.

Il y avait dans la voix de Saffy une telle patience, une telle gentillesse, qu'une petite boule s'est serrée très fort dans ma poitrine. Ce doit être à ce moment que j'ai pris conscience, pour la première fois, du temps qu'elle et Percy avaient dû passer, au cours des années, à distiller ces consolations, à chasser de l'esprit brumeux de leur petite sœur vieillissante ces sombres nuages ; elles s'y employaient avec toute la bonté, avec toute la prudence qu'un père ou qu'une mère réserve à ses enfants – mais leur fardeau à elles ne s'allégerait jamais.

— Tu vas remettre quelque chose de plus chaud, ma chérie, et nous prendrons le thé toutes les trois. Toi, Percy et moi. Avec une bonne tasse de thé, les choses s'arrangent toujours.

Mme Bird nous attendait sous le dôme du vestibule, un chapelet d'excuses aux lèvres. Avec une humilité forcée qui me mettait mal à l'aise et maintes gesticulations, elle s'est lancée dans une description imagée de ces imbéciles de villageois qui l'avaient mise dans l'incapacité d'accomplir son devoir.

— Peu importe, madame Bird, l'a interrompue Percy sur un ton qui rappelait celui d'une gouvernante victorienne gourmandant une élève récalcitrante. J'ai été heureuse de montrer le château à notre jeune visiteuse.

— Je n'en doute pas, mademoiselle Blythe. En souvenir du bon temps. Cela a dû vous rappeler des…

— Assurément.

— Quel dommage que vous n'en organisiez plus. Mais cela dit, je vous comprends, hein ? Et puis vous avez eu le mérite de tenir le coup si longtemps, vous et Mlle Saffy, d'autant que vous avez bien d'autres problèmes à…

— Certes.

Percy Blythe s'est redressée de toute sa hauteur. Visiblement, elle ne portait guère Mme Bird dans son cœur.

— Mesdames, si vous voulez bien m'excuser à présent.

La vieille dame a courbé la tête vers la porte grande ouverte, et le monde sur lequel elle ouvrait m'a semblé plus lumineux, plus bruyant et plus rapide que lorsque je l'avais quitté, deux heures à peine auparavant.

— Je vous remercie infiniment d'avoir pris le temps de me montrer votre magnifique château, lui ai-je crié avant qu'elle ait le temps de disparaître.

Elle m'a scrutée un peu plus longtemps qu'il n'était nécessaire, puis s'est enfoncée dans les profondeurs du couloir, en balançant silencieusement sa canne. Au bout de quelques mètres elle s'est arrêtée, a fait volte-face, à peine visible dans la pénombre.

— Magnifique ? Oui, autrefois, oui. Il y a bien longtemps. Avant.

1

29 octobre 1941

Une chose était sûre : la lune ne se montrerait pas cette nuit-là. Le ciel était saturé de nuages, masse tourbillonnante de gris, de blanc et de jaune, écrasés les uns sur les autres, comme victimes du couteau d'un peintre. Percy passa la langue sur le bord du papier à cigarettes et le pressa doucement sur le cylindre déjà constitué, puis roula la cigarette entre ses doigts. Un avion passa, vrombissant, dans le ciel – un des leurs, un patrouilleur qui allait remplir sa mission vers le sud, sur la côte. Bien sûr, il fallait bien qu'ils sortent, mais par une nuit aussi nuageuse que celle-là, il n'y aurait sans doute pas grand-chose à voir.

Adossée à la camionnette, Percy suivit l'avion des yeux, plissant les paupières tandis que le gros insecte brun s'éloignait. L'éclat des cieux lui donna envie de bâiller ; elle se frotta les yeux jusqu'à ce qu'ils piquent, ce qui n'était pas désagréable. Lorsqu'elle les rouvrit, l'avion avait disparu.

— Eh, Percy ! Evite donc de faire des marques sur le capot et les portières, si tu peux ! Je viens de les briquer.

Percy se retourna, posa le coude sur le toit de la camionnette. Dot, un large sourire fendant son visage, venait d'apparaître à la porte du baraquement.

— Tu devrais me remercier, répliqua Percy. Ça t'évitera de te tourner les pouces après la pause.

— Tu n'as pas tort. Sinon l'officier de service me fera laver les torchons.

— S'il ne t'embauche pas pour faire une démonstration « portage de civières » pour les responsables de groupe.

Percy leva un sourcil ironique.

— Ça, c'est le nec plus ultra.

— Et réparer les rideaux de couvre-feu ?

— Aïe ! Non, pas ça ! gémit Percy.

— Continue à traîner dans les parages et tu vas te retrouver l'aiguille à la main, l'avertit Dot, qui s'était faufilée au côté de Percy. Il n'y a rien d'autre à faire aujourd'hui.

— C'est sûr ?

— Les gars de la RAF viennent de nous prévenir. Rien à l'horizon, pas cette nuit en tout cas.

— C'est bien ce que je pensais.

— Il n'y a pas que la météo. Selon l'officier, ces salauds de Boches sont trop occupés à envahir la Russie pour venir nous chercher des noises.

— Mauvais calcul, fit Percy en examinant sa cigarette. L'hiver avance plus vite que leurs armées.

— J'imagine que tu as l'intention de traîner par ici et de jouer les mouches du coche dans l'espoir que notre ami Hitler s'emmêle les pinceaux et vienne nous balancer une de ses satanées bombes ?

— C'est une idée, fit Percy en glissant la cigarette dans sa poche et en empoignant son sac. Mais pas question. Même en cas d'invasion, il est hors de question que je reste ici.

Dot ouvrit de grands yeux.

— Eh bien ! Un rendez-vous galant avec un bel homme, une invitation à la danse ?

— Hélas non. Mais c'est quand même une bonne nouvelle.

Le bus de Percy venait d'arriver ; elle dut élever la voix pour que son amie l'entende.

— Ma petite sœur rentre à la maison ce soir, dit-elle en sautant à bord.

Percy n'avait pas plus d'appétit pour le combat que la moyenne des individus ; elle avait d'ailleurs été témoin de plus d'horreurs que la plupart de ses contemporains. Raison pour laquelle elle n'avoua jamais à quiconque le curieux sentiment de déception qui la rongeait depuis que les raids nocturnes de l'aviation allemande avaient cessé. Comment pouvait-on une seconde regretter ces moments d'extrême danger, de destruction ? C'était complètement absurde. Tout ce qui ne relevait pas d'un optimisme mesuré pouvait passer, en ces temps difficiles, pour sacrilège. Malgré tout, ces derniers mois, une rage inextinguible l'avait contrainte à garder ses sens en alerte, l'ouïe aiguisée, à l'affût du moindre bourdonnement dans des cieux nocturnes à ses yeux trop sereins.

S'il était une qualité dont Percy était particulièrement fière, c'était son aptitude à juger toutes choses de la façon la plus pragmatique possible. Mon Dieu, il fallait bien que quelqu'un en soit capable dans cette maison. Elle avait donc décidé de trouver la racine du mal. Cette petite horloge qui menaçait d'égrener à jamais son irritant tic-tac sans sonner les heures, il fallait la faire taire. Pendant des semaines, prenant soin de ne révéler à personne le tumulte de son esprit, Percy avait minutieusement évalué sa situation et analysé le moindre de ses sentiments. Elle en était logiquement arrivée à cette conclusion :

— Percy, ma pauvre, tu dois être légèrement détraquée.

Rien d'étonnant à cela. La folie était une caractéristique familiale, tout comme le talent artistique et les longues jambes. Percy aurait mieux aimé s'en passer, mais c'était la vie, c'était comme ça. Simple question d'hérédité, sans aucun doute. En toute honnêteté, n'avait-elle pas toujours su qu'un jour ou l'autre elle finirait par battre la campagne, elle aussi ?

Tout ça, c'était la faute de papa. Et des histoires extraordinaires qu'il leur racontait quand elles étaient petites, si petites qu'il pouvait encore les prendre dans ses bras, si tendres qu'elles pouvaient encore se pelotonner l'une contre l'autre au creux de ses genoux, bien au chaud. Tout y était passé : l'histoire de la famille, de ce petit coin de campagne anglaise qui, un beau jour, était devenu Milderhurst, de ce qu'à travers les siècles ces terres avaient vécu, pour le meilleur et pour le pire : disettes et années fastes, inondations et récoltes, guerres et légendes. Ce que les hommes avaient bâti, puis brûlé, puis reconstruit ; ce qu'ils avaient laissé pourrir, ce qu'ils avaient pillé, ce qu'ils avaient adoré, ce qu'ils avaient oublié. Les ancêtres – ceux qui, bien avant les Blythe, avaient fait leur ce château ; les conquêtes et les progrès qui avaient, tour à tour, ensemencé le sol anglais et leur Milderhurst tant aimé.

Par la voix du conteur, l'histoire acquiert une force singulière ; pendant tout un été, alors que son père était au front, la fillette – quel âge avait-elle alors, huit, neuf ans ? – avait rêvé nuit après nuit de champs bruissants d'envahisseurs. Elle avait réussi à convaincre Saffy de bâtir des forts imprenables dans les arbres du bois de Cardarker. Elles avaient amassé des munitions, décapité les branches qui leur bouchaient la vue. Il fallait se préparer, s'exercer. Quand le jour viendrait où il leur faudrait défendre leurs terres et leur château contre les hordes ennemies, elles seraient prêtes...

Le bus prit un virage abrupt et Percy aperçut son reflet dans la vitre. Elle secoua la tête. Ridicule, bien sûr. Les petites filles ont bien le droit de rêvasser, mais qu'une femme adulte vibre encore au souvenir de ces gamineries ? Lamentable. Elle tourna le dos à la vitre avec un soupir de dégoût.

Le bus était encore plus lent qu'à l'ordinaire ; à ce tarif, elle risquait fort de manquer le goûter. Si goûter il y avait. Des nuages gris sombre s'amassaient à l'horizon, le crépuscule n'allait plus tarder et le bus, tous phares éteints, collait au bord de la route, au cas où. Elle jeta un coup d'œil à sa montre. Quatre heures et demie, déjà... Juniper devait arriver vers six heures et demie, le jeune homme à sept, et Percy avait promis d'être de retour avant quatre heures. Bien sûr, les gens de la Protection civile n'avaient fait que leur devoir en arrêtant le bus pour une inspection surprise, mais le moment était mal choisi. Percy avait tant à faire ! En tête de liste, remettre un peu de bon sens dans les préparatifs de la soirée.

Saffy devait être dans tous ses états. Percy n'aurait pas parié un penny sur l'hypothèse inverse. Personne ne se livrait avec autant d'abandon au vertige de l'opportunité que Saffy. Depuis que Juniper leur avait annoncé la venue d'un mystérieux invité, l'Evénement – c'était en ces termes qu'on en parlait désormais – ne pouvait décemment plus échapper au « traitement Seraphina Blythe ». Saffy avait même évoqué la possibilité de ressortir du placard le papier à lettres du Couronnement, hérité de grand-mère, pour rédiger les cartons de placement. Ce à quoi Percy avait répliqué que pour un dîner à quatre dont trois des participants étaient sœurs, c'était peut-être exagéré.

Une légère tape sur son avant-bras : la vieille dame assise à côté d'elle avait ouvert une boîte en fer et lui faisait signe d'y prendre quelque chose.

— C'est une recette à moi, pépia-t-elle. Pas un gramme de beurre, mais ils ne sont pas si mauvais. Naturellement, je suis mauvais juge.

— Oh, fit Percy. Non, merci. C'est gentil mais je n'oserais pas. Gardez-les pour vous.

— Si, si, je vous en prie.

La petite vieille secoua la boîte sous le nez de Percy et l'enveloppa d'un regard approbateur. L'uniforme, sans doute.

— Ah, si vous insistez.

Percy choisit un biscuit et le goûta du bout des lèvres.

— Mmh, délicieux.

Ah, qu'elles semblaient lointaines, hélas, les glorieuses heures du beurre !

— Vous vous êtes engagée dans le corps des ambulancières, à ce que je vois ?

— Oui, je conduis des fourgons. Du moins j'en conduisais pendant les bombardements. Maintenant, je me contente d'astiquer…

— Je suis sûre que vous allez trouver autre chose à faire pour participer à l'effort de guerre. Vous, les jeunes, rien ne vous arrête.

Il vint à la vieille femme une idée qui lui fit subitement ouvrir de grands yeux.

— Mais oui ! Vous devriez travailler dans un atelier de couture ! Ma petite-fille a rejoint les Ravaudeuses, à Cranbrook, et je peux vous dire qu'elles font du beau travail, toutes ces petites !

La couture mise à part, l'idée était loin d'être mauvaise, s'avoua Percy. Oui, concentrer son énergie sur une tâche précise : servir de chauffeur à un officiel, apprendre à désamorcer les bombes, à piloter un avion, s'initier au secours en mer. N'importe quoi, quelque chose. Pour qu'enfin s'apaise son effroyable agitation. Même si l'idée la faisait frémir, Percy devait bien reconnaître que Saffy ne s'était pas trompée : elle était une bricoleuse, une entremetteuse. Incapable de rien créer, imbattable quand il s'agissait de réparer. Jamais plus heureuse que lorsqu'on se servait d'elle pour recoller les morceaux. Mon Dieu, quel constat déprimant.

Le bus brinquebalant franchit un nouveau tournant ; enfin le village était en vue. Percy repéra son vélo. Il était resté là où elle l'avait laissé le matin même, appuyé contre le tronc du vieux chêne, face à la poste.

Elle remercia une nouvelle fois sa voisine pour le délicieux biscuit, lui promit solennellement de se renseigner sur les ateliers de couture et descendit, en saluant une dernière fois la vieille femme que le bus emmenait à Cranbrook.

Depuis le départ de Folkestone, le vent avait repris des forces. Percy enfonça les mains dans les poches de son pantalon et décocha un large sourire aux sévères demoiselles Blethem, lesquelles hoquetèrent en chœur et s'agrippèrent à leurs sacs à provisions, avant de répondre par un signe de tête réticent, suivi d'un retrait précipité.

La guerre durait depuis deux ans déjà, et il y avait encore des individus pour lesquels l'apparition d'une femme en pantalon ne pouvait être qu'un signe avant-coureur de l'apocalypse. Nettement plus effroyable que le cortège des atrocités de la guerre. Percy, ô bonheur, retrouva toute son énergie et se demanda s'il était mora-lement justifié de jouir de son uniforme tant pour sa signification réelle que pour l'effet qu'il faisait sur toutes les demoiselles Blethem de la planète.

Il était déjà tard mais M. Potts, avec un peu de chance, n'avait pas encore porté le courrier au château. Il y avait peu d'hommes au village – peu d'hommes dans tout le pays, Percy l'aurait parié – qui se seraient avec autant d'ardeur que M. Potts glissés dans la peau de l'officier de protection civile. Il mettait tant de zèle à protéger le royaume que les gens de Milderhurst avaient tendance à se sentir quantité négligeable s'ils n'étaient pas au moins une fois par mois contrôlés par le brave homme. Certes, ce sens du devoir affectait grandement la régularité des levées et des tournées postales, mais c'était un sacrifice des plus nécessaires aux yeux de M. Potts.

La cloche sonna au-dessus de la porte pour signaler l'entrée de Percy. Mme Potts lui jeta un regard effaré de derrière une muraille de paperasse et d'enveloppes. Elle ressemblait à un lapin surpris à déterrer une carotte dans un potager et, comme pour souligner l'analogie, elle émit un reniflement discret. Percy parvint à dissimuler sa joie sous une familiarité sévère, ce qui était, à vrai dire, une de ses spécialités.

— Tiens, tiens, fit la postière avec la présence d'esprit de ceux pour qui la dissimulation est une seconde nature. Mais c'est Mlle Blythe !

— Bonsoir, madame Potts. Vous avez des lettres pour nous ?

— Je vais jeter un coup d'œil, si vous voulez bien.

L'idée que Mme Potts n'ait pas une connaissance approfondie de chacune des lettres qui ce jour-là étaient passées par le bureau était proprement risible ; Percy décida néanmoins de jouer le jeu.

— C'est gentil, merci.

Après maintes plongées officieuses dans les boîtes à courrier, au fond du bureau, Mme Potts finit par repêcher une petite liasse qu'elle brandit triomphalement en revenant vers le comptoir.

— Nous y voilà ! Nous avons un paquet pour Mlle Juniper – envoyé de Londres, apparemment, par votre jeune visiteuse ; elle doit être heureuse d'être chez elle, la petite Meredith !

Percy eut un signe de tête impatient.

— Ah ! Et une lettre pour vous. L'enveloppe est manuscrite ; et une lettre dactylographiée pour Mlle Saffy.

— Très bien. Celles-là, en général, on ne perd pas de temps à les lire.

Mme Potts eut un large sourire et posa les lettres sur le comptoir.

— J'espère que tout va bien au château ? s'enquit-elle avec plus de chaleur que ne l'exigeait cette question polie.

— Très bien, je vous remercie. Maintenant, il faut que…

— Ne dit-on pas que c'est même l'heure des félicitations ?

Percy laissa échapper un soupir d'exaspération.

— Des félicitations ?

— Les cloches vont sonner, là-haut, dit-on, gloussa Mme Potts avec cette irritante indiscrétion qu'elle maniait à merveille, se délectant de ses informations mal acquises tout en s'efforçant, l'œil avide, d'en soutirer encore plus.

— Je vous remercie infiniment, madame Potts, mais je suis navrée de vous apprendre que je ne suis pas plus qu'hier sur le point de convoler.

La postière eut un moment de réflexion suivi aussitôt d'un grand éclat de rire.

— Oh, mademoiselle Blythe ! On n'en fait pas beaucoup, des comme vous. « Pas plus qu'hier sur le point de convoler », ha ! Il faudra que je m'en souvienne de celle-là !

Elle eut bientôt séché ses larmes de rire d'un petit mouchoir bordé de dentelle qu'elle avait tiré de la poche de sa jupe.

— Mais, poursuivit-elle entre deux gloussements, ce n'était pas à vous que je pensais.

Percy feignit la surprise.

— Allons bon ?

— Non, bonté divine, non ! Ni à vous ni à Mlle Saffy. Je sais que ni elle ni vous ne projetez de nous quitter, Dieu soit loué. (Elle repassa le mouchoir sur ses paupières.) Je parlais de Mlle Juniper, bien sûr.

Percy ne put s'empêcher de remarquer la façon dont le nom de sa petite sœur sonnait dans la bouche de la commère. Syllabes électriques pour lesquelles la bavarde Mme Potts était un conducteur naturel. Depuis sa plus tendre enfance, Juniper était l'un des sujets de discussion favoris au village. La jeune fille n'avait pas fait grand-chose pour améliorer la situation. Une enfant qui, dès qu'elle est surexcitée, souffre d'absences et de trous de mémoire ne peut qu'attirer les réflexions à voix basse, les rumeurs de don surnaturel ou de malédiction. De sorte que, chaque fois qu'il se passait quelque chose d'étrange ou d'inexplicable au village – disparition mystérieuse de la lessive de Mme Fleming, travestissement insolite de l'épouvantail du fermier Jacob, qui s'était retrouvé en jupons, épidémie d'oreillons –, les regards se tournaient aussi sûrement vers Juniper que les abeilles vers le miel.

— Mlle Juniper et un certain jeune homme ? insista Mme Potts. J'ai entendu dire qu'on mettait les petits plats dans les grands chez vous ? Un garçon qu'elle a rencontré à Londres, dit-on ?

L'idée était purement et simplement ridicule. Le destin de Juniper n'était pas de se marier : ce qui faisait vibrer le cœur de la petite, c'était la poésie, rien que la poésie. Percy se demanda un instant si elle n'allait pas entrer dans le jeu de Mme Potts, mais il lui suffit d'un coup d'œil sur la pendule pour changer d'idée. Sage décision : elle n'avait pas de temps à perdre à discuter du départ hypothétique de Juniper pour Londres. Et guère envie de risquer de révéler, par inadvertance, le tumulte que l'escapade de sa jeune sœur avait causé au château. Elle était trop orgueilleuse pour cela.

— Madame Potts, nous avons, il est vrai, un invité ce soir au château, mais bien que ce soit effectivement *un* invité, au masculin singulier, il n'est le soupirant de personne. Ce n'est qu'une connaissance que nous avons à Londres.

— Une connaissance ?

— Parfaitement.

Mme Potts plissa les yeux.

— Pas de mariage, alors ?

— Pas de mariage.

— J'ai pourtant entendu dire de source sûre qu'il y avait eu une proposition, et une réponse positive.

Nul n'ignorait que la « source sûre » de Mme Potts était constituée par la surveillance assidue de la correspondance et des appels téléphoniques du village, dont les détails étaient ensuite recoupés avec ceux de l'abondant répertoire des ragots de Milderhurst. Si Percy n'allait pas jusqu'à soupçonner la postière de décoller les enveloppes à la vapeur avant de les expédier à leurs destinataires respectifs, d'autres au village n'avaient pas ces scrupules. Dans le cas précis, cependant, il n'y avait pas beaucoup de lettres à ouvrir ; la seule correspondante de Juniper étant la petite Meredith, leurs échanges épistolaires n'avaient rien qui puisse émoustiller Mme Potts. De surcroît, la rumeur était complètement infondée.

— Je crois que si tel était le cas, madame Potts, j'en aurais été informée. Je vous le confirme, il ne s'agit que d'un dîner.

— Un dîner *spécial* ?

— En des temps comme ceux que nous vivons, ne le sont-ils pas tous ? répliqua Percy, désinvolte. Sait-on jamais, c'est peut-être le dernier, voyez-vous ?

Elle arracha les lettres et le paquet des mains de la postière, remarqua ce faisant les bocaux de verre qui avaient naguère orné le comptoir. Il n'y avait plus ni bonbons au citron ni caramels, mais un triste petit tas d'Edinburgh Rock s'était solidifié au fond d'une des jarres. Percy en avait horreur, mais c'étaient les sucreries préférées de Juniper.

— Je vais vous prendre ce qui vous reste de bonbons, si cela ne vous ennuie pas.

Une expression quelque peu aigre sur le visage, Mme Potts détacha les bâtonnets du fond du bocal et les enfourna dans un sac en papier kraft.

— Ça vous fera six pence, mademoiselle Blythe.

— Dame, madame Potts, fit Percy en plongeant le nez dans le sachet. Si nous n'étions pas si bonnes amies, je dirais que vous essayez d'abuser de ma bonté.

Le visage de la postière s'empourpra sous l'effet du choc, et elle bégaya un déni farouche.

— Je plaisante, je plaisante, madame Potts, bien sûr, l'apaisa Percy en lui tendant les six pence.

Elle rangea les lettres et les friandises dans son sac et se fendit d'un bref sourire.

— Bonne fin de journée. Je me renseignerai sur les projets de Juniper, si vous le souhaitez. Cela dit, il me semble que vous êtes toujours en première ligne pour récolter les informations.

2

C'est certain, on a tort de négliger les oignons. Cela dit, quand il s'agit d'en faire des bouquets, et non pas de bonnes petites sauces… Saffy inspecta d'un œil sceptique les quelques pousses pâlottes qu'elle venait de couper, les tourna dans tous les sens, plissa les yeux – sait-on jamais – et fit appel à toutes ses capacités créatives pour savoir à quelle fleur les marier. Pourquoi ne pas les disposer dans le beau vase en cristal français de grand-mère, avec quelque chose de très coloré pour déguiser leur humble origine ? Ou alors… Son esprit se mit à bouillonner et elle se mordit la lèvre inférieure, ce qu'elle faisait toujours lorsque son cerveau était sur le point d'accoucher d'une idée. Pourquoi ne pas céder au thème du moment, agrémenter les oignons de quelques feuilles de fenouil et d'une ou deux fleurs de courge, et prétendre qu'il s'agissait là d'un hommage au rationnement ?

Avec un lourd soupir, elle laissa sa main retomber, sans pour autant lâcher les tiges flétries. Elle dodelinait lugubrement de la tête, comme si cette partie de son corps avait une existence autonome. Le désespoir pousse à bien des folies. Elle n'arriverait à rien avec ces pousses d'oignons. Non seulement elles n'étaient pas du tout adaptées aux circonstances mais, de surcroît, elle venait de prendre conscience du fait que leur odeur ressemblait furieusement à celle d'une vieille chaussette. Un fumet bien particulier avec lequel la guerre, et l'engagement de sa sœur jumelle, lui avait fréquemment donné l'occasion de se familiariser. Hors de question. Après quatre mois à Londres où elle avait fréquenté les cercles les plus chics de Bloomsbury, mais également bravé les raids et passé des nuits dans les abris, Juniper méritait mieux que cette eau de toilette « Lessive sale ».

Sans parler de l'invité qu'elle avait mystérieusement convié à leurs retrouvailles. Juniper n'était pas très douée pour se faire des amis – la jeune Meredith était une exception notable à la règle. Saffy cependant était assez subtile pour lire entre les lignes, et même si celles que traçait Juniper étaient plus qu'illisibles, sa sœur avait fini par comprendre que ce jeune homme s'était gagné les faveurs de l'exigeante jeune fille par son attitude particulièrement chevaleresque. Le dîner de ce soir était l'occasion de témoigner de la gratitude de la famille Blythe à son égard : tout devait être parfait. Ce que n'étaient pas, loin de là, ses pathétiques oignons. Mais une fois cueillis, pouvaient-ils être jetés ? Ç'aurait été un sacrilège ! De quoi choquer lord Woolton, le ministre de l'Alimentation. Elle trouverait bien à les utiliser d'ici à quelques jours. L'oignon peut avoir un effet désastreux sur la convivialité.

Exhalant un nouveau soupir de désespoir, puis un second – la sensation n'était pas désagréable, bien au contraire –, Saffy remonta vers le château, heureuse comme toujours que ses pas ne la conduisent pas dans les grands jardins. Elle n'en supportait plus la vue. Leur splendeur avait été telle autrefois ! C'était une véritable tragédie que cet abandon des jardins, ou leur transformation en terre cultivable. S'il fallait en croire la dernière lettre de Juniper, non seulement les fleurs du Rotten Row à Hyde Park avaient été enfouies sous des amas de bois, de fer et de briques – squelettes de maisons détruites par centaines par les bombardements –, mais encore toute la partie sud du parc avait été envahie par les potagers. Nécessité oblige, naturellement, mais quelle tristesse ! L'estomac mal nourri gargouille, certes, mais l'âme privée de beauté s'endurcit.

Droit devant elle, un papillon tardif voletait, ses ailes changeant de couleur au gré de la lumière. Qu'une telle perfection, qu'un calme si profond pussent encore se trouver tandis que l'humanité en furie détruisait tout sur son passage, ah, cela tenait du miracle. Le sourire aux lèvres, Saffy tendit le doigt ; le papillon cependant l'ignora et préféra continuer une danse qui l'amena jusqu'aux fruits bruns du néflier. Solitaire, hautain, quelle splendeur ! Elle continua sa lente marche vers le château sans cesser de sourire, se baissant sous la glycine pour éviter de se prendre les cheveux dans les branches.

M. Churchill devrait se souvenir de temps en temps que les guerres ne se gagnent pas uniquement par les armes, et qu'il serait bon de distinguer ceux qui font tout pour préserver la beauté alors que partout ailleurs règne la destruction. « La médaille Churchill pour la préservation de la beauté en Angleterre », cela sonnait bien, n'est-ce pas ? Le sujet avait été abordé dans la conversation au petit déjeuner, peu de temps auparavant, et

Percy, bien sûr, avait eu le petit sourire condescendant de celle qui vient de passer des mois et des mois à descendre dans les cratères de bombe, ce qui lui avait valu une vraie médaille. Nonobstant, Saffy tenait à son idée, qu'elle ne trouvait pas si sotte. Elle s'était même décidée à rédiger une lettre au *Times*. Thème général : la beauté est chose importante, de même que l'art, la littérature, la musique ; c'est d'autant plus vrai lorsque les nations dites civilisées ont décidé de se lancer dans un concours de barbarie.

Saffy depuis toujours adorait Londres. Elle avait des projets pour l'avenir, et ils dépendaient tous de la capitale martyre. Chaque bombe ennemie lui était un camouflet. A l'époque où les raids étaient incessants, où les nuits de Londres vibraient du crépitement des mitrailleuses de la défense antiaérienne, des hurlements des sirènes et des explosions mortifères, elle s'était rongé les ongles jusqu'au sang – une terrible manie, certes, mais dont Hitler était seul responsable, selon elle. Quand on aime une ville, un pays, ne souffre-t-on pas davantage de ses épreuves lorsqu'on en est par la force des choses éloigné, de même que l'angoisse qu'une mère peut ressentir pour son fils blessé est magnifiée par la distance ? Tout enfant déjà, Saffy avait compris que son chemin ne passait pas par les champs bourbeux et les vieilles pierres de Milderhurst, mais au milieu des parcs, des cafés, des cercles cultivés de Londres. Lorsque Saffy et Percy étaient petites – c'était après la mort de maman, mais avant l'arrivée de Juniper –, elles passaient tous les ans avec papa quelques semaines dans la maison de Chelsea. Les jumelles étaient encore toutes jeunes ; elles ne s'étaient pas frottées au temps, lequel plus tard creuserait leurs différences, aiguiserait leurs opinions. Elles étaient traitées, avec leur participation complice, comme deux copies conformes. A Chelsea, cependant, Saffy avait senti lever dans le fond de son âme les premiers ferments de la division. Si Percy, comme son père, soupirait après les forêts vertes et profondes du Kent, Saffy, elle, puisait ses forces dans la capitale.

Un solide roulement de tonnerre retentit dans son dos ; Saffy gémit, refusant cependant de se retourner pour contempler les lourds nuages qui s'accumulaient dans le ciel. De toutes les privations de temps de guerre, l'une des plus cruelles était sans doute la quasi-disparition du bulletin météorologique à la radio. Saffy avait supporté avec courage la réduction de ses heures de loisir – et de lecture par conséquent ; elle avait même accepté que Percy ne lui apporte plus qu'un volume de la bibliothèque de prêt, au lieu de quatre. Quand il avait fallu troquer ses robes de soie contre le tablier, plus pratique, elle s'y était pliée avec enthousiasme. Le départ des domestiques – on aurait dit des puces désertant un rat noyé – l'ayant promue cuisinière en chef, lavandière, repasseuse et jardinière, elle avait répondu présent. Elle avait trouvé sa Némésis, cependant : la météorologie anglaise et ses caprices. Elle avait beau être native du Kent et y avoir passé une bonne partie de sa vie, elle n'avait pas, contrairement à ses compatriotes, le moindre sens de la météorologie. Pire encore, elle avait apparemment le chic pour étendre sa lessive et partir en promenade dès que la pluie menaçait.

Saffy pressa le pas, brave petit cheval au trot, en essayant de ne pas faire attention au parfum des pousses d'oignons, qui semblait cependant s'accroître au rythme de sa marche. Une chose était certaine : quand la guerre serait finie, elle redeviendrait londonienne sans la moindre hésitation. Percy n'était pas encore au courant ; le moment n'était pas venu pour Saffy de révéler ses intentions, qui étaient tout simplement de louer un petit appartement à Londres. Saffy n'avait pas un seul meuble à elle ? Aucune importance. Elle s'en remettrait à la Providence. Une certitude : elle n'emporterait rien qui puisse lui rappeler Milderhurst. Cet appartement, ce serait un nouveau départ, une table rase. Elle y avait mis le temps : cela faisait presque vingt ans qu'elle y pensait. Et alors ? Elle était plus mûre à présent, plus forte ; cette fois-ci, personne ne pourrait l'empêcher de réaliser son rêve secret.

Saffy n'aurait pour rien au monde raté les annonces immobilières du *Times,* qui paraissaient le samedi. A la première occasion, elle pourrait répondre « Présent ! ». Elle avait un temps hésité entre Chelsea et Kensington, pour jeter enfin son dévolu sur l'une des grandes places de Bloomsbury, à deux pas du British Museum et des magasins d'Oxford Street. Avec un peu de chance, Juniper elle aussi s'installerait à Londres, pas trop loin, et Percy pourrait leur rendre visite de temps à autre. Pas plus d'une nuit, sans doute : Percy n'aimait pas dormir dans un autre lit que le sien. Et puis, le jour où le château menacerait de s'écrouler, elle voulait être là pour le soutenir de son propre corps, si nécessaire…

Saffy visitait souvent son petit appartement en imagination, particulièrement lorsque Percy, dans l'un de ses accès de pessimisme, partait arpenter les couloirs du château en se lamentant sur la peinture qui s'écaillait, les poutres qui fléchissaient et les murs qui se fissuraient. Saffy, dans ces moments difficiles, fermait les yeux et ouvrait la porte de son petit appartement. Sobre, immaculé (elle y veillerait personnellement), embaumant la cire d'abeille et le vinaigre. Saffy serra le poing sur ses malheureux oignons et pressa le pas.

Un bureau sous la fenêtre, avec son Olivetti posée sur le plateau et un petit vase dans le coin – ou une belle vieille bouteille, ça irait très bien aussi – avec une fleur unique, fraîchement éclose, qu'elle remplacerait tous les jours. Elle n'aurait d'autre compagnie que la radio, et ne s'interromprait dans sa rédaction que pour écouter les bulletins météo, abandonnant un bref instant les mondes qu'elle inventait pour lever les yeux vers la fenêtre et contempler le ciel de Londres, clair et sans brume. Les rayons du soleil lui caresseraient le bras et illumineraient sa minuscule retraite, faisant naître des étincelles sur les meubles soigneusement cirés. Le soir, elle se plongerait dans les livres empruntés à la bibliothèque, puis rédigerait encore quelques pages avant d'écouter Gracie Fields à la radio, sans personne pour grommeler du fond de l'autre fauteuil :

— Mais qu'est-ce que c'est que cette guimauve !

Saffy s'arrêta, posa les mains à plat sur ses joues brûlantes et poussa un soupir de profond contentement. A rêver de Londres et de l'avenir, elle était parvenue au château bien avant la pluie.

Un petit coup d'œil au poulailler, et son plaisir se mêla de regret. Comment pourrait-elle vivre sans ses chéries ? Ne pourrait-elle les emmener à Londres ? Et s'il y avait un jardin ou une cour dans l'immeuble, elle trouverait bien un petit coin pour les filles ? Il faudrait prendre ce nouveau critère en considération la prochaine fois qu'elle consulterait le *Times*. Saffy ouvrit la grille et tendit les mains.

— Bonsoir, mes chéries. Comment allez-vous, les belles ?

Helen-Melon gonfla les plumes mais ne bougea pas du perchoir ; quant à Madame, elle ne daigna même pas lever le bec du sol.

— Du courage, les petites. Je ne suis pas encore partie. C'est qu'il y a une guerre à gagner, avant toute chose !

Ces exhortations n'eurent pas l'effet espéré, et le sourire de Saffy se fana sur ses lèvres. Helen était maussade depuis trois jours, et Madame était d'un tempérament peu communicatif. Les jeunes poules s'alignaient sur le comportement de leurs aînées, si bien que l'humeur du poulailler n'était pas ce soir-là des plus joyeuses. Pendant les raids, ces moments de dépression étaient fréquents. Les poules sont aussi sensibles que les humains et souffrent tout autant qu'eux d'anxiété. Les bombardements avaient été incessants. Saffy avait fini par faire descendre les huit poules à l'abri pendant les alertes. Certes, la qualité de l'air s'en était ressentie, mais personne n'y avait trouvé à redire. Les poules s'étaient remises à pondre, et comme Percy était en mission presque toutes les nuits, elles avaient tenu compagnie à Saffy.

— Allez, viens, roucoula-t-elle en prenant Madame dans ses bras. Ne fais pas ta râleuse, ma douce. Ce n'est que la tempête qui monte, rien de plus.

Le petit corps couvert de plumes se détendit un instant, mais bientôt la nervosité reprit le dessus. Le volatile battit des ailes et, se dégageant maladroitement des bras de sa maîtresse, retourna aussitôt à ses occupations moroses.

Saffy se frotta les mains et les posa sur ses hanches.

— Ça ne va vraiment pas ! Bon, je ne vois qu'une solution.

Le dîner. La botte secrète, celle qui leur rendrait leur bonne humeur coutumière. Elles étaient gloutonnes, ses filles, ce qui était plutôt un bien. Ah, si tous les problèmes du monde pouvaient se régler avec un bon petit plat. Ce n'était pas encore tout à fait l'heure, mais il n'y avait plus de temps à perdre. La table du salon n'était pas mise et elle n'avait pas réussi à remettre la main sur la grande cuiller de service ; Juniper et son invité n'allaient plus tarder. Sans parler de sa sœur jumelle, avec laquelle il faudrait jouer finement ce soir. Saffy n'avait pas envie de s'embarrasser d'un poulailler récalcitrant. Voilà. C'était une décision de bon sens, qui n'avait naturellement rien à voir avec l'incorrigible propension de Saffy à vouloir le bonheur du monde entier.

Pour organiser le dîner du soir, elle n'avait pu compter que sur le maigre contenu du garde-manger, les quelques offrandes des fermes environnantes, et une bonne quantité d'huile de coude. Saffy secoua le col de son chemiser pour se rafraîchir la peau.

— Bien, bien, où en étais-je ?

Elle souleva le couvercle de la casserole : la crème avait-elle survécu à son absence ? Apparemment oui. Le four émettait de petits sons chuintants : très bien, cela signifiait que le pâté n'avait pas encore fini de cuire. Et maintenant… Saffy transporta dans le coin le plus reculé de la cuisine une vieille caisse de bois qui servait à présent d'escabeau et s'y hissa. En équilibre sur la pointe des pieds, elle passa prudemment la main sur le sommet de l'étagère jusqu'à ce que ses doigts tâtonnants rencontrent une petite boîte de conserve. Saffy referma les doigts sur sa prise et, le sourire aux lèvres, descendit de la caisse. La précieuse boîte était recouverte d'un épais film de poussière, graisseux et collant, qu'elle gratta de l'ongle pour pouvoir lire l'étiquette. Sardines. Parfait ! Le frisson de l'interdit s'empara d'elle.

— Ne t'inquiète pas, papa, chantonna Saffy en exhumant l'ouvre-boîte d'un tiroir qui contenait toute une collection d'ustensiles de cuisine et en refermant le tiroir d'un mouvement de hanche. Ce n'est pas pour moi.

Ç'avait été une des règles d'or paternelles : les conserves faisaient partie d'un vaste complot ; mieux valait mourir de faim que consentir à avaler une seule bouchée de nourriture en boîte. Quelles puissances se cachaient derrière ce complot et pourquoi se donnaient-elles tant de mal, cela, Saffy ne l'avait jamais vraiment compris. Papa cependant avait été catégorique sur la question. Saffy n'avait pas besoin d'en savoir plus. Papa détestait la contradiction et sa fille n'était pas de force à braver l'interdit. Papa, c'était le soleil et la lune, l'alpha et l'oméga. L'idée qu'il puisse un jour lui mentir relevait du plus pur cauchemar.

Saffy écrasa les sardines dans une coupelle en porce-laine et ne remarqua la minuscule ébréchure qu'une fois le poisson réduit en purée. Les poules ne lui en tien-draient pas rigueur. Mais c'était le deuxième signe de dégradation de la journée : d'abord, le papier qui se détachait du pourtour de la cheminée dans le salon bleu, et maintenant ceci. Elle se promit d'examiner une par une les assiettes du dîner pour mettre de côté toutes celles qui n'étaient pas impeccables. Ces signes d'usure, pour inévitables qu'ils soient, rendaient Percy folle de rage. Certes, Saffy admirait la dévotion de sa sœur à Milderhurst mais, ce soir-là, l'humeur devait être à la joie et à la célébration familiales.

A ce moment précis, les événements se précipitèrent. La porte s'ouvrit avec un craquement sonore, Saffy sursauta violemment et un fragment de sardine se détacha de la fourchette pour aller s'écraser sur les dalles de la cuisine.

— Mademoiselle Saffy !

— Oh, Lucy, bonté divine !

Saffy serra la fourchette contre sa poitrine palpitante.

— Si vous continuez comme ça, je ne ferai pas de vieux os.

— Je... je suis navrée. Je croyais que vous étiez partie cueillir des fleurs pour le salon. Je veux dire... j'étais juste venue vérifier...

Le regard de la gouvernante tomba sur la purée de sardines, la boîte de conserve éventrée. Puis il croisa celui de Saffy. Ses ravissants yeux violets s'arrondirent et elle perdit définitivement le fil de ses pensées.

— Mademoiselle Saffy, souffla-t-elle, je ne pensais pas que...

— Non, non, non !

Saffy secoua la main, intimant gentiment le silence à la nouvelle venue.

— Chère Lucy, allons. Ce n'est pas pour moi, ne vous en faites pas. Je les garde pour les fifilles.

— Oh ! fit Lucy, visiblement soulagée. Dans ce cas-là, il n'y a rien à dire. Parce que pour rien au monde je ne voudrais Le mettre de mauvaise humeur.

Elle fixa le plafond avec révérence.

— Oui, nous n'avons guère besoin ce soir d'un papa qui se retourne dans sa tombe.

Saffy désigna l'armoire à pharmacie d'un geste de la tête.

— Dites-moi, vous pourriez me passer un ou deux cachets d'aspirine ?

— Vous ne vous sentez pas bien, mademoiselle Saffy ?

— Non, c'est pour les poulettes. Elles sont toutes nerveuses, les pauvres filles, et rien ne leur fait de l'effet dans ces cas-là comme un peu d'aspirine, hormis peut-être une bonne cuillerée de gin, mais ce ne serait pas très prudent.

Saffy écrasa les cachets à l'aide d'une petite cuiller.

— Vous savez, je ne les ai pas vues dans un tel état depuis le raid du 10 mai.

Lucy blêmit.

— Vous pensez qu'elles sentent venir les attaques aériennes ?

— Honnêtement, je ne le crois pas. Herr Hitler est trop occupé à envahir la Russie pour s'occuper de nous. En tout cas, c'est ce que dit Percy. D'après elle, nous devrions avoir la paix jusqu'à Noël. Ce qui la désespère, d'ailleurs.

Saffy mettait la dernière main à son mélange sardines-aspirine et venait de reprendre son souffle quand elle constata que Lucy était tombée en arrêt devant le four. Visiblement, elle ne prêtait plus attention à ce que disait son ancienne patronne. Saffy se sentit soudainement un peu sotte, tout comme l'une de ses poules. On a envie de caqueter, et il n'y a que la grille du poulailler pour vous écouter. Elle émit une petite toux polie et poursuivit :

— Mais je bavarde, je bavarde… Lucy, vous n'êtes pas descendue à la cuisine pour que je vous rebatte les oreilles de mes petites chéries. Vous avez sûrement mieux à faire.

— Pas du tout, mademoiselle Saffy, pas du tout.

Lucy ferma la porte du four et se redressa ; ses rougeurs n'étaient pas imputables à la seule chaleur. L'imagination de Saffy ne lui avait pas joué de tour, pour une fois. Lucy n'était pas à son aise. Qu'avait dit Saffy qui ait pu ainsi perturber la belle humeur de leur ancienne gouvernante ? Elle se sentit honteuse.

— Je voulais juste jeter un coup d'œil au lapin en croûte, reprit Lucy. Voilà, c'est fait. Et puis je voulais vous dire que je n'ai pas retrouvé la grande cuiller dont vous m'aviez parlé, et que j'en ai mis une autre qui ira aussi bien, je l'espère. Et puis que j'ai descendu quelques-uns des disques que Mlle Juniper a envoyés de Londres.

— Vous les avez laissés dans le salon bleu ?

— Bien sûr, mademoiselle Saffy.

— Très bien.

C'était leur plus beau salon, et c'était là qu'elles allaient recevoir M. Cavill. Percy avait émis toutes sortes d'objections – rien d'étonnant à cela. Depuis des semaines, elle était d'une humeur exécrable, arpentant les couloirs, se répandant en prophéties lugubres sur l'hiver à venir et déplorant à la fois le rationnement du charbon et l'irresponsabilité de sa sœur : à quoi bon chauffer une autre pièce, alors que le salon jaune l'était tous les jours ? Mais elle finirait par baisser la garde, bien sûr, comme toujours. D'un geste ferme, Saffy tapota la fourchette sur le bord de la coupelle.

— Elle a l'air sensationnelle, votre crème, made-moiselle Saffy. Elle a bel aspect, elle est bien épaisse, même s'il n'y a pas de lait.

Lucy avait soulevé le couvercle de la casserole.

— Lucy, vous êtes un amour. J'ai ajouté un peu d'eau à la fin, et quelques cuillers de miel. Je garde mon vrai sucre pour la confiture. C'est un peu idiot mais, sans la guerre, jamais je n'aurais connu l'intense satis-faction d'avoir réussi à créer la meilleure crème sans lait du monde !

— J'en connais quelques-uns à Londres qui seraient ravis de savoir comment vous y êtes arrivée. Ma cousine m'a écrit qu'ils n'ont plus droit qu'à un litre par semaine. Vous vous rendez compte ? Vous devriez écrire la recette de votre crème et l'envoyer au *Daily Telegraph*. Ils publient ce genre de choses, vous le saviez ?

— Non, je ne savais pas, fit Saffy, pensive.

Pourquoi pas ? Ce pourrait être une autre publication à ajouter à la liste. Oh, pas la plus prestigieuse, certes, mais tout de même. Ce n'était pas rien, le *Daily Tele-graph*. Quand le moment viendrait d'envoyer son manuscrit, cela ne pourrait que l'aider. Sans compter les autres portes que cela pourrait lui ouvrir. Elle avait toujours caressé l'idée d'avoir une rubrique à elle. « Les notes de campagne de Saffy : conseils aux ménagères », ou quelque chose dans ce goût-là, avec une jolie petite illustration en tête de colonne – sa Singer 201K ou l'une des poulettes, pourquoi pas ! Elle eut un grand sourire, comme si ladite rubrique était déjà un fait accompli, et non pas un pur produit de son imagination.

Lucy pendant ce temps-là faisait la liste des malheurs de sa cousine de Pimlico.

— Figurez-vous qu'ils n'ont droit qu'à un œuf tous les quinze jours. Eh bien, la semaine dernière, le sien était pourri. Et vous savez quoi ? Ils n'ont pas voulu lui en donner un autre.

— Oh ! Les pingres !

Saffy était horrifiée. La Saffy des « Notes de campagne », sans nul doute, saurait jouer de la plume pour dénoncer de telles situations, et ne dédaignerait pas, à l'occasion, de faire montre de générosité.

— Lucy, envoyez-lui quelques-uns des miens. Et prenez-en une demi-douzaine pour vous, s'il vous plaît.

Si Mlle Blythe lui avait offert un lingot d'or, Lucy n'aurait pu arborer expression plus extatique. Saffy se sentit subitement rougir, et le spectre de son double journalistique et magnanime se dispersa dans les airs.

— Lucy, nous avons plus d'œufs que nous ne pouvons en consommer, fit-elle sur un ton d'excuse. Cela faisait un moment que je voulais vous remercier d'une façon ou d'une autre… Depuis le début de la guerre, vous avez toujours été là quand j'avais besoin d'aide.

— Oh, mademoiselle Saffy !

— N'oubliez pas que sans vous, Lucy, j'en serais encore à me servir de sucre en poudre pour repasser.

Lucy éclata de rire.

— Mademoiselle Saffy, un très grand merci. J'accepte avec joie votre offre.

Elles enveloppèrent la douzaine d'œufs dans des carrés de papier journal ; Saffy en gardait toujours quelques-uns pour la cuisinière. Pour la centième fois de la journée, Saffy se rendit compte à quel point elle appréciait la compagnie de la gouvernante. Quel malheur de l'avoir perdue ! Quand elle déménagerait à Londres, dans son petit studio, elle donnerait son adresse à Lucy, bien sûr, et l'inviterait à prendre le thé chaque fois qu'elle viendrait en ville. Percy naturellement y trouverait à redire. Percy n'avait pas toujours les idées très larges : chacun à sa place, pensait-elle. Saffy n'en avait cure : quand on a des amis, quelle que soit leur origine sociale, on les garde.

Au-dehors, un roulement de tonnerre se fit entendre. Lucy baissa le nez sur la fenêtre crasseuse, au-dessus du petit évier. Le ciel s'était considérablement assombri.

— Si vous n'avez rien d'autre à me faire faire, mademoiselle Saffy, dit-elle, le front plissé, je vais finir d'arranger le salon et rentrer. Il va y avoir de l'orage et j'ai une réunion ce soir.

— Le Service volontaire féminin, n'est-ce pas ?

— La cantine. Il faut bien les nourrir, nos courageux soldats.

— Comme vous dites. D'ailleurs, j'ai confectionné quelques petites poupées pour votre vente aux enchères. Vous n'avez qu'à les prendre ce soir, si cela ne vous encombre pas trop. Elles sont à l'étage, de même que… (elle s'accorda un silence théâtral)… la Robe.

Lucy en eut le souffle coupé.

— Vous l'avez finie !

— Oui, juste à temps pour que Juniper puisse la porter ce soir. Je l'ai disposée sur un cintre et suspendue dans les combles. Ce sera la première chose qu'elle verra.

— Alors je ne manquerai pas d'aller y jeter un coup d'œil avant de partir. Dites-moi… Elle est belle ?

— Elle est somptueuse.

— Oh, quel bonheur, mademoiselle Saffy !

Une hésitation, une rougeur, et Lucy d'un geste délicat prit la main de Saffy.

— Vous allez voir, tout va se passer à la perfection. Ce n'est pas n'importe quelle soirée, celle où Mlle Juniper rentre enfin de Londres !

— J'espère seulement que le mauvais temps ne va pas retarder les trains.

— Quel soulagement ce sera pour vous de l'avoir à votre côté, en sécurité.

— Depuis qu'elle est partie, je dors très mal. Impossible de faire une nuit complète.

Lucy hocha la tête avec compassion.

— L'inquiétude, ça vous remue les sens. Vous êtes comme une mère pour elle ; et quand une mère s'inquiète pour son enfant, elle ne peut pas dormir tranquille.

— Lucy, Lucy, gémit Saffy, les yeux fixes, j'ai tremblé, jour et nuit. Je me suis fait du mauvais sang. J'ai le sentiment d'avoir retenu ma respiration pendant des mois.

— Elle n'a pas eu de ses crises, cependant ?

— Non, Dieu merci, d'après ce qu'elle dit. Elle nous en aurait parlé, tout de même. Juniper, c'est Juniper, mais elle ne nous mentirait pas sur un sujet aussi grave.

La porte s'ouvrit avec fracas et elles se redressèrent aussi vivement l'une que l'autre. Lucy poussa un gémissement ; Saffy eut le réflexe d'attraper la boîte de sardines pour la cacher derrière son dos. Ce n'était qu'une bourrasque annonciatrice de la tempête, mais elle balaya la chaleureuse atmosphère qui régnait dans la cuisine et avec elle le sourire de Lucy. Ce fut alors que Saffy comprit ce qui rendait la gouvernante si nerveuse.

Fallait-il parler, fallait-il se taire ? La journée touchait à sa fin. Parfois, se dit-elle, moins on en dit, mieux on se porte. Mais l'après-midi passée en compagnie de Lucy avait été si agréable, les deux femmes avaient si joyeusement travaillé à la cuisine et au salon… Saffy avait besoin de mettre les choses au point. Elle avait le droit d'avoir des amies – elle avait même besoin d'en avoir, quoi que puisse en dire Percy. Elle s'éclaircit la voix.

— Dites-moi, quel âge aviez-vous quand vous êtes arrivée chez nous, Lucy ?

— Seize ans.

La réponse avait fusé, tranquille, comme si Lucy s'attendait à cette question.

— Et cela fait vingt-deux ans que…

— Vingt-quatre. C'était en 1917.

— Père vous aimait beaucoup, vous savez.

Dans le four, la viande grésillait doucement dans son lit de pâte feuilletée. Les épaules de Lucy se redressèrent ; elle laissa échapper un soupir lent et délibéré.

— Il était si bon avec moi.

— Nous aussi, nous vous aimons beaucoup, Lucy.

Les œufs avaient tous été soigneusement emballés ; Lucy resta un instant les bras ballants. Puis elle les croisa, pensive.

— C'est bien gentil à vous de me le dire, mademoiselle Saffy. Je le sais bien.

— Ce que je voulais dire, Lucy, c'est que si vous changez d'avis, le jour où les choses s'arrangent… si vous avez envie de revenir chez nous d'une manière plus… plus officielle ?

— Non, répondit Lucy. Non, vraiment. Merci.

— Je suis si maladroite, Lucy. Pardonnez-moi, je vous en prie. Je ne voulais pas vous parler de tout cela, mais je ne voulais pas rester sur un malentendu. Percy ne pense pas à mal, vous savez. C'est sa façon d'être.

— Vraiment, mademoiselle Saffy, ce n'est pas la peine…

— Elle déteste le changement. Elle a toujours été comme ça. Quand elle était petite, elle a eu la scarlatine et on a dû l'hospitaliser. Elle a bien failli se laisser mourir, tant la maison lui manquait. Parfois, je me dis qu'elle ne serait pas mécontente si nous devions rester toutes les trois à jamais au château, elle, Juniper et moi. Ah, quel curieux tableau ! Trois vieilles dames avec les cheveux si blancs et si longs que nous pourrions nous asseoir dessus.

— Mlle Juniper y trouverait peut-être quelque chose à redire.

— Sans aucun doute !

De même que Saffy. Elle fut soudain submergée par l'envie de parler à Lucy du petit appartement à Londres, du bureau sous la fenêtre, du poste de radio sur l'étagère. Cela ne dura qu'un instant. Le temps n'était pas encore venu.

— Quoi qu'il en soit, nous sommes bien tristes de vous voir partir après tant d'années passées à Milderhurst.

— C'est la guerre, mademoiselle Saffy. Il fallait vraiment que je me rende utile. Et puis la mort de maman, et Harry…

— Lucy, vous n'avez pas besoin de m'expliquer tout cela, je vous comprends si bien. Les exigences du cœur… Nous avons chacune nos vies, surtout en une période aussi terrible que celle-ci. La guerre vous aide à faire le tri entre ce qui est important et ce qui ne l'est pas.

— Je devrais y aller, mademoiselle Saffy.

— Oui, bien sûr. Nous allons nous revoir très prochainement. La semaine prochaine, peut-être ? Nous pourrions confectionner un piccalilli pour la vente aux enchères. Mes courges…

— Non, dit Lucy avec, dans la voix, une tension nouvelle. Non, je ne reviendrai pas. D'ailleurs je n'aurais pas dû venir aujourd'hui, mais comme vous aviez l'air au bout du rouleau…

— Mais, Lucy…

— Je vous en supplie, Saffy, ne me demandez plus de revenir. Ce n'est pas bien.

Saffy ne sut que répondre. Une bourrasque fit trembler la porte ; au loin, le tonnerre grondait. Lucy replia les coins du torchon dans lequel elle avait déposé les œufs.

— J'y vais, maintenant, reprit-elle.

Sa voix s'était considérablement radoucie, ce qui ne fit qu'aggraver la situation. Saffy sentit les larmes lui monter aux yeux.

— Je monte prendre les poupées et jeter un coup d'œil à la robe de Juniper. Je ne repasserai pas par la cuisine.

L'instant d'après, elle avait disparu.

Un claquement de porte, et Saffy se retrouva seule dans la cuisine surchauffée, une coupelle de purée de sardines à la main et une immense détresse à l'esprit. Pourquoi ce départ si brusque ? Qu'était-il arrivé à son amie ?

3

Percy dévala la pente de la route qui menait à Tenterden ; les roues de sa bicyclette tressautèrent sur les pavés qui marquaient le début de l'allée et elle mit pied à terre. « La maison de l'oiseau est dorée, est dorée », fredonna-t-elle, le gravier de l'allée crissant sous ses épaisses semelles. Cette comptine, la nourrice la leur avait apprise des dizaines d'années auparavant ; mais elle y repensait chaque fois qu'elle reprenait l'allée du château. Il en va ainsi de certaines mélodies, de certaines expressions : elles se nichent dans votre cerveau et refusent obstinément de le quitter, quoi que vous fassiez. Ce souvenir-là du reste n'avait rien d'encombrant. Chère vieille Nanny, avec ses jolies petites mains roses, ses certitudes, ses aiguilles à tricoter ; tous les soirs, dans le grenier, elle s'asseyait près du feu et berçait les jumelles d'un cliquetis industrieux. Les petites avaient pleuré toutes les larmes de leur corps lorsque, pour fêter son quatre-vingt-dixième anniversaire, la vieille dame les avait quittées pour aller vivre avec une de ses petites-nièces en Cornouailles. Saffy avait même menacé de se jeter par la fenêtre du grenier. Menace sans effet : toutes les précautions

177

avaient été prises pour l'empêcher de commettre l'irréparable, et Nanny n'était pas revenue sur sa décision.

Bien qu'elle soit déjà en retard, Percy remonta l'allée le vélo à la main. Les uns après les autres, les champs qu'elle connaissait si bien lui souhaitaient la bienvenue. A gauche, la ferme et ses séchoirs à houblon, puis le moulin ; à droite, dans le lointain, les bois. Dans les fraîches et sombres frondaisons de Cardarker nichaient les souvenirs d'un millier d'après-midi enfantines, clignant de l'œil comme autant de chouettes bienveillantes. L'excitation et la terreur de leurs jeux enfantins, lorsqu'elles étaient poursuivies par les pillards, ou creusaient la terre pour trouver les os des dragons, ou battaient la campagne avec papa à la recherche des voies romaines…

L'allée n'était pas particulièrement raide. Si Percy avait mis pied à terre, c'était qu'elle aimait marcher, tout simplement. Papa lui aussi était un excellent marcheur. Ç'avait été un de ses grands plaisirs au retour du front. Avant le livre, avant le départ à Londres, sans les filles, avant sa rencontre avec Odette, son remariage, après lequel il n'avait plus vraiment été des leurs… Son médecin lui avait conseillé de marcher tous les jours, pour sa jambe ; il avait pris l'habitude d'arpenter les champs avec la canne que M. Morris avait laissée au château après un de ces week-ends que grand-mère aimait à organiser.

« As-tu vu comme le bout de la canne se balance devant moi au rythme de la marche ? avait-il demandé à Percy, une après-midi d'automne, alors qu'ils longeaient la Roving. Un mouvement parfait. Régulier, solide. C'est un rappel.

— Un rappel de quoi, papa ? »

Il avait jeté un regard soucieux sur la berge glissante du ruisseau, comme si la réponse se cachait dans les roseaux.

« Eh bien… de ce que je suis, moi aussi, solide, régulier, du moins je l'espère. »

Ce jour-là, elle n'avait pas compris ce qu'il voulait dire. N'était-il pas tout simplement séduit par le poids et la solidité de sa canne ? Sans doute n'avait-elle pas cherché à élucider ce nouveau problème. Du jour au lendemain, Percy pouvait perdre son poste fragile de compagne de marche. Les règles étaient des plus strictes. La marche selon Raymond Blythe était un exercice contemplatif. En quelques rares occasions, et si toutes les parties en présence en étaient d'accord, pouvait s'y glisser une conversation portant sur l'histoire, la poésie ou la nature. Les bavardages étaient formellement interdits ; celles qui s'y risquaient en portaient le blâme à jamais, au grand désespoir de Saffy. Plus d'une fois Percy, sur les pas de son père, s'était retournée vers le château, avait cherché du regard la fenêtre de la nursery et le visage boudeur de sa sœur. Percy certes ne pouvait se retenir de partager la peine de sa jumelle, mais pas au point de renoncer à la promenade. Dans son esprit, le privilège de la marche compensait largement les innombrables moments où sa sœur monopolisait l'attention et le sourire paternels avec les jolies petites histoires qu'elle écrivait à la chaîne. Sans parler des longs mois que papa, à son retour du front, avait passés seul avec Saffy au château, tandis que Percy se languissait sur un lit d'hôpital avec la scarlatine…

Au premier pont, Percy s'arrêta et posa son vélo contre la rambarde. Le château était caché dans les bois ; il ne se dévoilait aux regards qu'après le second pont, plus petit. Elle se pencha et scruta longuement le ruisseau aux eaux peu profondes. Les flots tourbillonnaient et murmuraient entre des berges soudain élargies ; après une légère hésitation, ils reprenaient leur course tranquille vers les bois. Le reflet de Percy, en ombre chinoise sur un ciel pâle, tremblait sur la retenue.

Au-delà du pont s'étendait le champ de houblon dans lequel elle avait fumé sa première cigarette. Saffy et elle, gloussant comme deux petites folles – c'était par une torride après-midi d'été et elles avaient volé l'étui à cigarettes d'un ami de leur père, un bonhomme grassouillet et pédant, pendant qu'il faisait la sieste au bord du lac.

Une cigarette…

Percy tâta la poche de poitrine de sa veste d'uniforme et sentit sous ses doigts le petit cylindre bien ferme. Elle s'était donné la peine de rouler cette fichue cigarette : autant la fumer sans plus attendre, n'est-ce pas ? Elle avait le pressentiment qu'une fois les portes du château franchies elle ne pourrait plus s'accorder un moment de tranquillité.

Elle s'adossa à la rambarde, gratta une allumette et inspira profondément, gardant la fumée dans sa bouche avant d'exhaler. Dieu du ciel, comme elle aimait fumer. Sans doute aurait-elle pu se contenter de vivre seule et de ne jamais plus adresser la parole à âme qui vive, pourvu que ce soit à Milderhurst, et avec suffisamment de cigarettes pour tenir jusqu'à la fin de ses jours.

Sa solitude n'avait pas toujours été aussi terrible, aussi profonde. Du reste, elle le savait bien : ce fantasme, bien qu'il eût quelques attraits, n'était que cela, un pur fantasme. Elle n'aurait jamais supporté de vivre longtemps sans Saffy. Ni sans Juniper. Combien de temps était-elle restée à Londres, leur petite sœur ? Quatre mois, quatre mois à peine, et pendant ce temps-là les deux aînées s'étaient comportées comme deux vieilles bonnes femmes sentimentales, le mouchoir toujours à portée de main. Juniper était-elle bien couverte ? Bien nourrie ? Elles n'avaient cessé de lui envoyer des œufs frais, les confiant à qui voulait bien faire le voyage ; au petit déjeuner, elles se lisaient ses lettres à haute voix, les décryptaient patiemment. Etait-elle en bonne santé, était-elle de bonne humeur, qu'avait-elle donc à l'esprit ? Ah, pas le mariage, non, merci bien, Mme Potts. Aucune allusion n'avait jamais été faite à la question sous quelque forme que ce soit. Il fallait vraiment ne rien connaître à Juniper pour penser une seconde que la question l'intéressait. C'est ainsi : certaines femmes sont faites pour se marier et avoir des enfants et d'autres non. Papa s'en était bien rendu compte. Les dispositions qu'il avait prises assuraient à Juniper une solide rente, mariage ou pas.

Percy laissa échapper un soupir de dégoût et écrasa soigneusement le mégot de sa cigarette sous son lourd godillot. L'allusion inopportune de Mme Potts lui avait rappelé le courrier qu'elle avait récupéré à la poste. Elle tira lettres et paquet de son sac, bonne excuse pour jouir un peu plus longtemps du calme de sa propre compagnie.

Comme le lui avait complaisamment exposé Mme Potts, il y avait deux lettres et un paquet, destiné à Juniper, un envoi de la petite Meredith. Percy laissa de côté l'enveloppe dactylographiée qui portait le nom de Saffy et concentra toute son attention sur le troisième pli. Son nom y était inscrit avec de larges fioritures qui ne pouvaient appartenir qu'à la cousine Emily. Percy déchira en hâte l'enveloppe, déplia les quelques feuillets et inclina la première page de façon à pouvoir capter la lumière finissante du jour.

A l'exception du terrible incident passé à la postérité sous le titre des Cheveux bleus de Saffy (une teinture imprudemment appliquée à la malheureuse par son espiègle parente), Emily avait su conserver pendant toute la jeunesse des jumelles Blythe le rang prestigieux de cousine favorite. Certes, la concurrence était limitée. Les cousines de Cambridge, grasses et pompeuses ? Les cousines du Northumberland, excentriques et maigres ? Sa propre sœur cadette, Pippa, qui fondait en larmes à la moindre réprimande ? Aucune ne lui arrivait à la cheville, ce qui ne signifiait pas, bien sûr, que l'honneur qui lui était ainsi rendu n'était pas largement mérité. Emily avait été royalement reçue à Milderhurst et, sans elle, l'enfance des jumelles eût été parfois morne. Percy et Saffy étaient très proches l'une de l'autre, comme les jumeaux le sont presque automatiquement, mais leur relation n'était pas exclusive. Elle était même grandement consolidée par la présence d'une tierce personne. Petites, elles auraient même pu jouer avec la nombreuse marmaille du village, n'eût été la méfiance que les étrangers inspiraient à leur père. Cher papa ! Un vrai snob, à sa façon, bien qu'il eût été le dernier à le reconnaître. Il n'avait d'admiration ni pour l'argent ni pour le statut social. Ses seuls critères étaient l'intelligence et le talent.

Emily, ne manquant ni de l'une ni de l'autre, avait été adoubée par son oncle qui, tous les étés, la faisait venir à Milderhurst. Elle avait même été acceptée au sein d'un club des plus fermés, celui des Soirées Blythe. Institués par grand-mère lorsque Raymond n'était encore qu'un petit garçon, ces tournois étaient, à intervalles irréguliers, annoncés dès le matin. « Soirée Blythe en perspective ! » Cette simple phrase plongeait la maisonnée dans une agitation fébrile. Tous les dictionnaires de la maison étaient réquisitionnés, les crayons étaient taillés, les esprits aiguisés ; une fois le dîner fini, tout le monde se retrouvait dans le salon bleu. Les concurrents s'installaient autour de la grande table ou dans leur fauteuil favori ; papa faisait enfin son apparition. Les jours de tournoi, il se retirait toujours dans la tour, loin de la foule déchaînée, pour préparer sa liste de défis. Leur lecture avait toujours quelque chose de cérémonieux. Les règles étaient variables ; la plupart du temps, cependant, on fournissait aux participants un lieu, un trait de caractère et un mot ; on remontait des cuisines le plus imposant des minuteurs ; dans le temps imparti, chacun devait coucher sur le papier le conte le plus amusant possible.

Percy, qui ne manquait pas d'intelligence mais d'esprit, qui aimait écouter mais ne savait pas raconter, Percy, qui lorsqu'elle était inquiète ne parvenait à s'exprimer que dans le style le plus amidonné possible, Percy avait longtemps détesté et craint ces fameuses Soirées Blythe. Jusqu'au jour où, l'année de ses douze ans, elle découvrit par le plus grand des hasards l'amnistie que lui accordait l'organisateur officiel de la compétition. Tandis qu'Emily et Saffy, dont l'affection mutuelle ne faisait qu'accroître l'esprit de compétition, transpiraient sang et eau, plissaient le front, se mordaient les lèvres et jouaient du crayon, chacune espérant conquérir l'estime de papa, Percy, les bras croisés, attendait désormais en toute sérénité le grand moment de la lecture. Sa sœur et sa cousine étaient également habiles à manier la plume, même si le vocabulaire de Saffy était plus développé. Cependant, l'humour insolite de la jeune Emily lui donnait un avantage certain. Serait-elle, comme papa le pensait, la digne héritière des talents familiaux ? Lorsque parut Juniper, cependant, les choses changèrent : génie précoce, elle laissa loin derrière elle les aimables prétentions de ses sœur et cousine.

Emily avait-elle senti le vent tourner ? En tout état de cause, elle n'en laissa jamais rien paraître. Visiteuse toujours fêtée, elle ne cessa ses séjours au château qu'après l'été 1925. Les petites filles étaient devenues des jeunes femmes. L'année d'après, elle se maria, et ce fut la fin. Emily avait beau avoir du talent, son tempérament n'était guère celui d'une artiste. Toujours joyeuse, toujours de bonne humeur, sportive et bonne camarade, dépourvue de la moindre névrose : non, décidément, elle n'aurait jamais pu prendre le difficile chemin de l'écriture. C'était du moins la théorie de Percy. La voie qu'elle avait prise après que Raymond Blythe s'était trouvé une autre héritière lui convenait davantage : un mariage avec un type formidable, une portée de charmants garçons couverts de taches de rousseur, une belle maison au bord de la mer – à quoi il fallait ajouter un couple de cochons amoureux, d'après sa lettre, un chapelet d'anecdotes qui firent rire Percy à gorge déployée. Des nouvelles du mari et des garçons, de leur petit village du Devonshire, les faits et gestes des officiers de la défense antiaérienne, l'obsession de leur vieux voisin pour son extincteur… Un large sourire aux lèvres, elle plia soigneusement la lettre et la remit dans son enveloppe.

Après quoi elle la déchira en deux, puis en quatre, et la fourra au fond de sa poche en remontant l'allée. Ah ! Ne pas oublier de la mettre dans sa corbeille à papier avant de confier son uniforme au panier à lessive. Non, mieux encore : il valait mieux la brûler sans tarder. Il ne fallait surtout pas que Saffy la voie.

4

Lorsque Juniper, le seul membre de la famille Blythe qui n'ait goûté dans son enfance les joies de la nursery, s'était réveillée le matin de ses treize ans pour rassembler ses quelques effets dans un balluchon et prendre possession des combles, personne dans la famille n'avait été surprise. C'était un acte de rébellion parfaitement conforme à la Juniper qu'ils avaient appris à connaître et à aimer, et si logique au fond qu'ils eurent fréquemment l'occasion de se demander s'il n'avait pas été soigneusement planifié. Juniper, quant à elle, ne s'étendit guère sur la question. La veille, elle dormait encore dans sa petite chambre du premier étage ; le lendemain, elle régnait sur les combles. Que trouver à y redire ?

Au fond, ce qui était plus révélateur que ce fameux déménagement, c'était cette façon que Juniper avait de traîner en tous lieux un manteau invisible fait de charme et d'intrigue. Les combles n'avaient longtemps été qu'un étrange avant-poste du château, lieu où les enfants avaient été exilés jusqu'à ce que l'âge ou les compétences leur valent la reconnaissance des adultes : royaume aux plafonds bas sous lesquels les souris se donnaient du bon temps, gelant l'hiver, cuisant l'été, entre des cheminées dressées vers la liberté des toits et du plein air. Puis Juniper parut et l'endroit se mit à palpiter. Des gens qui n'avaient aucune raison d'entreprendre la fastidieuse escalade se mirent à fréquenter la nursery.

« Je vais faire un tour là-haut », disaient-ils avant de s'engouffrer dans l'escalier, pour ne réapparaître qu'une ou deux heures plus tard, hébétés.

Saffy et Percy échangeaient alors des regards amusés. Qu'avaient-ils bien pu fabriquer là-haut, ces inconscients ? Car une chose était certaine : Juniper ne les avait certainement pas reçus avec tous les égards. Non que leur jeune sœur fût impolie – le fait est qu'elle n'était pas particulièrement amène, et n'appréciait rien tant que sa propre compagnie. Ce qui n'était pas une si mauvaise chose : les occasions de rencontres étaient si rares ! Elle n'avait pas de cousin ou de cousine de son âge, pas d'amies proches, et papa avait tenu à ce qu'elle étudie auprès d'un précepteur. Sous les combles, se disaient les jumelles, Juniper laissait sans doute les visiteurs errer à leur guise dans l'industrieux désordre de sa chambre sans leur accorder aucune attention, jusqu'à ce que, fatigués de son indifférence, ils se décident à redescendre. Effet sans doute de ce qui était l'un des talents les plus curieux, les plus indéfinissables de Juniper, cadeau des fées qui ne la quitta du reste jamais : un magnétisme si puissant qu'il aurait été digne d'une étude scientifique. Juniper était ainsi faite que même ceux qui ne l'aimaient pas voulaient être aimés d'elle.

Ce jour-là, cependant, tandis qu'elle grimpait pour la deuxième fois l'escalier qui menait aux combles, Saffy était bien loin de se soucier des charmes de sa sœur et de leurs causes mystérieuses. La tempête approchait, encore plus résolue que la petite armée de M. Potts, et les fenêtres du grenier étaient restées grandes ouvertes. Elle l'avait remarqué en repassant au poulailler ; Helen-Melon sur les genoux, elle caressait machinalement les plumes de la poule en songeant, inquiète, à la curieuse volte-face de Lucy. Une lueur était apparue à l'une des fenêtres, attirant son attention. Elle avait levé les yeux et aperçu son amie qui, dans la salle de couture, ramassait les poupées pour la vente. Elle avait suivi sa progression : une ombre passant devant la fenêtre du premier étage, un pâle rayon de jour tandis qu'elle ouvrait la porte du vestibule, puis, deux ou trois minutes plus tard, une lumière vacillante dans l'escalier qui conduisait aux combles.

— Mon Dieu, les fenêtres !

Elle les avait ouvertes le matin même dans l'espoir de dissiper l'air qui y stagnait depuis des mois, depuis le départ de Juniper. Vain espoir, sans doute, mais ne valait-il pas mieux tenter sa chance, au risque d'échouer, plutôt que de ne rien faire ? Mais il y avait manifestement de la pluie dans l'air. Elle allait devoir monter les refermer. La lumière s'éteignit dans la cage d'escalier et Saffy laissa passer cinq minutes avant de rentrer, pour laisser le temps à Lucy de quitter la maison.

Parvenue en haut de l'escalier des combles – elle avait pris soin, comme toujours, d'éviter de poser le pied sur la troisième marche, histoire de ne pas réveiller en cette journée si particulière le fantôme du pauvre petit oncle –, elle poussa la porte de la nursery et appuya sur l'interrupteur. La lumière était sourde, comme dans tout le reste du château ; elle s'arrêta un instant dans le vestibule. Ce n'était pas qu'une question d'éclairage : chaque fois qu'elle s'apprêtait à pénétrer dans le monde de Juniper, Saffy s'accordait toujours une pause. Il y avait peu de lieux au monde, se disait-elle, pour lesquels il était préférable de se munir d'une stratégie d'approche avant d'entrer. Lieu ? Le mot de tanière était peut-être plus indiqué.

Elle remarqua immédiatement que l'odeur n'avait pas disparu, mélange de vieux tabac, d'encre, de chien mouillé et de souris. Sa journée fenêtres ouvertes n'y avait pas suffi... Le chien mouillé, ça n'avait rien de mystérieux. Le chien de Juniper, Poe, un aimable bâtard, se languissait fort de sa maîtresse, partageant ses mornes journées entre le perron et le lit de la jeune fille. Quant aux souris... Juniper encourageait-elle leur présence par quelque offrande, ou profitaient-elles tout simplement de l'invraisemblable désordre qui régnait dans le grenier ? Impossible de trancher. Même si elle ne se l'avouait qu'à demi-mot, Saffy du reste n'avait rien contre l'odeur de souris, qui lui rappelait Clementina. Elle l'avait achetée chez Harrod's le matin de ses huit ans. Tina avait été, jusqu'à sa confrontation malencontreuse avec le serpent de Percy, Cyrus, une délicieuse compagne. Les rats valaient mieux que leur réputation ; contrairement à ce que pensaient la plupart des gens, ils étaient propres et affectueux – en vérité, les princes des rongeurs.

Saffy distingua dans la pénombre un passage à peu près dégagé, vestige de sa précédente visite, et s'avança prudemment vers l'autre bout de la chambre. Si Nanny avait pu voir l'état des lieux ! Adieu, règne de la propreté et de la lumière, dîners silencieux et riches en laitages, rite de la balayette que l'on sortait tous les soirs pour ramasser les miettes, bureaux des jumelles alignés contre le mur ; adieu, cire d'abeille au parfum persistant et savon Pears ! Leur avait succédé l'anarchie la plus totale. A perte de vue, de la paperasse – feuilles couvertes de curieuses instructions, de dessins, de questions que Juniper se posait à elle-même – et des monceaux de poussière, tranquillement regroupés le long des plinthes comme des douairières dans une salle de bal. Au mur, des dizaines de dessins et de photographies – lieux et personnes qui, pour une raison ou pour une autre, avaient charmé l'imagination de Juniper. Le plancher était submergé sous une marée de livres, de vêtements épars, de tasses jamais lavées, de cendriers improvisés, de poupées jadis aimées dont les regards se perdaient au plafond, de tickets de bus recouverts d'inscriptions mystérieuses. Tout cela donnait le tournis à Saffy, dont le cœur commençait à se soulever. N'était-ce pas un quignon de pain sur la couverture ? Il avait déjà pris l'aspect rigide d'une pièce de musée.

Saffy avait longtemps lutté contre une habitude détestable – faire le ménage chez Juniper – et elle avait fini par gagner la bataille. Ce soir-là, cependant, elle céda à nouveau à la tentation. Le désordre était une chose, les débris alimentaires une autre. Elle tendit une main tremblante vers la couverture, la replia sur le croûton pétrifié et se précipita vers la fenêtre la plus proche. Là, était-il bien tombé ? Elle l'entendit rebondir avec un bruit sourd sur la pelouse des douves. Elle secoua le couvre-lit, saisie d'un nouveau frisson, puis referma la fenêtre et tira les rideaux de couvre-feu.

Le dessus-de-lit aurait eu bien besoin d'une lessive et d'un ravaudage ; pour l'heure, Saffy se contenta de lui redonner un semblant de dignité, prenant soin cependant de ne pas forcer la note – même s'il était peu probable que Juniper se rende compte de quoi que ce soit. Sort immérité pour cette jolie courtepointe, dont Saffy à présent aplanissait affectueusement les fronces, qu'une longue veille de quatre mois sur le plancher dans la seule et sinistre compagnie d'un quignon en décomposition. Une des fermières du domaine l'avait jadis confectionnée spécialement pour la fillette. Juniper attirait souvent de ces témoignages d'une affection qu'elle ne sollicitait pas, et qui lui était indifférente. La plupart des gens auraient été touchés d'une telle offrande et se seraient sentis obligés d'en prendre grand soin, mais Juniper ne faisait rien comme tout le monde. Elle réservait aux créations d'autrui le même sort qu'à ses propres œuvres. A la vue de tout ce qui recouvrait le sol, feuilles aussi mortes que si elles étaient tombées d'un arbre, Saffy ne put s'empêcher de soupirer. C'était l'un des aspects du caractère de sa sœur qu'elle avait le plus de mal à comprendre.

Saffy repéra une chaise libre et y posa la couverture soigneusement pliée. Un livre gisait ouvert au sommet d'une pile et Saffy, en rat de bibliothèque qu'elle était, ne put s'empêcher de consulter la page de titre. Ah, *Old Possum's Book of Practical Cats*, avec un envoi de T. S. Eliot à Juniper. Le poète avait passé quelque temps au château et papa lui avait montré les textes de June. Saffy n'avait pas d'opinion très arrêtée sur l'œuvre d'Eliot.

Bien sûr, c'était un magicien des mots, mais il rôdait dans ses poèmes un tel pessimisme, un tel amour des ténèbres que sa lecture ne pouvait qu'assombrir le monde. *Old Possum* était l'exception à la règle, recueil aussi fantasque que l'animal qu'il honorait. L'obsession d'Eliot pour le tic-tac des horloges et le temps qui passe n'y était pas si présente – une vraie recette pour la dépression, se disait Saffy, qui n'avait aucune envie de se l'appliquer.

Difficile de savoir de que Juniper elle-même pensait de son prestigieux aîné. Ce qui n'avait rien d'étonnant. Si Juniper avait été un personnage de roman, elle aurait été de ceux qui se construisent en creux, au fil des réactions qu'ils suscitent chez les autres. Il était impossible de définir ses points de vue sans pétrifier et fausser ses précieuses ambivalences. Quels adjectifs aurait pu utiliser l'auteur de Juniper ? Saffy plissa le front. Désarmante ? Ethérée ? Ensorcelante ? Sans aucun doute. Mais aussi impétueuse, audacieuse, et parfois même, bien que Saffy se soit toujours gardée de prononcer ce qualificatif à haute voix, violente. Sous la plume de T. S. Eliot, Juniper aurait été Le Chat au Contraire. Saffy se sourit à elle-même : la comparaison était bien trouvée. Elle se frotta les doigts sur les genoux. Cette poussière ! A la réflexion, oui, Juniper avait vraiment quelque chose de félin, avec ses yeux au regard fixe, si espacés l'un de l'autre, son pas léger, son indifférence à des marques d'affection qu'elle ne recherchait jamais.

Naviguant prudemment sur la mer de papier, Saffy entama la tournée des fenêtres par un bref détour près de l'armoire sur laquelle la robe était suspendue. Saffy l'avait montée le matin même, dès que Percy avait eu le dos tourné – c'était plus prudent. Elle avait sorti la robe de sa cachette et l'avait prise dans ses bras comme la princesse endormie des contes. Puis elle avait tordu le crochet d'un cintre pour que l'ample jupe de soie puisse se déplier dans toute sa splendeur devant le battant de l'armoire. Un sacrifice nécessaire : ce soir-là, quand Juniper franchirait le seuil de sa chambre et allumerait la lumière, ce serait la première chose qui lui sauterait aux yeux.

Ah, la robe, la robe ! Elle était le symbole de l'impénétrable Juniper. Lorsque Saffy avait reçu la lettre de sa jeune sœur, quelques semaines plus tôt, sa surprise avait été complète. Elle aurait même pensé à une plaisanterie si Juniper ne l'avait habituée à ses éternels caprices. Jamais la jeune fille n'avait manifesté le moindre intérêt pour ce qu'elle avait sur le dos. Elle avait passé toute son enfance pieds nus, usant jusqu'à la corde ses robes de coton blanc. Sur elle, les tenues les plus élégantes se transformaient presque instantanément en tas de chiffons informes. Contre tout espoir, l'âge n'y avait rien changé. Toutes les filles de dix-sept ans rêvent d'aller à Londres fêter leur entrée dans le monde des adultes : Juniper n'y avait pas même songé. Lorsque Saffy, par malheur, avait fait une vague allusion à la question, Juniper avait lancé à sa sœur un regard d'une intensité si glaciale que Saffy en tremblait encore de douleur des semaines plus tard. A tout prendre, cela valait mieux ; papa s'y serait formellement opposé. Juniper était sa « créature du château », comme il l'avait souvent répété. Quel besoin avait-elle du monde extérieur ? Qu'avait-elle à faire de distractions aussi superficielles qu'un bal de débutantes ?

Les quelques mots griffonnés à la fin de sa dernière lettre jetaient une tout autre lumière sur la « créature du château ». « Saffy, ça t'ennuierait de me faire une robe ? Quelque chose que je pourrais porter pour aller au bal, tu sais ? » N'y avait-il pas dans les affaires de sa mère une jolie robe qu'elle avait portée à Londres, juste avant de mourir ? Saffy pouvait-elle la retoucher ? Juniper avait pris soin d'adresser la lettre à la seule Saffy. Quand il s'agissait de leur jeune sœur, les jumelles œuvraient de concert ; cette fois-ci, pourtant, Saffy avait gardé le secret. Après maints débats intérieurs, elle en était venue à la conclusion que la capitale avait transformé la jeune fille, sur ce point et peut-être sur d'autres. Et si, après la guerre, elle décidait de s'installer définitivement à Londres, loin de Milderhurst, défiant ainsi l'emprise invisible de son père ?

Quelles que fussent les raisons qui avaient suscité en Juniper ce curieux désir, Saffy s'attela à la tâche avec un plaisir non dissimulé. Hormis ses poules, elle avait deux bonheurs dans la vie : son Olivetti et la Singer 201K, sans aucun doute la meilleure machine à coudre jamais conçue. La Singer n'avait certes pas chômé depuis la déclaration de guerre : mais entre les couvertures et les pyjamas pour les hôpitaux, elle n'avait rien produit que de très pratique. La requête de Juniper était d'une nature plus excitante : un bel exercice de haute couture ! Saffy s'était immédiatement rappelé la robe à laquelle sa petite sœur, à sa manière détournée, avait fait allusion. Un magnifique modèle que sa belle-mère avait porté, une fois, une seule, par une inoubliable soirée de 1924, à la première de *L'Homme de boue*… La robe avait été religieusement conservée dans la salle des archives, la seule pièce du château qui fût étanche. Là ne pouvaient l'atteindre ni les attaques du temps ni celles des mites.

Saffy caressa d'un doigt léger les pans de la jupe. La couleur était si belle, si délicate ! Un beige presque rose et velouté, qui évoquait la teinte fragile des champignons sauvages qui poussaient près du moulin. Crème ? Non, mieux que cela. A s'y absorber, l'œil peu à peu en comprenait la richesse fragile. Pendant des semaines, Saffy, en secret, avait effectué toutes les retouches nécessaires. Sa duplicité était grandement récompensée. Elle inspecta l'ourlet, au piqué parfait, le lissa d'une main satisfaite. Puis recula d'un pas pour admirer l'effet. La robe était somptueuse. D'un modèle à la beauté vieillotte, Saffy, avec l'aide de son abondante collection de magazines de mode, avait tiré un chef-d'œuvre. Un péché d'orgueil, certes – et alors ? Saffy le savait bien, c'était sans doute la dernière occasion de pouvoir contempler la robe dans toute sa splendeur. Une fois confiée à Juniper, Dieu seul savait ce qu'il en adviendrait ! Inutile de gâcher ce moment unique par un excès de fausse modestie.

Saffy jeta prudemment un regard derrière son épaule, bien qu'elle se sût seule, et décrocha la robe du cintre, pour en sentir le poids dans ses mains. Les belles robes ont toujours une sorte de pesanteur sensuelle. Elle passa les doigts sous chaque bretelle et posa doucement la robe contre son corps, se mordant pensivement la lèvre inférieure à la vue de son reflet dans la grande glace de la nursery. Immobile, la tête penchée sur le côté – un tic enfantin dont elle ne s'était jamais complètement débarrassée –, elle se revit, par la grâce de la distance et de la pénombre, telle qu'elle avait été des années auparavant. Elle plissa les yeux, eut un grand sourire. Apparut devant elle la jeune fille de dix-neuf ans qui s'était timidement serrée au côté de sa belle-mère, le soir de la première, la jeune fille qui avait jeté sur la robe rose pâle des yeux avides et s'était promis qu'un jour elle porterait quelque chose d'aussi beau – pour son mariage, peut-être ?

Saffy raccrocha la robe au sommet de l'armoire et, ce faisant, manqua se tordre le pied sur un gobelet d'épais cristal. Un cadeau de mariage de la famille Asquith à papa et à maman… Elle soupira. Décidément, Juniper ne respectait rien, pas même les pairs d'Angleterre ! Tant mieux pour elle, mais Saffy, ayant remarqué le précieux gobelet, se sentit obligée de le sauver d'un ignoble destin. En se baissant pour le ramasser, elle aperçut une tasse à thé en porcelaine de Limoges dissimulée sous un vieux journal. Avant même de s'en rendre compte, elle avait violé sa règle sacro-sainte et, à genoux sur le plancher, elle faisait le ménage dans le taudis de sa sœur. En une minute, elle eut rassemblé un tas de vaisselle sans vraiment troubler, hélas, le capharnaüm ambiant. Toutes ces feuilles éparses, tous ces mots…

Le désordre, l'impossibilité physique d'y remédier, de retrouver quelque vieille pensée perdue, c'était presque une torture pour Saffy. Comme Juniper, elle écrivait, mais quelle différence dans leurs méthodes ! Saffy se ménageait tous les jours quelques heures pendant lesquelles elle s'installait à son bureau, avec pour seule compagnie un cahier, le stylo à plume dont papa lui avait fait cadeau pour ses seize ans, et une théière de bon thé noir. Ainsi armée, elle couchait sur la page des mots soigneusement ciselés, retranchant, ajoutant, corrigeant, polissant la moindre phrase, puis lisant le résultat à voix haute, jouissant enfin du plaisir unique de donner vie aux aventures d'Adele, son héroïne. Elle ne sortait l'Olivetti pour dactylographier les quelques pages rédigées que lorsqu'elle était parfaitement satisfaite de sa journée de travail.

Juniper, elle, travaillait comme si l'écriture était pour elle le moyen d'échapper à toutes les contraintes. Elle écrivait quand l'inspiration la prenait, au fil de la plume, déversant dans son sillage lambeaux de poèmes, images fragmentaires, adverbes insolites et cependant si justes. Les mots de Juniper jonchaient les couloirs du château, tels les cailloux de la légende, menant tous en fin de compte à la nursery de pain d'épice dans la forêt des combles… Saffy retrouvait régulièrement de ces cailloux de mots lorsqu'elle faisait le ménage : pages maculées sur le plancher, sous les canapés ou les tapis ; l'instant d'après, ensorcelée par ces phrases éparses, elle se retrouvait sur le pont d'une trirème romaine, aux voiles hissées, gonflées par le vent ; un cri rude déchirait l'air et sous les poutres du pont les amants cachés se serraient l'un contre l'autre, l'ennemi approchant… Et n'arrivant jamais, victime de l'imagination volage de Juniper.

Parfois, cependant, elle finissait un poème, une nouvelle, dans ses moments d'excitation – de folie, peut-être, mais c'était là un mot dont aucun Blythe n'aurait usé à la légère, s'agissant de Juniper. La petite sœur parfois ne descendait pas dîner ; la lumière coulait à flots brûlants sous la porte de la nursery.

« N'allez pas la déranger, mes filles », disait alors le père.

Les besoins du corps étaient selon lui moins importants que les exigences du génie ; dès qu'il avait le dos tourné, Saffy en cachette montait quelques provisions à sa sœur. Qui n'y touchait jamais : possédée par le verbe, elle écrivait toute la nuit, sans s'arrêter un seul instant. Accès créatifs aussi soudains, aussi brûlants qu'une fièvre tropicale et comme elle intenses et brefs. Le lendemain, tout était terminé. Elle descendait des combles épuisée, hébétée, vidée, étouffant un bâillement langoureux à sa manière féline – le démon exorcisé désormais condamné à l'oubli.

C'était ceci, l'ultime mystère pour Saffy, qui classait ses propres œuvres – brouillons et versions finales – dans des boîtes assorties qu'elle rangeait avec soin sur les rayonnages de la salle d'archives, pour la postérité. Saffy avait toujours à l'esprit l'objet fini, relié, dans les mains du lecteur – doux frisson du partage. Juniper, à l'inverse, ne se souciait aucunement d'être lue. Il n'y avait nulle fausse modestie dans ce refus de montrer ses textes : elle était parfaitement indifférente à la question, tout simplement. Une fois le texte écrit, il ne l'intéressait plus. Saffy en avait discuté une ou deux fois avec sa sœur jumelle, que cette attitude déconcertait. Quoi d'étonnant à cela ? Pauvre Percy, si brillante… et si peu créative.

Tiens, tiens. Saffy s'immobilisa, toujours à quatre pattes. Qu'était-ce donc que cet objet qui soudain émergeait de l'océan de papier, sinon la grande cuiller en argent de grand-mère ! Et dire qu'elle avait passé toute la matinée à la chercher ! Elle s'accroupit, posa ses paumes à plat sur ses cuisses, fit craquer au passage ses vertèbres lombaires. Pendant que Lucy et elle mettaient la cuisine à sac, la grande cuiller reposait dans le désordre des combles. Saffy allait l'arracher à son nid de papier (le manche d'argent était marqué d'une tache des plus intrigantes) lorsqu'elle se rendit compte que l'ustensile faisait office de marque-page. Et quelle page ! Elle était datée et recouverte de l'écriture irrégulière de Juniper. L'œil expert de Saffy, aiguisé par des décennies de lectures avides, était plus rapide que ses gestes ; en une seconde elle eut identifié l'ouvrage : c'était un journal intime, et la date était récente, mai 1941, quelques jours avant le départ de Juniper pour Londres.

Qu'y a-t-il de plus terriblement indiscret que de lire un journal intime qui n'est pas le vôtre ? Saffy, la première, se serait insurgée contre une telle intrusion. Juniper, d'une autre trempe, n'avait jamais accepté aucune règle. Ce qui donnait à sa sœur toute licence de jeter un coup d'œil au journal, même si elle aurait été bien en peine d'expliquer sa curiosité. Juniper avait plus d'une fois laissé traîner dans sa chambre des écrits personnels – plus qu'une négligence, une invitation à la lecture, une façon de signifier que tout allait bien. Ou mal, au contraire. Saffy, sa sœur aînée, ne lui avait-elle pas tenu plus ou moins lieu de mère ? Juniper allait bientôt fêter ses dix-neuf ans, mais elle n'était pas une fille comme les autres. Elle était incapable de se prendre en charge. Pour exercer en toute connaissance de cause leur tutelle, Percy et Saffy ne pouvaient guère éviter de se mêler des affaires personnelles de leur jeune sœur. Leur Nanny n'aurait pas hésité une seconde à mettre son nez dans leurs journaux et correspondances, à l'époque où elle régnait sur la nursery. Raison pour laquelle, du reste, les jumelles avaient pris grand soin de changer régulièrement de cachette… Juniper n'avait pas pris cette précaution, ce que Saffy interpréta comme une invitation à la lecture, pour peu qu'elle soit motivée par la plus pure, la plus maternelle des impulsions. Et les voilà face à face : Saffy accroupie sur le plancher ; sous son nez le journal de Juniper, ouvert sur des réflexions datant de quelques mois au plus… Comment ne pas y jeter un coup d'œil ? Ne pas le faire aurait relevé de la négligence affective.

5

Il y avait une bicyclette appuyée contre les marches du perron, à l'endroit même où Percy avait pris l'habitude de laisser la sienne lorsqu'elle était trop fatiguée ou trop pressée pour aller la ranger à l'étable. Ce qui lui arrivait plus souvent qu'à son tour. Bizarre, cela ; Saffy n'avait parlé d'aucun visiteur, hormis Juniper et le jeune homme, Thomas Cavill, qui devaient, l'un comme l'autre, arriver par le bus, et certainement pas à vélo.

Percy fouilla dans sa sacoche, à la recherche de la clef. Depuis la déclaration de guerre, Saffy tenait absolument à ce que les portes fussent verrouillées, persuadée que les châtelaines de Milderhurst figuraient au premier rang des préoccupations de Herr Hitler et risquaient à tout moment l'arrestation. Percy n'avait rien contre, si ce n'est que la clef de la grande porte semblait animée des intentions les plus malicieuses, et qu'elle se dérobait systématiquement à ses recherches.

Sur la mare, les canards s'ébattaient ; la masse sombre de la forêt de Cardarker frémissait dans la bise ; le tonnerre gronda, de plus en plus proche ; le temps sembla, l'espace d'un instant, s'étendre à l'infini. Au moment même où Percy allait renoncer à sa quête, la porte, qu'elle s'apprêtait à marteler, s'ouvrit sur Lucy Middleton, coiffée d'un foulard et tenant une lanterne de vélo à la main.

— Doux Jésus !

L'ancienne gouvernante posa sa main libre à plat sur sa gorge.

— Vous m'avez fait tourner les sangs, mademoiselle Percy.

Percy ouvrit la bouche ; les mots lui manquant, elle la referma aussitôt. Elle cessa de fouiller dans sa sacoche et la passa en bandoulière, toujours muette.

Les joues de Lucy étaient cramoisies.

— Je… j'étais venue donner un coup de main. Mlle Saffy m'a appelée. Elle m'a téléphoné ce matin. Aucune des filles n'était disponible.

Percy toussota et le regretta aussitôt. Le croassement qu'elle avait émis indiquait une certaine nervosité, et elle n'avait guère envie de montrer quelque faiblesse que ce fût, à Lucy Middleton encore moins qu'à quiconque.

— Alors tout est prêt ? Je veux dire, pour ce soir ?

— Le lapin en croûte est dans le four et j'ai laissé les instructions à Mlle Saffy.

— Je vois.

— Le dîner sera lent à cuire. Je crains que Mlle Saffy n'entre en ébullition bien avant le lapin.

C'était une plaisanterie plutôt bien tournée, mais Percy laissa passer trop de temps avant d'en rire. Comment poursuivre la conversation ? Elle avait trop à dire, ou plus assez ; Lucy Middleton, qui s'était immobilisée sur le perron, dans l'espoir, sans doute, que

Percy réagisse, avait compris que son attente était vaine. D'un pas incertain, elle contourna Percy pour récupérer sa bicyclette.

Ah, mais ce n'était plus Middleton, son nom de famille. Elle s'appelait Lucy Rogers à présent. Depuis combien de temps étaient-ils mariés, Harry et elle ? Un an ? Non, plus que cela, dix-huit mois au moins.

— Bonsoir, mademoiselle Blythe.

Lucy se mit en selle.

— Votre mari ? fit Percy d'une voix brève – et, ce faisant, elle se trouva méprisable. Ça va ?

Lucy détourna le regard.

— Oui, ça va.

— Et vous aussi, j'imagine ?

— Ça va aussi.

— Et le bébé ?

— Ça va, répéta Lucy d'une voix à peine audible.

Son attitude était celle d'un enfant qui s'attend à être grondé ou, pire, à recevoir des coups de canne ; Percy fut soudain submergée par le brûlant désir de répondre à cette sotte attente. Bien sûr, elle n'y céda pas, préférant adopter un ton presque désinvolte.

— Cela vous ennuierait-il de signaler à votre époux que la grande horloge du vestibule est encore en avance ? Nous descendons toujours dix minutes trop tôt.

— Je n'y manquerai pas, madame.

— Si mes souvenirs ne me trompent pas, il a toujours eu une certaine affection pour notre chère vieille pendule ?

Lucy, les yeux obstinément baissés, marmonna une vague réponse avant d'appuyer sur les pédales et de filer vers l'allée, le phare de sa bicyclette traçant sur le gravier un message tremblant.

Lorsqu'elle entendit frémir la grande porte d'entrée, Saffy referma le journal avec un claquement sec. Le sang lui battait aux tempes et aux joues ; la peau au-dessus de ses seins lui semblait sèche et tendue. Son pouls battait plus vite que celui d'un petit oiseau. Eh bien. Elle se releva, les jambes flageolantes, en s'aidant de ses mains. Il n'y avait plus grand-chose à élucider : l'énigme de la soirée à venir, la retouche de la robe, le jeune invité mystère. Un chevaleresque étranger ? Non. Chevaleresque, peut-être, mais étranger… Pas le moins du monde.

— Saffy ?

La voix de Percy vrilla les quelques épaisseurs de plancher, sèche, irritée.

Saffy se pressa les paumes sur le front, rassemblant ses forces pour les tâches à venir. Elle savait très bien ce qu'elle avait à faire : s'habiller, descendre, mesurer la quantité de flatteries qu'il lui faudrait déverser sur Percy avant que celle-ci retrouve le sourire, s'assurer que tout était en place dans la cuisine et au salon. L'horloge du vestibule venait de sonner six heures : il n'y avait plus une minute à perdre. Juniper et son jeune homme – dont le nom, elle s'en souvenait parfaitement, était bien celui que mentionnait le journal – devaient arriver dans l'heure. La vigueur avec laquelle Percy avait claqué la porte était de mauvais augure, et Saffy avait encore sur le dos les oripeaux de quelqu'un qui a

204

passé la journée à labourer pour la victoire, comme aurait dit M. Churchill.

Abandonnant à leur sort les quelques tasses arrachées à la marée de papier, elle fit en hâte le tour des fenêtres, les ferma et tira tous les rideaux de couvre-feu. Il y avait quelqu'un dans l'allée : Lucy, qui venait de traverser le premier pont à vélo. Saffy leva les yeux vers le ciel. Un vol d'étourneaux se déploya au-dessus des champs de houblon ; elle le suivit un moment du regard. Libre comme l'oiseau, dit-on : mais étaient-ils vraiment libres ? Non, Saffy ne le pensait pas. Ils étaient liés les uns aux autres par leurs habitudes, leurs besoins saisonniers, leur biologie, leur nature, leurs gènes. Ils n'étaient pas plus libres que vous et moi. Mais quelle jouissance, quel vertige dans leur vol ! Que n'aurait-elle pas donné parfois pour ouvrir ses ailes, filer droit vers le ciel, au-dessus des champs, des forêts, suivre les avions jusqu'à Londres.

Voler. Elle s'y était essayée, une fois, quand elle était petite. Elle s'était hissée sur le rebord d'une des fenêtres du grenier, avait marché le long du toit, jusqu'au surplomb, juste au-dessus de la tour de papa. Elle avait préparé son affaire, s'était confectionné une paire d'ailes, en soie, les plus magnifiques qui se puissent imaginer, avec des branches qu'elle avait trouvées dans les bois et du fil de coton ; elle y avait même cousu des bretelles de caoutchouc pour pouvoir les porter. Elles étaient si belles : ni roses ni rouges, mais d'un vermillon qui étincelait dans le soleil, tout comme le plumage des oiseaux. Elle s'était jetée dans les airs, avait flotté pendant quelques secondes. Le vent l'avait cueillie par en dessous, venu de la vallée ; le monde s'était ralenti,

ralenti… un bref, un sublime instant, durant lequel elle avait ressenti l'extase sans pareille du vol. Puis tout s'était accéléré. Sa chute avait été rapide ; brisés, ses ailes, ses bras, lorsqu'elle avait heurté le sol.

— Saffy ? Où te caches-tu ?

Les oiseaux disparurent vers l'horizon cendreux ; Saffy ferma la fenêtre et tira les rideaux l'un sur l'autre, pour ne pas laisser passer une seule lueur. Les nuages grondèrent comme un ventre trop plein, l'estomac glouton d'un gaillard qui eût échappé par miracle au rationnement du moment. Saffy sourit de la comparaison, et se promit de la noter dans son journal.

Tout était tranquille au château, trop tranquille ; Percy, en proie à une agitation familière, se mordit les lèvres. Lorsque la dispute montrait sa vilaine tête, Saffy allait toujours se mettre à l'abri. Leur vie durant, Percy avait croisé le fer pour sa sœur ; un rôle qu'elle aimait tenir et dans lequel elle faisait merveille. Les choses se passaient bien en général, jusqu'au moment où la discorde divisait les jumelles. Saffy, tristement inexpérimentée, ne faisait pas le poids. Incapable de se battre, elle n'avait le choix qu'entre la fuite et l'ignoble reddition. Ce soir-là, à en juger par le lourd silence dans lequel s'étaient noyés les appels de Percy, Saffy avait opté pour la fuite. Voilà, se dit Percy, les dents serrées, qui est frustrant. Très frustrant. Elle avait au creux de l'estomac une boule amère, hérissée, qui ne demandait qu'à exploser. Sans personne à gourmander, à titiller, à qui rappeler ses devoirs, Percy ne pouvait que la laisser grossir, cette boule – laquelle ne se résorberait pas spontanément. Qu'en faire ? Il fallait absolument s'en détourner. Un peu de whisky, peut-être ? De toute façon, cela ne pouvait pas faire de mal.

Toutes les après-midi, il y avait un moment particulier où le soleil atteignait un certain point dans sa trajectoire descendante et où la lumière du jour disparaissait immédiatement et sans aucun espoir de retour des pièces du château. Ce moment survint tandis que Percy s'engageait dans le couloir qui conduisait du vestibule au salon jaune. Lorsqu'elle pénétra dans la pièce, il faisait si sombre qu'elle aurait risqué de se cogner à chaque pas dans quelque meuble, si elle n'avait été capable de se déplacer dans le château les yeux fermés. Elle contourna le canapé niché contre la baie vitrée en arc de cercle, tira les rideaux et alluma la lampe sur la table basse. Comme d'habitude, il en fallait plus pour dissiper les ténèbres de la pièce. Elle sortit une allumette de sa boîte pour enflammer la mèche de la lampe à huile, mais constata, avec une certaine surprise et une colère plus certaine encore, que sa main – résultat de la rencontre avec Lucy – tremblait trop fort pour lui rendre ce service.

La pendule de la cheminée, qui ne manquait jamais une occasion de se faire remarquer, fit entendre une volée de tic-tac particulièrement bruyants. Percy avait toujours eu une aversion déclarée pour ce fichu bibelot. Elle avait appartenu autrefois à mère, et papa avait maintes fois expliqué à quel point il y tenait, si bien que sa position dans la maison était inexpugnable. Il y avait quelque chose dans son tic-tac qui faisait grincer Percy des dents. Cette simple pendule de porcelaine ne prenait-elle pas un malin plaisir à signaler le passage du temps ? Cette après-midi-là, le dégoût n'était pas loin de la haine.

— Tu vas te taire, stupide pendule ?

Elle avait complètement oublié la lampe à huile et jeta l'allumette dans la corbeille à papier.

Elle allait se servir un petit whisky, se rouler une cigarette puis s'installer dans le jardin avant que ne vienne la pluie. Penser à jeter un coup d'œil au tas de bois – était-il suffisamment fourni ? Et se débarrasser de la boule qu'elle avait dans l'estomac.

6

En dépit de l'intense excitation du jour, Saffy avait gardé dans un coin de son cerveau quelques neurones fort occupés à passer en revue le contenu de sa garde-robe, de sorte que, l'heure du dîner approchant, elle ne laisserait pas la précipitation guider ses choix. En vérité, c'était une de ses occupations favorites, même s'il n'y avait aucune réception en perspective. Elle imaginait d'abord telle ou telle robe, puis cette paire d'escarpins, ce collier, peut-être ? Puis recommençait et se perdait, ravie, dans des permutations sans fin. Ce jour-là, elle conçut pour les écarter aussitôt d'innombrables mélanges : aucun à ses yeux ne satisfaisait au critère suprême. C'est en partant de cet élément essentiel qu'elle aurait dû bâtir sa stratégie, si ce n'est qu'il limitait tragiquement les possibilités. La combinaison gagnante était celle qui s'accordait le plus harmonieusement à sa meilleure paire de bas, à savoir la seule dont les six fichues reprises pouvaient être dissimulées par des chaussures d'une certaine forme et une robe à la jupe suffisamment longue. Solution : la robe en soie liberty couleur menthe.

De retour dans l'ordre et la propreté de sa chambre, Saffy se défit de son grand tablier, livra bataille avec ses sous-vêtements et se félicita d'avoir accordé à cette décision essentielle quelques moments de réflexion. A l'approche du dîner, elle n'en aurait pas eu le temps ni la force. Le déchiffrage du journal de Juniper avait été une tâche pénible et il lui fallait désormais traiter avec Percy, dont la colère traversait les murs. Oui, la maison entière bouillait avec elle. La porte d'entrée avait si violemment claqué que la vibration s'était propagée dans les veines de la demeure, avait traversé quatre étages pour finir par pénétrer dans le corps de Saffy. Il n'était pas jusqu'aux lampes – il est vrai, jamais bien vives – qui ne semblaient grésiller en signe de solidarité ; les recoins du château étaient maculés d'ombres. Saffy tendit le bras et réussit à extraire du coin le plus éloigné du tiroir du haut sa meilleure paire de bas, protégée par une feuille de papier talqué et encore emballée dans sa pochette. Elle la déballa soigneusement et vérifia la solidité du dernier ravaudage.

Le problème de Percy, selon sa sœur jumelle, c'était qu'elle était incapable de distinguer entre les diverses nuances de l'amour et de l'affection. Percy s'intéressait plus aux besoins des murs et des planchers du château qu'à ceux de ses habitants. Percy, tout autant que Saffy, avait regretté le départ de Lucy ; mais c'était sur Saffy que cette absence pesait le plus. C'était Saffy qui restait toute la journée au château, à lessiver, à frotter, à improviser les repas avec ce que le rationnement lui laissait, avec pour seule compagnie désormais Clara et Millie, qui était un peu simplette. Saffy comprenait parfaitement qu'une femme, ayant à choisir entre les exigences de sa profession et celles de son cœur, opte pour ces dernières. Percy, elle, avait refusé de se plier avec grâce à ces changements. Elle avait vécu le mariage de Lucy comme un camouflet ; et quand Percy en voulait à quelqu'un… Raison pour laquelle Saffy, repensant aux révélations du journal de Juniper, dut s'avouer qu'elle craignait le pire.

Saffy se désintéressa un instant de la question des bas. Elle n'était ni naïve ni passéiste. Elle avait lu Stella Gibbons, Sylvia Thompson et Rebecca West, femmes de lettres qui passaient pour scandaleuses ; elle n'était pas ignorante des choses du sexe. Cependant, aucune de ses lectures ne l'avait préparée aux réflexions de Juniper en la matière. Franches, comme à son ordinaire, viscérales, mais aussi lyriques ; splendides, crues… effrayantes, tel un grand verre d'eau en pleine figure. Après quoi tout s'était mélangé dans l'esprit de Saffy, ce qui n'était pas étonnant, vu l'avidité avec laquelle elle avait parcouru ces textes et la confusion qu'avait fait naître en elle l'évocation de sentiments si rayonnants, si physiques. Les phrases déjà se décomposaient dans son souvenir, et ne surnageaient plus que des fragments de sentiments, des images indésirables, des mots parfois interdits et le vertige ardent qu'ils lui avaient procuré.

Et penser que celle qui les avait couchés sur la page n'était autre que sa petite sœur, Juniper, qui n'avait pas vingt ans ! Juniper qui était si peu femme ! Son talent incandescent, ses dérobades devant tout ce qui, de près ou de loin, était féminin, ses excentricités, tout cela semblait devoir la rendre insensible aux désirs humains les plus ordinaires. Qui plus est – c'était sans doute ce qui blessait le plus Saffy –, Juniper n'avait jamais fait la moindre allusion en présence de sa sœur à quelque aventure sentimentale que ce soit, réelle ou à venir. Le jeune homme qu'elles devaient recevoir le soir même était-il l'homme du journal de Juniper ? Les quelques pages qu'avait lues Saffy dataient de six mois, avant le départ de June pour Londres, et cependant le nom du jeune homme, Thomas, y figurait déjà. Juniper l'avait-elle donc rencontré auparavant, à Milderhurst ? Son départ avait-il des raisons cachées ? Et si tel était le cas, étaient-ils – Juniper et cet inconnu – toujours amoureux ? Un tournant si décisif dans l'existence de sa jeune sœur, et ce silence, pourtant… Saffy connaissait bien la raison de cette discrétion : aurait-il été vivant que papa aurait réagi avec colère. Là où il y avait sexe, il y avait enfants, et les théories de papa sur l'incompatibilité entre l'art et l'enfantement étaient bien connues. Percy, héritière autoproclamée de son père en ses règles de vie, ne devait pas être informée des aventures de Juniper. Mais Saffy ? Sa petite sœur et elle avaient toujours été proches ; et si secrète que soit June, elles avaient toujours réussi à se parler. C'était la voie à suivre. Bien sûr. Saffy roula ses bas en boule et décida de remédier à la situation dès l'arrivée de Juniper. Elles trouveraient bien le temps d'une discussion en tête à tête. Saffy sourit. Il ne serait pas seulement question ce soir de se retrouver entre sœurs, de remercier le chevalier servant de Juniper. Ce chevalier… était plus qu'un simple ami.

Rassurée sur l'état de ses bas, Saffy les disposa sur la tête de lit et se prépara à plonger dans sa garde-robe. Doux Jésus ! Elle s'immobilisa, se tourna dans un sens, puis dans un autre, tordit le cou pour essayer de distinguer les formes de son dos. Soit le miroir avait attrapé quelque maladie qui compromettait gravement ses capacités à la réflexion, soit elle avait encore pris plusieurs kilos. Incroyable ! Elle allait faire don de son corps à la science. Engraisser alors que les garde-manger du pays étaient tous plus vides les uns que les autres ? Etait-ce totalement antibritannique, ou bien au contraire la meilleure résistance à opposer aux terribles sous-marins de Herr Hitler ? Une victoire sans doute indigne de la médaille Churchill pour la préservation de la beauté en Angleterre, mais une victoire quand même… Saffy s'adressa une grimace, rentra le ventre et ouvrit la porte de l'armoire.

Derrière les tristes tabliers et les vestes longues commençait un monde merveilleux de robes de soie et de lumière. Saffy posa les mains sur ses joues : c'était comme une visite à de vieilles amies négligées depuis des années. Sa garde-robe lui donnait un plaisir presque aussi intense que ses poules ou que sa machine à coudre. Chaque robe était membre d'un club des plus exclusifs. Et l'armoire n'offrait-elle pas, comme Saffy se l'était avoué un jour d'apitoiement sur son propre destin, un catalogue de son passé ? Les robes qu'elle avait portées pour ses débuts à Londres, le fourreau de soie du bal du Solstice d'été de Milderhurst, et même la robe bleue qu'elle avait confectionnée elle-même pour la première de la pièce de papa, l'année suivante. Papa tenait à ce que ses filles soient belles ; tant qu'il avait été de ce monde, elles n'avaient jamais manqué de se changer pour dîner, même s'il ne descendait plus de sa tour. Après sa mort, leur résolution avait faibli. A quoi bon maintenir ces vaines apparences ? Saffy y avait tenu un moment ; mais lorsque Percy rejoignit les secours, où elle passait fréquemment ses nuits, les sœurs, tacitement, choisirent de ne plus honorer cette coutume.

Les uns après les autres, ces vestiges de son passé furent écartés d'une main nostalgique, jusqu'à ce qu'enfin le regard de Saffy se pose sur ce qu'elle cherchait, un fourreau de soie vert menthe. Elle scruta longuement le corsage lustré, le décolleté orné de perles, la fine ceinture, la jupe à biais. Elle ne l'avait pas porté depuis des années. Depuis… quand, déjà ? Elle avait tout oublié de l'occasion mais se souvint que Lucy l'avait aidée à le raccommoder. Une fatale négligence de Percy : fumeuse assidue aux grands gestes désinvoltes, elle était dans les soirées un vrai danger. La reprise était impeccable. Il fallut que Saffy passe le doigt tout le long du tissu pour retrouver trace de la brûlure. C'était la robe qu'il lui fallait ; du reste, avait-elle le choix ? Saffy la sortit de l'armoire, l'étendit sur le lit et ramassa ses bas.

Au fond, le mystère le plus intrigant, se dit-elle en élargissant la première jambe de ses bas et en y introduisant son pied, c'était celui de Lucy. Comment avait-elle bien pu tomber amoureuse de Harry, l'horloger ? Court de taille et plutôt laid, il n'avait rien de très romanesque ; elle le revit marchant à petits pas dans les couloirs, les épaules voûtées, les cheveux toujours un peu trop longs, un peu trop clairsemés, un peu trop graisseux.

— Non ! Zut !

Le gros orteil de Saffy s'était coincé dans le bas et elle fut déséquilibrée. Elle aurait pu, l'espace d'une seconde, se redresser, mais son ongle était enfoncé dans les fragiles mailles, et elle ne voulait pas courir le risque d'une nouvelle échelle. Elle supporta sa chute avec toute la bravoure nécessaire, se cognant au passage la cuisse contre le coin de la coiffeuse.

— Mon Dieu, mon Dieu, mon Dieu, hoqueta-t-elle.

Elle parvint à se rétablir sur le tabouret bien rembourré et se pencha, effondrée, sur le précieux bas. Pourquoi, ô pourquoi ne s'était-elle pas davantage concentrée sur sa toilette ? Un nouvel accroc dans cette paire-là et c'en était fini des bas. Les autres étaient immettables. D'une main tremblante, elle les examina de la pointe des pieds à la jarretière.

Apparemment, pas de dégâts. Elle l'avait échappé belle. Saffy poussa enfin le soupir qu'elle gardait en réserve depuis sa chute, ce qui ne la soulagea qu'à demi. Elle surprit son reflet empourpré dans le miroir de la coiffeuse et le fixa un moment. Ce n'était pas seulement une question de bas. Lorsqu'elle et Percy étaient enfants, elles avaient eu de multiples occasions d'observer le comportement des adultes, et ce qu'elles avaient vu les avait totalement déconcertées. Les anciens, déjà grotesques, se comportaient en général comme s'ils ne se rendaient absolument pas compte de leur âge avancé. Cela avait intrigué les jumelles. Elles étaient tombées d'accord sur le fait qu'il n'y avait rien de si ridicule qu'une vieille personne qui ne veut pas prendre conscience de ses limites et s'étaient juré l'une à l'autre de ne jamais tomber dans ce travers.

« Quand nous serons vieilles, s'étaient-elles dit, nous nous conduirons en vieilles, et zut.

— Mais comment saurons-nous que nous ne faisons pas fausse route ? » avait demandé Saffy.

Question dont les implications existentielles lui donnaient le vertige.

« Peut-être, avait répondu Percy, les bras enserrant tranquillement ses genoux, que la vieillesse, c'est comme les coups de soleil. On ne s'en rend compte que lorsqu'il est trop tard pour faire quelque chose. »

Oui, le problème était complexe, et ce fut bien sûr la pragmatique Percy qui trouva la solution :

« Nous devrions établir une liste de ce que font les vieilles personnes. Trois choses, seulement, ça suffira. Et quand nous en serons là, c'est donc que nous serons vieilles. »

Il n'avait pas été très difficile de faire le tri entre les habitudes les plus significatives : pendant des années, elles avaient eu la joie et le bonheur d'observer Nanny et papa. Par contre, réduire à trois le nombre de signes s'était avéré plus complexe. Après maints débats, leur choix s'était porté sur les symptômes les moins ambigus.

Un : professer de façon répétée et insistante une préférence pour l'Angleterre de la reine Victoria.

Deux : mentionner ses problèmes de santé devant une compagnie parmi laquelle ne figure aucun membre du corps médical.

Trois : ne plus être en mesure d'enfiler ses sous-vête-ments en position debout.

Saffy poussa un gémissement piteux : le matin même, en dressant le lit de la chambre d'amis, elle avait fait à Lucy une description détaillée de ses douleurs lombaires. C'était le sujet de la conversation qui avait entraîné cet écart, et elle était fortement tentée de ne pas y appliquer leur infâme règle des trois, mais ce qui venait de se passer était bien différent. Désarçonnée par une paire de bas ? Le pronostic était des plus sombres.

Percy avait fini par atteindre la porte qui donnait sur l'arrière du château lorsque Saffy réapparut, flottant, placide, sur les marches, comme si elle n'avait absolument rien à se reprocher.

— Hello, chère sœur. Combien de vies sauvées aujourd'hui ?

Percy inspira profondément. Il lui fallait du temps, de l'espace et un puissant effort de volonté pour s'éclaircir les idées et exorciser sa colère. Sans quoi elle pouvait fort bien exploser à tout moment.

— Quatre chatons dans un caniveau et un sachet de bonbons.

— Merveilleux ! Victoire sur toute la ligne. Excellent travail. Veux-tu que je te prépare un thé ?

— Je vais aller couper du bois.

— Ma chère, je crois que ce n'est pas vraiment nécessaire.

— Mieux vaut s'en occuper maintenant. Il va pleuvoir à verse.

— Je comprends, dit Saffy avec un calme excessif. Mais je crois, Perce, que nous avons déjà ce qu'il nous faut pour l'hiver. Après ce que tu t'es donné la peine de couper ce mois-ci, nous en avons assez, d'après mes estimations, pour tenir jusqu'en 1960. Pourquoi ne pas t'habiller pour le dîner ?

Un fracas assourdissant fit trembler le toit du château.

— Ah, sauvées par la pluie.

Il y avait des jours comme ça où même le temps se rangeait du côté de l'ennemi. Percy sortit sa tabatière et se roula une cigarette.

— Pourquoi lui as-tu demandé de venir ? fit-elle sans même lever les yeux.

— Qui ?

Regard mauvais de Percy.

— Ah, tu veux parler de… Ecoute, la mère de Clara est malade, Millie n'est vraiment pas maligne et toi, tu es toujours par monts et par vaux. Je ne pouvais décemment pas tout faire toute seule. Et puis personne ne peut faire entendre raison à Agatha comme Lucy.

— Dans le temps, tu t'en es souvent très bien tirée.

— C'est gentil à toi de me le dire, ma chérie, mais tu connais Aggie. Qui sait si elle ne va pas me jouer des tours ce soir, juste pour m'embêter ? Depuis que j'ai oublié la casserole de lait, elle m'en veut à mort, je le sais.

— Elle ? Seraphina, pour l'amour de Dieu, c'est un four. Une cuisinière. Un meuble de cuisine.

— C'est exactement ce que je veux dire ! Personne ne s'attend à ce genre de réactions de sa part.

Percy sentait bien que sa sœur était en train de la mener par le bout du nez. Ce ton faussement désinvolte, cette rencontre inopinée près de la porte de la cuisine… L'attendait sans nul doute dans sa chambre une robe ridiculement chic, comme si Saffy craignait qu'elle ne puisse se montrer civile en bonne compagnie. L'idée donna à Percy l'envie de pousser un hurlement, ce dont elle s'abstint, naturellement. Cela n'aurait fait que confirmer les doutes de sa sœur. Elle ravala sa colère, mouilla le bord du papier et scella sa cigarette.

— De plus, poursuivit Saffy, Lucy a été adorable ; et comme nous n'avions pas grand-chose d'appétissant pour le plat de résistance, il a bien fallu que je demande de l'aide.

— Rien d'appétissant ?

Percy eut un sourire narquois.

— La dernière fois que je suis allée au poulailler, il y avait huit magnifiques candidates au poste de rôti.

Saffy en eut le souffle coupé.

— C'est hors de question.

— Je *rêve* d'une cuisse de poulet.

Un tremblement s'était insinué dans la voix de Saffy, qui se propagea jusqu'au bout de ses doigts.

— Mes poulettes sont de bonnes petites pondeuses ; elles ne sont pas de la… de la chair à pâté. Je refuse que tu les considères comme si elles étaient déjà noyées dans la sauce, les pauvres. C'est… barbare !

Percy avait bien d'autres choses sur le bout de la langue. Dans le couloir sombre et humide, la pluie s'abattant violemment sur la pelouse, voir sa sœur se diriger d'un pas incertain vers l'escalier, les hanches et le ventre trop saillants sous la soie verte de sa robe… Elle préféra cependant ne pas répondre. Et sentit s'abattre sur ses épaules le poids du temps et de ses désillusions. Un bloc sombre et dur contre lequel sa frustration tapait du poing, inlassablement. Percy était la jumelle dominante, il en avait toujours été ainsi ; Saffy avait beau la faire tourner en bourrique parfois, leurs disputes semblaient violer quelque principe essentiel de leur univers.

— Perce ?

La voix de Saffy était encore toute frémissante.

— Dois-je prendre des dispositions particulières pour protéger mes petites ?

— Tu aurais dû m'en parler, fit Percy avec un léger soupir en sortant les allumettes de sa poche. Voilà tout. Tu aurais dû me parler de Lucy.

— Perce, pourquoi ressasser cette vieille histoire ? Ce n'est pas un crime pour un domestique que de quitter

219

ses employeurs, tout de même. Ce n'est pas comme si nous l'avions surprise à voler l'argenterie.

— Tu aurais dû m'en parler.

La voix de Percy était douce et sa gorge douloureuse. Elle jouait, nerveuse, avec une allumette.

— Si ça t'ennuie autant que cela, je ne lui demanderai pas de revenir. D'ailleurs, ça ne lui posera aucun problème, si j'en crois mon expérience. J'ai l'impression qu'elle n'a plus envie de mettre les pieds au château. Je crois que tu lui fais peur.

Un craquement sec ; l'allumette s'était brisée entre les doigts de Percy.

— Oh, Perce. Mais tu saignes !

— Ce n'est rien.

Percy s'essuya la main sur son pantalon.

— Ah, pas sur tes vêtements, pas avec le sang ! Ça reste incrusté dans le tissu. Au cas où la chose t'aurait échappé, je te signale que nous n'avons plus personne à la buanderie depuis un petit moment. A part moi : je fais bouillir, je remue, je gratte.

Percy frotta la tache de sang, ce qui eut naturellement pour effet de l'étaler. Saffy soupira, résignée.

— Laisse-moi ce pantalon tranquille. Je m'en occuperai plus tard. Monte dans ta chambre et fais un brin de toilette.

Percy considérait le bout de son doigt avec étonnement.

— Tu vas te changer, n'est-ce pas ? Tu as sûrement une jolie robe du soir encore mettable. Pendant ce temps-là, je vais faire du thé. Ou plutôt, non : un cocktail. Tu veux bien ? Après tout, c'est une fête.

Le terme était peut-être exagéré, mais l'acrimonie de Percy l'avait tout à coup abandonnée.

— Oui, parfait, bonne idée, dit-elle.

— Quand tu te seras changée, descends ton pantalon à la cuisine. Je le mettrai tout de suite à tremper.

Percy s'éloigna en remuant les doigts de sa main blessée.

— Ah ! J'allais oublier.

Elle s'arrêta, tira de sa sacoche la lettre adressée à Saffy.

— C'est pour toi.

7

Saffy se cacha dans le garde-manger pour lire la lettre. Elle avait immédiatement compris de quoi il s'agissait et avait pris grand soin de ne rien montrer de son excitation à Percy. L'enveloppe à la main, elle monta un moment la garde au pied de l'escalier, pour s'assurer que sa sœur ne change pas d'avis au dernier moment et ne se décide pas à partir couper du bois sous la pluie. Elle ne retrouva son calme que lorsqu'elle entendit la porte de la chambre de Percy se refermer. Cela faisait si longtemps qu'elle attendait qu'elle avait fini par perdre espoir ; et maintenant que la réponse était entre ses mains, elle se surprenait à le regretter. L'anticipation, la tyrannie de l'incertitude… C'était presque insupportable.

Le garde-manger avait longtemps été hanté par la formidable présence de M. Broad. Ne témoignaient plus de son règne de terreur qu'un bureau et un meuble contenant d'innombrables liasses de comptes et d'observations diverses. Saffy tira sur la ficelle qui tenait lieu d'interrupteur et s'adossa au bureau. Sous l'effet de l'émotion, ses doigts ne savaient plus que faire de l'enveloppe.

Privée de son précieux stylet, soigneusement rangé dans son étui, là-haut, dans sa chambre, elle dut déchirer l'enveloppe le plus délicatement qu'elle put. Quel ennui ! Elle prit tout son temps, jouissant, sans vouloir se l'avouer, du lent supplice que lui infligeait cette extrême prudence. Elle fit glisser la feuille dans sa main : beau papier de fibre de coton d'un blanc chaleureux, adresse élégamment gravée. Elle inspira profondément et déplia la lettre. Ses yeux parcoururent avidement les lignes, le plus vite possible ; puis elle revint au début de la missive, se força à lire plus lentement, se laissa pénétrer par le sens des mots, cependant que du plus profond de son âme une vague de bonheur et de légèreté se répandait dans tout le reste de son corps et déposait sur le bout de ses doigts quelques pincées de poussière d'étoile.

C'était en consultant les annonces de location du *Times* qu'elle avait trouvé celle-ci. *Dame de compagnie et gouvernante, recherchée pour suivre lady Darlington et ses trois enfants aux Etats-Unis jusqu'à la fin de la guerre. Bon niveau d'études et de culture, célibataire, ayant l'expérience des enfants.* C'était le portrait de Saffy. Certes, elle n'avait pas eu d'enfants à elle, mais ce n'était pas faute de vouloir. A une certaine époque, elle s'était imaginée – comme la plupart des femmes, sans doute – entourée d'une nombreuse marmaille. Cependant, il est difficile d'en produire sans mari : c'était là le malheur. Pour le reste, Saffy pouvait, sans fausse modestie, prétendre en effet à un « bon niveau d'études et de culture ». Elle s'était donc immédiatement mise en ordre de bataille, avait composé une lettre de présentation, déniché deux superbes références ; en un mot préparé un dossier qui faisait de

Seraphina Blythe la candidate idéale à ce poste. La lettre mise à la boîte, elle avait attendu, attendu, s'efforçant du mieux qu'elle pouvait de garder pour elle-même ses doux rêves de New York. Elle le savait depuis bien longtemps : il était inutile de se mettre Percy à dos sans motif sérieux. Elle ne lui avait donc parlé de rien et s'accordait, dans ses moments d'intimité, les fantaisies les plus débridées, et les plus ridicules, parfois. Saffy se voyait comme une sorte de Molly Brown moderne, réconfortant les enfants Darlington alors que le paquebot, en route vers l'Amérique, défiait les torpilles des sous-marins allemands…

Le plus difficile, bien sûr, serait de révéler ce projet à Percy. Oh, sa sœur n'exigerait pas qu'elle y renonce. Jamais Percy ne lui avait imposé rien de tel. Quelquefois, même, Saffy se demandait si Percy n'avait pas envie d'accaparer le château. Qu'adviendrait-il de la trop active Persephone en ce cas ? Saffy l'imagina qui arpentait les couloirs, réparait les trous dans les murs, coupait du bois et en oubliait de se laver, de repasser ses vêtements, de cuisiner… Mieux valait ne pas aller plus loin. Cette lettre, cette offre, c'était sa chance : elle n'allait pas laisser son habituelle faiblesse reprendre le dessus. Comme l'Adele de son roman, elle allait « prendre la vie à la gorge et la regarder droit dans les yeux ». Saffy était très fière de ce passage.

Elle ferma doucement la porte du garde-manger et remarqua immédiatement que le four de l'Aga dégageait une intense fumée. Dans son excitation, elle avait bien failli oublier le lapin en croûte ! Quelle sotte elle faisait ! Elle aurait presque mérité de retrouver son plat carbonisé.

Saffy enfila prestement ses gants de ménage, entrouvrit la porte du four et poussa un soupir de soulagement. La croûte était d'un beau doré. Elle transvasa le pâté dans le four inférieur, dont la température n'était pas si élevée. Il finirait d'y cuire en toute tranquillité.

Elle vit en se levant que Percy avait laissé sur la table de la cuisine son pantalon d'uniforme, taché de sang. Sans doute l'avait-elle déposé lorsque Saffy était dans le garde-manger. Quelle chance que Percy ne se soit pas rendu compte de sa présence !

Saffy donna une bonne secousse au pantalon. Son jour de lessive était le lundi. Il valait mieux cependant faire tremper tout cela un petit moment, et plus particulièrement l'uniforme de Percy. Le nombre et la variété des taches dont sa sœur arrivait à maculer ses vêtements de travail étaient impressionnants : un vrai défi à la lessiveuse. Saffy était toujours prête à le relever. Elle entreprit donc de vider les poches du pantalon, afin d'éviter toute interférence avec le savon. Heureuse initiative !

Le nombre de bouts de papier dont sa sœur fourrait ses poches ! Incroyable. Elle les disposa sur le banc, secoua la tête, non sans lassitude. Combien de fois avait-elle donc essayé de convaincre Percy – en vain, naturellement – de vider ses poches avant de mettre ses vêtements au sale ?

— Tiens, c'est curieux.

Parmi les morceaux de papier, l'un portait un timbre. C'était – ç'avait été, plutôt – une lettre.

Pourquoi donc déchirer une lettre, et quel en était l'expéditeur ?

Une porte se ferma à l'étage ; Saffy leva les yeux au plafond. Des bruits de pas, une autre porte qui claque.

La porte d'entrée ! Juniper venait d'arriver. Ou était-ce l'homme de Londres ?

Saffy baissa les yeux sur les bouts de papier disposés sur le banc et se mordilla pensivement l'intérieur de la joue. Il y avait là un mystère à élucider. Pas dans l'instant : elle n'avait plus une seconde à elle. Il lui fallait remonter à l'étage, accueillir Juniper et l'autre invité, et modérer, si nécessaire, les écarts de Percy. La lettre déchirée lui fournirait-elle un indice pour comprendre l'exécrable humeur de sa sœur jumelle ?

Avec un fier geste du menton, elle enfonça la lettre des Darlington sous sa gaine et dissimula dans une de ses cocottes celle que sa sœur avait si soigneusement déchirée, remettant à plus tard son examen approfondi.

Après avoir jeté un dernier coup d'œil au lapin en croûte, elle rajusta le corsage de sa robe – le tissu de soie, hélas, moulait ses rondeurs avec une insistance peu seyante – et s'apprêta à affronter le tumulte de l'étage.

Percy l'imaginait-elle, cette odeur de décomposition, ou flottait-elle réellement dans la maison ? Ce n'était pas la première fois qu'elle percevait ce fantôme ténu ; certaines sensations refusent obstinément de vous abandonner. Elles n'avaient pas remis les pieds dans le salon bleu depuis plus de six mois – depuis l'enterrement de papa ; malgré les efforts de Saffy, il y régnait encore un parfum de moisissure. La table trônait à nouveau au centre de la pièce, sur l'antique tapis de Bessarabie ; le couvert était dressé avec le plus beau service de grand-mère, un service à quatre verres, s'il vous plaît, et Saffy avait disposé devant chaque convive un menu joliment dactylographié. Plus qu'un menu, un programme : y étaient mentionnés, en plus de l'intitulé des plats, quelques jeux de société.

Percy reposa le menu, le souffle coupé. Un souvenir l'avait soudain envahie, impérieux : un abri dans lequel elle s'était retrouvée pendant les premières semaines du Blitz. Son rendez-vous chez le notaire de papa, à Folkestone, avait été annulé par les pilotes de chasse de Hitler. La gaieté forcée, les chansons, l'odeur âcre, effroyable de la peur…

Percy ferma les yeux, le revit. Cet homme vêtu de noir des pieds à la tête, qui s'était faufilé dans l'abri après le début du bombardement et s'était discrètement adossé au mur, sans dire un mot. Les épaules courbées, le visage dissimulé sous son chapeau. Percy l'avait longuement observé, fascinée par la manière dont il se préservait de tout contact avec les autres. Une fois, une seule, il avait levé les yeux ; puis il avait relevé le col de son manteau et était reparti dans la nuit ravagée par les bombes. Leurs regards s'étaient brièvement croisés, et elle n'avait rien vu au fond de ses yeux, rien. Ni compassion, ni crainte, ni détermination : rien qu'un grand vide froid. La Mort, cet homme était la Mort, elle l'avait compris en cet instant ; elle avait souvent repensé à lui. Dans les décombres d'où il lui fallait, avec ses compagnons d'équipe, sortir les corps, elle s'était rappelé plus d'une fois le calme effroyable et surnaturel qui semblait l'envelopper lorsqu'il était sorti de l'abri pour affronter le chaos. C'était peu après cette rencontre qu'elle s'était engagée comme ambulancière. Ce n'était pas pour elle un acte de courage, non, simplement il était plus facile de lutter contre la mort à l'extérieur et sous les bombes plutôt que de rester enfermée sous la terre gémissante, avec la peur et la fausse gaieté pour compagnie.

Il y avait au fond de la carafe quelques centimètres d'un liquide ambré ; Percy se demanda qui l'avait versé et quand. Papa, peut-être, des années auparavant ? Les sœurs n'utilisaient plus que le cabinet du salon jaune, ces temps-ci. Peu importait : l'alcool s'était sans doute bonifié avec l'âge. Percy jeta un coup d'œil par-dessus son épaule et se servit une rasade, puis une autre. Reboucha la carafe, et avala une gorgée, puis une autre. Il lui vint au creux de la poitrine une brûlure bienfaisante – enfin une sensation vive, bien réelle. Elle se laissa envahir par cette bonne chaleur.

Des pas. Hauts talons. Lointains d'abord, puis approchant rapidement sur les dalles du couloir. Saffy.

Au fond de ses entrailles, des mois et des mois d'angoisse se concentrèrent. Il allait falloir se reprendre en main. Pourquoi gâcher la soirée de la pauvre Saffy ? Qu'y gagnerait-elle ? Sa jumelle avait si rarement l'occasion à présent de donner libre cours à ses talents d'organisatrice. La tentation pourtant lui donna un horrible vertige. Tout comme lorsqu'on se tient au bord d'un précipice, écartelé entre la peur du danger et l'étrange petite voix qui vous dit qu'après tout, sauter dans le vide est la meilleure chose à faire.

Bon Dieu, elle était vraiment folle à lier. Il y avait au fond de son cœur quelque chose d'irréparable, de pervers, de profondément haïssable. Comment pouvait-elle envisager une seule seconde, sans frémir, de priver sa sœur, sa chère et ridicule sœur, de ses seules joies ? Avait-elle toujours été à ce point mauvaise ? Percy eut un lourd soupir. Elle était malade, impossible de s'y tromper, et cela couvait depuis des années. Il en avait toujours été ainsi : si Saffy s'enthousiasmait pour une personne, pour un objet, pour une idée, Percy les rejetait. Peut-être ne faisaient-elles qu'un même individu pourvu de deux corps, mais ne pouvant exprimer qu'une quantité limitée d'affection et de sentiment, par un curieux système de vases communicants. Percy était devenue leur grand régulateur : lorsque Saffy tremblait d'angoisse, Percy optait pour le badinage ; quand Saffy s'enthousiasmait, Percy l'accablait de ses sarcasmes. Horrible constat !

Dans l'après-midi, l'électrophone avait été épousseté ; une pile de disques attendait les convives. Percy en choisit un, que Juniper leur avait envoyé de Londres. Une nouveauté, obtenue Dieu sait où et par quels moyens. Juniper avait sans doute ses réseaux. La musique ne pourrait que leur faire du bien. Percy posa le disque sur le plateau et laissa tomber l'aiguille sur le sillon. La douce voix rauque de Billie Holiday s'éleva. Percy respira profondément, réchauffée par le whisky. Oui, tant mieux ; une musique neuve à laquelle ne s'attachait aucun souvenir. Des années auparavant – des siècles auparavant, lui sembla-t-il –, papa leur avait proposé, dans l'un de ses défis littéraires, le mot « nostalgie ». Il leur avait lu la définition : « regret douloureusement aigu des choses du passé ».

Curieux sentiment, s'était alors dit Percy avec la certitude naïve de la jeunesse. Pourquoi vouloir revivre les lieux et les moments du passé, quand vous attendaient, intacts, les mystères du futur ?

Elle vida son verre et le fit tourner dans sa main, machinalement, tandis que les dernières gouttes se regroupaient pour ne former qu'une seule pastille d'ambre. C'était sans doute la rencontre avec Lucy qui lui avait mis les nerfs à vif ; un voile sombre recouvrait maintenant tous les événements de la journée et Percy repensa bien malgré elle à l'épisode du bureau de poste. Aux insinuations de Mme Potts sur les fiançailles supposées de Juniper. Certes, la personnalité de Juniper encourageait les ragots, mais – Percy en avait souvent fait l'expérience – il n'y a pas de fumée sans feu. Dans le cas présent, cependant… Non, c'était impossible.

Dans son dos la porte s'ouvrit sur un soupir ; un courant d'air frais s'insinua dans le salon.

— Alors ? fit la voix de Saffy, haletante. Où est-elle ? J'ai entendu la porte qui s'ouvrait !

Si Juniper se confiait, ce serait à Saffy. Percy tapota pensivement le bord de son verre.

— Elle est déjà là-haut ?

Dans un soupir, Saffy ajouta :

— Ou est-ce lui, déjà ? A quoi ressemble-t-il ? Où est-il ?

Percy redressa les épaules. Il lui fallait maintenant offrir à sa sœur un mea culpa sans réserve pour s'assurer de sa coopération.

— Ils ne sont pas encore là, dit-elle en se tournant vers Saffy, un sourire innocent – du moins l'espérait-elle – aux lèvres.

— Ils sont en retard.

— Pas tant que cela.

Le visage de Saffy avait revêtu l'expression transparente et nerveuse qu'elle avait dans son enfance, lorsqu'elles préparaient des saynètes pour les amis de papa et que ceux-ci tardaient à venir s'installer dans le salon.

— Tu crois ? Je suis pratiquement sûre d'avoir entendu la porte d'entrée…

— Allons, regarde sous la table si tu ne me crois pas, dit Percy d'un ton léger. Il n'y a que nous ici. C'est le volet, ma chère. La tempête l'a sorti de ses gonds et je l'ai remis en place.

La robe de Percy était trempée. Les yeux de Saffy s'arrondirent.

— Perce, c'est une grande occasion, ce soir. Juniper va...

— ... ne rien remarquer, comme à son habitude, la coupa Percy. Allons. Ne te soucie pas de ma robe. Tu es élégante pour deux, chère sœur. Assieds-toi, veux-tu ? Je vais nous servir un verre, en attendant.

8

Les invités n'ayant toujours pas fait leur apparition, Saffy n'avait plus qu'une envie : redescendre à la cuisine, dénicher les morceaux de la lettre et savoir enfin ce que Percy lui cachait. La bonne humeur de sa jumelle était cependant un cadeau inattendu, et Saffy ne pouvait pas se permettre de le refuser. Pas ce soir-là, non, alors que l'arrivée de Juniper et de son invité très spécial était imminente. D'ailleurs, il valait mieux rester aussi près que possible de la porte d'entrée, si elle voulait échanger quelques mots en tête à tête avec Juniper.

— Merci, dit-elle en prenant le verre que sa sœur lui tendait.

En signe de bonne volonté, elle but immédiatement une gorgée.

— Alors, fit Percy en retournant se percher sur le bord de la table où reposait l'électrophone. Comment s'est passée ta journée ?

De plus en plus bizarre, comme aurait dit Alice. Percy en règle générale n'avait que dédain pour les bavardages. Saffy dissimula sa surprise en reprenant une gorgée de whisky et opta pour la plus extrême prudence.

— Oh, excellemment, excellemment. Même si, hélas, je suis tombée en enfilant mon bas.

— Allons donc !

Percy éclata d'un rire presque joyeux.

— Si, je te l'assure. Et je peux le prouver. J'ai un terrible bleu qui va certainement passer par toutes les couleurs de l'arc-en-ciel avant de disparaître.

Saffy se tâta délicatement le bas du dos et déplaça le poids de son corps sur le bord de la chaise longue.

— Cela veut sans doute dire que je vieillis.

— Impossible.

— Et pourquoi donc ?

Saffy s'anima presque malgré elle.

— Très simple. Je suis née juste avant toi ; techniquement, je suis plus âgée.

— Oui, je sais, mais je ne vois pas en quoi…

— Je peux te dire que je n'ai jamais ne serait-ce que vacillé en enfilant mes bas, même quand les Allemands attaquaient.

— Hmmmm.

Saffy plissa le front, pensive.

— Je vois. En ce cas, pouvons-nous attribuer ma mésaventure à une faiblesse temporaire qui n'a rien à voir avec le poids des ans ?

— Nous le devons, je crois. Nous dérober à ce constat ouvrirait la voie à notre propre fin.

C'était l'une des expressions favorites de papa, qui la ressortait face aux obstacles les plus divers ; les jumelles échangèrent un sourire.

— Je suis désolée de ce qui s'est passé dans l'escalier.

Percy alluma une cigarette.

— Je ne voulais pas te mettre de mauvaise humeur.

— Mettons cela sur le compte de la guerre, tu veux bien ? reprit Saffy en pivotant du buste pour éviter les volutes de fumée. C'est ce que tout le monde dit toujours. Dis-moi, quelles nouvelles du monde ?

— Pas grand-chose. Lord Beaverbrook propose d'envoyer des chars d'assaut aux Russes ; il n'y a plus moyen d'acheter du poisson au village, et il semble que la fille de Mme Caraway soit dans une situation intéressante.

Saffy en eut le souffle coupé.

— Non ! fit-elle avec une curiosité avide.

— Si.

— Mais elle n'a pas plus de quinze ans !

— Quatorze, exactement.

— Un soldat ?

— Un pilote de chasse.

— Eh bien ! Mme Caraway qui est si comme il faut ! C'est terrible.

Saffy secouait la tête, éberluée. Ce qui ne l'avait pas empêchée de remarquer le pli ironique qu'avaient adopté les lèvres de sa sœur derrière la cigarette, comme si elle soupçonnait sa jumelle de se réjouir de l'infortune des Caraway. Ce qui était le cas, dans une certaine mesure, car la dame était une vraie terreur aux yeux de laquelle rien ni personne ne trouvait grâce, pas même – la rumeur avait fait son chemin jusqu'au château – les travaux de couture de Saffy.

— Quoi ? fit cette dernière en rougissant. C'est vraiment terrible.

— Terrible, mais guère surprenant, dit Percy en relâchant un anneau de fumée. De nos jours, les jeunes filles n'ont plus de sens moral.

— La guerre a changé bien des choses. Il n'y a qu'à lire la rubrique courrier dans les journaux. Ces jeunes femmes qui s'amusent pendant que leurs maris sont au front, ou qui ont des enfants hors mariage. Il suffit d'un échange de regards et hop ! On se retrouve au pied de l'autel.

— Dieu merci, ce n'est pas le cas de notre Juniper.

Un frisson glaça la peau de Saffy. C'était le piège qu'elle attendait. Percy savait. Percy, d'une façon ou d'une autre, avait eu vent des amours de Juniper. Ce qui expliquait ses soudaines amabilités. Percy était partie à la pêche, perfidement, et avait appâté Saffy avec ces quelques ragots juteux. Humiliant.

— Bien sûr que non, dit-elle du ton le plus indifférent possible. Juniper n'a rien à voir avec ce genre de filles.

— Bien sûr que non, fit Percy en écho.

Elles échangèrent un long regard en silence, sirotant leur whisky, un même sourire sur leurs visages si semblables. Le cœur de Saffy battait plus bruyamment que l'horloge favorite de papa ; elle se demanda même si Percy ne l'entendait pas. Elle comprenait à présent ce qu'éprouve la mouche engluée sur la toile à l'approche de l'énorme araignée.

— Et pourtant, dit Percy en laissant tomber la cendre de sa cigarette dans une coupelle de cristal, on m'a raconté quelque chose de curieux cette après-midi, au village.

— Ah ?

— Oui.

Le silence s'installa à nouveau, pesant ; Percy fumait et Saffy se concentrait sur la tâche imbécile de se mordre la langue. Comme c'était irritant – pour ne pas dire malhonnête –, cette façon qu'avait sa chère sœur d'utiliser le goût qu'elle avait pour les petites nouvelles du village afin de débusquer ses secrets ! Eh bien, elle ne s'y laisserait pas prendre. Du reste, Saffy n'avait aucun besoin des ragots collectés par son aînée de quelques minutes. La vérité, elle la connaissait déjà. Elle en avait eu la révélation, noir sur blanc, dans le journal de Juniper. Il n'était pas question d'en partager une seule miette avec la perfide Percy.

Avec toute la dignité dont elle était capable, elle se leva, rajusta sa robe et se lança dans une inspection en règle de la table, rectifiant la position des couverts avec un soin exagéré. Elle réussit même à fredonner une innocente mélodie, tout en affectant le plus discret, le plus aimable des sourires. Une feinte destinée à Percy, certes, mais aussi un réconfort bien utile au moment où les doutes commençaient à l'assaillir.

Que sa Juniper eût un amoureux était surprenant, évidemment, et Saffy souffrait de ne pas l'avoir appris de la bouche même de sa petite sœur. Mais cela ne changeait rien aux choses – du moins pas à celles qui importaient à Percy. Ou qui importaient tout court. Si Saffy voulait garder le secret pour le moment, où était le mal ? Juniper avait un amoureux. Et alors ? Elle était femme, elle était jeune : quoi de plus naturel ? Non, cela n'avait aucune importance et ne durerait sans doute qu'une saison. Comme nombre des caprices de Juniper, le jeune homme finirait par perdre toute substance et serait emporté par le vent – brise folle qui accompagnerait, sans nul doute, la tocade suivante.

Au-dehors la tempête faisait rage ; les griffes du cerisier frottaient contre le volet défectueux. Saffy frissonna bien qu'elle n'eût pas froid, un infime mouvement qui n'échappa pas au miroir suspendu au-dessus de la cheminée. C'était une grande et lourde glace au cadre doré, suspendue à un crochet à un mètre à peine du plafond, formant avec le mur un angle prononcé. De sorte que lorsque Saffy leva les yeux, elle eut l'impression que le miroir la fixait d'un regard mauvais, la métamorphosant en une naine verte qu'il n'aurait eu aucun mal à écraser sous son cadre. Elle eut un soupir involontaire et se sentit soudain seule, très seule, et lasse de ces mystères. Elle allait détourner le regard et reprendre son inspection des couverts lorsqu'elle remarqua le reflet de Percy, à l'extrême bord du miroir, cigarette aux lèvres, les yeux fixés sur la naine verte. Ce n'était pas un regard innocent, non… C'était un véritable examen. Un interrogatoire muet, la recherche impitoyable d'une preuve, d'une confirmation de ses doutes. Se sentant observée, Saffy, dont le cœur s'était de nouveau emballé, éprouva soudain le besoin de parler, de bavarder, de remplir le salon de bruit.

— Juniper est en retard, naturellement. Rien d'étonnant à cela ; ce doit être la pluie. Le bus s'est sans doute arrêté quelque part. Il aurait dû arriver à six heures moins le quart ; bon, évidemment, il faut encore attendre le bus du village. Mais d'après mes calculs, elle ne devrait plus tarder. J'espère qu'elle n'a pas oublié son parapluie. Enfin, tu la connais, dès qu'il s'agit de ce genre de contingences…

— Juniper est fiancée. C'est ce qu'on dit au village. Qu'elle s'est fiancée.

Le petit couteau heurta son grand compagnon avec un cliquetis aigu et métallique. Saffy ouvrit la bouche, cligna des yeux.

— Pardon, ma chère ?

— Qu'elle est fiancée et qu'elle va se marier. Juniper va se marier.

— Mais c'est parfaitement ridicule. Elle n'est pas fiancée, c'est impossible.

Sa surprise était bien réelle. Elle eut un petit rire qui sonna creux.

— Juniper, mariée ? Qui dit cela ? C'est absurde !

Elle n'obtint en guise de réponse qu'un double jet de fumée.

— Eh bien ? Mais dis-moi !

Percy, occupée à détacher un morceau de tabac qui s'était collé à sa lèvre inférieure, ne répondit pas. Le fétu enfin repêché, elle le fixa d'un œil sombre. Puis le laissa tomber dans le cendrier.

— Ce n'est sans doute qu'une rumeur. Je suis passée à la poste et…

— Ah !

Il y eut dans l'exclamation de Saffy une note de triomphe sans doute imprudente. Du soulagement, tout aussi bien. La révélation de Percy n'était qu'un ragot de village, sans aucun fondement.

— J'aurais dû m'en douter. Cette Potts ! C'est un vrai poison. Dieu merci, jusqu'ici elle s'est cantonnée aux affaires du village. Imagine le désastre le jour où elle s'intéressera à celles du royaume.

— Tu n'y crois pas, alors ?

La voix de Percy était morne, sans aucune intonation.

— Absolument pas.

— Juniper ne t'a parlé de rien ?

— Elle ne m'a pas dit un mot.

Saffy se leva, s'approcha de sa sœur, posa la main sur son bras.

— Allons, ma chérie ! Tu imagines un seul instant Juniper devant l'autel ? Toute de dentelle blanche vêtue, acceptant d'aimer un homme et de lui obéir jusqu'à la fin de ses jours ?

La cigarette de Percy gisait à présent dans le cendrier, amas de cendres sans vie ; elle joignit les mains sous son menton. Puis elle eut un vague sourire, haussa les épaules et esquissa un geste irrité, comme pour chasser cette vision insolite.

— Tu as raison. De stupides ragots, rien de plus. Simplement, je me demandais…

Elle ne termina pas sa phrase.

Le disque était fini depuis bien longtemps mais l'aiguille, obstinément, continuait sa course sur le dernier sillon. Saffy lui donna le coup de grâce et la reposa sur son crochet. Elle était sur le point de descendre à la cuisine pour aller vérifier l'état du lapin en croûte lorsque Percy reprit la parole.

— Juniper nous en aurait parlé. Si ç'avait été le cas, elle nous en aurait parlé.

Les pommettes de Saffy s'enflammèrent au souvenir du journal et de ce qu'elle y avait lu. Pourquoi Juniper n'avait-elle rien dit ? La plaie était toujours béante.

— Saffy ?

— Oui, bien sûr, se hâta-t-elle de répondre. C'est ce qu'on fait en général. Des choses comme cela, on en parle.

— Oui.

— Surtout entre sœurs.

— Oui.

Elle avait raison, Percy. Garder secrète une histoire d'amour, cela pouvait se comprendre. Mais des fiançailles, un mariage ? Juniper elle-même ne pouvait pas être à ce point insensible aux sentiments des siens, aux conséquences d'un tel acte.

— Il va falloir lui parler, dit Percy. Lui rappeler que papa…

— … n'est plus là, acheva Saffy d'une voix douce. Il n'est plus là, Percy. Maintenant, nous voilà libres toutes les trois d'agir comme bon nous semble.

De quitter Milderhurst, par exemple. D'embarquer pour la plus excitante, la plus ensorcelante des destinations, New York, sans aucun regret.

— Non.

La voix de Percy était si tranchante que Saffy craignit pendant un moment d'avoir parlé à haute voix.

— Nous ne sommes pas libres, du moins pas complètement. Nous avons des devoirs les unes envers les autres. Juniper l'a très bien compris ; elle sait que le mariage…

— Perce !

— C'est ce que papa voulait. Ce sont les conditions qu'il a posées.

Les yeux de Percy la fouillaient, ardents. Saffy se rendit compte que c'était la première fois depuis des mois qu'elle avait l'occasion d'étudier dans ses moindres détails le visage de sa sœur. Ces rides, ces plis nouveaux… Elle fumait beaucoup, elle s'inquiétait de tout ; la guerre sans nul doute y avait sa part ; quoi qu'il en fût, la femme qu'elle avait sous les yeux avait perdu toute jeunesse. Non qu'elle fût déjà vieille – Saffy venait de comprendre (mais ne le savait-elle pas depuis bien longtemps ?) qu'il y avait entre ces deux âges quelque chose : un intervalle, un lieu. Qu'à présent elles habitaient toutes deux. Plus des jeunes filles, non, mais pas encore des vieillardes, loin de là.

— Papa savait ce qu'il faisait.

— Oui, ma chérie, répondit Saffy d'une voix douce.

Pourquoi n'y avait-elle jamais pensé, à toutes ces femmes qui peuplaient ce vaste entre-deux ? Elles n'étaient pas invisibles pourtant. Elles vivaient, respiraient, vaquaient à leurs occupations, celles des femmes qui ne sont ni vieilles ni jeunes. Faire le ménage, consoler leurs enfants, ravauder les chaussettes de leurs maris. Soudain Saffy comprit la raison de la colère de Percy : n'était-elle pas tout simplement jalouse de l'éventualité que Juniper pût un jour se marier ? Jalouse de ce que Juniper avait encore la vie devant elle ? Elle comprit aussi pourquoi Percy avait choisi ce soir-là pour se noyer dans des considérations sentimentales. Juniper n'était pas la seule en cause ; c'était la rencontre avec Lucy qui avait précipité la crise. Une vague d'affection pour sa stoïque jumelle envahit la tendre Saffy, si violente qu'elle manqua lui ôter le souffle.

— Nous n'avons pas eu beaucoup de chance, Perce.

— Que veux-tu dire ?

Percy leva les yeux de la cigarette qu'elle était en train de confectionner.

— Nous deux. Le sort ne nous a pas gâtées pour ce qui est des affaires de cœur.

Sa jumelle la considéra d'un œil froid.

— Ce n'est pas une question de chance, à mon avis. Mais plutôt de mathématique, tu ne crois pas ?

Saffy eut un sourire. C'était ce que la gouvernante qui avait remplacé Nanny leur avait expliqué juste avant de repartir en Norvège épouser son cousin, qui venait de perdre sa femme. Elle les avait emmenées étudier au bord du lac, ce qu'elle faisait toujours quand elle n'était pas d'humeur aux leçons et voulait échapper au regard d'aigle de M. Broad. Elle s'était étendue au soleil et leur avait dit de sa voix aux intonations traînantes, les yeux pleins d'une lueur mauvaise, qu'elles feraient bien de ne jamais songer au mariage. La Grande Guerre qui avait blessé leur père avait également réduit leurs chances à néant. Les deux petites, alors âgées de treize ans, avaient ouvert de grands yeux vides, une expression qu'elles maîtrisaient à merveille, n'ignorant pas la réaction qu'elle entraînait chez les adultes. Quelle importance ? Soupirants et mariages étaient les dernières de leurs préoccupations.

— Une bien triste arithmétique, n'est-ce pas ? Voir tous ses futurs maris tomber les uns après les autres sur les champs de bataille du continent…

— Tu avais fait des projets ? Combien en voulais-tu ?

— Que veux-tu dire ?

— Combien de maris. Tu disais : « Voir tous ses futurs maris… »

Percy alluma sa cigarette et agita la main.

— Bah, peu importe.

— Un seul.

Saffy soudain sentit la tête lui tourner.

— Je n'en ai voulu qu'un.

Le silence qui suivit fut presque insoutenable. Percy eut quand même le réflexe de paraître mal à l'aise, mais resta obstinément silencieuse, n'offrit ni paroles de réconfort ni gestes tendres. Elle se contenta de pincer d'un mouvement vif l'extrémité de sa cigarette pour l'empêcher de se consumer, et se dirigea vers la porte.

— Où vas-tu ?

— J'ai la migraine. C'est venu tout d'un coup.

— Reste assise, alors. Je vais aller te chercher de l'aspirine.

Percy évita à dessein le regard de Saffy.

— Non, je vais y aller moi-même. Il y en a dans l'armoire à pharmacie. Ça me fera du bien de bouger un peu.

9

Percy traversa en courant le vestibule. Comment avait-elle pu être aussi stupide ? Elle aurait dû brûler sur-le-champ la lettre d'Emily ; mais la rencontre avec Lucy l'avait mise dans un tel état qu'elle l'avait oubliée dans sa poche. Pis encore, elle l'avait transmise sans y penser à Saffy, la seule personne qui devait tout ignorer de cette correspondance. Percy descendit l'escalier de la cuisine quatre à quatre et s'engouffra dans la pièce, envahie par les vapeurs de l'Aga. Et si Saffy n'avait pas fait allusion au mari d'Emily, Matthew, quand aurait-elle pensé à cette fichue lettre ? Son esprit naguère si aiguisé était-il en train de s'émousser ? Avec quels démons allait-elle devoir pactiser pour le récupérer dans toute son acuité ?

Elle s'arrêta net devant la table de la cuisine. Le pantalon n'y était plus. Son cœur fit un bond dans sa poitrine, martelant ses côtes ; elle se força à retrouver un pouls normal. Inutile de céder à la panique. De plus, la disparition du vêtement n'était pas en elle-même inquiétante. Saffy n'avait certainement pas eu le temps de lire la lettre. Son comportement était trop mesuré, trop calme. Si jamais Saffy apprenait que Percy était encore en relation avec leur cousine, elle serait incapable de dissimuler sa fureur. Rien n'était perdu, par conséquent. Il suffisait de remettre la main sur le pantalon et de détruire aussitôt la lettre.

Il devait y avoir une pile de linge sale quelque part ; n'avait-elle pas aperçu un tablier ou une robe, en déposant son pantalon ? Où chercher ? Elle n'avait jamais vraiment prêté attention à la façon dont Saffy organisait l'entretien de la maison – ménage, lessive, cuisine, vaisselle. Une lacune qu'il lui faudrait combler une fois la lettre entre ses mains. Elle fouilla les paniers posés sous la table, retourna des piles de torchons, explora les étagères chargées de moules divers, de casseroles, de rouleaux à pâtisserie, l'oreille tendue vers la porte : et s'il prenait à Saffy l'envie de descendre ? C'était peu probable. Saffy sans doute voudrait garder un œil sur la porte d'entrée, guetter l'arrivée imminente de sa sœur. Désir partagé par l'impatiente Percy : sitôt Juniper arrivée, elle avait bien l'intention de l'interroger sur la rumeur colportée par Mme Potts.

« Des choses comme cela, on en parle », avait dit Saffy, et Percy avait abondé dans son sens. A la vérité, pourtant, elle n'en était pas si certaine. Oui, dans une famille, on se parle de ce genre de choses, mais Juniper ne faisait rien comme tout le monde. Tous l'aimaient et personne ne la comprenait vraiment. Ce n'était pas seulement ses absences, ses crises… Elle avait toujours été singulière. Ces objets qu'enfant elle frottait sur ses globes oculaires pour se réconforter – des galets, les extrémités des rouleaux à pâtisserie de la cuisinière, le stylo à plume favori de papa. Son entêtement maladif, qui avait réduit à l'impuissance des légions de gouvernantes, son refus d'abandonner les cohortes imaginaires qui l'accompagnaient en tous lieux. Sa manie d'aller pieds nus, ou d'intervertir soulier gauche et soulier droit lorsqu'il lui fallait vraiment se chausser.

Ce n'était pas l'étrangeté de tout cela qui inquiétait Percy. Comme la famille aimait à le répéter, quel être de valeur n'avait pas sa part de bizarrerie ? Les démons de papa, les paniques de Saffy… ni eux ni Percy n'avaient jamais cédé à la normalité. Là n'était pas la question. Il s'agissait de protéger Juniper contre ses propres démons. C'était le devoir de Percy, celui que papa lui avait légué. Juniper n'était pas comme les autres, disait-il, et tous devaient faire front pour la préserver. Jusqu'ici, ils y étaient parvenus. Ils avaient appris à reconnaître ces moments où ce qui nourrissait son talent pouvait soudain la plonger dans la rage la plus effroyable. Lorsqu'il était encore de ce monde, papa lui avait laissé la bride sur le cou.

« C'est la passion qui l'emporte, disait-il, la voix frémissante d'admiration. La passion suprême et sans limites. »

Il avait dressé des garde-fous, cependant, avec l'aide de ses hommes de loi. Lorsqu'il avait expliqué à Percy la nature de ses dispositions, la surprise l'avait saisie, puis la colère. Elle s'était sentie trahie, délaissée au profit d'une sœur qu'elle croyait injustement gâtée. Elle s'était bien vite rendu compte de la sagesse de son père. Le dispositif qu'il avait conçu ne pouvait que leur venir en aide à tous. A Juniper la première, qu'elle adorait. Comme eux tous du reste. Elle aurait tout donné pour sa petite sœur.

Un bruit à l'étage. Percy se figea, leva les yeux au plafond. Le château était un océan de craquements divers et il lui fallait isoler les suspects les plus évidents.

Les petits gardiens ? Pas assez discret. Ah… des bruits de pas, peut-être ? Se rapprochaient-ils ? Saffy descendant à la cuisine ? Pendant un long moment, Percy, pétrifiée, retint sa respiration, jusqu'au moment où ces bruits confus disparurent dans le lointain.

Elle reprit son exploration de la cuisine avec un certain découragement. Mais où était-il passé, ce fichu panier de linge sale ? Des balais, une serpillière, des bottes devant la porte ; des casseroles dans l'évier et, sur la grosse cuisinière, un énorme récipient…

Bien sûr ! Elle avait entendu mille fois Saffy lui expliquer qu'on faisait toujours tremper le linge avant de le laver, conversation qui tournait en général à la leçon de morale sur les taches qui résistent au lavage et l'indécrottable négligence de Percy. Laquelle se rua sur la cuisinière pour soulever le couvercle de l'énorme bassine. Victoire ! Le pantalon était bien là.

Avec un sourire de triomphe, Percy souleva le vêtement trempé, le retourna dans tous les sens et finit par retrouver les poches. Elle y glissa une main impatiente. D'abord la gauche, ensuite la droite…

Le sang se retira de son visage. Les poches étaient vides. La lettre avait disparu.

Encore du bruit à l'étage ; des pas, Saffy bien sûr. Percy laissa échapper un juron, se reprocha une fois de plus en termes choisis sa propre stupidité, et dressa l'oreille.

Les pas se rapprochaient. Puis un claquement sourd. Les pas changèrent de direction. Percy se concentra. Y avait-il enfin quelqu'un à la porte ?

Plus un bruit. Si quelqu'un avait frappé, Saffy l'aurait appelée, n'est-ce pas ? Une chose était certaine :

sitôt les invités arrivés, il lui faudrait immédiatement remonter.

Ce n'était peut-être que le volet qui continuait à faire des siennes. Sans outil adéquat sous la main, elle avait dû se contenter de le remettre dans ses gonds avec un petit coup de clef à molette, et la tempête ne s'était toujours pas apaisée. Ne pas oublier d'ajouter le volet à la liste des réparations.

Percy inspira profondément et exhala un soupir découragé. Elle regarda le pantalon sombrer à nouveau dans la bassine. Il était plus de huit heures, Juniper était très en retard et la lettre pouvait se trouver à peu près n'importe où. Saffy ne s'était peut-être pas rendu compte qu'il s'agissait d'une lettre – après tout, elle était déchirée en petits morceaux – et l'avait immédiatement jetée dans un des fourneaux de l'Aga, où elle finissait de se consumer…

A moins de passer la maison au peigne fin ou de demander à Saffy ce qu'elle en avait fait (une conversation que Percy avait du mal à imaginer sans grincer des dents), il n'y avait pas grand-chose à faire. Auquel cas, pourquoi ne pas remonter et attendre Juniper dans le salon bleu ?

Le tonnerre retentit soudain avec tant de force que les entrailles de la maison, et Percy avec elles, tremblèrent. Il fut presque immédiatement suivi d'un autre bruit, plus doux et plus proche. Dehors, peut-être ? On aurait dit quelqu'un qui tâtonnait le long du mur et le frappait du plat de la main, à la recherche de la porte qui donnait sur les communs.

N'était-ce pas l'heure à laquelle l'invité de Juniper devait arriver ?

Un visiteur qui ne connaissait pas le château et y parvenait de nuit, pendant le couvre-feu, et en plein milieu d'une tempête, pouvait très bien s'égarer et ne jamais retrouver la porte principale. Oui, pourquoi pas, même si la chose paraissait peu probable. C'était une hypothèse qu'il allait lui falloir vérifier, maintenant qu'elle l'avait évoquée. Elle ne pouvait pas prendre le risque de laisser le malheureux tourner en vain autour du château.

Elle serra les mâchoires, parcourut la cuisine d'un dernier regard – divers ingrédients posés sur le banc, prêts à l'usage, un torchon froissé, un couvercle de casserole : rien qui ressemblât de près ou de loin à un tas de papier. Elle alla extraire sa lampe torche du kit d'urgence, enfila un imperméable par-dessus sa robe et ouvrit la porte des communs.

Juniper avait presque deux heures de retard et Saffy à présent donnait libre cours à son inquiétude. Elle savait très bien que les trains étaient sujets aux retards, les bus aux crevaisons ou aux barrages routiers, tous incidents très ordinaires. Par une nuit aussi pluvieuse que celle-ci, les avions ennemis ne viendraient certainement pas aggraver les choses. Cependant, l'inquiétude d'une grande sœur ne fait jamais bon ménage avec la raison. Jusqu'à ce que Juniper franchisse le seuil du château, indemne, sauve, une bonne partie du cerveau de Saffy resterait paralysée par la peur.

Et quelles nouvelles, se demanda-t-elle en mordillant sa lèvre inférieure, quelles nouvelles la petite sœur apporterait-elle quand enfin elle apparaîtrait dans le vestibule ? Elle s'était entendue dire à Percy qu'elle ne pensait pas une seconde que Juniper ait pu se fiancer, déclaration des plus sincères. Seule à présent dans le grand salon bleu, après le départ soudain de Percy, elle commençait à voir ses certitudes s'effilocher. Le doute s'était insinué au moment où elle avait évoqué l'improbable spectacle d'une Juniper en dentelles virginales. Percy avait hoché la tête et pendant ce temps-là, l'image frivole que Saffy avait fait naître dans son propre cerveau s'était transformée. Vision que Saffy avait inconsciemment à l'esprit depuis qu'elle travaillait à la Robe…

Le puzzle s'était comme par miracle assemblé. Pourquoi Juniper lui avait-elle demandé de retoucher la robe ? Ce n'était pas pour un simple dîner, non ; c'était pour un mariage. Son mariage avec ce Thomas Cavill qui devait dîner avec elles ce soir. Un homme dont les deux aînées ne savaient rien. Si ce n'est ce que Juniper avait bien voulu leur raconter dans la lettre qui annonçait sa venue et celle du jeune homme. Ils s'étaient rencontrés pendant un raid, ils avaient un ami commun ; il était écrivain et instituteur. Saffy fouilla sa mémoire à la recherche des mots précis que Juniper avait employés, l'expression qui leur avait donné à penser qu'elle était redevable à ce jeune homme de sa vie. Peut-être avait-elle imaginé ce détail. Ou peut-être était-ce l'un des mensonges créatifs de Juniper, un embellissement destiné à les prédisposer favorablement à l'égard du jeune homme.

Le journal de Juniper était plus prolixe, sans rien révéler cependant de la biographie de leur invité. Ce que Saffy y avait lu, c'était les sentiments, les ardeurs, les désirs d'une femme adulte. Une femme que Saffy ne connaissait pas et dont la sensualité, l'ouverture au monde lui inspiraient même une vague crainte. Les choses risquaient d'être plus complexes encore pour Percy, qu'il allait falloir amadouer. Aux yeux de Percy, Juniper resterait toujours le bébé apparu dans le cercle de famille alors qu'elles étaient déjà presque femmes, la petite fille qu'il fallait gâter et protéger. Dont l'humeur pouvait être égayée, la loyauté achetée avec un simple paquet de bonbons.

Saffy sourit, un sourire affectueux et triste destiné à cette jumelle si entêtée, si engoncée dans ses certitudes. En cet instant, sans doute réfléchissait-elle à la façon dont elle pourrait contraindre Juniper à respecter les souhaits de leur père. Pauvre chère Percy : intelligente en bien des domaines, courageuse, bonne, dure comme de la pierre, et cependant incapable de se libérer des impossibles espérances de papa. Saffy n'était pas si folle, elle ; elle avait depuis longtemps cessé de chercher à lui plaire.

Elle frissonna, sentant soudain le froid la pénétrer jusqu'aux os, et se frotta les mains. Puis croisa les bras, ne désespérant pas de trouver quelque force au fond de son âme. Forte, oui, elle devait l'être maintenant que revenait Juniper. C'était à son tour. Elle comprenait le fardeau d'une passion romantique, tandis que Percy...

La porte s'ouvrit avec un bruit de succion et Percy parut sur le seuil. Le vent claqua le battant derrière elle.

— Il pleut des cordes.

Elle essuya une goutte qui lui pendait au nez, passa la main sur ses sourcils, secoua la tête.

— J'ai entendu un bruit dehors. Il y a un moment.

Saffy plissa les yeux, déconcertée. Répondit, machinalement :

— C'était le volet. Je crois que je l'ai réparé cette fois-ci, même si je ne suis pas très douée. Percy, où diable étais-tu passée ?

Et qu'avait-elle fait ? Sa robe était trempée, ses souliers boueux ; il y avait des… des feuilles ? dans ses cheveux.

— Tu n'as plus mal à la tête ?

— Quoi ?

Percy remplissait à nouveau leurs verres.

— Ton mal de tête. Tu as trouvé de l'aspirine ?

— Ah. Oui, merci.

— Tu en as mis, du temps.

— Vraiment ?

Percy tendit un verre à Saffy.

— C'est bien possible. C'est que j'ai cru entendre quelque chose dehors. Poe, peut-être, effrayé par la tempête. Je ne sais pas. Je me suis demandé si cela ne pouvait pas être l'ami de Juniper. Comment s'appelle-t-il, déjà ?

— Thomas.

Saffy avala une gorgée de whisky.

— Thomas Cavill.

Etait-ce un effet de son imagination, ou Percy cherchait-elle à éviter son regard ?

— Percy, j'espère que…

— Ne t'en fais pas. Je ne le mangerai pas.

Elle fit tournoyer son verre.

— Encore faudrait-il qu'il se montre.

— Percy, ne commence pas à le juger parce qu'il est en retard.

— Pourquoi pas ?

— C'est la guerre. Rien ne marche plus comme avant. Juniper est en retard, elle aussi.

Percy récupéra la cigarette à demi fumée qu'elle avait posée sur le rebord du cendrier.

— Le contraire serait étonnant.

— Il finira bien par arriver.

— S'il existe.

Quelle drôle de réflexion ! Saffy glissa une mèche de cheveux rebelle derrière son oreille, troublée, inquiète, ne sachant trop si Percy n'était pas en train de se moquer d'elle avec une de ces réflexions ironiques dont elle était coutumière et que Saffy ne manquait jamais de prendre au pied de la lettre.

— J'espère bien ! Ce serait malheureux d'apprendre qu'il n'est qu'une création de son imagination. La table aura une drôle d'allure sans le quatrième couvert.

Elle se tortilla sur le rebord de la chaise ; quelque effort qu'elle fît pour paraître à son aise, il était clair que la nervosité avait changé de camp.

— Tu as l'air fatiguée, dit Percy.

— Vraiment ? fit Saffy avec une fausse désinvolture. Oui, c'est possible. Je manque un peu d'exercice. Il faudrait sans doute que je descende à la cuisine pour…

— Non.

Le verre de Saffy roula sur le tapis. Le whisky se renversa en perles brunes sur les volutes bleues et rouges.

Percy se hâta de ramasser le verre.

— Je suis navrée, dit-elle. Ce que je voulais dire, c'est que…

— C'est moi qui suis une sotte.

Saffy passa une main tremblante sur sa robe qu'avait maculée le whisky.

— Une vraie sotte.

Soudain il retentit – le coup à la porte, tant attendu.
Elles se levèrent du même mouvement.

— Juniper, souffla Percy.

Saffy déglutit.

— Ou Thomas Cavill.

— Oui, ou Thomas Cavill.

— Eh bien, dit Saffy avec un sourire réticent. Qui
que ce soit, nous devrions peut-être aller lui ouvrir.

II

Le livre magique des animaux mouillés

1992

Il m'a été difficile pendant un temps de penser à autre chose qu'à Thomas Cavill et à Juniper Blythe, à leur mélancolique histoire. Je l'avais faite mienne, je crois. Je suis rentrée à Londres, la vie a continué, et cependant une partie de moi-même est restée comme reliée au château. Aux confins du sommeil, ou quand je rêvassais en plein jour, ses murmures me revenaient. Mes yeux se fermaient et j'étais de retour dans le frais et sombre couloir, attendant au côté de Juniper l'arrivée de son fiancé.

« Elle est perdue dans le passé, m'avait dit Mme Bird tandis que nous repartions en voiture du château, et que je voyais dans le rétroviseur les arbres refermer leurs bras sur Milderhurst, comme un grand linceul noir. Elle revit cette nuit d'octobre 1941, encore et toujours, comme un disque rayé. »

Une lugubre perspective que celle de cette vie gâchée en une soirée, et qui soulevait maintes questions. Comment avait-elle vécu cette soirée, la défection de Thomas Cavill ? Les trois sœurs avaient-elles attendu dans le décorum de leur salon bleu ? A quel moment avait-elle commencé à s'inquiéter ? Avait-elle pensé tout d'abord à un accident, à une blessure, ou s'était-elle immédiatement doutée qu'elle avait été abandonnée ?

« Il a épousé quelqu'un d'autre, m'avait dit Mme Bird. S'est fiancé avec Juniper puis l'a plaquée pour une autre femme. S'est contenté de lui envoyer une lettre de rupture. »

J'avais cette histoire dans les mains. Je l'ai tournée et retournée dans tous les sens, considérée de tous les points de vue possibles. Reconstituée, récrite, rejouée. Il est probable que la trahison de Jamie avait quelque chose à voir avec tout cela, mais mon obsession – n'ayons pas peur des mots – ne se nourrissait pas que d'empathie. Elle avait fini par se recentrer sur les derniers instants de ma rencontre avec Juniper et le changement qui était intervenu en elle lorsque j'avais mentionné mon retour à Londres. La jeune femme qui attendait, frémissante, son amoureux s'était transformée en une furie désespérée mêlant reproches et supplications. Il était gravé dans mon esprit, le moment où elle m'avait fixée droit dans les yeux et m'avait accusée de l'avoir trahie, abandonnée – le moment où elle m'avait appelée du nom de ma mère.

Juniper Blythe était une vieille femme à la santé chancelante, et ses sœurs avaient pris soin de me prévenir de ses écarts de langage, dont elle n'était même pas consciente, disaient-elles. Malgré tout, plus je repensais à notre conversation, plus le doute grandissait. Si terrifiant que cela pût me paraître, maman avait dû jouer un rôle dans ce drame. Cela expliquait bien des choses, du reste. La réaction de maman à la lecture de la lettre perdue, le gémissement d'angoisse – oui, d'angoisse – lorsqu'elle en avait identifié l'expéditrice, ce gémissement qui m'avait si fort émue lorsque nous avions quitté Milderhurst en voiture, quand j'étais tout enfant. Souvenir lancinant : maman prenant ma main, m'arrachant à la grille du château, me faisant rentrer de force dans la voiture et répétant, le regard perdu, qu'elle avait fait une bêtise, qu'il était trop tard.

Trop tard pour quoi ? Pour demander pardon, peut-être, pour remédier aux transgressions du passé ? Etait-ce la culpabilité qui l'avait poussée à cette visite au château, puis l'en avait chassée avant même que nous n'en franchissions les grilles ? Pourquoi pas ? Cela tout au moins expliquait sa détresse. Et la raison pour laquelle elle avait toujours gardé le secret. J'ai bien dû finir par me l'avouer : c'était, tout autant que le mystère, le silence de maman qui m'avait alors frappée. Je n'ai jamais demandé qu'on me raconte tout ; dans le cas présent, je ne pouvais pas m'empêcher de penser qu'elle m'avait menti. Pire encore, il y avait dans cette histoire quelque chose qui m'affectait directement. Il y avait dans le passé de ma mère un point obscur qu'elle avait tout fait pour dissimuler, et qui voulait mainte-nant à toute force venir au jour. Un acte, une décision, un simple moment, peut-être, quelque chose qui s'enra-cinait dans son passé, qui avait poussé en secret et qui désormais assombrissait son présent, et le mien aussi. Il fallait à tout prix que je sache ce qu'elle me cachait. Ce n'était pas une simple question de curiosité, ou d'empa-thie avec Juniper Blythe. Le secret de maman, je le pres-sentais, avait fini par creuser entre elle et moi le fossé de toute une vie.

— Oui, c'est ce que tu devrais faire, m'avait dit Herbert lorsque je lui avais expliqué ce que je savais et la décision à laquelle j'étais parvenue.

Nous avions passé l'après-midi à trouver un peu de place pour mes caisses de livres et autres objets dans son grenier déjà plein, et étions partis prendre l'air dans les jardins de Kensington. Ces promenades sont devenues une habitude quotidienne, sous l'influence du vétérinaire : elles sont bénéfiques, dit cet honorable praticien, à la digestion de Jess, dont elles stimulent le métabolisme. L'ingrate chienne s'y prépare pourtant toujours avec la mauvaise grâce la plus évidente.

— Allons, Jessie, viens !

Herbert, du bout de sa chaussure, a tapoté le derrière de l'animal, comme enchâssé dans le ciment de l'allée.

— On est presque arrivés à la mare aux canards, mon chou !

— Herbert, vers qui me tourner ?

Il y avait tante Rita, bien sûr ; mais elle et maman avaient une relation si tendue que le procédé m'a semblé particulièrement perfide. J'ai enfoncé mes mains dans mes poches, comme pour y chercher la réponse.

— Que faire ? Par quoi commencer ?

— Edie, allons.

Herbert m'a tendu la laisse de Jess, le temps de récupérer une cigarette dans la poche de sa veste et de l'allumer, une main devant la flamme du briquet.

— Il n'y a pas trente-six points de départ, mon petit.

— Que veux-tu dire ?

Il a rejeté dans les airs un nuage de fumée très théâtral.

— Tu le sais aussi bien que moi, Edie. Il faut que tu parles à ta mère.

La suggestion de Herbert vous paraît évidente ? Bon, je vous pardonne. C'est un peu de ma faute. Je crois que, jusqu'ici, je vous ai dressé un portrait de famille un peu rose. Il est vrai que je vous ai surtout parlé de la lettre perdue. C'est le début de cette histoire, mais pas le début de la mienne. Ou plutôt, ce n'est pas le début de l'histoire d'Edie et de Meredith. Si vous étiez entré pour la première fois chez nous en ce dimanche de février, vous vous seriez sans doute dit que maman et moi avons des rapports faciles et agréables, que nous discutons souvent et partageons nombre de choses. Jolie tranche de vie qui, hélas, est loin d'être le reflet exact de la situation. Notre relation n'est pas faite de conversations et de compréhension mutuelle ; j'en veux pour preuve nombre de mes expériences de jeunesse, dont je vous épargnerai la liste complète. Mais l'apparition dans les tiroirs de ma commode d'un soutien-gorge de style militaire, le jour de mes treize ans, le fait qu'il a toujours fallu que je me repose sur Sarah pour obtenir les informations les plus simples concernant la vie des oiseaux, des abeilles et autres animaux sexués, le frère fantôme dont mes parents et moi avons toujours feint d'ignorer la présence…

Cela dit, Herbert avait raison. Le secret qui m'obsédait était celui de ma mère et si je voulais qu'il me soit révélé, si je voulais vraiment en savoir plus sur la petite fille qui m'avait suivie, invisible et silencieuse, dans les couloirs de Milderhurst, il fallait commencer par le début. Par ma mère, par Meredith. Par le plus grand des hasards, nous étions convenues de nous retrouver, elle et moi, dans un salon de thé tout près de chez Billing & Brown, la semaine suivante. Je suis sortie du bureau à onze heures, j'ai trouvé une table libre au fond de la salle et j'ai commandé quelque chose pour nous deux, comme toujours. La serveuse venait juste de m'apporter une théière de darjeeling fumant lorsque le vacarme de la rue s'est frayé un passage dans la petite salle. La porte était ouverte ; maman se tenait sur le seuil, hésitante, son sac et son chapeau à la main. Ses traits figés en une expression de méfiance, elle a balayé du regard le café – lieu à ses yeux étranger et sans doute trop moderne. J'ai tourné la tête, je me suis absorbée dans le spectacle de mes mains, de la théière ; j'ai joué machinalement avec la fermeture éclair de mon cabas ; tout plutôt que d'être témoin de son embarras. Cela faisait quelque temps qu'elle me semblait de plus en plus souvent en proie à l'incertitude. Etait-ce parce qu'elle vieillissait ? Etait-ce parce que *je* vieillissais ? Ou était-ce l'accélération du monde autour de nous ? J'y réagissais d'une façon qui m'affligeait, pour tout dire. Prendre conscience de la faiblesse de ma mère aurait dû susciter en moi de la pitié, voire un supplément d'affection filiale ; c'était tout le contraire. Le constat m'effrayait, comme une brèche dans la normalité. Qu'elle s'agrandisse et mon monde deviendrait difforme et méconnaissable. Etranger. Depuis toujours ma mère était un oracle, un roc. La voir hésitante dans une situation pour moi si anodine faisait trembler mes fondations ; la terre n'était plus ferme, le roc se faisait nuée flottante. J'ai laissé passer un peu de temps avant de relever la tête et de croiser son regard, de nouveau clair et confiant, et je lui ai fait signe d'une main candide, comme si je venais tout juste de remarquer sa présence.

Elle s'est frayé un chemin avec prudence dans le café bondé, pressant son sac contre sa poitrine avec ostentation. Oui, les tables étaient sans doute trop proches les unes des autres, les obstacles – têtes, dossiers des chaises – trop nombreux. J'ai mis ce laps de temps à profit pour inspecter son côté de la table et en faire disparaître les grains de sucre, miettes et autres taches de café. Ces rendez-vous plus ou moins réguliers étaient une institution nouvelle, née quelques mois après le départ de papa à la retraite. Ce n'étaient pas des moments de grande détente, même avant que je me mette en tête de disséquer en sa présence le passé de maman.

Elle touchait enfin au but ; je me suis levée de ma chaise ; mes lèvres ont touché l'air à quelques millimètres de la joue qu'elle me tendait ; nous nous sommes assises toutes les deux, soulagées sans doute que la phase des salutations publiques ait pris fin.

— Il fait chaud dehors, hein ?

— Très chaud, ai-je repris.

Nous nous engagions sur une voie sans danger.

La nouvelle manie de papa (trier les cartons dans le grenier), mon travail (les fantômes de Romney Marsh), les dernières nouvelles du club de bridge de maman. A suivi un silence pendant lequel nous avons échangé de grands sourires, attendant l'une et l'autre que maman commence à ressentir le poids de ses éternelles et banales questions.

— Et comment va Jamie ?

— Bien.

— J'ai lu quelque chose sur lui il n'y a pas long-temps dans le *Times*. Sa nouvelle pièce a de bonnes critiques.

— Oui.

Moi aussi, j'avais lu l'article du *Times*. Je n'avais rien fait pour, je le jure. Il m'avait sauté aux yeux alors que je cherchais les annonces immobilières. La critique était excellente, il faut l'avouer. Fichu journal : pas une seule location dans mes prix.

Maman s'est tue en attendant le cappuccino que j'avais commandé pour elle.

— Et dis-moi, a-t-elle repris en plaçant une serviette en papier entre la tasse et la soucoupe, pour éponger le lait qui avait débordé. Il a d'autres projets ?

— Il travaille sur un de ses scénarios. Sarah a un ami réalisateur qui lui a promis de le lire.

Ses lèvres se sont arrondies en un « Oh » silencieux et cynique auquel ont immédiatement succédé des « Mmh » et des « Ah » plus favorables, qu'elle a noyés dans une gorgée de café. Le goût amer du cappuccino l'a fait frissonner et elle a, Dieu merci, changé de sujet.

— Et l'appartement ? Tout va ? Ton père voulait savoir si le robinet de la cuisine te donnait toujours du fil à retordre. Il pense avoir trouvé la source du problème.

J'ai revu en esprit l'appartement glacial et vide que j'avais, le matin même, quitté pour toujours, ses souvenirs fantômes scellés dans les innombrables cartons qui résumaient ma vie, ceux-là mêmes que nous avions réussi à caser dans le grenier de Herbert.

— Oui, tout va bien. L'appartement est toujours aussi agréable et le robinet ne pose plus de problème. Rassure papa.

— Il n'y a vraiment rien d'autre qui puisse requérir son intervention ?

Sa voix avait pris une intonation vaguement suppliante.

— J'avais pensé à te l'envoyer ce samedi, pour qu'il voie si tout va bien.

— Je te l'ai déjà dit, maman. Tout va bien.

Elle a pris un air surpris, vexé, même ; je me suis rendu compte que je lui avais répondu sur un ton exagérément brusque. Ces conversations interminables où il me fallait faire comme si tout se passait à merveille m'épuisaient. Même si j'ai tendance à disparaître derrière un livre, je ne suis pas menteuse de nature et n'ai aucun goût pour l'art du subterfuge. En temps normal, j'aurais saisi sans hésitation la perche qu'elle me tendait pour lui avouer ma rupture avec Jamie. Chose impossible en ce jour où je voulais lui faire prendre une tout autre direction, celle de Milderhurst et de Juniper Blythe. Quoi qu'il en soit, c'est le moment qu'a choisi le client à la table voisine pour nous demander s'il pouvait nous emprunter la salière. J'ai accédé à son désir, et maman a dit :

— J'ai quelque chose pour toi, Edie.

Elle a posé sur la table un vieux sac Marks & Spencer, dont le bord était replié pour en protéger le contenu.

— Rien d'extraordinaire, a-t-elle dit en le poussant vers moi. Tu vas voir, c'est de l'histoire ancienne.

J'ai ouvert le sac, fait glisser son contenu sur la table et l'ai considéré un moment en silence, désarçonnée. Les gens me proposent souvent des manuscrits qu'ils estiment publiables. Mais ça ! Je n'avais jamais rien vu d'aussi absurde.

— Tu ne te souviens pas ?

Maman m'a dévisagée comme si j'avais oublié mon propre nom.

J'ai baissé les yeux sur le manuscrit aux pages agrafées, le dessin d'enfant sur la couverture improvisée, les mots maladroitement tracés. « *Le Livre des animaux mouillés*, textes et illustrations d'Edith Burchill ». Une petite flèche avait été insérée entre « livre » et « des », qui conduisait au mot « magique », écrit dans une autre couleur.

— C'est toi qui l'as écrit, a dit maman. Tu ne te souviens pas ?

— Si, si.

Ce qui était un mensonge. Il y avait quelque chose dans l'expression de maman qui m'y a incitée. Elle voulait que je me souvienne. Moi aussi – j'ai frôlé du pouce un pâté d'encre, trace d'une plume qui s'était attardée trop longtemps entre deux traits –, moi aussi, je voulais me souvenir.

— Tu en étais si fière.

Elle a penché la tête pour relire le titre.

— Tu y as travaillé pendant des jours. Tu t'installais sur le plancher, près de la table, dans la pièce qui nous servait de débarras.

Ça, oui, ça me revenait. Le délicieux souvenir de la pénombre confortable et chaleureuse du débarras s'est détaché de sa gangue ; tout mon corps en a été envahi : l'odeur de poussière du tapis rond, la fissure dans le plâtre, juste assez grande pour qu'on puisse y cacher un stylo, le rude contact du parquet sous mes genoux tandis que je regardais la lumière du soleil ramper sur le sol.

— Tu passais ton temps à écrire ces histoires, à gribouiller dans le noir. Ton père s'inquiétait : il avait peur que tu ne deviennes sauvage, que tu ne te fasses pas d'amis… Mais il n'y avait pas moyen de t'en détourner, tu étais tellement passionnée.

Je me souvenais d'avoir lu, bien sûr, mais pas d'avoir écrit. Pourtant, les réminiscences de maman ont fini par trouver un écho en moi. Souvenirs lointains de papa secouant la tête avec une expression incrédule lorsque je revenais de la bibliothèque. Des questions qu'il me posait à table, toujours les mêmes : pourquoi n'empruntais-je jamais d'essais, de livres d'histoire ? Que trouvais-je à toutes ces histoires absurdes de fées et de magiciens ? Pourquoi ne voulais-je rien savoir de la vraie vie ?

— J'avais oublié ces histoires, maman, ai-je dit en retournant le livre.

J'ai souri en découvrant le faux logo d'éditeur que j'avais dessiné sur le dos.

Elle a balayé une miette qui traînait sur la table.

— Ah bon ? Ecoute, je me suis dit que tu voudrais le récupérer. Ton père a descendu toutes sortes de cartons du grenier. C'est comme ça que je suis tombée dessus. Inutile de l'abandonner aux poissons d'argent ! Qui sait, un jour tu auras peut-être une fille à qui tu voudras le montrer.

Elle s'est redressée sur sa chaise et le tunnel qu'elle avait creusé dans le passé s'est refermé.

— Dis-moi. Qu'as-tu fait de beau, ce week-end ?

Merveilleux. C'était l'occasion rêvée. L'aurais-je voulu que je n'aurais pu imaginer une meilleure ouverture. Et regardant *Le Livre magique des animaux mouillés*, son papier maculé de poussière, ses lettres tracées au stylo-feutre, son coloriage malhabile, enfantin, me rendant compte enfin que ma mère l'avait précieusement conservé pendant des années, en dépit de l'inquiétude que lui inspiraient mes décisions, qu'elle avait choisi ce jour entre tous pour me rappeler une part de moi-même que j'avais oubliée, j'ai été prise soudain de l'immense et tendre désir de partager avec elle ma visite à Milderhurst Castle. Mon cœur me le soufflait, tout allait bien se passer.

— Ce que j'ai fait de beau ? Le mot est très juste, maman, tu sais.

— Vraiment ?

Elle a eu un sourire joyeux.

— J'ai fait quelque chose de bien particulier.

Mon cœur s'était mis à battre plus vite. Je me suis vue avancer sur le bord de la falaise, hésitante : allais-je franchir le pas ?

— J'ai… j'ai visité un château.

Cette voix presque inaudible, c'était bien la mienne.

— Milderhurst Castle.

— Tu as… quoi ?

Ses yeux se sont écarquillés.

— Tu es allée à Milderhurst ?

Nos regards se sont croisés tandis que je hochais la tête, puis elle a baissé les yeux. Elle a fait tourner sa tasse sur la soucoupe, deux doigts serrés sur son anse délicate ; je l'ai observée avec une curiosité prudente, ignorant le tour qu'allait prendre la conversation, alternativement impatiente et craintive.

J'avais eu tort de me méfier. Comme le soleil levant dissipe les nuages à l'horizon, ma mère a retrouvé sa dignité. Elle a levé la tête, a souri et a remis la soucoupe en place.

— Donc tu es allée à Milderhurst, au château. Tu l'as trouvé comment ?

— Je l'ai trouvé… immense.

Moi qui travaille tous les jours avec les mots, je n'ai rien trouvé de mieux à dire. C'était la surprise qui m'ôtait la parole, la métamorphose à laquelle je venais d'assister.

— Gigantesque, tout droit sorti d'un conte de fées.

— Tu as parlé d'une visite ? Je ne savais pas que cela pouvait se faire. C'est l'époque qui veut cela, j'imagine. Tout a un prix.

— Ce n'était pas une visite organisée, maman. J'y suis allée avec une des propriétaires. Une très vieille dame du nom de Persephone Blythe.

— Percy ?

Une infime fêlure dans sa voix, la seule brèche dans son armure.

— Percy Blythe vit toujours là-bas ?

— Elles y sont encore toutes les trois, maman. Même Juniper, celle qui t'a écrit cette lettre.

Maman a ouvert la bouche comme pour dire quelque chose, mais les mots se sont dérobés ; elle l'a refermée brutalement. Elle a croisé les doigts contre son ventre, aussi pâle, aussi immobile qu'une statue de marbre. Le silence est devenu si pesant que je n'ai pu y tenir.

— C'était bizarre, ai-je dit en soulevant la théière.

Ma main tremblait.

— Tout était noyé dans la pénombre et la poussière. Et quand je les ai vues toutes les trois dans le salon de cette immense demeure, j'ai eu l'impression d'être entrée par mégarde dans une maison de poupée…

— Juniper… Edie…

La voix de maman était curieusement éraillée ; elle a toussoté.

— Comment allait-elle ? Son apparence…

Je me suis demandé par quoi commencer : les sourires juvéniles, la robe salie, la scène finale et ses accusations désespérées.

— Elle avait l'esprit troublé, maman. Elle portait une très vieille robe et elle m'a expliqué qu'elle attendait quelqu'un, un homme. La dame de la ferme où j'ai passé la nuit m'a dit que Juniper n'allait pas bien, que ses sœurs prenaient soin d'elle.

— Elle est malade ?

— Une sorte de… maladie mentale, oui, ai-je poursuivi.

Je marchais sur des œufs.

— Son amoureux l'a quittée il y a très longtemps et elle ne s'en est jamais vraiment remise.

— Son amoureux ?

— Son fiancé, pour être précise. Il l'a abandonnée et les gens disent qu'elle en a perdu la raison. Littéralement.

— Oh, Edie.

L'expression de malaise qui s'était répandue sur ses traits a fait place à un sourire compatissant, de ceux que l'on adresse à un chaton qui ne tient pas bien sur ses pattes.

— Tu as toujours eu des idées si romanesques ! La vraie vie n'est pas ainsi faite.

J'ai froncé les sourcils. C'est un peu fatigant de toujours passer pour une innocente.

— C'est ce qu'on m'a dit au village. Je ne fais que le répéter. La dame de la librairie m'a expliqué que Juniper avait toujours été fragile, même quand elle était jeune.

— J'ai connu Juniper, Edie. Je sais très bien comment elle était quand elle était jeune.

Elle avait parlé d'un ton sec et cela m'a désarçonnée.

— Je suis désolée, maman, je…

— Non.

Elle a posé la paume de sa main à plat sur son front, a glissé un regard par-dessus son épaule.

— C'est moi qui suis désolée, Edie. Je ne sais pas ce qui m'a pris.

Elle a soupiré, un sourire tremblant sur les lèvres.

— C'est la surprise, naturellement. Penser qu'elles sont encore vivantes toutes les trois et qu'elles sont encore au château, toutes les trois. Elles doivent être si… si vieilles maintenant !

Elle a plissé le front, calculant les dates, sans doute, avec un intérêt feint.

— Les deux aînées étaient déjà assez âgées à l'époque où je les ai connues. C'est l'impression que j'avais, en tout cas.

J'étais encore sous le coup de sa colère.

— Que veux-tu dire par là ? ai-je demandé, circonspecte. Elles avaient l'air vieux ? Des cheveux gris, des rides ?

— Non, ce n'est pas vraiment ça. Ce n'était pas facile à définir. Il me semble qu'elles avaient dans les trente-cinq ou trente-six ans à cette époque. Bien sûr, dans les années 1940, ce n'était déjà plus tout jeune. Et je n'étais qu'une enfant. On voit les choses sous un angle particulier quand on est petit, tu ne crois pas ?

Je n'ai pas répondu. Ce n'était pas ce qu'elle me demandait. Ses yeux étaient posés sur moi mais leur regard était lointain. On aurait dit un vieil écran de cinéma sur lequel des images anciennes étaient projetées.

— Elles se comportaient comme des parents, pas comme des sœurs. Envers Juniper, je veux dire. Il y avait une différence d'âge considérable. La mère de Juniper était morte quand elle avait quatre ou cinq ans. Leur père était encore de ce monde, mais il ne s'occupait pas beaucoup de ses filles.

— Raymond Blythe. C'était un écrivain.

J'ai risqué cette précision presque timidement, craignant d'empiéter à nouveau sur le territoire de ma mère. Tout cela, elle l'avait su bien avant moi. Cette fois-ci, elle ne s'en est pas formalisée. Je crois que j'attendais un signe de sa part : savait-elle tout ce que ce nom impliquait, se souvenait-elle d'avoir emprunté le livre à la bibliothèque pour me le faire lire ? En faisant mes cartons, je l'avais guetté, ce livre ; j'aurais voulu le retrouver pour pouvoir le montrer à maman. Vain espoir.

— C'est lui, l'auteur de *La Véridique Histoire de l'Homme de boue*.

Elle s'est contentée d'un « Oui », murmuré d'une voix douce.

— Tu l'as rencontré, à l'époque ?

Elle a secoué la tête.

— Je l'ai vu plusieurs fois, de loin. Il était très âgé et ne sortait pratiquement jamais de la tour. C'est là qu'il écrivait, et je n'avais pas le droit d'y monter. C'était l'une des seules règles du château, mais elle était impérative.

Elle parlait les yeux baissés ; une veine saillante, mauve, battait sur chacune de ses paupières.

— Elles parlaient de lui de temps en temps. Il n'était pas commode, je crois. J'ai toujours pensé à lui comme à une sorte de roi Lear au petit pied, s'amusant à dresser ses filles les unes contre les autres.

C'était la première fois que j'entendais ma mère faire allusion à un personnage de fiction ; mes pensées se sont égarées. J'ai écrit ma thèse sur les tragédies de Shakespeare et jamais elle n'a fait mine de montrer qu'elle connaissait son œuvre.

— Edie ? a fait maman en me jetant un regard pénétrant. Tu leur as dit qui tu étais ? Quand tu étais chez elles, à Milderhurst. Tu leur as parlé de moi ? A Percy ou aux autres ?

— Non.

Allait-elle me le reprocher ? Allait-elle me demander pourquoi je n'avais pas dit la vérité aux sœurs Blythe ?

— Bien, a-t-elle dit en hochant vigoureusement la tête. Excellente décision. Pleine de considération. Cela aurait pu semer le trouble dans leur esprit. Après toutes ces années… Et je ne suis restée que quelques mois chez elles. Elles m'ont sans doute complètement oubliée.

J'ai saisi la chance au vol.

— En fait, maman, elles n'avaient pas oublié. En tout cas Juniper n'avait pas oublié, elle.

— Que veux-tu dire par là ?

— Elle m'a prise pour toi.

— Elle t'a…

Maman m'a fouillée du regard.

— Comment le sais-tu ?

— Elle m'a appelée Meredith.

Maman a passé le bout de ses doigts sur ses lèvres.

— A-t-elle dit… autre chose ?

La croisée des chemins. Le dilemme. Et pourtant non, pas vraiment. Il me fallait procéder avec une infinie douceur. Si j'avais répété à maman les mots que Juniper avait prononcés, ses accusations – maman l'avait trahie, maman avait brisé sa vie –, la conversation aurait connu une conclusion abrupte.

— Pas vraiment, ai-je dit. Vous étiez proches, toutes les deux ?

Le client assis derrière nous s'est levé à ce moment-là ; son dos massif a heurté la table, si bien que tout – vaisselle, couverts – s'est mis à trembler. Il s'est excusé et j'ai eu un sourire vague, occupée que j'étais à sauver nos tasses et notre conversation.

— Maman, étiez-vous amies, Juniper et toi ?

Elle a avalé une gorgée de café tiède ; pendant une interminable minute, elle a gratté la mousse laiteuse collée sur la paroi de sa tasse à l'aide de sa cuiller.

— Tu sais, ça fait si longtemps que les détails se sont effacés de ma mémoire.

Un bruit sec et métallique ; elle avait reposé la cuiller à café sur la soucoupe.

— Je te l'ai dit, je n'y suis pas restée plus d'un an. Mon père est venu me ramener à la maison au tout début de l'année 1941.

— Tu n'y es jamais retournée ?

— Je n'ai plus jamais revu Milderhurst après ce jour.

Elle mentait. Le sang m'est monté aux joues.

— Tu en es sûre ?

Un petit rire sec.

— Edie, quelle drôle de question ! Oui, j'en suis sûre. C'est le genre de chose qu'on oublie difficilement, tu ne crois pas ?

En effet. J'ai dégluti.

— Exactement. Mais c'est qu'il s'est passé un drôle de truc. Ce week-end, quand j'ai vu les grandes grilles de Milderhurst, au bord de la route, j'ai été submergée par une impression incroyable. Ces grilles, je les avais déjà vues. J'étais déjà venue.

Elle n'a pas réagi.

— J'étais venue à Milderhurst avec toi.

Son silence me torturait ; soudain, j'ai entendu le brouhaha du café, le grincement du panier à pain que l'on vide, le vrombissement de la machine à café, un rire perçant sur la mezzanine. Tous ces bruits cependant me venaient comme d'un autre monde ; maman et moi étions perdues dans notre bulle.

— Quand j'étais toute petite, ai-je dit d'une voix que j'espérais ferme. Toi et moi, on y était venues en voiture, et on s'est arrêtées aux grilles. Il faisait très chaud, il y avait un lac. J'avais envie d'aller y nager mais nous ne sommes pas entrées. Tu m'as dit qu'il était trop tard.

Maman a pressé sa serviette sur ses lèvres d'un geste lent et délicat, puis m'a regardée longuement. J'ai cru, l'espace d'un instant, voir briller dans ses yeux comme un désir d'aveu. Elle a cligné des yeux et la lueur a disparu.

— Tu te fais des idées.

J'ai secoué la tête, lentement.

— Ces grands portails se ressemblent tous. Tu as dû voir une photo quelque part, ou un film, et ça s'est mélangé dans ton imagination de petite fille.

— Non, maman, je m'en *souviens*.

— Tu *crois* t'en souvenir. Tu sais, c'est comme quand tu as accusé le voisin, M. Watson, d'être un espion russe. Ah, et la fois où tu nous as dit que tu étais certaine d'avoir été adoptée. Il a fallu te montrer ton certificat de naissance, tu te rappelles ?

Sa voix avait pris une intonation familière. Combien de fois l'avais-je entendue dans mon enfance ! C'était la certitude irritante de l'adulte, intelligent, respectable, omnipotent. L'adulte qui ne m'écoutait jamais, que je murmure ou que je crie.

— Ton père m'avait quasiment forcée à t'emmener chez le médecin, à cause de tes terreurs nocturnes.

— Ça n'a rien à voir.

— Tu as beaucoup d'imagination, Edie, a-t-elle dit avec un sourire abrupt. Tu en as toujours eu. Je ne sais pas de qui tu tiens cela. Pas de moi. Et certainement pas de ton père.

Elle se baissa pour attraper son sac, qu'elle avait posé sous la table.

— Et puisqu'on parle de lui... il faut que j'y aille.

— Mais maman...

Un abîme s'était creusé entre nous. Le désespoir m'a saisie.

— Tu n'as même pas fini ton café.

Elle a regardé le fond de sa tasse, la lavasse tiède et grise qui s'y coagulait.

— Ça ira.

— Je vais t'en commander un autre.

— Ce n'est pas la peine. Je te dois combien ?

— Rien, maman. Je t'en prie, ne pars pas.

Elle a glissé un billet de cinq livres près de ma tasse.

— Si, j'y vais. J'ai passé toute la matinée dehors ; ton père est seul à la maison. Tu sais comment il est : si je ne me dépêche pas de rentrer, il va démonter la maison.

Une vague pression de sa joue moite contre la mienne, et elle a disparu.

Un club de strip-tease
et la boîte de Pandore

Rétablissons la vérité : c'est Tantie Rita qui a repris contact avec moi, et non l'inverse. Alors que j'étais dans le brouillard le plus total, m'efforçant en vain de démêler le vrai du faux dans l'histoire de maman et de Juniper Blythe, Tantie Rita s'était mise en ordre de marche pour organiser l'enterrement de vie de jeune fille de ma cousine Samantha. Quand elle a appelé au bureau pour me demander si je connaissais une boîte de strip-tease masculin de bonne tenue, je n'ai su que penser : devais-je me sentir humiliée ou flattée ? J'ai donc opté pour la stupéfaction puis – je ne peux vraiment pas aller contre ma nature – pour l'efficacité. Je n'avais pas de nom en tête, lui ai-je dit, mais j'allais faire ma petite enquête. Nous sommes convenues de nous rencontrer en secret le dimanche suivant, au salon de coiffure, afin que je puisse lui transmettre le résultat de mes recherches. Cela m'obligeait à rater une fois de plus le rôti de maman, mais Rita n'avait pas beaucoup de temps libre. J'ai dit à maman que j'allais donner un coup de main à Sam pour son mariage, excuse imparable.

« Coupes Classe » se cache derrière une minuscule vitrine d'Old Kent Road, entre un magasin de disques indé et le meilleur *fish and chips* de Southwark. Rita est aussi sixties que les disques de la Motown dont elle fait collection ; son salon ne désemplit pas, spécialisée qu'elle est en crantages, choucroutes et reflets bleutés pour les bingo girls du quartier. Elle travaille depuis si longtemps qu'elle est devenue rétro sans s'en rendre compte. Elle aime à répéter à qui veut bien l'entendre qu'elle a commencé dans ce même salon à seize ans à peine, maigre comme un chat sauvage, alors que la guerre faisait encore rage. Le 8 mai 1945, elle a vu par cette même vitrine M. Harvey, du magasin de confection, ôter tous ses vêtements et danser dans la rue avec son seul chapeau sur la tête.

Cinquante ans dans la même boutique ! Rien d'étonnant à ce qu'elle soit aussi réputée dans sa moitié de Southwark, celle des échoppes où tout le monde se connaît, pas celle des Docklands, avec ses magasins trop chics. Ses clientes les plus âgées la connaissent depuis les jours où sa fréquentation de la paire de ciseaux s'arrêtait au placard à balai, dans l'arrière-boutique. Elles ne confieraient à personne d'autre leurs permanentes violettes.

« Les gens ne sont pas fous, dit toujours Tantie Rita. Donnez-leur un peu d'amour, et ils restent dans le droit chemin. »

Elle a un truc quasi surnaturel pour repérer les gagnants dans les pages de pronostic hippique, ce qui n'est pas mauvais non plus pour les affaires.

Je n'ai pas beaucoup d'expérience en matière de fratries, mais s'il est une chose dont je suis certaine, c'est qu'il n'existe pas deux sœurs aussi dissemblables que Rita et maman. Maman est réservée, Rita loquace. Maman porte toujours des escarpins impeccables ; Rita sert le petit déjeuner en mules. Maman est une tombe où se dessèchent les secrets de famille, Rita est la source complaisante de toute connaissance. J'en ai fait directement l'expérience. Quand j'avais neuf ans, maman avait été hospitalisée pour des calculs biliaires. Papa avait fait ma valise et m'avait envoyée chez Rita. Je ne sais pas à quel point Rita avait compris que la gamine qu'elle hébergeait provisoirement avait perdu le contact avec ses racines, ou si c'est moi qui l'avais bombardée de questions, ou encore si elle avait bondi sur l'occasion pour mettre sa sœur en porte-à-faux, en souvenir de quelque vieille guerre enfantine : toujours est-il qu'elle avait rempli sans vergogne quelques lacunes dans mon histoire familiale.

Elle m'avait montré des photographies jaunies, m'avait raconté nombre d'anecdotes drolatiques de son enfance, avait reconstitué des scènes entières à coup de couleurs, d'odeurs, de voix depuis longtemps disparues, ce qui m'avait fait prendre véritablement conscience de quelque chose que j'avais toujours obscurément deviné. La maison où je vivais, les parents qui m'élevaient constituaient une bulle impeccable et solitaire. Je me souviens encore aujourd'hui des nuits passées chez Rita, sur un petit matelas, dans la chambre de mes cousines, l'air vibrant de leurs doux ronflements et des petits bruits qu'elles faisaient en dormant. Oh, comme j'avais souhaité alors qu'elle soit ma vraie mère, et qu'il me soit donné de vivre toujours dans une maison chaleureuse, désordonnée, débordant de frères, de sœurs et de vieilles histoires ! Je me souviens aussi du flot de culpabilité qui m'avait envahie au moment même où ces pensées se formaient dans mon esprit. J'avais fermé les yeux très fort et m'étais représenté mon désir déloyal sous la forme d'un nœud de soie, je l'avais dénoué puis avais fait lever le vent qui l'avait emporté, comme s'il n'avait jamais existé.

Ce qui n'était pas le cas.

Bref. Le jour où je suis passée – on était début juillet –, il faisait chaud, le genre de chaleur qui s'insinue jusque dans vos bronches. J'ai frappé à la porte de verre et, ce faisant, j'ai surpris mon reflet dans la vitre : un visage las, aux traits tirés. Partager un canapé avec un chien qui a des vents n'est pas bon pour le teint, je vous le garantis. J'ai regardé par-dessus la pancarte « Fermé » et aperçu Tantie Rita assise devant une petite table, cigarette au bec, un objet blanc à la main. Elle m'a souri.

— Edie, mon lapin, prête-moi tes yeux trois secondes, tu veux ?

Sa voix s'est mêlée au son de la clochette de la porte d'entrée et au doux sirop des Supremes.

Pénétrer dans le salon de Tantie Rita, c'est toujours un voyage dans le passé. Les dalles noires et blanches, les fauteuils en skaï avec leurs coussins vert citron, les casques de séchage aux couleurs nacrées sur leur bras articulé. Les affiches sous verre – Marvin Gaye, Diana Ross & The Temptations. L'invariable odeur de peroxyde, à laquelle se mêle toujours, en un combat impitoyable, celle, graillonneuse, du *fish and chips* tout proche…

— Ça fait un bon moment que j'essaie de faire entrer ce fichu ruban là-dedans, a grommelé Rita, lèvres pincées sur sa cigarette. Mais voilà : non seulement j'ai deux mains gauches, mais en plus ce ruban ne veut rien savoir !

Elle a tendu la paume : l'objet du conflit était un sachet de dentelle avec deux trous pour y passer un ruban coulissant.

— Les sachets surprises pour l'enterrement de vie de jeune fille, a dit Rita en désignant d'un geste du menton un petit tas blanc à ses pieds. Mais il y a encore du travail : il faut passer tous ces cordons et les remplir de babioles.

Elle m'a fourré le sachet et le ruban récalcitrant dans les mains, et a fait tomber la cendre de sa cigarette.

— Je viens de faire bouillir de l'eau, mais si tu veux, il y a de la limonade dans le frigo.

Ma gorge s'est contractée de plaisir.

— Mmh, j'adorerais !

Ce n'est pas le mot que vous associez généralement avec la sœur de votre mère, si tant est qu'elle en ait une, mais dans le cas présent, c'est la pure et simple vérité. Tantie Rita est une coquine. Tandis que je la regardais nous servir généreusement à boire, ses fesses joliment moulées par sa jupe, sa taille encore fine en dépit de ses quatre enfants et de ses bientôt sept décennies, je ne pouvais guère douter de la véracité des anecdotes que maman m'avait livrées au compte-gouttes, les accompagnant inévitablement d'un avertissement : « Ce sont des choses que les jeunes filles bien ne font pas ! » L'effet avait naturellement été inverse : ainsi s'était consolidée dans mon esprit la légende admirable de Tantie Rita, la rebelle, la pirate.

— Voilà, mon chou.

Elle m'a tendu un grand verre au contenu pétillant et s'est rassise en soupirant dans son fauteuil, plongeant les deux mains dans son impeccable choucroute.

— Pfuh… Quelle journée. Doux Jésus, Edie. Tu as l'air claquée. Et moi… je le suis vraiment.

J'ai avalé une somptueuse gorgée de limonade et laissé les bulles me déchirer la gorge. Les Temptations susurraient *My Girl*.

— Je croyais que tu n'ouvrais jamais le dimanche ?

— Effectivement. Mais une de mes vieilles clientes avait besoin d'un shampooing et d'une mise en plis pour un enterrement – pas le sien, note bien – et je n'ai pas eu le cœur de lui dire d'aller voir ailleurs. Il faut ce qu'il faut, hein ? Il y en a, c'est comme de la famille.

Elle a examiné le sachet dans lequel j'avais introduit le cordon, a tiré sur les deux bouts, l'a rouvert de ses mains aux longs ongles rose vif.

— Bonne petite. Il en reste vingt.

Elle m'a passé le suivant. Je me suis exécutée.

— Tu vois, ça me donne l'occasion de m'avancer un peu sur le mariage, loin des curieux. Cette Sam, qu'elle est fouineuse, c'est incroyable. Elle a toujours été comme ça, même gamine. Elle grimpait sur l'armoire pour voir où j'avais planqué les cadeaux de Noël, et ensuite elle épatait ses frères et sœurs en devinant ce qu'il y avait dans les emballages.

Elle a tiré une cigarette du paquet qui traînait sur la table et a gratté une allumette. Le bout de la cigarette a pris feu puis s'est mis à rougeoyer.

— Et toi ? Jeune et belle comme tu es, tu n'as rien de mieux à faire de ton dimanche ?

— Mieux que ça ? Je ne vois pas.

Je lui ai tendu le deuxième sachet, joliment froncé.

— Chameau, va !

Son sourire m'a rappelé grand-mère – ce qui n'est jamais le cas avec celui de maman. J'ai adoré ma grand-mère avec une ardeur qui réduit à néant tous les doutes que je pouvais avoir, enfant, sur ma véritable filiation. Je l'ai toujours connue seule ; bien qu'elle ait eu, comme elle se hâtait de le faire remarquer, sa part de propositions, elle a refusé de se remarier : pourquoi être l'esclave d'un vieillard quand elle avait connu la joie d'être l'idole d'un jeune homme ?

« A chaque pot son couvercle », me répétait-elle souvent.

Dieu merci, elle avait trouvé le sien en la personne de mon grand-père. Je ne l'ai jamais connu, lui, du moins pas que je m'en souvienne. Il est mort quand j'avais trois ans. Dans les quelques occasions où j'ai voulu en savoir un peu plus sur lui, maman, toujours réticente à remâcher les vieux souvenirs, s'en est tirée par quelques considérations superficielles. Dieu merci, Rita a été plus généreuse.

— Bon, et pour notre petite affaire ?

— Tout s'est bien passé.

J'ai fouillé dans mon cabas, fini par retrouver le petit bout de papier ; je l'ai déplié et j'ai lu le nom que Sarah m'avait conseillé.

— Le Roxy Club. J'ai noté le numéro de téléphone.

— Donne, donne, a repris Rita avec un claquement de doigts impatient.

Elle a plissé la bouche. Comme si elle s'était appliqué le système de fermeture de ses petits sachets.

— Le Roxy Club. C'est une chouette boîte ? Vraiment chic ?

— D'après mes sources, oui.

— Bonne fille.

Elle a plié le papier et l'a coincé sous sa bretelle de soutien-gorge, puis m'a lancé un clin d'œil.

— C'est toi la prochaine sur la liste, Edie.

— Pardon ?

— Devant l'autel.

J'ai eu un sourire un peu las et j'ai haussé les épaules comme pour évacuer la conversation.

— Vous êtes depuis combien de temps ensemble, toi et ton mec ? Six ans, non ?

— Sept.

— Sept ans.

Elle a penché la tête

— Il faudrait qu'il songe à régulariser les choses sinon tu vas commencer à te sentir des fourmis dans les jambes, et chercher ailleurs. Il ne se rend pas compte de l'or qu'il a dans les mains ? Tu veux que j'aille lui secouer les puces ?

Même si je n'avais pas voulu à tout prix dissimuler ma rupture avec Jamie, la pensée d'une telle rencontre me faisait dresser les cheveux tout droit sur la tête.

— En fait, Tantie…

Je me suis demandé comment la détourner de ses bonnes intentions sans rien lui révéler.

— Je crois que ni lui ni moi ne sommes du genre à nous marier.

Elle a longuement tiré sur sa cigarette en me contemplant, un de ses yeux curieusement clos.

— Et ça te va ?

— J'en ai bien peur.

Ce qui était un mensonge. J'étais – je suis toujours – de celles qui croient au mariage. Le temps qu'avait duré notre relation, j'avais accepté sans protester les

remarques ironiques de Jamie sur la félicité conjugale ;
c'était en complète contradiction avec ma sensibilité
romanesque. Que puis-je dire pour ma défense ? Quand
on aime, on est prêt à tout pour garder cet amour intact.

Après avoir exhalé un lent nuage de fumée, Rita m'a
lancé un regard qui, en quelques secondes, est passé de
l'incrédulité à la perplexité, avant d'en arriver à
l'approbation désabusée.

— Ah, vous avez peut-être raison, tous les deux. La
vie, c'est toujours plein de trucs qui te tombent sur la
tête alors que tu ne t'y attends pas. Tu rencontres un
type, tu pars en balade avec lui dans sa voiture, tu te
maries et te voilà avec toute une marmaille. Puis un jour
tu te rends compte que vous n'avez rien en commun. Tu
te dis que dans le temps, pourtant, ce devait être le cas
– sinon pourquoi l'avoir épousé, ce type ? – mais viennent les nuits sans sommeil, les désillusions, l'inquiétude. Le sentiment que tu as désormais plus de
souvenirs que d'avenir. Quel choc ! Mais bon…

Elle m'a souri, comme si elle venait de me dicter une
recette de gâteau. Après ce petit discours, je n'avais
plus qu'une envie, pourtant, c'était de me pendre.

— C'est la vie, hein ?

— Tantie, c'est magnifique. Il faut que tu le
reprennes dans ton discours de mariage.

Pendant un instant nous nous sommes absorbées
dans une lutte sans merci avec l'un des petits sacs, les
mots de Tantie flottant encore dans les airs avec la
fumée de sa cigarette. La cassette tournait encore : un
homme à la voix liquide nous enjoignait d'admirer son
sourire. J'ai fini par craquer. J'adore rendre visite à
Rita, mais cette fois-ci, hélas, ce n'était pas désintéressé. Maman et moi n'avions pratiquement pas

échangé un mot depuis le café ; j'avais annulé notre rendez-vous suivant, prétextant un excès de travail, et je m'étais même surprise à filtrer les appels. Sans doute m'avait-elle profondément blessée. Désespérément infantile, allez-vous me dire. J'espère que non. Je me sentais vraiment trahie. Maman refusait obstinément de me faire confiance ; elle avait nié notre visite au château. Elle avait même essayé de me faire croire que j'avais tout inventé – « Edie, tu imagines toujours de ces choses ! » J'avais une boule dans la poitrine rien que d'y penser, et cela ne m'incitait que davantage à poursuivre mon enquête. Maintenant que j'avais sacrifié le sacro-saint rôti dominical, brouillé les pistes sous le nez de maman et décidé d'affronter une chaleur à faire fondre les trottoirs, je ne pouvais ni ne voulais rentrer bredouille de mon expédition.

— Tantie ?

— Oui ?

Elle a regardé d'un œil noir le ruban qui venait de faire un vilain nœud sous ses doigts.

— Je voulais te parler de quelque chose.

— Mmh ?

— C'est au sujet de maman.

Rita m'a lancé un regard si perçant qu'il m'a écorché l'âme.

— Elle va bien ?

— Oui, oui, ne t'inquiète pas. C'est autre chose. Ces temps-ci, j'ai pas mal gambergé… repensé au passé, tout ça.

— Ah. Le passé. A quel moment du passé pensais-tu, en particulier ?

— A la guerre.

— Allons bon, a-t-elle dit en posant son sachet.

Je me suis avancée sur le chemin avec une prudence de Sioux. Tantie Rita est une bavarde, mais il y a certains sujets qu'elle n'aborde pas facilement. Dont la guerre.

— Vous avez tous été évacués, toi, maman et oncle Ed.

— Oui. Ça n'a pas duré. Une fichue corvée, si tu veux mon avis. L'air pur et toutes ces salades, tu parles. Personne ne te dit que la campagne, ça pue. Partout où tu mets les pieds, des flaques de purin. Et ils osaient dire que nous étions sales, ces pécores ! Ensuite, je n'ai plus regardé une vache ou un fermier du même œil, crois-moi. Je n'avais qu'une seule envie, c'était de rentrer, au risque de prendre une bombe sur la tête.

— Et maman ? C'était pareil ?

Un regard bref et soupçonneux.

— Pourquoi ? Elle t'a parlé de quelque chose ?

— Non, elle ne m'a jamais rien dit.

Rita a concentré son attention sur le sachet, non sans une curieuse gêne. J'étais sûre qu'elle se mordait la langue pour s'empêcher de parler.

J'avais dans la bouche un goût de trahison mais il fallait que je saisisse l'occasion.

— Tu sais comment elle est, ai-je dit.

Ces mots m'ont brûlé les lèvres.

Ma tante a eu un reniflement bref ; il y avait du pacte tante-nièce dans l'air. Elle a pincé les lèvres et m'a regardée en coin avant de baisser la tête.

— Ta maman, elle a adoré. Elle ne voulait plus rentrer à la maison.

Ses yeux ont jeté une lueur d'effroi ; j'ai compris que j'avais touché une corde sensible, douloureuse.

— Que penser d'une gamine qui n'a pas envie de revenir parmi les siens ? Ses parents, son frère et sa sœur ? D'une gamine qui adopte une famille qui n'est pas la sienne ?

Que c'est une enfant qui ne se sent à sa place nulle part, me suis-je dit en me souvenant des nuits passées dans la chambre de mes cousines, de mes pensées coupables. Une enfant qui se sent piégée dans un monde qui n'est pas le sien. Je n'ai rien dit de tout cela à Rita. Ma tante ne l'aurait pas compris, qui avait la chance de s'être toujours trouvée en accord avec ce qui l'entourait.

— Elle avait peut-être peur des bombes, ai-je fini par dire d'une voix enrouée. Le Blitz ?

— Tu parles. Elle n'en avait pas plus peur que nous. Les autres gamins voulaient tous revenir chez eux, voir ce qui se passait. Tous les gamins de la rue sont rentrés, les uns après les autres. Quand il y avait des alertes, ils descendaient tous ensemble à l'abri. Ton oncle, par exemple… (Le visage de Rita a pris une expression admirative ; oncle Ed était un héros familial.) Il est rentré en stop du Kent tellement il avait envie d'être là où il y avait de l'action. Il est rentré en plein milieu d'un raid, juste à temps pour embarquer le petit voisin, qui était un peu simplet, et le mettre à l'abri. Merry, c'était tout le contraire. Elle a traîné des pieds jusqu'à ce que notre père vienne la ramener de force. Je peux te dire que maman, ta grand-mère, ne s'en est jamais remise. Oh, elle ne disait rien, ce n'était pas son genre ; elle faisait semblant d'être heureuse de savoir Merry en sécurité à la campagne. Mais nous, nous savions ce qui lui trottait dans la tête. Nous n'étions pas aveugles.

Je n'ai pas osé croiser le regard sombre de ma tante. J'étais coupable par association, marquée moi aussi d'un sceau déloyal. La trahison de maman était encore pour Rita une blessure bien réelle, qui n'avait cessé de lui cuire en dépit du gouffre des années.

— Ça s'est passé quand, cette histoire ? Elle est restée là-bas combien de temps ?

Je passais un nouveau cordon dans un des sachets, l'air aussi innocent que possible.

Rita s'est enfoncé dans la lèvre inférieure un ongle long et rose, orné d'un minuscule papillon.

— Voyons voir. Les bombes tombaient depuis un bon moment mais ce n'était plus l'hiver déjà, puisque papa nous a rapporté des primevères quand il est rentré avec Merry, histoire d'apaiser ta grand-mère ; c'était papa tout craché, ça, il voulait toujours que tout se passe bien.

L'ongle rose a tapoté la lèvre, pensif.

— Oui, ça devait être début 1941. Mars, avril, dans ces eaux-là.

Là-dessus maman ne m'avait pas menti, donc. Elle était restée à Milderhurst un peu plus d'un an et était rentrée à Londres six mois avant que Juniper Blythe ne soit victime de la trahison qui lui avait brisé le cœur et dévasté l'esprit, six mois avant que Thomas Cavill ne promette de l'épouser pour l'abandonner ensuite.

— A-t-elle jamais…

Les premiers accords de *Hot Shoe Shuffle* ont noyé le reste de ma phrase. Le téléphone de Rita, un gadget aux formes épurées, vibrait sur le comptoir.

Ne réponds pas, l'ai-je suppliée en silence. Rien ne devait troubler notre conversation, maintenant qu'elle était sur les bons rails.

— Oh, je suis sûre que c'est Sam qui veut savoir ce que je fais, la petite espionne.

J'ai hoché la tête ; nous avons attendu la fin de la mélodie en silence ; la dernière note s'était à peine éteinte que je suis revenue à la charge.

— Maman a-t-elle jamais parlé de ce qu'elle avait vécu à Milderhurst ? Des gens du château, les sœurs Blythe ?

Les yeux de ma tante ont roulé dans leurs orbites comme des billes de marbre.

— En rentrant, elle en avait plein la bouche, je peux te le dire. Ça nous a joliment déprimés. Les seuls moments où on la voyait sourire, c'est quand elle recevait du courrier de ces gens-là. Elle gardait tout pour elle ; elle allait se cacher pour ouvrir ses lettres.

Je me suis souvenue de ce que maman m'avait raconté en février, de la façon dont Rita l'avait laissée tomber quand les petits évacués attendaient leurs familles d'accueil.

— Mais quand vous étiez petites, maman et toi, vous n'étiez pas très proches ?

— C'était ma sœur. Ç'aurait été curieux tout de même si nous ne nous étions pas crêpé le chignon de temps en temps. Surtout qu'il n'y avait pas beaucoup d'espace à la maison. Mais ça allait, on s'entendait bien. Jusqu'à la guerre, en fait. Jusqu'à ce qu'elle rencontre ces gens-là.

Rita a extrait la dernière cigarette du paquet, l'a allumée et a soufflé un énorme jet de fumée vers la porte du salon.

— Elle n'était plus la même quand elle est rentrée. Et ce n'était pas seulement la façon dont elle s'exprimait. Ils lui avaient fourré des tas d'idées dans la tête, là-haut, dans son château.

— Quelle sorte d'idées ?

Je connaissais déjà la réponse à cette question. Il s'était insinué dans la voix de ma tante une agressivité qui ne m'était pas étrangère, et qui trahissait la blessure d'orgueil que l'on ressent à être comparé défavorablement à d'autres personnes.

— Des idées.

Les ongles roses ont battu l'air, tout contre ses cheveux laqués ; j'ai craint qu'elle ne veuille pas m'en dire plus. Elle a longuement fixé la porte, ses lèvres remuant silencieusement, testant les diverses réponses qu'elle pouvait apporter à ma question. Au bout d'une éternité, elle a de nouveau croisé mon regard. La cassette était finie ; le salon était plongé dans un calme inhabituel. Les murs du vieil immeuble s'en sont alors donné à cœur joie, craquant, sifflant, déplorant la chaleur, l'odeur, le lent passage des années. Tantie Rita a levé le menton et parlé d'une voix soudain claire et détachée.

— Elle était devenue snob. Voilà, c'est dit. Quand elle est partie, elle était des nôtres. Quand elle est revenue, elle était snob. Il n'y a pas d'autre mot.

Ce qui, curieusement, a renforcé une impression que j'avais depuis l'enfance. Papa, la façon dont il considérait ma tante et mes cousins et cousines, et même ma grand-mère, les conversations à voix basse entre maman et lui, et mes propres constatations sur la façon dont les choses se passaient chez nous et chez Tantie Rita. Papa et maman étaient des snobs ; j'ai eu honte pour eux soudain, et honte de moi ; et dans la confusion de mon esprit, j'en ai voulu à Rita de cet aveu que j'avais encouragé, ce qui n'a fait qu'ajouter à mon embarras. J'ai baissé les yeux sur le petit sac de dentelle blanche et ma vue s'est brouillée.

Rita, à l'inverse, avait retrouvé le sourire. Le soulagement se lisait sur ses traits. Cette vérité tue depuis des dizaines d'années était un abcès qui n'attendait qu'un coup de scalpel, lequel était enfin venu.

— Les livres, a-t-elle craché en écrasant sa cigarette dans le cendrier. Quand elle est rentrée, elle n'avait plus que ça en tête. Elle a franchi le seuil, elle a regardé nos pauvres petites chambres d'un air méprisant. Nos affaires, les chansons d'ouvrier de papa, ça ne l'intéressait plus. Elle a élu résidence à la bibliothèque du quartier. Elle y passait ses journées alors qu'elle aurait dû nous donner des coups de main. Elle s'est mis dans la tête qu'elle allait écrire pour les journaux. Elle leur a même envoyé des articles, tout ça. Tu imagines ?

J'en suis restée bouche bée. Meredith Burchill, écrire ? Envoyer des articles à des journaux ? J'aurais pu penser un moment que Rita forçait le trait, mais la révélation était si stupéfiante qu'elle ne pouvait qu'être vraie.

— Ils les ont publiés ?

— Bien sûr que non ! C'est ce que je suis en train de t'expliquer : tout ce qu'ils lui avaient fourré dans la tête, c'était des sornettes. Des idées bien au-dessus de son âge et de sa condition, tu comprends ? Et quand on se laisse prendre à ce genre de jeu, tu sais où ça mène.

— Mais quel genre de choses écrivait-elle ?

— Comment veux-tu que je le sache ? Elle ne m'a jamais rien montré. Elle pensait sans doute que je n'y comprendrais rien. D'ailleurs, je n'aurais pas eu le temps. Je venais de rencontrer Billy, et j'ai commencé à travailler ici presque aussitôt. Et puis c'était la guerre, n'oublie pas.

Elle a eu un rire amer, qui a creusé les rides autour de ses lèvres. Pour la première fois, je les ai remarquées.

— Est-ce que les Blythe sont venues la voir à Londres ?

Rita a haussé les épaules.

— Difficile à dire. Merry était devenue très secrète, tu sais ; il lui arrivait de partir des heures sans dire où elle allait. Elle aurait pu rencontrer n'importe qui.

Etait-ce le ton sur lequel elle avait parlé, l'infime et perfide nuance qui collait à ses mots, ou la façon dont elle a fui mon regard ? Je ne sais. Quoi qu'il en soit, j'ai tout de suite compris qu'elle ne me disait pas tout.

— N'importe qui ? Par exemple ?

Rita loucha du côté des sachets de dentelle, penchant la tête et les fixant comme si rien ne pouvait être plus intéressant que la façon dont ils étaient disposés, en jolis rangs blanc et argent.

— Tantie ? Qui d'autre aurait-elle pu rencontrer ?

— Bon, très bien.

Elle a croisé les bras, si bien que ses seins se sont serrés l'un contre l'autre, puis elle m'a dévisagée d'un regard sans détour.

— Il était instit, ou l'avait été avant la guerre, en tout cas.

Elle a secoué la main au-dessus de son ravissant décolleté.

— Oh là là ! Un très beau garçon – lui et son frère. Deux vrais acteurs de cinéma, du genre fort et silencieux. Ils habitaient juste à côté de chez nous. Quand il passait dans la rue, ta grand-mère elle-même se trouvait toujours quelque chose à faire à la porte. Toutes les jeunes filles du quartier en étaient folles, y compris ta mère. Bref. Un jour, je les ai vus ensemble.

Vous connaissez cette expression : « Les yeux lui sortirent de la tête » ? C'est ce que les miens ont fait.

— Quoi ? Où ? Comment ?

— Je les ai suivis.

Dans cet aveu, ni embarras ni culpabilité. Elle avait fait ce qu'elle devait faire.

— C'était ma petite sœur. Son comportement était devenu bizarre et l'époque était dangereuse. Il fallait que je sache si tout allait bien.

Je me fichais bien de savoir pourquoi elle avait suivi maman. Ce que je voulais savoir, c'était ce qu'elle avait vu.

— Où étaient-ils ? Que faisaient-ils ?

— Je les ai vus de loin, mais c'était bien suffisant. Ils étaient dans le parc, assis sur l'herbe, l'un contre l'autre. Tout contre l'autre. Il parlait, elle écoutait, béate, tu sais ; puis elle lui a donné quelque chose et il…

Rita a secoué son paquet de cigarettes.

— Fichues clopes. C'est pas possible, elles doivent se fumer toutes seules !

— Ri-ta !

Un soupir bref.

— Ils se sont embrassés. Ta mère et M. Cavill, dans le parc, devant tout le monde.

Le monde s'est écroulé, des feux d'artifice ont fusé, des étoiles par milliers ont explosé dans les recoins les plus sombres de mon esprit.

— M. Cavill ?

— Edie, mon chou, il faut suivre ! L'instituteur de ta maman, Tommy Cavill.

Je ne trouvais plus les mots, ou plutôt ceux qui me venaient n'avaient plus de sens. J'ai dû émettre une sorte de gargouillis, car Rita a posé la main sur son oreille.

— Pardon ?

J'ai été incapable de rééditer l'exploit. Ma mère – ma mère alors âgée d'à peine quatorze ans – avait des rendez-vous secrets avec son instituteur, le fiancé de Juniper Blythe, un homme dont elle aussi était amoureuse ! Ma mère avait donné quelque chose à cet homme ! Ma mère l'avait embrassé ! Et tout cela quelques semaines à peine avant qu'il abandonne Juniper !

— Mon lapin, tu as l'air toute chose. Tu veux une autre limonade, peut-être ?

J'ai hoché la tête. Elle m'a servi un plein verre. J'ai tout avalé.

— Tu sais, Edie, si ça te passionne à ce point, tu devrais lire les lettres que ta maman a écrites au château.

— Quelles lettres ?

— Les lettres qu'elle nous envoyait à Londres.

— Elle ne voudra jamais.

— Tu n'as pas besoin de lui en parler. Oh ! Ne fais pas cette tête ! Elles ne sont pas chez vous, ces lettres. Maman les avait gardées, et quand elle est morte, elles ont atterri chez nous. Ta grand-mère, quel cœur d'artichaut ! Elle ne les a jamais jetées, même si ce n'était pas une lecture plaisante pour elle. Elle était superstitieuse, maman, elle n'aimait pas jeter ce genre de choses. Tu veux que j'aille te les chercher ?

— Oh… je ne sais pas. Je ne crois pas que je pourrais…

— Ce sont des lettres, m'a coupée Rita avec un clin d'œil complice. Elles ont été écrites pour qu'on les lise, n'est-ce pas ?

J'ai acquiescé, hésitante.

— Elles pourraient t'aider à comprendre ce qui se passait dans la tête de ta mère quand elle jouait à la princesse.

L'idée que j'allais lire les lettres de maman sans qu'elle en sache rien a bien suscité un vague sursaut d'indignation au tréfonds de mon âme, mais je l'ai ignoré. Rita avait raison : maman les avait écrites, elles étaient adressées à sa famille – à Rita, entre autres. Rien ne s'opposait à ce qu'elle me les transmette, et rien ne s'opposait à ce que je les lise.

— Oui, dis-je d'une voix qui ressemblait plutôt à un cri de souris. Oui, s'il te plaît.

La pesanteur de la salle d'attente

La vie vous joue de drôles de tours, parfois. Pendant que j'étais en train de démêler les secrets de maman avec celle qui, justement, ne devait pas les apprendre, mon père a eu une crise cardiaque. Quand je suis rentrée du salon de coiffure, Herbert m'attendait, mort d'anxiété. Il a pris mes deux mains dans les siennes et m'a appris la nouvelle.

— Je suis absolument navré, j'aurais voulu te prévenir plus vite, mais je ne savais pas où te joindre.

Paniquée, je me suis ruée vers la porte, me suis retournée subitement.

— Il est…

— A l'hôpital. Dans un état stationnaire, je pense. Ta mère n'a pas dit grand-chose.

— Je devrais…

— Oui. Viens, je vais t'appeler un taxi.

J'ai bavardé avec le chauffeur tout le temps de la course. Un petit homme aux yeux très bleus et dont les cheveux bruns commençaient à grisonner, père de trois jeunes enfants. Tandis qu'il me racontait leurs bêtises et secouait la tête avec cette expression d'exaspération feinte que les parents de jeunes enfants affectent souvent pour masquer leur orgueil, j'ai gardé le sourire, posé des questions d'une voix qui me semblait normale, et même joyeuse. Nous sommes arrivés devant l'hôpital ; au moment où je lui tendais un billet de dix livres (« Gardez la monnaie, je vous en prie, et bien du plaisir pour le spectacle de danse de votre fille ! »), je me suis rendu compte qu'il pleuvait à verse et que j'étais à la porte de l'hôpital de Hammersmith, sans parapluie, regardant mon taxi s'éloigner dans le crépuscule tandis que mon père gisait dans les entrailles de l'énorme bâtiment, le cœur en morceaux.

Maman avait l'air plus frêle qu'à l'ordinaire, assise sur une chaise en plastique, la dernière de la rangée. Juste au-dessus de sa tête, le mur luisait d'un lugubre bleu clair d'hôpital. Elle est toujours impeccable, maman : c'est une survivante d'un autre âge. Ses gants sont toujours assortis à son chapeau ; elle garde ses chaussures dans leurs boîtes et ses sacs à main remplissent une étagère, chacun attendant l'heureux moment où il viendra compléter la tenue du jour. Il n'est pas question pour elle de mettre le pied hors de la maison sans s'être poudrée et maquillée, même lorsque son mari vient de partir sur une civière d'ambulance. Je dois la décevoir en permanence, avec mes boucles en désordre, mes lèvres barbouillées à l'aide du premier bâton de rouge récupéré au fond de mon vieux cabas en toile, entre les pièces de monnaie, les vieilles pastilles de menthe et autres menus objets du quotidien.

— Maman !

Je suis allée droit vers elle, j'ai posé mes lèvres sur une joue que l'air conditionné avait mortellement glacée et je me suis glissée sur la chaise voisine.

— Comment va-t-il ?

Elle a secoué la tête et la crainte de la catastrophe a formé comme une boule dans ma gorge.

— Ils ne m'ont pas dit. Il y a des tas de machines dans sa chambre, des docteurs qui ne cessent d'aller et venir.

Elle a baissé les paupières sans cesser de secouer la tête, doucement, machinalement.

— Je ne sais pas.

Je me suis dit que ne pas savoir était encore préférable à savoir que le pire était arrivé, mais je me suis abstenue de lui faire part de cette horrible platitude. J'aurais voulu lui dire quelque chose d'original et de rassurant, quelque chose qui puisse atténuer son inquiétude, voire la faire disparaître, mais maman et moi n'avions jamais marché ensemble sur ce chemin de la souffrance et de la consolation ; j'ai gardé le silence.

Elle a ouvert les yeux, m'a regardée, a tendu la main pour raccrocher une de mes mèches folles derrière mon oreille. Je me suis dit qu'au fond cela n'avait pas d'importance, qu'elle savait déjà ce que j'avais à l'esprit, à quel point j'aurais voulu lui venir en aide. Qu'il n'y avait rien à dire parce que nous étions ensemble, la mère et la fille, et que certaines choses n'ont pas besoin d'être exprimées.

— Tu as une tête effroyable, m'a-t-elle dit.

Le regard en coin, j'ai surpris mon reflet dans une affiche sous verre des Hôpitaux de Londres.

— Il pleut, maman.

— Un si grand cabas, a-t-elle poursuivi avec un petit sourire ironique et triste, et même pas la place pour un parapluie.

J'ai donné à mes cheveux une secousse qui s'est transformée en frisson ; j'étais frigorifiée.

Quand vous vous retrouvez dans la salle d'attente d'un hôpital, mieux vaut trouver quelque chose à faire, sans quoi vous allez vous mettre à attendre pour de bon. Et bientôt à penser à des tas de choses, ce qui n'est pas toujours bénéfique. Assise en silence à côté de ma mère, hantée par la vision de mon père sur son lit d'hôpital, puis songeant bêtement qu'il me faudrait acheter un parapluie, comptant sans m'en apercevoir les secondes égrenées par l'horloge murale, j'ai bientôt été envahie par une horde de pensées furtives. Leurs mains aux longs doigts m'ont palpé les épaules ; la seconde d'après, elles m'avaient prise par le bras et entraînée en des lieux que je n'avais pas revus depuis des années.

Je suis dans la salle de bains, chez nous, et je regarde la petite fille que j'étais à quatre ans marcher en équilibre sur le rebord de la baignoire. La petite, nue comme un ver, a décidé de s'enfuir et de rejoindre une troupe de bohémiens. Elle ne sait pas exactement ce que sont ces bohémiens, elle ne sait pas où les trouver, mais si elle veut travailler dans un cirque, c'est eux qu'elle doit suivre. Le cirque, c'est son rêve : voilà pourquoi elle s'exerce sur le bord de la baignoire. Elle touche au but… et glisse. Tombe la tête la première, perd le souffle, le visage sous l'eau. Sirènes, lumières éblouis-santes, visages inconnus…

J'ai cligné des yeux et l'image s'est dispersée dans les airs, aussitôt suivie par une autre. Un enterrement, celui de ma grand-mère. Je suis assise sur le banc, juste devant l'autel, entre papa et maman, n'écoutant que d'une oreille le pasteur parler d'une femme qui n'est pas celle que j'ai connue. Je suis distraite par la vision de mes chaussures. Elles sont neuves ; même si je sais que je devrais prêter attention à ce qui se dit, me concentrer sur le cercueil, me pénétrer de pensées sérieuses, je ne peux m'empêcher de regarder ces belles chaussures et de les faire tourner dans tous les sens pour admirer les reflets du cuir. Papa remarque mon manège, me donne un petit coup de coude, et je me force à regarder l'autel. Il y a deux portraits sur le cercueil, l'un de ma grand-mère et l'autre d'une inconnue. Une jeune femme assise sur une plage, se détournant légèrement de l'objectif, un sourire entendu aux lèvres, comme si elle s'apprêtait à lancer une plaisanterie au photographe. Le pasteur dit quelque chose et Tantie Rita se met à gémir ; le mascara coule en rigoles noires sur ses joues, et je regarde ma mère, curieuse, espérant une réaction similaire. Ses mains gantées reposent sagement sur ses genoux, ses yeux sont fixés sur le cercueil, mais rien ne se passe. Rien, et je croise soudain le regard de ma cousine Samantha. Elle aussi regarde ma mère, et soudain la honte me saisit.

Je me suis levée brusquement, j'ai saisi ces noires pensées à la gorge et je les ai jetées au sol. J'ai plongé les mains au fond de mes poches, profondes, si profondes, et je me suis persuadée que j'avais un but. Puis j'ai arpenté le couloir en contemplant, comme au musée, d'anciennes affiches vantant des programmes de vaccination vieux d'au moins deux ans. Tout plutôt que de repartir vers le sombre autrefois.

J'ai fini par trouver, un distributeur de boissons chaudes. Quand vous enclenchez la machine, le gobelet descend sur une petite plate-forme et la machine sécrète, suivant votre commande, du chocolat en poudre ou du café en granulés, et de l'eau chaude. Il y avait des sachets de thé sur un plateau en plastique et j'ai préparé deux tasses, une pour maman et une pour moi. J'ai regardé les sachets cracher des rubans couleur de rouille dans l'eau, puis j'ai lentement incorporé du lait en poudre, attendant que les grumeaux se soient tous dissous avant de revenir dans la salle d'attente.

Maman a pris le gobelet de plastique sans dire un mot ; de l'index, elle a rattrapé une goutte qui roulait sur le bord. Elle a gardé le thé bien chaud dans ses mains, sans boire. Je me suis rassise à côté d'elle et n'ai pensé à rien. Non, j'ai essayé de ne penser à rien, tandis que mon cerveau repartait à la chasse. Nouvelle question : pourquoi avais-je si peu de souvenirs de mon père ? De vrais souvenirs, je veux dire, pas de ceux que recréent les photographies et les anecdotes familiales.

— Il m'a mise en colère, a fini par dire maman. J'ai élevé la voix. Je venais de sortir le rôti du four et je l'ai posé sur la table pour qu'il le découpe ; il ne venait toujours pas et je me suis dit que le rôti allait refroidir et que ça lui apprendrait. J'aurais pu aller le chercher, bien sûr, mais j'en avais assez de crier dans le vide. Eh bien, le rôti sera froid, c'est comme ça, tu pourras toujours te plaindre.

Elle a eu une drôle de grimace, comme lorsque l'envie de pleurer vous ôte la parole, et que vous ne voulez pas qu'on le remarque.

— Il avait encore passé toute l'après-midi dans le grenier à descendre des cartons. Il y en a plein l'entrée, je me demande comment je vais faire pour les remonter, il ne sera pas en état de…

Elle a plongé un regard aveugle au fond du gobelet.

— Il était allé dans la salle de bains faire un brin de toilette avant de descendre dîner. C'est là que ça s'est passé. Je l'ai trouvé couché contre la baignoire, juste à l'endroit où tu t'étais évanouie, quand tu étais petite. Il était en train de se laver les mains quand ça l'a pris. Elles étaient encore pleines de savon.

Un lourd silence a suivi et je mourais d'envie de le combler. Il y a quelque chose de rassurant dans une conversation, quelque chose d'ordonné qui vous ancre au monde réel. J'en suis sûre, rien d'effroyable, rien d'inattendu ne peut arriver quand deux personnes se parlent.

— Et tu as appelé l'ambulance, donc, ai-je poursuivi, comme si je parlais à une enfant de trois ans.

— Ils sont arrivés presque immédiatement. Quelle chance ! J'ai à peine eu le temps de me rasseoir près de lui, de lui essuyer les mains, qu'ils étaient déjà là. Deux personnes, un homme et une femme. Ils ont dû faire un massage cardiaque. Puis ils ont utilisé une de ces machines qui provoquent des chocs électriques.

— Un défibrillateur, ai-je dit.

— Et ils lui ont injecté un médicament pour les caillots.

Elle a regardé le dos de ses mains.

— Il était encore en maillot de corps, et je me suis dit qu'il fallait que j'aille lui en chercher un propre.

Elle a secoué la tête. Etait-ce le regret de ne pas l'avoir fait, ou l'étonnement que lui causait l'incongruité d'une telle pensée, alors que son mari gisait inconscient sur le sol de la salle de bains ? Quelle importance, maintenant ? Et qui étais-je pour la juger ? Si je n'avais pas été en train de questionner Tantie Rita sur le passé de maman, j'aurais été avec eux, j'aurais pu les aider. Si vous pensez que ce constat m'avait échappé, vous vous trompez lourdement.

Un médecin s'est approché de nous et maman s'est noué les doigts. Je me suis levée à demi de mon siège ; il a passé son chemin sans ralentir et a disparu par une autre porte.

— Ne t'en fais pas, maman. Ils ne vont plus tarder.

Le poids de ces excuses muettes altérait ma voix. J'étais désespérée, réduite à l'impuissance.

Il n'y a qu'une photographie du mariage de mes parents. Oh, je suppose qu'il doit s'en trouver d'autres dans un bel album blanc oublié dans quelque carton. Moi, je n'en connais qu'une qui ait survécu aux ravages des années.

Ils sont seuls tous les deux. Ce n'est pas une de ces photographies officielles où les membres des deux familles sont disposés à droite et à gauche, donnant au couple en leur milieu deux ailes – en général si déséquilibrées que la créature qui en résulte aurait bien du mal à voler. Sur cette photo-là, leurs familles si mal assorties ont disparu, et il ne reste plus qu'eux deux ; maman regarde papa, comme ensorcelée. Comme s'il irradiait, ce qui est le cas, d'une certaine façon. Sans doute un effet des éclairages que les photographes utilisaient à l'époque.

Il est si incroyablement jeune, mon père – ma mère aussi, d'ailleurs. Il a encore des cheveux, bien peignés sur le sommet de la tête, et n'a aucune idée du fait qu'il va bien vite les perdre. Aucune idée du fait qu'il va avoir un fils, et que ce fils va mourir. Qu'une fille suivra, à laquelle il ne comprendra jamais rien. Que sa femme un jour se désintéressera de lui. Qu'un jour son cœur lâchera et qu'il sera transporté à l'hôpital en ambulance, que cette même épouse et cette fille qui le déconcerte attendront qu'il se réveille, assises dans un couloir du service de cardiologie.

Rien de tout cela n'est présent sur la photo, pas même à l'état de soupçon. Elle représente un moment figé ; l'avenir est devant eux, inconnu, comme il se doit. Cependant, il y a quelque chose de cet avenir dans le cliché, d'une certaine façon. Je le vois à leurs yeux, à ceux de ma mère, en particulier. Le photographe ne s'est pas contenté de capter sur la pellicule l'image de deux jeunes gens le jour de leurs noces : il a aussi enregistré le franchissement d'un seuil, la vague au moment même où elle va se faire écume et se briser sur le rivage. La jeune femme, maman, voit davantage que le jeune homme devant elle, ce garçon dont elle est amoureuse. Elle voit sous ses yeux toute leur vie de couple s'étirer jusqu'à leurs derniers jours…

Je suis peut-être encore en train de me raconter des histoires. Peut-être se contente-t-elle d'admirer sa coupe de cheveux, ou de penser, impatiente et joyeuse, à la réception, à la nuit de noces. Ces photos-là, qui prennent une valeur légendaire dans votre propre famille, vous incitent toujours à créer vos propres fictions. Assise près de maman dans la salle d'attente, j'ai compris que la seule façon de savoir ce qu'elle avait ressenti ce jour-là, ce qu'elle avait espéré en le regardant, c'était de lui poser la question. Sa vie d'alors, était-elle plus compliquée, son passé plus obscur que ce que son doux sourire de jeune mariée suggérait ? Curieux, tout de même, que nous n'ayons jamais parlé de cette photo. Je mets cela sur le compte de l'expression de mon père, si lumineuse. La façon dont maman le regarde concentre l'attention sur lui. Ce qui permet d'évacuer rapidement maman, jeune fille innocente et naïve aux humbles origines, dont la vie ne fait que commencer. C'est un mythe que maman a tout fait pour encourager, ai-je alors compris. Chaque fois qu'elle m'a parlé de leur vie avant leur rencontre, à papa et à elle, c'est toujours de celle de papa qu'il s'agissait.

Tandis que je recréais en imagination la photo de mes parents, l'esprit encore troublé par ma visite à Rita, c'était sur le visage de maman que je me concentrais. Cette jeune femme aux yeux immenses, se pouvait-il qu'elle ait eu un secret ? Que dix ans avant son mariage avec ce colosse radieux, elle ait eu une foucade secrète pour son instituteur, lequel était fiancé à sa meilleure amie ? A l'époque, elle devait avoir quatorze ou quinze ans ; si Meredith Burchill n'était pas le genre de femme à avoir entretenu une relation adolescente, que dire de Meredith Baker ? Quand j'avais cet âge-là à peu près, l'une des leçons de morale favorites de maman concernait toutes ces choses dont les filles bien élevées s'abstiennent. Elle-même, en avait-elle fait l'expérience ?

De la femme assise à mon côté, je croyais tout connaître, et je ne savais rien. Je m'étais développée dans son corps, j'avais été élevée dans sa maison, et cependant elle était, en certains points essentiels, une étrangère à mes yeux. Pendant trente ans, je ne lui avais pas accordé plus de profondeur qu'à ces poupées de papier avec lesquelles je jouais enfant, aux sourires figés et aux jupes amovibles. Qui plus est, j'avais très imprudemment passé ces derniers mois à tenter de violer ses secrets les plus intimes, sans même essayer de lui parler du reste. D'elle, de sa vie à elle. Le moment était venu. Papa aux urgences, maman muette à mon côté, il m'a soudain semblé essentiel que je puisse en savoir plus sur eux. Sur elle, surtout. La femme mystérieuse qui parlait de Shakespeare, la mère qui, à la bibliothèque, avait emprunté *L'Homme de boue* pour sa fille malade, la jeune fille déracinée qui avait autrefois envoyé des articles aux journaux.

— Maman… Papa et toi, vous vous êtes rencontrés comment ?

Elle s'est éclairci la voix, qu'un long silence avait rouillée.

— Au cinéma. Ils passaient *The Holly and the Ivy*. Tu sais bien.

Un silence.

— Ce que je veux savoir, c'est comment ça s'est passé. C'est toi qui l'as remarqué ? C'est lui ? Qui des deux a parlé le premier ?

— Oh, Edie, je ne m'en souviens plus. Lui. Non, moi. Je ne sais plus.

Elle a remué les doigts de sa main droite comme un marionnettiste qui fait danser des étoiles sur ses ficelles.

— Nous étions tous les deux tout seuls dans la salle. Tu imagines ?

Une curieuse expression est apparue sur le visage de maman, une sorte de distance affectueuse, qui la détachait d'un présent catastrophique dans lequel son mari luttait contre la mort dans une chambre toute proche.

— Tu l'as trouvé beau ? ai-je insisté d'une voix douce. Est-ce que ça a été le coup de foudre ?

— Pas vraiment. Au début, je croyais que c'était un assassin.

— Quoi ? Papa, un assassin ?

Je ne crois pas qu'elle m'ait entendue, perdue qu'elle était dans ses souvenirs.

— C'est un peu effrayant de se retrouver toute seule dans une salle de cinéma. Toutes ces rangées de fauteuils vides, la salle obscure, l'énorme écran. Le cinéma, ce devrait être une distraction populaire. Quand le but n'est pas atteint, l'effet est très étrange. Dans le noir, tout peut arriver.

— Il s'était assis à côté de toi ?

— Ah, pas question, il est resté à bonne distance. C'est un homme bien élevé, ton père. Après la séance, nous nous sommes retrouvés dans le foyer, et nous avons discuté. Il avait rendez-vous avec quelqu'un d'autre…

— Une femme ?

Elle s'est mise à contempler avec un intérêt exagéré le tissu de sa jupe et reprit, sur un ton de doux reproche.

— Oh, Edie.

— Je pose la question, c'est tout.

— Je crois en effet que c'était une femme, mais elle ne s'est pas montrée. Et de ce fait…

Maman a appuyé les deux mains sur ses genoux, relevé la tête avec un reniflement imperceptible, un soupir, presque.

— Il m'a proposé un thé et j'ai accepté. Nous sommes allés sur le Strand, au Lyons Corner Shop. J'ai pris une tranche de cake à la poire et je me souviens d'avoir trouvé ça très chic.

— Et c'était ton premier amoureux ? ai-je demandé avec un sourire.

— Oui

Avait-elle hésité à répondre, ou était-ce un effet de mon imagination ?

— Tu as volé son petit ami à une autre femme, donc.

Je la taquinais d'un ton que j'espérais léger ; mais sitôt la phrase prononcée, j'ai pensé à Juniper Blythe et à Thomas Cavill ; mes joues se sont empourprées. J'étais trop troublée par ma gaffe pour prêter attention à la réaction de maman. Je me suis empressée de reprendre le contrôle de la conversation.

— Et tu avais quel âge à l'époque ?

— Vingt-cinq. C'était en 1952 et je venais juste d'avoir vingt-cinq ans.

J'ai hoché la tête, comme si je me livrais à des opérations de calcul mental. De fait, une petite voix s'insinuait dans mon esprit, qui murmurait : tant que vous y êtes, c'est peut-être le bon moment pour lui poser deux ou trois questions sur Thomas Cavill ? Elle était perfide, cette petite voix, et je m'en suis voulu de l'avoir écoutée. L'occasion était si tentante, cependant ! Allons, me suis-je dit, tu détournes son attention de l'état de papa, c'est une bonne chose. Sans même lui laisser le temps de souffler, j'ai repris :

— Vingt-cinq. C'est un peu tard pour un premier flirt, non ?

— Pas vraiment.

Elle avait répondu d'une voix courte, haletante.

— L'époque était différente. J'avais bien d'autres choses à penser.

— Puis tu l'as rencontré.

— Oui.

— Et tu es tombée amoureuse.

Ce second « Oui », elle l'a prononcé d'une voix si douce que je l'ai lu sur ses lèvres plutôt que de l'entendre.

— Papa, c'était ton premier amour ?

Elle a eu un haut-le-corps, comme si je venais de la gifler.

— Edie, non !

Voilà. Tantie Rita avait vu juste. Maman avait aimé un autre homme.

— Ne parle pas de ton père au passé, comme si…

Les larmes brillaient dans les rides tout autour de ses yeux. Je me suis sentie aussi mal que si je l'avais réellement giflée, surtout lorsqu'elle a posé la tête sur mon épaule et qu'elle s'est mise à pleurer – ou plutôt a laissé ses larmes couler, couler sans cesse. Ma mère ne pleure jamais. Mon bras coincé contre le rebord de plastique de la chaise me faisait mal, mais je n'ai pas bronché.

Dehors, le brouhaha de la circulation enflait et diminuait, au gré du temps, ponctué de temps à autre d'un hurlement de sirène. Les murs d'hôpital ont ceci de curieux que, bien qu'ils ne soient faits que de briques et de plâtre, ils font presque entièrement disparaître la réalité, les vibrations, les bruits de la ville au-dehors. Quelques mètres à peine vous en séparent, mais soudain le monde est aussi inaccessible, aussi lointain qu'une terre fabuleuse. C'est comme à Milderhurst, me suis-je dit. J'avais éprouvé le même sentiment de parfait isolement là-bas ; sitôt le seuil franchi, un voile épais et tendre m'était tombé sur les épaules, comme si le monde extérieur avait été réduit à néant. Je me suis demandé ce que les sœurs Blythe faisaient en ce moment même, comment elles avaient occupé le laps de temps qui s'était écoulé depuis ma visite, toutes les trois perdues dans leur grand château noyé d'ombre. Les images se sont succédé dans mon esprit, comme des instantanés : Juniper errant dans les couloirs en robe de soie souillée ; Saffy surgissant de nulle part, la prenant par la main pour la reconduire au salon jaune ; Percy à la fenêtre du grenier, sourcils froncés, surveillant son domaine comme un capitaine juché sur son mât de misaine...

A minuit, les infirmières de garde sont arrivées – visages nouveaux et vieilles plaisanteries. Rires et bavardages dans la salle de garde, brillamment illuminée, un solide fanal de normalité dans la nuit de l'hôpital, une île dans la mer déchaînée. J'ai essayé de m'assoupir en utilisant mon sac comme un oreiller : en vain. Maman, tout près de moi, me semblait presque vieillie depuis notre dernière rencontre et si menue, si seule que je ne pouvais m'empêcher d'imaginer ce que serait sa vie sans papa. Mon esprit ne m'a épargné aucun détail : le fauteuil vide de papa, les repas trop silencieux, les journées sans un seul coup de son frénétique marteau. Une maison solitaire, morne et cependant noyée d'échos lointains.

Si papa mourait, nous allions nous retrouver seules toutes les deux. Deux, ce n'est pas beaucoup. Il n'y a plus de réserve, pour ainsi dire. C'est un chiffre tranquille qui permet des conversations simples et limpides, où il n'est nul besoin de couper la parole à l'autre. D'ailleurs, est-ce possible ? Ou même nécessaire ? Etait-ce ce qui nous attendait ? Nous deux dans la cuisine, échangeant des opinions et des mots avec la régularité d'une partie de ping-pong, émettant toutes sortes de bruits polis, nous contentant de semi-vérités et sauvant toujours les apparences ? Perspective insupportable. Soudain, je me suis sentie terriblement seule.

C'est lorsque la solitude m'accable de tout son poids que je regrette vraiment mon frère. Il aurait été un homme adulte, presque mûr, s'il avait vécu, affable, souriant, et prompt à faire sourire ma mère. Le Daniel que je me suis inventé sait toujours quoi dire, tout le contraire de sa pauvre sœur, l'imbécile qui ne trouve jamais ses mots et que cela met au supplice. J'ai glissé un regard vers maman et me suis demandé si elle pensait elle aussi à son fils. L'hôpital, peut-être, lui faisait revenir à la mémoire des souvenirs de son petit garçon. Je n'ai pas pu le lui demander. A la maison, Daniel n'était pas un sujet de conversation. Tout comme l'évacuation, le passé, les regrets.

Comment expliquer ce qui s'est passé ensuite ? Etait-ce la tristesse que me causaient ces innombrables secrets, mijotant sous la surface polie de nos relations familiales ? Ou bien voulais-je me punir de l'avoir bouleversée par mes questions sur papa ? Ou bien avais-je au fond de moi un petit démon qui voulait la faire réagir, la punir d'avoir gardé ses souvenirs pour elle, de m'avoir volé le vrai Daniel, le vrai papa ? Quoi qu'il en soit, je me suis trouvée la seconde d'après au seuil de la révélation suivante.

— Maman ?

Elle s'est frotté les yeux, a consulté sa montre.

— Jamie et moi, c'est fini.

— Ah ?

— Oui.

— Aujourd'hui ?

— Hum, pas vraiment. Au moment de Noël.

Un « Oh » ténu de surprise. Puis elle a plissé le front, troublée, compté les mois.

— Mais tu ne nous en as rien…

— Non.

Son visage s'est affaissé. Elle a hoché la tête, lentement, tristement, se rappelant sans aucun doute les dizaines de questions qu'elle m'avait posées sur Jamie dans l'intervalle, et les réponses qu'invariablement je lui avais fournies. Rien que des mensonges.

— Il a fallu que je rende l'appartement, ai-je dit. Je cherche un studio. Un petit coin où j'aie la paix.

— C'est donc pour cela que je n'ai pas pu te joindre, après que ton père a… J'ai essayé tous les numéros possibles et imaginables, même celui de Rita, jusqu'à ce que je pense à Herbert. Je ne savais plus quoi faire.

— Eh bien, maman, ai-je dit avec dans la voix une note de triomphe artificiel, tu as visé juste. Pour le moment, je suis chez Herbert.

Nos regards se sont croisés.

— Il a une chambre d'amis ?

— Non, un canapé.

— Je vois.

Maman avait joint les deux mains sur ses genoux, comme si elle retenait un minuscule oiseau. Précieux volatile qu'elle ne voulait pas risquer de perdre.

— Il faut absolument que je lui envoie un petit mot, a-t-elle dit, la voix lasse. Il nous a envoyé de sa confiture de mûres à Pâques, et je ne crois pas que je lui aie répondu.

Ainsi s'est conclue la conversation dont la perspective m'avait terrifiée pendant des mois. Sans douleur, ce qui était une bonne chose ; sans âme, ce qui me fit mal au cœur.

Maman s'est alors levée, et je me suis dit que je l'avais jugée trop vite, que le sujet n'était pas clos et qu'elle allait me faire une scène en bonne et due forme. Puis j'ai vu la direction qu'avait prise son regard : un médecin s'approchait de nous à grands pas. Je me suis levée, moi aussi ; j'ai essayé de déchiffrer l'expression de son regard. De quel côté la pièce allait-elle tomber ? En vain. Le sourire neutre du médecin pouvait convenir à tous les scénarios. Art subtil sans doute enseigné à la fac de médecine.

— Madame Burchill ?

Il y avait dans sa voix heurtée un soupçon d'accent étranger.

— C'est moi, oui.

— Votre mari est dans un état stationnaire.

Maman a émis un petit bruit aigu, comme l'air qui s'échappe d'un ballon.

— C'est une bonne chose que l'ambulance soit arrivée si rapidement. Vous n'avez pas perdu de temps, c'est bien.

Maman sanglotait tout doucement. Je me suis rendu compte que ses larmes s'étaient remises à couler.

— Nous allons voir comment les choses évoluent, mais à ce stade, il est peu probable que nous ayons recours à une angioplastie. Il va lui falloir rester hospitalisé quelques jours, le temps que nous procédions à quelques examens, mais la convalescence peut se faire sans problème à son domicile. Il faudra veiller à d'éventuelles sautes d'humeur. Il est fréquent que les malades du cœur souffrent d'accès de dépression. Les infirmières vous indiqueront la marche à suivre.

Maman hochait la tête avec une gratitude fervente.

— Bien sûr, docteur, oui, oui.

Elle et moi ne savions comment manifester notre soulagement au spécialiste. Elle a fini par articuler un : « Merci, docteur » des plus ordinaires ; il s'était déjà retiré derrière l'infranchissable barrière de sa blouse blanche. Il a dodeliné de la tête d'un air déjà distant, comme s'il lui fallait maintenant repartir vers une autre salle d'attente, un autre malade à sauver – ce qui était sans nul doute le cas ; sans doute avait-il déjà oublié qui nous étions, de quel patient nous étions parentes.

J'étais sur le point de suggérer à maman que nous devrions aller voir papa quand elle a de nouveau éclaté en sanglots, elle qui ne pleure jamais. Oh, ce n'étaient pas de ces petites larmes que l'on peut essuyer d'un revers de main, non, c'étaient de gros sanglots qui lui venaient du fond du cœur. Je me suis souvenue de mon enfance, de ces crises de larmes que j'avais parfois, et de la remarque que maman me faisait alors.

« Il y a des filles qui sont gâtées par la nature : quand elles pleurent, elles deviennent jolies ; leurs yeux brillent, leurs joues s'empourprent, leurs lèvres se gonflent. Toi et moi, c'est tout le contraire. »

Elle avait raison. Pleurer nous rend laides, toutes les deux. Les traits déformés, brouillés, les sanglots bruyants… Mais à la voir devant moi, si frêle, si impeccablement vêtue, si profondément bouleversée, j'aurais voulu la prendre dans mes bras jusqu'à ce qu'elle cesse de pleurer. Ce n'est pas ce que j'ai fait, pourtant. J'ai plongé la main au fond de mon sac et j'y ai pêché un mouchoir en papier.

Elle l'a pris, mais cela n'a pas arrêté ses larmes, pas immédiatement du moins. Au bout d'un moment, hésitante, j'ai tendu la main, frôlé la manche de sa veste en cachemire ; la caresse s'est faite tapotement, puis massage. Ainsi sommes-nous restées, l'une contre l'autre, jusqu'à ce que son corps se détende un peu et qu'elle consente à s'appuyer sur mon épaule, comme un enfant qui veut être consolé. Elle a fini par se moucher bruyamment.

— Edie, j'étais morte d'inquiétude, a-t-elle soufflé en s'essuyant soigneusement les paupières, dépliant le mouchoir pour traquer les traces de mascara.

— Je sais, maman.

— Je crois que je ne pourrais jamais… s'il se passait quelque chose… si je le perdais…

— Tout va bien, ai-je dit d'une voix ferme. Il ne va pas trop mal. Il va se remettre, tu vas voir.

Elle avait l'air aveuglée par le soulagement. Une infirmière m'a donné le numéro de la chambre et nous avons erré un moment dans les couloirs fluorescents avant de la trouver. A quelques mètres de la porte, maman s'est immobilisée.

— Qu'est-ce qui ne va pas ?

— Edie, je ne veux pas que ton père ait le moindre souci à l'esprit.

Je n'ai pas répondu. Pourquoi aurais-je essayé de lui en causer ?

— S'il apprenait que tu dors sur un bout de canapé, il serait bouleversé. Tu sais à quel point il s'en fait pour toi.

— C'est une solution temporaire, maman.

J'ai jeté un coup d'œil à la porte.

— Je fais le nécessaire pour que la situation évolue. Je regarde les petites annonces tous les jours mais je n'ai pas encore trouvé ce qu'il me faut.

— Absurde.

Elle a rajusté sa jupe et gonflé ses poumons. N'a pas osé, cependant, croiser mon regard lorsqu'elle a ajouté :

— Tu as toujours ta chambre à la maison. C'est ça qu'il te faut.

La maison de l'oiseau est dorée, est dorée

Et c'est ainsi qu'à l'âge de trente ans je suis redevenue une célibataire de sexe féminin vivant dans la maison de ses parents, là même où j'ai grandi. J'ai réintégré ma chambre de petite fille, mon lit d'un mètre cinquante de long, sous la fenêtre qui surplombait les pompes funèbres Singer & Sons. Une nette amélioration par rapport à mon logement précédent. J'ai la plus grande affection pour Herbert et beaucoup de temps à consacrer à sa chère vieille Jessie, mais Dieu me garde d'avoir à partager de nouveau son canapé.

Le déménagement s'est effectué sans douleur ; je n'ai pas pris grand-chose. C'était un arrangement provisoire, comme je l'ai dit et répété à qui voulait bien m'entendre ; il était donc plus raisonnable de laisser tous mes cartons chez Herbert. J'ai entassé le strict minimum dans une seule valise et je suis rentrée à la maison, où rien n'avait vraiment changé depuis dix ans.

Notre maison a été construite dans les années 1960. Mes parents l'ont achetée sur plans quand maman était enceinte de moi. Elle a quelque chose de tout à fait extraordinaire, cette maison : il n'y a pas un seul objet qui n'y soit à sa place. Pas un seul. Chez les Burchill, il y a une organisation pour toute chose : plusieurs paniers dans la buanderie, pour séparer les différents types de linge sale, des serviettes de couleurs différentes dans la salle de bains, chaque couleur correspondant à un usage, un bloc-notes près du téléphone et un crayon qui ne s'égare jamais, et pas une seule enveloppe dans les environs couverte de je ne sais quels gribouillis et autres adresses et noms de personnes dont les appels auraient été oubliés à jamais. Propre comme un sou neuf. Rien d'étonnant à ce qu'enfant j'aie longtemps cru que j'avais été adoptée.

Quand papa s'est mis à nettoyer le grenier, il a réussi à ne causer qu'un désordre minimal, presque poli. Une vingtaine de cartons avec la liste de leur contenu scotchée sur les couvercles, ainsi que trente années de vieux appareils électriques dans leur emballage d'origine. Tout cela ne pouvait pas rester bien longtemps dans le vestibule. Papa était encore en train de se remettre de son infarctus, et comme mes fins de semaine étaient pour le moins oisives, il était logique que je me charge de leur rapatriement. J'y ai travaillé comme un bon petit soldat, ne me laissant distraire que par l'apparition d'un carton intitulé « Affaires d'Edie ». Je n'ai pas résisté à la tentation de l'ouvrir. J'y ai retrouvé nombre de choses perdues : des colliers de nouilles à la peinture écaillée, une boîte à secrets en porcelaine, avec des fées peintes sur les côtés, puis, noyé dans un fatras de babioles et de livres – ô bonheur ! –, mon exemplaire mal acquis, passionnément aimé et jusqu'ici égaré de *L'Homme de boue*.

Le mince volume écorné dans mes mains de femme adulte, j'ai été submergée par des souvenirs radieux

– moi à dix ans, couchée sur le canapé du salon, image si proche, si nette, que j'aurais pu la frôler du doigt pour la faire trembler. J'ai retrouvé la sensation de la lumière du soleil, filtrée par les fenêtres, l'odeur tiède de l'air – mouchoirs en papier et pastilles au citron, doses généreuses de pitié parentale. J'ai même revu maman dans l'embrasure du salon, en manteau, son filet à provisions à la main. Y fouillant, en extrayant quelque chose, me tendant ce livre qui allait changer mon monde. Livre écrit par ce grand auteur dont elle avait partagé le toit pendant la Seconde Guerre mondiale…

Pensive, j'ai passé le doigt sur les lettres de la couverture, sur le nom qu'elles formaient : Raymond Blythe. « Ça va peut-être te distraire, ça, avait dit maman. Le livre est destiné à des lecteurs un peu plus âgés, je crois, mais tu es plutôt précoce. Avec un peu d'effort, tu devrais y arriver. » J'avais voué à Mlle Perry une reconnaissance éternelle : c'était elle, après tout, qui m'avait montré le chemin ; assise sur le plancher du grenier, *L'Homme de boue* à la main, il m'est venu une idée bien différente. Un fin rai de lumière dans les brumes de ma mémoire. Et si j'avais fait erreur pendant vingt ans ? Et si Mlle Perry n'avait agi qu'à la demande d'une autre personne, ma mère ? Ma mère qui savait très bien que c'était le livre qu'il me fallait lire à ce tournant de ma vie ? Oserais-je lui poser la question ?

Le livre était déjà bien usé quand elle me l'avait donné, et mes lectures répétées et passionnées n'avaient pas amélioré son état. Sous sa couverture en lambeaux dormaient les pages que j'avais dévorées alors que le monde qu'elles décrivaient était encore neuf à mes yeux, alors que j'ignorais tout du sort de Jane et de son frère, et de la malheureuse créature ensevelie dans la boue.

Depuis ma visite à Milderhurst, je voulais le relire. Le souffle court, j'ai ouvert le volume au hasard, laissant mes yeux courir sur une de ses pages adorées, roussies par le temps. « La voiture qui les emmena vivre chez l'oncle qu'ils n'avaient encore jamais rencontré quitta Londres dans la soirée ; le voyage dura la nuit entière. A l'aube, enfin, ils parvinrent à l'orée d'une allée envahie par les herbes folles. » J'ai poursuivi ma lecture, secouée sur la banquette de la voiture entre Jane et Peter. Nous avons franchi les vieilles grilles grinçantes, remonté l'allée sinueuse jusqu'à ce qu'il nous apparaisse enfin, au sommet de la colline, gris et froid dans la lumière mélancolique du soleil levant. Bealehurst Castle. J'ai tremblé à l'idée de ce que je pourrais y trouver. La tour surplombait le toit du château, ses fenêtres se détachant, sombres, sur la pierre crémeuse. De lourds nuages passaient dans le ciel blême et quand la voiture s'est arrêtée avec fracas, nous sommes descendus précipitamment et nous nous sommes retrouvés devant les eaux ténébreuses des douves. Une brise venue de nulle part a fait naître d'innombrables vaguelettes à la surface de l'eau. Le cocher a désigné un pont-levis de bois. En silence, d'un pas lent, nous l'avons traversé. Au moment où nous atteignions la lourde porte du château, une clochette a sonné – dans le vrai monde, et j'ai failli lâcher le livre.

Vous ai-je déjà parlé de la clochette ? Je ne crois pas. Pendant que je remontais les cartons au grenier, papa avait été installé dans la chambre d'amis, une pile de *Comptabilité magazine* à portée de main, ainsi qu'un magnétophone dans lequel ma mère avait inséré une cassette de Henry Mancini. Et la clochette, de celles qu'utilisaient les maîtres pour appeler les domestiques. C'était une idée de papa, un vieux souvenir de son enfance, d'une fièvre qui l'avait cloué au lit quelques jours. Après son retour de l'hôpital, il avait passé quinze jours à somnoler. De sorte que maman a été si heureusement surprise par cette suggestion, signe certain d'un retour à la santé, qu'elle a immédiatement accepté.

« Ce n'est pas bête », a-t-elle dit, sans se douter un seul moment que ce joli petit bibelot allait acquérir un tel pouvoir de nuisance.

Aux mains d'un père grincheux et taraudé par l'ennui, la clochette est devenue une arme terrible, le talisman de sa régression. Elle a transformé un aimable comptable à la retraite en enfant gâté, exigeant, jamais à court de questions. Le courrier était-il arrivé ? Où était passée maman, que faisait-elle de sa journée ? Quand allait-on se décider à lui apporter son thé ?

Le matin où j'ai retrouvé mon *Homme de boue*, cependant, maman était partie faire des courses au supermarché et j'étais officiellement de service auprès de papa. Au tintement de la cloche, Bealehurst est tombé en poussière, les nuages se sont éparpillés, le château a disparu, la dernière marche du perron s'est effondrée et je suis tombée dans un gouffre blanc où flottaient des milliers de lettres noires, pour atterrir avec un grand boum dans le grenier de notre maison à Barnes.

J'ai honte de le dire, mais je suis restée immobile un moment : qui sait, j'allais peut-être avoir un peu de répit ? Mais quand la clochette a retenti pour la seconde fois, j'ai glissé le livre dans la poche de ma veste et j'ai dévalé l'échelle du grenier avec une réticence coupable.

— Salut, papa, ai-je claironné à la porte de la chambre d'amis. Tout va bien ?

Ce n'est pas très gentil de reprocher à un père convalescent ses intrusions dans vos rêveries.

Il était si profondément vautré dans son lit qu'il disparaissait pratiquement sous les oreillers.

— C'est déjà l'heure de déjeuner, Edie ?

— Pas encore.

Je l'ai aidé à se redresser.

— Maman m'a dit qu'elle te préparerait une petite soupe en rentrant. Ce matin, elle a fait un délicieux…

— Ta mère n'est pas encore rentrée ?

— Elle ne devrait pas tarder.

Je lui ai décoché un sourire compatissant. Pauvre papa, il avait passé un très mauvais moment. Ce n'est facile pour personne de rester cloué au lit pendant des semaines, mais pour quelqu'un comme lui qui n'a ni passion ni penchant pour la relaxation, ce devait être un vrai supplice. J'ai changé l'eau de sa carafe en essayant de ne pas toucher le livre qui dépassait de ma poche.

— Tu veux que j'aille te chercher quelque chose, en attendant ? Des mots croisés ? Une bouilloire ? Un peu de gâteau ?

— Non, a-t-il répondu avec un soupir stoïque.

— Tu es sûr ?

— Oui.

J'ai reposé la main sur *L'Homme de boue* ; mon esprit déjà s'était égaré, évaluant les mérites comparés du petit sofa de la cuisine et du grand fauteuil dans le salon – tout près de la fenêtre ; quand il fait beau, on peut y passer toute une après-midi à se chauffer aux rayons du soleil.

— Bon, eh bien je vais y retourner, je crois, ai-je dit d'un air penaud. Allez, papa, courage !

A peine étais-je à la porte qu'il m'a rappelée.

— Qu'est-ce que c'est que ce truc, Edie ?

— Quel truc ?

— Là, dans la poche de ta veste. C'est le courrier ?

Sa voix était pleine d'espoir, pauvre papa.

— Non, c'est un livre que j'ai trouvé dans un des cartons, au grenier.

Il a eu un regard désapprobateur.

— Edie, si je me suis donné tout ce mal, ce n'est pas pour que tu fouilles dans les cartons.

— Je sais, papa, mais c'est un de mes livres préférés.

— Ah ? Et qu'est-ce que ça raconte ?

J'étais sidérée. C'était la première fois que papa me parlait d'un livre.

— C'est l'histoire de deux orphelins. Une petite fille qui s'appelle Jane et un garçon qui s'appelle Peter.

Il a eu un froncement de sourcils impatient.

— C'est tout ? Vu l'épaisseur du livre, il doit se passer bien d'autres choses.

— Bien sûr. Des tas de choses.

Mon Dieu, par quel bout commencer ? Le devoir et la trahison, l'absence et la nostalgie, les sacrifices et les crimes dont les gens sont capables pour protéger ceux qu'ils aiment, la folie, la fidélité, l'honneur, l'amour... J'ai jeté un coup d'œil à papa. Mieux valait s'en tenir à l'intrigue.

— Les parents de Jane et de Peter périssent brûlés dans l'incendie de leur maison, à Londres, et les deux enfants partent vivre chez leur oncle, qu'ils n'ont pas vu depuis des années. L'oncle habite un château.

— Un château ?

— Oui, Bealehurst. L'oncle est un individu plutôt sympathique et le château plaît beaucoup aux enfants. Mais au fur et à mesure que le temps passe, ils se rendent compte qu'il s'y passe des choses étranges. Le château recèle un secret, sombre et terrible.

— Sombre *et* terrible, hein ?

Il a eu un petit sourire.

— Oui, tout à fait. Sombre *et* terrible. Affreux, même.

Ma voix vibrait d'excitation. Papa s'est penché vers moi, le coude posé sur le bord du lit.

— Bon, mais qu'est-ce que c'est ?

— De quoi veux-tu parler ?

— Mais du secret ! Qu'est-ce que c'est ?

Je l'ai fixé, stupéfaite.

— Mais… je ne peux pas te le dire !

— Bien sûr que tu peux.

Il a croisé les bras comme un enfant boudeur et j'ai cherché mes mots. Comment lui expliquer le contrat passé entre le lecteur et l'auteur, les dangers de la gloutonnerie littéraire, la part de sacrilège que comporte la révélation prématurée d'une fin à laquelle l'écrivain a mis des chapitres à vous préparer ?

— Si tu veux, je te le prêterai, ai-je fini par dire, renonçant à mes explications.

Il m'a répondu d'une grimace dépourvue de toute grâce.

— Lire me donne mal à la tête.

Un long silence a suivi, bientôt lourd d'embarras. Papa attendait que je cède ; j'ai refusé, bien sûr – avais-je le choix ? Il a poussé un soupir qui tenait presque du sanglot.

— Tant pis, a-t-il murmuré. Ça n'est pas bien grave, j'imagine.

Il avait l'air inconsolable. Je me suis alors souvenue avec une telle intensité de la façon dont, malade, alitée comme lui, je m'étais retrouvée prisonnière du monde de *L'Homme de boue* que je n'ai pas pu m'empêcher de lui dire :

— Papa, tu veux vraiment savoir quel est le secret du château ? Et si je te faisais la lecture ?

L'Homme de boue est devenu notre rite quotidien, une cérémonie dont j'attendais l'heure avec impatience. Sitôt le dîner fini, j'allais aider maman dans la cuisine, je débarrassais le plateau de papa, puis je reprenais la lecture là où je l'avais laissée la veille. Qu'une histoire imaginaire puisse susciter en lui un si vif intérêt l'étonnait lui-même.

— Enfin, il doit bien y avoir du vrai là-dessous, ne cessait-il de me dire. Une vieille histoire d'enlèvement, tu sais, comme l'histoire du petit Lindbergh, que les ravisseurs avaient fait passer par la fenêtre ?

— Non, papa, Raymond Blythe a tout inventé.

— Mais l'histoire me semble si… si réelle ! Quand tu lis, Edie, tout prend forme dans ma tête, comme si les événements se déroulaient devant moi, comme si j'avais déjà lu cette histoire quelque part.

Il hochait alors la tête avec un émerveillement qui m'emplissait d'une douce chaleur de la tête aux pieds, même si je n'étais en rien responsable de la création de *L'Homme de boue*. Certains soirs, quand je rentrais tard du bureau, il s'impatientait, grommelait toute la soirée pour le seul bénéfice de sa pauvre épouse, n'attendant que le bruit de ma clef dans la serrure. Aussitôt, il faisait sonner sa petite cloche et feignait la surprise quand je montais le rejoindre.

— C'est toi, Edie ? disait-il en haussant les sourcils, comme s'il s'était attendu à voir maman. J'allais justement demander à ta mère de remonter mes oreillers. Mais puisque tu es là, autant voir ce qui se passe au château, si tu veux bien.

Et peut-être était-ce le château, encore plus que le secret, qui le fascinait. Papa ne s'était jamais intéressé à grand-chose en dehors de son travail, mais il avait pour les grands domaines et les vieilles familles une sorte de respect jaloux. Le jour où j'ai fini par lui dire que Bealehurst ressemblait en plus d'un point à la demeure ancestrale des Blythe, son intérêt a tourné à l'obsession. Ses questions étaient incessantes. A certaines, je pouvais répondre de mémoire ou en puisant dans ma culture générale ; mais d'autres étaient si précises qu'il m'a fallu ressortir l'ouvrage acheté avant ma visite au château, *Milderhurst au temps de Raymond Blythe*, et parfois même emprunter à la vaste bibliothèque de Herbert des ouvrages de référence que je rapportais du bureau. Ainsi, papa et moi attisions notre passion commune. Pour la première fois, nous avions quelque chose à partager.

Tout serait allé pour le mieux dans le meilleur des mondes et dans notre joyeux petit fan-club familial s'il n'y avait eu le problème de maman. Certes, notre rite avait les fondations les plus innocentes qui soient, mais le fait que papa et moi passions des heures, la porte fermée, à évoquer un monde dont maman refusait obstinément de parler et sur lequel elle avait plus de droits que nous finissait par tourner à la cachotterie. Je le savais, tôt ou tard il me faudrait lui en parler. Et la conversation promettait d'être des plus pénibles.

Depuis que j'avais réintégré le domicile parental, ma relation avec maman n'avait pas évolué. Avec une certaine naïveté, j'avais, je crois, espéré quelque miracle. Une renaissance de notre affection mutuelle, des tâches accomplies en commun, des conversations fréquentes, sans arrière-pensées, peut-être même si intimes que ma mère consentirait enfin à mettre son cœur à nu, à me livrer les secrets de son âme. Inutile de le dire, rien de tout cela ne s'est produit. Maman, je crois, était contente de m'avoir à la maison. Elle m'était reconnaissante de l'aide que je pouvais apporter à papa et était moins prompte qu'elle ne l'avait été par le passé à critiquer mes façons de faire. Cependant, elle me semblait plus distante que jamais, l'esprit toujours un peu ailleurs, d'un calme qui finissait par paraître excessif. J'avais tout d'abord pensé que c'était une des conséquences de l'infarctus de papa, que l'inquiétude suivie immédiatement par le soulagement l'avait incitée à faire le vide en elle, à réévaluer ses priorités. Les semaines ont passé ; maman ne s'est pas départie de sa tranquillité morose et j'ai commencé à me poser des questions. Parfois, je la surprenais comme suspendue dans son vol, les mains dans l'évier de la cuisine, son regard vide fixé sur la fenêtre. Dans ces moments-là, l'expression de son visage était si lointaine, si concentrée, si confuse, qu'elle donnait l'impression de ne plus savoir qui elle était ni où elle se trouvait.

Le jour où je suis venue lui parler de nos séances de lecture, elle traversait justement l'une de ces crises d'absence.

— Maman ?

Elle n'a pas paru m'entendre. Je me suis avancée jusqu'au coin de la table.

— Maman ?

Elle a détourné le regard de la fenêtre.

— Ah, c'est toi, Edie. C'est si joli à cette époque de l'année, avec ces couchers de soleil qui n'en finissent pas.

Je l'ai rejointe à la fenêtre et nous avons regardé ensemble les dernières lueurs orangées se fondre dans le gris-noir du ciel. Oui, c'était un beau spectacle, mais qui ne justifiait peut-être pas l'attention fiévreuse qu'elle lui accordait.

Au bout d'un moment, pendant lequel nous sommes restées muettes, j'ai toussoté. Je lui ai dit que depuis quelque temps, je lisais *L'Homme de boue* à papa, le soir. J'ai pris soin de lui expliquer les circonstances dans lesquelles nous nous étions embarqués dans cette aventure improvisée.

M'entendait-elle ? Sans doute ; lorsque j'ai parlé de la fascination de papa pour le château, elle a hoché la tête. Mon rapport fini, je me suis tue, me raidissant intérieurement à l'idée de ce qui pourrait me tomber sur la tête.

— C'est gentil comme tout, Edie, de lire à haute voix pour ton père. Il a l'air d'apprécier.

Ce n'était pas vraiment le genre de réponse à laquelle je m'attendais.

— Ce livre est en train de devenir une vraie tradition familiale, a-t-elle poursuivi avec une ombre de sourire. Un fidèle compagnon de chevet, quand la maladie rôde. Je ne sais pas si tu te souviens. Je te l'ai offert quand tu étais coincée à la maison avec les oreillons. Tu t'ennuyais tellement que c'est tout ce que j'ai pu trouver pour te distraire.

Oui, évidemment. C'était grâce à maman. *L'Homme de boue*, c'était son idée, pas celle de Mlle Perry. Ni le livre ni le moment n'auraient pu être mieux choisis. J'ai retrouvé mes mots.

— Je m'en souviens.

— Ce n'est pas une mauvaise chose si ton père a de quoi se distraire, le temps qu'il doit rester alité. C'est encore mieux si vous pouvez partager quelque chose. Les visiteurs sont rares chez nous, tu sais. Les gens ont des tas de choses à faire. Ses anciens collègues… La plupart ont envoyé des cartes, des petits mots, mais quand les gens prennent leur retraite… Le monde continue de tourner. Et pourtant… c'est dur de se sentir oublié, tu sais.

Elle a détourné le visage, mais j'avais eu le temps de voir ses mâchoires crispées, tremblantes. J'ai eu l'impression que nous ne parlions plus seulement de mon père. Et comme dans mon esprit tous les chemins menaient à Milderhurst, à Juniper Blythe et à Thomas Cavill, je n'ai pas pu m'empêcher de me demander si maman ne pleurait pas une très ancienne histoire d'amour, une relation qu'elle avait eue bien avant de rencontrer papa, au temps où elle était jeune, si facile à émouvoir, si facile à blesser. Plus j'y pensais, plus j'épiais du coin de l'œil son visage attristé, plus la colère montait en moi. Mais qui était donc ce Thomas Cavill qui avait lâchement fui pendant la guerre, laissant derrière lui un champ de ruines : la pauvre Juniper qui n'en finissait plus de se mourir d'amour dans le château branlant de ses sœurs, et ma propre mère, dont les blessures intimes n'étaient toujours pas refermées, cinquante ans plus tard ?

— Je peux te demander quelque chose, Edie ?

Maman avait tourné la tête et me regardait droit dans les yeux avec une infinie tristesse.

— Je préfère que ton père ne sache rien de ce qui m'est arrivé pendant l'évacuation.

— Papa ne sait pas que tu as été évacuée ?

— Si, il le sait, bien sûr, mais il ne sait pas où on m'a envoyée. Il ne sait pas que j'ai vécu à Milderhurst.

Elle s'est soudain absorbée dans la contemplation du dos de ses mains, levant les doigts les uns après les autres, jouant avec sa jolie alliance en or.

— Tu te rends compte, lui ai-je dit avec beaucoup de douceur, que s'il savait que tu as vécu quelque temps là-bas, il aurait pour toi un respect qui dépasserait l'imagination ?

Un léger sourire est venu altérer ses traits sereins. Elle n'a pas levé les yeux.

— Je ne plaisante pas, maman. Il est tombé amoureux du château.

— Il n'empêche, a-t-elle répondu. Je préfère que tu ne lui dises rien.

— D'accord. Je comprends.

Non, je ne comprenais pas ; mais ce n'était pas nouveau. La lumière des lampadaires, effleurant ses pommettes, lui donnait une apparence vulnérable ; ce n'était plus tout à fait maman, mais une femme plus jeune, plus fragile sans doute, et je n'ai pas voulu insister. J'ai continué à la regarder, cependant ; il y avait dans son attitude quelque chose de fervent et de méditatif qui me fascinait.

— Tu sais, Edie, quand j'étais petite, ma mère m'envoyait souvent à cette heure de la soirée chercher ton grand-père au pub.

— Vraiment ? Tu devais y aller seule ?

— Ça n'avait rien d'extraordinaire avant la guerre. J'y allais, je mettais mon nez à la porte, il m'apercevait, il finissait sa chope et nous rentrions ensemble à la maison.

— Vous étiez proches, grand-père et toi ?

Elle a penché la tête de côté.

— Je le déconcertais un peu. Ta grand-mère aussi, je crois. Je t'ai déjà raconté qu'elle voulait que je devienne coiffeuse ?

— Comme Rita.

Elle a cligné des yeux ; la rue était déjà noyée dans les ténèbres.

— Je ne crois pas que ça m'aurait convenu.

— Sait-on jamais ? Tu te débrouilles sacrément bien avec les sécateurs.

Elle a eu un sourire de côté, qui manquait un peu de naturel ; j'ai eu l'impression qu'elle avait envie de me dire quelque chose. J'ai attendu en silence, mais elle a dû changer d'avis, et son regard s'est porté de nouveau vers la fenêtre.

Sans trop y croire, j'ai essayé de lui faire raconter des anecdotes de son enfance, avant la guerre, espérant vaguement qu'elle en viendrait à mentionner Thomas Cavill ; elle n'a pas mordu à l'hameçon. Elle m'a seulement dit qu'elle avait bien aimé l'école et m'a demandé si je voulais une tasse de thé.

Le seul avantage que je trouvais à l'état de maman, c'était que je n'avais pas eu une seule fois à discuter de ma rupture avec Jamie. Le silence étant un sport familial, maman ne m'a demandé aucun détail et m'a épargné les platitudes d'usage. Elle nous a laissées nous raccrocher au mythe du sacrifice altruiste : c'était la maladie de papa qui m'avait décidée à revenir.

Rita n'a pas eu la même discrétion, hélas. Les mauvaises nouvelles voyagent vite et ma tante n'est pas du genre à vous abandonner dans le malheur. Dès mon arrivée au Roxy Club, où ma cousine Sam fêtait son enterrement de vie de jeune fille, elle m'a sauté au cou. J'aurais dû m'y attendre.

— Mon lapin, j'ai appris la nouvelle. Ne te fais pas de souci, mon chou. Ça ne veut pas dire que tu es devenue tout à coup moche et vieille et que tu ne retrouveras jamais personne.

J'ai fait signe au serveur – le temps était venu de commander quelque chose de bien fort – et me suis rendu compte, vaguement horrifiée, que j'enviais presque la soirée que ma mère allait passer avec papa et sa clochette.

— Il y a plein de gens qui rencontrent l'heureux élu tard dans la vie, a poursuivi Rita, et ça n'est pas plus mal. Exemple, ta cousine ici présente.

Sam était en train de contempler avec un grand sourire le string d'un inconnu au corps hâlé.

— Ton tour viendra.

— Merci, Tantie Rita.

— Tu es une bonne fille. Maintenant, amuse-toi bien et oublie ces mauvais moments.

Elle était sur le point d'aller semer le bonheur et la joie dans le reste de l'assistance lorsqu'elle m'a rattrapée par le bras.

— J'allais oublier. Je t'ai apporté quelque chose.

Elle a sorti une boîte à chaussures de son grand sac. A en croire l'étiquette, c'étaient des mules brodées – ma grand-mère aurait adoré. Curieux cadeau, certes, mais j'ai dû m'avouer qu'elles avaient l'air très confortables. Et pas complètement inutiles : je passais la plupart de mes soirées à la maison ces temps-ci.

— Merci, Tantie. C'est très gentil.

Puis j'ai soulevé le couvercle. Il n'y avait pas de chaussons dans la boîte, mais un paquet de lettres.

— Les lettres de ta maman, comme promis, a dit Rita avec un sourire démoniaque. Ça va t'en faire des choses à lire. J'espère que ça te remontera le moral.

J'avais beau être électrisée par ce cadeau inattendu, j'ai ressenti pour ma tante un curieux dégoût, au nom, je crois, de la petite fille dont l'écriture dansait sur les enveloppes. La fillette que sa grande sœur avait abandonnée pendant l'évacuation, préférant filer en douce avec une de ses amies, laissant la petite Meredith se débrouiller toute seule.

J'ai rabattu le couvercle. Je n'avais plus qu'une seule envie, quitter le club de strip-tease avec les lettres sous le bras. Elles n'avaient rien à faire dans cette ambiance bruyante et rigolarde – pensées sans fard, rêves d'une petite fille d'autrefois, celle-là même qui m'avait suivie dans les couloirs de Milderhurst et que j'espérais un jour mieux connaître. Je me suis extraite de la foule au moment où les pailles multicolores ont fait leur apparition, et je suis rentrée à la maison, la boîte à chaussures dans mon cabas.

Quand je suis arrivée à la maison, il y faisait noir comme dans un four. J'ai monté l'escalier sur la pointe des pieds, de peur de réveiller le sonneur de cloche. La lampe de mon bureau diffusait une lueur rougeâtre, la maison émettait toutes sortes de curieux bruits nocturnes ; je me suis assise sur le bord du lit, la boîte sur les genoux. J'étais à la croisée des chemins. Deux choix s'offraient à moi, également raisonnables. Mon hésitation a duré à peine une seconde. J'ai soulevé le couvercle et sorti les enveloppes, classées par dates.

Une photographie m'est tombée sur les genoux, deux jeunes filles qui regardaient l'objectif avec un grand sourire. La plus petite, la brune, c'était ma mère : regard sombre et sérieux, genoux osseux, cheveux coupés court, dans le style sans apprêt que préconisait ma grand-mère. L'autre était plus âgée ; elle avait de longs cheveux blonds. Juniper Blythe, bien sûr. Je me suis rappelé les photos que j'avais vues dans le livre acheté à la librairie de Milderhurst, de l'enfant au regard radieux. C'était la même, avec quelques années de plus. Au prix d'un effort de volonté, j'ai rangé la photo et les lettres dans la boîte, à l'exception de la première, que j'ai dépliée. Le papier était si fin que je sentais les traits de plume sous mes doigts. La date avait été très proprement inscrite dans le coin supérieur droit de la feuille : 6 septembre 1939. L'écriture était ample et ronde.

Chère maman, cher papa. Vous me manquez beaucoup, tous les deux. Est-ce que je vous manque, aussi ? Je suis à la campagne et ce n'est pas pareil que chez nous. Par exemple, il y a des vaches. Vous saviez qu'elles faisaient vraiment meuh ? Très très fort. La première fois que j'en ai entendu une, ça m'a fait bondir.

J'habite dans un château, un vrai château, mais il ne ressemble pas aux châteaux qu'on imagine en général. Il n'y a pas de pont-levis. Mais il y a une tour, et trois sœurs et un vieux monsieur que je n'ai jamais vu. Mais les sœurs en parlent souvent. Elles l'appellent papa. Il écrit des livres. Des vrais livres, comme ceux de la bibliothèque, chez nous. La plus jeune des filles s'appelle Juniper, ça veut dire genièvre. Elle a dix-sept ans, elle est très belle et elle a de grands yeux. C'est elle qui m'a emmenée au château. Vous saviez qu'on fait le gin avec des baies de genièvre, justement ?

Il y a un téléphone au château, et si vous avez le temps et que M. Waterman le veut bien, comme il en a un au magasin, vous pourriez…

Parvenue à la fin de la première page, je ne l'ai pas tournée. J'étais sur le bord du lit, immobile, comme si j'écoutais quelque chose avec la plus grande attention. Tel d'ailleurs était le cas : la voix de la petite fille, jusqu'ici confinée dans la boîte à chaussures, résonnait doucement dans les recoins ombreux de ma chambre. *Je suis à la campagne… Elles l'appellent papa… Il y a une tour, et trois sœurs…* C'est ce qui fait toute la spécificité des lettres. La parole s'envole et les écrits restent, dit-on. Ces lettres étaient des voyageuses du temps : pendant un demi-siècle elles avaient patiemment attendu leur moment et leur ultime destinataire, couchées dans leur boîte à chaussures.

Les phares d'une voiture ont fait apparaître de longs rais de lumière derrière les rideaux, flèches brillantes plantées dans le plafond. Puis de nouveau le silence et l'obscurité. J'ai poursuivi ma lecture ; et ce faisant une masse s'est formée dans ma poitrine, boule ferme et tiède qui cognait contre mes côtes. Un certain soulagement, oui, mais aussi l'apaisement d'une curieuse nostalgie. Ce qui n'avait pas grand sens, si on y réfléchit. Mais la voix de cette petite fille m'était si familière qu'à me plonger dans ses lettres j'ai eu le sentiment de retrouver une amie perdue de vue depuis des années.

1

Londres, 4 septembre 1939

Meredith n'avait jamais vu pleurer son père. Ce n'était pas dans l'habitude des pères – pas du sien, tout au moins (du reste il n'était pas vraiment en train de pleurer, non, pas encore, mais les larmes n'allaient pas tarder à couler), et ce fut ainsi qu'elle comprit qu'on ne lui avait pas dit la vérité, toute la vérité ; non, les enfants ne partaient pas pour une joyeuse aventure. Non, ils ne reviendraient pas de sitôt. Le train allait les emmener loin de Londres, et tout allait changer. Rien qu'à voir les puissantes épaules de papa trembler, son rude visage si curieusement contracté, sa bouche si pincée que ses lèvres avaient disparu, elle avait envie de pousser un hurlement comme le bébé de Mme Paul lorsqu'il avait faim. Elle ne céda pas à cette envie : ç'aurait été bien imprudent, avec Rita assise juste à côté d'elle, n'attendant qu'une occasion pour la pincer. Elle se contenta de lever la main, et son père en fit autant ; puis elle fit semblant d'entendre quelqu'un l'appeler et se retourna pour ne plus avoir à le regarder ; que l'un comme l'autre puissent cesser de feindre le courage.

Pendant tout l'été, ils avaient eu des exercices d'évacuation à l'école ; papa, le soir, leur expliquait ce qui se passait et leur racontait (c'était toujours un peu les mêmes histoires) ses séjours dans le Kent, quand il était petit et qu'il allait en famille cueillir le houblon. Le soleil, les feux de bois et les chansons le soir, la campagne à l'infini, si belle, si verte, si tendre. Meredith aimait bien l'entendre raconter ces histoires mais il lui suffisait de regarder maman pour sentir une boule se former dans son estomac. Maman en général était penchée sur l'évier, toute en hanches, genoux et coudes pointus, grattant le fond de ses casseroles avec une ardeur et une concentration qui laissaient présager des jours mauvais.

Quelques nuits après que papa avait commencé à raconter ses histoires, Meredith, bien sûr, avait entendu la première dispute entre ses parents. Maman disait qu'ils étaient tous unis, qu'ils devaient se serrer les coudes, pour le meilleur et pour le pire, et qu'une famille qui avait été dispersée ne se recollait jamais. Papa lui avait répondu d'une voix plus calme. « Regarde les affiches, disait-il, lis ce qu'elles disent. Les enfants courent moins de risques à la campagne. »

D'ailleurs, reprenait-il, ça ne durerait pas long-temps ; bientôt ils seraient tous réunis. Après quoi il y avait eu un long silence et Meredith avait collé l'oreille au mur. Maman avait eu un curieux rire sans joie. Elle n'était pas née de la dernière pluie, avait-elle fini par répliquer. Ces gens du gouvernement dans leurs costumes trop bien coupés, on ne pouvait pas leur faire confiance. Une fois les petits à la campagne, Dieu seul savait quand ils pourraient rentrer, et dans quel état ; elle s'était mise à crier, à prononcer ce genre de mots pour lesquels Rita, régulièrement, se prenait des trempes ; si tu m'aimais, tu n'enverrais pas mes enfants je ne sais où ; et papa l'avait fait taire ; Meredith n'avait plus entendu que des sanglots, et elle s'était mis la tête sous l'oreiller. C'était aussi pour ne plus entendre Rita ronfler.

Après quoi plus personne n'avait parlé d'évacuation, pendant des jours, jusqu'à ce qu'une après-midi Rita revienne à la maison en courant. Les bains publics avaient été fermés et il y avait de grandes pancartes toutes neuves sur la façade.

« Une de chaque côté, avait-elle dit, les yeux écarquillés par le poids inquiétant de ces nouvelles. Il y en a une qui dit "Femmes contaminées" et l'autre "Hommes contaminés". »

Et maman s'était tordu les mains, et papa avait prononcé ces deux mots : « Les gaz. »

Et l'affaire fut réglée. Le lendemain, maman avait sorti la seule valise de la maison et toutes les taies d'oreiller qu'elle avait pu trouver, et elle y avait entassé tout ce que mentionnait la liste de l'école, au cas où. Des culottes propres, un peigne, des mouchoirs, et une chemise de nuit toute neuve pour chacune des deux filles. Papa, d'une voix douce, s'était interrogé sur la nécessité de la chose, ce à quoi maman lui avait répondu, le regard fulminant :

« Tu crois vraiment que je vais laisser mes petites dormir chez des gens qu'elles ne connaissent pas avec des loques sur le dos ? »

Papa n'avait rien trouvé à répondre à cela. Même si Meredith savait bien que ses parents s'étaient endettés jusqu'à Noël pour les chemises de nuit, elle ne pouvait pas s'empêcher de prendre un plaisir coupable à contempler la sienne, toute blanche, raide d'amidon – la première de ses chemises de nuit qu'elle n'ait pas héritée de Rita.

Mais à présent, ils partaient, pour de bon, et Meredith aurait tout donné – la chemise de nuit comprise – pour rester à la maison. Meredith n'était pas courageuse comme Ed, son frère ; elle n'était pas insolente et audacieuse comme Rita. Meredith était timide, maladroite, et ne ressemblait à personne dans la famille. Elle se tortilla sur son siège, posa les deux pieds sur la valise et s'absorba dans la contemplation du cuir luisant de ses chaussures, puis repoussa d'un clin d'œil la vision de papa les cirant, le soir précédent, les reposant après avoir fini et revenant dans la pièce, les mains dans les poches, pour tout recommencer à zéro. Comme si étaler le cirage sur les chaussures, en nourrir le moindre pore du cuir et frotter, frotter jusqu'à ce que tout brille lui permettait de protéger ses enfants des dangers qui les attendaient.

— Maman ! Maman !

Meredith leva les yeux pour voir un minuscule garçonnet agrippé à sa sœur, frappant d'une main sur la vitre du train. Les larmes avaient tracé des rubans clairs sur ses joues sales, sa lèvre supérieure était luisante de morve.

— Maman, je veux rester avec toi, je veux mourir avec toi, maman !

Meredith se concentra sur ses genoux et frotta les marques rouges que son masque à gaz lui avait infligées durant la longue marche de l'école à la gare. Puis elle ne put s'empêcher de regarder par la vitre du train. Les adultes étaient encore tous là, massés derrière une barrière, au-dessus du quai. Et papa parmi eux. Il n'avait pas cessé de les chercher du regard, un sourire qui ne lui appartenait pas déformant son bon visage. Meredith soudain eut du mal à respirer ; les verres de ses lunettes s'embrumèrent. Elle se prit à souhaiter que la terre l'engouffre, l'anéantisse ; dans un coin de son esprit, pourtant, une petite voix curieusement détachée lui demandait de quels mots elle se servirait pour décrire la peur qui contractait ses bronches. Tandis que Rita se tordait de rire – son amie Carol venait de lui souffler une plaisanterie à l'oreille –, Meredith ferma les yeux.

Tout avait commencé la veille au matin, à onze heures quinze pile. Meredith était assise sur le seuil de la maison, jambes étendues sur la plus haute marche du perron, prenant des notes et observant sa sœur Rita, qui, de l'autre côté de la chaussée, faisait de l'œil à Luke Watson, un type horrible avec de grandes dents jaunes. La nouvelle était tombée en lambeaux lointains de la radio des voisins. Neville Chamberlain, de sa voix lente et solennelle, expliquait à ses concitoyens que la Grande-Bretagne, n'ayant pas reçu de réponse à son ultimatum, était désormais en guerre avec l'Allemagne nazie. Déclaration suivie de l'hymne du royaume ; après quoi Mme Paul était sortie sur le pas de sa porte, une cuiller à la main dégoulinant de pâte à crêpes ; maman en avait immédiatement fait autant, de même que tous les habitants de la rue. Ils étaient tous restés figés, échangeant des regards où l'affolement le disputait à la peur et à l'incertitude. Puis une grande vague incrédule avait soulevé la rue :

« Mon Dieu, ça y est, le pire est arrivé… »

Huit minutes plus tard, les sirènes de la défense aérienne avaient retenti et les esprits s'étaient déchaînés. La vieille Mme Nicholson courait dans tous les sens, hystérique, alternant les Notre Père et les prédictions les plus sombres ; Moira Seymour, la responsable locale de la Protection antiaérienne, surexcitée, avait fait crépiter la crécelle qui signalait une attaque au gaz ; les gens s'étaient rués dans les maisons à la recherche de leurs masques. L'inspecteur Whitely avait traversé cette foule en folie à bicyclette, avec sur le dos une pancarte sur laquelle on pouvait lire « Tous aux abris ».

Meredith avait contemplé ce pandémonium avec de grands yeux, n'en ratant pas une miette. Puis elle avait levé les yeux au ciel, attendant l'arrivée des avions ennemis. A quoi ressemblaient-ils ? Comment réagirait-elle à leur apparition ? Allait-elle avoir le temps de les décrire ? Soudain maman l'avait empoignée par le bras, avait agrippé Rita au passage et les avait traînées jusqu'à l'abri dans le parc. Dans leur course effrénée, Meredith avait laissé tomber son précieux carnet. Elle s'était dégagée de l'emprise maternelle pour le récupérer.

« On n'a pas le temps », avait hurlé maman, le visage blême, presque furieux.

Meredith savait bien que ce geste lui vaudrait une réprimande, ou pire, mais elle n'avait pas le choix. Impossible de s'en séparer. Elle s'était frayé un chemin en courant parmi une foule de voisins égarés, avait ramassé le carnet, quelque peu maculé dans la chute, mais intact, puis était repartie en courant vers sa mère, dont le visage était à présent rouge tomate. Elles n'étaient pas sitôt parvenues à l'abri – dans la panique, elles avaient oublié leurs masques – que les sirènes avaient sonné la fin de l'alerte. Meredith avait écopé d'une bonne claque sur les cuisses et maman avait décidé de les faire évacuer le lendemain.

— Hello, petite !

Meredith ouvrit ses paupières humides. M. Cavill était juste devant elle, dans l'allée. Une douce chaleur lui monta aux joues et elle sourit, maudissant intérieurement la vision qui lui venait à l'esprit : Rita et ce grand niais de Luke Watson.

— Tu permets que je jette un coup d'œil à ton étiquette ?

Elle cligna des yeux derrière ses lunettes et se pencha pour qu'il puisse lire l'étiquette qu'elle portait au cou. Autour d'eux il y avait foule : des rires, des cris, des pleurs, des mouvements en tous sens, mais pendant un bref instant, M. Cavill et Meredith furent seuls au milieu du chaos. Meredith retenait sa respiration, horriblement consciente des battements exagérés de son cœur, les yeux fixés sur les lèvres de M. Cavill qui lut les quelques mots sur l'étiquette – son nom, son nom à elle – puis sourit.

— Tout est en ordre ! Tu as une valise, à ce que je vois. Ta mère a pensé à tout ? As-tu besoin d'autre chose ?

Meredith hocha la tête puis la secoua. Rougit, tandis que surgissaient dans son esprit des mots qu'elle n'oserait jamais prononcer. *Monsieur Cavill, attendez-moi, il le faut. Je vais grandir – un jour j'aurai quatorze ans, quinze ans, et nous pourrons nous marier.*

M. Cavill griffonna quelque chose sur sa liste et reboucha son stylo à plume.

— Le voyage va prendre un moment, Merry. Tu as emporté quelque chose pour passer le temps ?

— Mon carnet.

Il eut un bon rire : ce carnet, c'était lui qui l'avait offert à son élève, pour la récompenser de ses excellents résultats.

— Bien sûr. Voilà qui est parfait. Il faut écrire sur le vif. Tout ce que tu vois, tout ce que tu penses, tout ce que tu sens. Que ta propre voix s'exprime. C'est important.

Il lui donna une barre chocolatée et lui fit un clin d'œil ; et tandis qu'il continuait ses vérifications dans le reste du wagon, elle eut un sourire éperdu, le cœur gonflé de bonheur.

Ce carnet était le bien le plus précieux de Meredith. Le premier vrai journal intime qu'elle ait jamais possédé. Mais bien qu'elle l'ait reçu douze mois auparavant, elle n'y avait pas écrit un mot, pas même son nom. Comment l'aurait-elle pu ? Meredith avait pour le joli carnet une véritable adoration. La couverture de cuir, si douce, les lignes fines et régulières sur chacune des pages, le ruban qui tenait lieu de marque-page : souiller tout cela de son écriture pataude, de ses ennuyeuses petites phrases sur son ennuyeuse petite vie lui semblait un véritable sacrilège. Combien de fois l'avait-elle tiré de sa cachette pour se contenter ensuite de le garder sur ses genoux, jouissant simplement de sa possession avant de le ranger ?

M. Cavill avait essayé de la convaincre de ce que la manière, le regard importaient plus que le contenu.

« Personne ne voit ni ne ressent les choses de la même façon, Merry. La vraie difficulté, c'est d'être exact dans ce que tu écris. Refuse les approximations. Ne choisis pas les expressions les plus faciles, les plus évidentes. Mais cherche plutôt les mots qui indiquent *exactement* ce que tu penses, ce que tu ressens. »

Avait-elle compris ce qu'il venait de lui expliquer ? Les yeux bruns de M. Cavill lui avaient jeté un regard si ardent, si plein du désir qu'elle puisse partager sa façon de voir… Elle avait hoché la tête et, l'espace d'une seconde, une porte s'était ouverte sur un monde inconnu.

Meredith eut un soupir fervent et jeta un regard en coulisse à Rita, laquelle était fort occupée à se passer les doigts dans les cheveux, histoire de faire tourner Billy Harris en bourrique. De l'autre côté de l'allée, le malheureux la regardait avec des yeux de veau. Parfait. Elle n'avait aucune envie que Rita devine ses sentiments pour M. Cavill. Dieu merci, sa sœur était trop occupée par son petit monde de copines, de soupirants et de rouge à lèvres pour se soucier de quoi que ce soit d'autre. Ce qui allait permettre à Meredith de prendre quelques notes pour son journal (pas le vrai journal, naturellement. Elle avait fini par trouver un compromis, ramassait tous les bouts de papier qu'elle pouvait trouver dans la maison, les pliait et les rangeait sous la couverture du précieux carnet. C'était sur ces feuilles volantes qu'elle écrivait ses impressions, en attendant le jour où elle oserait entamer le carnet).

Meredith en profita pour risquer un coup d'œil vers son père, sur le quai, prête à détourner le regard avant qu'il ne la remarque. Mais dans la masse des visages et des corps qu'elle balaya d'un regard rapide, aucune trace de sa silhouette familière ; la panique la prit à la gorge. Il n'était plus là. Les visages n'étaient plus les mêmes. Des mères qui pleuraient, d'autres qui agitaient des mouchoirs, d'autres encore qui souriaient avec une détermination farouche, mais de papa, plus aucune trace. Le vide qu'il avait laissé fut bientôt comblé, et tandis que le regard de Meredith continuait à fouiller la foule, elle comprit qu'il était parti, sans qu'elle puisse le voir s'éloigner.

Et bien qu'elle se soit retenue toute la matinée, bien qu'elle ait tout fait pour ne pas céder à la tristesse, Meredith se sentit alors si malheureuse, si impuissante, si seule qu'elle se mit à pleurer. Du fond de son être le chagrin fusa, tiède, humide, et ses yeux débordèrent de larmes. Penser qu'il était resté seul dans la foule tout ce temps-là, qu'il l'avait regardée, peut-être, tandis qu'elle admirait ses chaussures, bavardait avec M. Cavill, et pensait à son carnet ; qu'il avait attendu un regard, un sourire, un signe de la main en guise d'adieu… Elle n'avait pas entendu ses supplications muettes. Il avait baissé les bras, était rentré à la maison, la mort dans l'âme ; *ma fille ne m'a pas dit au revoir…*

— Oh, la ferme, dit Rita. Arrête de pleurnicher comme un bébé. C'est quand même plutôt rigolo, ce qui nous arrive !

— Ma mère m'a dit qu'il ne fallait jamais se pencher aux fenêtres des wagons, parce qu'on risque de se faire couper la tête par un train qui passe dans l'autre sens, dit Carol, l'amie de Rita.

Elle avait quatorze ans et la langue aussi bien pendue que celle de sa mère.

— Et quand quelqu'un te demande sa route, il ne faut pas répondre. Ce sont peut-être des espions allemands qui cherchent Buckingham Palace. Ils tuent même les enfants, tu sais ?

Meredith se dissimula le visage d'une main et s'autorisa quelques sanglots silencieux, puis s'essuya les joues tandis que le train s'ébranlait. Ils étaient en route, enfin. Les parents sur le quai, les enfants dans les wagons, tous hurlaient ; et la locomotive sifflait, et Rita riait bruyamment ; bientôt ils eurent dépassé l'extrémité du quai. Le convoi brinquebalait sur les rails et une bande de garçons endimanchés – on était pourtant déjà lundi – remontèrent le couloir du wagon en courant, de fenêtre en fenêtre, tapant sur les vitres, poussant des cris de joie, gesticulant, jusqu'à ce que M. Cavill leur ordonne de se tenir tranquilles. Meredith appuya le front sur la vitre et plutôt que de scruter les visages éperdus au bord de la voie, pleurant sur la ville qui perdait ses enfants par milliers, elle leva les yeux vers le ciel et vit, émerveillée, de grands ballons d'argent s'élever tout autour d'elle et dériver au-dessus de la ville comme d'étranges et splendides animaux.

2

Milderhurst, 4 septembre 1939

Le vélo avait collectionné les toiles d'araignée pendant presque vingt ans dans les étables ; Percy, elle en avait vaguement conscience, devait avoir curieuse allure sur ce vieux clou. Les cheveux retenus par un élastique, la jupe coincée entre les cuisses : sa pudeur, sans aucun doute, avait survécu à l'expédition. Quant à sa réputation d'élégance…

Elle avait reçu l'avis du ministère de la Guerre sur les vélos, désormais susceptibles de tomber en des mains ennemies. Ce qui ne l'avait pas empêchée de récupérer l'antique machine. La rumeur courait, de plus en plus insistante, sur une guerre de trois ans et un rationnement de l'essence. Autant s'y préparer. La bicyclette avait appartenu autrefois à Saffy, il y avait bien longtemps, mais elle ne s'en servait plus. Percy l'avait tirée de sa retraite poussiéreuse, nettoyée, graissée, puis lui avait fait faire des allers-retours jusqu'au sommet de l'allée afin de trouver un équilibre à peu près correct. Elle ne s'était à vrai dire pas attendue à trouver l'exercice aussi plaisant. Bonté divine, pourquoi avoir attendu l'âge mûr et les premiers cheveux blancs pour découvrir les joies de la bicyclette ? Incompréhensible… Car c'était indéniablement un plaisir, surtout par cette belle fin d'été, de sentir la brise tiédie par le soleil frôler, taquine, ses joues tandis qu'elle pédalait le long de la haie.

Percy parvint jusqu'au sommet de la colline et baissa la tête pour affronter la pente qui suivait. Le paysage alentour était comme plongé dans un bain d'or ; les oiseaux gazouillaient dans les arbres et la chaleur de l'été s'attardait dans les airs. O glorieux septembre du comté de Kent ! N'avait-elle pas rêvé les événements de la veille, la lugubre annonce de lord Chamberlain ? Elle prit le raccourci de Blackberry Lane, contourna la rive du lac puis descendit du vélo pour longer le ruisseau ; à cet endroit, le sentier était trop étroit pour qu'on puisse y circuler à l'aise.

Percy croisa le premier couple à quelques mètres de l'entrée du chemin : un garçon et une fille, à peine plus âgés que Juniper, portant tous les deux leurs masques à gaz par la sangle, à l'épaule. Ils se tenaient par la main et leurs têtes étaient si tendrement rapprochées qu'ils se rendirent à peine compte de sa présence, absorbés qu'ils étaient dans leur conversation intime.

Quelques minutes plus tard apparurent un deuxième couple – même âge, même attitude – puis un troisième. Que Percy salua, pour le regretter presque aussitôt. La jeune fille lui répondit par un sourire timide, se lova dans les bras du jeune homme avec lequel elle échangea un regard d'une tendresse si juvénile que Percy sentit le rouge lui monter aux joues. Elle n'aurait pas dû faire intrusion dans leur intimité. Depuis des années, les amoureux de la région avaient fait de Blackberry Lane une de leurs cachettes favorites. Percy le savait mieux que personne. Elle avait aimé, et vécu son aventure dans le plus grand des secrets. Pour bien des raisons, la moindre n'étant pas qu'un mariage, dans son cas, était impossible.

Pourquoi n'avoir pas choisi une histoire plus simple ? Les hommes ne manquaient pas qui auraient pu lui inspirer l'amour et qu'elle aurait pu courtiser ouvertement, sans risque d'exposer les siens au ridicule et au scandale. Mais l'amour n'est ni sage ni simple. Il n'a que faire des barrières sociales, de la bienséance, ni même du bon sens. Percy avait beau se targuer d'être la créature la plus pragmatique qui soit, elle n'avait pas résisté une seconde à l'appel de l'amour. Autant se priver d'oxygène. Oui, elle avait cédé, et ce faisant s'était résignée à une éternité de regards à double sens, de lettres échangées en cachette et de trop rares, trop vertigineux rendez-vous.

Elle sentit ses pommettes tiédir, son cœur se contracter : rien d'étonnant à ce qu'elle se sente des affinités avec tous ces jeunes couples. Elle garda la tête basse, le regard fixé sur le tapis de feuilles mortes, ne prêtant plus aucune attention aux autres promeneurs. L'allée déboucha enfin sur la route ; elle se remit en selle et pédala jusqu'au village. Comment se pouvait-il que la grande machine de guerre se soit mise en route alors que le monde resplendissait, que les oiseaux ne cessaient de chanter, les fleurs d'illuminer les champs, les cœurs amoureux de palpiter dans les poitrines ?

Le train n'avait pas encore quitté les faubourgs noircis de Londres que Meredith comprit qu'il lui faudrait, à un moment ou à un autre, satisfaire un besoin naturel. Elle serra les cuisses et remonta la valise sur ses genoux. Où le train allait-il les emmener ? Combien de temps prendrait le voyage ? Elle se sentait poisseuse et fatiguée ; elle avait déjà dévoré tous ses sandwiches à la confiture et n'avait plus vraiment faim ; mais l'ennui et l'angoisse la tenaillaient. N'avait-elle pas vu le matin même maman glisser un gros paquet de biscuits au chocolat dans la valise ? Elle souleva discrètement les loquets et entrouvrit la valise, fouilla du regard la sombre cavité, puis y plongea les deux mains pour y tâtonner à son aise. Elle aurait pu soulever le rabat, tout simplement, mais ne voulait pas attirer l'attention de Rita par des gestes trop brusques.

Ses doigts reconnurent le manteau que maman avait passé des soirées à confectionner ; plus à gauche, une bouteille de lait concentré destinée aux futurs hôtes de Meredith, et qu'elle devait leur offrir à son arrivée, puis une demi-douzaine de serviettes-éponges – maman avait lourdement insisté sur la question et la conversation avait plongé Meredith dans un terrible embarras.

« Merry, tu as toutes les chances de devenir femme d'ici peu de temps. Rita bien sûr pourra être de bon conseil, mais il faut t'y préparer. »

Le visage de Rita s'était fendu d'un immense sourire ; Meredith avait frissonné. Peut-être qu'avec un peu de chance elle était l'exception à la règle biologique ? Ses doigts caressèrent la douce couverture de cuir du carnet et… victoire ! Il était bien là, le sac en papier de maman. Le chocolat avait commencé à fondre, mais elle put remonter un des biscuits au grand jour. Le front à la fenêtre, elle en grignota les bords, comme une petite souris.

Derrière elle, un des garçons avait entonné un air à la mode.

— « Sous le grand marronnier / Chamberlain l'a décrété / Un masque à gaz gratuit / Pour tous ceux qui serviront aux abris ! »

Un masque à gaz gratuit ! Meredith examina le sien avec dégoût. Elle enfonça le reste du gâteau dans sa bouche et chassa les miettes tombées sur la valise et sur l'étui du masque. Ignoble chose, avec son écœurante odeur de caoutchouc, et la sensation répugnante de succion qu'on éprouvait en l'appliquant et en l'ôtant. Maman leur avait fait promettre qu'ils les porteraient en cas de nécessité et les garderaient toujours sur eux, et les trois gamins avaient grommelé leur assentiment. Quelque temps plus tard, Meredith avait entendu maman avouer à Mme Paul, la voisine, qu'elle préférait encore mourir asphyxiée plutôt que de supporter la sensation d'étouffement que procurait le masque. Meredith avait résolu d'égarer le sien dès que possible.

Au pied de la voie, dans leurs petits jardins, des gens saluaient le passage du train. Rita sans crier gare pinça le bras de sa sœur et Meredith poussa un gémissement strident.

— Mais pourquoi tu fais ça ?

Meredith posa la main sur sa chair meurtrie et se mit à la frotter avec vigueur.

— Regarde tous ces braves gens, ils veulent du spectacle, fit Rita en désignant la vitre d'un geste méprisant du menton. Fais-leur plaisir, Merry, sanglote un bon coup, allez !

Enfin la ville céda la place à la campagne : du vert, du vert partout. Le train poursuivait son bonhomme de chemin, ralentissant au passage des gares, mais toutes les pancartes avaient été retirées : pas moyen de savoir quelle direction le convoi avait prise. Meredith avait dû s'assoupir un moment ; elle se réveilla en sursaut lorsque le train freina dans un grincement assourdissant.

Le paysage n'avait pas changé : des champs, bordés de verts bosquets à l'horizon, parfois des oiseaux traversant un ciel toujours aussi bleu et clair. Il y eut après cet arrêt inattendu un bref et joyeux moment durant lequel Meredith espéra que le convoi rebrousserait chemin, qu'ils pourraient rentrer chez eux. L'Allemagne avait enfin compris qu'on ne traite pas la Grande-Bretagne de cette façon ; la guerre était gagnée avant même d'avoir commencé ; l'évacuation ne serait bientôt plus qu'un mauvais souvenir.

Elle se trompait, bien sûr. Après une interminable attente, durant laquelle Roy Stanley ne put s'empêcher de vomir quelques litres d'ananas en boîte par la fenêtre du wagon, tous les enfants durent descendre du train. On les fit mettre en rang, la manche relevée. Ils reçurent tous une piqûre et eurent droit à un examen en règle du cuir chevelu. Pas de têtes pouilleuses à la campagne ! Puis ils remontèrent tous à bord, sans avoir pu utiliser les toilettes de la gare.

Le convoi s'ébranla dans un silence pesant. Même les tout-petits étaient trop épuisés pour pleurer. Le train roulait, roulait, roulait… Les heures filaient et Meredith commença à se demander si le voyage aurait une fin. L'Angleterre était-elle donc si vaste ? Un jour ou l'autre, tout de même, ils finiraient bien par atteindre les falaises ? Et si l'évacuation n'était qu'un immense et diabolique complot ? songea soudain la fillette. Si le conducteur du train était un Allemand, pièce maîtresse du kidnapping de dizaines de milliers d'enfants anglais ? La théorie était un peu boiteuse : que pourrait bien faire Hitler de cet afflux de nouveaux citoyens, dont certains faisaient encore pipi au lit ? Meredith était trop exténuée, trop assoiffée, trop désespérée pour y comprendre quoi que ce soit. Elle serra les genoux un peu plus fort et se mit à compter les champs. Et des champs, il y en avait à l'infini dans ce voyage qui les emmenait Dieu seul savait où.

Toutes les maisons ont un cœur – un cœur qui a aimé, qui s'est gonflé de joie ou que la tragédie a brisé. Le cœur qui battait entre les murs de Milderhurst était gros et fort et plus puissant que bien des cœurs. Dans la petite pièce tout en haut de la tour, il palpitait et s'apaisait, martelait et murmurait. C'était là-haut qu'un ancêtre de Raymond Blythe avait sué sang et eau sur quelques sonnets pour la reine Elizabeth ; là-haut qu'une grand-tante fugueuse avait passé quelques jours de bonheur avec lord Byron ; c'était sur le rebord de brique de la fenêtre que le soulier de la mère de Raymond s'était coincé alors qu'elle sautait ; et tandis qu'elle s'abîmait dans les douves chauffées par un doux soleil, la feuille sur laquelle elle avait composé son dernier poème avait flotté un bref instant au-dessus de sa tête.

Assis devant son énorme bureau de chêne, Raymond fourra une pincée de tabac dans le fourneau de sa pipe, puis une seconde. Après la mort du petit Timothy, leur mère s'était retirée dans la chambre de la tour, accablée par la noire brûlure de son chagrin. Parfois, quand Raymond jouait dans la grotte, dans les jardins ou à l'orée du bois, il l'apercevait à la fenêtre : fine et sombre tête au profil d'ivoire toujours tourné vers les champs, le lac. Il était si semblable, ce profil, à celui qui figurait sur la broche qu'elle portait toujours, et dont elle avait hérité de sa mère, la comtesse française que Raymond n'avait jamais connue… Il arrivait à l'enfant de rester toute la journée dehors à déambuler entre les pieds de houblon, à monter sur les toits des étables, dans l'espoir qu'elle daigne enfin le remarquer, s'inquiéter de lui, lui crier de faire attention. En vain. C'était toujours Nanny qui, le soir venu, l'appelait pour le dîner.

Lointaines réminiscences dans lesquelles il se complaisait maintenant, en vieil imbécile qu'il était devenu. Sa mère n'était guère plus qu'une de ces poétesses que l'on admire à distance et dont l'évocation sécrète lentement des mythes, s'emparant du moindre signe et le magnifiant : le murmure de la brise d'été, le rayon de soleil qui lentement remonte sur un mur blanc. Maman… Il n'était pas même certain de pouvoir se souvenir de sa voix.

A présent la plus haute chambre était sienne. Raymond Blythe était le roi du château. Il était le fils aîné de sa mère, son héritier et, au même titre que son œuvre, son plus beau don à la postérité. Lui-même écrivain de plein droit, inspirant le respect mais aussi (constat lucide, se disait-il lorsque l'humilité menaçait) jouissant d'une certaine renommée, tout comme sa mère avant lui. Se doutait-elle, lorsqu'elle lui avait légué le château et sa passion des mots, qu'il saurait pleinement exaucer ses espérances maternelles ? Qu'un jour il ajouterait sa pierre à l'autel que la famille avait dressé à la littérature ?

Un élancement lui saisit le mollet et il empoigna son genou à pleine main, tendant le pied devant lui jusqu'à ce que la tension s'apaise. Il boitilla en direction de la fenêtre, s'appuya au rebord et gratta une allumette. Diable, diable, quelle splendide journée ! Un ciel presque parfait. Il tira sur sa pipe, balaya le paysage du regard, les yeux plissés : les champs, l'allée, la pelouse, les cimes frémissantes du bois de Cardarker. Ces grands bois sauvages de Milderhurst qui l'avaient arraché à Londres, rappelé des tranchées de la Somme, ces arbres qui toujours avaient su son nom.

Qu'adviendrait-il de tout cela après sa mort ? Son médecin ne lui avait pas menti, la fin était proche. Il était vieux, sans doute, mais pas gâteux. Comment imaginer que le temps n'était plus si lointain où il ne serait plus à cette fenêtre à regarder son domaine, maître de tout ce qu'il avait sous les yeux ? Comment imaginer que le nom même de Blythe, l'héritage de la famille, puisse mourir avec lui ? Les pensées de Raymond se firent plus sombres : de la préservation du nom, il était le seul responsable – et seul responsable par conséquent de l'échec. N'aurait-il pas dû prendre femme pour la troisième fois, pour qu'elle puisse enfin enfanter un garçon ? Ces derniers temps, il n'avait cessé de penser à sa postérité.

Raymond tira sur sa pipe et laissa échapper un petit anneau de fumée presque ironique, comme il aurait pu le faire en compagnie d'un vieil ami dont les manies se faisaient décidément trop répétitives. Tout cela n'était que mélodrame et considérations sentimentales. Les hommes n'inclinent-ils pas tous à penser qu'ils sont indispensables, que sans eux les fondations de ce qu'ils ont bâti s'écrouleront ? C'est le cas lorsqu'on est aussi orgueilleux que Raymond Blythe... Ah, ne devait-il pas avancer d'un pas plus prudent, ne savait-il pas que ce péché est puni par la damnation, selon la Bible ? Du reste, qu'avait-il besoin d'un fils ? Il avait en ses trois filles, dont aucune ne semblait vouloir ou pouvoir convoler, trois héritières potentielles ; puis il y avait l'Eglise, sa nouvelle Eglise. Son prêtre lui en avait souvent parlé ces derniers temps : quelles splendides récompenses attendent dans l'au-delà ceux qui n'hésitent pas à se montrer généreux envers la fraternité catholique ! Le père Andrews était un homme rusé, qui savait bien que Raymond avait plus que jamais besoin de se concilier les cieux.

Il avala une bouffée de fumée, la garda un moment entre ses joues avant de la laisser échapper. Le père Andrews lui avait tout expliqué : la raison pour laquelle ces démons l'accablaient, la procédure à suivre pour s'en défaire. A présent il le savait : ces fantômes lui étaient envoyés en punition de ses péchés. La repentance, la confession, l'autoflagellation, rien n'y avait fait. Les crimes de Raymond étaient trop graves.

Mais pouvait-il vraiment confier son château à de parfaits étrangers, dans le seul but d'anéantir ce misérable démon ? Qu'adviendrait-il de toutes ces voix murmurantes, de ces heures lointaines que ses vieilles pierres avaient si bien su capturer ? Le château devait rester aux Blythe, aurait martelé sa mère. Pouvait-il la trahir à ce point ? D'autant qu'il avait en la personne de Persephone une merveilleuse héritière – l'aînée, la plus solide de ses enfants. Ce matin même, il l'avait vue quitter le château à vélo, s'arrêter près du pont pour en contrôler les piliers, comme il le lui avait jadis enseigné. C'était la seule de ses filles dont l'amour pour Milderhurst égalait le sien. Quelle bonne chose qu'elle n'ait jamais trouvé de mari ; ah ! le moment était passé, Dieu merci. Elle était devenue avec le temps partie intégrante du château, de son décor, tout autant que les statues sous les ifs. Prête à défendre Milderhurst bec et ongles. Qu'un intrus menace de soustraire une pierre, une seule, au château, et elle l'étranglerait de ses propres mains, sans la moindre hésitation. Tout comme son père l'aurait fait, songea-t-il avec un vague sourire.

D'en bas lui parvint le bruit d'un moteur : une automobile, sans doute. Le vrombissement s'interrompit aussi vite qu'il avait commencé. Une portière claqua, métallique ; Raymond se pencha à la fenêtre. C'était leur vieille Daimler. Quelqu'un l'avait sortie du garage et conduite jusqu'à l'allée, où l'auto avait été abandonnée à son sort. Son œil perçut une ombre mouvante, pâle et fine, la plus jeune de ses filles, Juniper. Elle s'était faufilée du perron jusqu'à la porte de l'auto, du côté du conducteur. Raymond fut un instant partagé entre le plaisir et l'étonnement. La petite était sans doute le chaos personnifié, mais ce que cette écervelée aux membres grêles pouvait tirer des vingt-six lettres de l'alphabet tenait tout simplement du prodige. De quoi le rendre jaloux, s'il n'avait pas été un vieux monsieur comblé d'honneurs.

Un autre bruit. Plus proche, celui-ci, et venant de l'intérieur de la maison.

Chut… Tu l'entends ?

Raymond s'immobilisa, l'oreille aux aguets.

Toi, je ne sais pas, mais les arbres, oui. Les arbres sont les premiers à sentir son approche.

Des bruits de pas à l'étage du dessous. Des pas qui montent. Qui montent vers lui. Il posa sa pipe sur le rebord de la fenêtre. Son cœur s'était mis à battre plus vite.

Ecoute. Entends-tu dans la forêt si sombre et si secrète les arbres trembler et secouer leurs feuilles, fines coques d'argent battu ? Entends-tu le vent rusé se faufiler entre leurs cimes, murmurer son message ? « Bientôt tout va recommencer. »

Il se força à rester calme. Le temps était venu, donc. Il le savait, il s'y était toujours attendu. L'Homme de boue était dans les murs, l'Homme de boue réclamait vengeance.

Sortir de la chambre, avec le démon qui l'attendait dans les escaliers ? Impossible. La seule solution, c'était la fenêtre, grande ouverte. Raymond se pencha au-dessus du rebord. Saute, vole, droit comme une flèche, comme maman.

— Monsieur Blythe ?

Une voix s'était matérialisée dans la cage d'escalier. Raymond se redressa. L'Homme de boue n'était pas un imbécile ; il avait plus d'un tour dans son sac. Raymond fut saisi d'un spasme de terreur ; sa respiration était si bruyante que tous les sons du monde s'y perdaient.

— Monsieur Blythe ? répéta le démon, et sa voix n'était plus si lointaine.

Raymond plongea derrière le fauteuil. S'accroupit, tremblant. Un lâche, jusqu'à son dernier souffle. Les bruits de pas se firent plus audibles. Franchirent la porte. Traversèrent la chambre. Proches, de plus en plus proches. Il ferma les yeux très fort, comme un enfant, posa les mains sur le sommet de son crâne. La créature se pencha vers lui.

— Oh, Raymond, pauvre, pauvre Raymond ! Allons, venez. Donnez votre main à Lucy. Je vous ai monté un bol de soupe. Vous allez voir, elle est délicieuse.

Aux abords du village, bordant la rue principale, les deux rangées de peupliers n'avaient pas bronché, sentinelles d'un autre temps. Et pourtant, se dit Percy, quelque chose avait changé… Oui, les arbres étaient de nouveau en uniforme : on avait repeint les bandes blanches sur leurs troncs ; de même les bords des trottoirs et les jantes de la plupart des automobiles. Après bien des palabres, Milderhurst, la veille, avait fini par mettre en œuvre le décret sur le couvre-feu. Désormais, les lampadaires seraient éteints une demi-heure après le coucher du soleil ; les véhicules circuleraient tous phares éteints, et les fenêtres seraient toutes revêtues d'épais rideaux noirs. Ce même soir, après avoir rendu visite à son père, Percy était montée au sommet de la tour pour regarder le village, avec pour seule lumière celle du clair de lune. Curieuse sensation que celle qu'elle avait alors éprouvée d'un bond en arrière dans le temps, à l'époque lointaine où le monde, dès la nuit tombée, était plongé dans des ténèbres que parcouraient des hordes de chevaliers, les sabots de leur chevaux martelant le sol aride, tandis que sur les remparts du château, les gardes, toujours en alerte, scrutaient l'obscurité…

Percy évita de justesse le vieux M. Donaldson qui, les mains crispées sur le volant, les coudes écartés, le visage plissé en une grimace myope, s'apprêtait apparemment à lui foncer droit dessus. La reconnaissant, il retrouva le sourire, leva la main en guise de salut tandis que sa voiture frôlait dangereusement le bas-côté. Percy, qui s'était prudemment retirée sur le gazon, lui retourna son salut et suivit non sans inquiétude le parcours zigzagant du malheureux, qui rentrait chez lui. La nuit, ce serait encore bien pire ! Que les Boches aillent au diable : assurément, le couvre-feu ferait plus de morts au village que les aviateurs ennemis.

Un visiteur ignorant par miracle le tournant décisif que venait de prendre l'humanité n'aurait pas trouvé grand changement à Milderhurst. Les villageois vaquaient comme à l'ordinaire à leurs occupations, faisaient leurs courses, discutaient en petits groupes devant la poste. Percy cependant ne s'y trompa pas. Pas un gémissement, pas un grincement de dents, certes, mais une subtile altération qui n'en était que plus lugubre. L'imminence de la guerre, c'était sur les anciens qu'elle jetait son ombre – l'expression soudain lointaine de leurs regards, leurs visages assombris, par le chagrin bien plus que par la peur. Ils savaient, eux ; ils avaient vécu la Grande Guerre et leur revenait le souvenir poignant d'une génération perdue de jeunes hommes partis la fleur au fusil. Les morts, les disparus et ceux qui, comme papa, avaient laissé en France une part d'eux-mêmes. Une amputation qui les poursuivait sans relâche ; regards figés, lèvres exsangues, ils étaient assaillis par des visions et des sons qu'ils ne pouvaient ni exprimer ni effacer de leurs mémoires.

La veille, les jumelles avaient écouté ensemble Neville Chamberlain annoncer à la radio la fin de l'ultimatum ; tandis que l'hymne national retentissait, elles étaient restées plongées dans leurs pensées.

« Il va bien falloir le lui annoncer, avait fini par dire Saffy.

— Je le crains.

— Tu t'en chargeras, bien sûr.

— Oui, naturellement.

— Choisis bien le moment, veux-tu ? Et tâche de ne pas trop le perturber. »

Pendant des semaines, elles s'étaient abstenues de mentionner devant leur père l'imminence de la guerre. Désormais prisonnier de ses hallucinations, il ne tenait plus à la réalité que par un fil ténu, balançant entre les extrêmes comme le pendule de la grande horloge du vestibule. Parfaitement lucide à certains moments, discourant avec son intelligence coutumière de l'histoire du château ou des grands chefs-d'œuvre de la littérature, il allait la minute suivante, en sanglots, se réfugier derrière un fauteuil. Les démons le poursuivaient, gémissait-il. Ou bien, gloussant comme un écolier taquin, il tirait Percy par la manche.

« Viens, on va jouer dans le ruisseau. Je vais te montrer là où j'ai trouvé des œufs de crapaud. Mais à une seule condition, hein ? Tu ne le répéteras à personne ! »

Quand les jumelles avaient huit ans, l'été avant la Grande Guerre, elles avaient travaillé, avec l'aide de papa, bien sûr, à une traduction des aventures du chevalier Gauvain. Papa lisait le texte en vieil anglais et Percy fermait les yeux, se laissant envelopper par ce murmure ancien et magique.

« Gauvain luttait, dit le vieux barde, avec *etaynes that hym anelede*, lisait papa. "Des géants qui le poursuivaient", Persephone. Sais-tu l'impression que cela donne ? As-tu déjà entendu les voix de tes ancêtres respirer dans les pierres ? »

Et l'enfant hochait la tête, se serrait tout contre son père et refermait les yeux tandis qu'il continuait sa lecture.

Les choses étaient si simples à cette époque, et son amour pour papa si pur et si entier. C'était lui, le géant dans son armure d'acier ; pour lui plaire, elle aurait décroché la lune. Mais le temps est impitoyable. Ce visage ridé singeant l'avidité joyeuse de l'enfance offrait un spectacle presque insoutenable. Impossible de l'avouer à qui que ce soit, à Saffy encore moins qu'aux autres, mais le spectacle de ce que le médecin appelait les « phases de régression » de papa la blessait plus que tout. Elle ne connaissait que trop bien les raisons de cette hypersensibilité : le passé, éternelle torture… Elle traînait sa nostalgie comme un boulet. Ironie du sort pour une créature aussi peu sentimentale que Percy Blythe.

Prisonnière de cette indésirable mélancolie, elle poussa son vélo sur les quelques mètres qui la séparaient de la salle paroissiale et le posa contre le mur de bois du bâtiment, prenant soin de ne pas abîmer les belles jardinières du pasteur.

— Bonjour, mademoiselle Blythe.

Percy répondit d'un sourire à Mme Collins. Chère vieille Mme Collins qui, par on ne sait quel caprice du temps, semblait chargée d'années depuis la Grande Guerre au moins ! Son nécessaire à tricoter en bandoulière, elle tenait des deux mains une génoise à peine sortie du four.

— Oh, mademoiselle Blythe, fit-elle en secouant d'un air lugubre ses jolies boucles argentées. Vous vous y attendiez, vous, à cette nouvelle guerre ?

— Madame Collins, j'ai espéré de tout cœur que nous n'en arriverions pas là, vous savez. Mais la nature humaine étant ce qu'elle est, je ne peux pas dire que ce soit une surprise.

— Mais la guerre, encore une fois… Tous ces jeunes gens…

Les jolies boucles frémirent de nouveau, tristement.

La Première Guerre lui avait pris ses deux fils, et bien que Percy n'ait pas d'enfants, elle savait, pour l'avoir vécu dans sa chair, à quel point vous ronge et vous consume la perte d'un être aimé. Elle prit le gâteau des mains tremblantes de sa vieille amie, sans cesser de sourire.

— Allons, ma chère. Entrons et asseyons-nous un moment, voulez-vous ?

Le Service volontaire féminin avait adopté la salle paroissiale pour ses travaux de couture, ses membres les plus revendicatifs ayant décrété que la salle des fêtes, avec son immense piste de danse et ses murs nus, conviendrait mieux à l'accueil des jeunes évacués. Décision regrettable peut-être, se dit Percy devant le spectacle qui s'offrait à ses yeux : toutes ces femmes agglutinées autour des grandes tables, installant les machines à coudre, déroulant d'immenses rouleaux de tissu pour en faire des vêtements et des couvertures pour les enfants, des bandages et des compresses pour les hôpitaux. Une fois la frénésie des premiers moments passée, combien d'entre elles abandonneraient la partie ? Elle se reprocha cette pensée amère, non seule-ment peu charitable mais encore hypocrite : dès qu'elle aurait trouvé quelque autre moyen de contribuer à l'effort de guerre, elle serait sans doute l'une des premières à quitter le navire. Elle n'avait aucun talent de couturière et n'était venue que pour une seule et bonne raison : si toutes ces femmes avaient le devoir de faire ce qu'elles pouvaient, les filles de Raymond

Blythe, elles, avaient même celui de faire ce dont elles étaient incapables, sans rechigner.

Elle aida Mme Collins à s'installer à la table des tricoteuses ; il n'y était question, comme il fallait s'y attendre, que des fils, des frères et des neveux prêts à s'engager. Puis elle alla porter la génoise à la cuisine, prenant soin d'éviter Mme Caraway, dont l'expression constipée présageait toujours l'annonce des pires corvées.

— Eh bien, mademoiselle Blythe ! Elle a joliment monté, votre génoise !

Mme Potts, la postière, s'était emparée du gâteau qu'elle inspectait soigneusement.

— C'est à Mme Collins qu'il faut en faire le compliment. Je ne fais que livrer, madame Potts.

Percy esquissa un mouvement de retraite mais la postière, passée maîtresse dans l'art de la captation par le verbe, avait déjà jeté ses rets.

— Vous nous avez manqué vendredi dernier, à la préparation aux raids.

— J'avais d'autres obligations, madame Potts.

— Quel dommage. M. Potts dit que vous faites très bien la blessée…

— Le compliment me va droit au cœur.

— … et que personne ne manie l'extincteur avec autant d'entrain que vous.

Percy se força à sourire. Mon Dieu, que l'obséquiosité est un vilain défaut !

— Mais, dites-moi, comment va votre père ?

La question était empreinte d'une compassion si indigeste et si avide que Percy dut lutter contre l'envie d'aplatir sur le visage de la postière la merveilleuse génoise de Mme Collins.

— On dit qu'il n'est pas au mieux ?

— Mon père se porte comme un homme de son âge, madame Potts. Je vous remercie de votre sollicitude.

La vision lui revint soudain d'un soir tout proche où papa, en robe de chambre, était descendu en courant dans le vestibule. Il s'était réfugié sous l'escalier, sanglotant comme un enfant apeuré. La tour était hantée, gémissait-il ; l'Homme de boue était à sa poursuite. Percy avait fait venir le Dr Bradbury, qui leur avait laissé de quoi calmer les nerfs du malheureux. Papa cependant avait tremblé comme une feuille pendant des heures, luttant de toutes ses forces contre les effets du médicament avant de sombrer dans un sommeil comateux.

— C'est un pilier pour notre petite communauté (la voix de Mme Potts affecta un tremblement éploré). Et quand un homme d'une telle stature voit sa santé se dégrader, quel malheur ! Il a bien de la chance cependant de vous avoir pour perpétuer son œuvre de charité. En une heure si grave pour la nation, c'est une bénédiction. Vous savez, quand la tempête approche, tous ici se tournent vers le château, c'est un fait.

— Je vous remercie, madame Potts. Nous faisons tout ce qui est en notre pouvoir.

— J'espère que nous nous reverrons à la salle des fêtes, cette après-midi, pour donner un coup de main au comité en charge des évacués ?

— Sans aucun doute, madame Potts.

— J'y étais déjà ce matin, voyez-vous. Nous avons préparé des boîtes de lait condensé et de corned-beef, une de chaque par enfant. Ce n'est pas grand-chose, mais les autorités ne nous ont guère soutenus, il faut le dire. Les petits ruisseaux font les grandes rivières, c'est ce qu'on dit toujours. On me dit que vous allez prendre un enfant au château ? C'est un beau geste de votre part. M. Potts et moi en avons longuement discuté, bien sûr – vous me connaissez, j'aurais adoré me charger d'un de ces petits, mais avec les allergies de mon pauvre Cedric (la postière eut un roulement d'yeux plein de contrition)… ah, il n'y tiendrait pas.

La commère baissa la tête et se tapota le bout du nez.

— Si je peux me permettre. Ceux de ces enfants qui viennent des bas quartiers de Londres n'ont pas du tout les mêmes mœurs que nous. Je vous conseille vivement de vous procurer un peu de vermifuge Keating et un désinfectant de bonne qualité avant de laisser l'un de ces évacués mettre les pieds au château.

Percy avait beau avoir les pires craintes concernant leur futur hôte, elle trouva la recommandation de Mme Potts si révoltante qu'elle tira son étui de son sac à main, en sortit une cigarette et l'alluma pour se donner une contenance.

Il en fallait plus pour intimider Mme Potts.

— A propos ! Vous avez certainement eu vent de la nouvelle ? Ah, quel émoi !

Percy exhala un nuage de fumée, cherchant désespérément le moyen d'échapper à la postière.

— Quelle nouvelle, madame Potts ?

— Comment, mais vous devez être au courant déjà, vous qui êtes au château. Et vous avez certainement bien plus de détails sur la chose que nous autres.

Hasard malheureux, les conversations avaient cessé dans la salle, et tous les regards s'étaient tournés vers Percy, qui fit de son mieux pour les ignorer.

— Quels détails ? De quoi me parlez-vous, madame Potts ?

L'énervement avait dû lui faire gagner quelques bons centimètres. Quant à Mme Potts, elle roula des yeux gourmands, comprenant qu'elle était à présent le centre de l'attention. Devant cette audience de choix, elle ménagea tous ses effets.

— Mais de Lucy Middleton, bien sûr !

3

Milderhurst Castle, 4 septembre 1939

Il fallait certainement un coup de main particulier pour étaler la colle et appuyer sur la bande de tissu sans maculer la vitre. La petite dame du manuel richement illustré n'avait pas l'air de trouver la tâche bien difficile, elle ; avec sa taille de guêpe, son chignon élégant et son sourire affable, elle semblait même prête à renforcer toutes les fenêtres de Londres. Et quand les raids commenceraient, elle saurait sûrement se montrer à la hauteur. Saffy, en revanche, était prête à baisser les bras. Elle avait commencé à s'occuper des fenêtres dès juillet, au moment où les dépliants du ministère de la Guerre étaient arrivés. Mais en dépit du sage avertissement du dépliant n° 2 (« Ne faites pas les choses à la dernière minute ! »), elle avait remis la corvée au lendemain dès que la perspective de la déclaration de guerre s'était éloignée. Espoir illusoire : l'effroyable déclaration de M. Chamberlain lui avait fait ressortir aussitôt colle et manuel. Trente-deux fenêtres dûment barrées de leur X en tissu collé, et une centaine à venir. Quant à la question de savoir pourquoi elle n'avait pas tout simplement eu recours à du ruban adhésif, elle était bien incapable d'y répondre.

Elle fixa la dernière bande de toile sur la vitre, descendit de la chaise et prit du recul pour examiner son travail. Seigneur ! Elle pencha la tête de côté et soupira. Le X était nettement de travers. L'effet serait le même, mais la chose n'avait rien d'une œuvre d'art.

— Bravo, s'exclama Lucy, qui venait d'entrer avec le plateau à thé. Un X pour mieux viser, ce n'est pas ce qu'on dit ?

— J'espère bien que non ! Ce M. Hitler, je ne lui conseille pas de s'attaquer au château ! Qu'une de ses bombes égratigne ne serait-ce qu'une de nos pierres, et il devra en répondre à Percy ! Lucy, je crains que cette colle ne m'en veuille à mort. Je ne sais pas ce que je lui ai fait, mais elle ne veut plus quitter le bout de mes doigts.

— Une colle douée de mauvaises intentions ! Quelle horreur !

— Elle n'est pas la seule. Au diable les bombes ; quand j'en aurai fini avec les cent fenêtres, j'aurai besoin d'un sacré remontant.

— Je vais vous dire…

Lucy laissa sa phrase en suspens, occupée qu'elle était à remplir les deux tasses à thé.

— Je viens de porter son déjeuner à votre père. Vous ne voulez pas que je vous donne un coup de main ?

— Oh, chère petite Lucy ! Vraiment, vous feriez cela ? Vous êtes un ange. Vous allez me faire pleurer.

— Mais non, mais non !

Le visage de Lucy s'illumina.

— Je viens juste de consolider les fenêtres chez nous, et il se trouve que je maîtrise parfaitement la technique de la colle. Découpez les bandes, mademoiselle Saffy, je m'occuperai du reste.

— Merveilleux !

Saffy jeta sur le fauteuil le torchon avec lequel elle avait essayé de se débarrasser de la colle qui lui poissait les mains. Bah, ça irait bien comme ça. Elle s'empara avec reconnaissance de la tasse que lui tendait Lucy. Elles restèrent un moment sans rien dire, goûtant dans un plaisir partagé la première gorgée de thé. C'était presque devenu une habitude, ce thé en tête à tête. Rien que de très banal : elles ne s'interrompaient pas dans leurs tâches quotidiennes et ne sortaient pas l'argenterie des grands jours ; simplement, elles faisaient en sorte de se retrouver au même endroit et à la bonne heure, chacune absorbée dans son occupation du moment. L'eût-elle su que Percy s'en serait grandement formalisée ; Saffy la voyait déjà approcher, sourcils froncés, regard mauvais, lèvres pincées : « Ce n'est pas très correct, tout cela », ou « Il ne faut jamais perdre les convenances de vue. » Ce qui n'empêchait pas Saffy d'avoir de l'amitié pour Lucy, à sa façon ; qu'y avait-il de mal à prendre le thé avec elle ? Mieux valait laisser Percy dans son ignorance.

— Dites-moi, Lucy, fit-elle, rompant soudain le silence et donnant par là même le signal du retour au travail, comment ça va, chez vous ?

— Tout va très bien, mademoiselle Saffy.

— Vous ne vous y sentez pas trop seule, j'espère ?

Lucy et sa mère avaient toujours vécu ensemble dans leur petite maison à l'orée du village. Saffy ne pouvait qu'imaginer le vide que la mort de la vieille femme y avait laissé.

— Je m'occupe, je m'occupe.

Lucy avait posé sa tasse en équilibre sur le rebord de la fenêtre et s'appliquait maintenant à tracer une immense diagonale de colle sur la vitre. Saffy crut un instant déchiffrer une expression de vague regret sur les traits de la gouvernante, comme si, après avoir songé à faire à son amie et patronne une confession embarrassante, elle y avait renoncé.

— Qu'est-ce qui ne va pas, Lucy ?

— Oh, rien, rien… C'est juste que… Bien sûr, mère me manque…

— Bien sûr.

Lucy était la discrétion même, une qualité que Saffy, dans ses moments d'enthousiasme, trouvait parfois exagérée. Saffy avait tout de même fini par comprendre, au fil des années, que la vieille Mme Middleton n'était pas des plus commodes.

— Mais… ?

— Mais parfois j'apprécie vraiment la solitude.

Elle jeta un regard en coin à Saffy.

— J'espère que vous ne trouvez pas ça horriblement égoïste.

— Non, pas le moins du monde, répondit Saffy, le sourire aux lèvres.

Pour être tout à fait honnête, elle trouvait même cela merveilleux. Lui revinrent à l'esprit les visions enchanteresses du petit appartement qu'elle rêvait depuis longtemps d'avoir à Londres ; non, non, il ne fallait pas y penser. Pas aujourd'hui, alors qu'elle était déjà submergée de corvées diverses. Sus aux songes creux ! Elle s'installa sur le plancher et se mit à découper la pièce de tissu en longues bandes.

— Tout se passe bien à l'étage, Lucy ?

— La chambre est ravissante, mademoiselle Saffy. Je l'ai aérée, j'ai changé les draps, bien sûr. J'espère que vous ne m'en voudrez pas, mais je n'y ai pas laissé le beau vase chinois de votre grand-mère. La semaine dernière, quand nous avons préparé la chambre et emballé tous les objets précieux, je ne sais pas pourquoi nous l'avons oublié. Mais ne vous inquiétez pas, il est à l'abri avec tout le reste dans la chambre des archives.

Et Lucy, le front plissé, posa une longue bande de tissu sur le trait de colle. Saffy avait ouvert de grands yeux.

— Lucy, vous croyez vraiment que nous allons héberger une petite sauvageonne qui va tout casser et semer le trouble ?

— Pas le moins du monde, mais sait-on jamais ? Mieux vaut prévenir que guérir.

— Assurément, fit Saffy en tendant une nouvelle bande de tissu à Lucy. Très judicieux de votre part. Oui, vous avez raison, j'aurais dû y penser moi-même. Voilà qui plaira à Percy.

Elle soupira.

— Mais tout de même, nous pourrions lui mettre un petit bouquet sur la table de nuit, histoire de lui redonner le sourire, à la pauvre gosse ? Il y a bien des vases en verre à l'office ?

— Je vous en trouverai un. Ce sera mieux comme ça.

Saffy eut un sourire d'approbation, qui se figea sur ses lèvres lorsqu'elle se représenta l'arrivée de l'enfant.

— Mon Dieu, Lucy, c'est effroyable.

— Mademoiselle Saffy, je suis bien certaine que personne ne vous en voudra.

— Ce n'est pas de cela que je veux parler. C'est toute cette histoire d'évacuation que je trouve effroyable. Ces petits tremblant de peur, leurs pauvres mères là-bas à Londres qui ont dû se résigner, le sourire aux lèvres, à voir leurs enfants partir pour une destination inconnue… Et tout cela pour quoi ? Pour laisser le champ libre à la guerre. Pour voir de jeunes gens aller en tuer d'autres dans des pays lointains.

Lucy jeta à Saffy un regard où la surprise le disputait à l'inquiétude.

— Oh, mademoiselle Saffy, il ne faut pas vous mettre dans cet état.

— Je sais, je sais. Je vais me calmer.

— C'est qu'il faut garder le moral. Il en va de notre devoir.

— Bien sûr.

— Dieu merci, il y a des gens comme vous qui veulent bien recueillir ces pauvres gamins. A quelle heure les autobus doivent-ils arriver ?

Saffy posa sa tasse vide sur le plancher et reprit les ciseaux.

— Entre trois et six heures, m'a dit Percy. Elle ne pouvait pas être plus précise.

— C'est elle qui choisira, vous pensez ?

La voix de Lucy avait eu un tremblement impercep-tible ; Saffy ne se méprit pas sur son sens. Percy serait sans doute incapable d'apporter à l'entreprise la touche maternelle pourtant requise.

Lucy transporta la chaise devant la fenêtre suivante, Saffy trottinant sur ses talons.

— Je n'ai pas trouvé d'autre moyen pour lui faire avaler la pilule, Lucy. Vous la connaissez aussi bien que moi. Quand il s'agit du château… Elle doit avoir les pires pressentiments. Une terreur qui va arracher les ornements des rambardes, gribouiller sur les papiers peints et mettre le feu aux rideaux. Il faut sans cesse que je lui rappelle que ces murs en ont vu d'autres, durant ces derniers siècles. Les Normands, les Celtes, et

Juniper. Ce n'est pas une pauvre petite évacuée de Londres qui va y changer quoi que ce soit.

Lucy éclata de rire.

— Puisque vous parlez de Mlle Juniper… Viendra-t-elle déjeuner ? Il me semble que je l'ai vue partir dans la voiture de votre père, ce matin.

Saffy brandit les ciseaux vers les cieux.

— Je n'en sais pas plus que vous. La dernière fois que j'ai réussi à comprendre quelque chose à Juniper, c'était… (elle fronça le nez, posa le menton sur son poing, tel le Penseur, et pour finir écarta les bras d'un geste théâtral)… Eh bien, je ne m'en souviens pas. Ça n'a jamais dû se produire.

— La simplicité n'est pas le fort de Mlle Juniper.

— C'est le moins qu'on puisse dire, répliqua Saffy avec un sourire attendri.

Lucy eut alors un bref soupir, puis descendit de la chaise en se passant la main, qu'elle avait fine et souple, sur le front. Un geste étrange et presque vieillot, semblable à celui qu'aurait pu esquisser une demoiselle des temps jadis avant de s'évanouir. Il n'échappa pas à Saffy, qui le trouva assez drôle et se demanda si elle n'allait pas s'en servir dans son roman. Adele, face à un homme qui la mettait mal à l'aise, pouvait très bien avoir de ces attitudes.

— Mademoiselle Saffy ?

— Mmmh ?

— Je voulais vous parler de quelque chose d'assez grave.

Déclaration qui fut suivie d'un nouveau soupir et d'un long silence. Saffy fut soudain prise d'une panique qui lui fit monter le rouge aux joues. Et si Lucy était malade ? Très malade ? Un diagnostic inquiétant pouvait fort bien expliquer ses réticences et – maintenant qu'elle y pensait – le subtil changement qui s'était emparé d'elle ces derniers temps. Lucy devenait distraite. Un exemple ? Deux ou trois jours auparavant, Saffy était descendue à l'office de bon matin et avait trouvé Lucy sur le seuil de la porte de service, le regard perdu dans le vague ; et pendant ce temps-là, les œufs mollets de papa (c'était ainsi qu'il les aimait) avaient eu tout le temps de durcir.

— Que se passe-t-il, Lucy ?

Saffy se leva, fit signe à Lucy de s'asseoir dans l'un des fauteuils.

— Tout va bien ? Vous êtes toute chose. Voulez-vous que j'aille vous chercher un verre d'eau ?

Lucy secoua la tête, tout en jetant un regard inquiet autour d'elle, à la recherche d'un meuble où s'appuyer. Elle opta enfin pour le dos d'un grand fauteuil.

Saffy, juchée sur la chaise, prenait son mal en patience. Quand Lucy osa enfin dire ce qu'elle avait sur le cœur, elle ne put que se féliciter d'avoir eu la présence d'esprit de s'asseoir.

— Je vais me marier, mademoiselle Saffy. En fait, quelqu'un m'a demandée en mariage, et j'ai accepté.

L'espace d'un instant, Saffy se demanda si la gouvernante ne souffrait pas d'hallucinations. Ou était-elle en train de lui faire une farce ? Non, impossible, bien sûr. Lucy, l'adorable et fidèle Lucy, qui n'avait jamais, en vingt et quelques années de service à Milderhurst, mentionné ne serait-ce qu'une fois un soupirant, potentiel ou réel – et n'avait jamais bien sûr passé une soirée en compagnie d'un tel personnage –, Lucy allait se marier ? Là, maintenant, pour de bon, à son âge ? Elle avait deux ou trois ans de plus que Saffy, ce qui lui faisait… oui, pas loin de quarante ans.

Lucy esquissa un mouvement et Saffy prit conscience du lourd silence qui avait envahi la pièce. Il lui revenait de le briser. Des mots se formaient péniblement dans sa gorge, mais elle était incapable de les prononcer.

— Je vais me marier, répéta Lucy d'une voix plus lente, presque incrédule, comme si elle ne s'était pas encore faite à l'idée.

— Mais, Lucy, c'est merveilleux, merveilleux, finit par articuler Saffy, acculée. Et qui est donc l'heureux élu ? Où l'avez-vous rencontré ?

— De fait, répondit la rougissante Lucy, nous nous sommes croisés ici, à Milderhurst.

— Non ?

— C'est Harry Rogers. Je vais épouser Harry Rogers. Il a demandé ma main, et je la lui ai accordée.

Harry Rogers. Saffy avait déjà entendu ce nom quelque part. Ce devait être quelqu'un qu'elle connaissait, de fait : mais impossible de remettre un visage sur ce nom. Mon Dieu, quel embarras ! Saffy sentit ses pommettes s'empourprer, ce qu'elle s'efforça de dissimuler par un immense sourire destiné à convaincre Lucy de sa totale félicité.

— Bien sûr, nous nous connaissions depuis des années, d'autant qu'il vient si souvent au château. Mais nous n'avons commencé à nous fréquenter que depuis deux ou trois mois. Juste après que la grande horloge a commencé à avancer sérieusement, au printemps.

Harry Rogers. Ce Harry Rogers-là ? Le petit horloger aux cheveux hirsutes ? Allons, il n'était ni beau, ni aimable, ni même drôle, d'après ce que Saffy en savait.

C'était un individu des plus ordinaires qui, lorsqu'il venait, s'absorbait dans de longues conversations avec Percy sur l'état général du château et la mécanique des horloges. Oh, certes, il était obligeant, selon les apparences ; et Percy en avait toujours parlé avec une certaine déférence, jusqu'au jour où Saffy s'était gentiment moquée d'elle :

« Prends garde, ou tu vas te retrouver avec un soupirant ! »

Mais cet homme-là avec la jolie Lucy au tempérament si joyeux ?

— Mais… comment est-ce arrivé ?

La question avait fusé avant même que Saffy puisse en arrondir les angles. Lucy ne sembla pas s'en formaliser. Elle répondit d'une voix directe, trop rapidement, peut-être, comme si elle avait besoin de s'entendre raconter sa propre histoire pour commencer à y croire.

— Il est venu s'occuper de l'horloge et il fallait que je parte tôt ; mère était déjà si malade, vous savez ; du coup, nous nous sommes comme qui dirait rentrés dedans sur le perron. Il a proposé de me raccompagner ; j'ai accepté… Et de fil en aiguille, nous nous sommes liés d'amitié. Quand mère nous a quittés, il a été si gentil avec moi. Un vrai monsieur.

Le voile du silence les enveloppa à nouveau toutes deux, et chacune à sa façon eut le temps de rejouer la scène. Saffy, quoique surprise, voulait en savoir plus. Sans doute était-ce l'instinct de l'écrivain qui s'exprimait en elle : quels propos avaient-ils échangés dans la petite auto de M. Rogers, et comment, d'un simple et bref trajet, avait jailli une véritable histoire d'amour ?

— Lucy, êtes-vous heureuse, au moins ?

— Mon Dieu oui. Oui, je suis heureuse, mademoiselle Saffy.

— Bien, bien. (Saffy se força à mettre un peu de vraie joie dans son sourire.) Si vous êtes heureuse, Lucy, je le suis encore plus. Pour vous. Pourquoi ne pas le faire venir un jour pour le thé ? Un mariage, cela se fête !

Lucy secoua la tête.

— Non… Non. C'est gentil de votre part, mademoiselle Saffy, mais je ne crois pas que ce soit vraiment raisonnable.

— Et pourquoi donc ?

Saffy connaissait fort bien la réponse à cette question ; quel manque de tact ! Elle rougit à nouveau. Lucy avait bien trop le sens des convenances pour penser un seul moment pouvoir dîner à la même table que ses employeurs. Et par employeur, il fallait comprendre Percy.

— Nous préférons faire les choses dans la discrétion, reprit Lucy. Nous ne sommes pas de la première jeunesse. Les fiançailles ne dureront pas, je pense – avec la guerre, mieux vaut ne pas attendre.

— Mais Harry n'est plus d'âge à…

— Oh, bien sûr, mademoiselle Saffy. Là n'est pas la question. Je pense qu'il fera son devoir avec M. Potts et sa milice. Il a fait la Première Guerre, vous savez. Il était à Passchendaele, avec mon frère. Avec Michael.

Le visage de Lucy luisait d'une émotion nouvelle – une sorte d'orgueil, se disait Saffy, un plaisir encore un peu timide, encore paralysé par l'embarras. Le changement était si récent ! Lucy ne s'était sans doute pas encore faite à son nouveau statut, celui d'une femme bientôt mariée, une femme qui allait vivre en couple, une femme dotée d'une contrepartie masculine, dont elle allait pouvoir partager l'éclat glorieux. Saffy frémissait par procuration : s'il était au monde quelqu'un qui méritait de connaître le bonheur, c'était bien Lucy.

— Je vous comprends tout à fait, c'est de bon sens, dit-elle. Naturellement, vous allez l'un et l'autre prendre quelques jours pour le mariage. Je pourrais peut-être...

— En fait...

Lucy serra les lèvres et concentra son regard sur un point qui devait se trouver au-dessus de l'épaule gauche de Saffy.

— ... c'est de cela qu'il faut vraiment que je vous parle.

— Oui ?

— Oui.

Lucy eut un sourire qui ne respirait pas la gaieté ; sitôt évanoui, il fut remplacé par un bref soupir.

— Je ne sais pas trop comment vous présenter la question... Mais le fait est que Harry aimerait mieux... Enfin, voilà, il pense que lorsque nous serons mariés, je... je ferai mieux de rester à la maison, pour m'occuper de notre chez-nous et participer comme je le peux à l'effort de guerre.

Tout n'était pas dit, et Lucy sans doute le savait aussi bien que Saffy ; aussi se hâta-t-elle d'ajouter :

— Et puis, si nous avons le bonheur d'avoir un enfant...

Tout s'éclaira soudain pour Saffy. Les voiles tombèrent ; tout ce qui lui avait semblé indistinct apparut sous un jour nouveau. Lucy n'éprouvait pas une once de passion pour Harry Rogers, elle avait tout simplement envie d'avoir un enfant. Comment Saffy avait-elle pu s'y tromper une seconde ? Maintenant qu'elle savait, tout lui semblait si limpide ! Harry avait offert à Lucy sa toute dernière chance. Quelle femme dans sa situation aurait refusé la perche ainsi tendue ? Saffy caressa son médaillon, passa le pouce sur le fermoir et sentit monter en elle une vague d'amitié pour Lucy, immense et tiède, pleine d'affection et de compréhension, si puissante qu'elle fut même sur le point de tout dire à Lucy, de lui expliquer la raison pour laquelle elles faisaient au fond cause commune.

Elle ouvrit la bouche mais les mots ne vinrent pas. Elle eut un vague sourire, cligna des paupières et sentit avec stupéfaction des larmes brûlantes lui monter aux yeux. Pendant ce temps-là, Lucy, la tête tournée, fouillait les poches de sa jupe. Saffy se débrouilla pour retrouver son calme et lança un regard subreptice vers la fenêtre. Au-dehors, un merle solitaire se battait contre un vent invisible.

Elle plissa les paupières et le monde revêtit un manteau de brouillard. Qu'elle était sotte de se laisser ainsi aller à pleurnicher ! Ah, c'était la guerre, bien sûr, l'inquiétude, et ces fichues fenêtres à consolider.

— Vous allez me manquer, mademoiselle Saffy. Vous tous, vous allez me manquer. J'ai passé plus de la moitié de ma vie dans ces murs. J'avais bien pensé un moment y rester jusqu'à la fin de mes jours. (Elle eut une légère hésitation.) C'est peut-être un peu morbide, comme pensée ?

— Très, très morbide.

Saffy souriait à travers ses larmes, le médaillon serré dans le creux de sa paume. Lucy allait terriblement lui manquer, mais ce n'était pas la seule raison de son chagrin. Elle n'avait pas rouvert le médaillon depuis des années, n'avait nul besoin de revoir la photographie qu'il contenait pour se souvenir de ce visage. Le jeune homme qu'elle avait aimé – le jeune homme qui l'avait aimée. Le monde à leurs pieds, l'avenir droit devant eux… Jusqu'à ce que tout cela lui soit arraché des mains.

De cette passion Lucy ignorait tout, hormis peut-être quelques fragments épars qu'elle avait pu, au fil du temps, relier les uns aux autres pour en tirer la matière d'une histoire pathétique ; en tout état de cause, elle était bien trop polie pour aborder la question avec Saffy.

— Nous allons nous marier en avril, reprit-elle d'une voix douce, tendant à Saffy une enveloppe qu'elle avait tirée d'une de ses poches.

Sa lettre de démission. Saffy eut de nouveau les larmes aux yeux.

— Au printemps, à l'église du village, une cérémonie discrète. Rien d'extravagant. Je serais ravie de pouvoir rester chez vous dans l'intervalle, mademoiselle Saffy, mais je comprendrais bien que…

Elle aussi pleurait, à présent.

— Oh, mademoiselle Saffy. Je suis désolée de m'y prendre aussi tard pour vous en parler. Surtout en ce moment. Ce ne sera pas facile pour vous de retrouver quelqu'un.

— Allons, c'est idiot, dit Saffy.

Elle fut saisie soudain par un long frisson ; un courant d'air sec avait contracté ses joues encore humides. Elle tira son mouchoir, s'essuya les yeux, constata avec horreur que son mascara avait coulé.

— Doux Jésus, fit-elle, feignant la plus profonde épouvante, je dois avoir une tête à faire peur ! Allons,

Lucy, ne vous excusez pas. Vous n'avez rien fait de mal, si ce n'est pleurer. L'amour, cela se fête, et pas dans les larmes.

— Oui, mademoiselle Saffy, dit Lucy, qui n'avait pas le moins du monde l'air d'une femme amoureuse. Très bien.

— Oui, très bien.

— Bon, je vais m'y remettre.

— Excellente idée.

Saffy n'était pas une fumeuse – elle avait en horreur l'odeur du tabac – mais en cet instant précis elle aurait volontiers allumé une cigarette, histoire de faire quelque chose de ses mains. Ses mains qui tremblaient... Elle redressa les épaules, tirant comme souvent une certaine force de s'imaginer un instant à la place de Percy.

Mon Dieu. Percy.

— Lucy ?

La femme de charge reposa le plateau à thé et tourna la tête.

— Et Percy ? Vous lui avez parlé de Harry ? Vous lui avez dit que vous nous quittiez ?

Lucy blêmit. Une boule se forma dans l'estomac de Saffy.

— Je devrais peut-être...

— Non, reprit Lucy avec un sourire de bon petit soldat. Non, c'est à moi de le faire.

Percy ne rentra pas au château. Elle n'alla pas davantage à la salle des fêtes empiler les boîtes de corned-
beef. Plus tard, Saffy l'accuserait d'avoir sciemment
oublié d'aller chercher la petite évacuée, parce qu'au
fond elle ne voulait pas d'une intruse au château. Même
s'il y avait un peu de vérité dans cette dernière accusa-
tion, c'était pourtant aux ragots de Mme Potts qu'il
fallait attribuer la défection de Percy. Du reste, comme
elle l'expliqua ultérieurement à sa sœur jumelle, les
choses s'étaient très bien passées sans elle. Juniper,
l'imprévisible, l'adorable Juniper, s'était trouvée par le
plus grand des hasards au village et avait choisi Meredith. Dans l'intervalle, Percy, ayant quitté la salle
paroissiale comme dans un mauvais rêve, avait oublié
son vélo et s'était engagée dans la rue principale, la tête
droite, le pas assuré ; elle avait l'air résolu de quelqu'un
qui a trois mille choses à faire avant le dîner, et qui va
s'en tirer sans mal. Impossible de deviner la souffrance
sous cette brillante armure ; la Percy qui errait dans les
rues de Milderhurst n'était plus que l'ombre d'elle-
même. Elle ne comprit jamais pourquoi, ce jour-là, ses

pieds engourdis l'avaient emmenée jusque chez le coiffeur.

Percy avait toujours eu de longs cheveux blonds – pas aussi longs que ceux de Juniper, ni aussi dorés que ceux de Saffy. Ce qui lui était bien égal. Elle ne s'était jamais vraiment intéressée à cette véritable couronne de gloire. Saffy gardait les cheveux longs parce qu'elle était coquette, et Juniper n'en faisait rien de particulier, parce qu'elle ne l'était pas. Quant à Percy, elle tenait simplement à faire plaisir à son père. Dans l'esprit de Raymond Blythe, les filles étaient faites pour être jolies, et spécialement les siennes, avec ces longs cheveux blonds et ondulés qui leur arrivaient à la taille.

Percy tressauta lorsque la coiffeuse pulvérisa de l'eau sur ses longueurs et peigna ses cheveux jusqu'à ce qu'ils deviennent sombres et raides. Les lames des ciseaux murmurèrent leur froide chanson contre sa nuque et la première mèche tomba sur le carrelage, inerte, morte désormais. Elle se sentit plus légère.

La coiffeuse, abasourdie par la demande de Percy, n'avait cessé de lui demander si elle était bien sûre de ce qu'elle voulait.

— Vos boucles sont si jolies, avait-elle dit tristement. Vous voulez vraiment tout couper ?

— Oui, tout.

— Mais vous serez méconnaissable !

Parfait, s'était dit Percy. Lorsqu'elle s'était assise dans le fauteuil du salon de coiffure, l'esprit encore embrumé, elle s'était vue dans le miroir et s'était accordé un moment d'introspection. Ce qu'elle avait vu, ce à quoi elle avait pensé avait de quoi l'inquiéter. Une femme plus toute jeune, qui continuait, soir après soir, de se mettre les cheveux en papillotes pour recréer les boucles juvéniles dont la nature avait oublié de la doter. Ces afféteries étaient bonnes pour Saffy, l'incurable romantique qui s'était toujours refusée à abandonner ses vieux rêves d'évasion et de chevalier servant, et n'avait pas encore compris que sa place était et serait toujours à Milderhurst. Mais Percy ! Percy l'ingénieuse, la planificatrice, la protectrice... Non, c'était risible.

Elle n'aurait jamais dû attendre si longtemps avant de se faire couper les cheveux. La nouvelle coupe était élégante et sobre ; elle n'avait peut-être pas amélioré son physique, mais elle l'avait changé, et cela suffisait à Percy. Chaque coup de ciseaux libérait quelque chose en elle : une vieille idée, un souvenir auquel elle s'agrippait sans même s'en rendre compte, de sorte que lorsque la jeune coiffeuse alla chercher le miroir et dit, non sans naïveté : « Et voilà, ma chère. C'est vraiment très chou », Percy ne releva pas cette irritante familiarité et dut bien reconnaître qu'en effet le résultat était « très chou ».

Meredith avait attendu des heures. Debout, puis assise, puis à demi couchée sur le plancher de la salle des fêtes de Milderhurst. L'après-midi s'étirait, interminable ; le flot de fermiers et de dames du village s'était tari ; de l'autre côté des fenêtres, le crépuscule menaçait. Meredith se laissa aller à une sombre rêverie. Quel sort terrible l'attendait si personne ne venait la chercher, si personne ne voulait d'elle ? Allait-elle passer les semaines et les mois à venir dans les courants d'air de la salle des fêtes, couchée sur ce plancher dur et froid ? Pensée si effroyable qu'elle fit venir un épais brouillard sur ses lunettes. Autour d'elle, tout se troubla.

Et ce fut à ce moment précis qu'*elle* survint. Qu'elle surgit du crépuscule comme un ange resplendissant, une créature de roman, et qu'elle sauva Meredith de la prostration. Comme si, douée d'un énigmatique sixième sens, elle avait su que sa présence était requise.

Meredith ne la vit pas entrer. Elle était trop occupée à essuyer les verres de ses lunettes sur le bord de sa jupe ; le monde était flou autour d'elle. Mais elle entendit un craquement électrique traverser l'air et sentit le curieux charme qui fit taire les bavardages des bonnes femmes.

— Oh, mademoiselle Juniper, dit l'une d'entre elles tandis que Meredith s'empressait de chausser ses lunettes et tournait la tête vers la table où le thé était servi. Quelle surprise ! Que pouvons-nous faire pour vous ? Vous cherchez Mlle Percy, peut-être ? C'est curieux, voyez-vous, nous ne l'avons pas vue depuis midi...

— Je suis venue chercher mon évacuée, dit la jeune fille que ces femmes appelaient Mlle Juniper, faisant taire la commère d'un geste de la main. Ne vous dérangez pas. Je la vois d'ici.

Elle se mit en mouvement, dépassa un groupe d'enfants ; Meredith cligna des yeux, regarda pardessus son épaule, constata qu'il n'y avait personne derrière elle et se retourna à temps pour voir la splendide créature se pencher sur elle.

— Prête ? fit la nouvelle venue.

Son ton était léger, désinvolte, comme si Meredith était une vieille amie et que leurs retrouvailles avaient été prévues dans les moindres détails.

Percy passa des heures près du ruisseau, égarée ; assise en tailleur sur une pierre lissée par le temps, elle rêvassa, envoya sur les flots des bateaux enfantins faits de brindilles et de feuilles mortes. Puis elle repassa par l'église pour y prendre son vélo. A la moiteur de la journée avait succédé la fraîcheur du soir ; lorsque Percy repartit vers le château, le crépuscule avait rassemblé ses filets et les avait jetés sur les collines.

Le désespoir lui avait brouillé les idées ; sur le chemin du retour elle essaya d'y mettre de l'ordre. La nouvelle de ces fiançailles l'avait bouleversée, bien sûr ; mais plus dévastatrice encore était la révélation de leur duplicité, à ces deux-là. Harry et Lucy avaient dû se fréquenter un bon moment avant que l'horloger ne se déclare : pendant tout ce temps-là, ils avaient mené leur petite barque dans son dos, comme si elle ne leur était rien, ni amante ni patronne. La trahison lui mordait la poitrine comme du plomb fondu. Elle aurait voulu hurler, s'arracher le visage – et celui de l'horloger, et celui de l'hypocrite Lucy –, leur lacérer les joues, les blesser comme ils l'avaient blessée, elle. Crier sa douleur jusqu'à ce que la voix lui fasse défaut, être battue jusqu'à ne plus sentir la douleur, fermer les yeux pour ne jamais plus les rouvrir.

Rien de cela n'était possible, bien sûr.

Une Percy Blythe, se conduire de cette façon ?

Par-dessus les cimes des arbres, le soir marquait de ses coups sombres les champs lointains ; une nuée de merles s'en fut à tire-d'aile vers la côte. L'orbe pâle de la lune, qu'on aurait dit encore éteinte, pendait, inerte, du ciel violet. Percy se demanda presque machinalement si les Allemands allaient attaquer la nuit même.

Elle posa la main sur sa nuque à présent nue ; le souffle de la nuit lui effleura les joues et elle pédala avec encore plus de force. Harry et Lucy allaient se marier : rien de ce que Percy pouvait désormais dire ou faire ne pourrait les en empêcher. Ni les pleurs ni les reproches… La messe était dite. Il fallait passer à autre chose, élaborer un nouveau plan et s'y tenir. Oui, s'en tenir à son devoir, comme elle l'avait toujours fait.

Devant les grilles du château, elle traversa la route et la passerelle branlante, et descendit de selle. Elle avait passé le plus clair de la journée assise, et se sentait pourtant curieusement lasse. Exténuée, vidée. Ses os, ses yeux, ses bras, creux soudain, sans substance, comme ceux d'une poupée. Ecartelée, puis jetée sur le sol, sans force ni forme. Elle fouilla dans son sac à main à la recherche d'une cigarette.

Elle marcha des grilles au château, poussant le vélo d'une main, la cigarette aux lèvres, ne s'arrêtant qu'au pied de la grande pelouse. La maison était à peine visible, masse noire se détachant vaguement du ciel bleu marine ; pas une lumière aux fenêtres. Les rideaux étaient tirés, les volets fermés, les consignes du couvre-feu appliquées à la lettre. Parfait. Ce n'était pas le moment d'attirer l'attention du sinistre Herr Hitler.

Elle posa le vélo sur la pelouse et s'étendit un moment sur l'herbe que la nuit avait rafraîchie. Fuma une cigarette, puis une autre, la dernière. Elle n'avait plus de tabac. Se coucha en chien de fusil et pressa l'oreille contre la terre, écoutant, comme son père le lui avait enseigné. Sa famille, sa maison étaient construites sur des fondations de mots, lui avait-il dit et répété autrefois ; arbre généalogique fait de phrases plutôt que de branches. L'humus des jardins du château s'était au cours des siècles imprégné de mille paroles, si bien que lorsqu'elle en ressentait le besoin, elle pouvait toujours y entendre poèmes et pièces, romans et traités. Des ancêtres qu'elle ne rencontrerait jamais, morts et enterrés bien avant sa naissance, lui avaient laissé des mots – des mots par centaines, par milliers, se répondant les uns aux autres et lui parlant – à elle, Percy, du fond de leur tombe, si bien qu'elle n'était jamais seule, jamais abandonnée.

Elle finit par se redresser, ramassa son sac, releva le vélo et remonta, silencieuse, jusqu'au château. La nuit avait avalé le crépuscule et la lune enfin s'était mise à luire, belle traîtresse qui tendait sur le domaine ses voiles longs et blêmes. Un courageux petit loir traversa un pan de pelouse argentée ; les champs aux douces courbes ondulèrent dans la brise nocturne ; leur répondit le salut noir des bois.

Des voix résonnèrent dans le vestibule : celle de Saffy, puis de Juniper, enfin une autre, une voix d'enfant. Percy s'accorda un moment de répit, puis posa le pied sur la première marche. Puis sur la deuxième, lentement, se souvenant de bien d'autres retours, joyeux, ceux-là, impatients, ne souhaitant rien tant que la confrontation avec l'avenir, lointain ou imminent, le moment enfin révélé.

Et sur le seuil de sa propre maison, debout, avec les grands arbres de Cardarker pour seuls témoins, elle se fit cette promesse. Elle était Persephone Blythe de Milderhurst Castle. Elle avait d'autres amours dans sa vie, pas tant que cela, certes, mais tout de même : ses sœurs, son père, et leur château, bien sûr. Elle était l'aînée, de quelques minutes seulement, il est vrai, mais l'aînée quand même ; elle était l'héritière de papa, la seule de ses filles qui partageât sa passion pour les pierres, l'âme, les secrets de leur maison. Elle allait se ressaisir, poursuivre son chemin. A compter de ce jour, elle n'aurait plus qu'un devoir : les protéger, les garder du malheur, coûte que coûte.

III

Des enlèvements et des protestations

1992

En 1952, les sœurs Blythe avaient bien failli perdre Milderhurst Castle. Le château était dans un état de grand délabrement, de même que les finances de la famille Blythe, et les Monuments historiques avaient le plus vif désir d'acquérir le domaine pour entamer les travaux de restauration. Les sœurs n'avaient guère d'autre choix que de vendre et de s'installer ailleurs, ou de signer avec les Monuments historiques, afin qu'ils puissent enfin « préserver la beauté unique des bâtiments et des jardins ». Naturellement, elles n'en avaient rien fait. Percy Blythe avait décidé d'organiser des visites payantes ; elle vendit également quelques parcelles de terre cultivable et se débrouilla pour rassembler les fonds nécessaires à l'entretien de la vieille demeure.

Tout cela, je l'ai appris par un beau samedi du mois d'août, en parcourant la collection complète du *Milderhurst Mercury*, conservée sous forme de microfilms à la bibliothèque du quartier. Quand j'y repense, je me dis que j'ai manqué de prudence. Expliquer à papa que la création de *La Véridique Histoire de l'Homme de boue* était l'un des grands mystères littéraires du siècle, c'était un peu comme poser une boîte de chocolats sous le nez d'un enfant de quatre ans en lui demandant de ne pas y toucher. C'est un homme de résultats que mon cher vieux papa ; l'idée qu'il puisse résoudre tout seul dans son coin une énigme qui avait fait s'arracher les cheveux à des générations entières d'universitaires lui plaisait assez. Sa théorie était la suivante : au sombre cœur du roman gisait une pépite de vérité, un enlèvement d'enfant jamais élucidé. Restait bien sûr à le prouver : alors, à lui la célébrité, la gloire et la satisfaction du devoir accompli. Le métier de détective n'étant guère compatible avec le repos forcé, il lui fallait un assistant. Et c'est là que j'interviens à nouveau… J'ai accepté la mission qu'il me confiait pour trois raisons. Il relevait à peine d'un infarctus ; sa théorie n'était pas complètement absurde ; mais surtout, la lecture des lettres de ma mère avait donné à ma fascination pour Milderhurst des proportions quasi maladives.

Comme souvent, j'ai commencé mon enquête par Herbert. Avait-il connaissance d'une affaire de kidnapping qui eût pu inspirer Raymond Blythe ? Une des qualités les plus admirables de Herbert – Dieu sait pourtant que la liste est longue – est sa capacité à repêcher l'information dont il a besoin dans ce qui semble pourtant un désordre inextricable. Sa maison est typiquement londonnienne : quatre minuscules étages empilés les uns sur les autres. Le bureau et la presse à main occupent le rez-de-chaussée et le premier, les combles sont voués aux archives et l'entresol héberge Herbert, Jess et son canapé. Dans toutes les pièces, il n'est pas un seul mur qui ne soit recouvert de livres : vieux livres, livres neufs, éditions originales, avec ou sans dédicace. Le tout reposant sur des étagères dépareillées et parfois même improvisées avec une planche et deux briques en un joyeux et sain mépris pour les apparences. Et catalogué, sans exception, dans le cerveau de Herbert, sa Bibliothèque nationale à lui. Une bibliothèque faite non seulement de titres et de dates d'impression, mais aussi de lectures et de souvenirs. Le spectacle de Herbert à la recherche d'une référence est inoubliable : tout d'abord, son front se plisse, tandis que son esprit analyse la demande. Puis il lève un doigt, un seul – fin, blême et lisse comme un cierge ; sans un mot, il va d'un pas traînant jusqu'à l'une de ses murailles de livres et de ce doigt souverain, comme magnétisé, effleure les dos de toile, de cuir ou de carton jusqu'à l'ouvrage où gît la réponse. Dans le cas présent, j'avais péché par excès de paresse, je le savais bien. Herbert a fait chou blanc. Je l'ai consolé et j'ai filé à la bibliothèque, où j'ai fait la connaissance d'une adorable vieille dame qui, apparemment, avait attendu toute sa vie dans les sous-sols de l'établissement qu'on vienne lui poser une question aussi problématique.

— Signez là, chère madame, m'a-t-elle dit, les sens en alerte, en me tendant un formulaire et un stylo à bille.

Elle s'est penchée vers moi tandis que je remplissais sagement toutes les cases.

— Oh, Billing & Brown, merveilleux ! Un de mes meilleurs amis, que son âme repose en paix, a publié ses Mémoires chez eux il y a… oh, bien trente ans !

Nous n'étions pas nombreux par cette splendide journée d'été à hanter les entrailles de la bibliothèque, si bien qu'il ne m'a pas été difficile d'embarquer Mlle Yeats dans mes recherches. Nous avons passé un délicieux moment, toutes les deux, à fouiller dans les archives, exhumant au passage trois cas d'enlèvements non élucidés dans le sud-est de l'Angleterre entre 1850 et 1910, et bon nombre d'articles concernant les Blythe de Milderhurst Castle. Dont une charmante rubrique ménagère tenue par Saffy Blythe dans les années 1950 et 1960, d'innombrables articles sur les succès littéraires de son père, et quelques articles de une consacrés à la tentative de mainmise des Monuments historiques sur le château, en 1952. Nous avons même retrouvé une interview de Percy Blythe, dans laquelle elle martelait son point de vue : « Un lieu ne se résume pas à ses caractéristiques géographiques et physiques. C'est le sanctuaire des souvenirs, le dépositaire des événements joyeux et tristes qui s'y sont déroulés. Ce château appartient aux miens. Mes ancêtres y vivaient des siècles avant ma naissance. Jamais je ne consentirai à le confier aux mains de gens qui veulent planter des sapins dans ses forêts immémoriales. »

Un représentant quelque peu chipoteur des Monuments historiques avait été invité à s'exprimer dans le même article. Pas d'accord avec les propriétaires, pas de nouveaux jardins, pas de retour de Milderhurst à sa splendeur d'antan. « Tragique échec, disait-il, que celui qui nous prive d'une des plus belles propriétés du pays pour des dizaines d'années, parce qu'une poignée d'individus s'obstine à ne pas vouloir comprendre qu'en ces temps difficiles il est quasi sacrilège de continuer de vivre dans ce qui nous apparaît réellement comme un trésor national. » Qu'avaient donc prévu les experts des Monuments pour la restauration du château ? « Une restauration en profondeur du bâti, et un projet entièrement nouveau pour les jardins. » Ce qui était bien peu conforme aux désirs de Percy Blythe…

— A l'époque, m'a confié Mlle Yeats quand je lui ai fait part de mes doutes, les Monuments faisaient parfois des choix étranges. Il s'est passé de drôles de choses dans les années 1950. Les cerisiers de Hidcote ont tous été arrachés, la grande allée de Wimpole massacrée, tout cela au nom d'une sorte d'homogénéisation pseudo-historique.

Ces deux exemples ne me disaient pas grand-chose, mais cette « homogénéisation pseudo-historique » ne pouvait que déplaire à la Percy Blythe dont j'avais le souvenir. La suite de l'article a rendu les choses encore plus claires.

— Ah, les architectes des Monuments voulaient restaurer les douves.

Mlle Yeats a haussé les sourcils, attendant une explication.

— Raymond Blythe les avait fait combler après la mort de sa femme, en guise de tombeau symbolique. Les jumelles n'ont pas dû voir ce projet de restauration d'un bon œil. Ce que je ne comprends pas, c'est la raison pour laquelle leur situation financière avait pu devenir si catastrophique. Après tout, *L'Homme de boue* est un classique qui se vend encore très bien, même de nos jours. Les droits d'auteur auraient dû leur permettre de se tirer d'affaire, vous ne pensez pas ?

— Oui, c'est vraisemblable.

Mlle Yeats a froncé les sourcils et posé le regard sur les photocopies qui s'entassaient en nombre croissant sur la table, puis elle les a rapidement feuilletées, ses lunettes en demi-lune sur le bout du nez.

— Mais je me demande si… Ah, voilà ! Tenez. Apparemment, Raymond Blythe n'a pas légué toute sa fortune à ses filles.

L'article, daté du 13 mai 1941, était intitulé : « Un Institut sauvé par le généreux testament d'un écrivain. » Il était accompagné d'une photo montrant une femme en salopette, visage souriant, un exemplaire de *L'Homme de boue* à la main. Mlle Yeats avait raison : l'essentiel des droits d'auteur avait été légué à l'Eglise catholique et au Pembroke Farm Institute.

— C'est une association qui a son siège dans le Sussex, ai-je lu à haute voix. Son but… est de promouvoir des pratiques agricoles écologiques et raisonnées.

— Plutôt en avance sur son temps, a remarqué Mlle Yeats.

Je n'ai pu que lui donner raison.

— Et si nous allions jeter un coup d'œil à l'étage, voir si nous ne trouvons rien d'autre ?

Mlle Yeats était si excitée par cette perspective que ses pommettes avaient pris une jolie teinte rose.

— Pas aujourd'hui, non, ai-je dû lui répondre, bourrelée de remords. Je n'ai malheureusement pas le temps.

Et comme elle avait l'air horriblement déçue, je me suis empressée d'ajouter :

— J'en suis vraiment navrée. Mais mon père attend impatiemment son rapport !

Ce qui n'était pas une fausse excuse, et cependant, je ne suis pas rentrée directement à la maison. Lorsque j'ai mentionné les trois raisons qui m'avaient fait sacrifier sans arrière-pensée mon week-end aux recherches de papa, j'ai menti par omission. J'aurais dû en mentionner une quatrième, bien plus pressante que les autres. Je voulais à tout prix éviter ma mère. C'était à cause de ces lettres, ou plutôt de mon incapacité à laisser cette fichue boîte à chaussures tranquille, du moment où elle m'était tombée dans les mains.

Je les avais toutes lues, vous comprenez ? Après l'enterrement de vie de jeune fille de Sam, je les ai emportées à la maison et les ai dévorées une par une, en commençant par l'arrivée de maman au château. Puis j'ai grelotté avec elle durant le terrible hiver de 1940, vu les cieux s'embraser pendant la bataille d'Angleterre, tremblé des nuits entières dans l'abri Anderson. Au cours de ces dix-huit mois, l'écriture de maman s'est affermie, ses termes se sont faits de plus en plus choisis, jusqu'à cette toute dernière lettre, lue à l'aube – celle qu'elle écrivit le 17 février 1941 juste avant que son père ne vienne la chercher pour l'emmener à Londres.

Chère maman, cher papa,
Je suis désolée de m'être disputée avec vous au télé-phone. J'étais si heureuse de vous entendre, tous les deux, et je suis très triste que la conversation se soit finie de cette façon. Je crois que je ne me suis pas bien expliquée. Ce que je voulais vous dire, c'est que je comprends que vous voulez mon bien et je remercie papa d'avoir parlé de moi à M. Solley. Mais je ne crois pas que ce soit « bien » pour moi de rentrer à la maison et de faire des travaux de secrétariat pour ce monsieur.

Rita et moi, ce n'est pas la même chose. Elle a détesté le séjour à la campagne ; elle a toujours su ce qu'elle voulait faire, ce qu'elle voulait devenir. Moi, j'ai toujours pensé qu'il y avait quelque chose qui n'allait pas chez moi, que j'étais « différente » des autres, mais d'une manière que j'ai de la peine à comprendre moi-même. J'aime lire, j'aime regarder les gens, j'aime m'emparer de ce que je vois et ce que je ressens pour le coucher ensuite sur le papier. Je sais bien que c'est ridicule ! Comprenez-vous ce que je ressens depuis que je suis née ? J'ai toujours eu l'impression d'être une brebis galeuse.

Ici, cependant, j'ai rencontré des gens qui aiment les mêmes choses que moi, qui voient le monde de la même façon que moi. Saffy pense que lorsque la guerre sera finie – c'est-à-dire bientôt – j'aurai sans doute la possibilité d'entrer au lycée, et après cela, qui sait ? A l'université, peut-être ? Bien sûr, si je veux intégrer une classe de lycée, il faudra que je rattrape mes études.

Alors, je vous en supplie, ne me forcez pas à rentrer à la maison ! Les Blythe sont ravies de pouvoir me garder ; elles prennent grand soin de moi, vous le savez bien. Maman, tu ne m'as pas « perdue » ; cela fait mal de te l'entendre dire. Je suis ta fille – même si tu le voulais, tu ne pourrais pas me perdre. Mais s'il vous plaît, _s'il vous plaît_, ne venez pas me chercher.

Avec toute mon affection et beaucoup d'espoir,
Votre fille, Meredith.

Cette nuit-là, j'ai rêvé de Milderhurst. J'étais de nouveau enfant, vêtue de l'uniforme d'une école que je ne connaissais pas, devant les grandes grilles, en bas de l'allée. Elles étaient verrouillées, et beaucoup trop hautes pour que je puisse les escalader ; si hautes que lorsque j'ai levé les yeux vers leurs pointes, il m'a semblé qu'elles disparaissaient dans les nuages tumultueux. J'ai essayé de grimper le long des barreaux, mais mes pieds glissaient sans cesse ; ils étaient mous, gélatineux, comme souvent dans les rêves ; sous mes paumes le contact du métal était glacial ; et cependant je me sentais sous l'empire d'une terrible nostalgie, d'un désir inassouvi de savoir ce qu'il y avait de l'autre côté de la grille. Je me suis baissée et je me suis rendu compte que j'avais dans la main une grosse clef rongée par la rouille. La seconde d'après, j'avais franchi les grilles et je me trouvais dans une voiture tirée par des chevaux. C'était une scène tout droit sortie de *L'Homme de boue* : la voiture remontait la longue allée et, traversant les bois sombres et frémissants puis les deux ponts, me conduisait jusqu'au château, immense masse sur le sommet de la colline.

Après quoi je me suis retrouvée à l'intérieur. Tout semblait abandonné depuis des années. Les couloirs étaient recouverts d'une épaisse couche de poussière. Les tableaux pendaient de travers, les couleurs des rideaux avaient pâli ; plus encore que cela, c'était l'air même du château qui me semblait irrespirable ; j'avais l'impression d'être enfermée dans une boîte, sous les combles sombres et pourrissants d'un grenier oublié.

Un bruit soudain, un murmure plutôt, un frôlement ténu, et l'impression fugitive d'un mouvement. J'ai vu alors, à l'autre bout de la pièce, Juniper, dans la robe de soie qu'elle portait le jour de ma visite au château. Je n'étais pas dans mon état normal, les sens troublés par l'ambiance générale du rêve, toute de profonde nostalgie. Sans qu'elle ait eu besoin de prononcer un seul mot, j'ai compris que nous étions en octobre 1941 et qu'elle attendait la venue de Thomas Cavill. Derrière elle, une porte s'est ouverte, donnant sur le grand salon bleu. J'ai entendu de la musique, une mélodie que j'ai reconnue.

J'ai suivi Juniper dans le salon. La table était mise, et l'air vibrait d'espérance. J'ai tourné autour de la table, comptant les couverts, sachant – mais comment ? – que maman et moi y avions notre place. Juniper m'a dit quelque chose, ou plutôt ses lèvres ont bougé sans que je puisse comprendre un seul mot.

Soudain je me suis retrouvée à la fenêtre du salon, qui était également, par un curieux effet du rêve, celle de la cuisine de ma mère. Je regardais fixement la vitre. La tempête faisait rage, et j'ai vu les douves, au pied du mur, noires, luisantes. Un remous… et une silhouette sombre a émergé des flots ; mon cœur battait la chamade. Je le savais, c'était l'Homme de boue ; j'étais paralysée par la peur. Mes pieds ne faisaient plus qu'un avec le plancher. Sur le point de pousser un hurlement, j'ai senti la peur me quitter d'un seul coup. L'a remplacée une vague de chagrin, de regret et, chose inattendue, de désir.

Je me suis réveillée en sursaut, à temps pour rattraper mon rêve avant qu'il ne se dissolve. Dans les recoins de ma chambre traînaient encore des visions en lambeaux et je suis restée un long moment immobile sous mes draps, priant pour qu'elles restent encore un instant autour de moi. Il me semblait que le moindre mouvement, le moindre rayon matinal les ferait s'évaporer comme brume au soleil. Il était trop tôt pour les perdre. Le rêve avait été si tangible, le poids de sa nostalgie si réel encore que, passant la main sur mon front, je m'attendais presque à le trouver meurtri.

Bientôt, pourtant, le soleil dans sa course a dépassé le rebord du toit de la maison Singer et Fils et s'est glissé entre les rideaux ; le sortilège du rêve s'est brisé. Je me suis redressée, un soupir aux lèvres ; au bout du lit gisait, sans couvercle, la boîte à pantoufles de grand-mère. A la vue de ces enveloppes, les détails du rêve me sont revenus dans toute leur clarté, accompagnés d'un sentiment de culpabilité tout aussi vif, tel qu'on peut l'éprouver lorsqu'on vient de se gaver de graisse, de sucre et de secrets volés. Bien sûr, j'étais heureuse d'avoir enfin entendu la voix de ma mère, vu par ses yeux les images de son enfance, perçu par ses sens mille petites impressions ; bien sûr, j'avais les meilleures excuses du monde. Ces lettres dataient de plusieurs dizaines d'années ; elles avaient été écrites pour être lues ; maman n'avait pas besoin de savoir qu'elles m'avaient été communiquées. Il n'empêche : je n'ai pas pu me sortir de l'esprit le regard que m'avait lancé Rita en me confiant la boîte. « Ça va t'en faire, des choses à lire… » Il y avait eu dans son sourire une curieuse nuance de triomphe, comme si nous avions passé une alliance secrète dont sa sœur était exclue. J'avais perdu la fillette fantôme du château, le contact tiède de sa main dans la mienne. Ne me restait plus que le remords d'avoir agi dans son dos.

Il me faudrait tôt ou tard lui avouer ce crime, c'était inévitable. J'ai passé un marché avec moi-même. Si je parvenais à quitter la maison ce matin-là sans croiser maman, je m'accordais un délai de grâce d'une journée pour réfléchir à la façon dont je pouvais lui présenter les choses. Dans le cas contraire, j'ai résolu de me confesser sur-le-champ. Je me suis habillée le plus rapidement possible, sans faire de bruit, j'ai complété ma toilette à la sauvette et je me suis débrouillée pour récupérer mon sac dans le salon. Tout se déroulait sans encombre jusqu'au moment où je suis passée devant la cuisine. Maman était debout près de la bouilloire, la ceinture de sa robe de chambre nouée un tout petit peu trop haut, ce qui lui donnait une curieuse silhouette de bonhomme de neige.

— Bonjour, Edie, m'a-t-elle dit en tournant la tête.

Trop tard pour rebrousser chemin.

— Salut, maman.

— Bien dormi ?

— Oui, merci.

J'allais concocter une excuse pour sauter le petit déjeuner quand elle a posé une tasse sur la table à mon intention.

— Et la soirée de Samantha, alors ? C'était comment ?

— Haut en couleur. Bruyant. Tu connais Sam, ai-je répondu avec le sourire.

— Je ne t'ai pas entendue rentrer. Je t'avais laissé de quoi dîner.

— Oh !

— Je ne savais pas trop, mais je vois que tu n'as pas...

— J'étais un peu crevée.

— Bien sûr.

— Je suis allée me coucher immédiatement.

J'avais l'impression d'être une vraie poison. Pour ne rien arranger, la curieuse forme de la robe de chambre de maman lui donnait l'air encore plus fragile que d'habitude. Je me suis mise à table, le nez sur la tasse.

— Maman, ai-je dit après une longue et profonde inspiration, il y a quelque chose dont il faut que...

— Aïe !

Elle a plissé les yeux, porté le doigt à ses lèvres puis l'a secoué avec force.

— Un jet de vapeur, a-t-elle expliqué en soufflant doucement sur le bout de son doigt. C'est cette stupide bouilloire. Elle est neuve, mais…

— Tu veux que j'aille te chercher de la glace ?

— Non, je vais me passer le doigt sous l'eau froide, ne t'inquiète pas. C'est la forme du bec. Je ne sais pas pourquoi les gens perdent leur temps à transformer des choses qui marchaient très bien avant eux.

J'ai ouvert la bouche, mais elle a continué sur sa lancée.

— Ils feraient vraiment mieux de travailler à des choses utiles. Un médicament pour guérir du cancer, par exemple.

Elle a fermé le robinet.

— Maman, il faut que je te….

— Edie, si tu veux bien m'excuser, j'en ai pour une seconde. Je vais apporter le petit déjeuner à ton père.

Elle a filé à l'étage, le plateau dans les mains ; j'ai attendu son retour en me demandant ce que j'allais bien pouvoir lui dire, avec quels mots… Pouvais-je formuler mon aveu d'une manière qui lui ferait comprendre mes motivations profondes ? J'y ai rapidement renoncé. Ça ne marcherait jamais. Je ne sais pas très bien comment on peut expliquer à quelqu'un qu'on vient de l'épier toute une nuit par le trou de la serrure sans passer pour un monstre.

De vagues bribes de conversation me sont venues aux oreilles. Papa et maman qui discutaient. Puis la porte de sa chambre s'est fermée ; des bruits de pas dans l'escalier… Je me suis levée brusquement. Etais-je bête ! J'avais besoin d'un peu plus de temps. Pourquoi tant de précipitation ? Dans la journée, j'allais sûrement trouver le moyen de…

Maman est rentrée avec un sourire en coin. Je me tenais debout, interdite, la main sur le dossier de la chaise comme une mauvaise actrice.

— Voilà qui devrait le faire tenir tranquille un bon quart d'heure. Ah, lord Burchill et sa clochette ! Mais tu pars déjà, Edie ? Tu n'as même pas pris ton thé.

— Je, euh…

— Tu voulais me dire quelque chose, c'est ça ?

J'ai soulevé la tasse et je me suis absorbée dans la contemplation de son contenu.

— Je…

— Oui ? Que se passe-t-il, Edie ?

Elle a tiré sur la ceinture de sa robe de chambre, attendant que je poursuive, les yeux plissés par une très vague appréhension.

J'étais en train de me raconter des histoires, bien sûr. Un sursis, quelques heures de plus, ça n'allait rien changer. J'ai baissé les bras.

— Maman, j'ai quelque chose pour toi.

Je suis allée chercher la boîte de grand-mère, que j'avais cachée sous mon lit.

Maman, assise à la table de la cuisine, m'a jeté un regard intrigué. J'ai posé la boîte sur la table.

— Des pantoufles ?

Elle a froncé les sourcils, a regardé celles qu'elle portait aux pieds.

— Ah ! Eh bien, merci, Edie. Deux paires valent mieux qu'une, je suppose.

— Maman, non, ce n'est pas…

— Ta mamie (elle a souri, soudain, le souvenir lui revenant en un éclair)… c'est la marque que ta mamie portait.

Et elle m'a regardée avec une joie si candide, un plaisir si inattendu, que je n'ai pas pu soulever le couvercle de la boîte et lui dévoiler ma traîtrise.

— Tu t'en souvenais, Edie ? C'est pour cela que tu me les as achetées ? C'est incroyable que tu aies pu retrouver la vieille…

— Ce ne sont pas des pantoufles, maman. Ouvre la boîte, s'il te plaît. Ouvre-la, c'est tout.

— Edie ?

Elle s'est laissée tomber sur la chaise la plus proche et a fait glisser la boîte vers elle, un sourire tremblant sur les lèvres. Un dernier regard interloqué avant de soulever le couvercle et de considérer le contenu de la boîte, le visage soudain presque hostile.

Le drame qui s'est joué dans ses yeux a fait courir dans mes veines un torrent de feu, ravageur et brûlant. J'ai vu s'y exprimer la confusion, le doute, puis une épouvante qui annonçait le moment fatal de la reconnaissance. Lorsque plus tard j'ai voulu revivre ce moment en esprit, j'ai même pu isoler la minute précise à laquelle l'écriture de la première enveloppe, encore si enfantine, s'est métamorphosée en un souvenir qui n'était que trop réel. J'ai vu changer l'expression de son visage, j'ai vu ses traits rajeunir, redevenir ceux d'une fillette de treize ans à peine qui écrit pour la première fois à ses parents pour leur parler de l'évacuation, du château dans lequel elle a été recueillie. Maman sous mes yeux est retournée en esprit à Milderhurst, au moment même où elle avait écrit cette lettre.

Elle a posé les doigts sur ses lèvres, sur ses joues, puis a caressé le doux creux tout en bas de sa gorge ; après ce qui m'a paru une éternité, elle a enfin tendu une main vers la boîte. En a extrait la pile de lettres, est restée immobile, silencieuse, tenant les enveloppes dans ses deux mains. Tremblantes.

— Où as-tu… ? a-t-elle demandé sans croiser mon regard.

— Rita.

Elle a hoché la tête comme si je venais de lui donner la réponse qu'elle avait toujours pressentie.

— Elle t'a expliqué comment elles lui sont tombées entre les mains ?

— Elle les a trouvées dans les affaires de mamie, après sa mort.

Un petit son qui aurait bien pu être un rire, mélancolique, étonné, un peu triste.

— J'ai peine à croire qu'elle ait pu les garder.

— C'est toi, sa fille, qui les avais écrites, ai-je répondu d'une voix douce. Comment aurait-elle pu ne pas les garder ?

Maman secouait la tête, incrédule.

— Non, ce n'est pas comme ça qu'il faut voir les choses… Ma mère et moi, nous n'avions pas ce genre de rapports.

J'ai pensé au *Livre magique des animaux mouillés*. Moi aussi, j'avais eu la même pensée : ma mère et moi n'avions pas ce genre de rapports.

— Tous les parents font ça, maman.

Maman a sorti une première enveloppe de la pile, puis quelques autres, les a étalées en éventail.

— Reliques du passé, a-t-elle dit, pour elle-même plus que pour moi. Choses que j'ai eu tant de mal à oublier, à enterrer.

Elle a frôlé du doigt les tranches des enveloppes.

— Mais à présent, il me semble que, où que j'aille…

Mon cœur, pressentant des révélations, s'est emballé.

— Maman, pourquoi voulais-tu l'oublier, ce passé ?

Elle ne m'a pas immédiatement répondu. La photographie, plus petite que les enveloppes, avait glissé de la pile, comme la veille au soir, et atterri sur la table. Elle l'a ramassée, l'a caressée du pouce. Son visage avait cette expression douloureuse et vulnérable qui me faisait tant de mal.

— Cela fait si longtemps… et pourtant, parfois…

Quelque chose soudain m'a rappelée à son souvenir. Elle a jeté la photographie dans la boîte d'un geste faussement désinvolte, pour me faire comprendre que tout cela n'avait plus d'importance pour elle. Puis elle m'a regardée droit dans les yeux.

— Ta mamie et moi… Ça n'a jamais été facile. Nous ne nous ressemblions pas beaucoup, elle et moi, et l'évacuation a mis certaines choses en évidence. Nous nous sommes disputées, et elle ne m'a jamais pardonné.

— Est-ce parce que tu voulais aller au lycée ?

Tout s'est figé alors, jusqu'à l'air de la cuisine. Maman était pétrifiée. Puis d'une voix très douce, où pointait un infime frémissement, elle m'a demandé :

— Tu les as lues ? Tu as lu mes lettres ?

J'ai avalé ma salive, péniblement, hoché pathétiquement la tête.

— Edith ! Comment as-tu pu faire une chose pareille ? C'est une correspondance privée.

Toutes les justifications que je m'étais inventées ont fondu comme neige au soleil. La honte m'a fait venir les larmes aux yeux, si bien que tout a semblé étrangement délavé autour de moi, y compris les traits de maman. Le sang s'était retiré de son visage, ne laissant qu'une nuée de taches de rousseur sur son nez, de sorte qu'elle avait l'air d'avoir à nouveau treize ans.

— C'est que... je voulais seulement... savoir.

— Savoir quoi ? Ce ne sont pas tes affaires, vois-tu, m'a coupée maman d'une voix sèche. Ça n'a rien à voir avec toi.

Elle s'est emparée de la boîte, l'a serrée contre sa poitrine et après quelques secondes d'hésitation s'est ruée hors de la cuisine.

— Mais si, ça a à voir avec moi, ai-je murmuré.

Puis répété à haute et tremblante voix.

— Tu m'as menti, maman.

Elle a ralenti le pas.

— Tu m'as menti sur la lettre de Juniper, menti sur Milderhurst, menti sur tout. Nous y sommes retournées, au château, toi et moi.

Elle s'est arrêtée une seconde sur le seuil, mais ne s'est pas retournée.

— Je m'en souviens. Je m'en souviens très bien.

Puis je me suis retrouvée seule à nouveau dans le silence de la cuisine, ce silence figé qui vient toujours après qu'on a brisé quelque objet fragile. A l'étage, une porte a claqué.

Deux semaines ont passé, et nos relations sont restées glaciales, même à l'aune des habitudes familiales. Nous avons adopté l'une envers l'autre une terrible politesse, tant pour le bien de papa que parce que nous ne sommes guère portées sur les éclats. Pendant tout ce temps, nous n'avons échangé que hochements de tête, faux sourires et quelques mots du type « Passe-moi le sel, veux-tu ? ». Je me sentais tour à tour coupable et indignée : fière de la petite fille du château, qui aimait les livres autant que moi, blessée par la femme qui refusait de partager avec moi la moindre pensée, le moindre souvenir intime.

Je m'en voulais surtout de lui avoir parlé des lettres. Ah vraiment, l'honnêteté paie toujours ? J'aurais maudit quiconque m'aurait servi cette éternelle banalité. Je me suis mise à consulter assidûment la rubrique immobilière des journaux. J'ai même ajouté un peu d'huile sur le feu en m'absentant le plus souvent possible. Ce n'était pas chose difficile : j'étais en pleine correction des *Fantômes de Romney Marsh*, et je multipliais les heures supplémentaires. Herbert, quant à lui, appréciait ma compagnie. Mon sérieux, disait-il, lui rappelait le « bon vieux temps » d'après la fin de la guerre, quand le pays s'était relevé de ses ruines et que M. Brown et lui ne savaient où donner de la tête entre achats de manuscrits et commandes.

Tout cela pour vous expliquer que le samedi, en sortant de la bibliothèque, mon paquet de photocopies sous le bras, je ne suis pas rentrée à la maison, même s'il était à peine une heure de l'après-midi. Papa suait sang et eau sur sa théorie de l'enlèvement, mais il lui faudrait attendre notre séance vespérale. Je suis retournée à Notting Hill, poussée par le désir de voir des gens sympathiques, d'assister à quelques spectacles distrayants et, pourquoi pas, de manger un morceau.

L'intrigue se complique

J'avais juste oublié une chose : Herbert était absent pour le week-end. Il était l'invité spécial de l'assemblée annuelle de l'Association des relieurs professionnels. Les stores étaient tirés sur les vitrines de Billing & Brown ; le bureau était plongé dans une pénombre lugubre. Confrontée à cette excessive tranquillité, j'ai ressenti une déception presque exagérée.

— Jess ? ai-je appelé. (C'était mon dernier espoir.) Jessie, fifille ?

Nul laborieux bruit de pattes dans l'escalier, nul halètement reconnaissant ; seul le silence m'a répondu en vagues concentriques. Quand un endroit que vous aimez est déserté par ses occupants habituels, il prend un aspect presque inquiétant ; en ce moment précis, j'ai ressenti comme jamais le besoin de me disputer un bout de canapé avec Jessie.

— Jes-sie ?

Pas de réponse : Herbert l'avait emmenée avec lui à Shrewsbury. J'étais donc vraiment seule.

Bah, pas grave, me suis-je dit, pleine de fausse bonne humeur. J'avais largement de quoi m'occuper toute une après-midi. *Les Fantômes de Romney Marsh* partaient à la composition le lundi suivant, et bien que j'y aie déjà, étant donné les circonstances, accordé toute mon attention, il y avait certainement encore quelques corrections à faire. J'ai levé les stores, allumé ma lampe de bureau, faisant le plus de bruit possible pour animer les lieux, puis je me suis plongée dans le manuscrit. J'ai déplacé des virgules et les ai remises en place, j'ai hésité entre les « mais » et les « cependant », sans pouvoir trancher, notant la page pour pouvoir y revenir. N'ayant pu apporter de réponse ferme aux cinq questions de style qui ont suivi, j'ai compris qu'il était déraisonnable de se concentrer sur la ponctuation le ventre vide.

Herbert avait fait un peu de cuisine la veille et il y avait des lasagnes au potiron dans le réfrigérateur. J'en ai prélevé une tranche, je l'ai fait chauffer et j'ai posé mon assiette sur le bureau. Ce n'était pas très correct sans doute de manger sur le manuscrit de mon chasseur de fantômes, de sorte que j'ai ressorti mon dossier Milderhurst. J'ai lu quelques articles par-ci par-là, et j'ai regardé les photos. Il y a quelque chose de profondément nostalgique dans une photographie en noir et blanc, comme si l'absence de couleur rendait tangible l'éloignement temporel. Il y avait nombre de clichés du château à diverses époques, quelques-uns du domaine et des jardins, un portrait très ancien de Raymond Blythe et de ses deux filles, datant de la publication de *L'Homme de boue*. Des photos de Percy Blythe, raide et visiblement mal à l'aise, assistant au mariage d'un certain Harold Rogers avec une certaine Lucy Middleton. Percy Blythe inaugurant avec le sourire une nouvelle salle des fêtes, offrant au gagnant d'un concours de poésie une édition signée de *L'Homme de boue*.

J'ai parcouru toute la liasse : nulle part Saffy n'apparaissait. Curieux, me suis-je dit. Je comprenais sans mal l'absence de Juniper, mais où était donc passée l'affable Saffy ? J'ai sorti du paquet un article célébrant la fin de la guerre et décrivant l'engagement de divers habitants du village. Et c'était encore Percy Blythe qui venait l'illustrer, en uniforme d'ambulancière. Pensive, je l'ai longuement scrutée. Bien sûr, il se pouvait que Saffy n'ait jamais apprécié de se faire prendre en photo. Il se pouvait aussi qu'elle ne se soit jamais pleinement impliquée dans la vie du village. Cependant, l'hypothèse la plus vraisemblable, à la lumière de ma visite au château, était que Saffy avait appris à ne pas faire de l'ombre à sa jumelle. Avec une sœur comme Percy, bardée de résolutions et presque farouchement dévouée à la cause familiale, il était difficile à la tendre Saffy de se mettre en valeur.

Du reste, le cliché était peu flatteur pour Percy. Elle se tenait au premier plan ; le photographe l'avait prise en contre-plongée, sans doute pour faire entrer dans son cadre la masse colossale du château. Percy semblait planer au-dessus du sol, le visage sévère, fermé.

J'ai examiné le cliché avec un soin redoublé. En arrière-plan, juste derrière la tête de Percy, aux cheveux coupés court, il y avait quelque chose… J'ai fouillé dans les affaires de Herbert et j'ai fini par retrouver sa loupe. Incroyable ! Oui, c'était bien ce que j'avais pensé : il y avait quelqu'un sur le toit. Assise sur un rebord de fenêtre, dans sa longue robe blanche… Juniper, bien sûr. La malheureuse Juniper, l'âme errante.

L'œil rivé sur la minuscule tache blanche à la fenêtre des combles, j'ai laissé m'envahir une vague de tristesse indignée. Et de colère. J'ai repensé à ce Thomas Cavill, lequel était devenu pour moi la source de tous les maux ; une fois de plus je me suis laissée aller à rejouer en esprit cette terrible nuit d'octobre durant laquelle il avait brisé le cœur de Juniper et gâché sa vie. Je dois avouer qu'avec la répétition ce fantasme ne cessait de prendre de l'ampleur ; je l'avais maintes fois remis en scène, si bien qu'il se déroulait dans mon esprit comme un film vu des dizaines de fois, accompagnement musical compris. J'étais en compagnie des sœurs dans ce salon, le couvert mis pour la réception, j'écoutais leurs conversations inquiètes – « Lui est-il arrivé quelque chose ? Il est vraiment en retard ! » ; je les voyais scruter d'un œil de plus en plus inquiet Juniper, en proie aux premiers symptômes de la folie qui lui consumerait l'esprit. C'est alors que quelque chose s'est produit. Quelque chose de nouveau.

Je ne sais pas pourquoi ni comment. Tout ce que je sais, c'est que cet éclair de lucidité, lorsqu'il m'est venu, a été bref et enfiévré. La musique de ma vision s'est interrompue sur un gémissement. Elle s'est évanouie dans les airs en me laissant cette seule certitude : il y avait dans cette histoire encore bien des choses qui m'échappaient. Bien sûr. Les jeunes femmes ne deviennent pas folles uniquement parce que leurs prétendants les abandonnent. Même si elles souffrent de dépression, d'angoisse, ou de quelque autre problème mental. A quoi faisait allusion Mme Bird lorsqu'elle parlait des « crises » de Juniper ?

J'ai posé l'article du *Mercury* à plat sur la table et j'ai redressé les épaules. J'avais pris la triste histoire de Juniper pour argent comptant parce que, comme ne cesse de le répéter ma mère, j'ai trop d'imagination et un goût immodéré pour la tragédie. Et pourtant, l'histoire de Juniper était réelle, ce n'était pas une fiction sortie de mon esprit fiévreux. Je devais l'analyser avec plus de sens critique. Après tout, ne suis-je pas éditrice ? Mon métier n'est-il pas de traquer les invraisemblances dont sont parfois truffés les manuscrits ? Cette histoire-là recelait quelques incohérences de taille. Tout d'abord, elle était trop simple. Les histoires d'amour s'effilochent, les gens se trahissent, les amoureux rompent. Toutes les vies ou presque sont assombries à un moment ou à un autre par ces tragédies intimes. C'est triste, c'est lamentable, bien sûr, mais au regard d'un dessein supérieur, n'est-ce pas secondaire ? *Elle est devenue folle* : la langue n'avait aucune peine à prononcer ces mots ; mais la réalité qu'ils donnaient à voir me semblait soudain schématique, fragile, tout droit sortie d'un mauvais roman à sensation. Allons ! Mon amoureux m'avait lâchement laissée tomber quelques mois auparavant : étais-je devenue folle ? Loin de là…

Mon cœur s'est mis à battre un peu plus vite ; déjà j'avais rapporté mon assiette sale à la cuisine, empoigné mon cabas, enfoui mon dossier dans ses profondeurs et tenté de repêcher mes clefs. Il me fallait mettre la main sur Thomas Cavill. Comment n'y avais-je pas pensé plus tôt ? Maman ne voulait pas me parler et Juniper en était incapable. Cavill était le chaînon manquant, la clef des mystères. Qui était-il, au fond ? Il fallait que je le sache.

J'ai éteint la lampe, descendu les stores et verrouillé la porte en sortant. Les livres m'intéressent davantage que les gens : c'est pourquoi je n'ai pas hésité une seconde sur l'étape suivante. Je suis retournée en courant à la bibliothèque.

Mon retour inopiné a plongé Mlle Yeats dans le ravissement.

— Je ne vous attendais pas si tôt, a-t-elle dit avec un enthousiasme que l'on réserve généralement aux amis perdus de vue depuis longtemps. Mon Dieu ! Mais vous êtes trempée. Ne me dites pas qu'il s'est remis à pleuvoir.

Je ne m'en étais pas même rendu compte.

— Je n'ai pas de parapluie, ai-je marmonné.

— Ce n'est pas grave. Vous allez sécher en un rien de temps. Je suis bien aise que vous soyez revenue me voir.

Elle a ramassé quelques feuilles qu'elle avait posées sur son bureau et me les a apportées avec sur le visage une expression révérencieuse. Etait-ce donc le Saint-Graal qu'elle tenait dans ses mains ?

— Vous m'aviez dit que vous n'aviez pas le temps, je sais bien, mais j'ai fait quelques recherches de mon côté. Le Pembroke Farm Institute... Vous savez, l'un des deux bénéficiaires des legs de Raymond Blythe ?

— Ah ! Oh, très bien ! Merci !

J'avais complètement oublié ce détail. La matinée me semblait si éloignée déjà.

— J'ai imprimé tout ce que j'ai pu trouver. Je voulais vous appeler au bureau et vous en parler, mais puisque vous êtes revenue...

J'ai renouvelé mes remerciements et parcouru les quelques pages qu'elle m'avait tendues : historique de l'institut, prises de position, etc., et me suis efforcée de faire montre d'un intérêt passionné avant de ranger le dossier dans mon sac.

— J'ai hâte de lire tout cela à tête reposée. Mais il y a plus urgent. Je cherche des informations sur un individu du nom de Thomas Cavill. Il était instituteur ; il a combattu au début de la Seconde Guerre mondiale. Il a vécu dans le quartier d'Elephant & Castle et c'est là aussi qu'il a enseigné.

— Que cherchez-vous exactement à savoir sur ce monsieur ?

Pourquoi il n'était jamais arrivé à Milderhurst Castle ce soir d'octobre 1941. Pourquoi, à la suite de cet incident, Juniper Blythe avait été plongée dans une folie dont elle n'était jamais ressortie. Pourquoi ma mère refusait de me parler de son passé.

— Oh, rien de spécial. Tout ce qui le concerne m'intéresse.

Mlle Yeats était une vraie magicienne. Pendant que je me débattais seule en tête à tête avec la machine à microfilms, qui refusait obstinément de s'arrêter sur les jours et parcourait des semaines entières en quelques secondes, elle est partie butiner dans les rayonnages. Au bout d'une demi-heure, nous nous sommes retrouvées pour faire le point. Mon rouleau de microfilms avait été rudement éprouvé et la migraine menaçait ; Mlle Yeats, en revanche, a posé sur la table un dossier mince, certes – rien à voir avec la masse d'informations que nous avions collectée sur Milderhurst et les Blythe –, mais instructif. Elle avait tout d'abord retrouvé un faire-part de naissance dans les pages de la *Bermondsey Gazette* : « CAVILL, Thomas Andrew, et Margaret, née Bradshaw – 22 février 1916, Henshaw Street – un fils, Thomas Cavill. » Puis un article enthousiaste du

Southwark Star de 1937, intitulé « Un instituteur du quartier remporte un prix de poésie », et un autre, daté de 1939, et tout aussi clair : « Un instituteur du quartier s'engage dans l'effort de guerre. » Ce dernier était illustré d'une petite photographie légendée « M. Thomas Cavill », mais le cliché était si mal imprimé que je n'ai guère pu distinguer qu'une tête, apparemment jeune, et un uniforme de l'armée britannique. La vie publique de Thomas Cavill semblait se limiter à ces trois apparitions ; pire encore, elle avait manifestement pris fin après 1939.

— C'est tout ce que nous avons, ai-je dit d'un ton que je voulais plus résigné que frustré.

— Pas tout à fait.

Mme Yeats m'a tendu d'autres photocopies.

Trois petites annonces, en fait, datant toutes de mars 1981, et provenant du *Times*, du *Guardian* et du *Daily Telegraph*. Le message était le même dans les trois cas : « Thomas Cavill, ayant autrefois séjourné à Elephant & Castle, peut-il joindre Theo de toute urgence au numéro suivant : (01) 394 7521. »

— Eh bien, ai-je marmonné.

— Eh bien ! s'est exclamée Mlle Yeats. Plutôt curieux, non ? Qu'est-ce que ça veut dire, à votre avis ?

Je n'en avais pas la moindre idée.

— Une seule chose est sûre : ce Theo, quel qu'il soit, avait le plus vif désir d'entrer en relation avec Thomas Cavill.

— Puis-je vous demander, ma chère demoiselle… Je veux dire, sans aucune intention de me mêler de ce qui ne me regarde pas… Mais y a-t-il là-dedans quelque chose qui peut faire avancer vos recherches ?

J'ai regardé à nouveau les annonces, lissé mes boucles rebelles derrière mes oreilles.

— Oui, peut-être bien.

— Vous savez, si c'est la carrière militaire de ce monsieur qui vous intéresse, vous devriez aller à l'Imperial War Museum. Ils ont des archives extraordinaires. Ou bien au General Register Office, si vous cherchez des actes de naissance, de décès ou de mariage. Et je suis certaine qu'avec un peu plus de temps je pourrais... Oh, mon Dieu !

Elle avait jeté un coup d'œil à sa montre et rougi.

— Honte sur moi, c'est bientôt l'heure de la fermeture. Alors que nous étions en train de débusquer quelque chose d'intéressant. Y a-t-il quelque chose que je puisse faire pour vous avant qu'on ne nous enferme dans le sous-sol ?

— Mais oui ! Vous pouvez en effet me rendre un petit service. Puis-je utiliser votre téléphone ?

Les petites annonces dataient déjà de onze ans, si bien que je ne sais pas exactement ce que je pouvais en attendre. Mais ce que j'en espérais se détachait très clairement dans mon esprit : un certain Theo allait répondre à mon appel et me raconter sans autre cérémonie les cinquante dernières années de la vie de Thomas Cavill. Naturellement, les choses ne se sont pas passées de cette façon. La première tentative s'est soldée par un sifflement strident. La ligne n'était plus en service ; j'étais si mortellement frustrée que j'ai tapé du pied comme une enfant gâtée. Mlle Yeats a été assez généreuse pour ne prêter aucune attention à cette petite crise de nerfs et m'a gentiment rappelé qu'il fallait certainement accoler au numéro son nouveau code de zone. Puis elle s'est penchée sur moi tandis que je composais le numéro. Sa proximité m'a rendue si nerveuse que j'ai dû m'y reprendre à deux fois. Puis… miracle ! J'ai désigné le combiné d'un doigt fébrile pour faire comprendre à Mlle Yeats que la tonalité était normale cette fois-ci. Je lui ai même tapoté l'épaule, très excitée, lorsqu'à l'autre bout du fil quelqu'un a décroché, une femme à la voix affable.

Lorsque je me suis enquise de Theo, elle m'a expliqué qu'elle avait acheté la maison l'année précédente à un vieux monsieur qui portait ce prénom.

— Theodore Cavill, a-t-elle répété. C'est lui que vous cherchez ?

J'ai eu du mal à retenir une explosion de joie. Theodore Cavill. Un parent. C'était bien cela. Tout contre moi, Mlle Yeats battait des mains comme une otarie.

— Ce monsieur est parti dans une maison de retraite de Putney, a poursuivi la femme au bout du fil. Au bord de la Tamise. Il en était très content, je m'en souviens. Il m'a même expliqué qu'il avait enseigné dans ce coin-là.

Je suis allée le voir le soir même, ce Theodore Cavill. Je n'ai pas perdu une minute.

Il y a cinq maisons de retraite à Putney, mais seulement une au bord de la Tamise, et je n'ai eu aucun mal à la trouver. L'averse d'août n'avait pas résisté au vent ; la soirée était tiède et lumineuse. Je me suis retrouvée devant le portail du simple bâtiment de brique comme perdue dans un rêve, avec à la main le carnet où j'avais noté l'adresse.

Dès la réception, j'ai été accostée par l'infirmière de garde, une jeune femme avec une coiffure tout ébouriffée et un drôle de sourire asymétrique.

— Je suis venue voir M. Cavill. Theodore.

— Extra, a-t-elle répondu, les yeux pétillants. C'est l'un de nos plus adorables pensionnaires, Theo !

J'ai ressenti les premières morsures du doute et lui ai répondu par un sourire un peu nerveux. Dans l'excitation de l'instant, l'idée m'avait paru excellente ; mais à la lumière tranchante des néons du vestibule, la perspective a changé du tout au tout. Il y a quelque chose de détestable dans l'idée qu'on puisse aller imposer sa présence sous des prétextes divers et variés à un vieil homme qui ne se doute de rien, et qui vous est présenté, qui plus est, comme le plus délicieux des pensionnaires de la maison de retraite. Je n'étais qu'une vile intruse dont le but ultime était de mettre le nez dans ses affaires de famille. J'ai failli renoncer, mais l'infirmière, chose surprenante, avait fait de ma visite une affaire personnelle et me pilotait dans les couloirs de la maison de retraite avec une stupéfiante efficacité.

— Quand ils approchent de la fin, disait-elle, leur solitude est parfois très grande. Surtout s'ils sont restés célibataires. Pas d'enfants ni de petits-enfants auxquels ils peuvent penser.

J'ai opiné du chef, souri, et couru après elle dans le long et large couloir aux murs blancs. Entre deux portes, chaque pan de mur était orné d'une vasque d'où pendaient des fleurs violettes aux pétales déjà fanés, et je me suis distraitement demandé qui était chargé de les renouveler. Je me suis abstenue de poser la question à mon guide ; nous avons trotté jusqu'au bout du couloir, qui finissait sur une porte vitrée. De l'autre côté s'étendait un joli jardin. L'infirmière a ouvert la porte et penché la tête, pour me signifier de passer la première. Je suis sortie dans le jardin et elle m'y a immédiatement rejointe.

— Theo, a-t-elle dit d'une voix plus forte que la normale, bien que je ne puisse pas voir à qui elle s'adressait. Il y a quelqu'un pour vous. Je suis désolée (elle s'est retournée vers moi), je n'ai pas retenu votre nom.

— Edie. Edie Burchill.

— Theo, Edie Burchill est là. Elle veut vous voir.

C'est alors que je l'ai vu : un banc de fer forgé contre une haie basse, et près du banc un très vieil homme, debout. A la façon dont il se tenait, voûté, la main sur le dossier du banc, il ne s'était manifestement levé qu'à notre arrivée, par habitude, vestige de la bonne éducation de toute une vie. Il a cligné des yeux derrière ses épais verres de lunettes.

— Bonsoir, mesdames. Venez donc vous asseoir un instant, si vous voulez bien.

— A vous de jouer, a dit l'infirmière. Je suis à l'intérieur, pas bien loin. Si vous avez besoin de quoi que ce soit, criez bien fort.

Elle a incliné la tête, a croisé les bras et s'est éclipsée, sautillante, sur le chemin de briques rouges. Elle a fermé la porte derrière elle ; Theo et moi nous sommes retrouvés seuls dans le jardin.

Theodore Cavill était un vieux monsieur un peu ventru dont la silhouette faisait irrésistiblement penser à une aubergine portant une grosse ceinture. Il m'a fait un signe de la tête.

— J'étais là à regarder le fleuve. C'est qu'il ne s'arrête jamais, vous savez.

J'aimais bien le son de sa voix. Il y avait dans son timbre chaleureux quelque chose qui me renvoyait à une scène d'enfance. J'étais assise sur un tapis poussiéreux et un adulte au visage indistinct me parlait de je ne sais quoi ; mon esprit commençait à s'égarer. Soudain, je me suis rendu compte que je ne savais absolument pas comment rompre la glace avec ce vieux monsieur. Je n'avais rien à faire ici. Il fallait en finir sur-le-champ, inventer une excuse et partir. J'allais ouvrir la bouche lorsqu'il a pris la parole.

— J'ai l'esprit lent, il faut m'excuser. J'ai bien peur de ne pas me souvenir de vous. J'en suis navré. Ma mémoire n'est plus ce qu'elle était.

— C'est normal. Nous ne nous connaissons pas.

— Ah ?

Il est resté muet mais ses lèvres ont lentement esquissé la forme de ses pensées.

— Eh bien... oui, je comprends... ah, mais comme vous êtes ici et que je n'ai pas souvent de visite... Je suis navré, j'ai déjà oublié votre nom. Jean me l'a dit, mais...

Fuis, a ordonné mon cerveau.

— Je m'appelle Edie, a répondu ma langue. Je suis venue au sujet de vos annonces, vous savez ?

— Mes... ? (Il a posé la main près de son oreille, comme s'il craignait de ne pas avoir entendu.) Mes annonces ? Je suis désolé ; vous devez confondre avec quelqu'un d'autre.

J'ai sorti de mon sac la photocopie du *Times* et la lui ai mise sous les yeux.

— Je suis venue vous parler de Thomas Cavill.

Il n'a même pas regardé la feuille ; je l'avais visiblement pris par surprise ; son visage a changé du tout au tout, la confusion faisant place à une excitation presque joyeuse.

— Je vous attendais, s'est-il exclamé en me prenant le bras. Asseyez-vous un moment, je vous en prie. Qui vous envoie ? La police ? La police militaire ?

La *police* ? A mon tour d'être ébahie. J'ai secoué la tête.

Il était au comble de l'agitation, les mains serrées sur son torse rondouillard, la voix haletante.

— Je le savais ! Il suffisait de tenir le coup, un jour ou l'autre quelqu'un s'intéresserait à mon frère ! Allez, venez. Asseyez-vous, je vous en prie. Qu'avez-vous à me dire ? Qu'avez-vous découvert ?

De plus en plus déconcertant. Que voulait-il dire ? Je me suis penchée vers lui.

— Monsieur Cavill, je crois qu'il y a un léger malentendu, lui ai-je dit d'une voix douce. Je n'ai rien trouvé de particulier, et ce n'est pas la police qui m'envoie. Ni l'armée, du reste. Je suis venue vous voir car je suis à la recherche de votre frère, Thomas ; j'ai pensé que vous pourriez peut-être me venir en aide.

— Que je pourrais vous… Vous aider, *vous* ?

Le sang s'est retiré de ses joues. Il a posé la main sur le dossier du banc et a hoché la tête avec une dignité amère qui m'a fait mal au cœur, même si je n'en comprenais pas vraiment la cause.

— Je vois, a-t-il murmuré, je vois…

Je l'avais visiblement bouleversé, ce vieil homme. Que pouvais-je faire pour rattraper ma bévue, si ce n'était lui fournir une explication plausible de ma visite ?

— Monsieur Cavill, votre frère a été, avant guerre, l'instituteur de ma mère. Nous en parlions, elle et moi, il y a peu, et elle me disait à quel point votre frère avait compté pour elle, l'inspiration profonde et durable qu'il a été pour elle. Elle était si triste de l'avoir perdu de vue !

La facilité avec laquelle j'avais débité ce mensonge m'a à la fois surprise et troublée.

— Elle se demandait simplement ce qui lui était arrivé. A-t-il continué d'enseigner après la guerre ? S'est-il marié ?

Le vieil homme avait de nouveau tourné la tête vers la Tamise mais, à l'expression figée de son regard, j'ai compris qu'il avait l'esprit ailleurs, qu'il ne voyait plus les piétons traverser le pont, ni les petits bateaux tanguer sur l'autre rive, les navettes passer avec leur cargaison de touristes armés d'appareils photo.

— J'ai bien peur de vous décevoir, a-t-il fini par murmurer. Je n'ai aucune idée de ce qu'est devenu Tom.

Il s'est rassis, le dos appuyé au dossier du banc de fer forgé.

— Mon frère a disparu en 1941. En pleine guerre. Nous l'avons appris un jour par le policier du quartier, venu frapper à notre porte. Un policier de réserve, en fait. Un ami de mon père – ils avaient combattu ensemble pendant la guerre de 1914. Ah... (Theo a agité la main, comme pour chasser un insecte.) Qu'est-ce qu'il était embarrassé, le pauvre homme. Ce n'est pas le genre de nouvelles qu'on aime apporter à des gens qu'on connaît.

— Que voulez-vous dire ?

— Tom ne s'était pas présenté à la caserne après son rappel sous les drapeaux et le policier venait tout simplement le mettre aux arrêts. Quelle histoire... Ma pauvre vieille mère… Que pouvait-elle y faire ? Elle lui a raconté tout ce qu'elle savait : Tom n'était pas chez nous et elle n'avait aucune idée de l'endroit où il pouvait se trouver. Depuis son retour du front, il ne vivait plus sous le même toit que nous. Il avait été blessé à Dunkerque et n'avait pas réussi à se refaire à la vie de famille. Il dormait chez des amis, dans des meublés, partout où il trouvait à se loger.

— Il avait été évacué de Dunkerque ?

— Oui, et il avait bien failli y rester coincé, le malheureux. Il a passé des semaines à l'hôpital à son retour. Mes sœurs disaient toujours qu'il avait vraiment changé. En apparence, c'était toujours le même joyeux garçon, mais le sourire ne lui venait qu'après un temps de réflexion. Comme s'il jouait un rôle et qu'il voulait les rassurer. Vous comprenez ?

Au loin, un enfant s'est mis à pleurer et Theo a tourné les yeux vers l'allée qui longeait le fleuve, un sourire tremblant sur les lèvres.

— Sa glace est tombée… Ah, pas de samedi après-midi à Putney sans qu'un gosse au moins ne perde une boule de glace au bord de la Tamise.

J'attendais la suite de son histoire ; elle n'est pas venue. Doucement, j'ai remis le vieil homme sur les rails.

— Que s'est-il passé après la visite du policier ? Votre mère, qu'a-t-elle fait ?

— Tom avait disparu sans autorisation en plein milieu d'un conflit mondial, a-t-il répondu d'une voix calme sans quitter le fleuve des yeux. Le policier n'avait pas le choix. Mais comme c'était un type bien et qu'il avait connu papa, il a donné vingt-quatre heures de sursis à maman pour qu'elle essaie de remettre la main sur Tom avant que l'affaire devienne officielle.

— Et alors ? Elle n'a pas pu le retrouver ?

— Autant chercher une aiguille dans une botte de foin. Maman et mes sœurs étaient sens dessus dessous. Elles ont cherché partout mais…

Il a eu un haussement d'épaules un peu las.

— Je ne pouvais rien faire pour elles. A cette époque, je n'étais pas à Londres, mais dans le Nord, avec mon régiment. Vous ne pouvez pas savoir à quel point je me sens encore coupable de ne pas avoir été à leurs côtés. Je n'ai appris l'affaire que lorsque la lettre de maman m'est parvenue. Il était trop tard pour faire quelque chose. Officiellement, Tom était considéré comme un déserteur.

— Je suis navrée.

— Les choses en sont restées là.

Nos regards se sont croisés ; le vieil homme avait les larmes aux yeux, ce qui m'a bouleversée. Il a rajusté ses lunettes d'une main tremblante.

— En un sens, je n'ai jamais cessé d'espérer qu'il revienne. On dit que certains déserteurs se rendent des dizaines d'années plus tard, rongés par le remords. Ils se présentent à la caserne la tête basse et se soumettent au premier officier venu…

Il a levé la main et l'a laissée retomber sur son genou en signe d'impuissance.

— Mais je n'y crois plus. Je sais très bien au fond de moi-même que Tom ne se présentera jamais plus à quelque caserne que ce soit.

Sensible à ma compassion, il a cherché mon regard.

— Rayé des listes pour manquement à l'honneur, a-t-il ajouté.

J'ai entendu des voix derrière nous : un jeune homme et une vieille dame, à laquelle il tenait le bras. Ils sont entrés dans le jardin ; la vieille dame a ri à une réflexion du jeune homme ; d'un pas lent, ils sont allés sentir les roses.

Theo les avait vus, lui aussi.

— Pourtant, Tom était un homme d'honneur, a-t-il murmuré.

Chaque mot, prononcé par des lèvres tremblantes, lui coûtait ; et cependant rien n'importait plus maintenant pour lui que de me convaincre de l'honorabilité de son frère.

— Il n'aurait jamais pu faire une chose pareille. Déserter de cette façon, non… impossible. Je le leur ai dit et répété, à la police militaire. Personne n'a voulu me croire. Notre mère en a eu le cœur brisé. La honte, l'inquiétude, le fait de ne pas savoir ce qui lui était vraiment arrivé… L'idée qu'il était terré quelque part, abandonné de tous. Ou, pire encore, qu'il ait eu un accident, qu'il ait complètement perdu la mémoire… Qui sait ?

Sa voix s'est brisée ; il se frottait le front, accablé, et j'ai compris que ces théories avaient dû lui valoir bien des déboires.

— Toujours est-il qu'elle ne s'en est jamais remise. C'était son préféré, même si elle ne se l'est jamais avoué. C'était inutile, du reste. Tom… Tout le monde l'aimait.

Le vieil homme s'est tu. Deux corneilles tournoyaient dans le ciel. La vieille dame et son jeune compagnon se sont approchés de l'endroit où nous nous trouvions et j'ai attendu qu'ils atteignent le bord du fleuve avant de reprendre notre conversation.

— Pourquoi la police a-t-elle refusé de vous croire ? Ils étaient vraiment certains que votre frère avait déserté ?

— Il y a eu cette lettre…

Un nerf tressautait dans sa joue.

— … début 1942, quelques mois après la disparition de Tom. Ecrite à la machine, très courte. Il disait qu'il avait rencontré une femme, qu'il avait déserté pour l'épouser. Qu'il se cachait mais qu'il reprendrait bientôt contact avec nous. Dès que nous l'avons montrée à la police, elle s'est complètement désintéressée de l'affaire. Le pays était en guerre, au cas où nous l'aurions oublié. Ils avaient mieux à faire que de retrouver la trace d'un lâche.

Cinquante ans avaient passé mais la cicatrice ne s'était jamais refermée. Quelle douleur pour cette famille ! Avoir perdu un être cher sans savoir s'il était mort ou vif, et ne pouvoir compter sur l'aide de personne… Et cependant. Les gens de Milderhurst me l'avaient dit : si Thomas Cavill n'avait pas honoré son rendez-vous au château, c'était bien parce qu'il avait fui avec une autre femme. Etait-ce uniquement par loyauté, par orgueil, que Theo refusait obstinément de croire à cet abandon de poste ?

— Mais cette lettre, pourtant…

— C'était un mensonge, m'a-t-il interrompue, véhément. Oui, il avait rencontré une jeune fille ; oui, il était amoureux. Il m'en avait parlé. Il m'envoyait de longues lettres où il me parlait d'elle, de sa beauté, de la confiance qu'elle lui redonnait… Oui, ils allaient se marier. Mais fuir ? Jamais. Il n'avait qu'une envie, c'était de nous la présenter.

— Vous ne l'avez jamais rencontrée ?

— Jamais. Personne ne l'a jamais vue chez nous. Il fallait d'abord que les choses soient réglées de son côté à elle. Sa famille n'était au courant de rien, apparemment. A l'époque, j'avais cru comprendre qu'elle venait d'un milieu plus élevé que le nôtre.

Mon cœur s'est mis à battre plus rapidement ; l'histoire de Theo se rapprochait soudain de celle que j'avais reconstituée.

— Vous vous souvenez du nom de cette jeune femme ?

— Tom ne me l'a jamais dit.

Ma frustration allait croissant.

— Vous comprenez, il n'en démordait pas : il fallait d'abord qu'il rencontre la famille de la jeune fille. Vous ne pouvez pas savoir la torture que j'ai vécue toutes ces années. Si seulement j'avais su son nom, j'aurais eu un point de départ pour mes recherches. Et si elle aussi avait disparu ? S'ils avaient eu un accident ensemble ? Si sa famille à elle pouvait me transmettre des informations utiles ?

J'ai été tentée un moment de lui parler de Juniper, pour y renoncer aussitôt. Les sœurs Blythe n'avaient aucune idée du sort de Thomas Cavill ; elles s'étaient rangées depuis longtemps à l'avis de la police. Tom avait abandonné Juniper pour une autre femme. Pourquoi donner de faux espoirs à son frère ?

— Mais cette lettre, monsieur Cavill… Qui vous l'a envoyée, si ce n'est pas votre frère ? Et pour quelle raison ? Qui aurait pu faire une chose pareille ?

— Je n'en ai aucune idée. Mais ce que je sais, c'est que Tom ne s'est jamais marié. J'ai vérifié les registres de l'état civil. Les mariages et les décès. Régulièrement, je les consulte à nouveau… Tous les ans, au cas où. Il n'y a rien après 1941. C'est comme s'il avait disparu corps et biens.

— Ce qui est impossible...

— Je sais, a-t-il répliqué avec un sourire las. Je sais bien... J'ai passé ma vie à le chercher, vous savez. J'ai même eu recours aux services d'un détective, il y a des années de ça. De l'argent fichu en l'air... Des milliers de livres pour m'entendre dire par un pauvre imbécile que pour quelqu'un qui voulait disparaître sans laisser de traces, rien de tel qu'une bonne guerre. Mais Tom n'avait aucune intention de disparaître. C'est ce que les gens ne veulent pas comprendre.

— Et ces annonces dans les journaux ?

J'ai montré les feuilles sur le banc.

— J'y ai pensé quand Joey, notre petit frère, est tombé malade. Je me suis dit que ça en valait la peine. Je m'étais peut-être trompé du tout au tout sur le compte de Tom ; il n'attendait peut-être qu'un signe de nous pour reparaître. Joey, le pauvre petit, était un peu simplet, mais il adorait Tom. Il aurait tout donné pour le revoir une fois avant de...

— Mais vous n'avez pas eu de réponse.

— Oh, que des plaisantins, hélas.

Le soleil avait sombré derrière l'horizon ; le crépuscule était vif et rose. Un vent frais m'a caressé la nuque et je me suis rendu compte que nous étions seuls à présent dans le jardin et que Theo était un vieillard fragile : mieux valait pour lui la perspective d'un bon dîner que celle de ses chagrins passés.

— Il fait frais, ai-je dit. Mieux vaut rentrer, maintenant.

Il a hoché la tête, a esquissé un sourire vaillant ; en vain. L'espoir l'avait à nouveau quitté.

— Edie, je ne suis pas complètement stupide, m'a-t-il dit sur le seuil de la porte (je l'avais ouverte pour lui, mais il a insisté pour que je le précède). Je sais que je ne reverrai jamais Tom. Les annonces, les registres d'état civil, les photos de famille, toutes ces petites choses que je garde pour les lui montrer, au cas où… Je le fais par habitude, Edie, et pour combler l'absence.

Des mots qui me sont allés droit au cœur.

De la salle à manger toute proche nous parvenaient des bruits familiers – chaises et couverts que l'on déplace, chaleureux brouhaha des conversations ; Theo s'est immobilisé. Une fleur jaune achevait de se faner dans le vase mural ; les néons bourdonnaient ; sous leur lumière crue j'ai vu ses joues striées de larmes.

— Je vous remercie, m'a-t-il dit d'une voix égale. Je ne sais pas pourquoi vous avez choisi ce jour pour me rendre visite, Edie, mais je suis content que vous soyez venue. Depuis ce matin, je me sens très triste ; il y a des jours comme ça ; ça m'a fait du bien de parler de lui. Je suis seul à présent ; mes frères et sœurs sont tous ici… (Il a posé la main sur son cœur.) Ils me manquent tous, les uns autant que les autres, mais la disparition de Tom, c'est pire encore. Impossible à décrire. La culpabilité… (Sa lèvre inférieure tremblait ; il s'est ressaisi, non sans difficulté.) Penser que je n'ai peut-être pas tout fait pour le retrouver, qu'il lui est arrivé quelque chose d'effroyable et que personne ne le sait… Penser que tous le prennent pour un traître et que je n'ai pas su leur prouver le contraire…

Comme j'aurais voulu apaiser sa souffrance, refermer cette blessure si ancienne !

— Je suis navrée de n'avoir pu vous apprendre quoi que ce soit, monsieur Cavill.

— Edie, ne vous en faites pas pour moi. L'espoir est une chose et la réalité une autre. Je ne suis pas idiot. Je sais bien, au fond de moi-même, que je mourrai sans avoir pu enterrer Tom, pour ainsi dire.

— S'il y a quelque chose que je peux faire pour vous…

— Revenez me voir, un de ces jours, a-t-il dit. Cela me ferait grand plaisir. Je vous parlerai de Tom. Des souvenirs plus joyeux, je vous le promets.

1

Dans les jardins de Milderhurst Castle, 14 septembre 1939

Le pays était en guerre et Tom était en mission, assurément. Mais le soleil comme un gong ardent dans le ciel, l'éclat argenté de l'eau, les rameaux tièdes des arbres au-dessus de sa tête… Ç'aurait été d'une certaine façon criminel de ne pas suspendre un moment ses activités pour piquer une tête dans la piscine. Un bassin de pierre parfaitement circulaire, aux lignes élégantes, surplombé par une balançoire accrochée à une énorme branche. Il laissa glisser sa sacoche par terre, le rire aux lèvres. C'était plus fort que lui. Quelle trouvaille ! Il ôta sa montre, la posa délicatement sur le beau sac de cuir qu'il s'était offert l'année précédente, et dont il était si fier. Puis il se déchaussa et commença à déboutonner sa chemise.

A quand remontait sa dernière baignade ? Avant l'été, il en était sûr. Quelques-uns de ses amis avaient emprunté une voiture pour aller passer une semaine dans le Devon, au bord de la mer ; c'était le mois d'août le plus chaud de ces trente dernières années, au moins ! Il était fermement décidé à les rejoindre. Et puis Joey avait fait cette mauvaise chute, et les cauchemars avaient suivi. Le pauvre gosse ne voulait plus s'endormir sans que Thomas s'installe à son chevet pour lui raconter des histoires sur le métro, des histoires inventées. Joey adorait le métro. Quand il allait à son tour se coucher dans son petit lit, la chaleur s'accumulait dans les coins de la chambre et il ne pouvait s'empêcher de rêver à la mer ; mais quelle importance ? Il aurait volontiers décroché la lune pour Joey, gamin perdu dans un corps d'adulte trop grand, trop mou, Joey au rire de petit garçon. Oh, quand résonnait sa pauvre musique, comme le cœur de Thomas se serrait, au souvenir de l'enfant qu'avait été Joey, à la pensée de l'homme qu'il aurait dû devenir.

Il ôta sa chemise, dégrafa sa ceinture, se débarrassant de ces tristes pensées, et de son pantalon avec. Un gros oiseau noir cria juste au-dessus de lui ; Thomas resta un instant immobile, la tête levée vers le ciel bleu et pur. Le soleil étincelait et il plissa les yeux, suivant du regard la forme sombre et gracieuse de l'oiseau qui disparut bientôt dans les cimes lointaines. Il y avait dans l'air un doux parfum qu'il avait de tout temps aimé, sans pouvoir le nommer. Les fleurs, les oiseaux, le murmure du ruisseau… des odeurs et des sons sortis tout droit d'un roman de Thomas Hardy. Et cependant bien réels, pénétrant ses sens, l'enivrant. Monde bien vivant dont il était partie intégrante. Il posa la main sur sa poitrine, les doigts écartés ; le soleil réchauffait sa peau nue. L'avenir était devant lui ; qu'il était doux d'être jeune et fort, de vivre en ce lieu et en cet instant. Il n'était guère croyant mais ce moment lui semblait auréolé d'une intensité mystique.

Thomas jeta un regard derrière lui, presque machinalement, et sans en attendre grand-chose. Il n'aimait pas défier les règles, d'ordinaire. Enseignant, ne devait-il pas donner le bon exemple à ses élèves ? Du moins s'y était-il toujours efforcé ; il ne prenait pas son métier à la légère. Mais avec ce soleil, ce ciel si bleu, la guerre aux portes du pays et le parfum délicieux et sans nom que portait la brise, il se sentait déborder d'audace. Enseignant, oui, bien sûr, mais homme, avant tout, et jeune – et il en faut peu aux jeunes gens pour éprouver cette sensation splendide de liberté que le monde et ses plaisirs leur appartiennent, et qu'ils peuvent en jouir quand l'occasion s'en présente. Le sens des conventions et de la propriété, tout respectable qu'il soit, est une notion théorique qu'on ne trouve que dans les livres et les relevés de comptes. Ou dans les débats sans fin que se livrent des juristes chenus.

La piscine était enchâssée dans une clairière ; entre les arbres on distinguait à peine un pavillon d'été, et quelques marches de pierre qui se perdaient dans les bois, délicieuse vision nimbée de soleil et du chant des oiseaux. Thomas laissa échapper un profond soupir de contentement : le temps était venu. Il se hissa sur le plongeoir, dont le soleil avait chauffé si longuement les planches qu'il se brûla les pieds. Immobile pourtant, il prit plaisir à cette douleur estivale, qui se propagea bientôt à ses épaules, la peau buvant la chaleur jusqu'à ce que les larmes lui viennent aux yeux. Alors il s'élança avec un grand sourire, leva les bras et sauta, tranchant l'onde comme une flèche de chair. L'eau glacée lui enserra la poitrine et il revint à la surface, happant l'air à pleines goulées comme un enfant nouveau-né.

Il nagea, explora le fond du bassin, remontant de temps à autre à la surface, puis se retourna sur le dos, bras et jambes en étoile, se laissant porter par les flots. L'esprit tout à la perfection du moment. Ce qu'avaient chanté Wordsworth, Coleridge et Blake : l'instant sublime. S'il avait dû mourir en cet instant, se disait-il, ç'aurait été dans un parfait bonheur. Non qu'il ait particulièrement envie de mourir : il voulait vivre encore soixante-dix ans. Son cerveau effectua un rapide calcul : on serait en 2009, donc. Parfait. Il serait alors un très vieux monsieur et vivrait dans la lune… Il éclata de rire, battit l'eau de ses bras, puis de nouveau se laissa dériver, les yeux fermés, les paupières chauffées par le soleil. Le monde était orange et percé d'étoiles, et dans cet éblouissement il vit luire son avenir.

Bientôt il revêtirait l'uniforme ; la guerre l'attendait de pied ferme et lui, Thomas Cavill, n'allait pas lui faire faux bond. Il savait ce qui l'attendait, cependant ; son père avait perdu une jambe et une bonne partie de sa raison en France. La gloire, l'héroïsme… ah, il ne se faisait pas d'illusions sur la question. Le danger, oui, l'effroi. Mais il n'était pas davantage homme à fuir ses responsabilités. La guerre, telle qu'il l'envisageait, lui offrait l'occasion unique de s'améliorer, tant comme individu que comme enseignant.

Il avait toujours voulu être instituteur, depuis le moment où il avait compris qu'il serait un jour adulte et qu'il avait commencé à rêver d'un métier, d'un avenir. Ouvrir les esprits de ces enfants des faubourgs – il les connaissait, il avait été l'un d'entre eux – à un monde qui transcendait les murs crasseux et le linge à sécher qu'ils avaient toute la journée sous les yeux : de cela, il s'était toujours cru capable. Une assurance qui lui avait fait franchir tous les obstacles – examens, longues années d'études, stages – jusqu'au but qu'il s'était fixé, et qu'il avait atteint enfin, à force de travail et d'éloquence. Sans compter sa bonne étoile.

Dès les premières rumeurs de guerre, Thomas cependant avait su qu'il s'engagerait. Le pays avait besoin de ses enseignants, et ceux-ci pouvaient échapper à la conscription. Mais quel triste exemple à donner ! Son raisonnement n'était pas exempt d'égoïsme. Keats l'avait écrit : n'est réel que ce dont on a fait l'expérience. Ce n'était pas seulement vrai, c'était aussi, Thomas le savait bien, ce qui lui avait toujours manqué. De l'empathie, il en avait à revendre, et quand il parlait à ses élèves du sacrifice et de la nation, quand il leur lisait le cri de guerre de Henri V, il ne pouvait puiser que dans la maigre réserve de ses lectures. La guerre lui donnerait la profondeur spirituelle à laquelle il aspirait. Raison pour laquelle il avait décidé de rentrer à Londres sitôt ses jeunes évacués installés dans leurs familles d'accueil. Il s'était engagé dans le 1er bataillon du régiment du Surrey ; avec un peu de chance, il serait en France dès octobre.

Il fit gigoter ses doigts à la surface tiède de l'eau et soupira si profondément qu'il s'enfonça de quelques centimètres. Peut-être était-ce le sentiment poignant de son avenir proche qui donnait tant d'épaisseur, tant de chair à cette journée, si bien que toutes les autres, passées et à venir, pâlissaient en contraste. Il y avait en ce lieu, en cet instant, une force mystérieuse qui ne tenait pas seulement au soleil, au vent léger ou au parfum qu'il ne pouvait nommer. Et bien qu'il soit impatient de se mettre en ordre de marche et de prendre sa place au combat, jusqu'à en rêver la nuit, les jambes presque douloureuses, il n'avait plus en ce moment précis qu'une envie : que le temps ralentisse sa course et qu'il reste à jamais à flotter, heureux, entre ciel et terre...

— L'eau est bonne ?

La voix le fit sursauter. Sa parfaite solitude avait volé en éclats comme la coquille d'un œuf d'or.

Plus tard, en ces multiples occasions où il recréa en mémoire la scène de leur première rencontre, ce furent ses yeux qui lui apparurent le plus clairement. Ses yeux, et les mouvements de son corps. Allons, sois honnête, Thomas Cavill. Les mouvements ? Bien plus que cela : les longues et folles mèches de ses cheveux balayant ses épaules, la forme délicate de ses petits seins, les courbes élancées de ses jambes, mon Dieu, ces jambes, ces jambes ! Mais avant tout, oui, la lumière dans ses yeux, ses yeux de chat. Ces yeux qui voyaient des choses, ces yeux qui pensaient des choses qu'ils auraient mieux fait d'ignorer. Dans les jours et les nuits à venir, et jusqu'à la fin, ce seraient ces yeux-là qu'il verrait quand il fermerait les siens.

Elle était assise sur la balançoire, ses pieds nus frôlant le sol, et elle le regardait. Jeune fille, jeune femme ? Il n'aurait su dire. Vêtue d'une simple robe blanche, sans manches, elle le regardait flotter nu dans sa piscine. Lui vinrent à l'esprit un certain nombre de réponses plus ou moins nonchalantes, mais il y avait quelque chose dans sa voix et dans son attitude qui lui paralysa la langue.

— Tiède. Parfaite. Bleue, finit-il par bredouiller.

Bleue, comme ses yeux à elle, en amande, un peu trop écartés ; quand il eut prononcé ces trois mots, ils s'écarquillèrent. Qu'est-ce que c'est que ce benêt sans gêne ? devait-elle se demander.

Il esquissa quelques brasses maladroites, attendant qu'elle lui demande qui il était et ce qu'il faisait donc à patauger, intrus qu'il était, dans sa piscine. Mais elle garda le silence et se contenta d'exercer une légère pression sur la balançoire, qui décrivit un arc de cercle jusqu'au bord du bassin, puis revint lentement à son point de départ.

— Je m'appelle Thomas, Thomas Cavill, dit-il, désireux cependant de lui montrer qu'il était capable d'articuler une phrase complète. Je suis navré d'avoir cédé à la tentation mais il faisait si chaud !

Il avait levé les yeux vers elle, tout sourire ; elle pencha la tête contre la corde de la balançoire. N'était-elle pas une intruse, comme lui ? Il y avait dans son apparence une curieuse discordance avec l'environnement, le soleil, la forêt. Mais dans quel endroit au juste se serait-elle trouvée à sa place ?

Toujours muette, elle arrêta la balançoire, posa les pieds à terre, s'écarta du siège, qui continua sa course molle. Elle était plutôt grande. Elle s'assit sur le rebord du bassin, les genoux tout contre sa poitrine, laissant voir ses longues jambes nues, et plongea les doigts de pied dans l'eau, regardant les ondes fuir en vaguelettes concentriques.

Thomas sentit une boule d'indignation se former dans son estomac. Certes, il s'était introduit dans une propriété privée, mais ce n'était tout de même pas un crime. En tout cas, rien qui soit passible du châtiment silencieux que la jeune fille lui infligeait. A présent, le regard totalement absent, elle se comportait comme s'il n'était pas là ; et cependant, il aurait presque pu la toucher. Sans doute jouait-elle un petit jeu : oui, c'était ça, une de ces taquineries dans lesquelles les jeunes filles, et parfois les femmes mûres, se complaisent et qui, par un étrange phénomène, troublent et fascinent les hommes. Autrement, pourquoi le mettre sur la touche ? A moins bien sûr qu'elle ne soit timide. Ce n'était pas une mauvaise piste. Elle était jeune, très jeune, et sans doute était-elle quelque peu choquée par son audace, sa virilité et – soyons clair – sa quasi-nudité. Il eut un instant de remords. Comment lui expliquer ? Il n'avait pas eu un seul moment l'intention de la mettre dans l'embarras. Tout cela pour un simple plongeon par un beau jour d'été... Il prit son ton le plus amical, le plus détendu.

— Dites-moi... je suis désolé de cette intrusion ; je ne suis pas venu vous importuner. Je m'appelle Thomas Cavill. Je voulais seulement...

— Oui, oui, dit-elle. J'ai compris.

Elle lui jeta un regard las, teinté d'ennui et d'indifférence, comme s'il avait été quelque insecte bruyant.

— Je ne suis pas sourde. Inutile de le claironner sur les toits.

— Attendez, mademoiselle. Je voulais simplement vous garantir que...

Thomas sentit soudain sa belle assurance l'abandonner. D'une part, l'étrange jeune fille ne l'écoutait pas, de toute évidence. Et d'autre part, il venait de perdre la tête. Elle s'était levée et venait d'ôter sa robe, sous laquelle elle portait un maillot de bain. Tout simplement. Sans même lui jeter un coup d'œil en coin, sans minauderie, sans paraître le moins du monde consciente de sa propre audace. Elle laissa tomber la robe en un tas flasque sur l'herbe, s'étira comme un chat réchauffé par le soleil, puis esquissa un bâillement, sans même se soucier, comme n'importe quelle jeune fille bien élevée, de mettre la main devant sa bouche, de lui demander pardon ou de baisser les yeux en rougissant.

Sans tambour ni trompette, elle plongea ; dès que son corps pénétra dans l'eau du bassin, Thomas se hâta d'en sortir. L'absence d'inhibition de la jeune fille – mais était-ce bien là le problème ? – le mettait en alerte, une réaction qui l'effrayait et le fascinait tout ensemble. Et qui la rendait, elle, effrayante. Et fascinante.

Thomas n'avait sous la main ni serviette ni moyen de se sécher en vitesse, de sorte qu'il en fut réduit à se tenir debout un bon moment dans le soleil, en prenant l'air le plus dégagé possible. Ce qui n'était pas une mince affaire. Il avait perdu tous ses moyens et comprenait maintenant parfaitement ce que pouvaient ressentir ses amis qui faisaient les fiers entre hommes et qui, devant une jolie femme, ne trouvaient plus leurs mots. Pendant ce temps, elle était remontée à la surface de l'eau et faisait la planche, paresseusement, ses longs cheveux flottant autour de son visage comme un bouquet d'algues. Tranquille, sereine, apparemment indifférente à sa présence.

Dans cette situation insolite, il fallait reprendre le dessus, recouvrer quelque dignité. Peut-être qu'en enfilant son pantalon… ? Ce que Thomas fit, bien que son caleçon soit encore trempé. Du calme, de l'autorité. Il était si nerveux qu'il aurait pu céder à l'insolence. Pour l'amour de Dieu, il était instituteur – et bientôt soldat. Thomas, ressaisis-toi ! Ce n'est pas bien sorcier. Certes, mais quand vous vous retrouvez à demi nu dans un jardin qui n'est pas le vôtre, il n'est pas facile de donner une impression de sérieux et de gravité. Qu'elles lui semblaient à présent naïves et même parfaitement illusoires, les idées mystiques qu'il avait entretenues le moment d'avant sur l'inanité de la propriété et des convenances ! Il croisa les bras et répéta, le plus calmement qu'il le put :

— Je m'appelle Thomas Cavill. Je suis instituteur. Une de mes élèves, qui vient d'être évacuée de Londres, est, je crois, hébergée chez vous. Je suis venu voir si tout va bien.

L'eau lui dégoulinait, tiède, au creux de l'estomac ; avec un frémissement nerveux, il ajouta :

— C'est une de mes élèves.

Répétition inutile, naturellement.

Elle s'était retournée sur le ventre et l'observait maintenant du centre de la piscine d'un regard inquisiteur. Puis elle plongea sous l'eau, se propulsa de quelques brasses jusqu'au bord du bassin, sirène d'argent, et émergea, les bras à plat sur les moellons, le menton reposant sur ses mains jointes.

— Meredith.

— Oui.

Il poussa un soupir de soulagement. Enfin.

— Meredith Baker. Je suis venu voir comment ça se passe. J'espère qu'elle va bien.

Il sentit peser sur lui le regard de ces yeux de chat à l'expression impénétrable. Puis elle sourit, et son visage se métamorphosa, comme traversé d'une lumière transcendante ; Thomas en eut le souffle coupé.

— Vous feriez mieux de le lui demander en personne. Elle ne devrait pas tarder. Ma sœur prend ses mesures pour lui faire des robes.

— Bien. Très bien, alors.

Il avait trouvé sa bouée de sauvetage, sa mission, son but. Il s'y cramponna avec reconnaissance et sans la moindre vergogne. Il enfila sa chemise et s'accroupit près de sa sacoche, d'où il sortit son dossier et sa liste d'instructions. Feignant d'en prendre connaissance, il s'absorba dans la lecture des rubriques, qu'il connaissait pourtant par cœur. Malgré tout, il n'était pas inutile de les passer en revue. Lorsqu'il serait de retour à Londres, il voulait donner aux parents de ses élèves des réponses honnêtes et sincères à leurs questions. La plupart des gosses avaient été répartis dans le village ; deux chez le pasteur, au presbytère, un autre dans une ferme, à la sortie du village. A Meredith, se dit-il en jetant un regard à l'armée de cheminées qui saillait des faîtes des arbres, avait échu le foyer le plus éloigné. Un château, d'après ce que disait sa liste. Il aurait bien aimé y jeter un coup d'œil – enfin, plus que cela, y entrer, saluer la famille. Jusqu'ici les dames du village avaient été des plus accueillantes, l'avaient invité à prendre le thé et s'inquiétaient toujours de savoir s'il avait assez à boire et à manger.

Il se risqua à tourner de nouveau la tête vers la créature dans le bassin et comprit rapidement qu'il n'y aurait pas d'invitation au château. La jeune fille avait l'air absent ; il en profita pour l'observer plus longuement. C'était décidément un être déconcertant, indifférent à sa présence et à son charme. A son côté, il se sentait soudain ordinaire, une sensation à laquelle il n'était pas habitué. A cette honorable distance, cependant, et sa blessure d'orgueil plus ou moins refermée, il put même se payer le luxe d'une réflexion sur l'identité de la jeune personne. Les dames du Service volontaire féminin lui avaient appris que le château était la propriété d'un certain Raymond Blythe, écrivain de son métier (« *La Véridique Histoire de l'Homme de boue*, ah bon ? vous ne l'avez pas lu ? »). Le maître des lieux était vieux et malade, mais Meredith serait entre de bonnes mains auprès de ses filles jumelles, deux demoiselles d'un certain âge tout à fait aptes à s'occuper d'une fillette sans ressources et sans foyer. Les dames n'avaient pas mentionné d'autres habitants ; il avait donc supposé – il est vrai qu'il n'y avait pas souvent pensé – que M. Blythe et les deux vieilles filles vivaient seuls au château. D'où la surprise que constituait cette... cette jeune fille, cette femme, cette insaisissable créature qui n'avait rien d'une « demoiselle d'un certain âge ». Sans bien savoir pourquoi, il était à présent dévoré du besoin d'en savoir plus à son sujet.

Elle battit des bras dans l'eau et il détourna la tête, souriant sous cape de sa propre arrogance. Thomas se connaissait assez bien pour comprendre que son intérêt pour la jeune fille était directement proportionnel au désintérêt de la jeune fille pour lui. Depuis sa plus tendre enfance, il souffrait de la plus absurde des motivations : le désir de posséder ce qui ne pouvait lui appartenir. Il fallait à tout prix se détendre, n'y plus penser. Ce n'était qu'une gamine. Et bien trop excentrique, avec ça.

Il y eut un froissement de feuilles et un labrador aux côtes saillantes, la langue pendante, surgit des buissons, boulet roux comme le miel, Meredith sur ses talons. Il y avait sur le visage de la gamine un sourire qui donna à Thomas toutes les réponses aux questions qu'il se posait. Il était si content de la revoir, cette petite messagère de la normalité aux lunettes sages, qu'il manqua perdre l'équilibre dans sa hâte de la saluer.

— Hé, petite. Comment va ?

Elle s'arrêta net, le regarda d'un regard papillonnant, incertain, stupéfaite de le retrouver dans ce contexte si singulier. Le chien dansait autour d'elle et la rougeur de ses joues s'étendit bientôt à son cou. Elle gratta la terre de ses tennis, tête baissée.

— Bonjour, monsieur Cavill.

— Je suis venu voir si tout allait bien.

— Tout va très bien, monsieur Cavill. J'habite dans un château.

Il eut un sourire. C'était une chouette gosse, la petite Meredith, timide, mais très fine. L'esprit rapide, un vrai talent d'observation, un œil pour les détails cachés qui lui permettait d'écrire des descriptions profondément originales. Hélas, aucune confiance en elle-même, ce qui n'avait rien d'étonnant. Thomas se souvenait encore du regard que les parents lui avaient jeté lorsqu'il leur avait suggéré de la présenter à l'examen d'entrée au lycée, d'ici à quelques années. « L'instituteur a dû perdre la tête. » Mais Thomas n'avait pas renoncé à ce projet.

— Un château ! Quelle chance tu as ! Je crois que je ne suis jamais entré dans un château.

— Il est immense, très sombre, avec une drôle d'odeur de boue et des centaines d'escaliers.

— Tu les as tous montés ?

— Quelques-uns. Mais je ne suis pas montée dans la tour.

— Ah bon ?

— Je n'ai pas le droit. C'est là que M. Blythe travaille. C'est un écrivain, monsieur Cavill, un vrai.

— Un vrai écrivain ? Si tu es sage, il te donnera peut-être quelques conseils.

Thomas tendit la main et lui tapota l'épaule avec un sourire taquin.

— Peut-être bien, dit-elle, petite fleur timide en train de s'épanouir.

— Tu continues à tenir ton journal ?

— Tous les jours, monsieur Cavill. Il y a tant de choses à dire.

Elle tourna discrètement la tête vers le bassin, et Thomas suivit la direction de son regard. Les longues jambes de la jeune fille sous l'eau, tandis qu'elle se tenait au bord. Il vint soudain à l'esprit de Thomas une citation de Dostoïevski. « La beauté est tout ensemble mystérieuse et terrible. » Il toussota.

— Bien, très bien alors. Plus tu écris, meilleure tu deviens. Ne te laisse jamais aller à la médiocrité.

— Oh, non ! Je ferai de mon mieux, monsieur Cavill.

Il lui montra la liste, le sourire aux lèvres.

— Je peux donc indiquer dans le questionnaire que tu es heureuse, alors ? Tout se passe bien ?

— Oh, oui !

— Ton papa et ta maman ne te manquent pas trop ?

— Je leur écris, dit Meredith. Je sais où se trouve la poste et je leur ai déjà envoyé une carte postale avec ma nouvelle adresse. L'école la plus proche est à Tenterden mais je peux y aller en bus.

— Ton frère et ta sœur, ils ne sont pas loin du village, je crois ?

La fillette hocha la tête. Il lui caressa les cheveux, que le soleil avait réchauffés.

— Ça va très très bien se passer, tu vas voir, ma petite.

— Monsieur Cavill ?

— Oui ?

— Vous devriez voir la quantité de livres qu'il y a au château. Ils ont même une pièce où il n'y a que ça, du plancher jusqu'au plafond.

— Ah, voilà qui me fait chaud au cœur, répondit-il avec un grand sourire.

— Oui, à moi aussi.

Meredith esquissa un geste du menton en direction de la baigneuse.

— Juniper a dit que je pouvais en lire autant que je voulais.

Juniper. Ainsi donc, elle s'appelait Juniper.

— J'ai déjà lu les trois quarts de *La Dame en blanc* ; après, je lirai *Les Hauts de Hurlevent*.

— Merry, tu viens te baigner ?

Juniper était revenue vers le bord de la piscine et faisait signe à la petite fille.

— L'eau est divine. Tiède. Parfaite. Bleue.

Ses mots à lui sur ses lèvres à elle ! Thomas eut un frisson. Meredith avait secoué la tête, comme si la question l'avait heurtée de plein fouet.

— Je ne sais pas nager.

Juniper émergea du bassin, enfila sa robe blanche par l'encolure, si bien qu'elle colla à ses jambes humides.

— Il va falloir que nous y remédiions !

Elle rassembla ses mèches mouillées en une queue de cheval hérissée et les rejeta par-dessus son épaule.

— En avez-vous fini avec vos vérifications ? demanda-t-elle en se tournant vers Thomas.

— Eh bien, je me disais que…

Il souffla un bon coup, redressa les épaules.

— Je ferais peut-être bien de vous accompagner au château pour pouvoir rencontrer les autres membres de la famille ?

— Non, dit Juniper sans broncher. C'est une très mauvaise idée.

Il se sentit injustement traité.

— Ma sœur n'aime pas les étrangers, surtout s'ils sont de sexe masculin.

— Mais je ne suis pas un étranger, n'est-ce pas, Merry ?

Meredith sourit mais Juniper ne l'imita pas.

— Je ne dis pas cela par rapport à vous. C'est une de ses lubies.

— Je vois.

Elle s'était approchée ; leurs regards se croisèrent ; des gouttes glissaient le long de ses cils, brouillaient ce regard de chat dans lequel il ne lut qu'indifférence ; cependant son pouls s'était accéléré.

— Bon, dit-elle.

— Eh bien, oui.

— On va peut-être en rester là…

— Oui.

Elle leva le menton et le scruta un long moment avant de hocher la tête. Un mouvement bref qui mit irrémédiablement fin à leur interaction.

— Au revoir, monsieur Cavill, dit Meredith.

Il sourit, lui tendit la main.

— Au revoir, petite. Fais attention à toi. Continue à écrire.

Il les regarda s'éloigner dans les buissons, vers le château. Les cheveux blonds, trempés, tombant jusqu'au creux de ses reins ; les omoplates qui saillaient de part et d'autre comme des ailes timides. Elle leva le bras, le passa doucement sur les épaules de Meredith et la serra contre elle ; bientôt Thomas les perdit de vue mais il crut entendre un petit rire, tandis qu'elles continuaient leur chemin le long de la colline.

Plus d'une année passerait avant qu'ils ne se revoient, Thomas et Juniper – par le plus grand des hasards, dans une rue de Londres. Il ne serait plus vraiment le même alors – définitivement changé, plus tranquille, moins sûr de lui, aussi endommagé que cette ville en ruine. Il aurait survécu aux combats en France et à la dysenterie, traîné sa jambe en miettes jusqu'à Bray-Dunes, subi les horreurs de Dunkerque, vu des amis mourir dans ses bras. Il aurait alors compris que même si John Keats avait raison – oui, l'expérience est vérité – toute chose cependant n'était pas bonne à vivre.

Et si ce nouveau Thomas Cavill tomberait immédiatement amoureux de Juniper Blythe, ce serait précisément parce que, douze mois plutôt, il l'avait trouvée si singulière et si sauvage, dans la clairière au bassin rond. Dans un monde à présent souillé par les cendres et le désespoir, elle lui apparaîtrait dans toute sa merveilleuse étrangeté. Il serait ensorcelé par ce scintillement magique, ténu, qui la protégeait de la réalité. En une seconde, en un regard vertigineux, elle le sauverait de lui-même. Et lui l'aimerait dans un élan de passion affolant et régénérateur, un élan désespéré qui ferait voler en éclats ses sages rêves d'avenir.

En ce jour de septembre 1939, il ne savait rien de tout cela. Il n'était certain que d'une chose : il pouvait maintenant barrer le dernier nom sur sa liste. La petite Meredith Baker était heureuse, tombée entre de bonnes mains. Il pouvait sans regret reprendre le chemin de Londres, poursuivre sa destinée, mettre ses projets en œuvre. La peau encore humide, il boutonna sa chemise, se rassit pour lacer ses souliers. En quittant la clairière, il se mit à siffler tout bas ; les feuilles des nénuphars se balançaient encore dans les remous qu'elle avait levés, cette drôle de fille aux yeux qui n'étaient pas tout à fait de ce monde. Il longea le ruisseau qui conduisait à la route, laissant loin derrière lui Juniper Blythe et le château, pensant sans doute ne jamais plus les revoir.

2

Il avait suffi d'une minute et les choses avaient changé du tout au tout. Comment pouvait-il en être autrement ? Dans les milliers de livres qu'elle avait lus, dans les milliers de choses qu'elle avait imaginées, rêvées, écrites, rien n'aurait pu préparer Juniper Blythe à sa rencontre avec Thomas Cavill. Lorsqu'elle l'avait aperçu flottant, les bras en croix, à la surface de l'eau, elle avait cru qu'il était de ces créatures qu'elle faisait parfois apparaître. Elle n'avait pas eu de ces visites depuis un certain temps, certes, et il manquait à la vision cette rumeur dans sa tête, ce curieux bruit de houle dans ses tympans. Mais la lumière du soleil avait cet éclat qu'elle connaissait bien, comme un vernis sur les choses, qui leur donnait un curieux aspect d'irréalité. Elle avait levé les yeux vers les cimes des arbres ; quand elles se balançaient dans le vent, on aurait dit que des flocons d'or se mettaient à pleuvoir.

Elle s'était assise sur la balançoire : c'était la chose la plus prudente à faire quand lui apparaissait un de ses visiteurs. *Assieds-toi dans un coin, cramponne-toi à quelque chose de solide, et attends que ça passe* : c'étaient les trois règles d'or édictées par Saffy quand

Juniper n'était encore qu'une toute petite fille. Elle avait hissé Juniper sur la table de la cuisine pour passer de l'alcool sur son genou écorché, une fois de plus, et lui avait dit à voix basse qu'il fallait faire attention avec ces visiteurs, même s'ils étaient un vrai don du ciel, comme papa le disait toujours.

« Mais c'est que j'adore jouer avec eux, avait dit la petite Juniper. Ce sont mes amis, et ils ont toujours des choses intéressantes à me raconter.

— Je sais, ma puce. C'est merveilleux, n'est-ce pas ? Mais il ne faut jamais oublier que tu n'es pas de la même espèce qu'eux. Tu es une petite fille en chair et en os – une chair qui peut s'écorcher, des os qui peuvent se casser, tu le sais, et tu as deux grandes sœurs qui ont très très envie que tu deviennes aussi grande qu'elles.

— Et un papa.

— Très juste. Et un papa.

— Mais pas de maman.

— Non, pas de maman.

— Bon, mais un petit chien.

— Mais oui, Emerson.

— Et un pansement sur le genou. »

Saffy avait éclaté de rire et l'avait serrée dans ses bras ; Saffy sentait le talc, le jasmin et l'encre de Chine. Puis elle l'avait aidée à descendre de la table. Juniper avait alors pris grand soin de ne pas regarder la créature qui, à la fenêtre, lui faisait signe de la suivre pour qu'elles aillent jouer dehors.

Juniper ne savait pas d'où venaient ces visiteurs. Tout ce dont elle était consciente, c'était que ses tout premiers souvenirs lui montraient des figures dans les flots de lumière qui tombaient sur son berceau. A trois ans, elle finit par comprendre qu'elle était seule à les voir. On l'avait traitée de folle, d'ensorcelée, de maudite, d'enchantée ; d'innombrables nourrices avaient quitté le château, incapables de supporter la présence de ces « amis imaginaires ».

« Mais ils existent vraiment », avait expliqué Juniper d'un ton aussi calme qu'elle le pouvait.

En vain : aucune nourrrice anglaise digne de ce nom ne semblait disposée à la croire. Les unes après les autres, elles avaient fait leurs malles et demandé rendez-vous avec papa. Dissimulée dans sa cachette, au plus profond des veines du château – un petit nid tout près d'une faille entre deux pierres –, Juniper s'était entendu affubler de toute une série de qualificatifs nouveaux. « Impertinente »… « Têtue… » Et même, une fois, une seule : « Possédée ! »

Tout le monde avait sa petite idée sur les visiteurs. Dans l'esprit du Dr Finley, c'étaient « des filaments de désir et de curiosité » projetés par son esprit et reliés d'une façon mystérieuse à son cœur imparfait. Le Dr Heinstein penchait pour la psychose et avait prescrit toute une série de pilules qui devaient les faire disparaître. Papa pensait qu'ils représentaient les voix de ses ancêtres et qu'elle avait été choisie, elle et nulle autre, pour les voir. Saffy… Saffy n'avait rien à y redire ; elle trouvait Juniper parfaite en son genre. Quant à Percy, elle n'avait pas vraiment d'opinion sur la question.

« Nous sommes tous différents, disait-elle. Pourquoi vouloir à tout prix ranger les gens dans des boîtes et leur coller des étiquettes sur le dos : "normal", "pas normal" ? »

Quoi qu'il en soit, si Juniper était montée sur la balançoire, ce n'était pas seulement par goût de la sécurité. C'était aussi pour mieux observer le visiteur dans la piscine. Elle était curieuse ; il était beau. La douceur de sa peau, le mouvement souple de ses pectoraux nus, animés par sa respiration, la forme de ses bras... Si c'était un de ses visiteurs, elle pouvait se vanter d'avoir fait du beau travail. Il était adorable, exotique ; elle voulait s'en repaître le regard jusqu'à ce qu'il se dissolve sous ses yeux en une colonne de lumière et de feuilles tremblantes.

Mais rien de tel ne se produisit. Tandis qu'elle le contemplait, la tête contre la corde de la balançoire, il avait ouvert les yeux, croisé son regard, et même ouvert la bouche.

Ce qui en soi n'était pas sans précédent. Les visiteurs parlaient souvent à Juniper, mais c'était la première fois qu'ils prenaient la forme d'un jeune homme. D'un jeune homme très peu vêtu.

Elle lui avait répondu, sèchement ; pour tout dire, cet incident l'avait irritée. Elle n'avait pas envie de l'entendre parler ; tout ce qu'elle voulait, c'était qu'il ferme les yeux et reste là à flotter sur la surface scintillante, pour qu'elle puisse continuer à l'examiner d'un œil avide. Elle voulait jouir en silence du jeu du soleil sur ses membres, ses longs, longs membres, son si beau visage, et se concentrer sur cette sensation nouvelle, comme si quelque créature tapie dans son ventre tirait sur une ficelle accrochée à son nombril.

Des hommes, elle n'en avait guère rencontré avant ce jour. Il y avait papa, bien sûr, mais il ne comptait pas en tant qu'homme. Son parrain, Stephen ; quelques jardiniers décrépits qui travaillaient dans le domaine depuis des années, et Davies, qui s'occupait de la Daimler.

Celui-là, ce n'était pas la même chose.

Juniper avait bien essayé de jouer les indifférentes, mais il n'avait pas compris ; il avait continué à parler, il avait même dit son nom : Thomas Cavill. D'ordinaire, ils n'avaient pas de nom. Du moins, pas des noms normaux.

Puis elle avait plongé dans la piscine à son tour ; il en était sorti en hâte. Elle avait alors remarqué les vêtements sur le ponton – ses vêtements à lui. De plus en plus bizarre.

Mais le plus étrange restait à venir. Meredith, enfin libérée de l'industrieuse Saffy et de ses envies de couture, les avait rejoints ; *Meredith et l'homme avaient échangé quelques mots*.

Juniper, au beau milieu de la piscine, avait manqué se noyer de stupéfaction. Personne d'autre qu'elle ne pouvait voir les visiteurs ; c'était une règle immuable.

Juniper avait vécu toute sa vie au château. Comme son père et ses sœurs avant elle, elle était née dans une chambre du premier étage. Elle connaissait le moindre recoin du château et des bois environnants ; rien d'étonnant à cela, c'était le seul monde qu'elle connaisse. Elle était aimée, protégée, gâtée. Elle lisait, elle écrivait, elle jouait, elle rêvait. On ne lui demandait qu'une chose : être exactement ce qu'elle était, parfois même être plus Juniper encore que la vraie Juniper.

« Ma chère petite, tu es une créature du château, voilà ce que tu es, lui avait un jour dit papa. Toi et moi, nous sommes semblables en cela. »

Définition qui, pendant des années, lui avait parfaitement convenu.

Ces derniers temps, cependant, les choses avaient changé, sans qu'elle puisse vraiment en comprendre la raison. Elle se réveillait parfois la nuit, l'âme secouée par un profond tourment – un désir, une faim –, mais quel en était l'objet ? Elle ne le savait pas. Insatisfaction, nostalgie, sensation de vide, d'ennui, d'absence… Et comment les apaiser, ces sentiments, comment les combler, elle n'en avait aucune idée. Il lui manquait quelque chose, mais quoi ? Mystère. Elle avait marché, elle avait couru ; elle avait écrit dans la précipitation et la fureur. Les mots, les sons se pressaient contre son crâne, hurlant pour qu'on les libère enfin ; les confier au papier était un vrai soulagement. Elle ne tergiversait pas, elle ne mesurait pas, elle ne se relisait jamais : elle se contentait de libérer les mots, de faire taire les voix qui hurlaient dans sa tête.

Puis, un jour, une impulsion inexplicable l'avait menée au village. Elle ne conduisait pas souvent, ce qui ne l'avait pas empêchée de remonter la grand'rue du village au volant de la vieille Daimler. Comme perdue dans un rêve ou dans une histoire dont elle n'était pas l'auteur, elle s'était garée près de la salle communale, y était entrée. Une femme lui avait adressé la parole ; trop tard, Juniper avait déjà remarqué Meredith.

Plus tard, Saffy lui avait demandé pourquoi elle avait choisi cet enfant en particulier.

« Je n'ai pas choisi, répondait invariablement Juniper.

— Mon lapin, Dieu sait que je n'aime pas te contredire, mais c'est bien toi qui as ramené Meredith à la maison.

— Oui, bien sûr, Saffy. Mais je n'ai pas choisi. Je savais que ce ne pouvait être qu'elle. »

Juniper n'avait jamais eu d'ami, fille ou garçon, avant Meredith. Les autres – les amis de papa, si contents d'eux-mêmes, les quelques visiteurs du château – lui paraissaient toujours prendre plus de place qu'ils ne l'auraient dû. Ils vous écrasaient de leurs grands rires, de leurs poses et de leurs discours incessants. Rien à voir avec Meredith. Elle était drôle, et elle avait une façon de voir les choses bien à elle. C'était une amoureuse des livres, bien qu'elle en ait toujours manqué, une excellente observatrice dont les pensées et les sentiments n'étaient pas encore influencés par ce qu'elle avait lu ou écrit. Sa façon d'appréhender le monde était unique ; les mots dont elle usait pour le décrire prenaient toujours Juniper par surprise. Au rire succédait un étonnement qui lui faisait reconsidérer ses propres points de vue.

Mais il y avait mieux encore : Meredith était arrivée chargée d'histoires du monde extérieur. Sa venue avait ouvert une petite brèche dans les remparts de Milderhurst. Une fenêtre minuscule mais inondée de soleil à laquelle Juniper enfin pouvait passer la tête, pour voir ce qui se passait au-dehors.

Et qu'avait-elle donc apporté dans son sillage ? Un homme, un vrai, en chair et en os. Un jeune homme du monde du dehors, du monde réel, s'était matérialisé dans la piscine. La lumière qui émanait de ce monde transperçait le voile d'un éclat redoublé, maintenant qu'une deuxième brèche était apparue ; Juniper comprit qu'il allait lui falloir en voir plus.

Il aurait voulu rester, les accompagner jusqu'au château ; Juniper avait refusé. Le château, non, ça n'allait pas. Elle voulait l'observer sous toutes les coutures, l'inspecter, comme un chat, d'un regard lent et circonspect, sans qu'il puisse s'en rendre compte ; frôler sa peau du regard. Cela, et rien d'autre ; *cela ou rien d'autre*. Qu'il reste à jamais figé dans ce moment silencieux et baigné de soleil, souffle léger sur sa joue, tandis que la balançoire, dans un mouvement perpétuel, frôlait la surface tiédie du bassin ; tiraillement inouï et sourd au creux de son ventre.

Il était parti. Elles étaient restées. Elle avait passé le bras autour des épaules de Meredith et elles avaient repris en riant le chemin du château ; n'était-ce pas comique, cette habitude qu'avait Saffy de vous enfoncer des épingles dans la chair pendant les essayages ? Elles avaient inspecté le fond de la fontaine à présent tarie, ses eaux glauques et stagnantes, avaient suivi du regard les libellules au vol saccadé. L'esprit de Juniper cependant était ailleurs, suivant l'homme jusqu'à la route, invisible et collant comme le fil d'une araignée.

Elle accéléra le pas. Il faisait chaud, si chaud que ses cheveux, presque secs, lui battaient le visage ; sa peau lui semblait plus tendue, presque fiévreuse, vibrant d'une étrange vitalité. Et son cœur… il battait si fort dans sa poitrine que Meredith, sans doute, devait l'entendre.

— Je viens d'avoir une idée incroyable, dit-elle. Tu n'as jamais eu envie de savoir comment c'était, la France ?

Elle prit sa jeune amie par la main et elles coururent comme deux folles le long des vieilles marches, dans les fourrés, sous les arbres aux branches jointes du jardin. Des ailes aux pieds, mots ivres qui lui vinrent à l'esprit et la firent se sentir plus légère, comme une biche. Plus vite, plus vite – le rire les portait, le vent jouait dans les cheveux de Juniper et ses pieds nus bondissaient avec ravissement sur la terre brûlante et dure, joie pure et totale. Elles atteignirent enfin le grand porche du château, franchirent les dernières marches, haletantes, et s'engouffrèrent, par les portes-fenêtres, dans la bibliothèque, refuge frais et silencieux.

— June, c'est toi ?

Saffy, chère Saffy, comme d'habitude à son bureau, les mains sur les touches de sa machine à écrire, levant les yeux, surprise, sans doute, au beau milieu d'une de ses rêveries où tout n'était que roses et brumes délicates, l'air effarée et vaguement déçue de se retrouver dans une réalité bien plus terne. Et Juniper – était-ce l'influence du soleil, de la baignade, de l'homme, du ciel si bleu ? – ne put résister à la tentation d'embrasser sa sœur sur le front, en passant.

— Oh !

Saffy rayonnait.

— Est-ce que Meredith… Mais oui ! Bien. Ah, je vois que tu t'es baignée. Attention, n'oublie pas que papa…

Juniper et Meredith n'attendirent pas la fin de la phrase. Elles étaient déjà reparties dans les longs couloirs de pierre froide, grimpèrent quatre à quatre les volées de marches, jusqu'au dernier étage, sous les combles. Juniper se rua vers la fenêtre ouverte, monta sur la petite bibliothèque et se hissa sur le rebord, si bien que ses pieds reposaient déjà sur les tuiles du toit.

— Viens, dit-elle à Meredith, qui était restée sur le seuil, une expression singulière sur le visage. Vite !

Meredith soupira, hésitante, rajusta ses lunettes, puis céda à la tentation. Elle suivit Juniper sur le bord du toit d'un pas précautionneux, jusqu'à la pointe qui saillait en plein sud, semblable à la proue d'un navire.

— Alors, tu vois ?

Elles s'étaient installées côte à côte, sur le replat du toit, juste au-dessus du bord. Juniper avait tendu la main vers le sud, une ligne sombre tout au bas du ciel.

— Je te l'avais bien dit, non ? Tout là-bas, c'est la France.

— Vraiment ? Tu es sûre ?

Juniper hocha la tête, sans plus s'intéresser à l'horizon lointain. Scruta, les yeux plissés, les prairies jaunies par le soleil, les sombres bois de Cardarker, fouilla du regard le paysage, espérant voir, une dernière fois...

Elle sursauta. Elle l'avait enfin repéré, silhouette minuscule qui traversait les champs près du premier pont. Il avait remonté les manches de sa chemise, marchait les bras écartés dans les hautes herbes, dont il frôlait l'extrémité. Il fit halte, joignit les mains derrière sa nuque, leva la tête et sembla soudain embrasser le ciel. Ah, il avait esquissé un mouvement – oui, il s'était retourné. Regardait à présent le château. Elle retint son souffle, se demanda comment sa vie avait pu changer aussi radicalement en une demi-heure, alors que le monde autour d'elle semblait n'avoir pas bougé d'un pouce.

— Le château porte une jupe, murmura Meredith en montrant les douves.

Il s'était remis en chemin, eut bientôt disparu dans le creux de la colline ; l'univers à nouveau s'apaisa. Thomas Cavill s'était glissé dans la brèche, avait retrouvé le monde du dehors. Autour du château, l'air, de tous ses atomes, avait enregistré le départ de l'intrus.

— Regarde, insista Meredith. Là, juste au-dessous de nous.

Juniper sortit un paquet de cigarettes de sa poche.

— Autrefois, il y avait des douves. Papa les a fait combler après la mort de sa première femme. Tu sais, nous ne devrions pas nous baigner dans la piscine. Pour la même raison.

Le visage de Meredith se figea en une grimace anxieuse et Juniper sourit.

— Ne fais pas cette tête, douce Merry ! Personne ne te dira rien quand nous y retournerons, quand je t'apprendrai à nager. Papa ne sort plus de sa tour. Il ne se rendra compte de rien. Et puis franchement, un jour comme celui-ci, ce serait un crime de ne pas aller se baigner, tu ne crois pas ?

Tiède. Bleue. Parfaite.

Juniper craqua une allumette. La cigarette aux lèvres, elle inspira profondément, posa la tête sur les tuiles et regarda le ciel, immense et limpide. Le plafond de sa coupole. Des mots lui vinrent à l'esprit, qui n'étaient pas les siens.

Et moi, vieille tourterelle, je tirerai de l'aile jusqu'à quelque rameau flétri, et là je lamenterai mon

*tourtereau, qui jamais plus ne se retrouvera, jusqu'à ce
que tout soit fini* [1].

Absurde, bien sûr. Complètement absurde. L'homme
n'était pas son tourtereau ; comment aurait-elle pu
déplorer sa perte ? Et cependant, ces mots avaient jailli.

— Comment l'as-tu trouvé, monsieur Cavill ?

Le cœur de Juniper eut un soubresaut ; elle sentit ses
joues brûler. Elle avait été démasquée ! L'intuitive
Meredith avait deviné ses pensées secrètes. Elle toussa,
la main devant les lèvres, voulut gagner du temps, glissa
d'un geste lent la boîte d'allumettes dans sa poche.

— Moi, je l'aime bien.

A la teinte rosée qu'avaient prise les joues de la petite
fille, Juniper comprit ce que cachait cet aveu. Elle fut un
instant écartelée entre le soulagement – Meredith ne
l'avait pas percée à jour – et un étrange sursaut de
jalousie. Savoir que ses sentiments étaient partagés par
une autre… Elle regarda la douce Meredith et cette furie
s'apaisa aussitôt née.

— Ah oui ? fit-elle, d'un ton qu'elle voulait nonchalant. Et pourquoi ça ? Qu'est-ce que tu lui trouves ?

Meredith ne répondit pas immédiatement et Juniper,
cigarette aux lèvres, fixa le paysage, à l'endroit même
où l'homme avait fait irruption dans la bulle de
Milderhurst.

— D'abord, il est très intelligent. Et puis il est vraiment beau. Et gentil, même avec des gens qui ne sont
pas toujours commodes. Il a un frère qui est simple
d'esprit, un pauvre grand gaillard qui se conduit comme
un enfant de trois ans, se met à pleurer sans raison et à

---

1. Shakespeare, *Le Conte d'hiver*. Acte V, scène 3. Traduction
Jacques Copeau et Suzanne Bing.

crier dans la rue, parfois, mais si tu les voyais ensemble, M. Cavill et lui ! Il n'y a pas frère plus patient, plus doux. Et ça lui vient naturellement, tu sais. Il n'est pas comme ces gens qui en font toujours trop parce qu'ils pensent qu'on les regarde. Non, il aime vraiment être avec Joey. C'est le meilleur instituteur que j'aie jamais eu. Il m'a offert un beau carnet avec une couverture en cuir, pour que je tienne mon journal. Il dit que si je continue à bien travailler, je pourrai rester plus long-temps à l'école, et que je pourrai même entrer au lycée, et à l'université, et qu'un jour peut-être je saurai vrai-ment écrire. Des histoires, des poèmes, des articles pour les journaux… (Elle reprit son souffle, puis :) Avant lui, personne ne m'avait jamais dit que j'étais bonne à quelque chose.

Juniper se pencha, heurta doucement de l'épaule la gamine efflanquée.

— Mais c'est complètement idiot, Merry. M. Cavill a raison, bien sûr. Tu es quelqu'un de formidable. Voyons, je ne te connais que depuis quelques jours, et j'en suis déjà certaine…

Un nouvel accès de toux lui ôta la parole. En écou-tant Meredith lui décrire les qualités de M. Cavill et sa gentillesse, en l'entendant évoquer timidement ses propres aspirations, elle avait été saisie par une sensa-tion inhabituelle. Une boule de feu liquide s'était peu à peu formée dans sa poitrine, qui avait fini par se répandre dans tout son corps. Parvenue à ses cils, cette mélasse chaude menaçait de se transformer en larmes, tout simplement. Elle se sentait soudain tendre, protec-trice et cependant plus vulnérable qu'elle ne l'avait jamais été ; et voyant naître un sourire hésitant sur les lèvres de la petite Meredith, elle ne put s'empêcher de serrer très fort dans ses bras sa jeune amie. La petite se raidit sous cette étreinte, les deux mains cramponnées aux tuiles.

Juniper s'écarta, surprise.

— Que se passe-t-il ? Ça va ?

— C'est que j'ai un peu le vertige. Mais ça va aller.

— Oh… Mais il fallait le dire !

Meredith haussa les épaules, les yeux fixés sur ses pieds nus.

— C'est que… tout me fait peur. Ou presque.

— Vraiment ? Mais il n'y a pas de mal à ça. C'est normal.

— Tu as peur, toi aussi, parfois ?

— Oui, bien sûr. Ça arrive à tout le monde.

— Tu as peur de quoi ?

Juniper baissa la tête, tira plus fort sur sa cigarette.

— Je ne sais pas vraiment.

— Des fantômes et des choses terribles qui se cachent dans le château ?

— Non.

— De te pencher sur le toit ?

— Non.

— De te noyer ?

— Non.

— De rester toute seule sans personne pour t'aimer ?

— Non.

— D'être obligée de faire quelque chose que tu détestes pour le restant de tes jours ?

— Ah, non, fit Juniper avec une grimace.

Meredith eut l'air si désemparée que Juniper ne put s'empêcher d'ajouter :

— Il y a une seule chose.

Son cœur se mit à battre plus vite, même si elle n'avait aucunement l'intention de confier son effroyable, son inimaginable peur à Meredith. Juniper n'avait pas une expérience très développée en matière d'amitié, mais elle se doutait bien qu'il y a des choses que l'on n'avoue pas à une toute nouvelle connaissance pour laquelle on a déjà plus que de l'estime. *Cette chose, c'est moi, c'est la violence dont je me sens parfois capable.* Non, mieux vaut se taire. Elle tira sur sa cigarette et se rappela l'accès de passion qui l'avait embrasée, la colère qui avait failli lui déchirer le cœur. Et la façon dont elle s'était ruée sur le garçon, la bêche à la main, sans réfléchir une seconde… et puis, plus rien avant le réveil, dans un lit – son lit, Saffy à son chevet et Percy à la fenêtre.

Saffy arborait un large sourire, mais pendant un moment, avant qu'elle ne se rende compte que Juniper était réveillée, elle avait eu sur le visage une expression bien différente. Une lueur d'angoisse dans les yeux, les lèvres blêmes, démentant les bonnes paroles qu'elle avait ensuite prodiguées à sa petite sœur. Tout allait bien ; il ne s'était rien passé d'extraordinaire.

« Mais non, ma chérie, je t'assure ! Ce n'était qu'un de ces trous de mémoire, comme tu en as déjà eu. »

Elles lui avaient, par amour, caché la vérité, la lui cachaient encore. Elle avait consenti à les croire, au début, réticente, certes, mais avec quelque espoir. Pourquoi lui auraient-elles menti ? Elle avait déjà eu de ces crises dont elle perdait complètement le souvenir. En quoi celle-ci pouvait-elle être différente ?

Et cependant… elle avait fini par trouver seule la réponse à cette question. Ses sœurs, du reste, ne le savaient toujours pas. Ç'avait été un pur hasard.

Mme Simpson était venue au château rendre visite à papa, et ce jour-là, Juniper se promenait le long du ruisseau, près du pont. La femme s'était penchée sur la rambarde et avait désigné la jeune fille d'un doigt menaçant.

« Toi ! »

Juniper avait sursauté. Que lui voulait cette femme ?

« Tu es une petite sauvage. Un danger ambulant. On aurait dû t'enfermer après ce que tu as fait. »

Ce qu'elle avait fait ? Juniper ne comprenait toujours pas.

« Il a fallu trente points de suture à mon pauvre garçon. Trente ! Une bête sauvage, voilà ce que tu es ! »

Une bête sauvage.

C'était l'expression qui avait tout déclenché. Juniper avait bronché en l'entendant ; un souvenir était sorti de sa gangue. Un fragment oublié, enterré, effrité. Une bête… un animal… Emerson… hurlant de douleur.

Malgré tous ses efforts, rien d'autre ne lui était revenu. Elle avait beau se concentrer, le souvenir restait dissimulé dans les boyaux obscurs de son cerveau. Oh, ce misérable cerveau, infirme, obscurci ! Elle aurait tout donné sans hésiter, l'écriture, le ravissement ivre de l'inspiration, la joie d'avoir piégé dans la page une idée abstraite. Elle aurait même livré ses visiteurs si elle avait pu récupérer en échange tous ses souvenirs. Elle n'avait cessé de questionner ses sœurs, les avait suppliées ; aucune des deux n'avait voulu parler. Alors Juniper était allée voir papa. Dans sa chambre, tout en haut de la tour, il lui avait raconté ce qu'elle avait oublié. Ce que Billy Simpson avait fait au pauvre vieil Emerson, le vieux chien adoré dont le seul souhait était de finir en paix près du rhododendron, au soleil. Et ce que Juniper avait fait à Billy Simpson. Papa lui avait dit de ne pas s'inquiéter. Ce n'était pas de sa faute.

« Ce garçon s'est conduit comme une brute. Il n'a eu que ce qu'il méritait. »

Papa avait souri, mais au fond de ses yeux dansaient les fantômes.

« Les règles, avait-il dit, ne sont pas les mêmes pour les gens comme toi, Juniper. Pour les gens comme nous. »

— Alors ? demanda Meredith. De quoi as-tu peur, toi ?

— Je crois bien, dit Juniper en scrutant l'orée sombre des bois de Cardarker, que ce dont j'ai peur, c'est de tourner comme papa, un jour.

— Comment ça ?

Comment lui expliquer ses craintes sans l'accabler de choses qu'elle n'avait nul besoin de savoir ? La peur qui lui serrait impitoyablement le cœur, comme une bande élastique ; la peur horrible de finir comme une vieille folle, errant dans les couloirs du château, noyée dans une mer de papier et se recroquevillant à l'évocation de ses propres créations. Elle leva les yeux au ciel, essaya de minimiser l'étendue de son aveu.

— Bah, tu sais. L'idée que je pourrais ne jamais sortir d'ici.

— Qu'est-ce qui pourrait te donner envie d'en partir ?

— Mes sœurs m'étouffent.

— La mienne, elle aimerait bien le faire pour de bon.

Juniper sourit et fit tomber la cendre de sa cigarette dans la gouttière.

— Je ne plaisante pas. Elle me hait.

— Pourquoi donc ?

— Parce que je suis différente. Parce que je n'ai aucune envie de devenir comme elle, même si c'est ce que tout le monde souhaite.

Juniper tira un bon coup sur sa cigarette, pencha la tête et se mit à contempler le monde en contrebas.

— Merry, comment peut-on échapper à son destin ? C'est ça, la question.

Un silence suivit. Puis la voix de Meredith, grêle, réfléchie.

— Eh bien… On peut toujours prendre le train, je crois.

Avait-elle bien entendu ? Juniper jeta un coup d'œil à sa jeune amie et se rendit compte que l'enfant ne plaisantait pas le moins du monde.

— Ce que je veux dire, c'est qu'on peut aussi prendre le bus, mais le train est quand même plus rapide. Et plus confortable, je dirais.

Ce fut plus fort que Juniper : elle éclata de rire, un hennissement sonore qui venait du tréfonds de son être.

Meredith eut un sourire timide et Juniper la serra très fort contre elle.

— Merry, Merry ! Sais-tu que tu es vraiment une créature parfaite, de la tête aux pieds ?

Le visage de Meredith s'illumina ; les deux jeunes filles s'allongèrent sur les tuiles, regardant l'après-midi dorer lentement le bleu du ciel.

— Merry, raconte-moi une histoire.

— Quel genre d'histoire ?

— Une histoire sur Londres, le Londres que tu connais.

Les petites annonces immobilières

1992

Quand je suis rentrée de la maison de retraite, papa m'attendait de pied ferme. Je n'avais pas aussitôt claqué la porte d'entrée que la cloche a retenti. Je suis montée directement le voir et l'ai trouvé droit dans son lit, adossé à son armée d'oreillers, tenant à la main la tasse et la soucoupe que maman lui avait montées après le dîner, et feignant la plus complète surprise. Il a jeté un regard à la pendule murale.

— Edie, je ne pensais pas que tu viendrais ce soir. Le temps passe si vite.

Un mensonge patent. Mon exemplaire de *L'Homme de boue* était posé sur la couverture, et papa avait son carnet à spirale (son « journal d'enquête », comme il l'appelait) sur les genoux. Tout cela indiquait une après-midi passée, de toute évidence, à méditer sur les mystères du roman, sans parler du regard avide qu'il a jeté sur les photocopies qui dépassaient de mon sac. Sans que je puisse bien me l'expliquer, un accès de rébellion s'est emparé de moi et j'ai bâillé, la main sur la bouche ; puis, le plus lentement possible, je me suis dirigée vers le fauteuil situé de l'autre côté de son lit. Je m'y suis confortablement installée et j'ai arboré un sourire béat. Il a fini par craquer.

— J'imagine que tu n'as pas trouvé quoi que ce soit à la bibliothèque ? Tu sais, ces histoires d'enlèvements à Milderhurst Castle ?

— Ah. Bien sûr. J'avais complètement oublié.

J'ai sorti le dossier de mon sac et trié les quelques articles qui concernaient les disparitions d'enfants.

Il les a examinés les uns après les autres avec une telle avidité et un tel sérieux que j'ai regretté de l'avoir fait attendre, cruelle que j'étais. Les médecins nous avaient averties de l'éventualité d'une période de dépression ; mon père, actif, pénétré de sa propre importance, et clairement troublé par sa retraite récente, y était particulièrement exposé. S'il se rêvait en détective littéraire, que pouvais-je avoir à y redire ? *L'Homme de boue* était le premier livre qu'il ait lu ces quarante dernières années ? Et alors ? De surcroît, mieux valait pour lui explorer les mystères du roman que passer son temps à recoller sans pitié des bibelots intacts. Il fallait que j'y mette du mien.

— Il y a des choses qui te paraissent intéressantes, papa ?

J'avais bien vu pourtant que l'éclat de ses yeux avait nettement diminué.

— Rien de tout cela ne concerne Milderhurst, apparemment.

— Je le crains en effet. Du moins pas directement.

— Pourtant, j'aurais juré…

— Désolée, papa. C'est tout ce que j'ai pu trouver.

Il a fait de son mieux pour cacher sa déception.

— Pas grave. Ce n'est pas de ta faute, Edie. Nous n'allons quand même pas baisser les bras. Il faut revoir notre angle d'attaque.

Il s'est tapoté le menton du bout de son stylo, puis l'a dirigé vers moi avec un sourire pensif.

— J'ai passé l'après-midi à le relire, et je suis sûr et certain que la solution de l'énigme a quelque chose à voir avec les douves. A cent pour cent. Dans le livre que tu m'as prêté – tu sais, cet essai sur Raymond Blythe –, l'auteur rapporte que les douves ont été comblées juste avant qu'il ne se mette à écrire *L'Homme de boue*.

J'ai hoché la tête avec tout l'enthousiasme dont j'étais capable, sans lui rappeler que Raymond, accablé par le chagrin, s'y était décidé après la mort de sa première femme.

— Ah, toi aussi, ça te paraît bizarre, hein ? Ça doit forcément vouloir dire quelque chose. Et l'enfant à la fenêtre, enlevée pendant que ses parents dorment ? Tout est là-dedans. Il suffit de trouver le lien entre ces événements.

Il a repris la lecture des articles, les sourcils froncés, griffonnant parfois quelques notes hâtives dans les marges. En dépit de tous mes efforts, je n'arrivais pas à me concentrer : comment y parvenir, avec le mystère de la disparition de Thomas Cavill encore si présent à mon esprit ? Bientôt j'ai tourné les yeux vers la fenêtre ; la lune était déjà haute dans le ciel violacé du soir ; de fins nuages flottaient devant son croissant. Je n'arrivais pas à me sortir de l'esprit le malheureux Theo dont le frère avait disparu cinquante ans plus tôt, sur le chemin de Milderhurst Castle. J'étais partie à la recherche de l'instituteur dans l'espoir de mieux comprendre la folie de Juniper, et même si cette question-là restait sans réponse, ma rencontre avec le vieux Theo avait changé du tout au tout l'idée que je me faisais de son frère. Un traître, un menteur ? Non, certainement pas. Si Theo avait raison, Thomas Cavill était une victime de l'histoire. Et de ceux qui, comme moi, réfléchissent trop vite.

— Tu ne m'écoutes pas.

J'ai tourné la tête, éblouie par les lampes de la chambre. Papa m'a jeté un regard de reproche par-dessus ses lunettes de presbyte.

— J'étais en train de te faire part d'une théorie qui me semble tenir la route, et toi, tu bayes aux corneilles.

— Si, si, papa, je t'écoutais. Les douves... un bébé... Une barque ?

J'avais parlé au hasard. Il a eu un grognement indigné.

— Toi et ta mère, vraiment, vous faites la paire. Aussi tête en l'air l'une que l'autre, ces jours-ci.

— Je ne sais pas de quoi tu parles, papa. Allez.

J'ai posé les coudes sur les genoux et je lui ai jeté un regard patient.

— Je suis tout ouïe. Parle-moi de ta théorie.

Son enthousiasme a eu rapidement raison de son irritation, et il s'est exécuté sans façon.

— C'est cet article-là qui m'a fait réfléchir. Un jeune garçon qui a mystérieusement disparu de sa chambre, dans une demeure non loin de Milderhurst Castle. La fenêtre était restée grande ouverte, alors que la nourrice avait affirmé qu'elle l'avait fermée après avoir couché le petit garçon, et il y avait des marques au pied du mur, qui semblaient indiquer qu'on s'était servi d'une échelle. L'incident remonte à 1872 ; Raymond Blythe avait cinq ou six ans à cette époque. Il a dû en entendre

476

parler et la chose a certainement dû lui faire forte impression, tu ne crois pas ?

Possible, me suis-je dit. Ou, du moins, pas impossible.

— Certainement, papa. C'est très vraisemblable.

— Mais l'histoire ne s'arrête pas là. Le corps du garçonnet a été retrouvé après des recherches poussées...

Il a eu un large sourire, fier de ses déductions. Et content de laisser planer le suspense un moment.

— Et tu sais où ? Au fond du lac de la propriété.

Son regard a cherché le mien ; il a cessé de sourire.

— Q'est-ce qui ne va pas ? Pourquoi fais-tu cette tête ?

— Je... Eh bien, c'est une histoire épouvantable, papa. Ce pauvre petit, sa famille. Tu imagines ?

— Oui, oui, bien sûr, mais c'est une vieille histoire, Edie. Ils sont tous morts maintenant. Et d'ailleurs, c'est bien ce que je voulais dire. Ça a dû être un terrible choc pour un petit garçon impressionnable d'entendre parler de cette histoire par ses parents. D'autant qu'ils étaient voisins.

Je me suis rappelé les verrous à la fenêtre de la nursery, et les explications de Percy Blythe. Son père avait vécu quelque chose dans son enfance qui l'avait rendu bizarrement inquiet sur les questions de sécurité. Papa venait de marquer un point.

— Très juste, lui ai-je répondu.

— Cela dit, a-t-il poursuivi, le front plissé, je ne vois pas encore très bien le rapport que cela peut avoir avec les douves de Milderhurst. Le corps d'un enfant repêché dans la boue d'un étang, ce n'est pas la même chose qu'un homme qui vit au fond des douves d'un château.

Et je ne sais toujours pas la raison pour laquelle la description que Raymond Blythe fait de cet homme émergeant de son linceul de boue est si prenante, si exacte.

Quelqu'un a frappé doucement à la porte. Maman.

— Ne faites pas attention à moi ! Je suis juste venue voir si tu avais fini ton thé, chéri.

— Oui, merci, Merry.

Il a tendu la tasse en équilibre sur la soucoupe ; elle a hésité une fraction de seconde.

— Vous avez l'air très occupés, tous les deux, a-t-elle murmuré, feignant de s'intéresser à la marque brune qu'avait laissée une goutte de thé sur le flanc de la tasse.

Elle l'a effacée du bout du doigt, prenant soin de ne pas regarder dans ma direction.

— Nous sommes en train d'élaborer une théorie qui me paraît assez solide.

Papa m'a fait un clin d'œil. Un courant d'air glacial venait de couper sa chambre en deux ; heureux homme, qui ne se rendait compte de rien !

— J'imagine que vous en avez encore pour un bon moment, alors. Je vous souhaite une bonne nuit. Je vais aller me coucher, moi. J'ai eu une journée épuisante.

Elle a posé un baiser sur la joue de papa et m'a fait un vague signe de tête, en évitant de croiser mon regard.

— Bonne nuit, Edie.

— Bonne nuit, maman.

Mon Dieu, comment les choses avaient-elles pu en arriver là ? Je ne l'ai pas vue sortir de la pièce, absorbée que j'étais (histoire de me donner une contenance) dans la lecture des photocopies de mon dossier – les quelques informations que Mlle Yeats avait glanées au sujet du

Pembroke Farm Institute. J'ai parcouru des yeux le bref historique de l'institution. Créée en 1907 par Oliver Sykes… Ce nom ne m'était pas inconnu. J'ai fouillé dans ma mémoire. Ah, oui, bien sûr. C'était l'architecte qui avait conçu la piscine ronde dans les bois de Milderhurst. Ce qui était parfaitement cohérent. Tant qu'à léguer une partie de sa fortune à une association de préservation du paysage, mieux valait que ses promoteurs soient des gens qu'il ait connus, voire admirés. Rien d'étonnant à ce que les mêmes personnes aient participé à l'embellissement de son château bien-aimé. J'ai entendu la porte de la chambre de maman se refermer et soupiré avec ce qui devait être du soulagement. Puis j'ai posé le dossier sur le bord du lit et me suis efforcée de retrouver un comportement à peu près normal, pour papa.

— Tu sais, ai-je dit, la gorge serrée, je crois que tu as mis le doigt sur quelque chose. Cette histoire d'enfant dans le lac…

— C'est bien ce que je dis, Edie.

— Je sais. Et je suis à peu près certaine que c'est l'une des sources d'inspiration du livre.

— Ce n'est pas de ça que je te parle, Edie, a-t-il répondu en levant les yeux au ciel. Oublie le livre. Je veux parler de ta mère.

— De maman ?

Il a désigné la porte close.

— Elle n'est pas heureuse, en ce moment. Je déteste la voir dans cet état.

— Tu te fais des idées.

— Je ne suis pas fou, Edie. Ça fait des semaines qu'elle erre comme un fantôme dans la maison… Aujourd'hui, elle m'a dit qu'elle avait trouvé le supplément des petites annonces immobilières dans ta chambre, et là-dessus elle a éclaté en sanglots.

Maman, dans ma chambre ?

— Maman a éclaté en sanglots, tu dis ?

— Elle ne prend rien à la légère, tu le sais bien. C'est une grande sensible. Comme toi, d'ailleurs.

Je ne sais pas si papa avait vraiment l'intention de me démonter avec cette curieuse remarque, mais l'idée qu'on puisse penser à ma mère comme à une grande sensible m'a laissée sans voix. J'étais bien incapable de lui expliquer que nous étions, du moins sur ce point, absolument dissemblables – du reste, je n'ai même pas essayé.

— Que veux-tu dire ? me suis-je contentée de répondre.

— Tu sais, autrefois, c'était une des choses qui me plaisaient le plus en elle. Elle n'avait rien à voir avec toutes celles que j'avais rencontrées avant elle – des filles qui n'exprimaient jamais leurs sentiments. C'est bien simple : la première fois que je l'ai vue, elle pleurait comme une Madeleine.

— Vraiment ?

— Eh oui. Nous étions au cinéma. A part nous deux, il n'y avait personne dans la salle, par bonheur. Pour autant que je m'en souviens, le film n'était pas particulièrement triste, mais ta maman a passé une heure et demie à pleurer dans le noir. Elle ne voulait pas le montrer, mais quand nous nous sommes retrouvés dans le vestibule, elle avait les yeux rouges comme ton tee-shirt. Ça m'a fait tellement de peine que je l'ai invitée à prendre un thé.

— Pourquoi était-elle dans cet état-là ?

— Je n'ai jamais vraiment su. A cette époque-là, elle avait la larme facile.

— Ah bon ?

— Je t'assure. C'était une hypersensible, et pourtant, elle était drôle, intelligente, imprévisible. Elle avait une façon très particulière de parler des choses. On avait l'impression de les redécouvrir d'un œil complètement neuf.

J'ai failli demander : « Mais que s'est-il passé ? » Je me suis abstenue. Il y avait quelque chose de cruel dans cette question, comme si maman n'avait plus rien de cette jeune fille que papa avait consolée et aimée. Papa à sa façon cependant y a répondu, à mon grand soulagement.

— Les choses ont changé, après l'histoire de Daniel. Ton frère. Oui, ça n'a plus été pareil.

Avais-je jamais entendu papa prononcer le nom de Daniel ? J'étais pétrifiée. J'avais tant de choses à lui dire, à lui demander… Elles se sont toutes mélangées dans ma tête

— Oh.

Je n'ai pas réussi à prononcer autre chose.

— Ça a été affreux.

Il parlait d'une voix lente, égale, mais sa lèvre inférieure le trahissait, animée qu'elle était d'un curieux tremblement qui m'a serré le cœur.

— Affreux.

Je lui ai touché le bras, tout doucement, mais il n'a pas réagi. Son regard était fixé sur un bout du tapis, cherchant quelque chose que je ne voyais pas ; un sourire a erré, fugitif, sur ses lèvres.

— Il sautait tout le temps. Il adorait ça. « Je saute, je saute, disait-il. Regarde, papa, je saute ! »

Je l'ai alors vu, mon grand frère qui pourtant n'avait jamais grandi, son petit visage rayonnant tandis qu'il sautait sur ses petites jambes maladroites.

— J'aurais tant aimé le connaître.

Papa a plaqué sa main sur la mienne.

— Moi aussi, j'aurais voulu que tu le connaisses.

Le vent du soir jouait dans les rideaux, contre mon épaule ; j'ai frissonné.

— Autrefois, quand j'étais petite, je croyais qu'il y avait un fantôme dans la maison. Parfois je vous entendais, maman et toi, parler de lui. Je vous entendais prononcer son nom, mais quand j'entrais dans la pièce, vous vous taisiez. Une fois, j'en ai parlé à maman.

— Que t'a-t-elle dit ?

Il avait levé la tête, me cherchait du regard.

— Elle m'a dit que je me faisais des idées.

Papa a levé une de ses mains, a froncé les sourcils, s'est malaxé la paume des doigts, comme s'il froissait un bout de papier.

— Ta mère et moi, on a toujours pensé que c'était mieux comme ça. On a fait ce qu'on a pu, tu sais.

— Oui, je sais.

— Ta maman…

Il a serré les mâchoires, luttant si visiblement contre le chagrin que j'aurais voulu mettre fin à cette conversation. Mais j'en étais incapable. Ce moment, je l'attendais depuis si longtemps ! L'histoire qu'il racontait n'était autre que celle de mon absence ; le moindre mot recelait un trésor.

— C'est pour ta mère que ça a été particulièrement terrible.

Il avait choisi ses mots avec un soin qui m'a fait monter les larmes aux yeux.

— Elle s'en voulait. Elle ne pouvait pas accepter le fait que ce qui était arrivé… (sa voix s'est fêlée) ce qui était arrivé à Daniel était un accident. Elle s'est mis dans la tête qu'elle en était responsable, d'une certaine façon, qu'elle… qu'elle avait mérité de perdre un enfant.

J'étais muette de stupeur. Non seulement parce que ce dont il me parlait était effroyablement triste, mais aussi et surtout parce qu'il m'en parlait, tout simplement.

— Mon Dieu, mais pourquoi se sentir coupable d'une chose pareille ?

— Je ne sais pas.

— La maladie de Daniel n'était pas héréditaire.

— Non.

— C'était juste… (j'ai cherché mes mots, n'ai trouvé que le néant) une de ces…

Il a fermé son carnet à spirale, en a recouvert mon exemplaire de *L'Homme de boue* d'un geste méticuleux, a posé la petite pile ainsi constituée sur sa table de nuit. Il n'y aurait pas de lecture à haute voix, ce soir-là.

— Tu sais, Edie, parfois, les gens ont des réactions irrationnelles. Du moins, c'est l'impression que ça peut donner, en surface. Mais quand tu fouilles un peu, tu comprends mieux ce qui se passe.

Et je n'ai pu que hocher la tête en signe d'assentiment. Les événements de la journée m'avaient déjà déroutée, bouleversée. Et maintenant, pour couronner le tout, il fallait que ce soit mon père qui me rappelle les subtilités de la condition humaine ? Le monde était sens dessus dessous.

— J'ai toujours pensé que cela avait quelque chose à voir avec sa propre mère et avec une dispute assez grave qu'elles avaient eue des années auparavant, quand Merry n'était qu'une adolescente. Pire qu'une dispute, d'ailleurs, une vraie rupture. Je n'ai jamais vraiment compris ce qui s'était passé, mais quand elle a perdu Daniel, Meredith s'est souvenue de ce que sa mère lui avait reproché.

— Mais mamie n'aurait jamais fait de mal à maman – en tout cas, pas volontairement, tu ne crois pas ?

— Qui sait, Edie, qui sait ? Avec les gens, on a toujours des surprises. Je n'ai jamais aimé la façon dont Rita et ta grand-mère se liguaient parfois contre ta mère. Ça m'a toujours laissé une drôle d'impression. Le fait aussi qu'elles se servaient de toi pour blesser Meredith.

Cette interprétation des relations entre maman et le reste de sa famille m'a étonnée ; plus encore, j'ai été émue par l'affection avec laquelle papa parlait de maman. Rita m'avait fait comprendre que mes parents étaient des snobs, qu'ils n'avaient que mépris pour la famille de maman, mais ce que papa disait m'a donné à réfléchir. La situation était sans doute plus compliquée que ce que j'avais toujours pensé.

— La vie est trop courte pour qu'on la gâche par des disputes, Edie. Du jour au lendemain, on peut disparaître. Je ne sais pas ce qui s'est passé entre ta mère et toi, mais ça la rend malheureuse, et moi aussi. Edie, je ne suis pas encore tout à fait croulant, même si je me remets tout juste d'une crise cardiaque. Ce serait bien de tenir compte de ce que je ressens.

J'ai souri. Lui aussi.

— Fais la paix avec ta mère, Edie, ma chérie.

J'ai hoché la tête.

— Si je veux résoudre cette fichue histoire d'homme de boue, il faut que j'aie l'esprit libre, tu comprends ?

Je suis remontée dans ma chambre et je me suis assise sur le lit, les petites annonces immobilières étalées sur la couverture, dessinant des cercles et des croix sur des appartements que je n'avais pas les moyens de me payer et essayant d'imaginer la Meredith qu'il ne m'avait jamais été donné de rencontrer, celle dont parlait papa, la jeune femme hypersensible et drôle, toujours entre le rire et les larmes. Une énigme, une de plus, dont il ne survivait que ces vieilles photos, clichés carrés aux coins arrondis, aux couleurs douces et chaudes, un peu passées. Meredith en pantalon pattes d'éléphant et chemisier à fleurs, tenant par la main Daniel. Petit garçon, coupe au bol, sandales de cuir aux pieds, qui aimait tant sauter dans la maison et dont la mort allait bientôt la plonger dans un deuil irréparable.

J'ai repensé à ce que papa avait dit. Maman s'était sentie coupable de la mort de Daniel. Je mérite d'avoir perdu un enfant, lui avait-elle dit. Pourquoi ai-je pensé à la lettre que maman avait écrite à ses parents avant de quitter Milderhurst ? Etait-ce la façon dont mon père avait insisté sur ce mot, « perdu » ? Ou l'impression qu'il avait que la culpabilité de maman était liée à la brouille qui l'avait séparée de sa propre mère ? Dispute qui faisait écho à la lettre, bien sûr – la demande qu'elle y faisait de pouvoir rester au château, la conviction qu'elle avait d'avoir enfin trouvé un endroit où elle se ne sentait pas rejetée, différente. Et cette dernière prière : *Maman, tu ne m'as pas « perdue » ; cela fait mal de te l'entendre dire.*

Des liens se nouaient, je le sentais bien. Ce dont mon estomac se fichait bien. Il a émis un gargouillis bien peu cérémonieux, me rappelant qu'il n'avait rien ingéré depuis les lasagnes de Herbert.

La maison était à présent plongée dans le silence. J'ai traversé le couloir sur la pointe des pieds, jusqu'au palier. J'allais descendre lorsque j'ai aperçu la lumière sous la porte de la chambre de maman. J'ai hésité un bref instant. La promesse que j'avais faite à papa me résonnait encore aux oreilles – oh, rien de bien important. Me réconcilier avec maman… La cause était presque désespérée : personne ne sait mieux qu'elle patiner sur la banquise. Et puis j'ai repensé à la tendresse dans la voix de papa quand il m'avait parlé d'elle. J'ai serré les poings d'un air résolu et j'ai frappé tout doucement sur le battant de la porte. Pas de réponse. Je suis sauvée, ai-je lâchement pensé. Mon soulagement a été de brève durée.

— Edie ? C'est toi ? a chuchoté maman.

J'ai poussé la porte. Maman était assise dans son lit, avec, au-dessus de la tête, mon tableau favori – la pleine lune métamorphosant en mercure une mer noire comme la poix. Les lunettes en équilibre instable sur le bout de son nez, elle avait un livre coincé entre les genoux, *Les Derniers Jours de Paris*. Elle a levé vers moi un regard inquiet, nerveux.

— J'ai vu la lumière sous la porte.

— Je n'arrive pas à dormir.

Elle a incliné la couverture du livre.

— Parfois, ça peut aider de lire quelques pages.

J'ai fait oui de la tête. Le silence s'est installé, donnant à mon estomac toute latitude pour se manifester le plus bruyamment possible. J'allais me lever et balbutier je ne sais quelle excuse, prélude à une fuite vers la cuisine, lorsque maman a enfin parlé.

— Ferme la porte, Edie.

Je me suis exécutée.

— C'est gentil. Viens, assieds-toi un moment.

Elle a ôté ses lunettes et les a suspendues par la chaînette au dossier du lit. Je me suis assise à l'autre bout, tout contre les barreaux, comme je le faisais enfant, les matins d'anniversaire.

— Maman, je…

— Tu n'avais pas rêvé, Edie.

Elle a refermé le livre sur son marque-page, ne l'a pourtant pas reposé sur la table de nuit.

— Nous sommes revenues toutes les deux à Milderhurst, il y a bien longtemps.

Soudain, les larmes me sont montées aux yeux.

— Tu étais une toute petite fille à l'époque. Je ne pensais pas que tu t'en souviendrais. Nous n'y sommes pas restées bien longtemps. En fait, je n'ai pas eu le courage de franchir les grilles du château.

Elle a serré *Les Derniers Jours de Paris* contre sa poitrine, prenant soin d'éviter mon regard.

— J'ai eu tort de te faire croire que tu avais imaginé toute cette histoire. Simplement, quand tu m'en as parlé, j'ai été si… si profondément bouleversée. Je ne m'y attendais pas. Je ne voulais pas te mentir. Tu me pardonnes ?

Est-il possible de résister à une telle demande ?

— Bien sûr, maman.

— J'ai tant aimé Milderhurst, a-t-elle murmuré, les paupières à demi baissées. J'aurais voulu ne jamais quitter le château.

— Oh, maman.

Je brûlais de l'envie de lui tendre la main, de la toucher.

— Et je l'ai aimée si fort, elle aussi… Juniper, Juniper Blythe.

Elle m'a regardée droit dans les yeux alors, et son visage avait une expression si solitaire, si désemparée, que je me suis mordu les lèvres pour me retenir de pleurer.

— Parle-moi de Juniper, maman.

Il y a eu un silence, si long, si lourd ; je voyais bien au regard de maman qu'elle était loin… loin d'ici, loin du présent.

— Elle était… unique. Je n'avais jamais rencontré quelqu'un comme elle.

Maman a chassé de son front une mèche invisible.

— Une enchanteresse. Et je le dis le plus sérieusement du monde. Elle m'a ensorcelée, Edie.

J'ai pensé à cette femme aux cheveux d'argent que j'avais rencontrée dans les sombres couloirs de Milderhurst, à ce visage hagard qu'un sourire avait métamorphosé, aux lettres d'amour fou dont avait parlé le vieux Theo Cavill. A la fillette de la photographie, surprise par le photographe et le regardant de ses grands yeux trop écartés.

— Tu ne voulais pas rentrer à la maison, tu voulais rester à Milderhurst.

— Oui.

— Tu voulais rester avec Juniper.

— Oui.

— Et mamie était furieuse.

— Ah ça, oui. Cela faisait des mois qu'elle me demandait de rentrer, mais j'avais… j'avais pu la convaincre de me laisser rester encore un peu. Puis il y a eu le Blitz ; ils étaient rassurés de me savoir en sécurité, je crois. Malgré tout, elle a envoyé mon père me chercher ; et je ne suis jamais retournée au château. Mais j'y ai repensé sans cesse. Sans cesse.

— Pensé à quoi ? A Milderhurst ?

— Non, pas seulement. A Juniper et à M. Cavill.

J'avais la chair de poule. Je me suis cramponnée aux barreaux du lit.

— Thomas Cavill. C'était le nom de mon instituteur. Je l'adorais. Ils s'étaient fiancés, Juniper et lui, et après mon départ, je n'ai plus jamais eu de leurs nouvelles.

— Jusqu'en février dernier, jusqu'à ce que cette lettre perdue arrive ?

Maman a sursauté.

— Oui, la lettre de... de Juniper.

— La lettre qui t'a fait pleurer.

— Oui, a-t-elle dit, d'une voix si basse que j'ai pensé qu'elle allait de nouveau céder aux larmes. Mais ce n'était pas parce que la lettre était triste, Edie. Elle ne l'était pas, non, pas vraiment. Ce qui m'a bouleversée, c'est tout ce temps... passé, perdu. Je croyais qu'elle avait oublié.

— Oublié quoi, maman ?

— Mais qu'elle m'avait oubliée, moi ! Je croyais qu'ils s'étaient mariés et qu'ils m'avaient complètement oubliée.

— Ce qui n'était pas le cas.

— Non.

— Ils ne se sont jamais mariés, maman.

— Oui, bien sûr, mais je ne l'ai pas compris avant que tu m'en parles. Tout ce que je savais, c'était qu'ils ne m'avaient plus jamais donné de nouvelles. J'avais envoyé quelque chose à Juniper, quelque chose d'extrêmement important pour moi, et j'attendais sa réponse. J'ai attendu pendant des jours et des jours ; je n'arrêtais pas d'aller voir à la porte s'il y avait du courrier. Rien. Elle n'a jamais répondu.

— Et tu ne lui as pas écrit ? Tu n'as pas essayé de savoir ce qui s'était passé ? Elle n'avait peut-être rien reçu ?

— Ça m'a souvent traversé l'esprit, mais je ne voulais pas avoir l'air d'insister. Et puis un jour, j'ai croisé une des sœurs de M. Cavill à l'épicerie, et elle m'a dit qu'il avait quitté Londres et qu'il s'était marié, sans en parler à personne.

— Oh, maman. J'ai mal pour toi.

Elle a posé le livre sur la couverture du lit d'un geste lent.

— Tu ne peux pas savoir à quel point je les ai haïs après ce moment-là ! J'étais blessée, en lambeaux. Edie, être rejeté par quelqu'un qu'on aime, c'est pire qu'un cancer. Ça te dévore petit à petit.

Je me suis rapprochée pour lui prendre la main ; elle s'y est agrippée. Ses joues ruisselaient de larmes.

— Je la haïssais, et cependant je ne pouvais pas m'empêcher de l'aimer encore ; et j'avais mal, si mal !

Elle a plongé la main dans la poche de sa robe de chambre et en a tiré une enveloppe, qu'elle m'a tendue.

— Et puis… ceci. Cinquante ans plus tard.

C'était la lettre perdue, la lettre de Juniper. Je l'ai prise des mains de maman, qui ne pouvait plus articuler un mot. Voulait-elle que je la lise ? J'ai lu la réponse dans ses yeux brillants de larmes.

Les doigts tremblants, j'ai ouvert l'enveloppe.

Ma très chère Merry,

Oh, ma spirituelle, ma talentueuse poulette ! Ta nouvelle est bien arrivée et j'ai pleuré en la lisant. Quel texte magnifique ! Joyeux et horriblement triste, et si finement, si joliment observé ! Tu es vraiment une demoiselle pleine d'esprit. Et de droiture, Merry. Il y a dans ton écriture une vérité à laquelle beaucoup aspirent, mais que peu atteignent. Il faut continuer sur ta lancée ; il n'y a aucune raison que tu ne puisses pas accomplir ce pour quoi tu es faite. Rien ne peut t'en empêcher, ma jeune amie !

J'aurais adoré pouvoir te dire tout cela en personne, te rendre ton manuscrit dans le parc, sous cet arbre que le soleil pare de mille diamants, tu sais ? Hélas, je ne vais pas pouvoir revenir de sitôt à Londres, comme je l'avais prévu. Les événements ici ne se sont pas déroulés comme prévu. Je ne peux pas t'en dire plus, sinon qu'il est préférable que je reste à la maison, pour le moment. Tu me manques, Merry. Tu as été ma première et ma seule amie, te l'ai-je jamais dit ? Je repense souvent aux mois que nous avons passés ensemble, et surtout à cette après-midi sur le toit. Tu te souviens ? Tu n'étais pas arrivée depuis bien longtemps et tu n'avais pas osé me dire que tu avais le vertige. Tu m'as demandé de quoi j'avais peur, moi, et je t'ai répondu. Je n'ai jamais parlé de mes peurs à quelqu'un d'autre que toi.

Au revoir, ma poulette,
Plein de bises et plein d'amour,
Juniper

Je l'ai lue et relue, impossible de m'en empêcher, déchiffrant l'écriture hâtive et penchée de Juniper. Il y avait dans cette lettre tant de détails intrigants ! Mais un, surtout, obsédant. Maman m'avait montré la lettre de Juniper pour que je comprenne mieux de quoi avait été faite leur amitié. La seule chose à laquelle je pensais, cependant, c'était à la relation que j'avais avec maman. J'ai passé toute ma vie d'adulte immergée avec ravissement dans le monde des lettres, dans les manuscrits. A table, le soir, je ne parlais que de cela, même si je savais bien que mes parents ne m'écoutaient que d'une oreille distraite. Depuis ma plus tendre enfance, j'avais l'impression d'être une sorte de phénomène. Pas une seule fois maman n'avait fait allusion à ses aspirations littéraires. Rita m'en avait touché un mot, bien sûr, mais jusqu'à cette soirée d'été, la lettre de Juniper à la main, et maman qui m'épiait avec inquiétude, je n'y avais pas vraiment cru. J'ai rendu la lettre à maman, j'ai essayé de me débarrasser de la boule de ressentiment qui s'était formée dans ma gorge.

— Tu écrivais, maman ?

— C'était un rêve d'enfance. Ça m'a passé.

A la façon dont elle a détourné les yeux, soudain, j'ai compris qu'elle ne me disait pas toute la vérité. J'aurais voulu lui poser d'autres questions, lui demander si elle avait continué à écrire, si elle avait gardé ses textes, si je pourrais, un jour, peut-être, les lire. Ses yeux étaient retombés sur la lettre de Juniper avec une expression si peinée que je n'ai pas osé insister.

— Vous étiez de très bonnes amies, ai-je simplement constaté.

— Oui.

Je l'aimais tant, avait dit maman. *Tu as été ma première et ma seule amie,* avait écrit Juniper. Comment avaient-elles pu passer toutes ces années sans essayer de se revoir ? Cinquante ans, un demi-siècle ! J'ai poursuivi ma triste petite enquête avec un luxe de précautions.

— Il y a des choses qui ne sont pas très claires dans la lettre. Qu'est-ce que Juniper veut dire quand elle parle des événements au château ?

— J'imagine qu'il s'agit de Thomas… de Thomas qui s'était enfui avec une autre femme. C'est toi qui m'en as parlé.

C'était en effet ce que j'avais pensé, jusqu'à ma rencontre avec Theo Cavill. Mais ça ne tenait plus debout.

— Et ce qu'elle dit à la fin ? Quand elle parle de ses craintes ? Tu sais de quoi il s'agit ?

— C'est assez curieux, en effet. Je pense qu'elle s'est souvenue de cette conversation parce que c'était une illustration de notre amitié. Nous étions tout le temps fourrées ensemble, nous faisions des tas de choses… Je ne sais pas pourquoi elle voulait me parler de cela, précisément.

Maman a levé vers moi un regard sincère, troublé.

— Juniper était une créature intrépide ; ce qui fait peur à la plupart des gens la laissait indifférente. La seule chose qu'elle craignait, c'était, d'après ce qu'elle m'a dit ce jour-là, sur le toit, de devenir comme son père.

— Raymond Blythe ? Pourquoi ?

— Elle ne m'a jamais donné d'autres explications. C'était un vieux monsieur à l'esprit malade et, comme Juniper, un écrivain. Si j'ai bien compris, il s'est mis dans la tête, en vieillissant, que ses personnages avaient pris vie et qu'ils lui voulaient du mal. Un jour, je me suis trompée de couloir, et je suis tombée sur lui. C'était une présence assez terrifiante. Peut-être était-ce à cela qu'elle faisait allusion.

L'hypothèse de maman était convaincante. Je me suis remémoré la visite à Milderhurst, les rumeurs qui couraient sur Juniper. Les trous de mémoire dont elle souffrait, pendant lesquels elle faisait des choses qu'elle ne pouvait expliquer. Voir son père sombrer dans la démence sénile devait être un spectacle peu rassurant pour une jeune fille dont l'esprit avait de si inquiétants caprices. Hélas, ses craintes étaient fondées.

Maman s'est passé la main dans les cheveux avec un lourd soupir.

— J'ai tout gâché, Edie. Juniper, Thomas, et maintenant toi qui consultes les petites annonces immobilières à cause de moi.

— Ah ça, maman, c'est complètement faux, ai-je répliqué, le sourire aux lèvres. Je cherche un appartement à louer parce que j'ai trente ans et que je ne peux pas rester chez mes parents jusqu'à la fin de mes jours, même si le thé est bien meilleur quand c'est toi qui le prépares.

Elle a souri, elle aussi ; j'ai senti ma poitrine se soulever d'une affection sans bornes – un sentiment tiré comme par miracle de son profond et long sommeil.

— Non, c'est moi qui ai tout gâché. Je n'aurais jamais dû lire tes lettres, maman. Tu me pardonnes ?

— Edie ! Cela va sans dire, ma chérie.

— Je voulais juste apprendre à te connaître, maman.

Elle a frôlé ma main d'une caresse légère comme une plume. Elle avait compris ; elle avait pardonné.

— Edie, tu sais, j'entends d'ici ton estomac se rebeller. Descendons à la cuisine ; je vais te préparer un bon petit souper.

Une invitation, une réédition

Je n'arrivais toujours pas à me sortir cette histoire de l'esprit. Juniper et Thomas. Que s'était-il passé entre eux ? Connaîtrais-je jamais le fin mot de l'histoire ? Il s'est alors produit un événément qui nous a pris au dépourvu. C'était un mercredi, à l'heure du déjeuner. Herbert, Jess et moi rentrions de notre promenade rituelle dans les jardins de Kensington. Je crains que cette description, dans sa sobriété, ne vous fasse pas comprendre ce que la chose impliquait. Jess déteste marcher ; comme la plupart des chiens, elle n'a aucune inhibition, et n'hésite pas à nous faire comprendre l'étendue de son désaccord en s'arrêtant tous les dix mètres pour aller renifler le caniveau, poursuivant des odeurs plus mystérieuses les unes que les autres.

Herbert et moi, ce mercredi-là, faisions le pied de grue en attendant la fin d'une de ces sessions d'analyse olfactive.

— Comment va la vie sur le front domestique, chère enfant ?

— Plutôt bien, Herbert, je te remercie.

Je lui ai fait un rapide résumé des derniers rebondissements.

495

— Je ne veux pas trop m'avancer, mais je crois que nous sommes à la veille d'un réchauffement permanent.

— Et tes projets de déménagement ? Sont-ils gelés ?

Il a tiré sur la laisse de Jessie, qui avait plongé le nez dans une flaque de boue à l'odeur plus que douteuse.

— Mon Dieu, non. Mon père parle de m'offrir une robe de chambre avec mon nom brodé sur le dos. Il veut même installer une troisième patère dans la salle de bains, dès qu'il sera en état de bricoler. Si je ne pars pas dans les semaines qui viennent, je risque fort, je le crains, de finir mes jours dans la maison de mes parents.

— Brrr. Lugubre perspective ! Tu as vu quelque chose dans les petites annonces ?

— J'ai vu des tas de choses. Hors de prix. D'ailleurs, j'ai l'intention de demander une augmentation substantielle à mon patron.

— Ton pronostic ?

J'ai esquissé un geste de doute comique. Herbert a souri, m'a confié la laisse de Jess et a sorti un paquet de cigarettes de la poche de son veston.

— Il est possible en effet que ton patron ne puisse t'accorder cette augmentation. En revanche, il a une idée.

— De quel genre ?

J'avais haussé le sourcil.

— Une idée du genre intéressant, je crois.

— Vraiment ?

— Patience, ma très chère Edie, patience !

Il m'a fait un clin d'œil à travers le nuage de fumée de sa cigarette.

Quand nous sommes rentrés, le postier était en train de pousser le courrier dans la fente de la porte. Herbert a touché le bord de son chapeau et s'est emparé du paquet de lettres. Il a ouvert la porte ; Jess, comme à son habitude, s'est ruée sur son trône capitonné, au pied du bureau de son maître, et s'y est allongée en une pose artistique avant de nous jeter un regard lourd d'indignation.

Herbert et moi avons aussi nos petites manies, si bien que lorsqu'il a fermé la porte en me demandant, comme toujours, « La passoire ou le coupe-papier, Edie ? », j'étais déjà dans la cuisine.

— Je fais le thé, Herbert. A toi le courrier.

Herbert avait préparé le plateau avant notre promenade (il est très à cheval sur ce genre de choses) ; une pile de scones tiédissait douillettement sous un torchon à carreaux. Tandis que je versais crème fraîche et confiture maison dans des coupelles prévues à cet effet, Herbert m'a lu quelques extraits de la correspondance du jour.

— Oh oh !

Je venais tout juste de rentrer dans le bureau, portant le plateau à bout de bras.

— Quoi de neuf, Herbert ?

Il a replié la lettre qui lui avait arraché cette exclamation et m'a regardée.

— Une offre d'emploi, il me semble.

— Qui te la fait ?

— Une maison d'édition qu'on pourrait qualifier de grande.

— Quel culot !

J'ai posé le plateau sur un coin de son bureau et j'ai servi le thé.

— J'ose espérer que tu prendras soin de leur rappeler que tu as déjà le poste de tes rêves.

— Je n'y aurais pas manqué, cela va de soi. Mais l'offre ne m'est pas destinée. C'est toi qu'ils réclament, Edie. Toi et personne d'autre.

Cette maison d'édition qui me voulait à tout prix n'était autre que celle qui détenait les droits de *La Véridique Histoire de l'Homme de boue*. Herbert m'a lu la lettre, une tasse de darjeeling brûlant et un scone recouvert d'une épaisse couche de confiture à portée de main. Lue et relue. Puis traduite en termes simples. Même si je travaillais depuis plus de dix ans dans l'édition, j'étais si abasourdie que je n'arrivais pas à comprendre ce qu'il me disait. Les choses étaient pourtant simples : une nouvelle édition de *L'Homme de boue* devait sortir pour commémorer la première parution, soixante-quinze ans plus tôt, du roman. Les éditeurs de Raymond Blythe me proposaient d'en écrire l'introduction.

— Tu es en train de te moquer de moi, ai-je dit à Herbert, qui a secoué la tête. Voyons... C'est tellement... improbable ! Pourquoi moi ?

— Je ne sais pas.

Il a retourné la lettre et constaté que le verso était vierge. M'a regardée avec des yeux que ses verres épais grossissaient à l'extrême.

— Ils ne donnent aucune explication.

— C'est curieux, tout de même.

Un frisson a couru en vagues successives sous ma peau ; les fils invisibles qui me reliaient à Milderhurst s'étaient soudain tendus.

— Qu'est-ce que je fais, Herbert ?

Il m'a tendu la lettre.

— Pourquoi ne pas commencer par appeler au numéro indiqué, chère enfant ?

La conversation que j'ai eue avec Judith Waterman, l'une des responsables éditoriales de Pippin Books, a été courte et plutôt délectable.

— Je vais être franche avec vous, m'a-t-elle dit après que j'ai décliné mon nom et le motif de mon appel. Nous avions passé un contrat avec un autre auteur pour cette fameuse introduction, et nous étions jusqu'ici ravis de son travail. Mais pas les filles de Raymond Blythe. C'est devenu un véritable embrouillamini, cette histoire ; de plus, nous aimerions pouvoir boucler le manuscrit au début de l'an prochain, si bien que le temps presse. La nouvelle édition est en chantier depuis des mois ; notre auteur a déjà mené un certain nombre d'entretiens ; son manuscrit est très avancé, et voilà que les demoiselles Blythe sans crier gare nous appellent pour nous dire qu'elles ne sont plus d'accord avec cet arrangement.

Une péripétie que je n'avais aucun mal à imaginer ; Percy Blythe pouvait pousser très loin l'esprit de contradiction.

— Cela dit, nous tenons absolument à sortir cette nouvelle édition. Nous venons de lancer une collection dont le but est de remettre en lumière des textes classiques en leur adjoignant des introductions qui relèvent plutôt de l'essai biographique. Un éclairage nouveau. *La Véridique Histoire de l'Homme de boue* est l'un de nos ouvrages les plus connus, c'est un choix idéal pour l'office de mai.

Je me suis rendu compte que je hochais vigoureusement la tête, comme si Judith Waterman et moi nous
trouvions dans la même pièce.

— Je comprends parfaitement votre problème. Mais
je ne vois pas très bien comment je peux…

— Le problème, m'a interrompue Judith, semble
venir de l'une des trois sœurs. Persephone Blythe. Ce à
quoi nous ne pouvions guère nous attendre, étant donné
que l'accord initital nous avait été donné par sa sœur
jumelle. Quoi qu'il en soit, elles ne veulent plus
entendre parler de l'affaire, et comme elles détiennent
les droits moraux à défaut du copyright, tout est bloqué.
Je leur ai rendu visite en personne il y a quinze jours ;
Dieu merci, elles ont consenti à ce que nous reprenions
le projet, mais avec un autre préfacier, quelqu'un qui
puisse travailler avec leur accord.

Un silence, pendant lequel j'ai entendu Judith boire
quelque chose. Puis :

— Nous leur avons par conséquent envoyé une
longue liste de noms, avec notices biographiques et
extraits d'œuvres. Elles nous ont renvoyé le pli sans
même se donner la peine de l'ouvrir. Et Persephone
Blythe nous a recontactés pour exiger que ce soit vous.

Le doute persistait.

— Moi ? Vraiment ?

— Vous et personne d'autre. Absolument.

— Vous devez savoir que je ne suis ni écrivain ni
même auteur.

— Bien sûr, a dit Judith, et c'est ce que je leur ai
expliqué. Cela n'a pas eu l'air de les troubler. De toute
évidence, elles vous connaissent ; elles savent qui vous
êtes et ce que vous faites. Plus important encore, il
semble que vous soyez la seule personne dont elles

veulent bien tolérer la présence, ce qui réduit considérablement nos possibilités. Soit vous écrivez l'introduction, soit le projet ne se fait pas.

— Je vois.

— Ecoutez (un bruit de feuilles froissées, dénotant
une activité redoublée). Je suis certaine que vous allez
faire du bon travail. Vous êtes dans l'édition, vous
savez ce qu'est une phrase bien écrite… J'ai appelé un
certain nombre de vos clients et ils m'ont tous chanté
vos louanges.

— Vraiment ?

Odieuse vanité, toujours à mendier les compliments !
Judith n'a pas saisi la perche que je lui tendais.

— Ce qui, pour nous, est bien sûr un plus. Nous
avons notre petite idée sur la question, chez Pippin.
Nous nous demandons si les sœurs ne se sont pas
décidées à dévoiler quelques informations sur les
sources du roman, ce qui expliquerait leurs exigences.
Je crois qu'il est inutile de vous faire un dessin : si nous
sommes capables de découvrir la véritable histoire de
ce livre, ce sera un coup éditorial fantastique.

Inutile, en effet. Papa était déjà parti en chasse.

— Eh bien, mademoiselle Burchill. Qu'en
dites-vous ?

Ce que j'en disais ? J'avais été choisie par Percy
Blythe. On me demandait d'écrire une introduction à
L'Homme de boue, de m'entretenir avec les sœurs
Blythe, de retourner les voir dans leur château. Il n'y
avait guère qu'une seule réponse possible.

— Très bien, j'accepte.

— Tu sais, j'étais à la première de la pièce, m'a dit Herbert après que je lui ai raconté la conversation avec Judith Waterman.

— L'adaptation de *L'Homme de boue* ?

Jess s'est confortablement installée sur ses pieds.

— Je ne t'en avais jamais parlé ?

— Pas que je m'en souvienne.

Ce qui n'avait rien d'étonnant, contrairement aux apparences. Les parents de Herbert étaient des gens de théâtre ; il avait passé une bonne partie de son enfance tout près des feux de la rampe.

— Je devais avoir douze ou treize ans, et si je m'en souviens si clairement, c'est que c'est l'un des spectacles les plus extraordinaires auxquels il m'ait été donné d'assister. Merveilleux en tous points. Le décor du château avait été construit au milieu de la scène, sur une sorte de disque surélevé et incliné vers le public, de sorte que la tour pointait vers la salle, et que nous pouvions voir tout ce qui se passait dans la chambre où dormaient Jane et son frère, par la fenêtre des combles. Le bord du disque figurait les douves, éclairées par en dessous. Quand l'Homme de boue a surgi des eaux, et quand il a commencé à grimper le long des murs du château, de longues ombres se sont formées jusque dans la salle, comme si la boue, l'humidité et les ténèbres dont le malheureux était recouvert tendaient vers nous leurs mains glacées.

Un frisson m'a secouée, et j'ai eu droit à un regard méfiant de Jess.

— Brrr ! C'est le matériau dont on tire les pires cauchemars ! Rien d'étonnant à ce que la scène soit restée gravée dans ton esprit.

— Bien sûr. Mais il n'y avait pas que ça. Si je m'en souviens si bien, c'est aussi à cause de l'incident de la soirée.

— Un incident ?

— J'avais un siège sur le côté, ce qui m'a permis de ne pas en rater une miette. Il y a eu à un certain moment une grande confusion dans la loge de l'auteur. Des gens se sont levés, un enfant a pleuré, quelqu'un visiblement s'est senti mal. Ils ont même fait appeler un médecin et sont sortis de la loge.

— Quand tu parles de l'auteur… La loge était occupée par la famille Blythe, donc ?

— Oui, sans doute ; mais je dois t'avouer que je me suis désintéressé de la question une fois l'incident réglé. Le spectacle a continué, comme il se doit. Je ne sais même pas si les journaux en ont parlé le lendemain. Mais pour un petit garçon comme moi, c'était très excitant, bien sûr.

— Et tu as eu le fin mot de l'histoire ?

M'étaient revenues à la mémoire Juniper et ses fameuses absences.

Il a secoué la tête et vidé sa tasse d'une seule gorgée.

— Non, ce n'était qu'une péripétie théâtrale parmi tant d'autres.

Il s'est fourré une cigarette entre les lèvres, a grimacé tout en inhalant.

— Assez parlé de moi. Que dis-tu de cette convocation au château, jeune Edie Burchill ? Quelle aventure, hein !

Ce à quoi j'ai répondu par un sourire rayonnant, irrépressible, lequel a bien vite laissé place à une grimace gênée.

— Herbert, je ne peux pas m'empêcher de penser à ce pauvre homme dont les sœurs Blythe n'ont pas voulu.

Herbert a balayé l'objection d'un geste large ; un flocon de cendre est tombé sur le tapis.

— Edie, tu n'y es pour rien. C'est toi que Percy Blythe voulait. Elle a ses manies, c'est humain.

— Humain ? La concernant, j'ai parfois des doutes.

— Il s'en remettra, va, ce bonhomme, a dit Herbert avec un bon rire. En amour, à la guerre et dans le monde de l'édition, tous les moyens sont bons.

Certes. Si le préfacier congédié par les sœurs Blythe ne devait guère me porter dans son cœur, il avait, de toute évidence, refusé de céder à la tentation du conflit.

— Il a proposé de me transmettre ses notes, d'après ce que dit Judith Waterman. Elle les enverra par coursier cette après-midi.

— Ma foi, c'est très élégant de sa part.

Sans conteste, me suis-je dit ; soudain, une idée moins agréable m'a traversé l'esprit.

— Dis-moi, Herbert, je vais être absente quelques jours. Tu vas t'en sortir avec tout ce qu'il y a à faire ?

— Oh, ça va être terrible, a-t-il répondu, feignant le désespoir. Quatre jours ! Deux fois quarante-huit heures ! Je ferai de mon mieux, je te le promets.

Je lui ai répondu par une grimace.

Il s'est levé, a passé les mains sur les poches de son veston, à la recherche de ses clefs de voiture.

— Non, ce qui me désole, c'est que Jessie et moi avons rendez-vous avec le véto cette après-midi, et que je ne serai pas là quand le pli arrivera. Fais-moi une sélection des meilleurs extraits, tu veux ?

— Bien sûr !

Il a fait se lever Jess puis s'est penché sur moi et a pris mon visage entre ses mains, d'un geste si ferme et si tendre que j'ai senti contre ma peau toute la vie qui les animait.

— Ma belle enfant, va et brille de tous tes feux ! s'est-il exclamé avant de déposer un baiser piquant sur chacune de mes joues.

Le paquet des éditions Pippin est arrivé tard dans l'après-midi, par coursier, alors que je fermais boutique. Pourquoi ne pas l'emporter à la maison et prendre le temps d'en découvrir le contenu, tranquillement, en professionnelle avisée ? Ah, et puis zut ! J'ai ressorti mes clefs, rouvert la porte et rallumé la lumière. Puis je me suis ruée dans mon bureau en déchirant le haut de l'enveloppe.

En libérant l'énorme liasse de documents qu'elle contenait, j'ai fait tomber deux cassettes audio. Il y avait plus de cent pages, jointes par deux gros clips métalliques. Judith Waterman y avait adjoint une lettre d'explication, incluant une présentation du projet.

Pippin Books lance une nouvelle collection qui va faire date, New Pippin Classics. Son but est de faire découvrir ou redécouvrir une sélection des grands classiques de la littérature britannique. Edition reliée, nouvelles couvertures assorties, introductions inédites, retraçant la biographie de l'auteur : la collection NPC a de belles années devant elle. Tous les titres seront numérotés, pour accentuer l'effet collection. Numéro 1 : La Véridique Histoire de l'Homme de boue, *de Raymond Blythe.*

Judith avait ajouté quelques mots de sa main à la fin de la lettre : *Edie, vous avez bien sûr carte blanche, mais je tenais à vous préciser que dans nos discussions préliminaires sur ce projet, nous nous sommes posé la question suivante. Le sujet Raymond Blythe a été déjà largement exploité ; demeure le mystère de son inspiration. Ne serait-il pas intéressant d'écrire cette introduction du point de vue des trois sœurs : essayer de décrire quelles ont pu être la vie, les expériences de ces enfants dans le lieu où est né l'Homme de boue.*

Vous verrez dans les documents joints que l'auteur que nous avions choisi, Adam Gilbert, a déjà couché sur le papier des descriptions détaillées de ses visites au château, des impressions variées. Vous avez toute latitude pour vous en inspirer. Cependant, vous aurez sans doute envie de mener votre propre enquête. A vrai dire, Persephone Blythe s'est montrée étonnamment généreuse sur cette question, puisqu'elle a suggéré que vous passiez au château pendant votre séjour à Milderhurst. (Il va sans dire que si, par bonheur, elle vous donnait quelque indication que ce soit sur les sources du roman, nous serions ravis que vous vous en serviez dans l'introduction !)

Le budget n'est pas colossal mais il nous reste assez pour vous défrayer d'un court séjour dans le village même. A vous de choisir l'hébergement qui vous convient, mais je tiens à vous préciser que nous avions un accord avec Mme Marilyn Bird et son Home Farm Bed & Breakfast. Adam nous a dit le plus grand bien de l'endroit, propre et bien tenu ; le prix inclut les repas. Mme Bird nous a confirmé qu'elle avait une chambre libre pour quatre nuits à compter du 31 octobre. Merci

de me faire savoir rapidement si vous souhaitez que
nous réservions ladite chambre.

J'ai retourné la lettre, caressé la couverture des notes d'Adam Gilbert et me suis brièvement abandonnée à l'ivresse du moment. Je crois même me souvenir que j'ai souri en tournant la première page ; ce qui est certain, c'est que je me suis mordu la lèvre inférieure tellement fort que je m'en souviens encore.

Il m'a fallu quatre heures pour tout lire, quatre heures au bout desquelles j'avais quitté mon tranquille bureau londonien – façon de parler, bien sûr. Mon enveloppe corporelle était toujours chez Brown & Billing, mais mon esprit, lui, avait rejoint les couloirs labyrinthiques du sombre château, les trois sœurs qui y vivaient, leur père, cette figure plus grande que nature, et le manuscrit qui deviendrait un jour un livre, lequel deviendrait un jour un classique.

J'ai reposé le manuscrit, reculé ma chaise et me suis étirée. Puis je me suis levée et j'ai continué ma petite gymnastique. J'avais le bas du dos coincé, ce qui venait sans doute de la position que j'avais adoptée, les pieds croisés sur le bureau. Il m'a fallu un certain temps pour me débarrasser de cette sensation. Avec le temps, certaines pensées sont lentement remontées à la surface. Deux choses m'avaient frappée. Tout d'abord, le formidable travail qu'avait accompli Adam Gilbert. Visiblement, toutes ses notes avaient été transcrites à la virgule près à partir des enregistrements qu'il avait effectués et tapées sur une machine à écrire ancien modèle, puis annotées à la main d'une écriture parfaitement lisible lorsque la nécessité s'en faisait sentir ; le tout témoignant d'un tel luxe de détails qu'on avait vraiment l'impression de lire une pièce de théâtre plutôt qu'une interview ; il avait même inséré des indications visuelles entre crochets, relevant le moindre geste de son interlocuteur. Ce qui rendait plus évidente encore l'autre caractéristique de ces notes. Il y manquait quelque chose, ou plutôt quelqu'un. Je me suis accroupie dans mon fauteuil, j'ai rapidement feuilleté les quelque cent pages de notes, recto verso. Le nom de Juniper Blythe n'apparaissait nulle part.

J'ai pianoté pensivement sur la couverture du manuscrit de Gilbert. Quoi d'étonnant à cela, au fond ? Il avait déjà rassemblé tant d'éléments. De surcroît, elle était née après la publication du roman, et puis elle était Juniper… Tout de même, il y avait quelque chose qui clochait dans cette absence. Et quand ça cloche, la perfectionniste qui sommeille au fond de moi s'agite. Ce que je n'aime pas. Les sœurs Blythe étaient trois. Leur histoire ne pouvait s'écrire – ne *devait* s'écrire – sans la voix de Juniper.

Les coordonnées d'Adam Gilbert étaient tapées à la machine au bas de la couverture du manuscrit, et j'ai tergiversé à peu près dix secondes (c'est le temps qu'il m'a fallu pour décider s'il était ou non correct d'appeler à vingt et une heures trente quelqu'un dont l'adresse était Little Bellbird Cottage, Tenterden) avant d'empoigner le téléphone et de composer son numéro.

— Allô, m'a répondu une voix de femme. Mme Button à l'appareil.

Il y avait quelque chose dans sa voix lente et mélodieuse qui me rappelait les demoiselles du téléphone que l'on voit à l'œuvre dans les films de guerre.

— Allô, ai-je répondu, hésitante. Ici Edie Burchill…
Mais je me demande si je n'ai pas fait un mauvais
numéro. Je souhaitais parler à Adam Gilbert.

— Vous êtes bien chez M. Gilbert. Je suis son infirmière, Mme Button.

Son infirmière. Dieu du ciel, il était malade ou
handicapé.

— Je suis navrée de vous importuner à une heure
aussi tardive. Je rappellerai demain, à un moment plus
convenable.

— Mais pas du tout ! M. Gilbert est encore à son
bureau. Je vois d'ici la lumière sous sa porte. Ce qui ne
ferait pas plaisir à son médecin s'il l'apprenait, mais
tant qu'il ne se sert pas de sa jambe malade, je ne peux
rien lui dire. Il est têtu comme une mule. Un instant, je
vous prie. Je vais lui transférer votre appel.

J'ai entendu le combiné retomber avec un bruit creux
sur la tablette, puis des bruits de pas qui s'éloignaient.
Un toc-toc sur une porte, une conversation indistincte ;
la seconde d'après, Adam Gilbert a décroché.

Après que je me suis présentée et excusée pour la
façon plutôt curieuse dont nos trajectoires se croisaient,
il y a eu un long silence de son côté.

— A vrai dire, je ne savais même pas avant ce jour ce
que Pippin Books était en train de préparer. Je n'ai pas
la moindre idée de la raison pour laquelle Percy Blythe
fait maintenant obstruction.

Adam Gilbert ne réagissait toujours pas.

— J'en suis très sincèrement navrée, croyez-le bien.
Je ne sais vraiment pas ce qui s'est passé. Je ne l'ai
rencontrée qu'une fois, une ou deux heures à peine.
C'est une situation regrettable.

Je parlais pour ne rien dire, je m'en rendais bien compte. J'ai donc résolu de me taire.

A mon grand soulagement, il a fini par me répondre, d'une voix infiniment lasse.

— Soit, soit, Edie Burchill. Je ne vous en veux pas du tout de m'avoir volé ma place. Et je vous pardonne, allez. A une seule condition. Si vous trouvez quoi que ce soit sur ce qui a inspiré *L'Homme de boue* à Raymond Blythe, je veux être le premier informé.

Papa serait furieux.

— Bien sûr, monsieur Gilbert.

— Parfait. Que puis-je pour vous ?

Je lui ai expliqué que je venais de terminer la lecture de ses notes et je l'ai complimenté sur leur précision.

— Mais je me pose tout de même une question... La troisième sœur, Juniper. Elle n'apparaît plus dans vos entretiens.

— Vous avez raison.

Comme l'explication ne venait pas, j'ai insisté.

— Vous ne lui avez pas parlé ?

— Non.

Adam Gilbert n'était décidément pas bavard. La conversation s'avérait plus complexe que prévu. Je l'ai entendu qui toussotait.

— J'ai demandé à pouvoir rencontrer Juniper Blythe, a-t-il fini par dire, mais elle n'était pas disponible... Oh, elle était bien là au sens matériel du terme – elle ne doit pas sortir très souvent du château – mais ses deux aînées ne m'ont pas autorisé à la rencontrer.

Les choses ont commencé à s'éclaircir.

— Elle est en mauvaise santé, d'où, très certainement, cette décision, mais...

— Mais ?

De nouveau un silence, pendant lequel j'avais presque l'impression de le voir chercher ses mots. Enfin, après un soupir épineux :

— J'ai eu l'impression qu'elles cherchaient à la protéger.

— A la protéger de quoi ? De qui ? De *vous* ?

— Non, pas de moi !

— Mais de quel danger, alors ?

— Je n'en sais rien. Comme je vous l'ai dit, c'était plutôt une impression qu'autre chose. Comme si elles se méfiaient de ce qu'elle pouvait dire. De l'image qu'elle pouvait donner.

— L'image de ses sœurs ? L'image de leur père ?

— Oui, peut-être. Ou la sienne propre.

Je me suis alors souvenue de l'étrange impression que j'avais eue au château, du regard que les jumelles avaient échangé quand Juniper m'avait si brutalement interpellée dans le salon jaune, de l'inquiétude de Saffy lorsqu'elle avait découvert sa sœur dans le couloir, en grande conversation avec moi. Juniper alors ne m'avait-elle pas dit quelque chose que je n'aurais pas dû entendre ?

— Mais pourquoi ? ai-je dit tout bas, presque pour moi-même.

La lettre écrite par Juniper à maman m'est alors revenue à la mémoire, les allusions qu'elle y faisait à l'incident qui l'empêchait de revenir à Londres.

— Qu'est-ce que Juniper pourrait avoir à cacher au monde ?

— Hum, a répondu Adam Gilbert en baissant la voix. Je dois vous avouer que je me suis livré à quelques recherches annexes. Plus les deux sœurs étaient fermes dans leur refus de me laisser rencontrer Juniper, plus j'étais intrigué.

— Et qu'avez-vous découvert ?

Il était préférable qu'il ne puisse pas me voir. Dans mon excitation, j'étais pratiquement en train d'avaler le combiné du téléphone.

— Un curieux incident qui remonte à 1935. On pourrait même parler d'une sorte de scandale.

Il a laissé ce mot flotter entre nous avec une sorte de gourmandise, et je l'ai vu comme s'il était devant moi, bien calé dans son fauteuil de bois ajouré, sa veste boutonnée sur son ventre replet, sa pipe au fourneau brûlant calée entre les dents.

Je me suis mise au diapason.

— Un scandale ? De quel genre ?

— On m'a parlé d'une « vilaine affaire » impliquant le fils d'un des employés du château. Un jardinier. Les détails étaient très vagues, et je n'ai pas pu obtenir de confirmation officielle, mais il ressort de tout cela que Juniper et ce jeune homme ont été mêlés à une bagarre et qu'elle l'a proprement rossé.

— Juniper ?

J'ai revu la frêle vieille femme en rose errant dans les couloirs de Milderhurst, la gamine gracile des photos. Une vilaine affaire, disait M. Gilbert ? Risible, surtout.

— Juniper, à treize ans, rosser un jeune homme ?

— C'est ce que j'ai cru comprendre. Naturellement, résumé de cette façon, cela paraît un peu absurde.

— Mais c'est ce que ce garçon a dit ? Qu'il avait été battu comme plâtre par Juniper ?

— Apparemment, lui n'a rien dit de tel. J'imagine qu'aucun garçon n'irait crier sur les toits qu'il a été brutalisé par une gamine qui lui arrivait à peine au menton. C'est sa mère qui est allée au château réclamer justice. D'après ce qu'on dit, Raymond Blythe a payé, en effet. Sous forme d'une prime rondelette accordée au père du garçon, un jardinier qui avait travaillé toute sa vie au château. Ce qui n'a pas suffi à étouffer la rumeur. Plus de cinquante ans après, on en parle encore au village.

Juniper, j'en prenais conscience, était de cette sorte de filles ou de femmes qui attirent les rumeurs. Sa famille était renommée, elle-même était belle, talentueuse – « enchanteresse », disait maman. Mais l'imaginer en train de se battre physiquement avec un homme alors qu'elle avait à peine treize ans ? C'était hautement improbable.

— Bah, ce ne sont sans doute que de vieilles rumeurs sans fondement.

Son ton, plus désinvolte à présent, faisait écho à mes pensées.

— Sans doute rien à voir avec le fait que les sœurs aient fait obstruction. A mon avis, elles voulaient surtout lui épargner la fatigue et la tension d'un entretien. Elle n'est pas en bonne santé, elle n'est pas en confiance avec les gens qu'elle ne connaît pas, et elle n'était pas née à l'époque où son père a écrit *L'Homme de boue*.

— Vous avez sans doute raison, ai-je répondu. Oui, ce n'est pas la peine d'aller chercher midi à quatorze heures.

Déclaration des plus malhonnêtes. Je n'imaginais pas une seconde que les jumelles puissent s'inquiéter de cette vieille histoire avec le fils du jardinier ; et cependant, je ne pouvais pas m'empêcher de penser qu'il y avait autre chose derrière tout cela. J'ai remercié Adam

Gilbert, raccroché… et me suis retrouvée dans ce couloir noyé d'ombre, le regard passant de Juniper à Saffy, de Saffy à Percy, me sentant comme une enfant assez mûre pour percevoir les nuances du jeu, mais incapable de les déchiffrer.

Le jour de mon départ pour Milderhurst, maman est venue me retrouver dans ma chambre, tôt le matin. Le soleil se cachait encore derrière les toits de chez Singer & Fils, mais j'étais réveillée depuis une bonne heure, aussi excitée qu'une gamine au moment de la première rentrée des classes.

— J'ai quelque chose à te donner, m'a-t-elle dit. A te prêter, plutôt. Une chose à laquelle je tiens énormément.

Elle a plongé la main dans la poche de sa robe de chambre et en a tiré un objet, puis elle m'a fouillée un moment du regard.

— Tiens.

C'était un carnet à la couverture de cuir marron.

— Tu disais que tu voulais apprendre à me connaître.

Elle a fait de son mieux pour garder son calme, pour empêcher sa voix de trembler.

— Tout est là, Edie. Elle est là. Celle que j'étais autrefois.

J'ai saisi le carnet, aussi nerveuse qu'une jeune mère qui prend pour la première fois son enfant dans les bras. Pétrifiée par ce trésor que j'avais entre les mains, paralysée à l'idée que je puisse ne serait-ce que l'écorner, stupéfiée, émue, et profondément gratifiée par la confiance de maman. Que dire ? Trop de choses, une accumulation de silence et de questions qui faisait barrage dans ma gorge depuis des années, et qui n'allait pas s'ébranler de sitôt.

— Merci, maman, ai-je réussi à articuler avant que les larmes ne commencent à couler.

Pour seule réponse, elle a levé vers moi un regard tout aussi humide ; au même moment, nous avons tendu les bras l'une vers l'autre et nous sommes enlacées, très fort.

3

20 avril 1940

Quelle ironie. Après un hiver glacial, le printemps avait fait son arrivée avec un grand sourire imbécile ; la journée était splendide, ce que Percy ne pouvait qu'interpréter comme une plaisanterie divine à elle seule destinée. Ce qui fit d'elle, en ce jour et en ce lieu précis, une mécréante : oui, dans l'église du village, à l'extrémité du banc familial, que sa grand-mère avait conçu et que William Morris en personne avait sculpté, tandis que sous ses yeux le pasteur Gordon unissait par les liens sacrés du mariage Harold Rogers et Lucy Middleton. La scène avait la texture vaguement spongieuse du cauchemar, bien qu'on puisse également attribuer une partie de cette impression à la quantité de whisky qu'elle avait consommée avant les festivités.

Harry enveloppa sa jeune épouse d'un regard rayonnant et Percy fut à nouveau frappée par sa beauté. Guère conventionnelle ; ses traits n'étaient pas ciselés, ni même charmeurs ou agréablement ténébreux, non : c'était son extrême bonté qui le rendait beau. Elle l'avait toujours pensé, même lorsqu'elle n'était qu'une gamine, et lui un très jeune homme qui venait régulièrement au château ausculter les horloges. Il y avait quelque chose dans son port de tête, dans la rectitude presque involontaire de ses épaules, qui signifiait clairement qu'il n'était pas homme à se prendre pour ce qu'il n'était pas. Il était d'un naturel peu réactif, tranquille, qui manquait peut-être parfois d'audace mais certainement pas de tendresse ni d'attention aux autres. Enfant, elle l'avait souvent épié, cachée derrière une rampe d'escalier, tandis qu'il redonnait vie aux pendules les plus antiques, les plus renfrognées du château. La remarqua-t-il jamais ? Il n'en laissa rien paraître. En ce beau jour d'avril il ne la voyait pas davantage. Il n'avait d'yeux que pour Lucy.

Lucy, elle, souriait poliment, jouant à merveille le rôle de la femme heureuse d'être enfin unie à l'homme qu'elle aime. Percy avait beau connaître Lucy depuis une éternité, elle ne lui savait pas ce talent de comédienne. Une nausée lui souleva l'estomac. Elle n'avait plus qu'un désir : que ce supplice prenne fin au plus tôt.

Bien sûr, elle aurait pu ne pas venir, feindre la maladie ou quelque mission urgente liée à l'effort de guerre, mais on aurait jasé au village. Lucy travaillait depuis plus de vingt ans au château ; qu'elle puisse se marier sans qu'un membre de la famille Blythe soit présent était tout simplement inimaginable. Papa n'était pas un choix très indiqué, pour des raisons compréhensibles ; Saffy était trop occupée à préparer le château pour la venue des parents de Meredith. Quant à Juniper, toujours rétive à jouer les représentantes officielles, elle s'était enfermée dans les combles, en proie à l'un de ses accès de frénésie créatrice. Ne restait que Percy. Il lui était impossible d'échapper à cette responsabilité. Et même si Percy se moquait bien du qu'en-dira-t-on, comment aurait-elle pu justifier un tel manquement auprès de Saffy ? Celle-ci, désespérée de ne pouvoir assister au mariage, avait exigé un rapport détaillé.

« La robe, les fleurs, les petits sourires complices, avait-elle dit en comptant sur ses doigts, tremblante d'excitation. Je veux tout savoir.

— Oui, oui, promis, avait répliqué Percy, sur le perron, en se demandant si sa flasque de whisky allait pouvoir entrer dans son ravissant petit sac à main – encore une idée de Saffy. N'oublie pas le médicament de papa, Saffy. Je l'ai laissé sur la table, dans le vestibule.

— La table du vestibule. Très bien.

— Il faut vraiment qu'il puisse le prendre dans l'heure qui vient. Histoire d'éviter la scène de l'autre fois.

— Ce qu'à Dieu ne plaise ! Pauvre Meredith ! Elle a bien cru voir un fantôme, et de l'espèce bruyante, qui plus est. »

A peine était-elle parvenue au bas du perron que Percy s'était retournée vers sa sœur.

« Saffy ?

— Oui ?

— Si qui que ce soit passe à la maison, fais-le-moi savoir. »

Ah, ces horribles marchands de mort, ces vautours qui profitaient de la confusion mentale du vieillard. Lui chuchotant des sornettes à l'oreille, jouant sur ses peurs, sur sa vieille culpabilité. Faisant cliqueter leurs chapelets dans les recoins du château, marmonnant des âneries dans leur latin de cuisine, essayant de convaincre papa que les fantômes de son imagination étaient des démons en bonne et due forme. Et cela dans

518

un seul but, elle en était certaine : mettre la main sur le château après la mort du malheureux.

Percy se rongea distraitement la peau des ongles. Quand donc pourrait-elle sortir fumer une cigarette ? Et pouvait-elle, sans se départir de son air d'autorité, filer sans que personne la remarque ? Le pasteur prononça quelque chose qu'elle ne comprit pas et les ouailles se levèrent d'un bloc. Harry prit Lucy par la main et lui fit descendre l'allée centrale, avec une telle tendresse que Percy comprit qu'elle était incapable d'éprouver de la haine pour lui, même en cet instant fatal.

Leurs visages étaient rayonnants, à ces deux-là ; Percy fit de son mieux pour les imiter. Ses lèvres esquissèrent un sourire machinal ; comme le reste de l'assemblée, elle applaudit leur passage de l'église à la lumière du dehors. Impossible cependant de ne pas sentir le poids de ses membres, ses doigts raidis sur le rebord du banc, ses traits figés en une grimace de joie factice, aussi mécanique qu'une figurine de coucou suisse. Du plafond, un fil invisible fut tiré et Percy, d'un geste saccadé, ramassa son sac à main. Eut un rire creux et feignit un instant d'être encore du côté des vivants.

Les magnolias étaient en fleur, comblant tous ses désirs ; c'était l'une de ces rares et précieuses journées d'avril où l'été pointe déjà. Saffy était tout sourire ; difficile de faire autrement.

— Allons, mauvaise troupe, s'exclama-t-elle à l'intention de Meredith. Nous sommes samedi, le soleil brille, tes parents sont en route pour te rendre visite. La vie est belle ! Un peu d'entrain, jeune fille.

Merry ne se déridait pas. La visite annoncée de ses parents aurait dû la combler de joie, pourtant ; mais elle avait passé la matinée à traîner comme une âme en peine. Saffy avait son idée sur la question.

— Ne t'inquiète pas, dit-elle tandis que la petite la rejoignait. Juniper ne devrait pas tarder. Ça ne dure jamais plus d'un jour ou deux, tu sais.

— Mais elle est enfermée là-haut depuis hier soir ! La porte est fermée à clef ; elle ne répond pas quand on l'appelle. Je ne comprends pas pourquoi…

Meredith cligna des yeux derrière ses lunettes, expression coutumière et peu seyante que Saffy trouvait cependant adorable.

— Qu'est-ce qu'elle fait toute seule là-haut ?

— Elle écrit, répondit Saffy. C'est comme ça avec Juniper. Ça a toujours été comme ça. Ça ne dure jamais, tu sais ? Encore quelques heures, et tout reviendra à la normale. Tiens (elle tendit à Meredith une pile d'assiettes à dessert), pose-les donc sur la table. Ce qui ne serait pas mal, c'est d'installer tes parents dos à la haie pour qu'ils puissent profiter de la vue sur le jardin.

— D'accord, fit Meredith, retrouvant le sourire.

Saffy ne put s'empêcher d'éprouver un sentiment de triomphe. Une vraie crème, cette petite Meredith Baker ! Après avoir élevé une enfant telle que Juniper, un cadeau du ciel ! Et sa transplantation à Milderhurst avait été un franc succès. Rien de tel qu'un enfant pour insuffler de la vie dans ces vieilles pierres exsangues. Une véritable infusion de lumière et de rire. Percy elle-même prenait plaisir à la compagnie de la fillette, rassurée, sans nul doute, sur l'état de la porcelaine familiale.

Plus surprenante encore avait été la réaction de Juniper. De toute évidence, elle s'était prise pour la jeune Londonienne d'une profonde amitié, et c'était la première fois que Saffy la voyait éprouver un sentiment quelconque pour une autre personne. Parfois elle les entendait dans le jardin, qui bavardaient et riaient sous cape, et elle était toujours étonnée – et toujours ravie – de l'affection réelle qu'elle percevait dans la voix de Juniper. Affectueuse ? Jamais auparavant elle n'aurait eu l'idée d'accoler ce qualificatif à sa petite sœur.

— On va quand même lui faire une place, à June, dit-elle en montrant la table. Au cas où… On te mettra là, je pense… et Percy ici.

Meredith avait jusqu'ici sagement disposé le couvert comme le lui indiquait Saffy.

— Mais, et vous ? demanda-t-elle, soudain figée sur place. Où allez-vous vous asseoir ?

Sans doute perçut-elle l'expression navrée qui pointait sur le visage de Saffy, car elle ajouta aussitôt :

— Vous serez là, n'est-ce pas ?

— Allons, ma chérie.

Saffy laissa retomber sa main le long de sa cuisse, les doigts serrés sur les fourchettes à dessert.

— Tu sais, j'aimerais vraiment être des vôtres. Mais Percy est très à cheval sur les traditions. C'est elle l'aînée ; en l'absence de papa, c'est donc toujours elle qui reçoit. Je sais bien que cela doit te paraître affreusement vieux jeu, et peut-être même un peu bête, mais ce sont nos habitudes. Papa a toujours traité ses invités de cette manière.

— Mais ça n'explique pas que vous ne puissiez pas être là toutes les deux !

— C'est que l'une de nous doit rester à l'intérieur, au cas où papa aurait besoin d'aide.

— Mais Percy...

— Percy attend ce moment avec impatience. Elle a très envie de rencontrer tes parents, tu sais.

La petite n'en était guère convaincue, Saffy le sentait bien. Pis encore, elle avait l'air si amèrement déçue que Saffy aurait fait n'importe quoi pour la dérider. Elle tergiversa un court moment, sans grande conviction, et quand l'enfant eut poussé un soupir d'absolu désespoir, Saffy baissa la garde.

— Pauvre Merry ! murmura-t-elle en jetant un regard inquiet par-dessus son épaule. Je ne devrais pas en parler, ma chérie, c'est vraiment secret, mais il y a une autre raison à cet arrangement.

Elle se laissa tomber sur le banc de jardin, tout branlant, et fit signe à Meredith de la rejoindre. Inspira tranquillement, expira avec résolution. Puis elle parla à Meredith de l'appel téléphonique qu'elle devait recevoir dans l'après-midi.

— C'est un riche collectionneur de Londres. J'ai répondu à une annonce d'emploi qu'il a fait publier dans les journaux. Il cherche une assistante pour établir un catalogue. Il y a peu, il m'a écrit pour me dire qu'il retenait ma candidature, et qu'il souhaitait m'appeler cette après-midi, pour que nous discutions de sa proposition.

— Que collectionne-t-il ?

Saffy ne put se retenir de joindre les mains sous son menton, les yeux au ciel.

— Des antiquités, des œuvres d'art, des livres, des belles choses – le paradis !

Meredith était si excitée que les minuscules taches de rousseur de son nez avaient l'air de danser. Quelle délicieuse enfant, se dit une fois de plus Saffy, et quels progrès elle avait faits en six mois seulement ! Elle se rappela la gamine maigrichonne, apeurée, que Juniper leur avait amenée un soir de septembre. Sous la pâleur londonienne et la robe élimée se cachaient un esprit des plus vifs et une délectable soif d'apprendre.

— Saffy, je pourrai la visiter, cette collection ? demanda Meredith. J'aimerais tant voir un objet qui vient d'Egypte !

— Mais bien sûr, ma chérie, dit Saffy en riant. Je suis sûre que M. Wicks aura plaisir à montrer ses trésors à une jeune fille aussi intelligente que toi.

Meredith irradiait de bonheur anticipé et Saffy sentit un vague remords assombrir son plaisir. N'était-il pas pour le moins cruel de farcir la tête de cette petite d'idées aussi grandioses, tout en lui demandant de garder ces splendeurs pour elle seule ?

— Ecoute, Merry, dit-elle d'un ton un peu moins extatique. Bien sûr, ce sont d'excellentes nouvelles, mais surtout n'en parle à personne. Percy n'est pas au courant, et je ne veux pas qu'elle apprenne quoi que ce soit.

— Pourquoi donc ? Que dirait-elle ?

Meredith avait ouvert de grands yeux.

— Elle ne sera pas très contente, je le crains fort. Elle ne voudra pas me laisser partir. Elle n'aime pas beaucoup le changement, tu sais. La vie que nous menons ici toutes les trois lui va très bien. C'est son instinct protecteur. Elle a toujours été comme ça.

Meredith buvait cette description des relations familiales chez les Blythe si goulûment que Saffy s'attendait presque à lui voir sortir le carnet dans lequel elle prenait des notes. Intérêt tout à fait compréhensible, cependant, devant un phénomène qu'elle ne devait pas connaître. Saffy en savait assez long maintenant sur la sœur aînée de la fillette pour le pressentir.

— Percy est ma sœur jumelle et je l'aime tendrement ; mais il y a des moments, ma chérie, où l'on doit mettre ses propres désirs en avant. Le bonheur ne vous tombe pas du ciel ; il faut aller le chercher.

Le sourire aux lèvres, elle résista à la tentation d'ajouter qu'il y avait déjà eu des opportunités, et qu'elles avaient été ignorées, hélas. C'était une chose que de partager un secret avec une enfant, mais quant à lui assombrir l'esprit avec des regrets de femme adulte…

— Mais que va-t-il se passer quand vous partirez ? demanda Meredith. Elle finira bien par comprendre, à ce moment-là.

— Oh, je lui en parlerai bien avant, dit Saffy en riant. Bien sûr. Mon plan n'est pas de m'enfuir au beau milieu de la nuit avec un balluchon, tu sais ! C'est hors de question. Mais il me faut le temps de trouver les mots qui conviennent. Je ne veux pas faire de mal à Percy. Mais tant que je ne lui en ai pas parlé, il ne faut surtout pas qu'elle l'apprenne par une tierce personne. Tu comprends ?

— Oui, fit Meredith, quelque peu déconcertée.

Saffy se mordit la lèvre inférieure. N'avait-elle pas fait une malheureuse erreur de jugement en mettant cette enfant dans une position aussi inconfortable ? Elle qui voulait simplement détourner Meredith de ses pensées moroses…

La petite se méprit d'ailleurs sur le silence de son aînée, l'interprétant comme une mise en cause de sa capacité à garder un secret.

— Je n'en parlerai à personne, c'est promis. Pas un mot. On peut tout me dire, je ne répète jamais rien.

— Oh, Meredith ! (Saffy eut un sourire navré.) Je n'ai aucun doute sur ce point. Ce n'est pas du tout ce que je voulais dire. Mon Dieu, mon Dieu. Je crains de devoir m'excuser. Je n'aurais jamais dû te demander une chose pareille. Cacher quelque chose à Percy... Tu me pardonnes ?

Meredith hocha la tête avec toute la solennité dont elle était capable ; Saffy crut remarquer une curieuse lueur dans le regard de la fillette : sans doute était-elle heureuse d'avoir été traitée en adulte. Saffy se souvint d'avoir souhaité, elle aussi, quand elle était petite, grandir au plus vite. Ah, sortir de l'enfance ! A l'inverse, était-il possible de ralentir le temps pour les autres ? D'ailleurs, n'était-ce pas terriblement malhonnête ? Non, non... Tout ce qu'elle voulait, c'était empêcher Meredith – comme Juniper avant elle – d'arriver trop tôt à l'âge adulte, d'en connaître trop vite les désillusions. Il n'y avait pas de mal à cela.

— Tiens, ma jolie, dit-elle en prenant la dernière assiette des mains de la petite fille. Je vais finir de dresser la table. Profites-en pour aller jouer ou te promener en attendant que tes parents arrivent. La journée est bien trop belle pour la passer à des corvées ménagères. Essaie quand même de ne pas trop salir ta robe.

C'était l'une de ces robes-tabliers que Saffy avait confectionnées à Meredith à son arrivée à Milderhurst dans une très jolie pièce de liberty commandée des années auparavant, sans projet précis en tête, pour le seul plaisir de la posséder – c'était un si bel imprimé ! Pendant des années, elle avait langui dans la commode, attendant patiemment que Saffy lui trouve une affectation. Ce qui était chose faite. Meredith disparut à l'orée du jardin et Saffy reporta son attention sur les détails de sa petite garden-party.

Meredith erra un moment sans but dans les hautes herbes, un bâton à la main, qu'elle balançait de droite à gauche. Comment était-ce possible ? Une personne manquait, et le monde vous paraissait terne, hideux, absurde. Elle fit le tour de la colline et parvint au ruisseau, qu'elle suivit jusqu'au pont sur lequel passait l'allée qui menait au château.

Irait-elle plus loin ? Franchirait-elle le ruisseau pour pénétrer dans la forêt ? Là où la lumière ne passait plus que par minces rais, là où les truites ne se montraient plus dans les flots épais et bruns, couleur de mélasse. On franchissait le pas, on marchait dans les bois sombres jusqu'à la piscine oubliée, au pied du plus vieil arbre de Cardarker. Un lieu auquel l'ombre collait avec tant d'insistance qu'elle l'avait tout d'abord détesté, les premiers jours de son séjour au château. Papa et maman ne devaient pas arriver avant une heure ou deux ; elle avait encore du temps devant elle et elle connaissait le chemin. Pour retrouver le grand jour, il suffisait de suivre le gai ruisseau…

Sans Juniper, l'aventure n'avait rien de drôle, cependant. Le chemin serait sombre et humide, les odeurs désagréables.

« C'est merveilleux ici, tu ne trouves pas ? » lui avait confié Juniper la première fois qu'elles avaient exploré ces recoins ensemble. Meredith n'en était pas entièrement convaincue. Elles s'étaient assises sur un tronc d'arbre à l'écorce froide et gluante ; les tennis de Meredith étaient toutes mouillées ; elle avait glissé dans une flaque. Il y avait une autre piscine dans le domaine, toute bourdonnante de papillons et d'oiseaux, une balançoire qui brinquebalait dans les rayons dorés du soleil… Avec quelle ardeur n'avait-elle pas souhaité ce jour-là que Juniper ait choisi ce ravissant bassin. Elle n'en avait rien dit à son amie ; Juniper avait une telle force de conviction que Meredith se sentait coupable de préférer le soleil à l'ombre, d'être encore une enfant aux goûts futiles, de ne pouvoir se mettre à la hauteur de son aînée. Elle avait, bien malgré elle, jeté son dévolu sur ce cloaque et souri à Juniper.

« Oui, avait-elle approuvé avec enthousiasme. Oui, oui, c'est merveilleux. »

D'un geste long et fluide Juniper s'était levée, les bras tendus en balancier ; d'un pas de gymnaste elle avait marché sur le sommet d'un tronc d'arbre abattu.

« C'est l'ombre, avait-elle dit, les roseaux qui sinuent le long des berges, presque sournoisement ; l'odeur de boue, d'humidité, de pourriture. »

Elle avait adressé un sourire ambigu à Meredith.

« Quasi préhistorique, tu ne trouves pas ? Si je te disais que nous sommes montées dans une machine à remonter le temps, tu me croirais ? »

Meredith avait frissonné ; et ce matin d'avril, la sensation lui revint. Dans son frêle corps de fillette, quelque chose – un minuscule aimant, doux et rond – avait vibré d'une inexprimable impatience ; elle avait ressenti la douleur exquise de la nostalgie, sans trop savoir cependant quel en était l'objet.

« Ferme les yeux, écoute, lui avait chuchoté Juniper, le doigt sur les lèvres. On entend même les araignées tisser leur toile ! »

Meredith ferma les yeux. Ecouta le chœur des criquets, le clapotis de la truite dans le ruisseau, le lointain bruit de moteur d'un tracteur dans les champs... Puis un autre bruit, insolite en ces lieux, en ce jour. Elle finit par comprendre qu'il s'agissait d'un moteur de véhicule, de plus en plus clairement perceptible.

Elle rouvrit les yeux, aperçut le coupable. Une auto noire, qui avait emprunté la grande allée de Milderhurst et remontait vers le château. Meredith ne put s'empêcher d'en épier l'approche. Les visiteurs étaient rares à Milderhurst, sans parler de ceux qui venaient en voiture. Qui dans la région avait encore de l'essence à consacrer aux visites de politesse ? Ceux qui avaient fait leurs réserves comptaient bien les utiliser pour s'enfuir le jour où les Allemands mettraient le pied en terre anglaise. Il n'était pas jusqu'au prêtre, compagnon familier du vieil homme dans sa tour, qui ne se rende au château à pied. Ce devait être une visite officielle, se dit Meredith, peut-être quelqu'un de la défense civile.

L'auto passa devant elle et le chauffeur, qu'elle ne connaissait pas, posa le doigt sur le rebord de son feutre noir et transperça Meredith d'un regard sévère. Elle plissa les paupières, suivit le véhicule des yeux tandis qu'il remontait péniblement l'allée de gravier, disparaissait derrière un bosquet et réapparaissait quelques minutes plus tard au bout de l'allée, minuscule point noir se dirigeant vers la route de Tenterden.

Meredith étouffa un bâillement et oublia aussitôt l'incident. Des dizaines de violettes sauvages avaient poussé près de la pile du pont et elle ne put s'empêcher d'en cueillir quelques-unes. Lorsqu'elle eut rassemblé un joli bouquet bien fourni, elle remonta sur le pont, s'assit sur la rambarde et laissa errer son esprit, tout en semant ses fleurs, les unes après les autres, à la surface brunâtre du ruisseau, suivant des yeux leurs cabrioles mauves.

— Bonjour !

Elle se retourna ; c'était Percy, qui poussait son vélo sur le chemin du château, un chapeau peu seyant perché sur son crâne et son éternelle cigarette à la main. Sœur Sévère, comme l'appelait Meredith en son for intérieur. Ce jour-là cependant l'expression de son visage était subtilement différente, plus triste qu'autre chose. Peut-être était-ce le chapeau.

— Hello, fit Meredith, se retenant à la rambarde pour éviter de tomber.

— Je dis bonjour, mais l'après-midi est bien entamée, n'est-ce pas ?

Percy fit halte et consulta sa montre, dont le cadran avait glissé de l'autre côté de son poignet.

— La demie est passée. Tu n'oublies pas que nous attendons du monde pour le thé, petite ?

Elle fixa l'extrémité de sa cigarette, tira une longue bouffée et rejeta un abondant nuage.

— Il ne faudrait pas décevoir tes parents. Ils viennent de très loin. Ce serait dommage de les rater.

C'était sans doute dans l'esprit de Percy une remarque ironique, mais rien dans l'expression ou la voix de sœur Sévère ne l'indiquait. Comment savoir, dans ce cas-là ? Elle éluda poliment la question, répondit par un sourire neutre. Qui sait, Percy allait peut-être croire qu'elle n'avait pas entendu.

Percy fit comme si elle n'avait rien remarqué et changea de sujet.

— Bon, ce n'est pas tout. J'ai des tas de choses à faire.

Et sur un salut des plus sommaires, elle repartit vers le château.

4

Lorsque enfin Meredith aperçut ses parents qui marchaient l'un à côté de l'autre sur la grande allée, son estomac se noua. L'espace d'un instant, elle eut l'impression qu'elle voyait avancer deux personnages tout droit sortis d'un rêve, familiers et cependant complètement étrangers au monde dans lequel elle se trouvait – le vrai monde. Sensation qui fut de courte durée ; les rouages de son cerveau se remirent en branle et elle reconnut son père et sa mère, en chair et en os. Enfin, ils étaient à Milderhurst. Elle avait tant de choses à leur raconter. Elle se mit à courir, les bras tendus, et papa se mit à genoux dans une pose similaire, pour qu'elle puisse se blottir contre lui, si fort, si doux, si chaleureux. Maman lui posa un petit baiser sur la joue ; ce n'était pas dans ses habitudes, mais la sensation n'était pas désagréable. Meredith savait bien qu'elle était beaucoup trop grande pour ces démonstrations d'affection, mais comme ni Rita ni Ed n'étaient là pour se moquer d'elle, elle marcha jusqu'au château sans lâcher une seconde la main de papa, à qui elle raconta tout d'un trait : les couloirs immenses, la bibliothèque, les champs, le ruisseau, les bois.

Percy les attendait près de la table, en fumant une cigarette qu'elle écrasa à leur approche. Elle lissa les pans de sa jupe, leur tendit une main languide, et les héla non sans afféterie.

— Comment s'est passé votre voyage ? Pas trop déplaisant, je l'espère ?

La question était des plus ordinaires, la voix polie, mais Meredith y perçut un soupçon de condescendance qui ne pouvait échapper à ses parents et regretta amèrement l'absence de la douce Saffy.

N'y avait-il pas dans la réponse de maman quelque chose d'inquiet, de soupçonneux ?

— Mon Dieu, c'était interminable. Le train s'arrêtait sans cesse pour laisser passer les convois militaires. On a passé plus de temps à attendre qu'à avancer.

— C'est sûr, dit papa, mais il faut bien que nos gars puissent partir à la guerre et montrent à cet Hitler de quel bois on se chauffe, ici.

— Bien dit, monsieur Baker. Je vous en prie, prenez place, dit Percy. Vous devez mourir de faim.

Percy servit le thé, coupa en tranches le gâteau de Saffy ; ils se lancèrent dans une conversation malaisée sur le monde qu'il y avait maintenant dans les trains, la défaite du Danemark (la Norvège allait-elle suivre ?) et les développements ultérieurs du conflit. Meredith avala un petit morceau de gâteau, les sens en alerte. Elle avait craint que papa et maman, après un bref examen du château et de la châtelaine, avec son accent châtié et son maintien militaire, n'adoptent une attitude défensive, mais les choses ne se passaient pas si mal que cela.

Maman ne disait pas grand-chose, il est vrai. Elle tenait son sac à main serré convulsivement contre elle, ce qui était tout de même un peu troublant. Meredith ne

se souvenait pas d'avoir jamais vu sa mère nerveuse :
Mme Baker n'avait peur de rien, ni des rats, ni des araignées, ni même de M. Lane lorsqu'il sortait du pub
après une bière de trop. Papa avait l'air plus à son aise.
Il écoutait Percy parler des Spitfire et des colis pour les
troupes du front français en buvant son thé à petites
gorgées dans une tasse de porcelaine peinte à la main
sans gêne aucune, même si, dans ses énormes paluches
– Meredith n'avait jamais réalisé avant ce jour à quel
point elles étaient épaisses –, la tasse semblait venir
d'une vaisselle de poupée. Elle se laissa envahir par une
vague d'affection plutôt inattendue et tendit la main
sous la table pour poser ses doigts sur la paume gauche
de son père. Chez les Baker, on ne faisait pas souvent
étalage de ses sentiments ; il leva les yeux, étonné, et
serra cette petite main tiède dans la sienne.

— Et les devoirs, ma fille, comment ça se passe ?

Il pencha l'épaule vers elle et fit un clin d'œil à Percy.

— Notre Rita a certainement la tête bien faite, mais
c'est la jeune Merry ici présente qui l'a bien pleine.

Meredith rougit de plaisir.

— Je travaille avec Saffy, papa. Tu devrais voir la
bibliothèque, il y a plus de livres qu'à la bibliothèque
ambulante. Plein les murs. Et j'apprends le latin !

Comme elle aimait le latin ! Sons anciens, imprégnés
de sens et d'histoire. Voix anciennes dans le vent…
Meredith rajusta ses lunettes ; quand elle était excitée,
elles avaient toujours tendance à glisser.

— Et je prends même des leçons de piano !

— Ma sœur Seraphina est très contente des progrès
de votre fille, dit Percy. Elle se débrouille très bien, ce
qui est d'autant plus honorable qu'elle n'avait jamais vu
de piano de sa vie.

— Vraiment ? fit papa, qui secouait ses mains si fort dans ses poches que ses coudes dansaient tout contre le bord de la table. Ma fille peut jouer des airs ?

Meredith eut un sourire de fierté et se demanda si ses oreilles n'étaient pas rouge tomate.

— Oui, quelques-uns, papa.

Percy resservit tout le monde.

— Tout à l'heure, si tu veux, tu pourras montrer le salon de musique à tes parents, et leur jouer quelque chose ?

— Tu as entendu, maman ?

Papa souriait jusqu'aux oreilles.

— Notre Meredith qui joue de la musique, de la vraie !

— Oui, j'ai entendu.

Les traits de maman s'étaient imperceptiblement figés ; Meredith aurait eu du mal à décrire l'expression qu'ils revêtaient maintenant, bien qu'elle lui soit familière : c'était toujours celle qu'elle avait quand papa et elle se disputaient pour une raison ou pour une autre, et qu'ayant commis une erreur minime, mais fatale, il lui concédait la victoire. La voix tendue, elle s'adressa à sa fille comme si Percy Blythe n'était pas là.

— Tu nous as manqué à Noël.

— Moi aussi, vous m'avez manqué, maman. J'aurais bien aimé venir. Mais il n'y avait plus de trains. Ils étaient tous utilisés pour les soldats.

— Rita repart avec nous aujourd'hui.

Maman posa la tasse sur la soucoupe, la petite cuiller à droite de la tasse, et repoussa le tout d'un geste résolu.

— On lui a trouvé un travail dans un salon de coiffure, à Southwark, sur Old Kent Road. Elle commence lundi. Elle passera le balai pour commencer, c'est sûr, mais elle ne tardera pas à apprendre le métier.

Les yeux de maman luisaient de fierté.

— Ce ne sont pas les opportunités qui manquent en ce moment, Merry, avec toutes les jeunes filles qui rejoignent le Service féminin ou qui vont travailler à l'usine. Pour des gamines qui n'ont pas d'autres débouchés, c'est bien.

Meredith saisit la perche. Bien sûr, c'était ce qu'il fallait à Rita, toujours à faire des manières avec ses cheveux et les colifichets qu'elle collectionnait avec tant de plaisir.

— C'est extra, maman. C'est bien d'avoir quelqu'un dans la famille qui peut te couper les cheveux.

Ce qui n'eut pas l'air de plaire à maman. Percy Blythe ouvrit son étui d'argent, prit une cigarette, chercha son briquet dans sa poche. Papa s'éclaircit la voix.

— Le fait est, Merry (et son embarras ne consola guère sa fille de la terrible chose qu'il était sur le point de prononcer), que ta mère et moi, on s'est dit que le moment était peut-être venu pour toi aussi.

Soudain, tout fut horriblement clair. Ils voulaient qu'elle rentre à la maison, qu'elle devienne coiffeuse, qu'elle quitte le château. Tout au fond de son estomac, la panique avait formé une énorme boule qui tournait, tournait... Meredith cligna des yeux, rajusta ses lunettes d'une main tremblante.

— Mais... mais, bégaya-t-elle. Je ne veux pas devenir coiffeuse. Saffy dit qu'il faut que je finisse l'école. Elle pense même que je pourrai entrer au lycée quand la guerre sera finie.

— Tu sais, quand elle parlait de coiffure, ta maman pensait seulement à ton avenir. Il y a d'autres métiers. Tu pourrais travailler dans un bureau, dans un ministère.

— Mais c'est dangereux à Londres !

La réponse avait fusé : un éclair de génie, selon elle. Elle n'avait pas vraiment peur d'Hitler ni de ses bombes, mais cela pourrait peut-être suffire à les convaincre.

Papa eut un bon sourire et lui tapota gentiment l'épaule.

— Tout va bien là-bas, fillette. Nous aussi nous faisons notre petite guerre de notre côté. Ta maman travaille dans une usine de munitions et je fais des heures supplémentaires le soir. Il n'est pas tombé une seule bombe ni un seul nuage de gaz. Le quartier n'a pas changé d'un pouce.

N'a pas changé d'un pouce. Meredith revit en esprit les vieilles rues grises, sa maison lugubre ; dans un éclair d'horrible lucidité, elle comprit à quel point elle tenait à Milderhurst. Elle tourna les yeux vers le château, les mains jointes. Et si, par la seule intensité de sa détresse, elle arrivait à faire descendre Juniper de son grenier, à faire apparaître Saffy, à lui faire prononcer les bonnes paroles. Que papa et maman comprennent qu'il ne fallait pas qu'elle reparte avec eux et Rita, qu'il fallait qu'elle reste au château.

Mue peut-être par une curieuse intuition jumelle, Percy choisit ce moment précis pour intervenir dans la conversation.

— Monsieur et madame Baker, dit-elle en pianotant sur son étui à cigarettes, avec sur le visage une expression de gêne polie, je comprends bien que vous ayez très envie de retrouver votre fille, mais si l'invasion…

— Jeune fille, tu rentres à la maison avec nous cette après-midi, un point c'est tout !

Maman avait les cheveux dressés tout droit sur la tête, comme une poule en colère. Elle ne se donna même pas la peine de regarder Percy, concentrant toute sa fureur sur sa fille en un regard qui promettait une cuisante punition.

Derrière ses verres de lunettes, les yeux de Meredith s'emplirent de larmes.

— Je ne veux pas.

— Ne réponds pas sur ce ton à ta mère, gronda papa.

— Mais, s'exclama soudain Percy en soulevant le couvercle de la théière, il faut que j'aille la remplir, elle est vide. Vous m'excuserez un moment ? Hélas, pas moyen d'avoir du personnel en ce moment. Economies de guerre, vous comprenez.

Elle battit en retraite sous le regard insistant de trois paires d'yeux.

— Pas moyen d'avoir du personnel… Tu entends ça ? siffla maman.

— Annie, allons !

Papa n'aimait pas les conflits. C'était un doux géant, dont la puissante stature lui assurait en général une certaine tranquillité. Il en venait rarement aux poings. Maman, par contre…

— Cette bonne femme nous traite de haut depuis que nous avons mis les pieds chez elle. Economies de guerre, tu parles ! Dans un endroit comme celui-là. (Elle désigna le château d'un geste coléreux.) Elle s'imagine sans doute que nous allons lui courir après !

— Pas du tout, répliqua Meredith. Elles ne sont pas comme ça.

Papa avait les yeux fixés sur un point mystérieux au sol. Sa voix s'éleva, presque suppliante.

— Meredith.

Puis il lui jeta un regard, par-dessous ses sourcils froncés. En général, quand maman et Rita commençaient à se crier dessus, Meredith se réfugiait en silence à côté de lui. Mais ce jour-là, c'était bien différent.

— Mais papa, regarde comment elles vous reçoivent, le joli service…

— Toi, je ne veux plus t'entendre.

Maman s'était levée et avait saisi Meredith par la manche de sa robe toute neuve, bien plus brutalement qu'à l'ordinaire.

— Tu vas chercher tes affaires maintenant et tu fais ta valise. Avec tes vrais vêtements. Et tu prends le train avec nous. Il n'y a pas de temps à perdre.

— Je ne veux pas partir, dit Meredith en se retournant, désespérée, vers son père. Papa, je veux rester ici. Ne m'obligez pas à partir, je vous en supplie. J'apprends tellement de choses…

— Ah, vraiment ?

Maman eut un geste méprisant de la main.

— Je vois bien ce que tu as appris avec cette horrible femme : répondre à tes parents, pour commencer. Je vois aussi ce que tu as oublié : qui tu es, et d'où tu viens.

Puis, le doigt pointé vers papa :

— Je te l'avais bien dit qu'il ne fallait pas les évacuer. Si seulement ils étaient tous restés à la maison, comme je le voulais…

— Ça suffit !

Papa avait fini par perdre son calme.

— C'est bon, Annie. Rassieds-toi. Ce n'est pas la peine de revenir là-dessus. Tout le monde rentre, voilà tout.

— Pas moi.

— Oh que si, tu rentres ! Et je peux déjà te dire ce qui t'attend à la maison, dit maman en levant la main.

— J'ai dit, ça suffit !

Papa s'était levé, lui aussi ; il avait pris maman par le poignet.

— Pour l'amour de Dieu, Annie, calme-toi, maintenant.

Il chercha ses yeux du regard ; il se passa quelque chose entre eux, car Meredith vit le bras de sa mère s'abandonner à la poigne de son époux. Papa lui fit un signe de la tête.

— Nous avons chaud, nous nous sommes énervés, c'est tout.

— Parle-lui, à ta fille. Moi, je ne veux même plus la regarder. J'espère qu'elle ne saura jamais ce que c'est que de perdre un enfant.

Elle s'éloigna, les bras croisés sur sa poitrine crispée.

Soudain papa avait l'air fatigué, vieux, même. Il se passa la main dans les cheveux. Ils commençaient à s'éclaircir sur le dessus, de sorte qu'on y voyait encore la marque du peigne.

— Il ne faut pas faire attention à elle quand elle est comme ça. Elle s'emporte facilement, tu le sais. Elle s'est fait un sang d'encre pour toi. Nous deux, d'ailleurs.

Il leva la tête vers la façade du château, si haute, si massive.

— Simplement, on entend de drôles d'histoires. Rita nous en a dit de belles... et puis parmi les gosses qui sont déjà rentrés, certains ont vraiment été maltraités.

Ce n'était donc que cela ? Meredith sentit renaître en elle un espoir délirant. Elle savait très bien que d'autres enfants avaient connu un sort bien moins enviable que le sien. Mais si leur décision ne tenait qu'à cela, il ne lui restait plus qu'à rassurer papa.

— Papa, il ne faut pas vous inquiéter pour moi. Je vous l'ai dit plusieurs fois dans mes lettres. Je suis heureuse, ici. Tu n'as pas lu mes lettres ?

— Bien sûr que je les ai lues. Ta maman et moi, nous les avons toutes lues. C'est le rayon de soleil dans la journée, tu sais, quand on en reçoit une.

Au ton de sa voix, Meredith comprit qu'il était sincère ; son cœur se serra à les imaginer tous deux dans la cuisine, à lire ce qu'elle leur écrivait. Elle détourna la tête, incapable de soutenir son regard.

— Alors tu sais que tout va bien, papa. Mieux que bien.

— C'est ce que tu nous écris, je le sais.

Il chercha maman des yeux. Elle était encore à bonne distance.

— C'est une partie du problème, tu comprends. Le fait que tes lettres soient si... si joyeuses. Ta mère a entendu dire que dans certaines familles d'accueil, on dictait les lettres aux enfants. Pour les empêcher d'écrire quoi que ce soit de négatif. Enjoliver les choses. Merry, ce n'est pas le cas pour toi ici, n'est-ce pas ? Dis-moi.

— Non, papa, ce n'est pas le cas.

— Tu es heureuse ici ? Aussi heureuse que ce que tes lettres racontent ?

Elle hocha la tête, se rendant bien compte qu'il était en train de perdre ses certitudes. L'espoir courut sous sa peau comme un feu d'artifice.

— Percy est un peu sévère, dit-elle, le souffle court, mais Saffy est merveilleuse. Tu ne veux pas entrer dans la maison ? Tu pourras la rencontrer ; je jouerai un peu de piano, si tu veux.

Il leva les yeux vers la tour, le visage illuminé par le soleil. Ses pupilles se contractèrent ; Meredith ne le quittait pas du regard, essayant vainement de déchiffrer les mouvements de son visage, massif, sans expression. Il remua lentement les lèvres, comme s'il prenait des mesures, mémorisait des chiffres ; mais pour quel résultat ? Comment le savoir ? Il tourna la tête vers sa femme, qui continuait à fulminer, seule, près de la fontaine. C'était maintenant ou jamais, se dit Meredith.

— Papa, s'il te plaît, chuchota-t-elle en le prenant par le bras. Ne me force pas à rentrer avec vous. J'apprends tellement de choses ici, bien plus que si j'étais restée à Londres. Je t'en prie, fais comprendre à maman que je suis mieux ici.

Les yeux toujours fixés sur le dos de sa femme, il laissa échapper un petit soupir. Son visage se détendit, retrouva une expression de telle tendresse que le cœur de Meredith fit un bond dans sa poitrine. Cependant, il ne lui accorda pas un regard, pas une parole. C'était maman qu'il contemplait ; elle avait tourné le torse, se tenait une main sur la hanche, l'autre tripotant nerveusement le tissu de sa jupe. Le soleil, l'illuminant par-derrière, allumait des éclairs roux dans sa chevelure brune. Elle parut soudain à Meredith jolie, un peu égarée et plus jeune qu'elle ne l'était vraiment. Elle et papa se regardaient droit dans les yeux et Meredith, le cœur accablé, comprit que cette tendresse ne lui était pas destinée.

— Merry, je suis désolé, dit-il en posant la main sur les doigts minces cramponnés à sa manche de chemise. Ça vaut mieux comme ça. Va chercher tes affaires. On rentre à la maison.

Ce fut alors que Meredith commit son terrible forfait, la trahison que sa mère ne lui pardonnerait jamais. Ses circonstances atténuantes ? Personne ne lui avait demandé son avis ; elle n'était encore qu'une enfant, et personne ne se souciait de ce qu'elle voulait, elle. Elle était lasse d'être traitée comme un colis, une valise, un chat égaré dont le seul désir était de trouver un lieu qui lui convienne, au lieu d'être ballottée au gré des désirs des adultes.

Elle caressa la main de son père.

— Moi aussi, je suis désolée, papa, souffla-t-elle.

Et tandis que la stupéfaction envahissait lentement son beau et bon visage, elle eut un sourire d'excuse, réussit à éviter le regard fulminant de sa mère. Prenant ses jambes à son cou, elle descendit en courant la pelouse, sauta par-dessus le ruisseau et s'enfonça dans les ténèbres fraîches et salvatrices du bois de Cardarker.

Ce fut par le plus grand des hasards que Percy découvrit les plans secrets de Saffy. Si elle ne s'était pas absentée quelques minutes du jardin, laissant Meredith seule avec ses parents, elle n'aurait jamais rien su – du moins, avant qu'il ne soit trop tard. Dieu merci, elle avait toujours trouvé pénibles ces lavages de linge sale en public ; elle s'était donc éclipsée, histoire de leur donner le temps de retrouver un peu de calme. Elle ne pouvait guère que s'en féliciter. Elle s'était attendue à trouver Saffy à la fenêtre de l'office, les épiant de la maison et exigeant un tout premier rapport : quel genre de gens étaient les parents ? Et Meredith, avait-elle l'air contente ? Avaient-ils apprécié les gâteaux ? Mais la cuisine, chose surprenante, était déserte.

Percy se souvint qu'elle avait une théière à la main et décida de pousser la comédie jusqu'au bout. Elle ralluma le feu sous la bouilloire. Le temps s'écoulait avec une irritante lenteur ; elle se mit à rêvasser. Quel crime avait-elle donc commis pour devoir subir, dans la même journée, un mariage et un thé avec des inconnus ? Ce fut alors qu'elle entendit la sonnerie suraiguë du téléphone dans le garde-manger. Depuis que l'administration des postes avait prévenu ses clients que les conversations d'ordre privé pouvaient occasionner des retards dommageables aux échanges stratégiques et militaires, les appels téléphoniques s'étaient faits pratiquement inexistants. Il fallut à Percy un moment avant de reconnaître la sonnerie indignée.

De sorte que lorsqu'elle finit par décrocher, le ton de sa voix était à la fois anxieux et plein de suspicion.

— Milderhurst Castle, allô ?

L'interlocuteur, un certain Archibald Wicks, de Chelsea, se présenta sur-le-champ et demanda à parler « à Mlle Seraphina Blythe ». Percy, étonnée, proposa de prendre un message.

— Voyez-vous, je suis le futur employeur de Mlle Blythe ; j'ai une communication importante à lui faire concernant son logement à Londres, à compter de la semaine prochaine.

— Je suis navrée, monsieur Wicks, articula Percy, le sang bouillonnant sous sa peau. Je crains qu'il n'y ait quelque malentendu.

Un bref silence.

— Un malentendu, disiez-vous ? La ligne n'est pas très… j'ai du mal à vous entendre.

— Ma sœur Seraphina n'est pas en mesure d'accepter quelque emploi que ce soit à Londres.

— Oh !

De nouveau le silence ; la ligne grésillait et Percy ne put s'empêcher de s'imaginer les fils téléphoniques, courant de poteau en poteau, se balançant dans le murmure du vent.

— Je vois, reprit-il enfin. C'est tout de même bizarre ; j'ai sous les yeux, au moment où je vous parle, la lettre par laquelle elle me signifie son accord. Nous avons échangé plusieurs fois sur la question sans aucune ambiguïté.

Ce qui expliquait bien des choses : la quantité de courrier envoyé et reçu au château (c'était Percy qui généralement faisait les allers-retours avec le bureau de poste) ; l'insistance de Saffy pour ne jamais s'éloigner du téléphone, « en cas, disait-elle, d'une communication importante dans le cadre de la guerre ». Percy s'en voulut d'avoir été distraite par les exigences du Service volontaire. Elle aurait dû prêter davantage attention à ce qui se passait autour d'elle.

— Je comprends, articula-t-elle d'une voix lente, et je suis certaine qu'il était dans les intentions de Seraphina d'honorer ses engagements. Mais avec les aléas de la guerre… De surcroît, notre père vient de tomber malade. Nous ne pouvons pas, hélas, nous passer d'elle en ces moments difficiles.

Bien que déçu et troublé, ce que l'on pouvait comprendre, M. Wicks fut quelque peu amadoué par la promesse que lui fit Percy de lui envoyer une première édition signée de *L'Homme de boue*, et raccrocha d'assez bonne humeur. Du moins ne se risquerait-il pas à les poursuivre pour rupture abusive de contrat.

Quant à Saffy... c'était une autre histoire, soupira Percy. A l'étage une chasse d'eau fut tirée ; la tuyauterie de la cuisine ne tarda pas à gargouiller. Percy s'assit sur le tabouret et prit son mal en patience. Quelques minutes plus tard, Saffy passait la tête à la porte de la cuisine.

— Percy !

Elle s'arrêta net, jeta un coup d'œil à la porte qui donnait sur le jardin.

— Que fais-tu ici ? Où est Meredith ? Ses parents ne sont pas déjà repartis, tout de même ? Tout se passe bien ?

— J'étais venue refaire du thé.

— Ah bon.

Le visage de Saffy se détendit en un sourire encore incertain.

— Tu veux que je te donne un coup de main ? Ça ne se fait pas de laisser ses invités seuls trop longtemps, n'est-ce pas ?

Elle attrapa la boîte à thé et souleva le couvercle.

Percy envisagea un moment d'appliquer une stratégie dilatoire, mais la brève conversation avec M. Wicks l'avait si profondément estomaquée que rien d'intelligent ne lui vint à l'esprit.

— Il y a eu un appel téléphonique, finit-elle par dire tout simplement. Pendant que je faisais bouillir de l'eau.

Un tremblement imperceptible, quelques feuilles de thé qui échappent à la cuiller.

— Un appel ? Quand cela ?

545

— A l'instant.

Saffy rassembla les feuilles au creux de sa main ; elles ressemblaient à des fourmis mortes.

— En rapport avec la guerre ?

— Non.

Saffy recula contre le dossier du banc et empoigna un torchon, comme elle l'aurait fait d'une bouée. Ce fut le moment que choisit la bouilloire pour se mettre à crachoter, sifflant par le bec avant d'entonner une plainte menaçante. Saffy la retira du feu et resta devant la cuisinière, le dos tourné à Percy, le souffle court.

— C'était un certain Archibald Wicks, dit Percy. Il appelait de Londres. Il s'est présenté comme un collectionneur.

— Je vois, dit Saffy sans se retourner. Que lui as-tu dit ?

Un cri retentit dans le jardin et Percy se rua à la porte.

— Que lui as-tu dit, Percy ?

Un courant d'air, qui apportait avec lui une odeur d'herbe coupée.

— Percy ? insista-t-elle d'une voix presque inaudible.

— Je lui ai dit que nous avions besoin de toi à la maison.

Le murmure se fit presque sanglot.

— Tu sais très bien que tu ne peux pas partir comme ça, Saffy, dit Percy d'une voix lente et précaution-neuse. Que tu n'as pas le droit de tromper les gens de cette façon. D'après lui, tu devais arriver à Londres la semaine prochaine.

— Exactement. Et c'est bien dans mes intentions. J'ai répondu à une annonce d'emploi, Percy, et cet homme a retenu ma candidature.

Elle se retourna vers sa sœur, leva le poing, le coude replié ; geste d'autant plus curieux, d'autant plus théâtral, qu'elle tenait encore le torchon froissé à la main.

— Il m'a retenue, il m'a choisie, dit-elle en secouant le poing. C'est un collectionneur ; il rassemble toutes sortes de choses merveilleuses, et il m'a embauchée – moi, moi, tu entends ? – pour que je devienne son assistante.

Percy récupéra une cigarette qu'elle avait roulée plus tôt dans la journée et fit craquer une allumettre récalcitrante.

— J'irai, Percy, et tu ne pourras pas m'en empêcher.

Fichue Saffy ; elle n'allait pas faciliter les choses. Percy avait la tête comme une cafetière ; le mariage l'avait mise sur les genoux, puis cet intermède avec les parents de Meredith. Et maintenant Saffy en rébellion ! Elle n'avait pas mérité ça. Saffy jouait les imbéciles à dessein, la forçant à révéler ses véritables motivations. Ah, elle voulait faire la maligne ? Percy allait lui rappeler les règles en vigueur.

— Non, prononça-t-elle dans un nuage de fumée. Tu n'iras nulle part, Saffy. Tu le sais très bien, moi de même, et M. Wicks est au courant maintenant, lui aussi.

Saffy laissa retomber ses bras. Le torchon s'affaissa sur les dalles de la cuisine.

— Tu lui as dit que je ne venais pas. Sans autre explication ?

— Il fallait bien que quelqu'un s'en charge. Il allait t'envoyer ton défraiement pour le voyage.

Les yeux de Saffy luisaient d'un éclat désespéré et, bien que Percy soit furieuse contre sa sœur, elle éprouvait à la voir retenir ses larmes un vague contentement.

On allait peut-être échapper à la grande scène, cette fois-ci.

— Allons, Saffy, Je suis certaine que tu comprendras un jour ou l'autre que ça valait mieux comme ça…

— Tu veux vraiment te mettre en travers de ma route.

— Exactement, dit Percy d'une voix à la fois sévère et tendre.

La lèvre inférieure de Saffy se mit à trembler.

— Tu ne peux pas nous garder en laisse pour le restant de nos jours, Percy, réussit-elle à articuler.

Des doigts, machinalement, elle frottait le pan de sa jupe, comme pour rassembler des fils invisibles en une minuscule boule.

C'était un geste qu'elle avait souvent, petite ; Percy fut submergée par une troublante impression de *déjà-vu* et par l'irrépressible désir de prendre sa sœur jumelle dans ses bras pour ne plus jamais la laisser partir. Lui dire à quel point elle était aimée. Lui dire qu'elle, Percy, n'avait pas voulu lui faire de mal, qu'elle ne l'empêchait de partir que pour son bien. Elle ne fit ni ne dit rien de tout cela. Elle en était incapable. Du reste, cela n'aurait rien changé. Personne n'aime s'entendre dire ce genre de choses, même s'il sait, dans le tréfonds de son âme, qu'elles sont vraies.

Percy opta pour une autre stratégie. D'une voix plus douce, elle reprit :

— Saffy, je n'essaie absolument pas de te contrôler. Un jour, peut-être, tu pourras partir, tu pourras faire ce que tu veux (Percy d'un geste vaste désigna les murs de la cuisine). Mais pas maintenant. Nous avons besoin de toi, à cause de la guerre. A cause de papa. Sans parler du fait que nous n'avons quasiment plus de domestiques au château. T'es-tu posé la question de savoir comment nous nous débrouillerions si tu partais ? Tu imagines une seconde Juniper, ou papa ou – Dieu nous en garde ! – moi, assise sur la lessiveuse ?

— Percy, tu es capable de tout quand tu t'y mets, dit Saffy d'une voix amère. Il en a toujours été ainsi.

Percy cependant savait qu'elle avait remporté la bataille et, chose plus importante encore, que Saffy le savait aussi. Ce qui ne lui procura aucune joie. Sur ses épaules était retombé le poids familier des responsabilités. Tout son être souffrait pour sa sœur, pour la jeune fille qu'elle avait été, aux si joyeuses espérances.

— Mademoiselle Blythe ?

Le père de Meredith était apparu dans l'embrasure de la porte, sa femme à son côté, toute petite, toute mince ; il y avait autour du couple comme un halo de confusion.

Diable, ils lui étaient complètement sortis de l'esprit, ces deux-là.

— Monsieur Baker, dit-elle en se lissant les cheveux. Je vous prie de m'excuser. Cette histoire de théière a pris beaucoup trop de temps…

— Pas de problème, mademoiselle Blythe. Ce ne sera pas nécessaire. Nous avons un problème avec Meredith.

Il sembla perdre quelques centimètres en une seconde.

— Ma femme et moi, on avait prévu de la ramener à la maison, mais elle n'a qu'une envie, c'est de rester chez vous. Et voilà qu'elle vient de nous filer entre les doigts, la polissonne.

Il ne manquait plus que ça, se dit Percy, intérieure-ment effondrée. Elle se retourna vivement mais Saffy avait elle aussi décidé de jouer les filles de l'air.

— Ah. Il va falloir essayer de lui mettre la main dessus, j'imagine.

— C'est bien le problème, dit M. Baker avec un regard de chien battu. Ma femme et moi devons être de retour à Londres par le train de 15 h 24. C'est le seul de la journée.

— Je comprends, dit Percy. Je ne veux pas vous retenir, dans ce cas. En ce moment, la circulation des trains est complètement perturbée. Si vous manquez celui d'aujourd'hui, je me demande s'il ne vous faudra pas attendre jusqu'à mercredi, même heure.

— Mais ma petite…

Mme Baker avait l'air au bord des larmes, une éven-tualité qui déformait curieusement son petit visage aux traits acérés. Percy connaissait bien ce sentiment.

— Ne vous inquiétez pas, dit-elle avec un petit signe de la tête. Je vais la retrouver. Pouvez-vous me laisser un numéro de téléphone à Londres où je puisse vous joindre ? Elle ne doit pas être bien loin.

Perchée sur une branche dans l'un des plus vieux chênes des bois de Cardarker, Meredith apercevait le haut du château, le toit pointu de la tour et sa flèche, fine comme une aiguille, perçant le ciel. Dans cette lumière de fin d'après-midi, les tuiles brillaient d'un bel or rouge ; le sommet de la flèche jetait des éclairs argentés. Sur la pelouse, Percy, d'un geste du bras, prenait congé de ses parents.

Les oreilles de Meredith la brûlaient, électrisée qu'elle était par son acte de désobéissance. Il y aurait des répercussions, elle le savait bien : mais elle n'avait pas eu le choix. Elle avait couru, couru, jusqu'à en perdre le souffle ; et quand ses forces lui étaient revenues, elle avait escaladé les branches du vieux chêne, vibrant de cette étrange énergie de qui vient, pour la première fois de sa vie, d'agir sans réfléchir.

Maman, à l'entrée de l'allée, courba le dos. Peut-être pleurait-elle ? Soudain elle ouvrit les bras, les doigts écartés : comme des étoiles de mer tirées de leur torpeur, se dit Meredith. Papa fit un pas en arrière et Meredith comprit que sa mère était en train de crier quelque chose d'inintelligible à cette distance. Meredith cependant en avait deviné le sens : de graves ennuis l'attendaient.

Pendant ce temps, debout dans le jardin, une main sur la hanche, le regard tourné vers les bois, les yeux plissés, Percy Blythe fumait. Meredith sentit un murmure de doute grossir dans le creux de son estomac. Et si, contrairement à ce qu'elle avait cru comprendre, elle n'était plus la bienvenue au château ? Si les jumelles étaient si épouvantées par sa désobéissance qu'elles se décidaient à la renvoyer chez elle ? Elle n'avait écouté que son désir, pour une fois, mais cela allait peut-être la conduire droit à la catastrophe. Percy Blythe finit sa cigarette et remonta d'un pas lent vers le château ; Meredith soudain se sentit horriblement seule. N'aurait-elle pas dû réfléchir un peu plus avant de commettre l'irréparable ?

Un mouvement attira son regard vers le toit du château ; son cœur se mit à tourbillonner comme une roue de sainte Catherine. Une forme en robe blanche

grimpait le long du toit. *Juniper*. La crise était passée !
Elle revenait enfin au monde ! Elle venait d'atteindre le
faîte plat du toit et s'y était assise à califourchon, les
jambes ballant de part et d'autre. Sans doute allait-elle
maintenant allumer une cigarette, s'allonger, regarder
le ciel.

Ce qu'elle ne fit pas. Elle s'immobilisa tout à coup et
tourna la tête vers la forêt. Meredith se cramponna à la
branche, si excitée qu'un rire étrange lui gargouillait
dans la gorge. C'était presque comme si Juniper l'avait
entendue, avait, d'une façon ou d'une autre, perçu sa
présence. Seule Juniper était capable d'une telle prescience, se dit Meredith.

Elle était tout simplement incapable de rentrer à
Londres. C'était impossible. Pas maintenant. Pas
encore.

Meredith suivit des yeux ses parents qui descendaient l'allée ; maman avait les bras croisés sur la
poitrine et papa boitillait à son côté.

— Je suis désolée, papa, maman, chuchota-t-elle. Je
n'avais pas le choix.

5

L'eau était tiède et peu profonde, mais Saffy n'en avait cure. Le temps hélas était passé des bains brûlants où l'on pouvait se prélasser des heures ; il lui suffisait cependant, après l'ignoble trahison de Percy, de pouvoir enfin se retrouver seule. Elle avança les fesses pour s'allonger au fond de la baignoire, les genoux dressés vers le plafond, tout l'arrière de son crâne immergé, les oreilles sous l'eau. Ses cheveux flottaient telles des algues autour de l'île pâle de son visage ; elle se laissa bercer par les remous de l'eau, le cliquetis assourdi de la chaîne de la bonde et autres curieux murmures du monde aquatique.

Depuis qu'elle était sortie de l'enfance, Saffy avait compris que des deux jumelles elle était la plus faible. Percy aimait à traiter ce genre de considération défaitiste par le mépris : Saffy se faisait des idées ; entre elles deux, rien de tel. Mais parfois l'une était dans l'ombre et l'autre en plein soleil, chacune à leur tour, si bien que l'équilibre était toujours maintenu à la perfection. C'était gentil de sa part, se disait Saffy, mais ce n'est pas parce qu'une chose est plaisante à entendre qu'elle est nécessairement vraie. Saffy en un mot n'ignorait pas que ses talents, si impressionnants soient-ils, n'étaient pas de ceux qui pèsent dans la balance de la vie. Elle avait une belle plume, était une excellente couturière, ne cuisinait pas mal et avait même appris, ces derniers temps, à faire le ménage. Mais à quoi bon tout cela alors qu'elle n'était qu'une esclave ? Pire, une esclave consentante. Elle avait honte de se l'avouer mais elle était en effet, la plupart du temps, plutôt heureuse de sa complète soumission. Il y avait un certain confort à n'être qu'une subordonnée, libre au moins de toute responsabilité. Et cependant, il y avait des moments – tel celui qu'elle était en train de vivre – où elle souffrait de passer pour celle qui se plie à tout sans jamais discuter, quels que soient ses propres désirs.

Saffy se redressa et posa la nuque sur le rebord de la baignoire, puis passa la serviette mouillée sur son visage, encore rouge de colère. Le contact de l'émail lui rafraîchissait le dos ; elle disposa la serviette sur ses seins et son ventre, la regarda longuement se tendre et s'affaisser au rythme de sa respiration, comme une seconde peau. Elle ferma les yeux. Quelle infernale audace avait donc eue Percy de parler à sa place, de choisir à sa place, d'influer aussi délibérément sur son avenir sans même lui demander son avis !

Et pourtant, Percy n'avait pas hésité. Comme toujours. Et Saffy avait cédé sans protester. Comme toujours.

Saffy respira à longues goulées, dans l'espoir de maîtriser la colère qu'elle sentait gonfler en elle. Un souffle qui n'était pas loin du sanglot. C'était pourtant bien agréable, et même flatteur, de savoir que Percy avait un tel besoin de la garder à son côté. Assurément. Mais elle en avait plus qu'assez de sa propre impuissance ; plus encore, cette passivité lui brisait le cœur. Du plus loin qu'il lui en souvienne, Saffy avait été prisonnière d'une vie parallèle à celle de ses rêves – une vie qui aurait pu être la sienne, une vie à laquelle elle aurait pu raisonnablement avoir droit.

Cette fois-ci, pourtant, elle pouvait faire quelque chose. Ce n'était pas grand-chose mais ce n'était pas rien non plus. Elle se frotta énergiquement les joues, ranimée par une combativité sournoise. Oui, elle, la faible Saffy, allait pouvoir sur un point bien précis prendre l'avantage sur Percy. A sa manière passive, certes, puisqu'il s'agissait d'un coup porté par omission, et dont Percy ne se rendrait pas même compte. Maigre prise de guerre, mais qui suffisait à rendre à Saffy un peu de son amour-propre.

Saffy tout simplement allait garder pour elle une information qu'elle savait précieuse aux yeux de sa sœur. Elle n'allait rien lui dire de la visite inattendue qu'elle avait reçue le matin même au château. Pendant que Percy assistait au mariage de Lucy, que Juniper était enfermée dans les combles et que Meredith errait dans le domaine, l'homme de loi de papa, M. Banks, avait fait son arrivée dans son énorme automobile noire, assisté de deux petites dames sévères en tailleur. Saffy, qui mettait la dernière touche à la table dressée dans le jardin pour les parents de Meredith, avait tout d'abord pensé s'éclipser. Elle ne portait guère M. Banks dans son cœur, et détestait encore plus jouer les femmes de chambre et recevoir des visites inopinées. Cependant, ce vénérable vieillard, qu'elle connaissait depuis sa plus tendre enfance, était un ami de papa ; elle était, même si elle aurait eu du mal à en expliquer la raison, son obligée.

Elle avait traversé la cuisine en courant, avait hâtivement rajusté son corsage et sa coiffure devant le miroir du garde-manger et monté l'escalier quatre à quatre, juste à temps pour lui ouvrir. Il avait eu l'air surpris de la voir et avait déploré d'une voix où pointait l'irritation ce triste signe des temps : qu'une maison naguère aussi prestigieuse que Milderhurst ne puisse même plus disposer des services d'un majordome !

« Voulez-vous bien me conduire auprès de votre père, mademoiselle Blythe ? »

Même si Saffy brûlait d'adopter les coutumes d'une société en plein bouleversement, elle avait conservé pour la loi et ses représentants une considération d'une autre époque. Elle conduisit donc à la tour cet homme de peu de mots (c'est-à-dire qu'il n'était guère enclin à bavarder avec les filles de ses clients). Leur ascension avait été silencieuse, ce dont Saffy ne pouvait que se féliciter. Elle ne savait jamais quoi dire à ce genre d'individus. La dernière marche de l'escalier en colimaçon enfin franchie, il lui avait fait un bref signe de tête avant de s'engouffrer, suivi de ses sévères employées, dans la chambre de papa.

Saffy n'avait aucunement l'intention de rester écouter aux portes. Elle avait déjà consacré trop de temps à M. Banks – de surcroît, elle n'avait que dégoût pour cette horrible tour, avec son parfum de mort et le monstrueux tableau qui ornait un mur de la chambre. Si la lutte pathétique d'un papillon pris au piège d'une toile d'araignée tissée entre deux barreaux de la rampe d'escalier n'avait retenu son attention, le cours de la journée en eût été changé. Mais, à genoux sur la marche, débarrassant l'insecte frémissant des fils qui le retenaient, elle n'avait pu s'empêcher d'entendre la voix de son père.

« C'est bien pourquoi je vous ai demandé de passer, Banks. Fichu problème, la mort ! Vous avez procédé aux corrections que je vous ai demandées ?

— Bien sûr. Je vous les ai apportées pour que vous puissiez les signer devant témoin, ainsi qu'une copie pour vos dossiers, naturellement. »

Saffy n'avait pas entendu la suite de la conversation. Elle n'en avait d'ailleurs aucune envie. Elle était la fille cadette d'un homme de la vieille école, une célibataire d'âge presque mûr ; le monde masculin de la propriété et des finances ne la concernait ni ne l'intéressait. Elle n'avait eu qu'un seul désir à ce moment-là : rendre sa liberté au papillon blessé et fuir au plus vite la tour, son atmosphère oppressante et les souvenirs trop lourds qui s'y rattachaient. Elle n'avait pas mis les pieds dans la petite chambre de son père depuis plus de vingt ans, avait du reste la ferme intention de ne plus jamais en franchir le seuil, si possible. Et, retrouvant les étages inférieurs du château, elle s'était efforcée de chasser au plus vite de sa mémoire les souvenirs qui lui étaient soudain revenus.

Ils avaient été si proches, autrefois, elle et papa, des années auparavant. Puis cet amour s'était gâté. Juniper était un écrivain plus talentueux qu'elle, Percy une fille plus attentionnée, ce qui, dans le cœur de leur père, laissait bien peu de place à Saffy. Elle n'avait eu qu'un trop bref moment de gloire – moment où elle lui avait été plus utile que ses deux autres sœurs. Après la guerre de 1914, quand papa était rentré, usé, brisé, c'était elle, Saffy, qui l'avait ramené à la santé, qui avait su lui donner exactement ce dont il avait besoin. Et comme elle avait été ensorcelante, la force de son affection ; comme elles avaient été douces, ces soirées passées dans des recoins du château ou du parc où nul ne pouvait les trouver…

Fracas, confusion – Saffy rouvrit soudain les yeux. Quelqu'un hurlait dans les étages. Elle était encore dans son bain, mais l'eau à présent était glacée ; la lumière du jour avait disparu, laissant place à un crépuscule violacé. Elle avait dû s'assoupir. Dieu merci, elle n'avait pas glissé au fond de la baignoire… Mais d'où venaient ces hurlements ? Elle se redressa sur son séant, tendit l'oreille. Pas un bruit. Elle avait peut-être rêvé.

Non, les cris avaient repris. Bientôt retentit le son strident d'une cloche. Le vieil homme dans sa tour, rattrapé par ses fantômes. Eh bien, que Percy aille lui prêter assistance. Ils ne valaient pas mieux l'un que l'autre.

Saffy frissonna, détacha de sa poitrine la serviette glacée et se leva ; l'eau à ses pieds fut agitée d'un lent ressac. Elle enjamba le rebord de la baignoire, le corps dégoulinant. Au rez-de-chaussée, on parlait fort – Meredith, Juniper et Percy, également. Toutes les trois dans le salon jaune, à attendre que le couvert soit mis et le dîner servi. Oui, bien sûr, comme d'habitude, elle allait s'en occuper.

Saffy décrocha sa robe de chambre de la patère, lutta un bref instant avec ses larges manches, puis la serra contre sa peau humide et fraîche. Elle traversa le vestibule, ses pieds mouillés claquant mollement sur les dalles. Un drôle de petit secret enfoui dans les profondeurs de son cœur.

— Tu voulais quelque chose, papa ?

Percy poussa la lourde porte de la chambre de la tour. Il lui fallut un certain temps avant de le voir, recroquevillé qu'il était dans l'alcôve, près de la cheminée, juste sous la gravure de Goya. Il lui jeta un regard plein d'effroi, et elle comprit immédiatement qu'il venait de subir une de ses hallucinations. Ce qui signifiait bien sûr qu'elle retrouverait certainement son médicament là où elle l'avait laissé le matin même, sur la table du vestibule. C'était sa faute, bien sûr : elle ne pouvait se fier qu'à elle-même. Pourquoi n'avait-elle pas pensé à vérifier en rentrant du village ?

Elle radoucit sa voix, lui parla comme à un enfant. Un enfant parfaitement imaginaire : elle n'en avait jamais vraiment côtoyé assez longtemps pour les aimer.

— Allons, allons. Tout va bien. Ne t'en fais pas. Tu ne veux pas te rasseoir ? Viens. Je vais t'aider à t'installer à la fenêtre. Le ciel est si beau ce soir.

Il eut un hochement de tête nerveux, s'avança vers le bras qu'elle lui tendait ; il avait retrouvé ses esprits. Sans doute, se disait-elle, la crise n'avait-elle pas été trop sévère ; il était suffisamment remis pour l'envelopper d'un regard méchant.

— Ne t'avais-je pas demandé de t'acheter une perruque, Percy ?

Ce n'était pas la première fois qu'il lui faisait cette remarque et sa fille, obéissante, s'était pliée à ses exigences (mission presque impossible en temps de guerre), même si l'horrible chose gisait la plupart du temps comme une vieille queue de renard sur sa table de chevet.

Il y avait sur l'accoudoir du fauteuil une petite couverture au crochet aux couleurs vives que Lucy avait confectionnée pour lui des années auparavant ; Percy la disposa sur les genoux de son père.

— Je suis navrée, papa. J'ai oublié. J'ai entendu la cloche ; je ne voulais pas te faire attendre.

— Tu ressembles à un homme sans tes boucles. C'est ce que tu cherches ? Tu veux que les gens te traitent comme si tu étais un homme ?

— Non, papa.

Du bout des doigts, Percy caressa le creux de sa nuque, s'attarda sur la pointe duveteuse qui prolongeait l'implantation de ses cheveux. Il avait parlé sans arrière-pensée et Percy ne lui en voulait pas ; elle trouvait la suggestion un peu curieuse, c'était tout. Elle jeta un regard discret à la bibliothèque vitrée, aperçut son reflet dans la surface irrégulière, celui d'une femme à l'allure sévère, aux épaules droites, mais dotée d'une poitrine plutôt généreuse, de hanches aux courbes amples, et d'un visage qui, bien que dépourvu de tout maquillage, n'en était pas moins féminin, à ses yeux du moins. Ou bien s'aveuglait-elle sur ses propres traits ?

Papa avait tourné la tête vers la fenêtre, plongé le regard vers les champs que drapait le crépuscule, ignorant tout des pensées qui, par sa faute, s'étaient emparées de sa fille.

— Tout cela, murmura-t-il, les yeux fixes, tout cela.

Elle s'adossa au fauteuil, le coude posé sur le dossier. Il n'avait pas besoin d'en dire plus. Mieux que quiconque, elle comprenait la sensation que lui procurait la vision sans pareille des champs de ses ancêtres.

— Tu as lu l'histoire de Juniper, papa ?

C'était l'un des rares sujets qui ne manquaient jamais de lui redonner le sourire ; Percy en usa avec délicatesse, espérant ainsi l'écarter quelque temps d'un gouffre qu'elle savait proche.

Il fit un geste vers sa pipe et sa blague à tabac, et sa fille s'empressa de les lui apporter. En profita pour allumer une cigarette tandis qu'il garnissait son fourneau de tabac.

— Elle a vraiment quelque chose. Cela ne fait aucun doute.

— Elle le tient de toi, ce quelque chose, répondit Percy avec un sourire.

— Il faut que nous fassions attention à elle, tous autant que nous sommes. L'esprit créatif a besoin de liberté. Il doit pouvoir vagabonder à son propre rythme, selon ses propres desseins. Persephone, ce n'est pas très facile à expliquer à quelqu'un dont l'esprit fonctionne de façon plus rigoureuse, mais il est indispensable que Juniper soit libérée de toutes les contigences matérielles et qu'elle ne soit pas soumise aux tentations du monde extérieur, qui pourraient gâcher son talent.

Il saisit d'une main inquiète la jupe de Percy.

— Aucun galant accroché à ses basques, j'espère ?

— Non, papa, aucun.

— Une enfant telle que Juniper a besoin d'être protégée, poursuivit-il en levant le menton. Il lui faut un refuge. Et ce refuge, c'est ici même, c'est Milderhurst.

— Bien sûr, papa, elle ne quittera pas le château.

— A toi de t'en assurer, ma fille. A toi de prendre soin de tes deux sœurs.

Et suivit son interminable et familière tirade sur l'héritage spirituel, la responsabilité, l'hérédité…

Percy le laissa parler sans rien dire et termina sa cigarette.

— Veux-tu que je t'accompagne au cabinet de toilette avant de partir, papa ? dit-elle quand il eut achevé son discours.

— Avant de partir ?

— J'ai une réunion au village en fin de soirée.

— Toujours à courir à droite et à gauche, toi !

Il eut une moue bien peu seyante et Percy n'eut aucun mal à imaginer son père petit garçon. Un enfant gâté dont le moindre souhait devait être exaucé.

— Allez, viens, papa, suis-moi.

Elle conduisit le vieil homme jusque dans les toilettes et l'attendit dans le couloir, bien plus frais que la chambre, en cherchant ses cigarettes. Où étaient-elles donc passées ? Ah, elle les avait laissées dans la chambre de papa. Elle avait certainement le temps d'aller les chercher avant qu'il ne ressorte.

Le paquet était encore sur le bureau. De même qu'un colis… un colis provenant de M. Banks, non timbré, ce qui signifiait qu'il avait été délivré en mains propres.

Le pouls de Percy s'accéléra soudain. Saffy n'avait pas mentionné de visite. Se pouvait-il que M. Banks soit venu de Folkestone et se soit introduit dans le château sans se présenter à Saffy ? Tout était possible en ce monde, se dit-elle, mais cela ressemblait bien peu au personnage. Pourquoi une visite aussi discrète ?

Pendant un bref moment, Percy, hésitante, garda l'épaisse enveloppe dans ses mains ; le front, la nuque la brûlaient ; son chemisier collait à la poitrine et sous les bras.

Elle jeta un regard par-dessus son épaule – bien inutilement : qui aurait pu l'épier ? –, ouvrit le paquet et en sortit toute une liasse de feuillets. Un testament. Daté de ce jour. D'un regard avide, elle commença à parcourir le texte pour en extraire la quintessence. Un poids écrasant lui tomba sur les épaules : ses pires appréhensions étaient confirmées.

Elle se pressa le front d'une main inquiète. Dire que personne n'avait pu empêcher cette catastrophe de se produire… Mais le résultat était là, sous ses yeux, en noir sur blanc, et en bleu là où papa avait paraphé son accord. Elle relut le document, mot à mot, lentement, cherchant la moindre faille ou, vain espoir, la page manquante. Peut-être avait-elle lu trop vite ? Mal compris le sens d'un mot, d'une phrase ?

Non, tout était clair.

Mon Dieu, si clair !

IV

Retour à Milderhurst Castle

1992

Herbert m'avait prêté sa voiture pour la durée de mon séjour à Milderhurst ; dès que j'ai quitté l'autoroute, j'ai baissé la vitre et laissé le vent me rafraîchir le visage. La campagne avait bien changé depuis ma dernière visite. L'été était passé par là, puis l'automne s'était installé. Des feuilles mortes gisaient en pyramides d'or et de bronze sur les bas-côtés de la route. M'enfonçant dans le cœur du Kent, j'empruntais des routes de plus en plus secrètes, par-dessus lesquelles les branches des arbres se joignaient. A chaque bourrasque, une nouvelle pluie de feuilles mortes s'abattait sur la route. Mue après mue de la saison du déclin.

Un message m'attendait à la ferme des Bird.

Bienvenue, Edie ! Malheureusement, j'ai des courses à faire et Bird est au lit avec la grippe. Voici la clef ; faites comme chez vous et installez-vous chambre 3, au rez-de-chaussée. Vraiment navrée de vous faire faux bond pour l'heure. Nous nous verrons au dîner, 19 heures dans la salle à manger.
Marilyn Bird

PS : Bird à ma demande a installé un bureau dans votre chambre, plus grand que le précédent. Il prend pas mal de place dans la pièce, mais vous serez plus à votre aise pour travailler, je pense.

Sans perdre une minute, j'y ai disposé avec le plus grand soin les notes d'Adam Gilbert, mes exemplaires de *Milderhurst au temps de Raymond Blythe* et de *L'Homme de boue*, quelques carnets et stylos assortis, et je me suis assise devant l'impressionnant bureau, en passant les doigts sur les rebords lisses du plateau. Puis j'ai posé le menton sur mes mains jointes, en poussant un léger soupir de satisfaction. C'était comme le premier jour à l'école, en cent fois mieux. J'avais devant moi quatre fécondes journées, et je me sentais vibrante d'enthousiasme. Soudain, tout devenait possible.

C'est alors que j'ai vu le téléphone, un vieux modèle en bakélite noire ; une envie parfaitement insolite s'est emparée de moi. Causée, sans doute, par le retour à Milderhurst, à l'endroit même où ma mère s'était trouvée. Et découverte.

Le téléphone a sonné, sonné, sonné ; quelques secondes avant que je ne perde patience, elle a répondu, le souffle court.

— Bonjour, maman, ai-je dit.

Un silence a suivi.

— Oh, Edie, désolée. J'étais en train d'essayer de mettre la main sur ton père. Il a décidé de... Tout va bien ?

Sa voix s'est faite acérée, pointue comme un crayon taillé de frais.

— Oui, maman, tout va bien. C'était juste pour te dire que j'étais bien arrivée.

Nouveau silence. Je l'avais prise de court : ce n'est pas dans nos habitudes de nous appeler l'une l'autre pour nous rassurer après un long voyage. Du moins, cela ne l'est plus depuis dix ans et le jour où j'ai réussi à la convaincre que si le gouvernement m'avait accordé le droit de vote, elle pouvait m'accorder celui de prendre le métro seule et de ne plus l'appeler une fois rentrée à la maison pour lui annoncer que j'étais bien rentrée.

— Ah. Très bien. Merci. C'est très gentil à toi de m'avoir appelée. Ton père sera content de savoir que tu es bien arrivée. Tu lui manques. Sans toi, il se morfond.

Un autre silence, plus long, durant lequel je l'ai presque entendue réfléchir. Puis les questions ont fusé, fiévreuses.

— Alors ? Tu es vraiment là-bas ? Au village ? Comment est-ce ?

— Splendide, maman. Avec l'automne, tout est doré.

— Je me souviens, Edie. Je me souviens de Milderhurst en automne. Les bois qui restaient verts encore un moment puis qui commençaient à flamber, les jaunes et les rouges…

— Et l'orange… il y a des feuilles partout. Vraiment partout, comme un épais tapis sur les chemins, le bord des routes, les jardins.

— Oui, je me rappelle. Le vent qui vient de la mer, les tourbillons de feuilles. Il y a du vent, Edie ?

— Pas trop pour le moment, mais il devrait souffler très fort pendant la semaine, d'après la météo.

— Attends de voir ça. Une vraie pluie d'or. Les feuilles crissaient sous les pieds quand on courait dans le parc. Je me souviens.

Elle a prononcé ces trois mots d'une voix si douce et si fragile que j'ai été submergée par une vague de chaleur, venue je ne sais d'où.

— Tu sais, maman, me suis-je entendue dire, je finis les entretiens le 4. Pourquoi ne pas venir me rejoindre pour la journée ?

— Oh, Edie, non, non. Ton père ne peut pas…

— Je ne parle pas de papa. Viens, toi.

— Toute seule ?

— Oui. On pourrait déjeuner toutes les deux dans un endroit sympathique. Se promener dans le village.

Ne m'a répondu que la vibration irréelle et ténue de la ligne téléphonique. J'ai baissé la voix, même si j'étais seule dans ma chambre.

— Maman, si tu ne veux pas revoir le château, tu n'es pas obligée, tu sais. Mais viens.

Ce silence, toujours. Je me suis demandé si elle n'avait pas raccroché. Puis j'ai entendu un curieux petit bruit, et j'ai compris qu'elle était encore là. Et qu'elle pleurait, tout doucement, le combiné à la main.

Les sœurs Blythe ne m'attendaient pas avant le lendemain. Le temps devait se gâter et je me suis dit qu'il était peut-être un peu bête de passer une aussi belle après-midi cloîtrée dans ma chambre.

« Essayez de faire partager à vos lecteurs les sensations que provoque en vous ce lieu, m'avait recommandé Judith Waterman. Le roman est si profondément ancré dans la réalité du lieu. »

Du coup, j'ai décidé d'aller me promener. Mme Bird avait, comme à son habitude, laissé une corbeille de fruits sur la table de chevet ; j'ai prélevé une pomme et une banane, les ai glissées dans mon cabas avec un carnet et un stylo. J'étais prête à sortir quand le journal de maman a attiré mon regard, sagement posé qu'il était à côté de mes dossiers.

— Allez, viens, maman, ai-je dit en le ramassant. Retournons ensemble au château.

Quand j'étais petite, dans les rares occasions où maman n'était pas à la maison après l'école, je prenais le bus et j'allais retrouver papa au bureau. Il travaillait dans Hammersmith. J'étais censée m'y faire toute petite en attendant l'heure du retour, trouver un bout de tapis – un bureau, même, les jours de chance – histoire de pouvoir faire mes devoirs, de décorer mon cahier de textes ou d'écrire cinquante fois le prénom de mon dernier amoureux en date : tout ce que je voulais, du moment que je ne dérangeais personne.

Une après-midi, on m'a trouvé un coin de table dans un bureau où je n'étais jamais entrée. Je n'avais même jamais remarqué la porte qui y conduisait, tout au bout de la très longue entrée. La pièce était minuscule, à peine plus grande qu'un placard à balais. Les murs étaient beige et marron, mais il y manquait les ornements clinquants des autres bureaux, étagères de verre et autres miroirs aux reflets cuivrés. En lieu et place, une petite table en bois, une chaise, une étroite bibliothèque. J'y avais trouvé, entre deux revues juridiques, quelque chose de bien plus intéressant. Une boule à neige : vous savez, un globe de verre rempli d'un liquide dans lequel flottent des flocons de neige. Une fois qu'on l'avait renversé, les flocons retombaient mollement sur une petite maison entourée de deux ou trois sapins.

Les règles étaient claires au bureau de papa : je n'avais le droit de toucher à rien. Mais ce jour-là, je n'avais pas pu m'empêcher de toucher à la boule. Elle me fascinait. C'était un fragment d'étrangeté dans un monde beige et marron, une porte secrète au fond de l'armoire, un symbole irrésistible de l'enfance. Je m'étais immédiatement pelotonnée sur le siège, le globe à la main, le renversant, le redressant, regardant les flocons tomber sur le toit, sans relâche, contemplant un monde parallèle et hermétique, radicalement séparé de celui où je me trouvais. Je me souviens d'avoir ressenti un curieux désir de pouvoir entrer sous ce dôme de verre, de rejoindre l'homme et la femme que l'on distinguait par les minuscules fenêtres aux reflets d'or, ou les deux enfants qui poussaient leur luge de bois sombre sous la neige, en un lieu que n'atteindraient jamais les tourments et le fracas du dehors.

Telle a été la sensation qui m'a saisie lorsque j'ai repris la route de Milderhurst Castle. A mesure que j'approchais du sommet de la colline, j'avais l'impression de sentir l'air changer autour de moi, comme si j'avais franchi une barrière invisible, comme si j'étais passée dans un autre monde. Quand on est sain d'esprit, on se retient de parler de maisons habitées par des forces, d'individus capables d'ensorceler leurs prochains ou de les aimanter. Mais au cours de cette semaine, j'en suis venue à croire – et cette certitude ne m'a plus jamais quittée – que dans les pierres de Milder-hurst Castle une force mystérieuse était à l'œuvre. Je l'avais sentie dès ma première visite ; j'ai ressenti la même vibration en cette après-midi d'automne. Presque un signe, comme si le château lui-même m'attirait à lui.

Je ne suis pas passée par la piscine secrète, cette fois-ci. J'ai traversé le champ jusqu'à l'allée de gravier, franchi un petit pont de pierre, puis un autre un peu plus grand ; bientôt le château a surgi sous mes yeux, énorme, imposant, posé sur le sommet de la colline. J'ai marché sans m'arrêter jusqu'aux douves. Là, je me suis retournée pour regarder ce paysage que j'avais traversé. J'avais sous les yeux l'immense canopée du bois de Cardarker, et l'on aurait dit que l'automne y avait jeté sa torche colossale, faisant jaillir des incendies d'or, de pourpre et de bronze. J'ai regretté de ne pas avoir apporté mon appareil photo, pour maman.

Quittant l'allée, j'ai longé une grande haie, les yeux levés vers la fenêtre des combles, celle qui donnait sur la chambre de la nourrice, là où Percy m'avait montré l'armoire secrète. Le château me surveillait, c'était du moins l'impression que j'avais, de ses cent fenêtres aux lueurs sombres, aux paupières de tuiles, il me regardait venir... J'ai détourné la tête avec un vague frisson, longé la haie jusqu'à l'arrière-cour.

J'y ai trouvé un poulailler abandonné et une curieuse construction en forme de demi-sphère. Je m'en suis approchée pour l'identifier. C'était l'abri antibombardement. A l'époque où le château pouvait se visiter, quelqu'un sans doute avait planté devant la porte un écriteau à présent mangé par la rouille, où on pouvait encore déchiffrer, sous le titre « Abri Anderson », un texte sur le rôle du Kent lors de la bataille d'Angleterre. Une bombe était tombée à un kilomètre ou deux de Milderhurst, tuant un garçon qui circulait à vélo. L'abri avait été construit en 1940 : ce ne pouvait être que celui où ma mère avait passé des nuits d'angoisse pendant le Blitz.

A qui aurais-je pu demander confirmation de mes suppositions ? Il n'y avait personne. Pourquoi ne pas aller y jeter un coup d'œil, en ce cas ? J'ai descendu les quelques marches, étroites et raides, et suis passée sous la voûte de fer. Il faisait sombre, mais la lumière du dehors, qui filtrait par la porte, m'a montré tout un décor de guerre : des cartes de paquets de cigarettes, représentant des Spitfire et des Hurricane, une petite table sur laquelle était posé un poste de radio sans fil d'époque, tout en bois, une affiche montrant Churchill, doigt tendu vers moi, et me prévenant de ce que je devais « Mériter la victoire ! ». Mon esprit en un éclair a imaginé une de ces nuits de 1940, le hurlement paniqué des sirènes, les bombardiers traversant les cieux en vrombissant…

Je suis ressortie, éblouie par la lumière. Les nuages traversaient le ciel à toute allure ; le soleil était voilé par une lugubre couche de brume. Il y avait dans la haie comme une petite alcôve, encerclant un monticule : un lieu idéal pour une pause. J'ai sorti le journal de maman de mon sac, me suis assise et l'ai ouvert à la première page. Elle était datée de janvier 1940.

Cher et adorable journal ! Cela fait si longtemps que je te garde sans oser t'utiliser – un an, davantage, même ! C'est que tu es un cadeau, un cadeau que m'a fait M. Cavill après mes examens. Il m'a dit alors qu'il fallait que je t'ouvre pour une occasion spéciale, que les mots durent toujours, et qu'un jour j'aurais une histoire à raconter dans tes si belles pages. A l'époque, je ne l'ai pas cru : je n'avais jamais rien eu de spécial à écrire. C'est triste à dire, n'est-ce pas ? Mais ce n'est pas pour m'apitoyer que je l'écris, c'est parce que c'est vrai. Je n'avais jamais rien eu de spécial à écrire et je pensais qu'il en serait toujours ainsi. Mais j'avais tort. Complètement, terriblement, merveilleusement tort. Il s'est passé des choses incroyables et rien ne sera plus comme avant.

Pour commencer, je devrais sans doute te dire que j'écris ceci dans un château. Un vrai château, avec des murs en pierre, une tour et des tas d'escaliers en colimaçon, des chandeliers sur tous les murs avec des tas de cire, des siècles de cire toute noire qui dégoulinent de leurs branches. Ce n'est pas le château en lui-même qui est merveilleux. Tu vas te dire que j'exagère, que c'est déjà beaucoup de vivre dans un château ; que pourrais-je rêver de plus ? Mais voilà, il y a mieux encore.

Je suis assise sur le rebord de la fenêtre, dans le grenier. C'est l'endroit le plus merveilleux du château. C'est la chambre de Juniper. Mais qui est Juniper ? me demanderais-tu si tu pouvais poser des questions, cher journal. Juniper, c'est la personne la plus incroyable du monde. C'est ma meilleure amie. Et moi la sienne. C'est Juniper qui m'a convaincue de t'ouvrir, enfin, et d'écrire dans tes pages. Elle m'a dit un jour qu'elle en avait assez de me voir te transporter partout comme une sorte de presse-papier sacré (il faut l'excuser, c'est Juniper !), qu'il était grand temps que je prenne mon élan et que j'écrive dans tes si belles pages.

Juniper dit qu'on peut écrire des histoires sur n'importe quel sujet et que si tu attends qu'elles *t'arrivent toutes cuites pour prendre ton stylo, tu finis toujours devant une page blanche. D'après elle, écrire, c'est enregistrer des visions et des sentiments et les coucher sur le papier. Tisser, comme une araignée, mais avec des mots en guise de fils. C'est Juniper qui m'a donné le stylo à plume avec lequel je trace ces quelques mots. Je crois qu'elle l'a trouvé dans la tour, et parfois j'ai peur que son père ne vienne voir qui le lui a volé, mais je m'en sers quand même. C'est un splendide stylo, à la vérité. Je crois qu'on peut très bien tomber amoureuse d'un stylo. Qu'en penses-tu, cher journal ?*

Juniper m'a conseillé de commencer par l'histoire de ma vie. Elle me demande toujours de lui raconter comment ça se passe chez nous, avec papa, maman, Ed, Rita et la voisine, Mme Paul. Juniper, elle a un rire très bruyant, comme une bouteille d'eau gazeuse, quand on la secoue et qu'on la débouche immédiatement : tout explose. C'est un peu effrayant mais assez magnifique, tout de même. Son rire est vraiment surprenant. Elle est si fine, si gracieuse, mais son rire, lui, est grave, enroué, comme une poignée de terre. Ce n'est pas seulement son rire que j'aime : quand je lui raconte ce que Rita dit des uns et des autres, elle grogne et crache, comme un chat furieux, exactement quand il faut.

Elle dit que j'ai de la chance – tu te rends compte, une fille comme elle, me dire ça, à moi ? –, que j'ai de la chance parce que j'ai fait mon éducation dans le monde réel. Elle, elle ne connaît les choses que par les livres. Ce qui me semble fabuleux, à moi, mais pas à elle. Sais-tu, cher journal, qu'elle n'est pas retournée à Londres depuis des années ? Avec tout le reste de la famille, ils étaient allés voir la première représentation d'une pièce tirée du livre de son père, La Véridique Histoire de l'Homme de boue. *Quand Juniper m'a parlé de ce livre, elle a eu l'air de penser que je devais le connaître, mais j'ai dû lui avouer à ma grande honte que ça n'était pas le cas. Mais pourquoi mes parents m'ont-ils caché ces choses-là ? Elle avait l'air assez surprise, je dois dire, mais elle ne s'est pas moquée de moi. Bien au contraire, elle a hoché la tête et elle a dit que c'était sans doute parce que j'étais trop occupée avec toutes ces vraies personnes dans le vrai monde. Puis elle a pris cet air qu'elle a parfois, pensif, un peu interloqué, comme si elle cherchait la réponse à un problème compliqué. Un peu comme l'expression qui me vient quand je rêvasse, et que maman n'aime pas du tout. « Arrête de broyer du noir, Merry ! Fais quelque chose de tes dix doigts ! »*

Mais c'est que j'aime bien broyer du noir, moi. C'est plus intéressant que de penser à des choses drôles et joyeuses. C'est dans le noir qu'il se passe des choses. C'est bien plus intéressant de se demander ce qu'il y a derrière les nuages, plutôt que de passer des heures à regarder un grand ciel bleu tout vide, tout simple.

Et parlant de ciel, il est bien gris, aujourd'hui. Quand je regarde par la fenêtre, j'ai l'impression qu'une grande couverture grise a été étendue sur le château. Le sol est gelé. De la fenêtre des combles, on a vue sur un endroit très spécial. Un des favoris de Juniper. C'est un petit enclos carré, avec des haies tout autour ; des petites pierres tombales émergent des ronces dans tous les sens, comme des dents mortes dans la bouche d'une vieille personne.

Clementina Blythe
Un an
Cruellement ôtée à l'affection des siens
Dors, ma douce, dors.

Cyrus Maximus Blythe
Trois ans
Pourquoi nous quitter si vite ?

Emerson Blythe
10 ans
Il fut aimé.

La première fois que j'y suis allée, j'ai cru que c'étaient des tombes d'enfants, mais Juniper m'a dit que c'étaient en fait des animaux de compagnie. Tous sans exception. Les Blythe adorent les animaux, surtout Juniper, qui m'a raconté en pleurant l'histoire de son premier chien, Emerson.

Brrr… Mon journal, si tu savais ce qu'il fait froid ici ! Depuis que je suis au château, j'ai hérité de tout un stock de chaussettes. Saffy est une excellente tricoteuse, mais elle oublie toujours de compter les rangs, ce qui fait qu'un bon tiers des chaussettes qu'elle fabrique pour les soldats ne couvriraient même pas leur gros orteil. Elles sont parfaites pour moi. J'en ai trois paires à chaque pied, et trois chaussettes dépareillées au bras droit. Rien à la main gauche, pour que je puisse écrire, tout de même. Ce qui explique mon horrible écriture. Cher journal, j'espère que tu ne m'en voudras pas. Mais tes belles pages méritent mieux que cela.

Donc me voilà toute seule dans la chambre des combles pendant que Juniper est en bas, à lire des

histoires aux poules. Saffy croit dur comme fer qu'elles
pondent mieux quand elles sont stimulées. Juniper, qui
aime tous les animaux de la création, dit qu'il n'y a pas
créature plus intelligente ni plus affectueuse qu'une
poule. Et moi, j'adore les œufs... Voilà donc. Nous
sommes toutes très heureuses. Je vais donc commencer
par le début et écrire aussi vite que possible. Ça me
réchauffera les doigts, d'ailleurs...

Un aboiement féroce, de ceux qui font se rétracter le
cœur dans la poitrine ; j'ai fait un bond.

Un chien est apparu à quelques mètres de moi – le
lurcher de Juniper. Babines retroussées, un sourd gron-
dement émanant de son poitrail.

— Oh, mon garçon. Tout doux, ai-je dit, la voix
tendue par la peur. Tout doux.

Allais-je tendre la main et le caresser, allais-je réussir
à le calmer ? Une canne s'est plantée dans les feuilles
mortes ; a suivi une paire de gros souliers de marche.
J'ai levé les yeux : Percy Blythe me dévisageait d'un
regard furieux.

J'avais presque oublié à quel point elle était maigre
et sévère. Penchée sur sa canne, vêtue, comme lors de
notre dernière rencontre, d'un pantalon clair et d'une
chemise très bien coupée qui aurait pu passer pour
masculine si Percy n'avait pas été si incroyablement
frêle. Féminine, aussi, la petite montre qui pendait à son
poignet décharné.

— C'est vous, a-t-elle dit, aussi surprise que je
l'étais. Vous êtes en avance.

— Je suis navrée. Je ne voulais pas vous déranger, je
voulais...

Le chien a grondé, toujours méfiant.

— Bruno ! Assez, s'est-elle exclamée d'un ton impatient.

Il a gémi, s'est assis à ses pieds.

— Nous vous attendions demain, je crois.

— C'est cela. A dix heures, demain matin.

— Le rendez-vous tient toujours ?

— Mais bien sûr. Simplement, je suis arrivée tout à l'heure de Londres et le temps était si clair… Je sais qu'il va tourner à la pluie dans les jours qui viennent. Je me suis dit qu'il valait peut-être mieux profiter du soleil pour aller me promener, prendre quelques notes. Je n'avais pas l'intention de vous déranger. Puis j'ai trouvé l'abri et…

Elle ne m'écoutait plus.

— Bah, a-t-elle répliqué sans le moindre sourire, puisque vous êtes là… Entrez donc prendre le thé.

Un faux pas et un coup d'éclat

Le salon jaune m'a semblé plus décrépit que dans mon souvenir. Au printemps, il m'avait paru chaleureux – une petite zone de lumière et d'animation dans un cadavre de pierre. Ce qui n'était plus le cas – la faute de l'automne, peut-être ? L'éclat perdu de l'été, le frisson sournois qui annonçait l'hiver… Car il n'y avait pas dans mon impression qu'une question d'aspect.

Le chien s'est affaissé contre le paravent en lambeaux avec force halètements. Il avait vieilli, lui aussi, et Percy Blythe de même, depuis le mois de mai, tout comme le salon. Il m'est venu une curieuse idée : Milderhurst était vraiment séparé du monde réel par une frontière invisible ; c'était un lieu à part, hors des contingences du temps et de l'espace ; un sort lui avait été jeté, et le temps y fluctuait, capricieux, au gré d'une entité qui n'était pas de ce monde.

Saffy était penchée sur une fragile théière de porcelaine.

— En fait, Percy, a-t-elle dit en remettant le couvercle, j'étais en train de me dire que nous pourrions peut-être organiser une fouille… Oh !

Elle avait distraitement levé les yeux, et m'a vue au côté de sa sœur.

— Ah, bonjour.

— C'est Edie Burchill, a dit Percy d'un ton neutre. Nous ne l'attendions pas vraiment aujourd'hui, mais je l'ai invitée à prendre le thé avec nous.

— Quelle agréable surprise, a dit Saffy, le visage soudain illuminé (visiblement, elle ne disait pas cela juste pour me faire plaisir). J'allais servir, mais ce couvercle me donne du fil à retordre. Je vais vous mettre une tasse. Ah, vraiment, quelle joie !

Juniper était installée près de la fenêtre, comme lors de ma visite précédente ; cette fois-ci, cependant, elle dormait, la tête enfoncée dans le velours vert pâle du dossier du fauteuil ; un léger ronflement s'échappait de ses narines. En la voyant, je n'ai pas pu m'empêcher de penser aux pages du journal de maman, à la jeune enchanteresse qu'elle avait tant aimée. Quel gâchis, quel terrible gâchis… Et tout cela parce que Thomas Cavill n'était jamais parvenu au château.

— Nous sommes si heureuses de votre visite, mademoiselle Burchill, a dit Saffy.

— Je vous en prie, appelez-moi Edie. C'est le diminutif d'Edith, dans mon cas.

Elle a souri de plaisir.

— Edith. Quel ravissant prénom. Il me semble que cela veut dire « bénie dans les batailles ».

— Je ne sais pas vraiment, ai-je répondu sur un ton d'excuse.

Percy a toussoté.

— Ce monsieur était très professionnel, de toute évidence, a poursuivi Saffy. Mais… (elle a jeté un regard à Juniper endormie). Je ne sais pas. Je crois que c'est beaucoup plus facile de parler à une autre femme. Tu ne trouves pas, Percy ?

— Je suis exactement de ton avis.

A les voir l'une à côté de l'autre, je me suis rendu compte que ce passage du temps que j'avais si fort ressenti n'était pas une lubie de mon esprit. A ma première visite, j'avais remarqué que les deux jumelles étaient exactement de la même taille, même si le caractère autoritaire de Percy lui donnait une stature plus impressionnante. Cette fois-ci, impossible de s'y tromper : Percy avait rapetissé, maigri ; je n'ai pas pu m'empêcher de penser à Jekyll et à Hyde, au moment où le bon docteur se retrouve en face de son double, plus menaçant mais aussi plus petit et plus frêle.

— Prenez place, je vous en prie, a dit Percy d'un ton sec. Asseyons-nous, toutes les trois.

Nous nous sommes exécutées ; Saffy a servi le thé en menant une conversation à sens unique avec Percy au sujet du chien, Bruno. Où l'avait-elle trouvé ? Comment allait-il ? Comment avait-il supporté la promenade ? J'ai compris que Bruno était malade et que sa santé inquiétait les sœurs Blythe. Elles en parlaient à voix basse, regardant Juniper à la dérobée, et je me suis souvenue que Bruno était son chien, que ses sœurs s'étaient toujours débrouillées pour qu'elle ait un animal de compagnie – parce que « tout le monde avait besoin d'aimer quelque chose ou quelqu'un ». Le nez sur ma tasse de thé, je me suis mise à scruter le visage de Percy. Impossible de m'en empêcher. Elle avait beau être aussi aimable qu'un porc-épic, il y avait quelque chose qui me fascinait dans son attitude. Je l'ai écoutée répondre à Saffy d'un ton bref, les lèvres pincées, la peau des joues distendue, le front creusé par des années de colère rentrée, et je me suis demandé si ces quelques mots – « Nous avons tous besoin d'aimer quelque chose ou quelqu'un » – ne s'appliquaient pas plus à elle, dans une certaine mesure, qu'à Juniper. Si elle n'avait pas, elle aussi, perdu quelqu'un qu'elle aimait.

J'étais si profondément absorbée dans ma contemplation que lorsque Percy a tourné vers moi un regard inquisiteur, j'ai eu l'impression qu'elle avait lu dans mes pensées. J'ai sursauté ; le rouge m'est monté aux joues, et j'ai compris soudain que Saffy m'avait posé une question à laquelle je n'avais pas répondu, ce qui avait occasionné la réaction de sa sœur.

— Oh, excusez-moi. J'étais complètement ailleurs.

— Vous êtes tout excusée, a répondu Saffy. Je vous demandais simplement si vous aviez fait bon voyage de Londres. Tout s'est bien passé ?

— Oui, je vous remercie.

— Quand nous étions enfants, nous montions de temps à autre à Londres. Tu te souviens, Percy ?

Sa sœur jumelle a émis un marmonnement affirmatif.

— Papa nous y emmenait tous les ans, a poursuivi Saffy, le regard illuminé par le souvenir. D'abord en train – nous avions un compartiment pour nous, avec papa et Nanny. Ensuite papa a acheté la Daimler. A partir de ce moment, nous y sommes allés en voiture. Percy aimait mieux rester au château, mais j'adorais ces séjours à Londres. Il se passait tant de choses – toutes ces femmes magnifiques, tous ces messieurs élégants, les robes, les magasins, les parcs.

Elle a souri – tristement, m'a-t-il semblé.

— J'avais toujours cru… (Le sourire a tremblé sur ses lèvres ; elle a baissé les yeux vers sa tasse.) Ah. Il en est de même de toutes les jeunes femmes, je pense. Elles rêvent toutes de certaines choses. Vous êtes mariée, Edith ?

La question m'a prise au dépourvu ; Saffy a levé une main aux longs doigts fins.

— Pardonnez cette question. Je suis vraiment d'une impertinence !

— Mais non, cela n'a rien d'impertinent. Pour tout vous dire, je ne suis pas mariée.

— C'est bien ce que je pensais, a-t-elle repris, chaleureuse. J'espère que vous n'allez pas me trouver indiscrète, mais j'ai remarqué que vous ne portiez pas d'alliance. Ah, peut-être que ce n'est plus à la mode chez les jeunes gens de maintenant. Je ne suis plus vraiment à la page. Je ne sors pas souvent.

Son regard s'est, l'espace d'une seconde, posé sur Percy.

— Aucune de nous trois, d'ailleurs.

Sa main a couru, légère, sur sa gorge, avant de se poser sur un médaillon ancien qu'elle portait autour du cou.

— J'ai failli me marier, autrefois.

Percy a fait craquer son fauteuil.

— Je ne suis pas certaine que Mlle Burchill ait vraiment envie de nous entendre raconter nos misères.

— Naturellement, a murmuré Saffy, écarlate. C'est idiot de ma part.

Elle avait l'air si gênée que j'ai tenu à la rassurer ; la malheureuse avait dû passer une bonne partie de sa longue vie à obéir à sa jumelle.

— Je vous en prie, parlez-m'en, si vous le souhaitez.

Le craquement d'une allumette – Percy a allumé la cigarette fichée entre ses lèvres. Saffy, visiblement, ne savait quelle conduite adopter ; dans le regard qu'elle a lancé à sa sœur, j'ai lu de la timidité et un désir frustré. Elle était aux prises avec des souvenirs dont je n'avais aucune idée, visitait en esprit un champ de bataille dévasté par d'innombrables escarmouches. Ce n'est que lorsque Percy s'est levée pour aller fumer à la fenêtre que Saffy s'est retournée vers moi.

— Percy a raison, a-t-elle soupiré – et j'ai compris qu'elle avait succombé à cette nouvelle embuscade. C'est très complaisant de ma part.

— Mais pas du tout ! Je…

— Alors, cet article, mademoiselle Burchill, m'a coupée Percy. Vous avez avancé ?

— Oui, oui, a repris Saffy, retrouvant son urbanité. Racontez-nous, Edith. Qu'avez-vous prévu de faire pendant ces quelques jours ? J'imagine que vous allez commencer par quelques entretiens ?

— En fait, ai-je répondu, M. Gilbert a déjà amassé tant d'éléments que je ne vous ennuierai pas très longtemps.

— Oh ! Je vois.

— Saffy, nous en avons déjà parlé, il me semble, a repris Percy – et j'ai cru détecter dans sa voix comme un avertissement.

— Bien sûr.

Saffy m'a souri. Il y avait cependant dans ses yeux une infinie tristesse.

— C'est juste que parfois, on pense à certaines choses après coup…

— Je serais ravie de m'entretenir avec vous si vous pensez ne pas avoir tout dit à M. Gilbert, l'ai-je rassurée.

— C'est inutile, je pense, mademoiselle Burchill, a tranché Percy en revenant vers la table pour se servir du cendrier. Comme vous le disiez, M. Gilbert a collecté une masse énorme d'informations.

J'ai hoché la tête, même si son inflexibilité me déconcertait. Elle n'avait visiblement aucune envie que je m'entretienne à nouveau avec elle ou l'une ou l'autre de ses sœurs, et décourageait tout tête-à-tête avec Saffy. Cependant, c'était à son instigation qu'Adam Gilbert avait été écarté du projet, à son instigation encore que je l'avais remplacé. Je n'étais ni assez sotte ni assez vaniteuse pour penser un instant qu'elle m'avait choisie pour mes talents de plume ou l'impression que j'avais pu lui faire lors de ma première visite. Mais alors, pourquoi forcer la main à Pippin Books ? Et pourquoi s'opposer si fermement à ce que je m'entretienne avec Saffy ? Voulait-elle donc à tout prix garder la maîtrise des événements ? Depuis des années, elle contrôlait dans les moindres détails la vie de ses sœurs ; était-ce au point de ne pas accepter que je leur parle en son absence ? Ou redoutait-elle les confidences de Saffy ?

— Il me semble que vous feriez mieux de monter à la tour, pour prendre le temps d'appréhender l'atmosphère du lieu et comprendre, peut-être, la façon dont papa travaillait, a-t-elle poursuivi.

— Sans aucun doute. C'est très important, cela, ai-je dit, déçue par ma propre absence de combativité.

Ne venais-je pas moi aussi de céder à la volonté de fer de Percy Blythe ? Au fond de mon âme, une vague de rébellion s'est formée, irrésistible.

— Tout de même, me suis-je entendue répliquer d'une voix ferme, je crois que tout n'a pas été dit.

Le chien a poussé un petit gémissement et Percy a plissé les yeux.

— Vraiment ?

— M. Gilbert, apparemment, ne s'est pas entretenu avec Juniper. Je devrais sans doute…

— Non.

— Je sais que vous ne voulez pas qu'elle soit perturbée, et je vous promets de…

— Non, mademoiselle Burchill. Je puis vous garantir que Juniper ne peut rien vous apprendre de nouveau en ce qui concerne l'œuvre de notre père. Elle n'était pas encore de ce monde lorsque *L'Homme de boue* a été écrit.

— C'est exact, mais cet essai devrait parler de vous trois, et j'aimerais bien…

— Mademoiselle Burchill, m'a coupée Percy d'une voix glaciale, sachez-le, notre sœur est très souffrante. Je vous l'ai dit la dernière fois que nous nous sommes vues, elle a subi dans sa jeunesse un profond traumatisme, une déception dont elle ne s'est jamais remise.

— Je m'en souviens fort bien, mademoiselle Blythe. Mais jamais il ne me viendrait à l'esprit de lui parler de Thomas…

Percy a blêmi et je n'ai pas fini ma phrase. C'était la première fois que je la voyais se départir de son calme. Le nom de Thomas m'avait échappé involontairement ; à présent, il flottait dans les airs comme une brume fantomatique. Percy a pris une cigarette dans son étui.

— Si vous ne voulez pas perdre votre temps ici, a-t-elle articulé d'une voix sévère, définitive, que contredisait sa main tremblante, il vous faut visiter la tour. Essayer de comprendre la façon dont papa travaillait.

J'ai hoché la tête, avec, au creux de l'estomac, un poids nerveux, inquiet.

— Et s'il est des questions qui vous semblent avoir été omises par M. Gilbert, je vous prie de me les poser à moi et non pas à mes sœurs.

C'est alors que Saffy, qui avait gardé la tête basse pendant notre passe d'armes, est intervenue, à son inimitable manière. Un sourire aimable et légèrement contraint aux lèvres, elle a levé les yeux et parlé d'une voix claire, incroyablement insouciante.

— Il faut absolument qu'Edith consulte les carnets de papa, dans ce cas !

La température a-t-elle baissé de quelques degrés dans le salon jaune, ou est-ce encore une de mes folles idées ? Les carnets de Raymond Blythe ! Personne ne les avait jamais vus – ni de son vivant, ni durant les cinquante années de recherches universitaires qui avaient suivi sa mort. Leur existence s'était peu à peu voilée d'un éclat mythique. Et d'entendre Saffy les évoquer si tranquillement, mon cœur s'est emballé. Allais-je donc pouvoir les toucher, déchiffrer l'écriture du grand homme, peut-être même frôler du doigt ces lignes, ces pensées en gestation ?

— Oui, ai-je bégayé en un murmure presque imperceptible, oui, s'il vous plaît !

Percy s'est tournée vers sa sœur ; et même si leurs relations – quatre-vingt-cinq ans d'amour, de haine, de compromis et de secrets – m'étaient aussi hermétiques que les sombres bois de Cardarker, j'ai compris immédiatement que le coup avait porté. Et que Percy n'avait aucune intention de me montrer ces carnets. Son refus implicite n'a fait qu'attiser mon désir, mon besoin impérieux de les avoir dans les mains. Les deux femmes ont poursuivi leur lent ballet, et j'ai retenu mon souffle.

— Allez, Percy, a insisté Saffy en battant des paupières.

Son sourire a fait place à une petite moue perplexe, comme si elle ne comprenait vraiment pas la résistance de sa sœur. Elle m'a lancé un regard en coin, un seul, et j'ai compris que nous étions alliées.

— Allez, fais-lui visiter la chambre des archives.

Les archives du château. Bien sûr ! C'était donc là que se trouvaient les carnets ! J'ai eu l'impression de vivre une scène tout droit tirée de *L'Homme de boue* : les précieux carnets de Raymond Blythe, conservés à l'abri des regards dans la chambre secrète…

Percy semblait pétrifiée de rage contenue. Pourquoi refusait-elle de me montrer ces carnets ? Que contenaient-ils qui l'effrayait à ce point ?

— Percy ? Les carnets s'y trouvent encore, n'est-ce pas ?

La voix de Saffy était enjôleuse, et Percy, soudain, une enfant qu'il fallait flatter, rassurer.

— J'imagine, oui. En tout cas, moi, je n'y ai pas touché.

— Eh bien ?

Il y avait entre ces deux vieilles femmes une tension si profonde, si tangible, que j'avais du mal à respirer, submergée que j'étais par l'attente et l'espoir. Les secondes me pesaient comme des heures ; une bourrasque a fait vibrer les volets contre les vitres. Juniper a sursauté dans son sommeil.

— Percy ?

— Pas aujourd'hui, a-t-elle fini par répondre, en écrasant son mégot dans le petit cendrier de cristal. Le crépuscule approche à grands pas. Il est trop tard.

J'ai regardé par la fenêtre : elle avait raison ; le soleil avait fui ; l'avait remplacé l'air sombre et frais de la nuit.

— Lorsque vous reviendrez, demain, je vous ferai visiter les archives.

Elle m'a transpercée du regard.

— Autre chose, mademoiselle Burchill.

— Oui ?

— Que je ne vous entende plus prononcer le nom de Juniper ni le *sien*.

1

Londres, 22 juin 1941

L'appartement était minuscule : deux pièces exiguës au dernier étage d'un immeuble victorien. Le toit s'inclinait d'un côté jusqu'au mur qu'un ancien propriétaire avait construit pour partager en deux chambrettes ce bout de grenier traversé par les courants d'air ; il n'y avait pas vraiment de cuisine, juste un petit évier et un réchaud à gaz. Tom n'en était pas locataire ; il n'avait pas de maison à lui, n'en avait jamais eu besoin, à vrai dire. Avant la guerre, il avait habité chez ses parents, près d'Elephant & Castle ; puis il avait vécu avec son régiment jusqu'à ce que celui-ci ne soit plus qu'un bataillon désemparé, en marche forcée vers les Flandres. Après Dunkerque, il avait occupé un temps un lit à l'hôpital militaire de Chertsey.

Convalescent, il avait erré d'un logement à l'autre, en attendant son rappel sous les drapeaux. Les appartements vides ne manquaient pas à Londres ; il n'avait jamais eu de mal à trouver un toit. Le monde était un jeu de cartes battu et redistribué par la guerre : les gens, les possessions, les sentiments. Il n'y avait plus de voie unique, de certitude. Ce petit appartement sous les combles, ces pièces nues dont il se souviendrait jusqu'à son dernier souffle, parce qu'elles deviendraient bientôt l'écrin de ses souvenirs les plus heureux et les plus radieux, était la propriété d'un ami, condisciple de son école de formation des instituteurs. Un vestige de sa vie d'avant, à présent si lointaine.

Il était tôt encore, mais il avait eu le temps de marcher jusqu'à Primrose Hill. Fini, les longues soirées, le sommeil profond. Depuis les mois de précaire survie sur le front français et les routes de la débâcle, il se réveillait avec le premier chant des oiseaux, des moineaux en particulier, dont une famille avait élu domicile sur le rebord de sa fenêtre. Peut-être n'aurait-il pas dû leur donner à manger, mais le pain était moisi, et le type du service du recyclage avait été catégorique : il ne fallait pas jeter la nourriture. Si le pain se gâtait aussi rapidement, c'était à cause de la chaleur qui régnait dans la soupente et de la vapeur de la bouilloire. Tom laissait toujours la fenêtre ouverte, mais le soleil chauffait les étages les uns après les autres, remontait les escaliers et vibrait sous les planchers, avant d'envahir son grenier et de conclure un pacte ardent avec la vapeur. Mieux valait se résigner : la moisissure faisait partie de sa vie, à présent, de même que les oiseaux. Il se levait à l'aube, les nourrissait, puis allait marcher.

Marcher, lui avaient dit les médecins, c'était encore le meilleur traitement pour sa jambe. Ce qui tombait bien : Tom, de toute façon, ne pouvait s'en empêcher. Il était hanté par un fantôme inquiet, mauvais souvenir de son passage en France, un démon éternel qu'il lui fallait exorciser tous les jours. Chaque pas y contribuait un peu, l'apaisait, même si le soulagement était de courte durée. Ce matin-là, sur Primrose Hill, il avait regardé l'aube remonter lentement ses manches sombres, reconnu le zoo et l'immeuble de la BBC, et, dans le lointain, le dôme de Saint Paul, fièrement dressé sur son champ de ruines. La nuit de la pire attaque de l'aviation allemande, Tom se trouvait à l'hôpital ; le 30 décembre, l'infirmière en chef était apparue à son chevet, le *Times* à la main (il avait à nouveau l'autorisation de lire les journaux). Elle était restée plantée devant son lit, avec sur le visage une expression indéchiffrable, mais plutôt aimable, somme toute ; à peine avait-il eu le temps de lire les gros titres qu'elle avait solennellement déclaré qu'il fallait voir dans les événements de la nuit un signe de la clémence divine. La cathédrale avait été épargnée par les bombes.

« C'est merveilleux », avait commenté Tom, même s'il pensait que la chose avait davantage à voir avec le hasard qu'avec le bon Dieu.

Il ne s'entendait plus guère avec Dieu, ces temps-ci. L'idée qu'un être divin puisse épargner un simple bâtiment alors que le reste de l'Angleterre était saigné à mort... Il n'avait pas fait part de ses doutes à l'infirmière en chef, de peur qu'elle n'aille trouver le docteur en levant les bras au ciel. Pareil blasphème ne pouvait être qu'un symptôme d'instabilité mentale.

Un miroir avait été fixé sur le rebord de l'étroite fenêtre ; Tom, en maillot de corps et pantalon, se plia en deux et fit mousser sur ses joues un morceau de savon à barbe. Il examina d'un œil impartial le reflet moucheté dans le petit miroir – ce jeune homme qui inclinait la tête, un rayon de soleil laiteux sur la joue, et passait d'un geste précautionneux le rasoir sur sa peau, hésitant un moment avant d'attaquer le délicat pourtour de son oreille. Le type dans le miroir plongea le rasoir dans l'eau froide, le secoua légèrement, puis passa à l'autre joue, comme n'importe quel jeune homme qui se fait beau pour aller rendre visite à sa mère, dont c'est justement l'anniversaire…

Tom soudain reconnut l'homme dans le miroir et soupira. Il reposa doucement le rasoir et agrippa des deux mains le rebord de l'évier. Ferma les yeux, très fort, se mit à compter jusqu'à dix, un truc devenu trop familier. Ces épisodes de dédoublement étaient de plus en plus fréquents, surtout depuis sa sortie de l'hôpital. C'était comme s'il sortait de son corps et se regardait de l'extérieur. Etait-il encore vraiment ce jeune homme au visage affable, à l'expression sereine ? Etait-il possible que tout ce qu'il avait vécu ces dix-huit derniers mois, vu, entendu – Seigneur, Seigneur, cette enfant morte sur une route de France, abandonnée de tous –, ne puisse laisser sa marque horrible sur son visage ?

Tu es Thomas Cavill, se répéta-t-il, sévère, après avoir fini de compter. *Tu as vingt-cinq ans et tu es soldat. Aujourd'hui, c'est l'anniversaire de ta mère et tu déjeunes avec elle.* Ses sœurs seraient là, y compris l'aînée, avec son bébé, un autre Thomas, et leur frère Joey. Theo seul manquerait : il était avec son régiment dans le Nord et les inondait de lettres joyeuses où il était question de beurre, de crème fraîche et d'une jolie fille du nom de Kitty. Les discussions seraient joyeuses et bruyantes, comme d'habitude, la guerre leur fournissant d'autres occasions de débats. Chez les Cavill, on ne rechignait jamais, on ne se plaignait jamais, sauf avec le sourire – ah ! trouver des œufs et du sucre à Londres… On ne doutait jamais du pays ni de sa capacité à résister. De *leur* capacité à résister, à tous. Tom reprit son rasoir et se souvint vaguement d'avoir partagé ces certitudes. Jadis, avant la guerre…

Juniper sortit le papier de sa poche et vérifia une fois de plus l'adresse. L'inclina, tordit le cou, puis maudit ses fichues pattes de mouche. Toujours trop impatiente, Juniper, trop peu soigneuse, trop pressée de passer à l'étape suivante. Elle leva les yeux vers la maison, étroite et grise. Vit les deux chiffres sur la porte noire. Vingt-six. C'était bien ça. Oui, ce devait être là.

Elle ne s'était pas trompée. Juniper fourra le papier dans sa poche d'un geste résolu. Peu importaient les numéros et les noms de rues : les descriptions de Merry étaient si vivantes que son amie aurait reconnu la maison aussi facilement que l'abbaye de Northanger, les Hauts de Hurlevent ou Bleak House. D'un pas dansant, elle franchit les quelques marches de ciment du perron et frappa à la porte.

Il s'était écoulé exactement quarante-huit heures depuis son arrivée à Londres, mais elle vivait encore dans un rêve. Elle avait l'impression d'être un personnage de fiction échappé par miracle du livre dans lequel son créateur l'avait jusqu'ici détenu, avec autant de bonté que de détermination. Elle avait trouvé une paire de ciseaux, découpé un trou dans la page, et se retrouvait à présent au milieu d'un récit infiniment plus bruyant, plus sale et plus endiablé. Mais ô combien délectable ! Les passants par milliers, le désordre, les ruines, toutes ces choses et ces gens incompréhensibles. Excitants au possible, comme elle l'avait toujours pressenti.

La porte s'ouvrit sur un visage hostile ; elle sursauta, surprise.

— C'est pour quoi ?

Le visage appartenait à une créature à la fois plus jeune et plus âgée qu'elle.

— Je viens voir Meredith Baker.

Dans cette narration qu'il lui fallait encore déchiffrer, sa propre voix lui semblait étrangère. Lui revint le souvenir de Percy, qui connaissait sur le bout des doigts les règles du monde du dehors ; image qui se confondit aussitôt avec une autre : Percy, écarlate, furieuse, sortant d'un rendez-vous orageux avec le notaire de papa. Juniper la vit se réduire en poussière sous ses yeux.

Le cerbère en herbe (ce devait être Rita, à en juger par sa moue calculatrice) toisa longuement Juniper, avant d'afficher une expression de doute et de mépris, mêlés d'une franche détestation, d'autant plus insolite que les deux jeunes filles ne s'étaient jamais rencontrées avant ce jour.

— Meredith, finit-elle par maugréer, amène-toi, et que ça saute.

Juniper et Rita se dévisagèrent un moment sans rien dire ; une nuée de mots se matérialisa dans l'esprit fécond de Juniper, formant peu à peu des images, des phrases, le début d'une lettre à ses sœurs. Puis survint Meredith, les lunettes sur le bout du nez, un torchon à la main, et les mots perdirent toute consistance, fondirent comme neige au soleil dans l'éblouissement de son esprit.

Merry était la première amie que Juniper ait jamais eue, la première personne dont l'absence lui ait vraiment pesé. A quel point, elle ne l'avait compris qu'une fois la fillette repartie. Le père de Merry s'était présenté au château un matin du mois de mars, sans crier gare, dans la ferme intention de ramener sa fille à Londres. Les deux amies s'étaient serrées dans les bras l'une de l'autre.

« Je vais aller à Londres. Nous nous reverrons bientôt », avait murmuré Juniper à l'oreille de Merry.

Merry avait pleuré, Juniper avait gardé les yeux secs – sur le moment ; elle avait fait au revoir de la main, était remontée sur le toit, avait essayé de se rappeler le goût de la solitude. Familier, si familier… Cependant, il y avait quelque chose de nouveau dans le vide qu'avait laissé le départ de Meredith. Le tic-tac doux et régulier d'une horloge, comptant les secondes qui la séparaient d'un destin auquel elle voulait échapper à tout prix.

— Tu es venue, souffla Meredith en rajustant ses lunettes du dos de la main, clignant des yeux comme si elle doutait de la réalité.

— Je te l'avais promis.

— Mais où habites-tu ?

— Chez mon parrain.

Le visage de Meredith se fendit d'un large sourire qui bientôt se transforma en un rire franc, heureux.

— Vite, partons, dit-elle en s'emparant de la main de son amie.

— J'vais dire à maman que tu n'as même pas fini de nettoyer la cuisine, alors que c'était ton tour, hurla la sœur dans leur dos.

— Ne fais pas attention à elle, dit Meredith. Elle est d'une humeur de dogue ; au salon de coiffure, ils ne l'ont toujours pas sortie du placard à balais.

— Dommage que ce ne soit qu'une façon de parler, répliqua Juniper.

Oui, Juniper était venue. Enfin. Elle avait pris le train, tout simplement, comme Meredith le lui avait conseillé le jour où elles avaient regardé la Manche, couchées sur le toit du château. Ç'avait été bien plus facile qu'elle ne s'y attendait. Elle avait descendu l'allée et marché droit devant elle jusqu'à la gare, sans s'arrêter une seule minute.

Son évasion l'avait remplie d'une telle satisfaction qu'elle n'avait pas vraiment pensé à ce qui allait suivre. Juniper savait écrire, pouvait inventer des histoires merveilleuses, les retenir et les magnifier dans les lacis complexes de son style, mais elle n'était capable de rien d'autre, ce qui ne lui avait pas échappé. Tout ce qu'elle savait du monde et de ses étranges coutumes, elle l'avait déduit de ses lectures, des conversations de ses sœurs, guère plus versées qu'elle dans la fréquentation du dehors, et des histoires que Merry lui avait racontées sur Londres. Rien d'étonnant donc à ce que, parvenue au tourniquet du quai, elle se rende compte qu'elle n'avait aucune idée de ce qu'elle allait faire. Ce ne fut que lorsqu'elle eut sous les yeux le guichet de vente et sa pancarte que la logique reprit le dessus. Evidemment, il fallait en commencer par là : acheter un billet…

Argent. Juniper n'en avait jamais possédé, n'en avait jamais eu besoin, du reste ; cependant, à la mort de papa, elle avait hérité d'une petite somme. Elle ne s'était pas intéressée au reste du testament et à ses implications. Il lui suffisait de savoir que Percy était malade de rage, Saffy transie d'inquiétude et qu'elle, Juniper, en était involontairement la cause. Mais lorsque Saffy lui avait parlé de cet argent – une somme en vrais billets, que l'on pouvait palper, prendre dans ses mains, échanger contre d'autres choses, futiles ou précieuses – et lui avait proposé de le mettre en sécurité, Juniper avait refusé tout net. Elle voulait cet argent maintenant, avait-elle dit, le garder dans sa chambre, l'avoir pour elle seule. Saffy, la chère et faible Saffy, n'avait pas bronché, accédant à cette curieuse demande comme si elle la trouvait parfaitement raisonnable. Puisque c'était Juniper qui le lui demandait, Juniper qu'elle adorait, Juniper dont elle n'aurait jamais douté.

Le train était entré en gare, bondé ; un homme d'âge mûr s'était levé et avait touché le bord de son chapeau ; Juniper avait fini par comprendre qu'il lui cédait sa place. A la fenêtre, qui plus est – quel bonheur ! Comme les gens étaient charmants dans ce monde du dehors ! Elle avait souri, il lui avait fait un petit signe de la tête et elle s'était assise, la valise sur les genoux, prête à toute éventualité.

Ne pouvez-vous retarder votre voyage ? l'avait interpellée l'affiche sur le quai. Non, avait pensé Juniper. Pas une seconde. Rester au château, c'était se soumettre à un avenir dont elle ne voulait plus. Celui qu'elle avait vu luire, terrifiant, dans les yeux de son père, le jour où il l'avait prise par les épaules, le jour où il lui avait dit que le même sang coulait dans leurs veines. Le même sang. Père et fille.

La vapeur tourbillonnait sur le quai ; elle s'était sentie aussi heureuse que si elle chevauchait un immense dragon prêt à s'élancer vers les cieux, sur le dos duquel elle allait découvrir un monde nouveau, merveilleux, fascinant. La locomotive avait eu un sifflement strident qui lui avait donné la chair de poule et s'était mise en branle, les lourds wagons à sa suite. Juniper n'avait pu s'empêcher de rire, le front sur la vitre – rire à gorge déployée. Elle avait franchi le pas. Elle avait gagné la partie.

La tiédeur de son souffle avait embué la vitre ; des gares sans nom, inconnues, étaient passées à toute allure sous ses yeux, des champs, des villages, des forêts : un vrai magma de couleurs, un pastel impressionniste, des verts, des bleus, tachetés de rose et retouchés par un pinceau humide. Parfois le flou se figeait, formait une image reconnaissable, à laquelle le cadre de la fenêtre donnait des allures de tableau romantique. Un Constable, l'un de ces paysages de campagne que papa admirait. Restitutions d'une campagne éternelle, idéale, dont il faisait l'éloge avec, dans le regard, un voile de tristesse que Juniper ne connaissait que trop.

Juniper n'avait cure de l'éternel. La chose n'avait pas d'existence à ses yeux. Ne lui importaient plus que l'ici et le maintenant, le battement fiévreux de son cœur, excitation pure et sans danger : elle était assise dans un train, en route pour Londres, noyée dans une atmosphère saturée de bruit, de mouvement et de chaleur.

Londres. Juniper répéta le mot tout bas, entre ses dents. En dégusta la sonorité profonde, le roulement âpre et velouté sur sa langue. A la fois lourd et doux, comme un secret : c'était un mot fait pour être murmuré dans une conversation amoureuse. Juniper avait faim d'amour, faim de passion, faim de problèmes et d'intrigues. Elle voulait vivre, aimer, écouter aux portes, surprendre des secrets, savoir comment les gens se parlaient, comprendre la façon dont ils ressentaient les choses, découvrir ce qui les faisait rire et ce qui les faisait pleurer. Les gens, les autres : ni Percy, ni Saffy, ni Raymond, ni même Juniper Blythe.

Une année, lorsqu'elle était une toute petite fille, elle avait vu une montgolfière décoller d'un des champs de Milderhurst. L'aéronaute était-il un des amis de papa, ou quelque célèbre explorateur ? Elle ne s'en souvenait plus. Mais du petit déjeuner en plein air sur la pelouse, pour fêter l'occasion, si. Les cousins du Nord étaient venus, de même que quelques villageois triés sur le volet ; et ils s'étaient tous rassemblés pour assister à cet événement sans précédent. La montgolfière était fixée au sol par des cordes ; la flamme avait jailli, impatiente, et la nacelle avait eu du mal à décoller. Les assistants, chargés de surveiller les cordes, avaient tous essayé d'accélérer son ascension. Le chanvre avait sifflé sous l'effet de la tension ; les flammes gagné en hauteur et en puissance ; la catastrophe avait semblé imminente aux spectateurs horrifiés.

Une des cordes avait cédé et l'aéronef s'était incliné vers la gauche. Les flammes avaient léché le tissu du ballon. Juniper avait jeté un coup d'œil à papa. Elle n'était alors qu'une enfant, et n'était pas pleinement consciente des drames qu'il avait vécus (plus tard, cependant, il n'hésiterait pas à partager avec elle le terrible fardeau de ses secrets) ; elle savait cependant qu'il avait une sainte horreur du feu. Devant le spectacle de la montgolfière en perdition, son visage n'était plus qu'une plaque de marbre blanc sur laquelle la peur était gravée en lettres noires. Juniper s'était alors livrée à un étrange exercice : elle avait imité l'expression de son père, curieuse de savoir quelle sensation pouvait vous donner une peur aussi intense, aussi pétrifiante. Au dernier moment, les autres cordes avaient enfin été libérées. Le ballon s'était redressé puis, animé d'une poussée puissante, il s'était dirigé vers le ciel pour disparaître bientôt dans le bleu profond.

La mort de papa, c'était le premier nœud défait. Sans doute son corps, son âme, son être tout entier avaient été déséquilibrés par le choc, mais elle avait senti une profonde libération. Les nœuds suivants, elle les avait tranchés de sa propre main, à présent dégagée de toute entrave : la valise sur le lit, les quelques vêtements mal assortis qu'elle y avait entassés, le bout de papier avec les deux adresses des seules personnes qu'elle connaisse à Londres. Il lui avait suffi ensuite d'attendre un jour où ses sœurs seraient si occupées qu'elle pourrait sortir du château avec sa valise sans que personne la remarque.

Ne restait plus qu'une corde reliant Juniper au château. La plus difficile à défaire, le nœud ayant été confectionné par Percy et par Saffy avec tout le soin et l'amour nécessaires. Et cependant, il fallait le trancher aussi impitoyablement que les autres : l'affection inquiète de ses sœurs était un piège aussi dangereux que les attentes de son père. En arrivant à Londres, dans les fumées et le vacarme de la gare de Charing Cross, elle s'était forgé en esprit une belle paire de ciseaux et s'était penchée pour couper ce dernier lien. La corde s'était lovée à ses pieds, avait hésité un moment, comme une queue mutilée, avant de filer dans le lointain, le long de la voie de chemin de fer, d'un mouvement de plus en plus rapide ; elle rentrait au château.

Enfin libre, Juniper avait demandé à un passant où se trouvait la boîte aux lettres la plus proche et avait envoyé à ses sœurs une lettre écrite pendant le voyage, expliquant en quelques mots les raisons de son départ. Cette missive leur serait sans doute délivrée avant qu'elles n'aient le temps de penser au pire – d'organiser, qui sait, des battues dans les environs du château. Elles s'inquiéteraient, bien sûr ; surtout Saffy que Juniper avait soudain imaginée, les mains crispées sur la poitrine, figée par la peur. Mais Juniper aurait difficilement pu faire autrement.

Une chose était certaine en effet : jamais ses sœurs ne l'auraient laissée partir seule.

Juniper et Meredith étaient étendues côte à côte sur la pelouse du parc, jaunie par le soleil ; la lumière jouait à cache-cache dans les feuilles des arbres. Elles avaient bien cherché des chaises, mais celles qu'elles avaient dénichées étaient boiteuses, abandonnées contre les troncs d'arbres, attendant une hypothétique réparation. Ce qui n'avait pas d'importance, d'ailleurs : par cette chaleur accablante, rien de plus agréable que l'herbe et la terre, si fraîches. Juniper était couchée de tout son long, le bras replié sous la tête. De sa main libre, elle tenait une cigarette qu'elle fumait par lentes bouffées, fermant l'œil gauche, puis le droit, contemplant les rameaux des arbres qui se détachaient, mouvants, sur le bleu du ciel, écoutant sa jeune amie lui raconter la lente progression de son œuvre.

— Très bien. Quand pourrai-je le lire, alors ?

— Je ne sais pas trop. C'est presque fini. Vraiment. Mais…

— Mais quoi ?

— Je ne sais pas. Je me sens tellement…

Juniper tourna la tête, la paume de la main en visière sur ses yeux pour se protéger du soleil.

— Tellement quoi ?

— Inquiète.

— Inquiète ?

— Et si tu trouvais ça affreux ?

Meredith se redressa d'un coup. Juniper en fit autant et croisa les jambes.

— Je ne vais certainement pas trouver ça affreux.

— Oui, mais si jamais c'est le cas, je n'écrirai plus jamais rien. Plus jamais.

— Vraiment ? Eh bien, poulette (Juniper feignit la plus grande sévérité et fronça si fort les sourcils qu'elle finit par se sentir aussi impitoyable que Percy), tu ferais bien de dire adieu à tes ambitions dès aujourd'hui.

— J'en étais sûre ! Tu vas détester ça !

Le visage de Meredith exprimait à présent un désespoir sans bornes. Juniper ne s'attendait pas à une réaction aussi épidermique. Elle avait voulu badiner, comme autrefois, comme au château. Meredith aurait dû éclater de rire et répondre quelque chose d'aussi absurde, sur le même ton. Juniper secoua la tête, renonçant immédiatement à sa comédie.

— Non, ce n'est pas du tout ce que je voulais dire, murmura-t-elle en posant la main à plat sur le maigre torse de son amie, si près du cœur qu'elle le sentait battre sous sa paume. Ce que je veux dire, c'est que tu dois écrire parce qu'il le faut, parce que cela te plaît, à toi, mais jamais parce que tu veux que quelqu'un aime ce que tu as écrit.

— Même toi ?

— Surtout moi ! Seigneur, Merry, comment pourrais-je juger quoi que ce soit ?

Sur le visage de Meredith, la désolation fit place au sourire ; animée soudain d'une énergie débordante, elle raconta l'histoire du hérisson qui avait élu domicile dans l'abri Anderson de la famille Baker. Juniper l'écouta, le rire aux lèvres, n'accordant à la tension nouvelle qui s'était fait jour sur le visage de son amie qu'une part infime de son esprit. Si elle avait été quelqu'un d'autre – quelqu'un dont le cerveau ne fourmillait pas autant de personnages et de lieux imaginaires, quelqu'un qui avait parfois du mal à trouver ses mots –, elle aurait sans doute pu comprendre l'inquiétude qui rongeait son amie. Mais elle était Juniper, et bientôt elle n'y pensa même plus. Londres, la liberté, les arbres du parc, le soleil qui lui caressait la nuque : rien d'autre n'avait plus d'importance.

Elle écrasa sa cigarette entre deux brins d'herbe. Sur le chemisier de Meredith, un bouton pendait tristement au bout de son fil. Juniper tendit la main en riant.

— Eh bien ! Mais tu pars en morceaux, ma poulette. Je vais t'arranger ça.

2

Tom décida d'aller à pied jusqu'à Elephant & Castle. Il n'aimait pas prendre le métro. Les trains s'enfonçaient trop profondément sous le sol à son goût ; il s'y sentait prisonnier, mal à l'aise. Des années auparavant – ou étaient-ce des siècles ? – il y avait emmené son frère Joey ; ils s'étaient installés sur le bord du quai et ils avaient attendu les trains. Il desserra ses poings ballants, se souvint de la sensation que lui avait donnée alors la main de son frère dans la sienne, les petits doigts potelés, moites d'excitation. Ils avaient plongé le regard dans les profondeurs du tunnel, attendu les lueurs jumelles des phares, la bourrasque tiède et poussiéreuse qui annonçait l'arrivée de la rame. Et le visage de son frère, aussi radieux à chaque train que s'il avait été le tout premier.

Tom s'immobilisa, ferma les yeux, laissa le souvenir s'effilocher et disparaître. Lorsqu'il les rouvrit, il manqua heurter de front trois jeunes femmes, plus jeunes que lui, il en était certain, mais si élégantes dans leurs tailleurs sévères, le pas si assuré, qu'elles le firent se sentir timide et pataud. Il s'écarta d'un pas sur le côté ; le sourire aux lèvres, elles lui firent toutes les trois le signe de la victoire, main levée, deux doigts figurant le V. Tom leur rendit leur sourire, un peu trop figé, un peu trop tard, puis s'en alla vers le pont. Dans son dos s'éloignèrent les bruits de pas décidés des trois filles, leur rire enjôleur et pétillant comme une boisson fraîche d'avant-guerre ; Tom eut la vague impression qu'il venait de manquer une occasion. Mais laquelle ? Il n'en avait aucune idée. Il ne se retourna pas, ne les vit pas lui jeter un regard à la dérobée, serrées les unes contre les autres, admirant une dernière fois le soldat au beau visage et au regard si sérieux et si sombre. Tom était trop concentré sur le mouvement de ses pieds – l'un devant l'autre, l'un devant l'autre, son mantra lors de la débâcle en France – pour se soucier d'elles. Lui était venue une autre pensée, tout aussi obsessionnelle : ce signe de la victoire. Il le voyait partout. Comment était-il apparu ? Qui avait décidé de sa signification ? Comment s'était-il répandu dans la population ? Pas un jour sans qu'il voie quelqu'un le faire.

Quand il eut passé Westminster Bridge, Tom se donna le temps de remarquer quelque chose que son esprit jusqu'ici avait soigneusement éludé. Son angoisse était revenue, ce trou noir qui semblait lui ronger la poitrine. C'était le souvenir de Joey qui l'avait ranimé. Tom gonfla ses poumons d'air et pressa le pas : n'était-ce pas un moyen comme un autre de semer sa propre ombre ? Elle était bizarre, cette sensation de manque. N'était-ce pas extraordinaire qu'elle lui pèse autant qu'une présence matérielle et solide ? Elle ressemblait vaguement au mal du pays, ce qui le laissait perplexe : un homme adulte peut-il encore avoir de ces impressions ? Et puis n'était-il pas rentré chez lui, justement ?

Sur le pont détrempé du bateau qui l'avait ramené de Dunkerque, sur le lit d'hôpital aux draps amidonnés, dans le premier de ses logements d'emprunt, à Islington, il avait pensé que cette sensation, cette douleur sourde, inguérissable, s'atténuerait lorsqu'il franchirait à nouveau le seuil de la maison familiale, lorsque sa mère le prendrait dans ses bras, pleurerait contre son épaule et lui dirait que tout allait bien, qu'il était rentré, que c'était l'essentiel. Il s'était trompé. Il savait pourquoi maintenant. Cette faim qui le dévorait n'avait rien à voir avec le mal du pays. C'était par paresse qu'il avait utilisé ce terme, ou peut-être par optimisme. Ce manque, cette impression d'avoir perdu quelque chose de fondamental, n'avait rien à voir avec l'éloignement. C'était bien pire que cela. Il lui manquait désormais une partie de lui-même.

Il savait très bien où il l'avait perdue. Dans ce champ, au bord du canal de l'Escaut, lorsqu'il s'était retourné et que son regard avait croisé celui de l'autre soldat, un Allemand dont le fusil était braqué sur lui. La panique l'avait submergé, brûlante, liquide ; puis soudain il s'était senti léger comme un oiseau. Une couche de son être – celle où naissaient et fourmillaient les sensations, les peurs – s'était détachée de lui, comme une feuille de papier à cigarettes de la machine à rouler de son père, comme une peau d'oignon dans la cuisine de sa mère, puis était retombée, palpitante, sur le champ de bataille, telle une mue de serpent. L'autre partie de son être, ce noyau dur et insensible qui répondait encore au nom de Tom, avait baissé la tête et couru, couru sans plus rien penser, sans plus rien sentir, sans plus rien entendre qu'une respiration rauque qui était la sienne.

Cette séparation – ce dédoublement – avait fait de lui un meilleur soldat, il le savait, mais une âme mutilée. C'était la raison pour laquelle il n'avait pas voulu rester sous le toit de ses parents. Il lui semblait maintenant voir le monde et ceux qui y vivaient à travers une vitre ternie par la fumée. Il distinguait les gens, certes, mais quant à les toucher, il ne le pouvait plus. Le docteur lui avait expliqué ces symptômes à l'hôpital, lui avait dit qu'il n'était pas le seul à en souffrir. Maigre consolation ! Quand sa mère l'avait regardé avec ce sourire qu'elle avait pour lui depuis l'enfance, quand elle lui avait fait ôter ses chaussettes pour les ravauder, il n'avait éprouvé qu'un vide terrifiant. Même chose lorsqu'elle lui avait servi le thé dans la tasse de son père, lorsque son petit frère Joey (il avait beau être un grand gaillard à présent, c'était son petit frère Joey pour l'éternité) avait poussé un cri de joie et s'était rué vers lui, maladroit et joyeux, son vieil exemplaire de *Black Beauty* serré sur la poitrine. Lorsque ses sœurs étaient arrivées en troupe et s'étaient émues de sa maigreur, qu'elles avaient proposé de prendre sur leurs rations pour le remplumer un peu, pauvre garçon ! Pas une seule émotion, rien, et ce néant lui donnait envie de…

— Monsieur Cavill !

Le nom de son père. Le cœur de Tom s'arrêta de battre pendant une seconde. Dans le moment électrisant qui suivit, il manqua défaillir de soulagement : ainsi donc, son père était vivant, en bonne santé ! Tout allait reprendre sa place. Ces derniers temps, il avait souvent vu le vieil homme venir à sa rencontre dans les rues de Londres. Sur le champ de bataille aussi, lui faisant de grands signes de la main. Et cette présence si chaleureuse sur le bateau qui traversait la Manche…

Finalement, son esprit ne lui avait pas joué de tours. Ou bien si, mais pas de la façon dont il le pensait. Ce qu'il avait rêvé, c'était ce monde déchiré par les bombes et les balles, ce fusil dans sa main, ces traversées nocturnes dans des barges qui prenaient l'eau, ces mois à traîner dans les hôpitaux où les draps immaculés masquaient à grand-peine l'odeur du sang, ces cadavres d'enfants sur les routes bombardées : oui, c'était cela, l'horrible illusion. Dans le vrai monde, se dit-il avec une joie enfantine, envahissante, délirante, tout allait bien, puisque son père était encore là, bien vivant. Puisqu'il y avait quelqu'un pour le voir et l'appeler.

— Monsieur Cavill !

Tom se retourna, la vit, celle qui avait crié ce nom. Une toute jeune fille, qui lui faisait signe de la main, et dont le visage lui était familier. Elle marcha vers lui à la manière de ces gamines qui veulent paraître plus âgées : les épaules rejetées en arrière, le menton au vent, les poignets tournés vers l'avant, et cependant animée d'une hâte presque enfantine. Elle venait du parc, elle avait franchi le muret dont tous les barreaux avaient été arrachés pour faire des boulons, des balles, des ailes d'avion…

— Bonjour, monsieur Cavill, dit-elle, le souffle court, en arrivant à sa hauteur. Vous êtes rentré du front !

Le fol espoir qu'il avait eu de revoir son père le quitta ; son corps par mille imperceptibles ponctions se vida de toute joie, de toute espérance, de tout soulagement. M. Cavill, c'était lui, et cette gamine sur la chaussée qui battait des paupières derrière ses lunettes, qui attendait de lui une réaction, une réponse, cette gamine était une de ses élèves. Avait été une de ses élèves, autrefois. Il y a bien longtemps, quand il était maître d'école. Qu'il devisait avec une sotte autorité de concepts sublimes dont il ne comprenait pas un traître mot. Au souvenir de ces discours pédants et grotesques, Tom se sentit frémir.

Meredith. Le nom lui revint tout à coup, avec certitude et clarté. Meredith Baker. Elle avait grandi depuis leur dernière rencontre, n'était plus vraiment une petite fille. Plus longue, plus de courbes, et ne sachant visiblement comment utiliser ces quelques centimètres de plus. Les lèvres de Tom esquissèrent un sourire, prononcèrent même le mot bonjour, tandis que le reste de son être était envahi par une sensation agréable dont il ne put immédiatement déterminer l'origine. Une impression liée à cette Meredith, à leur dernière rencontre. Ses sourcils eurent à peine le temps de se froncer que le souvenir déjà lui était revenu : un jour d'été, une piscine dans la forêt, une jeune fille.

Ce fut alors qu'il la vit. La fille de la piscine, sous ses yeux, en plein Londres. Pendant un instant, il se crut victime d'une de ses hallucinations. Comment aurait-il pu en être autrement ? La fille qui hantait ses rêves, qu'il avait vue parfois de l'autre côté, radieuse, planant au-dessus de lui tandis qu'il se traînait à travers les champs de bataille de la France. La fille qu'il avait revue en s'effondrant sous le poids de son copain, Andy, mort sur ses épaules, depuis combien de temps… comment savoir ? Tandis que la balle lui traversait le genou et que son sang giclait sur la terre de Flandre…

Tom baissa les paupières, secoua la tête, se mit à compter jusqu'à dix.

— Monsieur Cavill, je vous présente Juniper Blythe, dit Meredith.

Elle regardait l'autre jeune fille avec un grand sourire, en tripotant un des boutons de son chemisier. Tom ouvrit les yeux. Juniper Blythe. Oui, c'était bien ce nom.

Elle lui sourit alors avec une invraisemblable franchise, et son visage en fut métamorphosé. Et Tom aussi en fut transformé, comme si, pendant un quart de seconde, il était à nouveau ce jeune homme à demi nu au bord d'une piscine, un jour d'été, avant la guerre.

— Bonjour, dit-elle.

Il lui répondit d'un signe de tête. Il ne trouvait plus ses mots.

— Tu te souviens ? M. Cavill était mon maître d'école, dit Meredith. Vous vous êtes rencontrés une fois, à Milderhurst.

Juniper tourna la tête vers son amie et Tom la regarda à la dérobée. Oh, ce n'était pas une Hélène de Troie ; ses traits n'avaient rien de sublime. Sur tout autre visage, ils auraient passé pour plaisants, certes, mais irréguliers : les yeux trop écartés, les cheveux trop longs, et cet espace enfantin entre les deux incisives. Il y avait en elle cependant quelque chose qui les transcendait, en faisait les fondations fragiles d'une beauté presque extravagante. Qu'était-ce ? Son animation, si particulière ? Peut-être. Beauté contre nature, et cependant parfaitement naturelle, infiniment radieuse, la chose la plus lumineuse qui soit au monde.

— Près de la piscine, expliquait Meredith. Tu te rappelles maintenant ? Il était venu voir comment vous m'aviez accueillie.

— Ah oui, dit Juniper Blythe en tournant la tête vers Tom de telle façon que quelque chose en lui se contracta.

Elle sourit ; la respiration de Tom se figea.

— Mais oui. Vous nagiez dans ma piscine.

Elle le taquinait ; il aurait tant voulu lui répondre sur le même ton, plaisanter, comme autrefois.

— M. Cavill est poète, lui aussi, ajouta Meredith, dont la voix semblait venir d'un autre monde, d'un autre temps, si lointain.

Tom essaya de reprendre ses esprits. Un poète. Il se gratta le front. Il avait cessé depuis un bon moment de se considérer comme tel. Autrefois, oui ; et n'était-il pas parti à la guerre pour acquérir de nouvelles expériences, de nouvelles sensations, n'avait-il pas cru pouvoir résoudre les énigmes du monde, voir les choses sous un jour nouveau, plus dense ? Ah, pour ça, oui. Il les avait vues, ces choses nouvelles. Mais elles n'avaient rien de poétique.

— Je n'écris plus beaucoup, dit-il.

Il avait enfin réussi à articuler quelques mots. Pourquoi ne pas poursuivre sur cette lancée ?

— C'est que j'ai eu à faire. D'autres choses.

Ses yeux étaient braqués sur la seule Juniper à présent.

— J'habite Notting Hill.

— Et moi Bloomsbury, répondit-elle.

Il hocha la tête. Presque embarrassé de la voir ainsi, après l'avoir si souvent imaginée, sous des formes si diverses.

— Je ne connais pas grand monde à Londres, poursuivit-elle.

Etait-elle naïve ou pleinement consciente de son charme ? Impossible à dire. Quoi qu'il en soit, il y avait dans ce simple constat quelque chose qui fit s'enhardir Tom.

— Eh bien, vous me connaissez, moi.

Elle lui lança un regard intrigué, pencha la tête comme pour écouter des paroles qu'il n'avait pas prononcées, et sourit. Puis elle tira un petit carnet de son sac et griffonna quelques mots sur une feuille qu'elle arracha, plia en quatre et lui tendit. Ses doigts frôlèrent la paume de Tom ; il fut transpercé par une secousse électrique.

— Oui, je vous connais, répondit-elle.

Il lui sembla alors – et le même sentiment lui revint chaque fois qu'il rejoua en esprit leur conversation – que jamais quatre mots n'avaient su mieux que ceux-ci dire la beauté et la vérité du monde.

— Vous rentrez chez vous, monsieur Cavill ?

Meredith. Il l'avait complètement oubliée, la pauvre enfant.

— Oui, en effet, dit-il. C'est l'anniversaire de maman.

Il consulta sa montre, incapable de déchiffrer la position des aiguilles.

— Il faut que j'y aille, d'ailleurs.

Meredith lui fit un grand sourire et le V de la victoire ; Juniper eut une simple inflexion des lèvres.

Tom n'ouvrit pas le petit papier que lui avait donné Juniper avant d'avoir atteint la rue où demeurait sa mère. Les quelques mètres qui le séparaient de sa maison lui suffirent pour graver dans sa mémoire l'adresse de Bloomsbury.

Ce soir-là, il fallut à Meredith patienter de longues heures avant de pouvoir tout écrire. La fin de la journée avait été un vrai supplice : maman et Rita s'étaient disputées pendant tout le dîner ; papa avait fait asseoir tout le monde en rang d'oignons pendant que M. Churchill parlait des Russes à la radio ; puis maman, qui n'avait toujours pas fini de punir Meredith de sa trahison, lui avait déniché une énorme pile de chaussettes à repriser. Exilée dans la cuisine – l'été, on y mourait toujours de chaud –, Meredith avait repassé des centaines de fois les événements de la journée dans son esprit, pour ne pas en oublier un seul détail.

Enfin, elle avait pu trouver refuge dans la chambre qu'elle partageait avec Rita. Assise sur le lit, adossée au mur, son journal, son précieux journal sur les genoux, elle noircissait d'un stylo furieux des pages et des pages. L'attente avait été insupportable, mais mieux valait souffrir que risquer un des mauvais coups de Rita, particulièrement détestable ces temps-ci. Si elle mettait la main sur le journal, les conséquences seraient dramatiques. Fort heureusement, Meredith avait une bonne heure de tranquillité devant elle. Rita, ayant sans doute usé de magie noire, avait réussi à attirer dans ses filets l'apprenti de la boucherie, de l'autre côté de la rue. C'était l'amour fou : le pauvre gars chipait des saucisses dans le magasin et les offrait en cachette à Rita. Rita, naturellement, se prenait maintenant pour le centre du monde ; le mariage n'était plus dans son esprit qu'une question de jours.

Malheureusement, l'amour ne lui avait pas adouci le caractère. Quand Meredith était rentrée du parc, elle l'attendait sur le seuil.

« Et c'était qui, cette fille, et pourquoi vous êtes parties si vite, et qu'est-ce que vous avez fabriqué ? »

Meredith n'avait rien répondu, naturellement. Elle n'en avait aucune envie. Juniper était son secret.

« Oh, c'est quelqu'un que je connais, s'était-elle contentée d'expliquer, du ton le plus innocent possible.

— Maman va être furieuse quand je vais lui dire que tu préfères aller te promener avec une espèce de prétentieuse plutôt que de faire ta part de ménage. »

Pour une fois, Meredith avait su exactement comment riposter.

« Et papa ? Tu crois qu'il sera content quand je lui dirai ce que tu fabriques dans l'abri Anderson avec ton marchand de saucisses ? »

Rita, rouge de colère, lui avait lancé la première chose qui lui était tombée sous la main, sa chaussure en l'occurrence ; Meredith s'en était tirée avec un vilain bleu sur le genou, mais maman n'avait rien su de la visite de Juniper.

Meredith finit sa phrase sur un magnifique point et suça pensivement le bout de son stylo. Elle était sur le point de décrire le moment où Juniper et elle avaient vu M. Cavill marcher d'un air si concentré qu'il semblait compter ses pas. Sur la pelouse, les yeux de Meredith l'avaient reconnu avant même que son cerveau ne retrouve son nom. La sensation avait jailli en elle, comme un diable hors de sa boîte ; elle s'était immédiatement rappelé l'adoration qu'elle avait éprouvée pour lui, ce sentiment intense, enfantin, qui la faisait le dévorer des yeux et boire la moindre de ses paroles. N'avait-elle pas été jusqu'à imaginer leurs noces ? Ce souvenir lui donna la chair de poule. Bah, elle n'était qu'une gamine à l'époque, la tête pleine d'idées stupides.

Qu'il était étrange cependant, énigmatique, merveilleux, que Juniper et lui soient réapparus dans son monde le même jour ! Les deux personnes qui l'avaient aidée à découvrir sa voie, celle en tout cas qu'elle voulait suivre désormais. Bien sûr, Meredith avait toujours eu une imagination débordante ; sa mère lui reprochait toujours de rêvasser ; mais elle ne pouvait s'empêcher de voir un coup du sort dans le retour simultané de ces deux êtres. Un signe du destin.

Une idée soudain lui traversa l'esprit. Merry sauta du lit et se mit à fouiller dans la pile de cahiers à deux sous qu'elle avait soigneusement cachée au fond de l'armoire. Son texte n'avait toujours pas de titre : il fallait à tout prix en trouver un avant de le faire lire à Juniper. Ça n'aurait pas été mal non plus de pouvoir le taper, comme le font les vrais auteurs. M. Seebohm, qui habitait au numéro 14, avait une vieille machine à écrire. Si Meredith lui proposait de lui apporter son déjeuner de temps à autre, peut-être la lui prêterait-il ?

Agenouillée sur le parquet, elle passa une main affolée dans ses cheveux et feuilleta les carnets, relisant quelques lignes de-ci, de-là, ses épaules se raidissant tandis qu'elle imaginait les phrases dont elle était pourtant le plus fière se faner, pathétiques, sous le regard de l'impitoyable Juniper. Elle baissa la tête, accablée. L'histoire était mille fois trop artificielle, elle le sentait bien maintenant. Trop de discours et pas assez de sentiments, des personnages qui n'avaient jamais l'air de savoir ce qu'ils attendaient de la vie. Plus grave encore, elle avait oublié un élément romanesque pourtant essentiel. Il manquait quelque chose à son héroïne. Comment ne s'en était-elle pas rendu compte plus tôt ?

L'amour. L'amour, bien sûr. C'était cela dont son texte manquait cruellement. Car c'était l'amour, naturellement, la course glorieuse d'un cœur gonflé de passion, qui faisait tourner le monde !

3

Londres, 17 octobre 1941

Admirable caractéristique de la soupente où vivait Tom, le rebord de la fenêtre était particulièrement large. C'était le perchoir favori de Juniper, qui refusait cependant de voir dans cette prédilection une quelconque nostalgie de Milderhurst. Son nid sur les toits ne lui manquait pas une seconde. C'était fini, ce temps-là. Sa résolution s'était affermie durant ces derniers mois à Londres : jamais elle ne rentrerait au château. Jamais.

Elle connaissait désormais les conséquences du testament de son père et des dispositions qui la concernaient, n'était que trop consciente du mal qu'il s'était donné pour arriver à ses fins. Saffy lui avait tout expliqué dans une de ses lettres. Oh, loin d'elle l'intention d'embarrasser sa petite sœur. Il s'agissait surtout de se plaindre de la mauvaise humeur de Percy, qu'elle devait supporter au quotidien. Juniper avait lu la lettre deux fois pour être certaine de tout comprendre, puis elle l'avait jetée dans la Serpentine. Le fin papier avait rejeté un filet d'encre bleue avant de sombrer dans les flots, tandis que Juniper retrouvait son calme. C'était papa tout craché, ce testament. La mort ne lui avait pas fait lâcher prise : de sa tombe, il continuait à vouloir manipuler ses filles, comme des marionnettes. Juniper ne se laisserait pas faire. Elle n'avait même pas envie de penser à lui, de laisser son souvenir noircir ses journées. Celle-ci encore moins que les autres. Même si le ciel n'était pas au diapason, le soleil brillait, souverain, dans le cœur de Juniper, assise à la fenêtre.

Les genoux relevés, le dos courbé contre l'embrasure de la fenêtre, Juniper, la cigarette aux lèvres, contemplait le jardin en contrebas. C'était l'automne ; le sol était recouvert de feuilles et le chaton s'en donnait à cœur joie depuis des heures et des heures, débusquant des ennemis imaginaires, se faufilant sous les tas de feuilles mortes, disparaissant par moments dans les coins tavelés d'ombres. La dame du rez-de-chaussée, dont le passé avait été réduit en cendres dans le bombardement de Coventry, venait de s'y aventurer, elle aussi, une soucoupe pleine de lait à la main. Avec les nouvelles restrictions, personne n'avait grand-chose à partager ces temps-ci, mais les uns et les autres trouvaient toujours un petit morceau à donner au chaton.

Juniper entendit du bruit dans la rue et se pencha pour voir ce qui se passait. Un homme en uniforme se dirigeait à grands pas vers la porte de l'immeuble, et son cœur se mit à battre plus fort. Non, non… ce n'était pas Tom. Elle tira une bouffée de sa cigarette, étouffa dans l'œuf un soupir de contentement anticipé. Ce ne pouvait pas être lui, il était trop tôt. Il s'en fallait d'une bonne demi-heure. Quand il passait voir sa mère, mieux valait s'armer de patience. Ah, il n'allait plus tarder à rentrer, intarissable. Et Juniper lui avait réservé une superbe surprise.

C'était là, près du réchaud, sur la petite table qu'ils avaient achetée une misère et rapportée en taxi, offrant au chauffeur une tasse de thé pour sa peine. Juniper y avait préparé un festin digne d'un roi – rationné, certes, mais pas moins succulent. Elle avait trouvé les deux poires au marché de Portobello. Magnifiques, et abordables, qui plus est. Elle les avait soigneusement astiquées et les avait disposées près des sandwichs, des sardines et du cadeau, emballé dans une feuille de papier journal. Au centre de la table, sur un seau renversé, trônait fièrement le gâteau. Le premier que Juniper ait jamais confectionné.

Elle y pensait depuis des semaines : Tom devait absolument avoir un gâteau pour son anniversaire. Un gâteau préparé par celle qui l'aimait. Ce projet présentait un inconvénient majeur : Juniper n'avait pas la moindre idée de la façon dont on faisait les gâteaux. Et quand bien même elle l'aurait su, leur minuscule réchaud se montrerait-il à la hauteur ? Ah, si Saffy était à Londres... Ce n'était pas la première fois que lui venait cette envie d'avoir sa sœur à son côté. Ce n'était pas seulement une question de gâteau. Même si Juniper était ravie d'avoir quitté le château, elle s'était rendu compte que ses sœurs lui manquaient.

Les ingrédients étaient si précieux qu'elle avait décidé de ne rien tenter par elle-même. Elle s'était hasardée jusqu'à l'entresol de l'immeuble, occupé par un monsieur qui, d'après les rumeurs, était un fin gastronome. Ses pieds plats lui interdisaient de s'engager, ce dont les habitants de l'immeuble ne pouvaient que se réjouir. Non seulement il était chez lui, mais de surcroît il avait été ravi d'aider Juniper à relever un défi quasi impossible. Il avait dressé une nouvelle liste d'ingrédients et d'ustensiles et avait semblé prendre plaisir aux contraintes du rationnement. Il était même allé jusqu'à faire don d'un de ses propres œufs à la cause. Quand elle était repartie, le gâteau sorti du four, il lui avait donné un petit paquet emballé dans du papier journal.

« A partager entre vous deux. »

Juniper n'avait pas trouvé de sucre glace, naturellement ; elle avait sacrifié quelques grammes de dentifrice à la menthe pour écrire le nom de Tom sur le sommet du gâteau – lequel, finalement, avait très belle allure.

Une petite chose froide lui piqua la cheville. Puis une autre la joue. Le monde du dehors se rappelait à son attention, la pluie avait commencé à tomber. Que faisait Tom ? Etait-il encore loin ?

Depuis plus d'une demi-heure déjà il multipliait en vain les tentatives d'évasion. Ils étaient si contents dans la famille de le voir heureux, redevenu enfin le Tom qu'ils avaient connu, que la moindre bribe de conversation lui était exclusivement réservée. La minuscule cuisine de sa mère avait beau être bourrée à craquer de membres de la famille de tous âges, chaque question, chaque plaisanterie, chaque anecdote était destinée au seul Tom. Une de ses sœurs s'était embarquée dans l'horrible histoire d'une femme écrasée par un bus à impériale pendant le couvre-feu.

— Tss-tss, Tommy, tu te rends compte ? Quel choc. Dire qu'elle était sortie de chez elle pour livrer un paquet d'écharpes qu'elle avait tricotées pour les soldats.

— Affreux, déclara Tom.

Difficile d'être d'un avis contraire. L'oncle Jeff saisit la balle au bond ; un de ses voisins avait subi une collision similaire avec un vélo. Tom tapota discrètement du pied puis se leva.

— Ah, maman, merci, vraiment, mais je…

— Tu nous quittes déjà ? Attends un peu, j'allais refaire bouillir un peu d'eau.

Il posa un baiser sur le front de sa mère. Il lui fallait vraiment se pencher pour y parvenir, à présent. Surprenant.

— Maman, personne ne fait le thé comme toi. Mais il faut vraiment que j'y aille.

— Tom, dit-elle en levant un sourcil interrogateur, quand vas-tu nous la présenter ?

Tom, évitant le regard maternel, donna une tape taquine à son petit frère Joey, qui faisait le tour de la cuisine en imitant le bruit du train.

— Maman, dit-il en enfilant sa sacoche, je ne vois pas du tout de quoi tu veux parler.

Il partit d'un pas vif, pressé de rentrer chez lui – ou plutôt auprès d'elle –, pressé d'échapper au temps qui se faisait de plus en plus lourd. Les mots de sa mère cependant lui collaient aux basques. Des mots qui faisaient mouche : Tom mourait d'envie de parler de Juniper aux siens. Chaque fois qu'il leur rendait visite, il lui fallait lutter contre l'envie de les prendre dans ses bras, tous, et de s'écrier comme un gamin heureux : « Je suis amoureux ! Le monde est merveilleux ! » Et tant pis si dans le reste de l'Europe les jeunes gens s'entretuaient ; tant pis si les mères de famille se faisaient écraser par des autobus en allant porter des écharpes aux soldats.

S'il n'avait encore rien dit, c'était qu'il l'avait promis à Juniper. Sa détermination à garder secret leur amour le déconcertait. Qu'une femme si franche, si dépourvue d'ambiguïté dans ses opinions et ses goûts, si peu susceptible de s'excuser de ses prises de parole ou de ses sensations veuille cacher quelque chose au monde lui semblait presque déplacé. Il s'était cabré, dans les premiers temps : cette réticence ne trahissait-elle pas un certain mépris pour la famille de Tom, socialement inférieure à la sienne ? Non, elle ne cessait de lui demander de leurs nouvelles, en parlait comme de vieux amis. Il comprit plus tard qu'elle était incapable de discrimination. Et que ses propres sœurs, pour lesquelles elle professait la plus grande affection, n'en savaient pas plus que les Cavill. Les lettres du château transitaient toujours par le parrain de Juniper (un indi-vidu que cette petite tromperie laissait apparemment de marbre) ; celles de Juniper portaient toujours au dos l'adresse de Bloosmbury. Il lui avait demandé pour-quoi, de façon détournée d'abord, puis sans plus dissi-muler son étonnement. Elle n'avait pas voulu lui faire part de ses raisons, se réfugiant derrière de vagues excuses. Ses sœurs étaient de la vieille école, elles avaient tendance à couver leur cadette. Il valait mieux attendre un moment propice.

Tom n'appréciait guère ces complications, mais il aimait Juniper d'un amour inconditionnel et lui obéis-sait en toutes choses. Ou presque. Il s'était confié par écrit à son frère Theo, cantonné dans le nord du pays avec son régiment. Theo était loin, ce n'était pas si grave. De plus, la première des lettres dans lesquelles il parlait de l'étrange et belle jeune fille qui avait comblé son vide intérieur avait été écrite bien avant la promesse à Juniper.

Du jour où il l'avait rencontrée dans la rue, près d'Elephant & Castle, Thomas avait su qu'il lui faudrait revoir Juniper Blythe. Le lendemain, dès l'aube, il avait marché jusqu'à Bloomsbury. Juste pour voir, se disait-il, juste pour jeter un coup d'œil à la porte, aux murs de la maison, aux fenêtres derrière lesquelles elle dormait.

Il avait longuement contemplé la maison, en fumant quelques cigarettes qu'il écrasait nerveusement, sans les finir ; elle était enfin sortie. Il l'avait suivie un moment avant de trouver le courage de l'appeler.

Juniper.

Il avait prononcé et pensé tant de fois ce prénom ! Mais jamais comme en ce jour où, l'ayant entendu, elle s'était retournée.

Ils avaient passé toute la journée ensemble, au soleil, à se promener, à parler, à manger les mûres qu'ils avaient trouvées dans le cimetière. Le soir approchant, Tom n'avait qu'une envie, rester auprès d'elle. Ne voulait-elle pas aller danser quelque part ? Toutes les filles de son âge aimaient danser. Pas Juniper. L'expression de dégoût qui était apparue sur ses traits lorsqu'il lui avait fait cette proposition était si dépourvue d'arrière-pensée que Tom en était resté abasourdi. Il avait fini par retrouver ses mots et lui avait demandé ce qu'elle avait envie de faire, en ce cas.

« Et si nous continuions à nous promener ? A explorer la ville ? »

Tom marchait vite, mais elle s'était alignée sans mal sur son rythme, passant d'un côté à l'autre, parfois bavarde comme une pie, parfois perdue dans ses pensées. Elle avait quelque chose de profondément enfantin : imprévisible, dangereuse, même, si bien qu'il avait la sensation inquiétante et délectable de s'être allié à un individu imperméable aux convenances du monde.

Elle s'arrêtait pour regarder telle ou telle chose, courait pour le rattraper, parfaitement insouciante ; il avait pris peur : si, dans l'obscurité du couvre-feu, elle tombait, trébuchait sur un nid-de-poule, un sac de sable ?

« Ce n'est pas comme à la campagne, tu sais, lui avait-il dit, avec quelque chose de l'instituteur dans la voix.

— J'espère bien, avait répliqué Juniper en éclatant de rire. C'est exactement la raison pour laquelle je me suis sauvée ! »

Il ne fallait pas s'inquiéter pour elle : elle avait l'acuité visuelle d'un oiseau de proie, grâce à son éducation, grâce au château. Il n'avait pas vraiment écouté l'explication qu'elle lui donnait. Les nuages avaient presque tous disparu, la lune était énorme et sous ses rayons généreux les cheveux de Juniper avaient viré à l'argenté.

Dieu merci, elle n'avait pas vu le regard dont il l'avait enveloppée. Elle était accroupie et fouillait dans des décombres. Il s'était approché : qu'avait-elle déniché de si intéressant ? Un rameau de chèvrefeuille ! Dans une rue meurtrie, arraché à sa grille, mais continuant de pousser sur les ruines. Elle en avait détaché une fine branche et la tressait dans ses cheveux en fredonnant une étrange et douce mélodie.

Puis le ciel s'était éclairci à l'est ; ils étaient montés chez lui ; elle avait rempli d'eau un pot de confiture et y avait mis le brin de chèvrefeuille. Les nuits suivantes, couché dans le noir, la chaleur lui collant à la peau, incapable de dormir – il pensait si fort à elle –, il avait perçu le parfum sucré de la petite fleur. N'était-elle pas semblable à Juniper ? Etre à la beauté intacte, énigmatique, dans un monde en ruine. Ce n'était pas seulement son apparence, ce n'était pas seulement ce qu'elle disait, mais autre chose encore, une quintessence impalpable, une confiance en elle-même, une force mystérieuse, comme si elle était, d'une façon ou d'une autre, liée au grand mécanisme qui faisait fonctionner le monde. Elle était le vent léger d'un jour d'été, les premières gouttes de pluie sur la terre desséchée, la lumière lointaine de l'étoile du berger.

Un pressentiment obscur lui fit pencher la tête. Tom était revenu plus tôt qu'elle ne s'y attendait ; son cœur fit un bond. Elle leva la main, si heureuse de le voir qu'elle manqua même tomber de la fenêtre. Il ne l'avait pas encore vue. La tête baissée, il inspectait le courrier. Juniper le dévorait des yeux. Pure folie, sans doute, possession, désir absolu. Mais, par-dessus tout, amour. Juniper était amoureuse du corps de Tom, de sa voix, du contact de ses mains sur sa peau à elle, du creux sous sa clavicule où sa joue à elle trouvait exactement sa place, lorsqu'ils s'allongeaient l'un contre l'autre. Elle aimait voir inscrits sur son beau visage les lieux qu'il avait traversés. Elle aimait reconnaître sans jamais avoir à le lui demander les sensations qu'il éprouvait. Elle aimait que les mots entre eux soient inutiles. A Londres, près de lui, elle s'était soudain lassée des phrases.

Il tombait à présent une pluie froide, régulière – rien à voir avec l'averse qui s'était abattue sur eux le jour où elle était vraiment tombée amoureuse de Tom. Un orage d'été, de ceux qui s'invitent en catimini dans une journée radieuse et déchirent brusquement les cieux. Ils avaient passé la journée à marcher dans les rues de Londres, arpentant Portobello, montant sur Primrose Hill puis redescendant lentement vers les jardins de Kensington pour aller patauger dans les quelques centimètres d'eau du Bassin rond.

Le tonnerre avait surpris tous les passants. D'où venait-il, dans ce ciel si bleu ? Certains avaient même craint une arme nouvelle et redoutable. Puis soudain la pluie était tombée, battante, en grosses gouttes sanglotantes qui avaient immédiatement redonné de la fraîcheur et du brillant au monde.

Tom avait pris Juniper par la main ; ils avaient couru ensemble, sauté dans les mares, ri comme des gamins, jusqu'à son immeuble ; monté les escaliers quatre à quatre pour trouver refuge enfin dans son minuscule appartement, sombre et sec.

« Tu es toute mouillée », avait dit Tom, dos à la porte qu'il venait tout juste de fermer.

Du regard il caressait les courbes de ses jambes, le mince tissu qui les moulait.

« Mouillée ? Je suis à tordre, tu veux dire.

— Tiens. Mets ça, en attendant d'avoir un peu séché. »

Il lui avait tendu sa seule chemise de rechange, qui pendait à la porte.

Elle avait ôté sa robe et enfilé la chemise tandis que Tom se retournait, le nez sur l'évier ; elle avait levé les yeux pour voir ce qu'il faisait, avait surpris son regard dans le petit miroir, l'avait soutenu un peu plus longtemps qu'il n'était raisonnable, le temps de se rendre compte que quelque chose avait changé en Tom.

Ni la pluie ni l'orage ne s'étaient apaisés. La robe de Juniper dégoulinait dans un coin de la pièce. Juniper et Tom s'étaient lentement approchés de la fenêtre ; Juniper, qui n'avait jamais la langue dans sa poche, mais se trouvait, dans cette chemise d'homme, curieusement embarrassée, avait dit quelque chose d'absurde sur les oiseaux. Oui : « Les oiseaux, où se cachent-ils quand la pluie tombe ? »

Tom n'avait pas répondu. Il avait tendu la main, avait posé le bout de ses doigts sur la joue de Juniper. Une caresse, à peine, mais c'était suffisant pour la faire taire. Elle s'était penchée vers cette main, la tête légèrement inclinée, si bien que des lèvres elle avait frôlé ses doigts. Ils ne se quittaient plus du regard ; elle ne l'aurait pas pu, pour tout l'or du monde. Puis les doigts de Tom s'étaient mis à défaire les boutons de la chemise qu'il lui avait prêtée, les doigts de Tom s'étaient posés sur son ventre, sur ses seins ; elle s'était soudain rendu compte que son pouls avait explosé en milliers de gouttelettes de sang qui battaient maintenant en rythme dans tous les vaisseaux de son corps.

Plus tard, ils s'étaient assis l'un à côté de l'autre sur le rebord de la fenêtre pour manger quelques cerises qu'ils avaient achetées au marché. Ils crachaient les noyaux dans le jardin. Ni lui ni elle ne parlait ; de temps à autre, seulement, leurs regards se croisaient et ils souriaient, sous cape, pour ainsi dire, comme s'ils étaient depuis quelques minutes les seuls dépositaires d'un merveilleux secret. Juniper s'était souvent posé des questions sur l'acte sexuel ; elle y avait répondu dans certains de ses textes sans l'avoir jamais vécu ni éprouvé. Rien, cependant, ne l'avait préparée à ce fait incroyable : le fait que l'amour puisse en découler si rapidement.

Tomber amoureuse.

Juniper comprenait à présent pourquoi on parle de tomber. La sensation radieuse, souveraine, la divine imprudence, l'abolition complète de la volonté. C'était ainsi que les choses s'étaient passées pour elle. Mais il y avait plus encore. Après avoir, pendant des années, répugné obstinément au contact physique, Juniper avait enfin baissé la garde. Alors qu'ils étaient couchés l'un à côté de l'autre après l'amour, son visage contre la joue tiède de Tom, elle avait écouté son cœur à lui, s'était abandonnée à ses battements amples et réguliers, avait doucement ramené les siens, rapides, dans ce calme sillage. Elle avait compris alors qu'elle avait trouvé en Tom celui qui allait lui donner son équilibre ; elle avait compris aussi que tomber amoureuse, c'était également se laisser attraper.

La porte d'entrée claqua ; des bruits de pas résonnè-rent dans l'escalier – Tom montant les marches vers elle ; et, saisie par une vague de désir aveuglant, Juniper oublia tout du passé, du jardin, du chat qui jouait dans les feuilles et de cette pauvre vieille dame qui se lamen-tait sur la cathédrale de Coventry, la guerre qu'elle avait vue à sa fenêtre, la ville des escaliers qui ne menaient plus nulle part, des portraits de famille dans des pièces sans plafond, des tables de cuisine dressées pour des enfants qui n'y viendraient plus jamais déjeuner… Elle bondit de la fenêtre, se jeta sur le lit, ôtant au passage la chemise de son amant. En ce moment précis, tandis que la clef de Tom tournait dans la serrure, il n'y avait plus au monde que lui, elle, et ce minuscule appartement, tiède comme un nid, avec le repas d'anniversaire sur la table.

Ils avaient mangé le gâteau au lit, deux énormes tranches chacun, et il y avait des miettes partout.

— C'est parce que ça manque d'œufs, dit Juniper en examinant les draps d'un regard philosophe. Ce sont les œufs qui donnent de la consistance à la pâte, tu sais.

Tom eut un grand sourire.

— Tu en sais, des choses.

— Ça !

— Et quel talent ! C'est un gâteau que ne renierait pas Fortnum & Mason.

— Pour être honnête, on m'a donné un coup de main.

— Ah oui, dit Tom en se retournant sur le côté et en tendant le bras pour essayer d'attraper le petit paquet emballé dans du papier journal. Le cuisinier de la maison.

— Ce n'est pas vraiment un cuisinier, tu sais. C'est un auteur de théâtre. L'autre fois, je l'ai entendu discuter avec quelqu'un qui va mettre une de ses pièces en scène.

— Allons, allons, Juniper, dit Tom en ôtant précautionneusement le papier journal, pour découvrir un bocal de confiture de mûres. Comment se fait-il qu'un auteur de théâtre puisse accomplir un tel miracle de beauté ?

— Oh, quelle splendeur ! C'est le paradis, soupira Juniper. Pense à tout ce sucre ! Veux-tu que nous l'essayions tout de suite, sur des toasts ?

Tom repoussa le pot hors de la portée de Juniper.

— Se peut-il, murmura-t-il, incrédule, que cette jeune dame ait encore faim ?

— Non, pas vraiment. Mais ce n'est pas la question.

— Ah bon ?

— C'est une occasion nouvelle qui se présente après la bataille, pour ainsi dire.

Tom prit le bocal entre ses mains et le fit tourner, l'œil fixé sur ses profondeurs sucrées et violacées.

— Non, je crois que nous devrions la garder pour une occasion spéciale.

— Encore plus spéciale que ton anniversaire ?

— Mon anniversaire a déjà eu son lot de merveilles. Nous devrions garder cette sublime confiture pour une célébration à venir.

— Bon, très bien, dit Juniper en se pelotonnant contre son épaule pour qu'il puisse l'envelopper de son bras. Mais c'est uniquement parce que c'est ton anniversaire, et que j'ai tellement mangé que je ne peux plus me lever.

Tom sourit en allumant une cigarette.

— Comment ça allait, chez toi ? Joey est toujours enrhumé ?

— Non, c'est fini.

— Et Maggie ? Elle t'a lu ton horoscope, comme d'habitude ?

— Mais bien sûr, et je lui en suis profondément reconnaissant. Il faut bien que je sache comment me comporter dans les jours qui viennent.

— Ça va de soi.

Juniper lui vola sa cigarette et en tira une bouffée.

— Et que disait-il d'intéressant, cet horoscope ?

— Pas grand-chose, dit Tom en posant la main sur le haut de ses cuisses. Apparemment, je devrais bientôt demander sa main à une très jolie fille.

— Allons donc !

Elle se trémoussait sous ses chatouilles et exhala un nuage de fumée, suivi d'un rire heureux.

— Très très intéressant.

— Oui, c'est ce que je me suis dit.

— Reste à savoir ce que la très jolie fille a dans son horoscope, elle. Maggie n'a pas pu te renseigner sur ce point, je pense ?

Tom retira sa main et roula sur le côté.

— Malheureusement, répondit-il, plongeant son regard dans celui de Juniper, elle ne m'a pas été d'un grand secours sur ce point. Elle m'a conseillé d'en parler à la jeune fille et de voir ce qui allait se passer.

— Bon, si c'est Maggie qui le dit…

— Alors ?

— Alors quoi ?

Il se redressa sur son séant.

— Me feriez-vous l'honneur, Juniper Blythe, articula-t-il en feignant l'affectation, de devenir mon épouse ?

— Ah, doux prince, répondit Juniper de son ton le plus égal, si j'acceptais, m'accorderiez-vous trois nourrissons bien grassouillets ?

— Pourquoi pas quatre ? répliqua Tom en reprenant sa cigarette à la jeune fille d'un geste nonchalant.

Il avait repris sa voix normale, mais ses yeux brillaient, taquins. Juniper, que cette volte-face mettait mal à l'aise, ne sut que lui répondre.

— Allons, Juniper, poursuivit-il. Marions-nous, toi et moi, tu veux ?

Cette fois-ci il n'y avait plus une once d'ironie dans son ton.

— Il n'est pas prévu que je puisse me marier.

Il fronça les sourcils.

— Que veux-tu dire ?

Le silence se fit, que vint enfin troubler le sifflement d'une bouilloire dans l'appartement du dessous.

— C'est difficile à expliquer, dit Juniper.

— Vraiment ? Tu m'aimes ?

— Tu sais bien que oui.

— Alors tout est facile. Epouse-moi. Dis oui, June. S'il y a des complications, on y remédiera, c'est tout.

Que pouvait-elle dire qui le contente, hormis ce oui ? De cela, elle n'était pas encore capable.

— Je vais y réfléchir, finit-elle par dire. Laisse-moi un peu de temps.

— Un peu de temps ?

Il se dressa sur son séant, les pieds sur le plancher, le dos tourné, en proie à un incompréhensible tourment. Elle voulut le caresser, passer la main sur son épine dorsale, remonter avec lui le temps. Ah, s'il n'avait pas posé cette question… Comment faire ? Il plongea la main dans sa poche et en sortit une enveloppe pliée en deux.

— Le voilà, le temps que tu me demandes, dit-il en lui tendant la lettre. Je viens d'être rappelé. Je dois me présenter à la caserne dans une semaine.

Un bruit étrange s'échappa des lèvres de Juniper, qui tenait à la fois du cri et du sanglot. Elle se remit sur ses pieds, s'assit tout contre lui.

— Mais... combien de temps... quand reviendras-tu ?

— Je ne sais pas. Quand la guerre sera finie, je pense.

Quand la guerre sera finie. Il allait quitter Londres ; Juniper comprit soudain que sans Tom cet appartement, cette ville n'avaient plus aucune importance. Autant retourner à Milderhurst. Elle sentit son cœur s'emballer à cette horrible perspective – un symptôme qui n'avait rien à voir avec l'excitation, avec une émotion ordinaire ; non, c'était cette accélération intense et massive qu'on lui avait appris à épier, à maîtriser parfois, depuis sa plus tendre enfance. Elle ferma les yeux, en espérant que la crise s'atténuerait.

Son père l'avait toujours appelée la créature du château, lui rappelant sans cesse qu'elle appartenait à ses murs, qu'il était préférable pour elle de ne pas quitter leur enveloppe protectrice. Il s'était trompé. Elle le savait maintenant. Trompé du tout au tout. Loin du château, loin du monde de Raymond Blythe, de ses horribles confidences, de sa culpabilité suintante comme une blessure, de sa tristesse, elle était libre. Depuis qu'elle était à Londres, elle n'avait pas vu un seul de ses étranges visiteurs, n'avait pas eu un seul trou de mémoire. Et bien que sa crainte ne l'ait pas quittée – cette peur horible qu'elle avait de faire souffrir les autres –, du moins ne s'était-elle jamais manifestée comme au château.

Elle sentit une pression affectueuse sur ses genoux et rouvrit les yeux. Tom était accroupi à ses pieds, une expression d'inquiétude dansant dans ses yeux sombres.

— Hé, ma belle ! chuchota-t-il. Tout va bien. Ça va s'arranger, ne t'inquiète pas.

Elle n'avait jamais besoin de parler de Milderhurst et de ses fantômes à Tom, ce qui était un soulagement. Elle ne voulait pas que son amour change, que Tom devienne comme ses deux sœurs, protecteur, étouffant. Elle ne voulait pas être observée, ses humeurs et ses silences perpétuellement jaugés. Elle ne voulait pas être aimée prudemment, comme un objet fragile, mais simplement, pour elle-même.

— Juniper, souffla Tom, inquiet. Je suis désolé. Cette expression sur ton visage... Je t'en supplie, c'est insupportable.

Etait-ce vraiment cela qu'elle voulait ? Lui dire non, renoncer à lui ? Et pour quoi ? Pour se plier aux désirs de son père mort ?

Tom se leva, s'écarta du lit ; elle lui happa le poignet.

— Tom...

— Je vais aller te chercher un verre d'eau.

— Non. Je ne veux pas d'eau. Je te veux, toi.

— Mais tu m'as, répondit-il en souriant.

Une fossette creusa sa joue mal rasée.

— Non. Je veux dire, oui.

Il pencha la tête de côté, les yeux plissés.

— Je veux dire, oui, marions-nous.

— Vraiment ?

— Et nous irons tous les deux l'annoncer à mes sœurs.

— Bien sûr, dit-il. Il en sera comme tu le souhaites.

Puis elle rit, si fort que sa gorge lui faisait mal ; elle rit et se sentit d'une certaine façon plus légère.

— *Thomas Cavill et moi allons nous marier.*

Juniper était couchée, les yeux grands ouverts, la joue contre la poitrine de Tom, écoutant le battement régulier de son cœur, sa respiration profonde et tranquille, essayant d'accorder ses rythmes intérieurs à ceux de son amant. Le sommeil ne venait pas. Elle avait l'esprit plein de la lettre qu'elle écrirait à ses sœurs pour les prévenir de leur visite. Il fallait en choisir les termes avec le plus grand soin. Elles ne devaient se douter de rien avant leur arrivée.

Il lui était venu une autre pensée. Bien que Juniper n'ait jamais prêté grande attention à sa toilette, une future mariée se devait d'arborer une robe digne de l'occasion. Juniper n'en avait cure, mais pour Tom cela avait une certaine importance ; pour lui, elle était prête à tout.

Elle se souvint d'une robe qui avait appartenu autrefois à sa mère. Juniper l'avait vue la porter alors qu'elle n'était qu'une enfant. Elle avait peut-être été conservée au château. Si tel était le cas, Saffy sans aucun doute saurait la retrouver et lui redonner vie.

4

Londres, 19 octobre 1941

Cela faisait des semaines que Meredith n'avait pas vu M. Cavill, ou plutôt Tom, comme il voulait maintenant qu'elle l'appelle. Quelle ne fut donc pas sa surprise ce jour-là lorsqu'elle alla ouvrir la porte d'entrée et le trouva sur le perron.

— Monsieur Cavill, fit-elle en essayant de maîtriser son excitation. Comment allez-vous ?

— Merveilleusement bien, Meredith. Et n'oublie pas, c'est Tom, maintenant. Je ne suis plus ton maître d'école.

Meredith se sentit rougir. Mon Dieu, oui, elle devait avoir la couleur de la tomate mûre.

— Tu as un moment ? Je peux entrer une seconde ?

Elle jeta un coup d'œil par-dessus son épaule. De l'entrée, elle pouvait voir sa sœur dans la cuisine, la mine sombre. Rita s'était brouillée avec le marchand de saucisses, ce qui l'avait durablement aigrie. Pour se consoler de ses malheurs, elle avait décidé de rendre la vie impossible à Meredith.

Tom dut percevoir la réticence de la jeune fille.

— On peut aller se promener, si tu préfères.

Meredith hocha la tête, non sans gratitude, et ferma la porte d'entrée derrière elle, tout doucement. Ils s'en allèrent dans la rue, Meredith en retrait, les bras croisés, la tête baissée, s'efforçant de prêter attention à ce qu'il lui racontait d'une voix affable – l'école, les livres, l'écriture, le passé, l'avenir, etc. – tandis que son cerveau, fébrile, élaborait les hypothèses les plus diverses quant à sa visite, tout en chassant dans un recoin le souvenir point si lointain de l'adoration qu'enfant elle avait eue pour M. Cavill. Pour Tom.

Ils arrivèrent près du parc où Juniper et Meredith avaient cherché vainement des chaises, au début de l'été, par cette journée si chaude. Le souvenir était joyeux, chaleureux ; sous le ciel gris d'octobre, il fit frissonner Meredith.

— Tu as froid. C'est idiot, j'aurais dû te laisser le temps de prendre un manteau.

Il ôta le sien, le tendit à Meredith.

— Oh, non, je…

— Mais si, mais si. De toute façon, j'ai trop chaud.

Il désigna un coin de pelouse et ils s'y installèrent. Il lui posa des questions sur ce qu'elle écrivait, écouta ses explications avec le plus grand sérieux. Il se souvenait très bien de lui avoir offert le carnet en cuir ; ah, il était bien content de savoir qu'elle s'en servait encore. Pendant tout ce temps, il ne cessait d'arracher des brins d'herbe dont il faisait des tresses. Meredith l'écoutait à son tour, hochait la tête, attentive, regardait ses mains. Elles étaient magnifiques, à la fois fortes et déliées. De vraies belles mains d'homme, ni trop pataudes ni velues. Elle se demanda l'impression que leur contact pouvait donner.

Une veine se mit à battre le long de sa tempe et elle se sentit vaguement défaillir. Elle était si proche, cette main. Il lui suffisait de tendre la sienne de quelques centimètres. Sa paume serait-elle tiède, douce, rugueuse ? Les doigts de Tom frémiraient-ils en serrant les siens ?

— Je t'ai apporté quelque chose, dit-il. C'est à moi, en fait, mais je viens d'être rappelé sous les drapeaux, et je voudrais en faire cadeau à quelqu'un en qui j'ai confiance.

Un cadeau avant de repartir sur le front ? Meredith eut le souffle coupé et cessa de penser à ses mains. N'était-ce pas le genre de chose qui se faisait entre amoureux ? Le garçon et la fille échangeaient des présents, puis le garçon repartait, fier héros, vers son destin ?

Tom lui toucha l'épaule et elle fit un bond. Il retira immédiatement sa main, la tendit vers elle, paume ouverte, avec un sourire penaud.

— Excuse-moi, Meredith. Simplement, le cadeau est dans la poche de mon manteau.

Meredith sourit, elle aussi, soulagée – et déçue. Elle lui rendit le pardessus, dont il fouilla les poches pour en extraire un livre.

— *Les Derniers Jours de Paris, journal d'un reporter*, lut-elle en retournant le livre. Merci beaucoup… Tom.

Prononcer ce nom la fit frissonner des pieds à la tête. Elle avait quinze ans, et même si elle n'était que modérément jolie, elle n'était plus cette écolière plate comme une limande des premiers jours de la guerre. Il n'était pas complètement impossible qu'un homme puisse tomber amoureux d'elle, tout de même ? Lorsqu'il se pencha pour passer la main sur la couverture du livre, elle sentit le souffle de Tom frôler sa nuque.

— Alexander Werth a tenu ce journal pendant la chute de Paris, l'an dernier. Je voulais te l'offrir parce qu'il montre à quel point il est important d'écrire ce dont on est témoin. Surtout en ce moment. Faute de quoi, les gens, les autres, ne sauront pas ce qui s'est passé. Tu comprends ce que je veux dire, Meredith ?

— Oui.

Elle lui jeta un regard à la dérobée et se rendit compte qu'il la dévisageait avec une telle intensité qu'elle en fut paralysée. Ce moment dura à peine quelques secondes, mais autour de Meredith, tout soudain se mouvait au ralenti. Elle avait l'impression d'être hors de son corps et de se voir, une étrangère, une actrice dans un film… et cette autre Meredith se pencha, le souffle coupé, ferma les yeux et pressa ses lèvres contre celles de Tom en une sublime seconde…

Avec une infinie douceur, il ôta de ses épaules les mains de la jeune fille, auxquelles il donna même une pression amicale – amicale, et rien d'autre.

— Ce n'est pas grave, dit-il d'une voix débordant de bonté, il n'y a pas de quoi avoir honte, Merry.

Pas de quoi avoir honte ? Elle n'avait qu'une envie, c'était de disparaître dans un trou, de se fondre dans les nuages. Tout plutôt que de rester assise près de lui, avec entre eux le souvenir palpitant de son horrible méprise. Elle se sentait si profondément humiliée que lorsque Tom la bombarda de questions sur les sœurs de Juniper – à quoi ressemblaient-elles, qu'aimaient-elles, avaient-elles des fleurs préférées ? –, elle répondit machinalement, sans se demander une seconde la raison de cette enquête en règle.

Le jour où Juniper quitta Londres, Meredith et elle se retrouvèrent à Charing Cross. Juniper était heureuse d'avoir de la compagnie, non seulement parce que Merry allait lui manquer, mais aussi parce qu'elle l'empêcherait, dans une certaine mesure, de ne penser qu'à Tom. Il était parti la veille rejoindre son régiment pour quelques jours de manœuvres. Le front, ce n'était pas pour tout de suite. Sans lui, rien n'avait plus de sens : ni l'appartement, ni la rue, ni même Londres. Juniper n'avait plus rien à y faire. Elle n'allait pas rentrer immédiatement au château ; elle avait trois jours devant elle, encore un peu d'argent. Elle voulait explorer quelques-unes de ces fascinantes peintures qu'elle avait entrevues à l'aller, dans le train qui l'avait conduite à la capitale, quatre mois auparavant… Une silhouette familière apparut à l'autre bout du quai, qui répondit par un grand sourire au geste de Juniper. Meredith se fraya un chemin dans la foule et retrouva son amie sous la grande horloge, comme convenu.

— Alors ? demanda Juniper après avoir embrassé son amie. Tu l'as apporté ?

Meredith serra le pouce et l'index, et plissa les yeux.

— Il y a quelques corrections de dernière minute.

— Tu veux dire que je ne l'aurai pas pour le voyage ?

— Encore quelques jours de patience.

Juniper s'écarta pour laisser passer un porteur qui poussait devant lui un monceau de valises.

— Soit, dit-elle avec une sévérité feinte. Quelques jours. Pas un de plus, hein ! Je veux le trouver dans ma boîte aux lettres avant la fin de la semaine. C'est bien compris ?

— Ne t'en fais pas.

Elles échangèrent un sourire complice tandis que la locomotive exhalait un sifflement tonitruant. La plupart des passagers étaient déjà montés.

— Bon, dit-elle, je crois qu'il faut que…

La fin de la phrase se perdit dans l'étreinte éperdue de Meredith.

— Juniper, tu vas me manquer. Reviens vite. Tu me le promets ?

— Bien sûr que je vais revenir.

— Dans un mois, pas plus.

Juniper d'un geste délicat cueillit un cil tombé sur la joue de sa jeune amie.

— Mais oui. Si je dépasse ce délai, je t'autorise à organiser une expédition de sauvetage.

— Et tu me répondras dès que tu auras lu mon histoire ?

— Je te répondrai par retour de courrier le jour même.

Juniper inclina la tête.

— Prends soin de toi, poulette.

— Toi aussi, Juniper.

— Comme toujours.

Le sourire de Juniper se figea ; elle chassa une mèche folle de son front, débattit en son for intérieur. Parler de Tom à Meredith ? Ne rien lui dire ?

Le chef de gare porta le sifflet à ses lèvres, faisant taire les derniers scrupules de Juniper. Merry était sa meilleure amie, sa seule amie. Elle était digne de confiance.

— Merry, j'ai un secret à te confier. Je n'en ai parlé à personne. Lui et moi, on voulait attendre… Mais tu n'es pas n'importe qui.

Meredith se mordit les lèvres, hocha la tête. Juniper se pencha à l'oreille de son amie, se demandant fugitivement si les mots qu'elle allait prononcer lui donneraient la même impression, étrange et merveilleuse, que la toute première fois.

— Thomas Cavill et moi allons nous marier.

Les soupçons de Mme Bird

1992

Le temps que j'atteigne la ferme, la nuit était tombée, et dans son sillage une bruine têtue s'étalait comme un immense filet sur le paysage. J'avais une ou deux heures devant moi avant le dîner, ce dont je n'étais pas mécontente. Après cette rencontre inopinée avec les sœurs Blythe, j'avais envie d'un bon bain chaud et d'un peu de solitude, pour me défaire de l'écœurante sensation d'accablement qui m'avait suivie jusque dans ma chambre. Comment la décrire ? Il semblait y avoir tant de désirs insatisfaits entre ces vieux murs, tant de frustrations, que les pierres en suintaient littéralement, rendant l'air presque irrespirable.

Et cependant, le château et ses trois hôtesses évanescentes exerçaient sur moi une fascination inexplicable. J'avais beau y avoir vécu des moments embarrassants, je n'avais qu'une envie dès que je revenais au grand jour : arpenter à nouveau les couloirs de Milderhurst. Cela n'avait pas de sens, mais la folie en a-t-elle ? J'étais en effet, je le reconnais maintenant, folle des sœurs Blythe.

La pluie tombait mollement sur le toit de la ferme ; j'étais allongée sur le lit, la couverture sur les pieds, lisant, à demi assoupie, rêvassant, si bien qu'à l'heure du dîner je me suis sentie en pleine forme. Quoi d'étonnant à ce que Percy veuille épargner Juniper et m'interdise aussi catégoriquement de rouvrir les vieilles blessures ? En prononçant le nom de Thomas Cavill, j'avais fait preuve d'une totale absence de tact – et Juniper qui somnolait à portée de voix ! Cependant, la vigueur de la réaction de Percy m'intriguait… Si j'avais la chance de pouvoir discuter en tête à tête avec Saffy le lendemain, peut-être pourrais-je approfondir mes investigations ? Saffy m'avait paru bien plus conciliante ; j'avais même eu l'impression qu'elle voulait m'aider dans mes recherches.

Lesquelles avaient pris un tour inattendu : Percy allait me montrer les carnets de Raymond Blythe, restés inaccessibles depuis sa mort. A répéter ces quelques mots, un frisson de ravissement me descendait le long de la colonne vertébrale. Electrisée de la pointe des cheveux jusqu'aux doigts de pied, les yeux fixés sur les poutres du plafond, je m'imaginais le moment où j'allais entrer dans l'esprit du grand écrivain.

J'ai dîné seule dans la petite salle à manger chaleureuse de Mme Bird. Un délicieux fumet de potage avait envahi la pièce, que réchauffait un bon feu. Au-dehors, le vent s'intensifiait, faisant doucement vibrer les vitres et parfois les giflant d'une bourrasque plus rude. J'ai pensé, une fois de plus, au simple et vrai bonheur d'être au chaud, bien nourrie, tandis qu'à l'extérieur s'étendait sur le monde la nuit froide et sans étoiles.

J'avais apporté mes notes pour commencer à travailler sur mon introduction, mais mes pensées se rebellaient sans cesse pour revenir aux sœurs Blythe. Sœurs. C'était le maître mot de mon obsession. J'étais fascinée par le mélange inextricable d'amour, de devoir et de ressentiment qui cimentait leur relation. Les regards qu'elles échangeaient, le complexe équilibre des pouvoirs, instauré depuis des dizaines et des dizaines d'années, les jeux auxquels je ne serais jamais conviée, et dont les règles, de toute façon, m'étaient hermétiques. C'était peut-être la clef de ma curieuse passion pour elles : elles étaient si naturellement, si organiquement soudées que je me sentais singulière, dans tous les sens du terme. Les voir toutes les trois dans la même pièce me faisait ressentir avec une douleur décuplée le manque dont j'avais souffert.

— Un grand jour ? Et la même chose demain, j'imagine ?

J'ai levé les yeux et croisé le regard de Mme Bird, debout devant la table.

— Demain matin, madame Bird, je vais pouvoir consulter les carnets de travail de Raymond Blythe !

J'avais beau essayer de le bâillonner, mon enthousiasme prenait systématiquement le dessus, impatient, joyeux.

Mme Bird a pris un air un peu confus, sans rien perdre de son affabilité.

— Ah, très bien, chère mademoiselle Burchill. Vous permettez que je…

Elle a posé la main sur le dossier de la chaise, de l'autre côté de la table.

— Mais je vous en prie !

Elle s'est assise avec un gros soupir, comme nombre de dames un peu replètes, a plaqué une main sur son estomac en se rapprochant du bord de la table.

— Ah, ça va mieux. J'ai passé la journée à courir dans tous les sens. Mais je vois que vous ne lésinez pas sur les horaires, vous non plus, a-t-elle ajouté en jetant un coup d'œil sur mes notes.

— J'essaie. Mais pour être franche, je suis un peu distraite.

— Oh ! Un beau jeune homme ?

— Si l'on veut. Madame Bird, personne n'a cherché à me joindre pendant que je n'étais pas là ?

— A vous joindre par téléphone ? Non, pas que je sache. Vous attendiez un appel ? Le jeune homme de vos rêves ?

Ses yeux brillaient.

— Votre éditeur, peut-être ?

Elle avait l'air si émue par cette perspective que j'ai hésité à la détromper. Mais la raison l'a emporté.

— Ma mère, pour tout vous dire. J'espérais qu'elle aurait la possibilité de me rejoindre ici.

Une bourrasque particulièrement rageuse a fait trembler les loquets des fenêtres et j'ai frissonné, de plaisir plus que de froid. Cette nuit avait décidément quelque chose de vivifiant. Nous étions désormais seules, Mme Bird et moi, dans la salle à manger ; dans la cheminée, l'énorme bûche tailladée rougeoyait, craquait, lançant de temps à autre de vigoureux crachats dorés sur l'âtre de brique. Etait-ce la confortable salle à manger, la bonne odeur de feu, contrastant avec la tempête au-dehors, ou une réaction à l'envahissante atmosphère de secrets et de contrainte qui régnait au château ? Ou même, plus simplement encore, le désir soudain d'avoir une conversation avec un être humain ? Toujours est-il que je me suis sentie d'humeur causante. J'ai fermé mon cahier.

— Ma mère a été hébergée ici pendant la guerre. Elle faisait partie des enfants évacués de Londres.

— Au village ?

— Au château.

— Non ! Pas possible ! Au château ? Avec les trois sœurs ?

J'ai hoché la tête, sottement ravie de sa réaction. Un peu méfiante, tout de même ; il y avait dans ma tête une petite voix qui me rappelait que ce plaisir ne découlait que du sentiment de propriété que me conférait le séjour de maman à Milderhurst. Un sentiment tout à fait déplacé, d'autant que j'avais omis jusqu'ici d'expliquer aux demoiselles Blythe qui j'étais vraiment.

— Bonté divine ! dit Mme Bird en claquant des doigts. Elle a dû vous en raconter, des histoires. A vous donner le tournis !

— En fait, j'ai emporté son journal de guerre avec moi.

— Son journal de guerre ?

— Le journal intime qu'elle tenait à cette époque-là. Des anecdotes, des impressions, des remarques sur les gens qu'elle a rencontrés, ou sur le lieu lui-même.

— Ah, mais il se peut qu'elle parle de ma mère, alors, a dit Mme Bird en se redressant fièrement.

A mon tour de marquer de la surprise.

— Votre mère ?

— Elle était domestique au château. Elle y était entrée comme femme de chambre à dix-sept ans ; vingt ans plus tard, elle était gouvernante. Lucy Rogers. Ou plutôt, Middleton, de son nom de jeune fille.

— Lucy Middleton, ai-je répété.

Avais-je lu ce nom dans le journal de maman ? Rien n'était moins sûr.

— Je n'en ai pas le souvenir, ai-je ajouté. Il faudrait que je lui demande.

Mme Bird, sous l'effet de la déception, a perdu un peu de sa superbe, ce dont je me suis sentie personnellement responsable. Comment adoucir le coup ?

— Vous savez, elle ne m'a pas raconté grand-chose de cette période. Ce n'est que récemment que j'ai découvert qu'elle avait été évacuée.

J'ai immédiatement regretté d'avoir prononcé ces paroles. A m'entendre parler, j'ai senti à quel point le secret que maman avait gardé sur son séjour à Milderhurst était chose étrange ; d'une certaine façon, je m'en sentais coupable, comme si le silence de maman avait été provoqué par mes propres échecs. Pour tout dire, je n'étais pas fière de moi : si j'avais été plus prudente, si je n'avais pas voulu à tout prix briller aux yeux de Mme Bird, je ne me serais pas exposée à des conséquences potentiellement désagréables. Je me suis préparée au pire.

Mme Bird, une nouvelle fois, m'a étonnée. Avec un clin d'œil complice, elle s'est penchée vers moi.

— Les parents et leurs secrets, hein ? Quelles histoires !

— Comme vous dites.

Une braise a sauté sur le bord de la cheminée et Mme Bird a levé le doigt, pour me faire comprendre qu'elle en avait pour une minute. Elle s'est extirpée de sa chaise, a disparu par une porte tapissée de papier peint, presque invisible dans le mur.

La pluie battait doucement sur les volets, remplissait le bassin rond ; j'ai joint les mains, les ai portées à mes lèvres, comme en une prière muette, puis les ai inclinées, reposant ma joue contre mes doigts réchauffés par le bon feu dans la cheminée.

Lorsque Mme Bird a fait sa réapparition, avec à la main une bouteille de whisky et deux verres en cristal taillé, cette invitation était tellement en accord avec les caprices météorologiques de la soirée que je l'ai acceptée avec joie.

Nous avons trinqué.

— Ma mère a bien failli ne jamais se marier, a commencé Mme Bird après avoir savouré un instant la première gorgée de whisky. Vous vous rendez compte ? J'aurais pu ne pas venir au monde !

Elle a posé une main sur son front, théâtrale.

— Maman avait un frère aîné qu'elle adorait. A l'en croire, c'était lui qui faisait se lever le soleil tous les matins. Leur père était mort assez jeune et Michael – mon oncle, donc – avait pris la relève. C'était l'homme de la maison, vraiment. Tout jeune déjà, il travaillait après l'école, le samedi et le dimanche, lavait les vitres pour deux sous. Qu'il donnait à sa mère pour les dépenses du ménage. Et beau comme un cœur, avec ça. Attendez ! Vous allez voir ça, j'ai même une photo de lui.

Elle s'est précipitée vers la cheminée, a passé en revue, doigt tendu, l'armée de portraits qui en garnissait le manteau, puis en a extrait un petit cadre de bronze, qu'elle a soigneusement astiqué sur le devant de sa jupe en tweed avant de me le tendre. Trois personnes, trois fantômes saisis dans un passé lointain : un jeune homme auquel sa destinée avait donné de la beauté, entre une femme plus âgée et une jolie petite fille de douze ou treize ans.

— En 1914, Michael est parti se battre, comme les autres.

Mme Bird était juste derrière moi, les yeux fixés sur la photographie.

— Maman l'a accompagné au train. Il lui a fait promettre de rester avec leur mère s'il lui arrivait quoi que ce soit.

Mme Bird m'a repris le cadre des mains, s'est rassise et l'a posé devant elle, à plat, après avoir ôté le support de carton.

— Que vouliez-vous qu'elle fasse, la pauvre ? Elle a promis. Ce n'était qu'une gamine. Elle n'avait certaine-ment pas réfléchi aux conséquences. Au tout début de la guerre, personne n'y pensait. Personne n'avait idée de la façon dont les choses allaient tourner.

J'ai bu une ou deux gorgées de whisky, attendu en silence. Mme Bird a fini par laisser échapper un lourd soupir. Elle a croisé mon regard, a soudain levé les deux mains au ciel, doigts écartés.

— Quoi qu'il en soit, l'histoire a suivi son cours. Michael a été tué et ma pauvre maman a dû honorer ses engagements. Moi, je ne l'aurais sans doute pas fait, mais les gens autrefois avaient certaines valeurs. Chose promise, chose due. Ma grand-mère était une méchante vieille bonne femme, pour ne rien vous cacher, mais maman est restée avec elle. Elle s'est résignée à son sort, elle a abandonné tout espoir de fonder une famille et a travaillé pour deux.

Une rafale de pluie s'est écrasée sur la vitre la plus proche avec grand fracas ; j'ai frissonné.

— Et pourtant, vous êtes là.

— Je suis là, oui.

— Que s'est-il donc passé ?

— Grand-mère a fini par mourir, a répondu Mme Bird avec un hochement de tête désinvolte.

Brutalement, en juin 1939. Elle était souffrante depuis un moment – le foie, je crois ; de sorte que maman n'a pas été surprise. Soulagée, plutôt, d'après ce que j'ai compris, même si elle était bien trop gentille pour l'avouer. La guerre a éclaté fin août ; neuf mois plus tard, maman était mariée et enceinte de moi.

— Une histoire d'amour en accéléré.

— En accéléré ?

Mme Bird a pincé les lèvres, pensive.

— Oui, sans doute, quand on voit ce qui se passe de nos jours. Mais à l'époque, et avec la guerre, c'était bien différent. Et pour ce qui concerne l'aspect amoureux, je ne sais pas s'il était très présent, voyez-vous. J'ai toujours soupçonné maman de s'être mariée pour des raisons pratiques. Elle ne m'en a jamais rien dit, du moins pas en ces termes, mais les enfants sentent toujours ce genre de chose, vous ne croyez pas ? Même s'il est naturellement plus gratifiant de se croire le fruit d'un grand amour.

Elle m'a lancé un sourire hésitant, presque soupçonneux, et je me suis sentie jaugée. Etais-je digne de sa confiance ?

— N'est-ce qu'une impression, madame Bird ?

Je me suis penchée vers elle, rassurante.

— Ou s'est-il passé quelque chose qui vous a donné à réfléchir ?

Marilyn Bird a vidé son verre d'un trait, songeuse, puis l'a fait glisser sur le plateau de verre de la table. Elle a jeté un coup d'œil soucieux à la bouteille. La tempête faisait visiblement rage sous son front plissé. Je ne saurais dire contre quel démon elle luttait, et quelle a été l'issue du combat. Toujours est-il qu'elle nous a resservi à boire.

— Oui, il s'est passé quelque chose. Ou plutôt, j'ai trouvé quelque chose. Il y a quelques années de cela. Maman venait de nous quitter, et je me suis occupée de ses affaires.

Le whisky me coulait dans la gorge, doux et brûlant comme une chanson.

— Qu'avez-vous trouvé ?

— Des lettres d'amour.

— Ah.

— Et ce n'était pas mon père qui les avait écrites.

— Oh !

— Elles étaient cachées dans une boîte en fer-blanc, tout au fond du tiroir de sa coiffeuse. J'ai bien failli ne pas mettre la main dessus, savez-vous ? Mais il se trouve qu'un antiquaire est passé à la maison, pour acheter quelques meubles. Je lui ai montré la coiffeuse, entre autres ; le tiroir était coincé. J'ai tiré, tiré très fort, et hop, la boîte s'est dégagée et je l'ai récupérée.

— Et vous avez lu ces lettres.

— Oui. Plus tard. J'ai ouvert la boîte. Ce n'est pas bien, je sais.

Les pommettes écarlates, elle se massait les tempes, le visage dissimulé sous ses paumes.

— Je n'ai pas pu m'en empêcher. Je me suis bien rendu compte au bout d'un moment de ce que je lisais, mais… pas moyen de m'arrêter. C'étaient de très jolies lettres, voyez-vous. Pleines de sentiment. Sans fioritures, mais d'autant plus poignantes qu'elles étaient courtes. Et puis il y avait autre chose derrière les mots – une sorte de tristesse, de résignation. Elles avaient toutes été écrites avant que ma mère ne se marie. Ce n'était pas le genre de femme à mener une double vie. Non, c'était une histoire qu'elle avait dû vivre à

654

l'époque où grand-mère était encore de ce monde, où mère était prisonnière de sa promesse.

— Et vous savez qui lui a écrit ces lettres ?

Elle a posé les paumes sur la table. Le silence est revenu, presque électrique, de sorte que lorsqu'elle s'est penchée vers moi, je n'ai pu m'empêcher de baisser la tête, moi aussi.

— Vraiment, a-t-elle murmuré, je ne sais pas si je dois… Je n'aime pas les ragots.

— Je vous comprends.

Sa lèvre supérieure tremblait imperceptiblement ; elle a jeté un regard subreptice à droite, puis à gauche.

— Je ne suis pas complètement certaine de ce que j'avance… Les lettres n'étaient signées que d'une simple initiale.

Elle a croisé mon regard, baissé les paupières puis esquissé un curieux sourire.

— Un « R ».

— Un « R », ai-je répété, avec le même accent solennel.

J'ai réfléchi un instant, me suis mordu l'intérieur de la joue. Puis j'ai compris.

— « R » ! Vous voulez dire… Non, ce n'est pas possible !

Et pourtant, si, bien sûr. « R » pour Raymond Blythe. C'était ce nom qu'elle avait à l'esprit. Le seigneur du château et la femme qui l'avait servi de si longues années. Un cliché, bien sûr, mais les clichés n'en deviennent que parce qu'ils renvoient à des situations récurrentes.

— Ce qui expliquerait le caractère secret de ces lettres et de la relation qu'elles impliquaient.

— Oui, mais pas seulement.

J'ai dévisagé Marilyn Bird, encore sous le choc de ses révélations.

— Il y a autre chose. La sœur aînée, Persephone, m'a toujours traitée avec froideur. Moi spécialement. Je ne pense pas avoir fait quoi que ce soit pour le mériter, et cependant, je l'ai toujours sentie extrêmement réservée à mon égard, pour ne pas dire pire. Un jour, quand je n'étais qu'une petite fille, elle m'a surprise qui jouais près de la piscine, vous savez, la piscine dans la forêt, avec la balançoire. Elle m'a jeté un de ces regards… comme si elle avait vu un fantôme. Je n'avais qu'une peur, c'était qu'elle se jette sur moi pour m'étrangler. C'est comme je vous le dis. Plus tard, quand j'ai découvert ces lettres et que j'ai compris que M. Blythe les avait peut-être écrites… Je me suis demandé si Percy n'était pas au courant, d'une façon ou d'une autre. Elle était peut-être au courant de tout, ce qui aurait expliqué son attitude. C'est qu'à l'époque les choses ne se passaient pas comme maintenant, entre les classes sociales… Percy Blythe est quelqu'un d'assez rigide, vous savez. Elle respecte les règles, les traditions.

Oui, cela tenait debout. Percy Blythe ne m'avait jamais paru particulièrement chaleureuse, c'était certain ; mais dès ma première visite au château, j'avais remarqué qu'elle était particulièrement désagréable avec Mme Bird. Sans compter l'atmosphère de secret qui régnait au château. On y cachait des choses, j'en étais certaine. On *me* cachait des choses… Cette histoire d'amour : était-ce cela dont Saffy avait voulu me parler ? Etait-ce le détail embarrassant qu'elle n'avait pas voulu confier à Adam Gilbert ? Etait-ce pour cette même raison que Percy m'avait refusé tout tête-à-tête avec sa sœur jumelle ? Parce qu'elle craignait que Saffy ne me livre le secret de leur père, sa liaison amoureuse avec une simple gouvernante ?

Cependant, pourquoi Percy tenait-elle tant à passer sous silence les frasques de son père ? Par loyauté envers sa mère ? C'était peu probable. Raymond Blythe avait fini par reprendre femme ; Percy avait sans doute compris depuis longtemps les nécessités du cœur humain. Restait la question de la différence de classe sociale, à laquelle Mme Bird avait fait allusion. Certes, Percy était d'une autre époque, mais après tant d'années, tant d'événements, j'avais du mal à croire qu'elle puisse encore se formaliser de ce manquement aux règles de la bienséance sociale. Et surtout, qu'elle mette tant d'insistance à le dissimuler aux yeux du public, comme un secret honteux. Percy, avant toute chose, était un esprit pratique. Il ne m'avait pas fallu longtemps pour comprendre le froid réalisme dont étaient empreints tous ses actes. Jamais elle ne se serait donné la peine de cacher des choses par pruderie ou par respect des convenances.

Mme Bird a dû percevoir mes doutes.

— Il y a autre chose, dit-elle. Je me suis parfois demandé si… Naturellement, maman n'en a jamais rien laissé paraître, mais…

Elle a secoué la tête, posé un doigt sur ses lèvres.

— Non, non, c'est idiot de ma part.

Puis elle a croisé les mains sur son ample poitrine, d'un geste faussement modeste ; dans ma confusion, je n'ai pas immédiatement compris ce à quoi elle pouvait bien faire allusion. Lentement, une idée plus que gênante s'est formée dans mon esprit.

— Vous pensez qu'il aurait pu… être votre père ?

J'ai compris à l'expression de son regard que j'avais visé juste.

— Maman adorait ce lieu… le château, tout, la famille Blythe. Elle m'a parlé parfois du vieux M. Blythe, de son talent, de son intelligence. Elle était fière d'avoir travaillé pour quelqu'un d'aussi célèbre. Mais elle avait parfois des réactions bizarres. Elle n'aimait pas passer près du château, sauf si c'était vraiment nécessaire. De temps en temps, même, quand elle me parlait de cette époque-là, elle se renfermait, tout à coup, en pleine anecdote, refusait d'en dire plus. Et vous auriez vu l'expression qu'elle avait alors… si triste, si nostalgique.

Cette supposition expliquait bien des choses. Percy Blythe aurait sans doute pu tolérer une relation entre son père et la gouvernante, mais un rejeton adultérin ? C'était bien plus sérieux. Un quatrième enfant, une autre demi-sœur ? Les implications étaient multiples. Et juridiques bien plus que morales. Percy, maîtresse et commandante du château, protectrice de l'héritage familial, était capable de tout pour étouffer une telle affaire.

J'ai tourné et retourné cette hypothèse dans mon esprit, j'en ai accepté la vraisemblance, mesuré les conséquences matérielles. Et cependant, au fond de moi-même, je n'y croyais pas une seconde. N'y voyez aucune logique : j'aurais été bien en peine d'expliquer mon incrédulité. Elle était cependant totale. Et tenait à la loyauté, absurde sans doute, qui me liait à Percy Blythe, aux trois vieilles dames dans leur château, sur la colline – sororité aux liens si serrés qu'il m'était impossible de lui imaginer une quelconque addition.

La pendule sur la cheminée a choisi ce moment pour sonner l'heure ; l'enchantement s'est rompu. Son fardeau allégé par le partage, Mme Bird s'est levée, a rassemblé sur un plateau les salières et les poivrières qui traînaient encore sur les tables.

— Le ménage ne se fera pas tout seul, a-t-elle soupiré. J'ai beau espérer, je n'ai jamais eu de chance sur ce point.

J'ai regroupé les deux verres et la bouteille, me suis levée à mon tour. Mme Bird a souri, le regard perdu dans le lointain.

— On a parfois de drôles de surprises avec ses parents. Toutes ces choses qu'ils ont faites avant de nous avoir !

— Oui, ai-je répondu. On se rend compte qu'ils ont été jeunes, eux aussi.

La nuit de son absence

C'était la première journée de nos entretiens offi-
ciels, et je me suis mise en route le plus tôt possible pour
le château. Le temps était gris, glacial ; la pluie était
repartie avec la nuit mais elle avait emporté avec elle
une bonne partie des couleurs du monde ; le paysage
était lugubre et délavé. Il y avait quelque chose de
nouveau dans l'air, une morsure déplaisante qui m'a fait
enfouir les mains dans mes poches ; imprévoyante que
j'étais, je n'avais pas emporté de gants.

Les sœurs Blythe m'avaient formellement décon-
seillé de frapper à la porte. Elle ne serait pas fermée ; je
devais entrer et les retrouver au salon jaune.

« C'est à cause de Juniper, vous comprenez ? m'avait
dit Saffy à voix basse en me raccompagnant, la veille.
Un coup de heurtoir, et elle se dit qu'*il* est là, qu'*il* est
enfin arrivé. »

Elle n'a pas eu besoin de m'expliquer qui était ce *il*.

Je n'avais pas la moindre envie de blesser Juniper ;
après mon impair de la veille, j'étais sur mes gardes.
J'ai respecté les consignes, poussé la porte d'entrée,
traversé le grand vestibule, puis le couloir interminable

et sombre qui conduisait au salon jaune. Le souffle coupé, pour Dieu sait quelle raison.

Le salon était désert. Ni Percy ni Saffy, pas même la forme maintenant familière de Juniper, affaissée dans son grand fauteuil de velours vert. Que faire ? M'étais-je trompée d'heure ? Puis quelqu'un est entré derrière moi et j'ai tourné la tête : c'était Saffy, aussi élégamment vêtue que de coutume, mais l'air curieusement troublée, comme si ma présence la surprenait. Elle s'est figée, un pied sur le tapis.

— Edith ! Vous êtes déjà là ? Ah, mais oui, bien sûr. Il est bientôt dix heures et demie.

Elle a posé une main frêle sur son front ; ses lèvres tremblantes se sont incurvées en un sourire éphémère.

— Je suis navrée de vous avoir fait attendre, Edith. C'est que nous avons eu une matinée agitée ; le temps a passé si vite !

Une vague sensation de crainte l'avait suivie dans le salon, qui s'est bientôt communiquée à moi.

— Tout va bien ? ai-je demandé.

— Non, a-t-elle murmuré.

Le sang lentement s'est retiré de son visage, n'y laissant que désolation.

Cela, et le fauteuil vide… Mon Dieu, il était arrivé quelque chose à Juniper.

— C'est Bruno, a-t-elle poursuivi à mon grand soulagement. Il a disparu. Ce matin, quand je suis allée retrouver Juniper pour l'aider à s'habiller, il n'était pas dans sa chambre. Il ne s'est pas montré depuis.

— Il est peut-être allé faire un tour dans les bois ou dans le jardin, ai-je suggéré.

Puis je me suis rappelé la triste impression qu'il avait produite sur moi la veille – ses halètements pénibles, la courbe de ses épaules, les poils gris le long de son dos. Non, c'était autre chose, et Saffy le savait bien, qui a secoué la tête.

— Oh, je ne crois pas. Il est bien rare qu'il s'éloigne de Juniper, et lorsqu'il le fait, c'est pour aller s'asseoir sur le perron et attendre les visiteurs. Même si nous n'en avons pratiquement jamais. Vous exceptée, bien sûr.

Elle m'a lancé un regard d'excuse, craignant peut-être que je ne m'émeuve de cette précision.

— Cette fois-ci, c'est différent. Nous sommes très inquiètes. Il n'est pas en très bonne santé, ces temps-ci, et se conduit d'une façon qui ne lui ressemble guère. Hier, déjà, Percy a passé des heures à le chercher. Et le voilà de nouveau introuvable.

Ses doigts frémissants se sont refermés sur son médaillon ; j'aurais tant aimé lui venir en aide. Il émane de certaines personnes un tel sentiment de vulnérabilité que les voir souffrir est presque insoutenable ; on ferait l'impossible, ou presque, pour atténuer leur peine. Saffy Blythe était de celles-là.

— Et si j'allais dans le jardin, là où je l'ai vu hier, ai-je proposé en me dirigeant vers la porte. Il y est peut-être retourné, pour on ne sait quelle raison ?

— Non !

L'exclamation a jailli si subitement que j'ai fait volte-face. Elle a tendu une main vers moi, l'autre tordant entre ses doigts minces le col de son gilet, tout contre sa peau blême et fragile.

— Ne vous méprenez pas !

Elle a aussitôt laissé retomber son bras.

— C'est très gentil à vous, Edith, mais ce ne sera pas nécessaire. Percy est au téléphone avec le neveu de Mme Bird ; elle lui a demandé de venir nous aider. Je suis navrée. Je n'ai pas l'esprit très clair aujourd'hui. Excusez-moi, je vous en prie, je suis si troublée…

Elle a jeté un coup d'œil à la porte, derrière moi.

— Mais voyez-vous, je souhaitais tant vous parler seule à seule.

— Vraiment ?

Elle a pincé les lèvres et j'ai compris qu'elle ne s'inquiétait pas seulement du sort de Bruno.

— Percy ne va pas tarder à nous rejoindre, a-t-elle poursuivi d'une voix douce. Elle va vous emmener voir les carnets de papa, comme elle vous l'a promis hier… Mais avant qu'elle n'arrive, avant que vous ne descendiez aux archives avec elle, il faut que je vous explique quelque chose.

Il y avait dans son regard un tel sérieux, une telle inquiétude, que j'ai posé une main sur son épaule, aussi maigre, aussi frêle qu'un oiseau.

— Venez, asseyez-vous un moment. Voulez-vous que j'aille vous chercher quelque chose ? Un thé, peut-être, en attendant ?

Elle a eu le sourire reconnaissant de celles qui sont trop rarement l'objet de la bonté des autres.

— C'est gentil, Edith, mais non. Nous n'avons pas le temps. Prenez place à mon côté, je vous en prie.

Une ombre a bougé près de la porte ; elle s'est figée, les sens en alerte. Je n'ai entendu que le silence. Le silence, et les bruits étranges de la maison, qui peu à peu me devenaient familiers, le craquement d'une poutre au-dessus de la ravissante moulure du plafond, les volets que le vent entrechoquait doucement… le grincement des os de la maison.

— Il faut absolument que je vous explique quelque chose, a-t-elle dit d'une voix sourde. Ce que Percy vous a dit hier… quand vous avez parlé de Juniper, quand vous avez prononcé le nom de… Percy a été si dure !

— Vous n'avez pas besoin de m'expliquer, Saffy !

— Mais si, c'est indispensable. Seulement, il n'est guère facile d'avoir un moment de tranquillité ici, a-t-elle protesté avec un sourire lugubre. La maison est immense et cependant on n'y est jamais vraiment seul.

Son angoisse était contagieuse ; un curieux sentiment de culpabilité s'est emparé de moi, sans cause apparente. Mon cœur battait plus vite qu'à l'ordinaire et j'ai baissé la voix, comme elle.

— Voulez-vous que nous nous donnions rendez-vous ailleurs ? Au village, si vous voulez ?

— Non, non, c'est impossible. Je ne puis faire une chose pareille.

De nouveau son regard s'est tourné vers la porte.

— Mieux vaut parler de cela ici.

Lentement, patiemment, comme une couturière qui ramasse des épingles, elle a rassemblé ses mots. Puis m'a raconté son histoire d'une voix grave et ferme.

— Ç'a été une effroyable soirée. Effroyable, il n'y a pas d'autre mot. Cela fait plus de cinquante ans aujourd'hui, et pourtant je m'en souviens comme si c'était hier. Le visage de Juniper, tel qu'il m'est apparu ce soir-là, à la porte. Elle était en retard, elle avait perdu sa clef… elle a frappé à la porte, nous sommes allées lui ouvrir ; elle est entrée d'un pas dansant… elle ne marchait pas, Juniper, du moins pas à la façon dont nous marchons, vous et moi. Oh, son visage ! Le soir, quand je ferme les yeux, c'est le visage qu'elle avait ce soir-là que je revois. Son visage à la porte. Nous étions tellement soulagées de la voir ! Il y avait eu une terrible tempête dans l'après-midi. Il pleuvait à verse, le vent

hurlait dans les bois, les autobus étaient en retard…
Nous étions mortes d'inquiétude, Percy et moi. Quand
nous avons entendu le heurtoir, nous avons pensé que
c'était lui. Ce n'était pas fait pour me rassurer, vous
savez. Le retard de Juniper m'inquiétait, mais j'étais
nerveuse à l'idée de rencontrer son… son ami. J'avais
deviné ce qu'il était pour elle. Je savais qu'ils
s'aimaient, qu'ils allaient se marier. Elle n'avait rien dit
à Percy – Percy et papa avaient des idées très arrêtées
sur ce genre de chose, vous comprenez – mais avec moi,
c'était différent. Nous étions très proches, Juniper et
moi. J'avais désespérément envie de l'aimer, ce jeune
homme ! Je voulais qu'il soit digne de son amour. Et
puis il m'intriguait, d'une certaine façon : Juniper
accordait si rarement son affection. Nous sommes
restées toutes les trois dans le salon bleu pendant un
long moment. Nous avons bavardé de choses et
d'autres, de ce que Juniper avait fait à Londres, et nous
avons cherché des causes à son retard – il avait dû être
retenu quelque part sur la route ; il y avait la tempête, le
couvre-feu, les contrôles… C'était la guerre, bien sûr.
Mais au bout d'un moment, nous nous sommes rési-
gnées au silence.

Elle m'a observée à la dérobée, le regard assombri
par le souvenir.

— Le vent faisait rage, la pluie battait contre les
volets, et le pâté était en train de brûler dans le four…
Oh, cette affreuse odeur de lapin… elle s'était insinuée
partout. Je n'ai jamais plus pu la supporter depuis.
C'était l'odeur de la peur. Horribles lambeaux de peur
carbonisée… Et Juniper était dans un état effrayant.
Nous avons fait tout ce que nous avons pu pour l'empêcher de sortir dans la tempête, pour le chercher. Puis

minuit a passé, et nous avons compris qu'il ne viendrait pas, mais elle, elle y croyait encore, la malheureuse. Folle d'angoisse, hystérique ; il a fallu lui faire avaler les vieilles pilules somnifères de papa pour la calmer…

La voix de Saffy s'est brisée ; de peur que l'arrivée de Percy ne l'interrompe, elle avait parlé si vite que le souffle lui manquait. Elle a sorti un petit mouchoir en dentelle de sa manche, a toussé. Il y avait près du fauteuil de Juniper une petite table, et sur cette table une carafe d'eau. Je lui en ai apporté un verre.

— Cela a dû être terrible en effet.

Elle a avalé quelques gorgées d'eau, reconnaissante, puis a serré le verre contre sa poitrine, les nerfs à vif. La peau semblait s'être contractée sur les os pointus de son visage et l'on y voyait transparaître le réseau bleu sombre des veines.

— Il n'est jamais venu ?

— Non, jamais.

— Avez-vous su pourquoi ? Avez-vous eu une explication, une lettre, un coup de téléphone ?

— Rien.

— Et… Juniper ?

— Elle l'a attendu. Elle n'a jamais cessé de l'attendre. Aujourd'hui encore… Les jours ont passé, puis les semaines. Elle n'a jamais cessé d'espérer. C'était affreux. Affreux.

Le mot a longuement vibré entre nous. Saffy était perdue dans ses pensées, dans son passé, et je n'ai pas voulu insister.

— La folie n'est pas une maladie qui vous prend subitement, a-t-elle fini par dire. On pourrait simplement penser qu'elle a été prise de folie, mais ce n'est pas ainsi que les choses se sont passées. C'est arrivé petit à petit. Elle est devenue plus distante. Elle a semblé un moment se remettre, elle nous a dit qu'elle voulait repartir à Londres, mais sans autre précision ; finalement, elle est restée. Et puis elle a cessé d'écrire. C'est alors que j'ai compris que quelque chose en elle s'était brisé… si fragile, si précieux. Un jour, elle a tout jeté par la fenêtre de sa chambre, sous les toits. Tout. Ses livres, ses papiers, son bureau et même son matelas…

Les lèvres de Saffy ont formé silencieusement des mots qu'elles n'ont pu prononcer.

— Les papiers se sont éparpillés aux alentours, dans le jardin, sur la colline, jusque dans le lac, comme des feuilles mortes, l'hiver venu. Parfois je me demande où tout cela est passé…

Que pouvais-je répondre ? Ce qui s'était perdu ce jour-là, ce dont Saffy pleurait le sort, c'était bien plus que ces quelques feuilles. J'avais peine à imaginer le chagrin qu'elle avait dû éprouver à voir sa sœur tant aimée s'abîmer dans la folie, se dépouiller, jour après jour, de sa personnalité, de son talent, de son avenir. Saffy qui, à en croire Marilyn Bird, avait été bien plus qu'une sœur pour Juniper, une mère plutôt.

— Les livres, les meubles… tout est resté en tas sur la pelouse. Nous n'avons pas eu le courage de remonter tout cela dans le grenier, et du reste Juniper ne l'a pas souhaité. Elle a pris l'habitude de s'asseoir près de l'armoire, dans le grenier, celle qui donne sur la porte secrète, vous savez ? Elle disait qu'elle entendait des choses de l'autre côté. Des voix qui l'appelaient, même si tout cela n'existait que dans sa tête. Mon pauvre amour. Quand il a su cela, notre médecin a voulu la faire interner dans un *asile*…

Sa voix a buté sur ce mot hideux ; elle m'a jeté un regard implorant : ne le trouvais-je pas monstrueux, inhumain, ce mot, et ce qu'il évoquait ? Elle malaxait son petit mouchoir blanc avec la force du désespoir, et j'ai frôlé son front d'une main que je voulais apaisante.

— J'ai tant de peine pour vous, Saffy.

Ses lèvres frémissaient d'une colère impuissante.

— C'était hors de question. Hors de question pour moi. Le laisser m'arracher Juniper ? Impossible, impossible… Percy lui a parlé, lui a fait comprendre qu'à Milderhurst ce n'était pas ainsi qu'on procédait. Que les Blythe savaient prendre soin des leurs. Il a fini par céder. Il est difficile de résister à la force de persuasion de Percy… Il a cependant insisté pour que Juniper suive un traitement plus efficace que les somnifères de papa.

Elle a frotté ses mains aux ongles rose vif contre ses jambes, comme un chat, pour soulager la tension qui l'habitait ; j'ai perçu alors dans ses traits quelque chose qui m'avait échappé jusqu'ici. Des deux jumelles, Saffy était la plus faible, la plus soumise, mais elle n'était pas sans ressources. Lorsque Juniper entrait en ligne de compte, lorsqu'il fallait se battre pour la petite sœur qu'elle aimait tant, elle se faisait dure comme le diamant. Soudain ces mots terribles ont jailli de ses lèvres, comme la vapeur d'une bouilloire, si ardents qu'ils m'ont brûlée.

— Si elle avait pu ne jamais aller à Londres, ne jamais rencontrer cet individu. Je n'ai pas de plus grand regret dans ma vie. Il a tout détruit. Rien n'a plus été comme avant – et cela vaut pour nous toutes, Edith. Y compris Percy.

J'ai compris en cet instant la raison pour laquelle elle m'avait raconté cette histoire, dont les conséquences

expliquaient sans doute le caractère de sa sœur jumelle ;
le soir où Thomas Cavill n'était jamais venu avait
changé le cours de leurs trois vies.

— Percy... ai-je chuchoté, et Saffy a hoché la tête.
Percy a changé de comportement, après cet
événement ?

A résonné alors dans le couloir un bruit de pas,
sonore, résolu, accompagné du claquement inimitable
de la canne de Percy – comme si elle avait entendu son
nom, compris, d'une façon ou d'une autre, qu'elle était
le sujet d'une conversation clandestine.

Saffy, une main sur l'accoudoir du canapé, s'est
péniblement relevée.

— Edith vient juste de nous rejoindre, s'est-elle
exclamée en toute hâte tandis que Percy apparaissait
dans l'embrasure de la porte.

De sa main, toujours crispée sur le mouchoir de
dentelle, elle m'a désignée.

— J'étais en train de lui expliquer la disparition de
ce pauvre Bruno.

Le regard de Percy s'est posé sur moi, insistant, puis
sur Saffy, qui se tenait à deux pas du sofa où j'étais
encore assise.

— As-tu pu parler au jeune homme ? a insisté Saffy,
un léger frémissement dans la voix.

— Oui, il ne va pas tarder. Je vais aller l'accueillir
sur le perron et lui dire où chercher.

— Ah, bien, très bien.

— Après quoi j'emmènerai Mlle Burchill au sous-
sol. Comme nous en étions convenues. Oui, mademoiselle Burchill, c'est là que se trouve la chambre des
archives.

Je lui ai répondu d'un sourire reconnaissant, mais au lieu de repartir à la recherche de Bruno, comme je m'y étais attendue, Percy a traversé le salon pour se camper devant la fenêtre, dont elle a commencé à examiner le cadre avec ostentation, grattant de l'ongle une tache sur la vitre, scrutant les montants ; de toute évidence, cette inspection n'était qu'une ruse mal déguisée pour ne pas nous laisser en tête à tête. Saffy avait raison. Percy Blythe ne voulait pas que nous restions seules toutes les deux, et mes soupçons de la veille se sont ranimés. Percy craignait que Saffy ne me révèle des choses qui devaient rester secrètes. La soumission dans laquelle cette femme maintenait ses deux sœurs avait quelque chose de stupéfiant. Intriguée, je ne savais plus sur quel pied danser : tandis qu'une petite voix dans ma tête me conseillait d'agir avec prudence, je mourais d'impatience d'entendre la fin de l'histoire de Saffy.

Les cinq minutes qui ont suivi ont été parmi les plus longues de ma vie. Saffy faisait des remarques anodines sur le temps et Percy continuait d'inspecter d'un regard sombre la vitre et de frotter le rebord poussiéreux de la fenêtre. La délivrance est venue sous la forme d'un bruit de moteur. Nous avons laissé tomber les masques ; le silence s'est installé. Le bruit de moteur s'est rapproché, puis interrompu. Un claquement de portière…

— Ce doit être Nathan, a soufflé Percy.

— Sans doute, a repris Saffy.

— J'en ai pour cinq minutes.

Elle s'est enfin éclipsée. Saffy, l'oreille dressée, a attendu quelques secondes ; ce n'est que lorsque le bruit des pas de sa sœur s'est perdu dans le lointain couloir qu'elle s'est retournée vers moi, avec un sourire d'excuse qui trahissait un certain malaise. Mais, lorsqu'elle a repris le fil de son récit, sa voix avait retrouvé toute sa fermeté.

— Vous vous en êtes sans doute rendu compte : Percy est la plus forte de nous trois. Elle a toujours voulu nous protéger, même lorsque nous étions enfants. La plupart du temps, c'est un partage des rôles qui me convient très bien. C'est une chance parfois que d'avoir quelqu'un qui peut prendre votre défense.

Je n'ai pas pu m'empêcher de remarquer les tremblements nerveux de ses doigts, les regards qu'elle continuait à jeter à la porte.

— Parfois, mais pas toujours, ai-je dit.

— Vous avez raison. Cela n'a pas toujours été une bonne chose pour moi, ni pour elle, d'ailleurs. Ce rôle implique un très lourd fardeau, surtout depuis que Juniper a… Surtout depuis cette soirée. Nous avons souffert, Percy et moi. Juniper était notre petite sœur… Elle l'est toujours, et la voir dans cet état… nous bouleversait au-delà de toute mesure. Cependant, le caractère de Percy…

Le regard de Saffy a cherché un point au-dessus de ma tête, espérant peut-être y trouver les mots dont elle avait besoin.

— Le caractère de Percy s'est incroyablement assombri. Elle n'avait jamais été bien commode ; ma sœur jumelle était de ces femmes qui avaient trouvé leur voie pendant la guerre ; quand les bombardements ont cessé et que Hitler a reporté son attention sur la Russie, elle était presque déçue. Mais la soirée a tout changé. Elle a pris la désertion de ce jeune homme comme une insulte personnelle.

— Drôle de réaction, ai-je dit. Comment l'expliquez-vous ?

— Oui, c'était étrange, comme vous dites. On aurait cru qu'elle se sentait responsable. Ce qui n'était pas le cas, naturellement : qu'aurait-elle pu faire qui change le cours des choses ? Mais c'est ainsi qu'est Percy. Elle s'en est voulu : Percy s'en veut toujours de quelque chose. L'une de nous trois était à la torture et elle était impuissante à l'apaiser.

Avec un soupir anxieux, elle a lissé le tissu de sa jupe.

— C'est pour cette raison, je crois, que je vous raconte tout cela, bien que je craigne fort de m'y être mal prise. Je veux que vous compreniez que Percy est quelqu'un de bien, qu'en dépit de la façon dont elle se comporte parfois elle a bon cœur.

De toute évidence Saffy tenait particulièrement à ce que je conserve toute mon estime à sa sœur. Je l'ai rassurée d'un sourire compréhensif. Elle avait raison, pourtant : il y avait quelque chose de singulier dans le comportement de Persephone Blythe.

— Au-delà de son sens des responsabilités, qui est grand, pourquoi cette culpabilité ? Connaissait-elle ce jeune homme ? L'avait-elle rencontré ?

— Non, jamais.

Elle m'a fouillée du regard.

— Il vivait à Londres ; c'est là qu'ils se sont rencontrés. Percy n'est pas retournée à Londres après l'été 1939.

Un détail m'est revenu. Dans son journal, ma mère mentionnait que son instituteur, Thomas Cavill, lui avait rendu visite à Milderhurst en septembre 1939. C'était du reste ce jour-là que Juniper Blythe avait rencontré l'homme dont elle tomberait plus tard

672

amoureuse. Percy avait très bien pu rencontrer Thomas Cavill ce jour-là. Ce qui, de toute évidence, n'était pas le cas de Saffy.

Un courant d'air frais a pénétré sournoisement dans le salon et Saffy a remonté le col de son gilet. La peau de son cou avait rosi ; elle avait retrouvé un peu de couleur ; sans doute regrettait-elle d'en avoir autant dit, car elle s'est bien vite efforcée de me faire oublier ses indiscrétions.

— Ce que je voudrais que vous compreniez, c'est que Percy a été très affectée par cette affaire, qu'elle l'a profondément changée. Quand les Allemands ont recommencé avec leurs bombes, j'étais presque heureuse : cela lui redonnait un but dans l'existence, pour ainsi dire.

Saffy a accompagné cette remarque d'un rire qui sonnait creux.

— Elle n'aurait pas été mécontente de voir la guerre durer indéfiniment. C'est du moins ce que je me dis parfois.

Elle était si visiblement mal à l'aise que je n'ai pu m'empêcher de compatir, un sentiment qui se teintait de culpabilité : mon interrogatoire avait suscité de nouvelles inquiétudes. Ses confidences n'avaient eu qu'un seul but : apaiser les blessures d'orgueil dont j'avais pu souffrir la veille. N'y avait-il pas quelque cruauté à vouloir creuser le sujet ? J'ai tenté une diversion.

— Et vous, Saffy ? Avez-vous participé à l'effort de guerre ?

— Oh, a-t-elle répondu non sans soulagement. Nous avons toutes fait notre devoir. Pour ce qui me concerne, ce n'était rien de bien excitant, contrairement à Percy.

Elle a l'étoffe héroïque, elle ! J'ai cousu, j'ai fait la cuisine, je me suis débrouillée… j'ai bien dû tricoter un millier de chaussettes. Je ne dis pas qu'elles étaient toutes réussies.

J'ai souri avec elle de cette image peu flatteuse, qui en a réveillé une autre dans mon esprit : celle d'une gamine grelottant de froid dans les combles du château, des chaussettes trop petites aux pieds et à la main droite, l'autre main noircissant les pages de son journal.

— J'ai même bien failli devenir dame de compagnie, voyez-vous. Auprès d'une famille nombreuse qui partait en Amérique, le temps que la guerre prenne fin. J'ai décroché le poste mais j'ai dû y renoncer.

— A cause de la guerre ?

— Non. C'est arrivé au moment où Juniper a subi cette terrible infortune. Ne prenez pas un air si navré, ma petite Edith. Cela n'en vaut pas la peine. Les regrets ne sont en général qu'une perte de temps, vous ne trouvez pas ? Il m'était impossible d'accepter cet emploi. Du moins pas à ce moment-là – partir si loin, avec Juniper dans cet état ? Comment vouliez-vous que je l'abandonne ?

N'ayant ni frères ni sœurs, je n'ai su que lui répondre.

— Percy, peut-être, aurait pu…

— Percy a bien des qualités mais l'instinct maternel n'est pas du nombre. Cela exige une certaine…

Elle a caressé du bout des doigts le vieil écran de cheminée, comme pour y rechercher le mot qui lui manquait.

— … une certaine douceur, je crois. Non, je n'aurais pas pu abandonner Juniper à la seule surveillance de Percy. J'ai écrit à mes futurs employeurs pour leur dire que je renonçais à leur proposition.

— Cela n'a pas dû être facile pour vous.

— Je n'avais pas le choix. La famille passe avant tout. Juniper était ma petite sœur chérie ; je ne pouvais pas l'abandonner dans cet état. D'ailleurs, même si le jeune homme était venu, s'ils s'étaient mariés, s'ils étaient partis vivre à Londres, j'aurais sans doute fini par renoncer à cette offre.

— Pourquoi cela ?

D'un geste de la tête, infiniment élégant, elle a détourné le regard.

Un bruit dans le couloir, une toux à demi étouffée, le tapotement sec d'une canne approchant du salon…

— Percy…

Et juste avant qu'elle ne sourie, j'ai eu le temps de lire la réponse sur son visage. Une expression de douleur qui résumait une vie passée derrière d'invisibles barreaux. Deux jumelles, deux moitiés d'un tout, mais tandis que l'une avait toujours rêvé de s'évader, de vivre enfin seule, l'autre avait obstinément refusé la séparation. Et Saffy, si douce qu'elle en était impuissante, si prompte à la compassion qu'elle était incapable de méchanceté, n'avait jamais pu desserrer l'étau.

Les secrets de la chambre aux archives

J'ai suivi Percy Blythe le long d'interminables couloirs et d'escaliers jusque dans les profondeurs obscures du château. D'ordinaire peu encline au badinage, elle était ce matin-là aussi muette qu'une statue. Une statue qui exhalait une odeur de tabac froid si écœurante que j'étais incapable de marcher à sa hauteur. Son mutisme ne me déplaisait pas ; après ma longue conversation avec Saffy, je n'étais pas d'humeur à bavarder. Il y avait dans ses confidences, ou plus exactement dans le fait qu'elle s'y soit livrée, quelque chose qui me troublait.

« Ce que je voudrais vous faire comprendre, c'est que Percy a été très affectée par cette affaire », m'avait-elle dit. Je n'avais aucun mal à croire qu'elles avaient été toutes les deux bouleversées par l'abandon de Juniper et ses tragiques conséquences ; mais pourquoi prétendre que Percy en avait plus souffert qu'elle ? N'était-ce pas Saffy qui avait pris sous son aile maternelle la petite sœur au cœur blessé ? Elle avait été choquée par l'impolitesse avec laquelle Percy m'avait traitée la veille, et n'avait cessé de vouloir mettre en

676

lumière l'humanité de sa sœur. Une insistance qui soudain me semblait exagérée.

« Ma sœur a bon cœur, ma sœur est une sainte… »

Non, cela ne prenait pas.

Percy s'est arrêtée à la jonction de deux couloirs pour sortir son paquet de cigarettes. Ses doigts noueux ont lutté avec l'allumette, ont fini par en tirer une flamme tremblante, à la lueur de laquelle j'ai vu les marques que les événements du matin avaient laissées sur son visage. Un nuage de fumée au doux parfum de tabac frais nous a enveloppées.

— Je suis navrée pour le pauvre Bruno, me suis-je décidée à dire, brisant un silence de plus en plus lourd. Je suis sûre que le neveu de Mme Bird va vous le ramener.

— Vraiment ?

A travers les volutes de sa cigarette, elle m'a scrutée d'un regard dépourvu de toute sympathie. Les commissures de ses lèvres se sont abaissées.

— Mademoiselle Burchill, les animaux sentent toujours venir la fin. Ils n'ont aucune envie de nous accabler de leur misère. Contrairement aux êtres humains, dont le besoin de consolation est permanent.

D'une inclinaison de la tête, elle m'a fait signe de la suivre ; rouge de honte, je me suis fermement résolue à ne plus lui offrir la moindre marque de compassion.

Nous nous sommes engouffrées dans le couloir, pour nous arrêter aussitôt à la première porte. L'une de celles, nombreuses, devant lesquelles Percy m'avait fait passer lors de ma précédente visite au château, des mois plus tôt. La cigarette fermement coincée au coin des lèvres, elle a sorti de sa poche une énorme clef qu'elle a fait tourner dans la serrure. Ce qui n'a pas été sans mal ;

mais le vieux mécanisme a fini par céder et la porte par s'ouvrir en grinçant. La pièce sur laquelle elle donnait était sombre et sans fenêtres ; ses murs étaient tous bordés de meubles de rangement massifs, en bois. D'un maigre fil électrique pendait une ampoule unique et nue, que le courant d'air a fait se balancer.

J'ai attendu un moment que Percy me montre le chemin, ce qu'elle n'a pas fait.

— Je n'entre pas, a-t-elle lâché dans un nuage de fumée en réponse à mon regard hésitant.

Elle a dû remarquer ma surprise.

— Je ne goûte guère les espaces clos, a-t-elle ajouté avec un léger tremblement dans la voix, si léger en vérité que je ne l'ai pas immédiatement perçu.

— Vous allez trouver une lampe à huile dans ce coin. Décrochez-la, je vous l'allumerai.

J'ai jeté un regard dans la pièce sombre et confinée.

— L'électricité ne fonctionne-t-elle pas ?

Elle m'a observée un moment, les yeux plissés, puis a tiré sur une cordelette ; l'ampoule a jeté une lueur vive pour se ternir presque aussitôt. Sur les murs, les ombres ont dansé. La lumière était si faible qu'elle n'éclairait que dans un rayon de quelques dizaines de centimètres.

— Je vous conseille de vous servir également de la lampe à huile.

Un sourire amer aux lèvres, je suis allée décrocher ce vieil ustensile à l'endroit que m'avait indiqué Percy. Un bruit liquide en a émané.

— Ah, voilà qui promet, a constaté l'aînée des sœurs Blythe. Sans huile, nous n'irions pas bien loin.

Tandis que je tenais fermement la base de la lampe, elle a ôté le tube de verre, tourné une petite molette de la taille d'une pièce de monnaie pour allonger la mèche avant d'en approcher la flamme d'une allumette.

— J'ai toujours détesté cette odeur, a-t-elle dit en remettant le tube à sa place. Elle me rappelle les abris de la défense civile. Des endroits ignobles, à l'atmosphère chargée de crainte et d'impuissance.

— J'aurais pensé à la sécurité. Au réconfort, éventuellement ?

— Pour certaines personnes, peut-être, oui, mademoiselle Burchill.

Après quoi elle s'est tue. J'ai fait passer le temps en testant la petite poignée de métal fixée au sommet de la lampe, dont je n'étais pas absolument certaine qu'elle puisse supporter le poids du réservoir.

— Personne n'est entré ici depuis des années, a-t-elle enfin repris. Il y a un bureau au fond de la pièce. Vous trouverez les carnets dans les boîtes qui se trouvent sous le bureau. Je ne pense pas qu'ils soient classés. Papa est mort pendant la guerre. Nous avions trop à faire pour perdre notre temps à mettre de l'ordre dans tout cela.

Comme si j'allais lui faire des reproches sur la façon dont elle tenait sa maison !

— Je comprends très bien.

Une lueur de doute a tremblé dans son regard, pour disparaître aussitôt ; elle avait été prise d'une quinte de toux qu'elle a réprimée d'une main portée à ses lèvres.

— Très bien, a-t-elle croassé une fois remise. Je vous laisse. Je reviendrai dans une heure.

Soudain je n'avais plus envie de la laisser partir.

— Je vous remercie, mademoiselle Blythe. Je vous suis vraiment très reconnaissante de cette opportunité que vous m'offrez de…

— Faites attention à la porte. Il faut la laisser ouverte.

— D'accord.

— Elle se referme toute seule. Nous avons perdu un chien de cette façon.

Ses lèvres se sont tordues en une grimace qui n'a pas réussi à se transformer en sourire.

— Je suis une très vieille dame, vous savez. Il n'est pas impossible que j'oublie l'endroit où je vous ai emmenée.

La chambre aux archives était une pièce beaucoup plus longue que large, au plafond de brique, bas et voûté. J'ai serré la poignée de la lampe d'une main ferme, le bras tendu ; tandis que j'avançais d'un pas lent, la lumière vacillait sur les murs. Percy avait raison : ma visite était la première depuis des années. Le lieu dégageait une atmosphère d'absolue tranquillité sur laquelle on ne pouvait se méprendre. Tranquillité et silence – un silence de crypte ; et j'ai eu la curieuse impression que quelque chose de plus vaste que ma petite personne me regardait approcher.

Tu te fais encore des idées, me suis-je reproché, sévère. Il n'y a personne d'autre ici que toi et ces murs. Ce qui était, bien sûr, une partie du problème. Ce n'étaient pas n'importe quels murs, mais ceux de Milderhurst Castle, sous la peau desquels les heures lointaines murmuraient sans relâche. Plus j'avançais vers le fond de la pièce, plus j'étais consciente de la texture étrange et lourde de l'atmosphère qui y régnait. Seule, incroyablement seule… coupée du monde des vivants par un voile de solitude. Ah, c'était l'obscurité, bien sûr, ma conversation encore toute récente avec Saffy, la mélancolique histoire de sa jeune sœur.

Un peu de courage, Edie ! C'était après tout l'occasion ou jamais de lire les carnets de Raymond Blythe. Je n'avais qu'une heure à leur consacrer, après quoi Percy viendrait me ramener au grand jour. Il était peu probable que je puisse retourner dans la chambre des archives ; mieux valait donc mettre à profit le temps qui m'était imparti, sans plus rêvasser. Mon esprit a dressé l'inventaire de ce que la lampe éclairait – les meubles de rangement le long des murs, et, juste au-dessus, des cartes et des plans d'architecte de périodes diverses. Un peu plus loin, le rayon tremblant de la lampe s'est posé sur une collection de minuscules daguerréotypes sous verre.

Ils représentaient tous la même femme : sur un cliché, elle était en déshabillé, couchée sur une chaise longue ; sur d'autres, elle regardait l'objectif, sombre, intense, vêtue d'une robe à col montant, très victorienne. Je me suis penchée, la lampe surélevée, pour scruter le visage dans son cadre de bronze, soufflant légèrement sur la surface du verre pour en chasser la poussière. Un frisson désagréable a couru le long de mon épine dorsale : le visage qui s'offrait à mes yeux avait la beauté du cauchemar. Des lèvres lisses et charnues ; un teint de porcelaine ; une peau sans défaut tendue sur des pommettes hautes et saillantes ; de grandes dents parfaitement alignées. J'ai rapproché la lampe pour pouvoir déchiffrer le nom gravé avec pleins et déliés sur le cadre, au bas du portrait : Muriel Blythe, la première femme de Raymond, la mère des jumelles.

N'était-ce pas curieux d'avoir exilé tous ses portraits dans la chambre des archives ? Etait-ce une conséquence du chagrin de son époux, ou de la jalousie de celle qui lui avait succédé ? Quoi qu'il en soit, j'ai décalé la lampe, replongeant Muriel dans les ténèbres, ce qui m'a procuré un inexplicable plaisir. Je n'avais pas le temps d'explorer les profondeurs de ce curieux lieu. Il me fallait trouver au plus vite les carnets de Raymond Blythe et en tirer le meilleur profit dans l'heure dont m'avait fait cadeau Percy Blythe. Puis quitter à jamais ce lugubre endroit. Levant la lampe, j'ai poursuivi ma progression.

Les portraits de famille ont laissé place à des bibliothèques qui s'élevaient du plancher au plafond ; bien malgré moi, j'ai ralenti le pas. J'étais dans une véritable caverne d'Ali Baba : les étagères débordaient de livres en quantité illimitée, de vases, de superbes chinoiseries, de services en cristal. Objets précieux, pour autant que je pouvais en juger, et non pas vieilleries ébréchées ou rejetées par les ans. Pourquoi les avoir abandonnés à l'obscurité confinée de la chambre aux archives, je n'aurais su le dire.

Un peu plus loin, une pile de boîtes en carton, toutes de la même taille, recouvertes d'un joli papier à fleurs – il devait y en avoir plus d'une quarantaine –, a arrêté mon regard et mon pas. Certaines d'entre elles portaient une petite étiquette. J'ai lu sur un des cartons ces quelques mots : « Le cœur reconquis, un roman de Seraphina Blythe ». J'ai soulevé le couvercle, jeté un coup d'œil au contenu : une liasse de feuilles dactylographiées ; un manuscrit, bien sûr. Je me suis souvenue de ce que maman m'avait dit : les Blythe étaient tous écrivains, sauf Percy. J'ai tenu la lampe à bout de bras, pour contempler la pile dans son ensemble, un sourire émerveillé sur les lèvres. Des piles et des piles de manuscrits, soigneusement tapés par Saffy : tous ses romans, toutes ses nouvelles. Elle avait été si prolifique ! L'effet était presque oppressant : ces histoires, ces rêves entassés, ces gens, ces lieux animés d'une telle énergie, d'un tel enthousiasme, et désormais voués à l'oubli et à la poussière. Sur un autre carton, j'ai lu : « Mariage avec Matthew de Courcy ». L'éditrice en moi s'est manifestée sans scrupules : j'ai ouvert la boîte. Qui ne contenait pas de manuscrit, mais des feuilles volantes, des notes pour un travail à venir. Des croquis, aussi : robes de mariée, bouquets et chemins de table. Des coupures de presse décrivant des mariages de la bonne société. Des listes. Puis, au fond de la boîte, la publication, datée de 1924, des fiançailles de Seraphina Grace Blythe avec Matthew John de Courcy.

J'ai remis les papiers à leur place. Des notes, oui, mais pas pour un roman. Il y avait là toute la préparation du mariage de Saffy, un mariage qui ne s'était jamais conclu. J'ai refermé la boîte, j'ai reculé, me sentant soudain coupable de mon indiscrétion. Chacun des objets qui m'entouraient était le vestige d'une histoire qui le dépassait : les lampes, les vases, les livres, le grand sac militaire, les cartons de Saffy. La chambre des archives était une tombe, semblable à celles que bâtissaient les peuples anciens. Une tombe de pharaon, sombre et froide, où trésors et souvenirs s'étiolaient dans l'oubli.

La traversée de la chambre ressemblait à un marathon au pays des merveilles. Quand je me suis retournée pour jeter un coup d'œil à l'ampoule vacillante, près de la porte que j'avais pris soin de laisser ouverte en la coinçant avec une cassette de bois, j'ai été surprise de constater que je n'en étais séparée au plus que par douze ou treize mètres. J'ai trouvé les carnets à l'endroit que m'avait indiqué Percy Blythe : empilés dans des cartons, sans ordre précis, comme si quelqu'un était entré dans son bureau après sa mort et avait vidé les étagères dans ces boîtes, sans autre cérémonie. Je me suis rappelé les excuses de Percy, arguant des soucis et des urgences du temps de guerre. Tout de même, n'était-ce pas étrange qu'aucune des jumelles n'ait trouvé le temps, dans le demi-siècle qui avait suivi, de prendre soin de ces précieuses archives ? Les carnets de notes de Raymond Blythe, ses journaux intimes, sa correspondance : tout cela méritait certainement d'être exposé dans une bibliothèque du pays, protégé, mis à disposition des générations de chercheurs à venir. Il était étonnant que Percy, toujours soucieuse de la postérité des siens, n'ait pas cherché à mieux préserver l'héritage culturel de son père.

J'ai posé la lampe au bout de la table, assez loin pour que je ne puisse pas la renverser par accident, et j'ai sorti les cartons de sous le bureau, un par un, les fouillant jusqu'à en extraire les carnets qui concernaient les années 1916 à 1920. Raymond Blythe m'avait rendu la tâche plus facile en inscrivant la date sur chaque carnet, et j'ai bientôt eu sous les yeux l'année 1917. J'ai sorti mon cahier de ma sacoche et me suis mise à noter tout ce qui me paraissait utile à mon travail, m'interrompant de temps à autre pour goûter le caractère unique du moment. Cette écriture ample, ces notations, ces sentiments, ces expressions étaient nés de l'esprit fécond et tortueux du grand homme.

Comment puis-je décrire ici, dans la limite de mes mots, le moment incroyable qui a suivi – la page tournée, la subtile modification de l'écriture sous mes doigts ? Elle était plus dense soudain, plus ferme, et aussi plus hâtive ; et dans ces lignes serrées, emplissant les pages, j'ai pu déchiffrer, tête baissée, yeux plissés, ce qui était incontestablement le premier jet de *L'Homme de boue*. Une onde d'excitation a explosé dans mon cœur puis irrigué le moindre de mes nerfs. Soixante-quinze ans après sa création, je voyais naître sur ces pages un immense classique de la littérature anglaise. J'ai dévoré le texte des yeux, ligne après ligne, me délectant des variations avec le texte définitif, presque gravé dans mon esprit. A la fin de ma lecture, consciente du quasi-sacrilège dont je me rendais ainsi coupable, j'ai posé ma paume grande ouverte sur la dernière page ; puis j'ai fermé les yeux et me suis concentrée sur les traits d'encre, dont l'épaisseur était perceptible sous ma peau.

C'est ainsi que je l'ai sentie. Une mince arête qui courait le long de la page, à deux centimètres environ de son bord. On avait inséré quelque chose entre la couverture de cuir du carnet et sa dernière page. J'ai retourné le journal, et l'objet a glissé sur le bureau : un morceau de papier plié en deux, au bord travaillé, provenant sans doute d'un coûteux nécessaire de correspondance.

Comment aurais-je pu ne pas l'ouvrir ? Je crains bien que ma réputation ne soit faite : il n'est pas de lettre qui me passe entre les mains sans que je succombe à la tentation de la lire. Quelque chose dansait sous ma peau ; des yeux s'étaient posés sur moi, des yeux qui, des recoins obscurs du sous-sol, m'intimaient l'ordre de mener ma recherche jusqu'au bout.

L'écriture était précise et nette, mais si pâlie qu'il m'a fallu approcher la lampe. Le texte commençait en plein milieu d'une phrase – feuillet isolé d'une missive sans doute plus longue.

… pas besoin de moi pour savoir que c'est un superbe conte. C'est la première fois que tu proposes au lecteur un voyage si tangible, si vivant. L'écriture est magnifique et l'histoire elle-même restitue, avec une prescience presque surnaturelle, la quête éternelle de l'Homme, cherchant sans cesse à laisser son passé derrière lui, les actes répréhensibles qu'il doit occulter pour progresser vers son destin. La fillette, Jane, est une création particulièrement émouvante ; enfant sur le seuil de l'âge adulte, son ambiguïté est parfaitement rendue.

Cependant, je n'ai pu m'empêcher, en lisant le manuscrit, de remarquer des ressemblances poussées avec une histoire que nous connaissons très bien tous les deux. Raison pour laquelle, te sachant un homme bon et juste, je dois te prier, pour ton bien aussi bien que celui d'une autre personne – tu comprendras sans mal de qui je parle –, de ne pas publier La Véridique Histoire de l'Homme de boue. *Tu sais aussi bien que moi que ce n'est pas à toi de raconter cette histoire. Il n'est pas trop tard pour récupérer le manuscrit. Si tu t'y refuses, les conséquences, je le crains, seront particulièrement dévastatrices…*

J'ai retouné la feuille ; le verso était vierge. Se pouvait-il que le reste de la lettre soit encore dans le carnet ? Je l'ai soigneusement feuilleté, je l'ai même délicatement secoué en le tenant par le dos. En vain.

Quelle pouvait être la signification de cette lettre ? De quelles ressemblances troublantes parlait-elle ?

Cette autre histoire, où la trouver ? A quelle catastrophe future faisait-elle allusion ? Et qui avait écrit cette lettre d'avertissement à Raymond Blythe ?

Un bruit de pas traînants dans le couloir. Pétrifiée, j'étais tout ouïe. Quelqu'un approchait. Mon cœur battait la chamade ; l'étrange message tremblait entre mes doigts.

Une seconde d'hésitation, et j'ai glissé la feuille dans mon cahier, dont j'ai aplati la couverture du plat de la paume. Un coup d'œil vers la porte : dans l'embrasure, Percy Blythe et sa canne me sont apparues en ombres chinoises.

Une chute interminable

Je ne saurais vous dire comment je suis rentrée à la ferme-hôtel. J'ai tout oublié de ces quelques minutes de marche. Sans doute ai-je pris poliment congé de Saffy et de Percy, puis ai-je dévalé la colline sans tomber une seule fois, par bonheur. J'étais dans le brouillard le plus complet, incapable de penser à autre chose qu'au contenu de la lettre que j'avais volée. Il fallait que j'en parle à quelqu'un, dans la journée si possible. Si j'avais bien compris ces quelques phrases – et le moins qu'on puisse dire est que le style en était sans ambiguïté –, quelqu'un avait accusé Raymond Blythe de plagiat. Mais qui ? Et à quelle « autre histoire » était-il fait allusion ? L'accusateur avait lu le manuscrit de Raymond. C'était du moins ce qu'il disait. La lettre datait donc d'avant la publication du roman, en 1918. Cet indice éliminait un certain nombre d'hypothèses, certes, mais j'étais toujours loin de la vérité. Une personne à qui le manuscrit avait été envoyé. Une personne que Raymond Blythe connaissait bien, puisqu'ils se tutoyaient. N'avais-je vraiment pas là l'ébauche d'un indice ? Je travaille dans l'édition, je sais entre quelles mains passent les manuscrits. Des responsables d'édition, des correcteurs d'épreuves, quelques amis de confiance. Trop vague, tout cela : il me fallait des noms, des dates, des détails avant de pouvoir prendre ces accusations au sérieux. Qu'elles se révèlent exactes, que Raymond Blythe en effet ait emprunté l'histoire de l'Homme de boue à quelqu'un, et les répercussions dans le monde des lettres seraient inimaginables.

C'était une découverte pour laquelle maints universitaires, maints critiques auraient sacrifié des années de recherche, sans parler des pères convalescents dans les faubourgs de Londres. Et cependant, je ne ressentais que nausée. Je refusais tout simplement d'y croire. Ce devait être une plaisanterie, un quiproquo, ai-je songé avec l'énergie du désespoir. Mon passé, mon amour des livres et de la lecture, ma vocation : tout était inextricablement lié à *L'Homme de boue* de Raymond Blythe. Admettre que l'histoire ne lui avait jamais appartenu, qu'il l'avait sournoisement volée à quelqu'un d'autre, qu'elle n'avait pas pris naissance dans le sol fertile de Milderhurst n'était pas seulement briser une légende littéraire, c'était aussi m'automutiler, en quelque sorte.

Quoi qu'il en soit, j'avais trouvé la lettre, et j'étais payée pour écrire un essai sur le roman de Raymond Blythe – et tout particulièrement sur ses sources. Il m'était impossible de faire la sourde oreille à des accusations ressurgies du passé, que cela me plaise on non. De surcroît, ma découverte n'expliquait-elle pas en partie la fameuse réticence de Blythe à discuter de son inspiration ?

J'avais besoin d'aide. Et je savais exactement qui pouvait venir à mon secours. En rentrant à la ferme, j'ai évité Mme Bird et me suis ruée dans ma chambre. J'ai décroché le téléphone avant même de prendre le temps de m'asseoir. J'ai composé, les doigts gourds, le numéro de Herbert.

Le téléphone a sonné dans le vide.

— Ah, non ! ai-je grondé à l'intention du combiné, qui m'a répondu du regard vide de ses ridicules petits trous.

J'ai attendu en trépignant, j'ai réessayé, écouté une nouvelle fois la sonnerie s'égrener sans résultat dans les bureaux de Notting Hill. Je me suis rongé les ongles, j'ai relu mes notes, j'ai essayé une troisième fois, en vain. J'ai même pensé appeler mon père. Dont j'ai visualisé immédiatement l'excitation : inutile de l'exposer à un nouvel accident cardiaque ! J'ai repris mes dossiers, malade d'impatience. Ah ! Adam Gilbert. Pourquoi pas ?

J'ai composé son numéro, attendu : pas de réponse. J'ai recommencé quelques minutes plus tard.

Le petit clic, signe immanquable que le combiné vient d'être décroché.

— Bonjour, Mme Button à l'appareil.

J'en aurais pleuré de joie.

— Bonjour, madame Button. Edith Burchill à l'appareil. Pouvez-vous me mettre en communication avec M. Gilbert ?

— Oh, désolée, mademoiselle Burchill. M. Gilbert est à Londres ; il avait un rendez-vous à l'hôpital.

— Oh ! ai-je soufflé, plaintive.

— Il doit revenir demain ou après-demain. Puis-je lui laisser un message et lui demander de vous rappeler à son retour ?

— Non, ai-je répondu, résignée.

C'était maintenant que j'avais besoin d'aide. Cependant…

— Attendez. Si, si, quand même. Merci. Dites-lui que c'est important. Je crois avoir découvert quelque chose concernant l'énigme dont nous avons discuté ces derniers temps.

J'ai passé le reste de la soirée à contempler la lettre, noircissant mon cahier de motifs indéchiffrables et rappelant Herbert tous les quarts d'heure. Oh, les voix fantômes qui bourdonnaient sur cette ligne s'obstinant à ne pas répondre… Passé onze heures du soir, je me suis résignée : à quoi bon continuer à faire hurler le téléphone dans les pièces vides de la maison de Herbert ? Je suis restée en tête à tête avec ma ténébreuse découverte.

En retournant au château, le lendemain matin, épuisée, les paupières gonflées, j'avais l'impression d'avoir passé la nuit dans une lessiveuse. J'avais dissimulé la lettre dans la poche intérieure de ma veste et ne cessais d'y glisser la main pour m'assurer de sa présence. Pour une raison inexplicable, je n'avais pu faire autrement que de la sortir de mon cahier et de la garder sur moi. Tout contre moi. Il n'y avait pas de logique dans cette décision. Qu'aurait-il pu lui arriver tandis que j'étais au château ? Mais j'étais à présent possédée par la conviction étrange, brûlante, que cette lettre m'appartenait, qu'elle m'avait été pratiquement jetée dans les mains – par qui, je n'aurais pas su le dire. Qu'elle et moi étions étroitement liées, et que j'avais été désignée pour résoudre l'énigme qu'elle posait au monde.

Percy Blythe m'attendait au bas du perron, feignant d'arracher des mauvaises herbes d'une jardinière. Je l'ai vue avant qu'elle ne me remarque, et c'est ainsi que j'ai compris son petit manège. Jusqu'au moment où quelque sixième sens l'avait avertie de mon approche, elle était restée immobile, dos aux marches, les bras croisés sur le ventre, le regard perdu dans le lointain. Si immobile, si pâle qu'on aurait dit une statue, mais pas de celles qu'on a plaisir à trouver dans un jardin.

— Des nouvelles de Bruno ? me suis-je exclamée, surprise par ma capacité à lui parler sur un ton ordinaire.

Elle s'est frotté le bout des doigts, parsemant sur le sol quelques grains de terre, a montré quelques signes d'étonnement.

— Déjà là, mademoiselle Burchill ? A dire vrai, je n'ai plus guère d'espoir. Pas avec le froid de cette nuit.

Elle a attendu que j'arrive à sa hauteur et m'a alors tendu le bras.

— Suivez-moi, je vous en prie.

J'avais pensé sans doute que nous prendrions la direction, maintenant familière, du salon jaune mais Percy m'a fait franchir une petite porte dissimulée dans une alcôve du vestibule.

— La tour, a dit Percy. Pour votre article.

— Bien sûr.

Elle a commencé à gravir les marches raides de l'escalier en colimaçon, et je l'ai suivie.

A chaque pas, mon malaise se faisait plus lancinant. Sans aucun doute, elle avait raison : la tour était un lieu important pour qui voulait comprendre Raymond Blythe. Cependant il y avait dans son insistance à m'y emmener quelque chose de singulier, bien que je ne puisse définir en quoi. Elle avait été si réticente jusqu'ici, refusant de me laisser en tête à tête avec ses sœurs, me cachant l'existence des carnets de son père. La trouver en ce matin glacial à la porte du château pour me faire visiter la tour avant même que j'en formule la demande était pour le moins inopiné. Je n'ai jamais aimé être prise au dépourvu, il est vrai.

Ce devait encore être un effet de mon imagination, me suis-je dit. Percy Blythe m'avait choisie pour que j'écrive cette nouvelle introduction à *L'Homme de boue*. Percy Blythe portait à son château un amour immodéré, comme chacun savait. D'où cette visite. Oui, bien sûr. Autre hypothèse : sans doute était-elle pressée d'honorer sa partie du contrat. Plus vite aurais-je visité la tour, plus vite pourrais-je repartir, ma mission accomplie, abandonnant les sœurs à leur tranquillité retrouvée. Mais quels que soient ses motifs ce matin-là, mes sens étaient en alerte, mon esprit inquiet. Peut-être avait-elle deviné ma découverte, et le vol qui en avait découlé ?

Nous sommes parvenues à un palier dallé de pierres irrégulières ; une meurtrière avait été pratiquée dans le mur sombre et j'ai pu apercevoir une petite partie des bois de Cardarker, si magnifiques lorsque le regard les embrasse sans entraves, si menaçants, cependant, lorsqu'ils vous apparaissent par une étroite fenêtre.

Percy Blythe a poussé une petite porte voûtée.

— La chambre de la tour.

Elle s'est effacée pour me faire entrer la première, comme la veille sur le seuil de la chambre des archives. La pièce était petite, circulaire, le sol de pierre recouvert d'un tapis aux couleurs cendreuses et pâlies. J'ai immédiatement remarqué qu'on avait disposé, à notre intention sans doute, quelques bûches dans la cheminée.

— Voilà, a dit Percy en fermant la porte. Maintenant, nous sommes seules toutes les deux.

Ce qui a précipité les battements de mon cœur, allez savoir pourquoi. Absurde, en effet, cette peur soudaine… Percy était une vieille dame, une frêle vieille dame qui venait de dépenser toute son énergie à grimper les escaliers de la tour. Dans une lutte à mains nues, j'aurais eu le dessus sans difficulté. Et pourtant… Il y avait dans ses yeux un éclat qui me disait que son esprit était infiniment plus puissant que son corps. Et la chute est longue, de la fenêtre aux douves – une chute dont avaient déjà été victimes quelques habitants de Milderhurst…

Dieu merci, Percy Blythe n'était pas en mesure de lire dans mes pensées.

— C'est ici, a-t-elle dit en levant la main. Le lieu où il écrivait.

Ce ferme rappel a dissipé le mauvais mélodrame que je venais de me jouer. Nous nous trouvions dans le saint des saints, la tour où Raymond Blythe avait respiré, imaginé, écrit. Les étagères, spécialement adaptées à la courbe des murs, portaient depuis des dizaines d'années ses livres favoris ; la cheminée était celle près de laquelle il s'était installé pour travailler, jour après jour, sur ses textes. J'ai laissé courir mes doigts sur le bureau qui l'avait vu composer *L'Homme de boue*.

S'il l'a vraiment écrit lui-même, a murmuré la lettre tout contre ma peau.

— Il y a une petite pièce, a dit Percy Blythe en allumant une mèche de papier plantée entre les bûches. Après la petite porte, dans le vestibule. Quatre étages au-dessous, mais juste sous la tour. Parfois, Saffy et moi, quand nous étions enfants, nous nous y installions. Quand papa travaillait…

Elle était dans un de ces rares moments où l'envie de parler la taraudait, et je n'ai pu m'empêcher de l'observer. Percy Blythe était frêle, décharnée, usée, sans doute, mais il y avait en elle une force qui vous attirait comme la lumière attire le papillon. Peut-être avait-elle senti le poids de mon regard ; elle a eu son curieux petit sourire un peu tordu et s'est redressée en jetant l'allumette à demi carbonisée dans les flammes.

— Je vous en prie, s'est-elle contentée de dire. Regardez, visitez. Imprégnez-vous des lieux.

— Je vous remercie.

— Ne vous penchez pas à la fenêtre, si je puis me permettre. Une chute pourrait vous être fatale.

Lui décochant un pathétique sourire, j'ai erré dans la pièce, noté mentalement les détails les plus remarquables. La plupart des étagères avaient été vidées ; sans doute leur contenu se trouvait-il à présent dans la chambre des archives. Quelques-uns des tableaux avaient été conservés. L'un en particulier a retenu mon attention, car je le connaissais bien. *Le Sommeil de la raison*, de Goya. Je me suis immobilisée devant cet homme accablé par le désespoir, à demi couché sur son bureau, qu'assiège une nuée de chauves-souris monstrueuses, nées de son esprit ensommeillé et continuant de s'en nourrir.

— Cette gravure appartenait à papa, a dit Percy Blythe.

Si le son de sa voix m'a fait sursauter, je ne me suis pas retournée. Quand mes yeux sont revenus vers le tableau, l'image avait changé. Sur la sombre composition de Goya se détachaient mon reflet fantomatique et celui de Percy en surimpression.

— Quand nous étions enfants, elle nous faisait très peur.

— Je comprends cela.

— Papa disait toujours que la peur est une sensation inutile. Qu'il fallait essayer de tirer une leçon de ce spectacle affreux.

— Et quelle était-elle, cette leçon ?

J'ai pivoté vers elle. Elle a posé la main sur le dossier d'une chaise, près de la fenêtre.

— Oh, je vous remercie, non. (J'ai esquissé un sourire sans convictions.) Je suis aussi bien debout.

Percy a baissé les paupières, lentement ; j'ai eu l'impression qu'elle allait insister. Ce qui n'a pas été le cas.

— La leçon ? Elle est bien connue, mademoiselle Burchill : que l'esprit cesse de veiller, et les monstres reviennent.

Les paumes de mes mains étaient moites ; une chaleur étrange m'envahissait les bras. Elle ne pouvait avoir lu dans mes pensées. C'était impossible. Elle ne pouvait imaginer les horreurs qui les hantaient depuis que j'avais trouvé la lettre, ma crainte morbide d'être défenestrée.

— Ce en quoi, d'une certaine façon, Goya a précédé Freud.

J'ai eu un sourire plus que gêné, puis mes pommettes se sont enfiévrées et j'ai compris que je ne pouvais plus supporter l'inquiétude et le mensonge. Je n'étais pas rompue à ces jeux. Si Percy Blythe savait ce que j'avais trouvé dans la chambre des archives, si elle me soupçonnait d'avoir volé cette lettre capitale pour poursuivre mon enquête, si tout cela n'était qu'une mise en scène sophistiquée pour me faire avouer mon délit et m'empêcher, par tous les moyens possibles, de rendre public le mensonge de son père, eh bien, j'étais prête à sortir les armes. Mieux encore, à porter le premier coup.

— Mademoiselle Blythe, hier, dans la chambre des archives, j'ai trouvé quelque chose.

Le sang en une seconde s'est retiré de son visage, ne laissant qu'une enveloppe de peau sèche et blême comme l'os. Elle s'est mise à parler d'une voix forte, presque volubile, comme pour me cacher son trouble.

— Ah ? Quelque chose ? Je crains de ne pas être en mesure de deviner de quoi il peut s'agir, mademoiselle Burchill. Et si vous me disiez ce que c'est ?

J'ai sorti la lettre de la poche de ma veste et la lui ai tendue, du geste le plus assuré dont mes doigts tremblants étaient capables. Elle a chaussé ses lunettes de presbyte et parcouru les quelques mots qui m'avaient tant bouleversée. Le temps, cruel, s'est allongé. Elle a caressé la feuille du bout des doigts.

— Je vois, a-t-elle dit.

Elle semblait presque soulagée. Sans doute avait-elle craint une autre découverte, autrement dommageable.

— Je suis un peu ennuyée, ai-je fini par bégayer tandis qu'elle gardait le silence, la lettre à la main.

Sans conteste, c'était la conversation la plus pénible dans laquelle je me sois jamais aventurée.

— S'il s'avère que *L'Homme de boue* a été... (volé ? Non, le mot se dérobait à mes lèvres)... s'il s'avère que votre père a peut-être lu cette intrigue quelque part avant de travailler à son propre roman...

J'ai dégluti. Les murs dansaient autour de moi.

— ... comme l'auteur de la lettre semble le suggérer, il faudra bien en faire part aux éditeurs.

D'un geste calme, lent, élégant, elle a replié la feuille.

697

— Je vais vous rassurer, mademoiselle Burchill, a-t-elle repris. Il n'y a pas un mot de ce livre que mon père n'ait écrit.

— Mais cette lettre, pourtant... En êtes-vous certaine ?

Naïve que j'étais, je n'aurais jamais dû lui parler de ma trouvaille. A quoi pouvais-je m'attendre de sa part ? Une conversation franche et honnête ? La bénédiction de Percy Blythe à celle qui pouvait réduire à néant la réputation littéraire de son père ? Comment s'étonner de ce qu'une fille cherche à défendre son père – surtout une fille telle que Percy Blythe ?

— Sûre et certaine, mademoiselle Burchill, a-t-elle dit en soutenant mon regard effaré. Cette lettre, c'est moi qui l'ai écrite.

— Vous ?

Elle a incliné la tête.

— Mais pourquoi ? Pourquoi écrire une chose pareille ?

Surtout si, comme elle le prétendait, *L'Homme de boue* était la création exclusive de Raymond Blythe...

La couleur était revenue à ses joues et ses yeux brillaient d'un éclat nouveau. Elle avait retrouvé tout son allant, cette étonnante vieille femme, comme si elle se nourrissait de ma confusion, y prenait un malin plaisir. Elle m'a jeté un regard rusé. Ce n'était pas la première fois, et je croyais en connaître la signification : « J'ai plus à vous dire que vous ne songez à me demander. »

— Dans la vie d'un enfant, mademoiselle Burchill, il arrive nécessairement un moment où ses yeux se dessillent, où il comprend que ses parents ne sont pas à l'abri des pires bassesses dont l'homme soit capable. Qu'ils ne sont pas invincibles. Qu'ils font parfois des choses guidés par leur seul intérêt, dans le but unique de nourrir leurs monstres intimes. Nous sommes, par nature, une espèce égoïste, mademoiselle Burchill.

Mon esprit n'était plus qu'un curieux bouillon où surnageaient des idées confuses. De quoi Percy voulait-elle parler ? Des conséquences désastreuses que sa lettre avait prévues ? D'autre chose encore ?

— Mais cette lettre…

— Elle n'a aucune importance, a-t-elle sèchement rétorqué avec un geste méprisant de la main. C'est un point de détail.

Elle a baissé les yeux sur la feuille qu'elle tenait encore à la main, et son visage m'a semblé frémir et s'éclairer comme un écran de cinéma, où ses souvenirs projetaient un film vieux de soixante-quinze ans. D'un geste vif, elle a jeté la lettre dans la cheminée. Un sifflement tandis que les flammes s'emparaient du papier… Les mâchoires de Percy se sont crispées.

— En tout état de cause, j'avais tort. L'histoire qu'il a racontée était bien la sienne.

Elle a eu un curieux sourire, ironique, irrité.

— Même si, à l'époque, il l'ignorait encore.

Je ne savais plus à quel saint me vouer. Comment pouvait-il ignorer que c'était son histoire, alors qu'il l'avait écrite ? Et comment sa fille pouvait-elle en savoir plus que lui sur la question ? Cela n'avait plus de sens.

— Pendant la guerre, j'ai connu une jeune femme.

Percy Blythe s'était assise au bureau de son père ; les bras sur les accoudoirs, elle a poursuivi :

— Elle travaillait au Cabinet ; elle rencontrait régulièrement Churchill dans les couloirs. Il y avait là-bas une petite pancarte qu'il avait clouée lui-même au mur, et qui disait ceci : « Rappel utile : le découragement est formellement interdit dans ces murs. Nous ne consacrerons pas une minute à réfléchir à l'éventualité d'une défaite. L'hypothèse est nulle et non avenue. »

Percy avait levé le menton et baissé les paupières ; les mots qu'elle venait de prononcer flottaient dans l'air confiné de la pièce. Dans le fin voile de fumée, avec sa coiffure parfaite, ses traits ciselés, son chemisier de soie, elle ressemblait à la jeune femme qu'elle avait dû être pendant la Seconde Guerre mondiale.

— Alors, qu'en dites-vous ?

Je ne suis pas très forte à ces jeux d'esprit, à ces énigmes sans le moindre rapport avec le reste de la conversation. J'ai répondu d'un piteux haussement d'épaules.

— Mademoiselle Burchill ?

Je me suis souvenue d'un article que j'avais dû lire quelque part sur la baisse du taux de suicide en temps de guerre. Les gens sont trop soucieux de leur survie pour avoir envie de mourir, tout simplement.

— Je crois que les guerres changent la donne, ai-je répondu, incapable de maîtriser cette note aiguë qui, dans ma voix, trahissait l'inconfort. Les règles sont différentes. En temps de guerre, le découragement est une attitude défaitiste. C'est sans doute ce que Churchill voulait dire.

Un sourire lui est lentement venu aux lèvres. Pour une raison que j'ignorais, elle avait décidé de ne pas me rendre la tâche facile. J'étais revenue à Milderhurst à sa demande expresse, mais elle m'avait refusé tout entretien avec ses sœurs, ne répondait directement à aucune de mes questions et semblait prendre plaisir à jouer au chat et à la souris, me condamnant, bien sûr, à ce dernier rôle. Pourquoi avait-elle fait congédier Adam Gilbert ? Il était venu, il avait procédé à ses entretiens et n'avait plus qu'à rédiger son introduction. J'étais si confuse, si mal à l'aise et si frustrée qu'il ne me restait qu'une chose à faire. Ou plutôt, une question à poser.

— Pourquoi m'avoir fait venir à Milderhurst, mademoiselle Blythe ?

Son sourcil droit, fin comme une cicatrice, a sursauté sur son front pâle.

— Que voulez-vous dire ?

— Judith Waterman, de chez Pippin Books, m'a dit que vous l'aviez appelée. Que vous aviez exigé qu'elle me fasse travailler sur ce projet. Pourquoi ?

Un mince sourire est apparu aux commissures de ses lèvres et elle m'a regardée dans le blanc des yeux. Ce qui n'est pas une expérience si fréquente, vous savez... Ce regard étranger qui vous pénètre, impitoyable, qui plonge, sans ciller, dans les profondeurs de votre âme.

— Asseyez-vous, a-t-elle dit sur le ton que l'on réserve généralement aux chiens ou aux enfants désobéissants, si tranchant que je n'ai pas osé protester. J'ai repéré la chaise la plus proche et me suis exécutée.

Elle a sorti une cigarette, en a tapoté l'extrémité sur le plateau du bureau, l'a allumée. Elle a tiré une longue bouffée sans cesser de me fixer.

— Vous avez changé, a-t-elle dit en posant sa main à plat sous sa poitrine, la tête contre le dossier du fauteuil, pour mieux me jauger.

— Je ne vois pas très bien ce que vous voulez dire.

Ses yeux de vieille femme, aux iris délavés, aux paupières plissées, me scrutaient avec une intensité à peine supportable.

701

— Vous avez changé. Vous êtes moins gaie que la dernière fois.

C'était indiscutable.

— Sans doute, ai-je répondu.

Mes bras avaient une furieuse tendance à vouloir battre les airs ; j'ai dû les croiser.

— Désolée, mademoiselle Blythe.

— Mais non, dit Percy en levant le menton, la cigarette coincée entre ses lèvres. Je vous aime mieux comme ça.

Quoi d'étonnant à cela ? Fort heureusement, avant même que je me rende compte que je n'avais rien à répondre à cette pique, elle est revenue à ma toute première question.

— Si je vous ai demandé de venir, c'est que ma sœur ne supporte pas qu'un homme qu'elle ne connaît pas pénètre sous notre toit.

— Mais M. Gilbert avait fini sa visite. Il n'avait aucun besoin de revenir à Milderhurst.

— Dieu merci, vous n'êtes pas sotte, a-t-elle remarqué. (Lui est revenu aux lèvres son sourire de chat, gourmand et rusé.) Tant mieux. Après notre première rencontre, je n'en étais pas si certaine. Je n'aime pas traiter avec des gens qui ne comprennent rien à rien.

Ma langue a hésité entre deux réponses : « Merci, mam'zelle Percy » et « Va donc au diable, vieille folle ». Mes lèvres ont opté pour un froid sourire.

— Nous ne voyons pas grand monde, a-t-elle poursuivi au milieu d'un nuage de fumée. Plus maintenant, en tout cas. Et quand vous êtes venue, au printemps, et que la mère Bird m'a dit que vous travailliez dans l'édition… Je me suis posé des questions. Par ailleurs, vous m'aviez dit que vous n'aviez ni frères ni sœurs.

J'ai secoué la tête, quelque peu déconcertée par sa logique.

— C'est ce qui m'a décidée.

Elle a tiré une nouvelle bouffée, a ouvert quelques tiroirs avant de récupérer un cendrier.

— Je savais que vous sauriez conserver une certaine objectivité.

A nouveau, la confusion la plus complète s'est emparée de moi.

— A quel sujet ?

— A notre sujet, mademoiselle Burchill.

— Mademoiselle Blythe, je crains de ne pas vraiment comprendre le rapport avec l'article que je suis censée écrire, le livre de votre père et les souvenirs que vous et vos sœurs avez des circonstances de sa publication.

Elle a eu un geste impatient de la main, semant au passage une traînée de cendres sur le tapis.

— Rien. Absolument rien. Cela n'a rien à voir avec toutes ces choses-là. Mais tout à voir avec ce dont je vais vous parler.

Est-ce alors que je l'ai senti ? Le frisson de mauvais augure rampant sournoisement sous ma peau ? Ou n'était-ce qu'une de ces bourrasques d'automne qui s'était glissée sous la porte, si brusquement que la clef est tombée sur le seuil ? Percy n'y a pas prêté attention et je me suis forcée à l'imiter.

— Ce dont vous allez me parler ?

— Une vérité qui doit être rétablie avant qu'il ne soit trop tard.

— Trop tard – comment cela ?

— Je vais mourir.

Elle a cligné des yeux avec son habituelle et glaciale franchise.

— Je suis navrée…

— Bah, je suis vieille, mademoiselle Burchill. Ce sont des choses qui arrivent. Epargnez-moi votre compassion, je vous prie.

L'expression de son visage a changé, comme les nuages s'accumulent dans un ciel d'hiver, voilant les faibles rayons du soleil. Elle avait l'air infiniment lasse, à présent. Elle ne se trompait pas : la mort rôdait, toute proche.

— Quand j'ai appelé cette femme, cette éditrice, j'ai menti, je l'avoue. Je suis désolée d'avoir mis ce M. Gilbert dans l'embarras. Il aurait certainement fait un excellent travail. Je l'ai vu à l'œuvre, c'est un professionnel. Mais je ne savais pas comment faire autrement. Je voulais que vous reveniez à Milderhurst, et je ne savais pas par quel moyen vous faire revenir.

— Mais pourquoi ?

Il y avait maintenant dans sa voix une impatience qui me prenait à la gorge. J'avais la chair de poule, saisie par le froid et par tout autre chose.

— J'ai une histoire à raconter. Une histoire que je suis la seule à connaître. Et c'est à vous que je vais la raconter.

— Pourquoi à moi ?

Ma voix était restée collée au fond de ma gorge ; j'ai toussé, répété :

— Pourquoi à moi, mademoiselle Blythe ?

— Parce que cette histoire doit être racontée. Parce que j'aime que les choses soient fidèlement rapportées. Parce que je n'en puis plus de la porter seule.

A-t-elle alors jeté un coup d'œil aux monstres de Goya, ou ai-je rêvé ?

— Mais pourquoi moi ?

— A cause de celle que vous êtes, bien sûr. Et de celle que votre mère a été.

Une ombre de sourire a passé sur ses lèvres, et j'ai compris le plaisir certain qu'elle prenait à notre conversation, au pouvoir qu'elle tirait de mon ignorance.

— C'est Juniper qui vous a pour ainsi dire reconnue. Au printemps. Elle vous a appelée Meredith. C'est alors que j'ai compris. C'est alors que j'ai su que vous étiez celle qu'il me fallait.

J'ai dû blêmir ; je me sentais aussi coupable qu'une enfant qui vient de mentir à son institutrice.

— Je suis désolée de ne pas vous avoir parlé de maman plus tôt ; je me disais…

— Vos raisons ne me regardent pas. Nous avons toutes nos secrets.

J'ai retenu la suite de mes pauvres excuses avant qu'elle ne franchisse la barrière de mes lèvres.

— Vous êtes la fille de Meredith, a-t-elle poursuivi d'une voix plus pressante, plus hachée. Ce qui veut dire que vous êtes presque de la famille. Ce que je vais vous raconter est une histoire de famille.

C'était la dernière chose que je m'attendais à entendre dans sa bouche, et j'en suis restée muette de surprise ; dans le même temps, mon cœur, d'un joyeux battement, s'est serré de bonheur pour ma mère, qui avait tant aimé ce lieu et qui s'y était si longtemps crue oubliée.

— Mais qu'attendez-vous de moi ? ai-je demandé. Cette histoire, que voulez-vous que j'en fasse ?

— Que voulez-vous dire ?

— Voulez-vous que je l'écrive ?

— Non, je ne crois pas. Je ne veux pas qu'elle soit écrite, ni publiée. Je veux que la vérité soit rétablie. Pour ce faire, je dois pouvoir vous faire confiance, mademoiselle Burchill.

Son visage s'est imperceptiblement adouci.

— Puis-je vous faire confiance, mademoiselle Burchill ?

J'ai hoché la tête, même si la peur continuait de me tarauder.

Elle a semblé soulagée, a même baissé la garde l'espace d'un instant.

— Parfait.

Elle a tourné la tête vers la fenêtre de laquelle son père s'était jeté dans le vide, des années auparavant.

— Il va vous falloir vous passer de déjeuner, mademoiselle Burchill. J'espère que vous tiendrez le coup. Je n'ai pas de temps à perdre.

L'histoire de Percy

Elle a commencé par un avertissement.

— Contrairement à mes sœurs, je ne suis pas une conteuse, a-t-elle dit en grattant une allumette. Moi, je n'ai qu'une histoire à raconter, une seule. N'en perdez pas une miette, mademoiselle Burchill. Je ne la raconterai pas deux fois.

Elle a allumé sa cigarette, s'est calée au fond du fauteuil.

— Je vous ai dit tout à l'heure que cela n'avait rien à voir avec *L'Homme de boue*. Ce n'est pas tout à fait exact. Mon histoire commence et finit avec ce livre.

Un tourbillon de vent est descendu taquiner les flammes, dans la cheminée ; j'ai ouvert mon cahier. Percy m'avait dit que la chose n'était pas nécessaire, mais j'avais au fond du cœur un malaise croissant ; le cahier aux pages crémeuses, aux lignes sages, apaisait mon inquiétude.

— Un jour, mon père nous a dit que l'art était la seule forme d'immortalité qui vaille. C'était le genre de chose qu'il aimait à répéter – peut-être le tenait-il de sa propre mère, une poétesse de grand talent, une très belle femme dont le cœur cependant était fort sec. Notre

707

grand-mère pouvait se montrer cruelle. Bien malgré elle : c'était son génie qui la rendait si insensible. Elle a donné à son fils une curieuse éducation.

Percy a grimacé ; elle s'est passé une main sur la nuque.

— Mon père avait tort. Il y a une autre sorte d'immortalité – certes moins prisée, et moins célébrée.

Je me suis penchée, attendant des explications qui ne sont pas venues. Dans le cours de cette tempétueuse après-midi, j'aurais tout le temps de m'habituer à ses brusques changements de sujet et à la façon dont elle mettait en valeur certaines scènes pour les laisser aussitôt replonger dans les ténèbres de sa mémoire.

— Je suis à peu près sûre que mes parents ont été heureux autrefois, avant notre naissance. Mais il y a deux sortes de personnes dans ce monde. Celles qui apprécient la compagnie des enfants et celles qui ne la supportent pas. Mon père appartenait à la première de ces catégories. Je crois qu'il est arrivé à se surprendre lui-même de la profondeur de l'affection qu'il nous a immédiatement vouée, à Saffy et à moi.

Elle a jeté un regard sombre au Goya ; un muscle a tressauté sur le devant de son cou.

— Quand nous étions enfants, ce n'était pas le même homme. Avant la guerre. Avant ce livre. Pour son temps, pour la classe sociale dont il était issu, c'était un être à part. Il nous adorait, vous savez ? Ce n'était pas une affection banale, c'était une véritable adoration, et elle était réciproque. Nous étions complètement gâtées. Non pas matériellement, bien qu'il nous ait également couvertes de cadeaux. Et de bien plus que cela : jamais il n'a été avare de son attention, de sa foi totale en nous. Il pensait que nous étions incapables de mal faire, et nous cédait sur tout, par voie de conséquence. Je ne pense pas qu'il soit très sain pour des enfants d'être l'objet d'une telle idolâtrie... Voulez-vous un verre d'eau, mademoiselle Burchill ?

J'ai sursauté.

— Non, non, je vous remercie.

— Je vais m'en servir un, si vous le permettez. Ma gorge...

Elle a posé sa cigarette sur le bord du cendrier, a attrapé une carafe d'eau et rempli un verre de cristal taillé. Elle a bu quelques gorgées coup sur coup ; en dépit de sa voix claire et neutre, de l'éclat de ses yeux, ses doigts tremblaient.

— Vos parents vous ont-ils gâtée, mademoiselle Burchill ?

— Non, je ne crois pas.

— C'est également mon sentiment. Vous ne dégagez pas l'aura de subtile autorité propre à l'enfant que l'on a toujours mis au premier plan.

Son regard a erré jusqu'à la fenêtre ; des nuages gris assombrissaient le ciel.

— Papa souvent nous installait dans un vieux landau, celui de son enfance, et nous emmenait parader au village, toutes les deux. Quand nous avons été plus âgées, il faisait préparer de somptueux pique-niques par la cuisinière et nous partions tous les trois par les champs et les bois ; nous marchions et il nous racontait des histoires, nous parlait de choses qui nous semblaient merveilleusement graves. Il nous disait souvent que cette maison était la nôtre, que les voix de nos ancêtres ne cesseraient jamais de nous parler, qu'à l'ombre du château nous ne serions jamais seules.

Ses lèvres ont essayé en vain de retenir le sourire qui les avait brièvement animées.

— Quand il était à Oxford, il était très fort en langues, surtout en langues anciennes, avec une prédilection marquée pour le vieil anglais. Il en traduisait pour son plaisir, et, toutes petites déjà, nous avions le droit de collaborer à ses travaux. Ici même, dans la tour, et parfois dans les jardins. Une après-midi, je m'en souviens, nous étions tous les trois installés sur une couverture de pique-nique, le château sous nos yeux, et il nous a lu des extraits du *Vagabond*, sans doute le plus fameux parmi ces poèmes anciens. C'était une journée parfaite. Elles ne sont pas si fréquentes, si bien qu'il est doux de les garder à la mémoire.

Elle s'est tue et son regard s'est presque rajeuni, plongé qu'il était dans ce lointain souvenir.

— Les Anglo-Saxons, a-t-elle repris d'une voix fluette, avaient un talent certain pour la tristesse et la nostalgie – et l'héroïsme, naturellement. Tous penchants que l'on retrouve chez les enfants, je crois. *Seledreorig*.

Dans cette chambre de pierre aux murs circulaires, le mot avait presque valeur d'incantation.

— Ce qui veut dire : la tristesse que provoque l'absence d'une salle commune. Le mot n'a pas son équivalent dans notre anglais moderne ; dommage, vous ne trouvez pas ? Allons bon. Je me suis laissé égarer.

Elle s'est redressée dans le fauteuil, a tendu la main vers sa cigarette, qui n'était plus que cendres.

— Elle est sournoise, la guerre que vous livre le passé, a-t-elle repris en extrayant non sans difficulté une nouvelle cigarette de son paquet. Il n'a de cesse qu'il ne vous ait attiré dans ses pièges, vous ait pris en otage.

Elle a gratté une allumette, tiré, impatiente, sur sa cigarette et m'a jeté un regard perçant à travers la fumée bleuâtre.

— Je vais essayer de m'en tenir à mon histoire.

La flamme de l'allumette s'est presque immédiatement éteinte, comme pour souligner sa résolution.

— Ma mère avait eu beaucoup de mal à nous concevoir ; après son accouchement, une terrible dépression s'est emparée d'elle, si profonde en vérité qu'elle était incapable de sortir de son lit. Quand elle en a enfin guéri, elle a constaté avec horreur que sa famille ne l'avait pas attendue, pour ainsi dire. Lorsqu'elle essayait de nous prendre dans ses bras, nous nous cachions derrière les jambes de papa ; lorsqu'elle approchait, nous pleurions, nous nous débattions. Entre nous, nous utilisions parfois ces autres langues que papa nous avait apprises, pour qu'elle ne puisse nous comprendre. Lui, ravi de notre précocité, en riait, allait même jusqu'à nous encourager sur cette voie. Quelle torture pour cette malheureuse femme ! Nous la connaissions à peine, comprenez-vous ? Nous ne voulions pas d'elle. Nous voulions rester avec papa, et papa voulait rester avec nous. De sorte qu'elle s'est retrouvée très seule. De plus en plus seule.

Seule. Mot a-t-il jamais eu un sens plus lourd, plus menaçant que celui-ci, tel que Percy Blythe l'avait prononcé ? Je me suis souvenue des photographies de Muriel Blythe que j'avais vues dans la chambre des archives. J'avais trouvé curieux qu'on les ait condamnées à un tel séjour ; à présent cet exil par photographies interposées me paraissait ouvertement cruel.

— Alors, que s'est-il passé ? ai-je demandé.

Elle m'a jeté un coup d'œil pénétrant.

— Chaque chose en son temps, mademoiselle Burchill.

Le tonnerre soudain a résonné et Percy a tourné la tête vers la fenêtre de la chambre.

— Un orage, a-t-elle sifflé avec dégoût. Comme si nous avions besoin de cela.

— Voulez-vous que j'aille fermer la fenêtre ?

— Non, non, pas encore. L'air frais me fait du bien.

Elle a regardé le tapis, les sourcils froncés, tirant sans cesse sur sa cigarette, mettant de l'ordre dans ses souvenirs avant de me les restituer.

— Ma mère a pris un amant. Comment lui en vouloir ? C'est mon père qui les a présentés l'un à l'autre, sans le faire exprès. Ce n'était pas le genre d'homme à… Non, il voulait seulement se faire pardonner son attitude. Il s'était sans doute rendu compte qu'il la négligeait, et il s'est lancé dans une grande entreprise de réfection du domaine. Il a fait installer des volets sur les fenêtres des étages inférieurs, à la manière continentale qu'elle appréciait tant. Il a fait aménager les douves. Ce qui a duré des mois et des mois. Saffy et moi, nous regardions les travaux avancer depuis la fenêtre des combles. Papa faisait travailler un architecte du nom de Sykes.

— Oliver Sykes.

— Bien joué, mademoiselle Burchill ! s'est-elle exclamée avec une surprise non feinte. Je vous savais intelligente, mais j'ignorais l'étendue de votre érudition.

— J'ai mes sources, l'ai-je rassurée en lui parlant de l'ouvrage qui m'avait tant appris sur le château, *Milderhurst au temps de Raymond Blythe*.

Mais je ne lui ai rien dit du legs de Raymond Blythe au Pembroke Farm Institute, fondé par Sykes. Ce qui, de toute évidence, signifiait que Raymond n'avait rien su de la liaison de sa femme.

— Papa ne s'était rendu compte de rien, a-t-elle repris comme si elle avait lu dans mes pensées. Nous, si. Les enfants sentent très vite ce genre de chose. Mais il ne nous serait pas venu à l'idée de lui en parler. Nous étions son monde et il était le nôtre ; nous étions tous les trois aussi indifférents les uns que les autres aux faits et gestes de mère.

Elle a croisé les jambes ; son chemisier s'est plissé.

— Mademoiselle Burchill, je n'aime guère ressasser les regrets. Je dois néanmoins reconnaître que nous sommes pleinement responsables de nos actes ; et je me suis demandé maintes fois, depuis, si ce n'est pas à cette époque que la chance a tourné pour les Blythe. Tous les Blythe, y compris ceux à naître. Si Saffy et moi lui avions parlé de mère et de cet homme, les choses auraient peut-être pris un cours bien différent.

— En quoi ?

C'était sans doute un peu sot de ma part que d'interrompre son monologue, mais je n'avais pas pu m'en empêcher.

— En quoi les choses auraient-elles pu mieux tourner ?

J'avais oublié que Percy Blythe, femme têtue, n'appréciait guère les interruptions.

Elle s'est levée, s'est massé le bas du dos avec les paumes, a projeté ses hanches en avant, pour chasser une partie de la tension qui l'habitait. A tiré une dernière bouffée de sa cigarette, puis l'a écrasée dans un cendrier, et s'est approchée, le pas raide, de la fenêtre. Le ciel était sombre et lourd ; les yeux de Percy se sont focalisés sur les éclairs qui tremblaient dans le lointain.

— Cette lettre que vous avez trouvée, a-t-elle repris, la voix à demi noyée dans un roulement de tonnerre. Je ne pensais pas que papa avait pu la garder ; finalement, j'en suis heureuse. Il m'en a coûté de l'écrire, vous savez. Papa était si excité par son travail, par cette histoire. Quand il est rentré du front, il n'était plus que l'ombre de lui-même. Maigre comme un clou – et ce regard qu'il avait, vitreux, horrible, creux… La plupart du temps, nous n'avions pas le droit de le voir : trop d'agitation pouvait lui nuire, disaient les infirmières. Mais nous trouvions toujours le moyen de monter par les veines du château, ces couloirs secrets dont je vous ai parlé au printemps. La plupart du temps, il était assis à cette fenêtre et regardait les champs, les forêts – sans les voir, hélas. Il nous disait qu'il n'y avait plus en lui qu'une immense absence. Il n'avait qu'une envie, c'était reprendre une activité créatrice ; cependant, lorsqu'il prenait la plume, rien ne se passait. « Je suis vide, je suis vide », ne cessait-il de nous répéter ; et c'était vrai. Il n'avait plus rien en lui. Je vous laisse imaginer l'excitation salutaire qui s'est emparée de lui quand il a commencé à brasser toutes ces notes – le terreau de *L'Homme de boue*.

Je l'imaginais sans peine. Je me suis souvenue des carnets de la chambre aux archives, du changement de son écriture, plus ferme, plus nette, alignant les mots sans hésitation.

La foudre est tombée non loin et Percy Blythe a bronché. Elle a attendu que retentisse le tonnerre.

— Il n'est pas un mot de *L'Homme de boue* qui ne lui appartienne, mademoiselle Burchill. C'est l'idée qu'il a volée.

Mais volée à qui ? aurais-je voulu hurler. Je me suis retenue, cette fois-ci.

— Je ne l'ai pas écrite de gaieté de cœur, cette lettre. Lui ôter le projet qui lui redonnait l'espoir, la santé… et pourtant, c'était nécessaire.

La pluie s'est mise à tomber, le paysage – les bois, les champs – luisant d'un éclat sourd.

— Peu après que papa est rentré de la guerre, j'ai contracté la scarlatine ; on m'a hospitalisée, mise en quarantaine. Les jumeaux, mademoiselle Burchill, supportent assez mal la solitude.

— Ça a dû être une véritable épreuve.

— Saffy, a-t-elle poursuivi comme si elle ne m'avait pas entendue, a toujours été la plus imaginative de nous deux. Nous formons un couple assez équilibré de ce point de vue, le goût de l'illusion d'un côté, celui de la réalité de l'autre, et ces deux tendances se neutralisant. Mais, lorsqu'on nous sépare, elles se libèrent.

Elle a frissonné et s'est écartée de la fenêtre, sur l'appui de laquelle à présent de grosses gouttes tombaient.

— Ma jumelle, en mon absence, a souffert d'un terrible cauchemar. Les individus très imaginatifs n'en sont jamais indemnes.

Elle m'a jeté un de ses regards rusés, pénétrants.

— Vous aurez remarqué sans doute que j'ai parlé d'un cauchemar. Au singulier. C'était toujours le même.

Dehors, l'orage rougeoyant avait fini par avaler les dernières lueurs du jour ; l'obscurité régnait dans la chambre de la tour, à peine trouée par les quelques flammèches orange de la cheminée. Percy s'est penchée sur le bureau pour allumer la lampe. Une lumière est apparue sous l'abat-jour, verdâtre, jetant sous les paupières de la vieille dame des ombres en forme de croissant.

— Ce cauchemar la tourmentait depuis l'âge de quatre ans. Elle se réveillait en pleine nuit, hurlant, baignée de transpiration, persuadée qu'un homme sorti des douves, recouvert de boue des pieds à la tête, voulait s'emparer d'elle. (Percy a grimacé.) J'étais là, je la consolais toujours. Je lui expliquais que ce n'était qu'un rêve, qu'il ne pouvait rien lui arriver, puisque j'étais à son côté.

Une nouvelle bouffée de cigarette, amère, tendue.

— Et puis est arrivé ce mois de juillet 1917...

— Vous étiez à l'hôpital avec la scarlatine.

Un hochement de tête, à peine perceptible.

— Elle en a donc parlé à votre père.

— Oui ; il s'était caché dans un coin, pour échapper un moment à la compagnie de ses infirmières. Elle l'a trouvé. Elle devait être dans un état... indescriptible. Saffy a toujours été assez démonstrative. Il lui a demandé ce qui n'allait pas.

— Et il s'en est servi.

— Oui, le démon de Saffy l'a sauvé. Pendant quelques années, en tout cas. Cette histoire lui a redonné le feu sacré. Il passait des heures avec Saffy, avide des moindres détails de son cauchemar. Elle était, je crois, flattée par l'attention de papa ; quand je suis revenue à la maison, tout avait changé. Papa était radieux, guéri, délirant de joie. Lui et Saffy avaient leur secret désormais. Aucun des deux ne m'a parlé de l'Homme de boue. Ce n'est que lorsque j'ai lu les épreuves de *La Véridique Histoire*, ici même, assise à ce bureau, que j'ai compris ce qui s'était passé.

La pluie à présent tombait à verse, et j'ai dû fermer la fenêtre pour entendre ce que me disait Percy.

— Et que vous avez décidé d'écrire cette lettre.

— Il n'aurait jamais dû publier ce livre. Les conséquences ne pouvaient qu'être dévastatrices pour Saffy. Mais je n'ai pu le convaincre, et ce crime l'a poursuivi jusqu'à la fin de ses jours.

Son regard s'est posé sur les monstres du Goya.

— Rongé par la culpabilité, par la conscience de son péché…

— Parce qu'il avait volé le cauchemar de Saffy ?

Crime, péché : ces termes n'étaient-ils pas excessifs, même si je pouvais comprendre l'effet que la publication avait dû avoir sur une enfant aussi sensible que Saffy ?

— Il a redonné vie à ce cauchemar et l'a livré au monde. Il en a fait une réalité objective.

Percy a alors laissé échapper un rire sec, métallique, qui m'a donné la chair de poule.

— Oh, mademoiselle Burchill. Il a fait bien pire que cela. C'est lui qui l'a inspiré, ce cauchemar. Ce dont, à l'époque, il n'avait pas conscience.

Le tonnerre a fait trembler les murs de la tour et l'ampoule sous l'abat-jour a baissé en intensité ; Percy, elle, n'avait rien perdu de son énergie, possédée qu'elle était par sa narration. Je me suis penchée vers elle, avide : que n'aurais-je pas donné pour comprendre ce qu'elle voulait dire ? Qu'avait donc fait Raymond

Blythe pour provoquer les cauchemars de sa fille ? La vieille sibylle a allumé sa dixième ou quinzième cigarette ; une lueur malicieuse est passée dans ses yeux ; elle avait dû percevoir ma fébrilité, car de nouveau ses réminiscences ont emprunté un autre chemin.

— Mère a gardé secrète son aventure pendant presque toute une année.

En moi, quelque chose s'est effondré, ce que l'expression de mes traits a dû clairement exprimer. Percy Blythe a eu un sourire carnassier.

— Je vous déçois, mademoiselle Burchill ? C'est pourtant l'histoire de *L'Homme de boue* que je vous raconte, depuis sa genèse jusqu'à la fin. Un vrai scoop, croyez-moi. Nous avons tous trempé dans sa création, y compris mère, bien qu'elle soit morte avant que le rêve n'ait été rêvé, que le livre n'ait été écrit.

Elle a chassé d'un revers de main une traînée de cendres sur son chemisier.

— Mère donc a continué de fréquenter ce Sykes sans que papa s'en rende compte. Jusqu'à ce soir-là… Il était rentré plus tôt que prévu d'un voyage à Londres. Les nouvelles étaient bonnes : une grande revue américaine venait de publier un de ses articles, lequel avait reçu un excellent accueil ; il était d'humeur festive. Il était tard déjà. Saffy et moi, qui n'avions que quatre ans, étions couchées depuis des heures. Les amants étaient dans la bibliothèque. La femme de chambre de mère a essayé de retenir papa, mais il avait bu toute l'après-midi – du whisky. Il n'y a pas eu moyen de le calmer. Il était au comble de la joie, et souhaitait pour une fois partager ce bon moment avec sa femme. Il est entré sans crier gare dans la bibliothèque – et les a trouvés tous les deux… Papa était hors de lui. Il en est venu aux poings, a rossé

Sykes, puis, une fois celui-ci hors de combat, s'est jeté sur mère, l'a traitée de tous les noms, l'a empoignée, secouée. Pas assez pour la blesser, mais elle a trébuché contre la table. La lampe à huile qui s'y trouvait est tombée, s'est brisée et les jupons de mère ont pris feu.

« Tout s'est passé très vite. Les flammes ont dévoré sa robe ; en quelques secondes, ses vêtements, ses cheveux ont brûlé. Papa, épouvanté, bien sûr, l'a tirée vers les rideaux, a essayé d'étouffer le feu. Ce qui n'a fait qu'aggraver les choses ; les rideaux à leur tour se sont enflammés, puis les étagères, les livres, tout. Papa a sorti mère de la pièce embrasée, est allé chercher de l'aide, lui a sauvé la vie, même si elle devait succomber quelques jours plus tard à ses terribles blessures. Quant à Sykes… Papa l'a abandonné aux flammes. La passion peut faire de vous un monstre, mademoiselle Burchill.

« La bibliothèque a brûlé de fond en comble, mais lorsque les autorités sont arrivées – le policier du village, le coroner –, elles n'ont pas retrouvé d'autre corps dans les décombres. C'était comme si Oliver Sykes n'avait jamais existé. Papa pensait que la chaleur dégagée par l'incendie avait été si intense que le corps s'était tout simplement désintégré. La femme de chambre a gardé le secret, de peur de jeter l'opprobre sur sa maîtresse, et personne ne s'est jamais inquiété de Sykes. Je ne sais s'il y a un dieu pour les hommes tels que papa, mais il a eu la chance que Sykes soit un bohème, un rêveur qui parlait souvent de fuir l'Angleterre et la compagnie des hommes.

Horrible tragédie que cet incendie dans la bibliothèque, causé par la jalousie d'un homme, ces souffrances et ces morts. Cependant, il manquait une pièce à ce puzzle : celle qui liait la disparition des amants à *L'Homme de boue*.

— Je n'ai rien vu de tout cela, a repris Percy comme pour répondre à ma question. Mais il y a eu un témoin, cependant. Tout là-haut sous les combles, une petite fille s'était réveillée, avait laissé sa sœur jumelle seule dans leur petit lit commun, était montée sur l'étagère pour regarder cet étrange ciel d'or. En baissant les yeux, elle a vu les flammes s'échapper des fenêtres de la bibliothèque ; puis, au pied du château, un homme entièrement carbonisé, la peau fondue sous la morsure des flammes, hurlant de douleur et cherchant désespérément à s'extirper des douves.

Percy s'est servi un verre d'eau, qu'elle a bu, la main tremblante.

— Mademoiselle Burchill, vous souvenez-vous de votre première visite au château et de ce que vous m'avez dit du passé qui chante dans les pierres ?

Oui, je m'en souvenais. Des siècles semblaient nous séparer de ce printemps.

— Les heures lointaines. Je vous ai dit que cela n'avait pas de sens. Que les pierres avaient beau être anciennes, elles n'étaient que matière morte.

— Je me souviens.

— Je vous ai menti.

Elle m'a jeté un regard de défi, le menton levé.

— Je les entends à présent. Plus je vieillis, plus leur plainte est sonore. C'est une histoire douloureuse que celle que je vous ai racontée, mais il le fallait. Comme je vous l'ai dit, il existe une autre sorte d'immortalité que celle que l'art vous procure. Elle est bien plus solitaire, celle-là.

Un silence a suivi.

— La vie, mademoiselle Burchill, la vie humaine est comprise entre deux parenthèses, la naissance et la mort. Les dates de ces deux événements vous appartiennent et vous définissent aussi bien que votre nom et que les événements qui surviennent entre-temps. Je ne vous ai pas raconté cette histoire pour m'en soulager. Je vous l'ai racontée parce qu'une mort doit laisser une trace. Me comprenez-vous ?

Comment aurais-je pu ne pas la comprendre ? J'ai pensé à Theo Cavill, à ses inlassables recherches, aux limbes horribles où se trouvait son frère disparu.

— Très bien. Je ne veux pas que vous vous méprenez sur mes intentions.

Si Percy ne cherchait pas l'absolution, Raymond, lui, bourrelé de regrets, s'était converti au catholicisme, avait tout fait pour expier son crime. Jusqu'à léguer une partie de sa fortune à l'Eglise. Et à l'institut agricole créé par Sykes. Non par admiration, mais parce qu'il était coupable de la mort de Sykes. Une autre idée m'a traversé l'esprit.

— Vous m'avez dit que votre père ne s'était pas rendu compte qu'il avait inspiré par son geste le cauchemar de Saffy. L'a-t-il compris, par la suite ?

— Ah, oui ! Un jour, il a reçu une lettre d'un étudiant norvégien qui écrivait sa thèse sur les blessures physiques dans la littérature. Le corps noirci de l'Homme de boue l'avait intrigué ; à certains moments, les descriptions que papa en faisait renvoyaient de façon insistante à d'autres représentations de corps brûlés. Papa ne lui a jamais répondu, mais ses yeux se sont dessillés.

— Quand l'a-t-il reçue, cette lettre ?

— Vers 1934, 1935. C'est alors qu'il a commencé à voir l'Homme de boue dans les couloirs du château.

Je me suis souvenue qu'à la même époque il avait complété la dédicace de son livre, ajouté les initiales OS et MB aux noms de ses deux filles jumelles. Ce n'était pas les deux femmes dont il était veuf qu'il honorait ainsi, mais bien les deux amants dont il avait causé la mort. Une autre question m'est venue à l'esprit.

— Percy, vous qui n'avez rien vu de cette tragédie, comment savez-vous ce qui s'est passé dans la bibliothèque ? La présence de Sykes, la lutte ?

— Juniper.

— Que voulez-vous dire ?

— Papa lui a tout raconté. Quand elle avait treize ans, elle a été victime d'un traumatisme qui n'était pas sans rapport avec cette histoire. Papa ne cessait de lui répéter à quel point ils étaient semblables. Je pense qu'il a voulu la rassurer, la convaincre du fait que nous sommes tous capables de nous comporter de façon regrettable. Drôle de réaction, n'est-ce pas ? A la fois stupide et généreuse. Il était souvent comme cela, papa.

Elle s'est abandonnée enfin au silence, a tendu la main vers son verre d'eau, et la chambre ronde a semblé soupirer. De soulagement, peut-être ? La vérité s'était enfin fait jour. Et Percy, était-elle soulagée, elle ? Je n'en étais pas si sûre. Heureuse, sans doute, d'avoir été au bout de sa mission, mais ni son attitude ni ses gestes n'exprimaient une quelconque délivrance. J'avais mon idée sur la question : aucune révélation ne pouvait la consoler de son chagrin. *Stupide et généreux.* C'était la première fois que je l'entendais parler aussi lucidement de son père, et dans la bouche de celle qui s'était assigné la mission de protéger l'héritage paternel, ces mots avaient un poids particulier.

Pouvait-il en être autrement ? Le crime de Raymond Blythe était particulièrement terrible, nul ne pouvait le contester ; rien d'étonnant à ce que la culpabilité l'ait rendu fou. Je me suis remémoré cette sinistre photographie de Raymond dans ses dernières années, telle que je l'avais vue dans la monographie achetée au village. Le regard hanté, les traits crispés, les épaules accablées par des sentiments plus ténébreux encore que les démons de Goya. Une apparence que sa fille à présent revêtait sous mes yeux. Dans le grand fauteuil, derrière le bureau de son père, elle me semblait frêle, noyée dans des vêtements trop grands pour elle, montrant ses articulations décharnées. L'évocation du passé avait consumé ses dernières forces ; les yeux creusés, la peau marquée par le fin réseau bleu des veines, torturée dans sa chair par les péchés de son père. Sort injuste, cruel.

Dehors la pluie redoublait de violence, s'abattant sur un sol déjà détrempé. La chambre était plongée dans le crépuscule. Et même le feu, qui avait accompagné l'histoire de Percy de ses flammes, était à l'agonie, entraînant dans sa fin le peu de chaleur qui régnait encore dans la pièce. J'ai refermé mon cahier.

— Voulez-vous que nous en restions là pour cette après-midi ? ai-je murmuré avec ce que j'espérais être de la gentillesse. Nous pouvons reprendre demain.

— Pas tout de suite, mademoiselle Burchill. Pas tout de suite.

D'une main mal assurée, elle a fouillé le paquet, a fait glisser une cigarette sur le bureau, l'a tenue un moment entre ses lèvres avant que la flamme de l'allumette ne prenne. L'extrémité de la cigarette a rougeoyé dans la pénombre.

— Vous savez ce qui est arrivé à Sykes, à présent. Mais je ne vous ai pas parlé de l'autre.

L'autre. Mon cœur a tressauté.

— Je vois à l'expression de votre visage que vous savez de qui je parle.

J'ai hoché la tête, pétrifiée. Au-dehors, la foudre s'est abattue avec un fracas retentissant ; j'ai frissonné, rouvert mon cahier.

Percy a avalé une longue bouffée, a toussé en laissant échapper un nuage de fumée gris-bleu.

— L'ami de Juniper.

— Thomas Cavill, ai-je chuchoté.

— C'était le 29 octobre 1941. Il est bel et bien arrivé au château, ce soir-là. Notez bien cette date. Il est venu, comme il le lui avait promis. Mais elle ne l'a jamais su.

— Pourquoi ? Que s'est-il passé ?

Sur le seuil de la révélation, j'aurais soudain voulu rebrousser chemin.

— C'était un jour d'orage, un peu comme aujourd'hui. Il faisait noir. Il y a eu un accident.

Elle parlait d'une voix si basse que j'ai dû me pencher tout contre elle pour entendre ce qui a suivi.

— Je l'ai pris pour un maraudeur.

Il n'y avait rien que je puisse répondre à cela.

Dans son visage ravagé, j'ai lu des années et des années de remords.

— Je n'en ai jamais parlé à quiconque. Et la police n'en a rien su. J'avais peur qu'on ne me croie pas. Qu'on pense que j'essayais de protéger quelqu'un.

Juniper. Juniper et ses troubles. Le scandale avec le fils du jardinier, qu'elle avait violemment assailli.

— Je me suis occupée de tout. J'ai fait ce que j'ai pu. Et personne n'en a jamais rien su ; sur ce point, également, la vérité doit être rétablie.

Elle était en pleurs à présent. Des larmes qui coulaient sans s'arrêter sur son si vieux visage. Des larmes qui, je l'avoue, m'ont choquée, bouleversée – Percy Blythe, pleurer ? – mais pas surprise. Pas après ce terrible aveu.

Deux hommes morts, deux secrets inhumés, puis exhumés – il y avait tant à démêler, tant à comprendre ; trop sans doute, si bien que mes sens et mon esprit étaient plongés dans la confusion la plus totale. Mes émotions s'étaient mélangées, comme les couleurs d'une palette d'aquarelliste ; je n'éprouvais ni colère, ni crainte, ni supériorité morale, ni joie délirante à l'idée d'avoir enfin obtenu la réponse à mes questions. Seule surnageait la tristesse. La tristesse et l'inquiétude pour cette vieille femme assise en face de moi, pleurant toutes les larmes de son corps sur ces secrets épouvantables. J'étais incapable de soulager sa douleur, mais pouvais-je rester là, à la regarder sans rien faire ?

— Je vous en prie. Prenez mon bras, nous allons redescendre.

Cette fois-ci, sans un mot, elle m'a obéi.

D'une main douce, je l'ai guidée dans l'escalier, que nous avons descendu lentement, marche après marche. Elle avait voulu garder sa canne, qui traînait derrière nous, ponctuant notre progression de son battement sévère. Nous avons conservé le silence, épuisées que nous étions.

Lorsque nous sommes enfin parvenues à la porte qui donnait sur le salon jaune, Percy Blythe a fait halte. Rassemblant toute la force de sa volonté, elle a recomposé les traits de son visage, s'est redressée, regagnant au passage les quelques centimètres que l'après-midi lui avait fait perdre.

— Pas un mot à mes sœurs, m'a-t-elle ordonné d'une voix qui, pour n'être pas dépourvue de bonté, m'a cependant fait sursauter. Pas un mot, vous m'entendez ?

— Edith, et si vous restiez dîner ?

C'est sur cette proposition que Saffy, gaiement, nous a accueillies dans le salon jaune.

— Quand j'ai vu qu'il était déjà très tard et que vous étiez encore parmi nous, j'ai cuisiné pour quatre.

Elle a glissé un regard vers Percy, sans cesser de sourire ; mais sa perplexité était visible. Sans doute se demandait-elle ce que sa sœur avait bien pu me raconter qui lui prenne toute l'après-midi.

J'ai eu un moment d'hésitation ; mais elle avait déjà mis mon couvert, et la pluie tombait encore à verse.

— Bien sûr, Mlle Burchill reste avec nous, a dit Percy en me lâchant le bras.

Elle s'est dirigée d'un pas lent et ferme vers l'autre bout de la table. La main sur le dossier de sa chaise, elle a tourné la tête vers moi ; dans la lumière vive et jaune du salon, j'ai été témoin d'un poignant tour de force. L'indomptable Percy avait, pour ses sœurs, réussi à retrouver figure humaine.

— Je vous ai fait manquer votre déjeuner. C'est la moindre des choses que de vous offrir à dîner.

Ainsi donc, nous avons dîné toutes les quatre à la même table, d'un plat de haddock fumé, orange vif, visqueux et à peine réchauffé ; quant au chien, que l'on avait retrouvé bien au chaud dans le garde-manger, il a passé tout le repas sous la chaise de Juniper, qui lui donnait des morceaux de poisson. La tempête, loin de s'apaiser, avait redoublé de violence. En guise de dessert, nous avons mangé des toasts et de la confiture, arrosés de thé, en quantité illimitée ; bientôt les sujets de conversation anodins se sont épuisés. A intervalles irréguliers, la lumière des ampoules baissait, faisant craindre l'imminence d'une panne ; chaque fois qu'elle reprenait vigueur, nous échangions des sourires rassurants. La pluie dévalait le long des toits et s'abattait en vagues incessantes sur les fenêtres.

— Ma foi, a fini par constater Saffy, je crois que nous n'avons pas le choix. Je vais vous préparer une chambre et vous allez passer la nuit avec nous. Je vais prévenir Mme Bird par téléphone.

— Non, non, je vous en prie, ai-je protesté avec une vivacité qui manquait sans doute d'urbanité. Je ne veux pas m'imposer.

Ce qui était la stricte vérité. Et sans doute n'avais-je aucune envie de passer la nuit au château.

— Absurde, a dit Percy debout près de la fenêtre. Vous n'y verrez pas à un mètre et risquez fort de vous casser le cou en tombant dans le ruisseau.

Elle s'est redressée de toute sa hauteur.

— C'est hors de question. Nous ne voulons pas prendre de risque. Avec toutes les chambres que nous avons ici !

Une nuit au château

C'est Saffy qui m'a montré le chemin de ma chambre. Nous ne sommes pas restées dans l'aile du château où les sœurs Blythe avaient, au fil du temps, fini par élire domicile ; et même si nous avons traversé maints sombres couloirs, jamais nous ne sommes descendues. La perspective de passer la nuit au château m'inquiétait déjà assez ; la proximité de la chambre aux archives m'aurait été tout simplement insupportable. Saffy et moi, portant chacune notre lampe à huile, sommes montées jusqu'au deuxième étage et avons parcouru un large couloir peuplé d'ombres. Les ampoules y jetaient une curieuse lueur sourde, même lorsque l'orage ne les faisait pas faiblir. Saffy s'est arrêtée devant une porte, qu'elle a ouverte, me faisant signe d'entrer.

— Nous y voilà. La chambre d'amis.

Elle avait fait le lit – ou était-ce Percy ? – et avait disposé quelques livres sur l'oreiller.

— C'est un peu rustique, je le crains, m'a-t-elle dit en parcourant la chambre d'un regard d'excuse. Nous ne recevons presque jamais. C'est une habitude que

728

nous avons perdue depuis longtemps. Personne n'a dormi ici depuis… oh ! Des années.

— Je suis désolée de vous donner tant de peine.

— Mais pas du tout, pas du tout, Edith. Ce n'est rien du tout ! J'ai toujours adoré avoir du monde à la maison. Bien recevoir est l'une des choses les plus enrichissantes de l'existence, à mon sens.

Elle a désigné le lit d'un geste ample.

— Je vous ai trouvé une chemise de nuit et quelques livres. Il m'est difficile d'envisager une soirée sans un livre pour m'accompagner sur le chemin du sommeil.

Elle a joué avec la couverture de l'un des volumes.

— *Jane Eyre*… J'ai toujours adoré ce roman.

— Moi de même. J'en ai toujours un exemplaire avec moi, mais je dois dire que votre édition est bien plus jolie.

Elle a souri, flattée.

— Vous savez, Edith, vous me faites penser à la personne que j'aurais pu devenir si… si les choses s'étaient présentées d'une autre façon. Si j'avais eu votre âge. Travailler à Londres, dans l'édition… Quand j'étais jeune, je rêvais d'un poste de gouvernante, vous savez ? J'aurais voyagé, rencontré des gens… J'aurais pu travailler dans un musée, aussi. Et qui sait ? J'aurais peut-être rencontré mon M. Rochester.

Elle a rougi, baissé la tête ; son regard s'est vaguement embué, et j'ai pensé aux boîtes que j'avais trouvées dans la chambre aux archives, à celle en particulier qui contenait les vestiges d'un mariage jamais prononcé. La tragique histoire de Juniper m'était à présent familière, mais je ne savais rien, ou presque, du passé de ses sœurs. Avaient-elles aimé, elles aussi, avaient-elles été jeunes, débordantes de désir ? Sans doute. Et cependant elles avaient, pour l'amour de leur sœur, renoncé à tout cela.

— Vous m'avez dit, je crois, que vous avez été fiancée, autrefois, Saffy ?

— Il s'appelait Matthew. Nous sommes tombés amoureux l'un de l'autre alors que nous étions à peine sortis de l'enfance. Seize ans… Nous avions décidé d'attendre nos vingt et un ans pour nous marier.

— Et que s'est-il passé, si ce n'est pas une question indiscrète ?

— Non, ce n'est pas indiscret. Finalement, il a épousé quelqu'un d'autre.

— Oh ! Je suis désolée.

— Ce n'est pas la peine, vous savez. C'est si vieux, tout cela. Ils sont morts depuis des années, tous les deux.

Le tour larmoyant que prenait la conversation devait sans doute l'embarrasser. Elle a eu un rire gêné.

— Je peux me féliciter de ce que ma sœur m'ait autorisée à vivre sous son toit pour un loyer somme toute ridicule.

— Je n'imagine pas une seconde que Percy ait pu songer à vous chasser !

— Percy, non, sans doute. Mais il s'agit de Juniper.

— Juniper ? Je crains de…

— Ah, vous ne le saviez pas ? Le château lui appartient. Nous avions toujours pensé que Percy en hériterait, bien sûr : c'est notre aînée, et la seule qui y soit attachée autant que l'était papa. Mais voilà : au dernier moment, il a modifié son testament.

— Pour quelle raison ?

J'avais pensé à voix haute, n'imaginant guère qu'elle puisse me répondre ; elle a continué sur sa lancée, contrairement à mon attente.

— Papa avait une idée fixe. Il était persuadé que les femmes artistes ne peuvent donner libre cours à leur génie une fois mariées et mères de famille. Quand Juniper a commencé à écrire, l'obsession de papa a refait surface : et si Juniper se mariait ? Si elle gâchait ainsi son talent ? Il a toujours refusé qu'elle quitte le château, n'a même pas voulu l'envoyer à l'école, l'a maintenue dans l'isolement. Et, pour finir, lui a légué le château. Pensant qu'elle n'aurait jamais besoin, de cette façon, de gagner sa vie ou d'épouser quelqu'un qui puisse la soutenir financièrement. C'était une immense injustice de sa part, bien sûr. Le château aurait dû revenir à Percy. Elle aime cette maison comme d'autres leur mari ou leur femme. Il est heureux dans ce cas que Juniper ne se soit jamais mariée, et qu'elle soit restée ici.

Machinalement, elle a redonné forme aux oreillers.

— Je ne comprends pas. Juniper aurait été ravie en ce cas de pouvoir confier le château aux soins de quelqu'un qui l'appréciait à sa juste valeur.

— Hélas, a répondu Saffy avec un sourire un peu triste. Ce n'est pas si simple. Papa, parfois, ne prenait pas de gants pour imposer ses façons de voir. Il y avait une condition à ce legs. Que Juniper se marie et le château passait aux mains de l'Eglise catholique.

— De l'Eglise ?

— Vous savez, papa était taraudé par la culpabilité.

Après l'après-midi passée dans la tour, j'en connaissais précisément la cause.

— Ainsi donc, si Juniper avait épousé Thomas, la famille Blythe aurait perdu Milderhurst ?

— Exactement. La pauvre Percy ne l'aurait jamais supporté.

Elle a longuement frissonné.

— Je suis désolée, Edith. Il fait si froid ici. Bien sûr, on ne s'en rend pas vraiment compte. Nous n'utilisons jamais cette partie du château. Il n'y a pas de chauffage, hélas, mais vous trouverez quantité de couvertures au bas de l'armoire.

Un immense éclair a zébré le ciel, suivi presque immédiatement d'un coup de tonnerre retentissant. La lumière jaunâtre de l'ampoule a faibli, vacillante, puis s'est complètement éteinte. Saffy et moi avons levé nos lampes à huile du même geste, comme deux marionnettes animées par le même manipulateur. Toutes les deux, nous avons contemplé, interdites, l'ampoule morte.

— Seigneur, voilà que nous n'avons plus de courant. Heureusement que nous avons pensé aux lampes. Edith… Tout ira bien ? Vous n'aurez pas peur, si loin de nous ?

— Tout ira bien, rassurez-vous.

— Parfait, alors.

Elle a souri.

— Je vous laisse, maintenant.

La nuit, rien n'est pareil. Tout change lorsque le monde est plongé dans les ténèbres. Que la nuit vienne et les inquiétudes, les blessures, les angoisses et les peurs montrent les dents. C'est d'autant plus vrai lorsque vous dormez dans une étrange et vieille demeure et que la tempête fait rage au-dehors. Et que vous avez passé l'après-midi à écouter la terrible confession d'une très vieille dame. Raison pour laquelle je n'ai pas pensé une seconde à éteindre ma lampe à huile, une fois Saffy repartie.

J'ai ôté mes vêtements, enfilé la chemise de nuit, blanche et spectrale, et me suis assise sur le bord du lit. J'ai tendu l'oreille – la pluie n'avait pas cessé et le vent faisait trembler les volets, comme si quelqu'un cherchait à pénétrer dans la chambre. Non, non, Edie. J'ai écarté l'image de mon esprit, ai même réussi à sourire des débordements de mon imagination. Cet intrus, c'était l'Homme de boue, bien sûr. Quoi d'étonnant à ce qu'il vienne me hanter, moi qui passais la nuit dans la maison même où il avait été conçu, une nuit qui aurait pu sortir tout droit des pages du roman qui le mettait en scène...

Je me suis pelotonnée sous les couvertures et j'ai repensé à la confession de Percy. J'avais pris mon cahier, pour y noter ce qui me revenait à l'esprit. Percy avait retracé la genèse complète de *L'Homme de boue* et c'était un véritable coup de tonnerre dans le monde des lettres. Elle avait également résolu l'énigme de la disparition de Thomas Cavill. N'aurais-je pas dû éprouver un certain soulagement ? Mon esprit cependant ne trouvait pas le repos. C'était lié, me semblait-il, à la brève conversation que je venais d'avoir avec Saffy. Tandis qu'elle me parlait du testament de son père, des rapprochements s'étaient effectués. Dans le fond de mon âme, des signaux d'alarme s'étaient allumés, accroissant mon malaise. L'amour immodéré de Percy pour Milderhurst. Le testament qui en dépossédait la

733

famille si Juniper se mariait. La mort fâcheuse de Thomas Cavill…

Non, non. Percy avait parlé d'un accident, et je ne remettais pas sa parole en doute.

Pourquoi m'aurait-elle menti ? Elle aurait très bien pu ne rien m'en dire.

Et malgré tout…

Les souvenirs ont défilé les uns après les autres, fragmentés – la voix de Percy, celle de Saffy, puis mes propres doutes, pour faire bonne mesure. Et Juniper ? Non, Juniper était muette. On me parlait d'elle. Elle ne me parlait jamais. J'ai fini par refermer mon cahier d'un geste presque rageur.

A chaque jour suffisait sa peine. Le cœur lourd, j'ai feuilleté les livres que Saffy m'avait apportés, espérant y trouver quelque sérénité. *Jane Eyre, Les Mystères d'Udolpho, Les Hauts de Hurlevent*. Misère ! De chers et vieux amis, mais dont la compagnie ne me convenait guère en cette nuit de tumultes.

J'étais fatiguée, si fatiguée ; et cependant j'ai retardé encore un peu le moment de m'endormir, craignant l'instant où, toutes lumières éteintes, je m'abandonnerais aux ténèbres. Mes paupières se sont alourdies ; après m'être réveillée en sursaut une ou deux fois, j'ai compris que le sommeil, sans doute, ne tarderait pas à venir. Ce qu'il a fait, une fois la mèche soufflée. J'ai fermé les yeux, senti l'odeur de la fumée se dissoudre dans l'air glacial et entendu, juste avant de sombrer, une rafale de pluie s'abattre sur la fenêtre.

Je me suis réveillée brutalement et sans raison au beau milieu de la nuit. Quelle heure était-il ? Je n'en avais aucune idée. Je suis restée immobile sous les couvertures, l'oreille aux aguets, l'esprit en alerte. Quelque chose m'avait tirée du sommeil, mais quoi ? J'avais la chair de poule. Une conviction intense et singulière s'était emparée de moi : je n'étais pas seule dans la chambre. Il y avait quelqu'un entre ces murs. Du regard j'ai fouillé les ombres, le cœur battant à se rompre, anxieuxe à l'avance de ce que mes yeux allaient me révéler.

Je n'ai rien vu. Ma conviction n'a pas faibli pour autant. Il y avait quelqu'un dans la chambre.

J'ai retenu un instant ma respiration ; la pluie n'avait toujours pas cessé, le vent faisait trembler les volets et vibrer les pierres des couloirs. Comment aurais-je pu distinguer quelque intrusion que ce soit dans ce constant vacarme ? Je n'avais ni allumettes ni briquet : aucun moyen, donc, de rallumer la lampe à huile. J'ai fermé les yeux, débattu en moi-même. Calme-toi. Ce que tu as entendu hier, ces confessions, ces regrets, cet *Homme de boue* qui t'a si longtemps obsédée… Tu as encore rêvé. Imaginé des choses.

A peine avais-je retrouvé quelque calme qu'un éclair a illuminé la chambre. J'ai écarquillé les yeux, épouvantée. La porte de ma chambre était entrouverte. Saffy l'avait fermée en partant, j'en étais certaine.

Je ne m'étais pas trompée. Quelqu'un était entré. Quelqu'un qui m'attendait peut-être, tapi dans l'ombre…

— *Meredith…*

Mes vertèbres se sont raidies, mon cœur s'est emballé, le sang courait, électrique, affolé, dans mes veines. Ce n'était ni le vent ni les murs. Quelqu'un avait murmuré le nom de maman. J'étais pétrifiée, le moindre

735

de mes muscles chargé cependant d'une étrange énergie. Il fallait que je fasse quelque chose. Je n'allais pas passer la nuit assise au bord du lit sous trois couvertures, les yeux écarquillés, à scruter les ténèbres.

La simple idée de sortir de mon lit me donnait des frissons, mais il a bien fallu que je m'y décide. Je suis allée sur la pointe des pieds jusqu'à la porte. La poignée était froide et lisse sous mes doigts ; je l'ai tirée, le plus silencieusement possible, et j'ai fait un pas dans le couloir.

— *Meredith...*

J'ai failli hurler de terreur. La voix avait résonné juste derrière moi.

Je me suis lentement retournée. Juniper. Elle portait la même robe que lors de ma première visite à Milderhurst, la robe que Saffy avait confectionnée pour le dîner au château, le soir où Thomas Cavill était venu.

— Juniper ! Que fais-tu ici ?

— Je t'attendais, Merry. Je savais bien que tu viendrais. Je te l'ai apporté. Je l'avais bien caché, tu sais ?

De quoi voulait-elle parler ? Dans le noir, elle m'a tendu un objet assez volumineux. Carré, des coins pointus, plutôt léger.

— Merci, ai-je murmuré.

Je l'ai sentie frémir.

— Meredith. Meredith, j'ai fait une chose terrible, tu sais. Terrible.

Les mots qu'elle avait déjà dits à Saffy, devant le salon bleu, lors de ma première visite. Mon pouls s'est à nouveau accéléré. Sans doute était-ce pure cruauté, mais je n'ai pas pu m'empêcher de la questionner.

— Qu'as-tu fait, Juniper ?

— Tom ne va pas tarder. Il vient dîner ce soir.

Une immense compassion m'a envahie. Elle l'avait attendu cinquante ans, en dépit de la désertion qu'elle lui imputait. A tort.

— Bien sûr, ai-je dit. Il t'aime. Il veut t'épouser.

— Tom m'aime.

— Oui.

— Et j'aime Tom.

— Je sais bien que tu l'aimes.

Et tandis que je me réjouissais, sotte que j'étais, d'avoir reconduit son esprit vers des souvenirs heureux, elle a porté les mains à ses lèvres d'un geste épouvanté.

— Meredith, il y avait du sang partout... Partout, Meredith.

— Quoi ?

— ... sur mes bras, sur ma robe, partout.

Elle a baissé les yeux vers le bas de sa robe puis a relevé la tête, avec dans le regard un désespoir absolu.

— Du sang, du sang, du sang partout. Et Tom n'est jamais venu. Mais je ne me souviens de rien. De rien. Je ne peux pas me souvenir. Je ne peux pas.

La lumière s'est brutalement faite dans mon esprit.

Les pièces du puzzle se sont assemblées. J'ai compris ce qu'elles avaient voulu me cacher. Ce qui était réellement arrivé à Thomas Cavill. Qui était responsable de sa mort.

L'habitude étrange que Juniper avait de perdre conscience d'elle-même lorsqu'elle subissait un traumatisme. Les moments d'amnésie. L'incident que son père avait étouffé – l'attaque subie par le fils du jardinier. Avec une épouvante croissante, je me suis souvenue de la lettre qu'elle avait écrite à maman, et dans laquelle elle lui confiait sa seule crainte. Connaître le sort de son père. Une crainte horriblement justifiée.

— Je ne peux pas me souvenir. Je ne peux pas, ne cessait-elle de murmurer.

Son visage exprimait une confusion pitoyable ; je n'avais qu'une envie, la prendre dans mes bras, trouver le moyen de soulager, ne serait-ce qu'un moment, le fardeau qu'elle portait depuis cinquante ans.

— J'ai fait une chose terrible, Meredith, a-t-elle répété dans un souffle.

Avant même que je puisse ouvrir la bouche pour la rassurer, la consoler, elle a couru vers la porte.

— Juniper ! Attends !

— Tom m'aime, a-t-elle répondu comme si cette pensée joyeuse venait tout juste de lui revenir. Il faut que j'aille voir où il est. Il ne devrait pas tarder.

Elle a disparu dans les ombres du couloir.

Je l'ai suivie. Un angle droit, un couloir plus court, qui débouchait sur un palier étroit ; une volée de marches. D'en bas, j'ai senti monter un courant d'air froid et humide ; sans doute avait-elle ouvert une porte. Sans doute allait-elle disparaître dans la pluie et la nuit.

Mon hésitation a été de courte durée. Je me suis ruée à sa poursuite. Il m'était impossible de l'abandonner à la tempête. Elle avait probablement l'intention de descendre l'allée jusqu'à la route, pour y attendre l'infortuné Thomas. Au bas des marches, une porte donnait sur un petit vestibule, et ce vestibule sur le monde extérieur.

Sous la pluie battante, j'ai distingué les contours d'une sorte de jardin. Rien n'y poussait vraiment. Des statues mélancoliques se dressaient le long de haies hautes et massives. Bien sûr ! C'était le jardin que j'avais vu des combles, lors de ma première visite. Un enclos plutôt qu'un jardin, du reste. Percy, je m'en suis souvenue, s'était nettement assombrie lorsque je lui en avais parlé. Non, ce n'était pas un jardin. Maman en parlait dans son journal : c'était le cimetière des animaux, un des sanctuaires de Juniper.

Elle se tenait au centre de l'enclos, vieille dame fragile et hagarde, trempée jusqu'aux os dans sa robe pâle et fantomatique. Et je me suis souvenue de ce que Percy m'avait dit de l'effet des tempêtes sur sa petite sœur. Cette nuit de 1941, le ciel s'était déchaîné, tout comme aujourd'hui…

Chose étrange, il y avait autour d'elle comme un cercle magique où le vent soufflait moins fort. Pendant quelques secondes, je suis restée sur le seuil, fascinée par l'étrangeté de la scène ; la raison bientôt a repris le dessus. Il fallait sortir, la prendre par la main, la faire rentrer à la maison. C'est alors qu'une voix l'a fait se tourner vers la droite. Percy Blythe a surgi de la haie, vêtue d'un imperméable et chaussée de bottes de caoutchouc. Elle s'est approchée de sa petite sœur, l'a appelée d'une voix douce, les bras tendus ; Juniper s'est affaissée sur son épaule.

Je me suis sentie de trop, intruse volant un moment d'intimité. J'ai fait volte-face.

Il y avait quelqu'un derrière moi.

Saffy, les cheveux détachés, emmitouflée dans une robe de chambre, le regard débordant d'embarras.

— Edith, je suis vraiment navrée. Vous avez été dérangée…

— Juniper…

J'ai esquissé un geste vers la porte, bégayé un début d'explication.

— Ne vous en faites pas, m'a-t-elle dit avec un bon sourire. Parfois, la nuit, elle erre. Il ne faut pas vous inquiéter. Percy la ramène à la maison. Vous allez pouvoir vous recoucher.

J'ai remonté l'escalier en courant, retraversé le couloir, et je me suis ruée dans ma chambre en prenant soin de fermer la porte. Je m'y suis adossée un moment, cherchant à retrouver mon souffle, encore rétif. J'ai pressé l'interrupteur. Et si, par bonheur, le courant avait été rétabli ? Hélas. Un cliquètement sourd dans l'obscurité, et pas un brin de lumière.

Je suis retournée me coucher sur la pointe des pieds, me suis glissée sous les couvertures après avoir posé la mystérieuse offrande de Juniper sur le plancher. La tête à plat sur l'oreiller, j'ai écouté mon pouls battre contre mes tempes. Dans le sombre espace de ma mémoire, Juniper sans cesse répétait sa confession, les phrases confuses nées de son esprit en lambeaux ; puis je la voyais fuir dans le cimetière des animaux, rester immobile sous la pluie et s'effondrer dans les bras de Percy. Mes doutes se sont faits certitudes. Percy Blythe m'avait menti. Thomas Cavill était bel et bien mort par une nuit d'orage en octobre 1941, mais elle n'y était pour rien. Simplement, elle avait tout fait pour protéger sa petite sœur.

Le lendemain

Sans doute ai-je fini par m'endormir. Lorsque j'ai repris conscience, une lueur grisâtre et brumeuse perçait dans la chambre. La tempête était passée, laissant dans son sillage une aube exsangue. Je suis restée couchée un long moment, les yeux fixés sur le plafond, repassant au tamis de mon esprit les événements de la veille. A la lumière bienvenue du matin, mes certitudes se sont encore renforcées : Juniper, sans nul doute, avait causé la mort de son bien-aimé. C'était la clef de voûte de toute cette histoire. Et ses sœurs tenaient à tout prix à garder le secret.

Au saut du lit, j'ai trébuché sur un gros objet posé à même le plancher. Le cadeau de Juniper ! Après sa visite et sa fuite éperdue, je l'avais complètement oublié. C'était une boîte de même forme et de même taille que celles qui contenaient les archives de Saffy. D'ailleurs, j'y ai trouvé un manuscrit – un manuscrit qui ne devait rien à la plume de Saffy, cependant. Sur la page de garde étaient inscrits ces quelques mots : « Le destin : une histoire d'amour. Par Meredith Baker. Octobre 1941. »

Toutes les quatre, nous nous étions levées tard ; et bien que la matinée soit déjà largement entamée, un petit déjeuner m'attendait dans le salon jaune. Les sœurs Blythe étaient déjà à table, les jumelles devisant gaiement comme si de rien n'était. Et si l'incident qui m'avait tant choquée ne relevait pour elles que d'un triste ordinaire ? Saffy m'a offert une tasse de thé avec le sourire. Je l'ai remerciée, j'ai regardé Juniper à la dérobée. Elle était assise dans son grand fauteuil vert, les yeux dans le vide, et son visage n'exprimait rien de la fébrilité de la nuit passée. Percy m'a scrutée d'un regard plus aigu encore qu'à son habitude ; c'est du moins ce que j'ai pensé, mais sans doute avait-elle encore à l'esprit ses confessions, mensongères ou réelles.

J'ai pris congé de ses sœurs ; elle m'a raccompagnée jusque dans le vestibule et nous avons échangé quelques banalités. A la porte, cependant, la conversation a pris un tout autre tour.

— Mademoiselle Burchill, concernant ce dont je vous ai parlé hier... Je vous le répète, c'était un accident.

J'ai compris qu'elle voulait me mettre à l'épreuve. Les événements de la nuit – et ce que Juniper dans son égarement m'avait peut-être confié – n'avaient-ils pas changé ma façon de voir ?

C'était l'occasion ou jamais de lui révéler ce que j'avais appris, de lui demander, les yeux dans les yeux, qui avait vraiment causé la mort de Thomas Cavill.

— Bien sûr, ai-je répondu. Je comprends tout à fait.

Cette occasion, je l'ai manquée à dessein. Pour quelle raison l'aurais-je tourmentée ? Pour satisfaire une curiosité malsaine aux dépens de trois vieilles dames ? J'en étais incapable.

Le soulagement de Percy était visible.

— C'est une torture de tous les instants, mademoiselle Burchill. Une tragédie indépendante de ma volonté.

— Je sais. Je sais que vous n'avez rien souhaité de tout cela.

Comment ne pas être émue par cette solidarité familiale, cet amour si fort qu'il l'avait poussée à m'avouer un crime dont elle était innocente ?

— Il faut vous sortir cette idée de l'esprit, l'ai-je priée avec toute la sympathie dont j'étais capable. Vous n'êtes pas vraiment coupable.

Elle m'a alors regardée avec une expression que je ne lui avais jamais vue, et qu'il m'est difficile de décrire. Un mélange de douleur et de soulagement. Et de quelque chose d'autre encore, plus obscur. Cela n'a guère duré : elle est aussitôt redevenue la Percy Blythe que je connaissais, froide et résolue.

— N'oubliez pas la promesse que vous m'avez faite, mademoiselle Burchill. Je m'en remets à vous. Et je ne suis pas le genre de femme à me fier au hasard.

Le sol était détrempé, le ciel était blême ; le paysage dans son entier avait l'aspect défait d'un visage au sortir d'une crise d'hystérie. Le mien, peut-être ? J'ai marché à pas prudents le long du torrent, de peur de glisser et d'être entraînée comme un fétu de paille par ses flots rageurs. Lorsque je suis arrivée à la ferme, Mme Bird était déjà en train de préparer le déjeuner. Une bonne odeur de soupe, épaisse, onctueuse, flottait dans la salle à manger : bonheur aussi simple qu'intense pour qui venait de passer la nuit dans la compagnie des fantômes.

Le couvert était mis par Mme Bird en personne, et sa silhouette rebondie, son tailleur de tweed composaient un tableau si réconfortant dans sa banalité que j'ai été soudain possédée par une curieuse envie de la serrer dans mes bras. Ce que j'aurais peut-être fait si je n'avais à ce moment remarqué la présence d'une tierce personne.

Il y avait quelqu'un d'autre dans la salle à manger, une autre convive, debout près du mur, penchée sur les nombreuses photographies en noir et blanc.

Une personne qui ne m'était pas inconnue.

— Maman ?

Elle m'a regardée, un sourire timide aux lèvres.

— Hello, Edie.

— Que fais-tu ici ?

— C'est toi qui m'as demandé de venir. Je voulais te faire une surprise.

Jamais de ma vie je n'ai été aussi heureuse, aussi réconfortée par une présence humaine que ce jour-là. Et c'est elle, bien sûr, que j'ai prise dans mes bras.

— Maman, je suis si contente de te voir !

Sans doute a-t-elle perçu mon agitation et la chaleur inhabituelle de mon étreinte. Elle m'a considérée avec inquiétude.

— Tout va bien, Edie ?

A toute vitesse, comme des cartes qu'on bat, me sont revenus les secrets de la nuit, les terribles révélations. Mon esprit les a chassés, sans un regret.

— Oui, maman, tout va bien. Un peu fatiguée. La tempête de cette nuit, sans doute.

— Mme Bird m'en a parlé. Elle m'a dit qu'il pleuvait si fort hier soir que tu as dû passer la nuit au château.

Un léger frémissement dans sa voix.

— J'ai bien fait de ne pas partir hier après-midi, comme je l'avais prévu.

— Tu viens d'arriver ?

— Oui, il y a à peine vingt minutes. Je regardais ces photos.

Elle a désigné quelques clichés tirés d'un vieux numéro de *Country Life*, qui montraient le bassin circulaire, encore en construction.

— J'ai appris à nager dans cette piscine, a-t-elle chuchoté. Quand j'habitais le château.

Je me suis penchée pour lire la légende de la photographie, qui datait de 1910. « L'architecte Oliver Sykes fait visiter à M. et à Mme Raymond Blythe le chantier de leur nouvelle piscine. » C'était donc lui, ce beau jeune homme – l'Homme de boue qui devait finir ses jours dans les douves qu'il avait fait restaurer. Le frisson du pressentiment a glacé mes veines ; comme il était lourd, le fardeau de la révélation ! La voix de Percy a résonné dans mon esprit, spectrale : *N'oubliez pas votre promesse. Je m'en remets à vous.*

— Ces dames veulent peut-être déjeuner ? a proposé Mme Bird.

J'ai abandonné à son cadre de verre le jeune homme au charmant sourire.

— Qu'en dis-tu, maman ? Tu dois avoir faim après toute cette route.

— Un bon potage, oui, ce serait formidable. Ça ne te gêne pas si nous déjeunons dehors ?

Nous nous sommes installées à une table d'où on apercevait les toits du château. La suggestion venait de Mme Bird et, avant que j'aie pu la décliner, maman, non sans courage, l'a adoptée.

— Parfait !

Tandis que les oies de la ferme cherchaient leur pitance dans les flaques d'eau environnantes (sans doute espéraient-elles également grappiller quelques miettes de notre déjeuner) maman m'a parlé de son séjour à Milderhurst. De son amitié pour Juniper, de la passion enfantine qu'elle avait eue pour son maître d'école, M. Cavill. Et de son rêve de jeune fille, devenir journaliste.

— Que s'est-il passé, maman ? ai-je demandé en me beurrant une tartine. Tu as changé d'avis ?

— Non, pas vraiment. J'ai seulement…

Pensive, elle s'est trémoussée dans le fauteuil de jardin que Mme Bird avait séché d'un coup de torchon vigoureux.

— Je crois que je n'ai pas pu…

Elle a froncé les sourcils, irritée de ne pas trouver ses mots.

— En fait, a-t-elle fini par reprendre avec une nouvelle détermination, c'est la rencontre avec Juniper qui m'avait fait connaître cet autre monde ; j'avais tellement envie de m'y intégrer ! Sans elle, c'est comme si je n'en retrouvais plus le chemin. J'ai essayé, Edie, tu sais, j'ai vraiment tout fait pour m'accrocher. Je rêvais d'entrer à l'université, mais c'était la guerre. A Londres, nombre d'écoles étaient tout simplement fermées. J'ai fini par chercher du travail comme dactylo. Je me disais que ce n'était qu'une solution temporaire et qu'un jour je reprendrais des études, je

ferais ce que j'avais vraiment envie de faire. La guerre
s'est enfin terminée, mais je n'ai pas pu m'inscrire dans
un lycée. J'étais trop âgée. Et sans passage par le lycée,
impossible d'aller à l'université.

— Tu as cessé d'écrire ?

— Pas question !

Avec le bout de sa cuiller, elle a dessiné un 8 à la
surface du potage, puis un autre, puis un autre encore.

— J'étais têtue comme une mule, à l'époque. Je
voulais continuer sur cette voie, et ce n'était pas ce petit
accident de parcours qui allait m'en empêcher.
L'université ne voulait pas de moi ? Tant pis. J'allais
apprendre toute seule, j'allais devenir une journaliste de
renom.

Elle a souri, sans lever les yeux – un sourire conta-
gieux. Rien ne pouvait me faire davantage plaisir que
cette vision de maman en jeune femme intrépide.

— Je me suis fait mon programme à moi. J'ai lu tout
ce qui me tombait sous la main, hanté les bibliothèques, écrit des articles, des critiques, quelques textes
de fiction, également, et j'ai contacté des éditeurs.

— Tu as publié des choses ?

Elle a rougi.

— Oui, quelques articles, de-ci, de-là. Rien dans des
magazines très connus, mais j'ai reçu de leurs rédac-
teurs quelques lettres d'encouragement. M'expliquant
gentiment mais avec une certaine insistance qu'il me
fallait apprendre à écrire dans le style de la maison. Et
puis, un beau jour de 1952, on m'a proposé du travail.

Maman a jeté un coup d'œil aux oies qui battaient des
ailes en se disputant quelques bribes de nourriture ; son
sourire s'est fait moins vaillant. Elle a reposé la cuiller
près de l'assiette.

— C'était un emploi à la BBC. Tout en bas de l'échelle, mais c'était exactement ce que je voulais.

— Que s'est-il passé, maman ?

— J'ai fait quelques économies et je me suis acheté un joli tailleur et un sac à main en cuir, pour ne pas déparer, tu comprends ? Et avant d'aller au rendez-vous, je me suis fait la leçon. Aie confiance en toi, Meredith. Exprime-toi clairement. Tiens-toi bien droite. Mais voilà…

Elle a inspecté le dos de sa main, a caressé ses phalanges du pouce.

— Je me suis plus ou moins trompée de bus, et au lieu de prendre celui qui conduisait à la BBC, j'ai dû descendre à Marble Arch. Pour être à l'heure, j'ai couru comme une folle jusqu'à Regent Street. En arrivant devant l'immeuble de la BBC, j'ai vu toutes ces filles devant la porte, drôles, élégantes, complices… Elles étaient toutes plus jeunes que moi et pourtant on aurait dit que le monde leur appartenait.

Elle a balayé une miette de la main et a fini par lever les yeux vers moi.

— Il y a un grand magasin tout près, avec d'immenses vitrines. J'y ai vu mon reflet, Edie – celui d'un imposteur.

— Maman !

— Débraillée, essoufflée… J'avais honte de moi, honte d'avoir pensé une seconde que je pouvais faire partie de ce monde. Je ne crois pas m'être jamais sentie plus seule que ce jour-là. J'ai rebroussé chemin, en larmes. Je ne devais pas être bien belle à voir. J'étais si triste, si désespérée… Et tous ces passants qui me dévisageaient, l'air de me dire : Un peu de tenue, jeune femme ! Finalement, en passant devant un cinéma, j'y suis entrée, histoire de pleurer à l'abri des regards.

Je me suis rappelé l'histoire que papa m'avait racontée, de cette jeune femme qui avait sangloté dans une salle vide pendant tout le film.

— C'est là que tu as vu *The Holly and the Ivy*, n'est-ce pas ?

Maman a sorti un mouchoir en papier pour s'essuyer les yeux.

— Et que j'ai rencontré ton père. Oui. Et il m'a offert un thé et une tranche de cake à la poire.

— Ton gâteau préféré.

Elle a souri à travers ses larmes ; ce souvenir-là, au moins, était une consolation.

— Il n'a pas arrêté de me demander ce qui n'allait pas. J'ai voulu lui faire croire que c'était le film, mais cela lui paraissait inimaginable. « Mais c'est juste un film ! Tout est inventé ! » Et il a commandé une autre tranche de cake.

Ce qui nous a bien fait rire, toutes les deux. Elle imitait papa à la perfection.

— Il était si solide, ton père, Edie, si immuable dans sa perception du monde et de la place qu'il y avait. A un point stupéfiant. Je n'avais jamais rencontré quelqu'un d'aussi bien campé sur ses pieds. Il ne voyait les choses que quand elles étaient là, sous ses yeux. Il ne s'en inquiétait pas avant qu'elles lui apparaissent. C'est de cela que je suis tombée amoureuse, de son assurance. Pour lui, seul le moment présent comptait. Quand il me parlait, je me sentais comme protégée par ses certitudes. Dieu merci, il y avait en moi quelque chose qui l'a séduit. Cela n'a peut-être rien de très romanesque, mais nous nous sommes bien trouvés, tous les deux. Ton père est un homme très bon, Edie.

— Je sais.

— Il est honnête, gentil ; on peut se fier à lui. C'est important, tout cela.

Et tandis que nous finissions le potage de Mme Bird, Percy Blythe m'est revenue à l'esprit. Elle avait quelque chose de papa, d'une certaine façon. Au milieu d'un groupe de brillants causeurs, elle serait peut-être passée inaperçue, mais sans son obstination, sans son caractère d'acier, d'autres, sans doute, n'auraient pas rayonné. Cette vision a réveillé un autre souvenir.

— Comment ai-je pu l'oublier ! J'ai quelque chose pour toi, maman, me suis-je exclamée en sortant de mon grand sac la boîte que Juniper m'avait donnée la veille.

— Un cadeau ? Mais tu ne savais pas que j'allais venir.

— Oh, ce n'est pas moi qui te le fais.

— Qui alors ?

J'étais sur le point de lui répondre : « Ouvre, et tu verras », lorsque je me suis rappelé le cuisant précédent des lettres transmises par Rita.

— C'est un cadeau de Juniper, maman.

Elle a laissé échapper un curieux son flûté ; elle s'est battue un moment avec le couvercle de la boîte.

— Quelle maladroite je fais !

Sa voix était méconnaissable. Enfin le couvercle a cédé et maman, abasourdie, a porté la main à ses lèvres.

— Oh, mon Dieu !

Elle a sorti du carton le manuscrit tapé sur ce papier du temps de guerre, si fragile, et l'a gardé un moment contre sa poitrine comme s'il était la chose la plus précieuse du monde.

— Quand je l'ai revue, hier, Juniper m'a prise pour toi. Depuis cinquante ans, elle garde ce texte pour pouvoir te le rendre un jour, tu sais.

Maman a levé vers le château un regard vif, incrédule.

— Toutes ces années…

Elle a posé le manuscrit sur la table, l'a feuilleté longuement avec un sourire incertain. Je l'ai observée un moment, pleine, moi aussi, du plaisir qu'elle avait à retrouver son œuvre. Et de ce subtil changement qui s'est fait peu à peu jour en elle. Ainsi donc, son amie ne l'avait pas oubliée. Les traits de son visage, les muscles de son cou, et même ses omoplates : tout en elle s'est détendu, adouci. La carapace qu'elle avait dû endosser pendant toutes ces années s'est ébréchée, et j'ai eu sous les yeux la jeune fille qui avait patiemment, tendrement tapé ces quelques pages, comme si elle venait de s'éveiller d'un sommeil de cinquante années.

— Maman, tes textes…

— Quoi ?

— Tes textes. Tes articles, tes histoires… tu as continué ?

— Non, non. J'ai laissé tomber tout ça.

Elle a froncé le nez, m'a jeté un regard un peu gêné.

— Tu dois trouver que j'ai manqué de courage.

— Manqué de courage ? Non, maman. Mais quand quelque chose te donne du plaisir, pourquoi s'arrêter ? Je ne comprends pas.

Le soleil s'était enfin frayé un chemin entre les nuages et ses rayons jouaient sur les flaques d'eau ; maman avait le visage tout tacheté de lumière. Elle a rajusté ses lunettes et a posé une main légère sur le manuscrit.

— C'était une bonne partie de mon passé, de celle que j'avais été. Tout se tenait. Mon désarroi d'avoir été abandonnée par Juniper et par Tom – c'était du moins ce que je croyais –, la honte d'avoir renoncé à cet entretien, à la BBC… Je crois que j'ai arrêté d'y trouver du plaisir, tout simplement. J'ai épousé ton père, nous avons fondé un foyer ; je me suis préoccupée de notre vie commune.

Elle a baissé le regard sur le manuscrit, en a extrait une feuille qu'elle a tenue un moment sous ses yeux ; un sourire a flotté sur ses lèvres. Qu'y lisait-elle, je ne le sais pas…

— Oh, Edie, et pourtant c'était un tel bonheur ! S'emparer d'une abstraction, d'une pensée, d'une sensation, d'une odeur, et la rendre sur le papier. J'avais oublié ce plaisir, tu sais.

— Maman, il n'est jamais trop tard pour t'y remettre.

— Edie, ma chérie ! J'ai soixante-cinq ans bien sonnés. Je n'ai pas écrit une ligne depuis des dizaines d'années. Je crois qu'on peut dire sans craindre de se tromper qu'il est vraiment trop tard !

Dans ma vie d'éditrice, je rencontre tous les jours des gens de tous les âges qui écrivent parce qu'ils ne peuvent pas faire autrement.

— Maman, il n'est jamais trop tard, ai-je répété en secouant la tête avec vigueur.

Elle ne m'écoutait plus. Elle était repartie bien loin, là-haut, sur la colline. Elle a serré le col de sa veste contre sa gorge.

— Tu sais, c'est curieux, ce qui se passe. Je ne savais pas comment j'allais réagir en revenant ici, mais maintenant que j'y suis, je ne sais pas si je peux vraiment y aller. Je ne suis pas sûre d'en avoir envie. J'ai… j'ai une vision si claire à l'esprit. Si joyeuse. Je ne veux pas y toucher.

Peut-être s'imaginait-elle que j'allais essayer de la convaincre d'y retourner ? J'en étais bien incapable. Le château n'était plus que l'ombre de lui-même, triste demeure vouée à la décrépitude. Tout comme les trois femmes qui y vivaient encore.

— Je comprends très bien, maman. Les jardins, la maison… tout va à vau-l'eau, pour ainsi dire.

— Toi-même, tu n'as pas l'air très vaillante, ma chérie !

— C'est que la nuit a été un peu agitée, maman, ai-je répondu en étouffant un bâillement. Je n'ai pas beaucoup dormi, pour ne rien te cacher.

— Oui, Mme Bird m'a parlé de la tempête. Je crois que je vais me contenter de faire un petit tour dans son joli jardin. J'ai bien des choses à penser…

Elle a désigné le manuscrit avec un sourire.

— Et toi, ma chérie, tu devrais aller faire une sieste.

J'étais à mi-chemin de l'escalier lorsque Mme Bird m'a fait signe de l'étage supérieur.

— Je peux vous parler une minute ?

Elle me tendait quelque chose par-dessus la rambarde et son ton était si pressant que je n'ai pu m'empêcher de ressentir une certaine inquiétude.

— Il faut que je vous montre quelque chose, a-t-elle chuchoté en jetant un regard par-dessus son épaule. C'est un secret, en quelque sorte.

Après les vingt-quatre heures que je venais de vivre, il en fallait davantage pour me troubler.

Elle m'a fourré une enveloppe grisâtre entre les mains.

— C'est une de ses lettres ! a-t-elle proféré d'une voix basse et théâtrale.

— C'est-à-dire ?

Des lettres, j'en avais vu quelques-unes ces derniers mois.

Elle m'a regardée comme si j'avais oublié quel jour nous étions (ce qui, du reste, était le cas, maintenant que j'y pense).

— Vous savez… ces lettres dont je vous ai parlé. Les lettres d'amour que Raymond Blythe a envoyées à maman, autrefois.

— Ah ! Ces lettres-là.

Elle a vigoureusement opiné du chef ; c'est le moment qu'a choisi le coucou suisse pour faire faire un petit tour à son couple de souris dansantes.

— Vous voulez que j'y jette un coup d'œil ? ai-je demandé une fois leur numéro fini.

— Vous n'avez pas besoin de les lire, si cela vous dérange, a expliqué Mme Bird. Mais ce que vous m'avez dit l'autre soir, voyez-vous, cela m'a donné une idée. Vous vous rappelez ? Vous m'aviez annoncé que Percy Blythe allait vous montrer les carnets de son père et je me suis dit qu'à présent vous deviez savoir à quoi ressemble son écriture. Alors je me suis dit… enfin, je me suis prise à espérer que…

— Que je pouvais regarder une de ces lettres et vous dire si…

— Voilà, exactement.

— Bien sûr. Pourquoi pas ?

— Merveilleux !

Tandis que je sortais la feuille de son enveloppe, elle a joint les mains sous le menton.

J'ai compris tout de suite que le résultat de mon expertise ne pouvait que la décevoir. La lettre n'avait pas été écrite par Raymond Blythe. J'avais passé presque une heure dans ses carnets et son écriture penchée m'était devenue familière. Les longues queues plongeantes de ses G ou de ses J, le R d'un type bien particulier dont il usait pour signer. Non, cette lettre d'amour ne sortait pas de sa plume.

Lucy, mon amour, mon unique, ma seule passion.

T'ai-je jamais dit comment est né mon amour pour toi ? T'ai-je jamais dit que ce fut au premier regard ? C'était, je crois, la façon dont tu te tenais, la forme de tes épaules, la mèche folle qui balayait ta nuque. J'ai été à toi dans l'instant.

J'ai repensé à ce que tu m'avais dit lors de notre dernière rencontre. Je n'ai pensé qu'à cela, du reste. Je me demande si tu n'as pas raison, si ce n'est pas bien davantage qu'une simple amourette. Que nous pourrions tout quitter, tout oublier et partir au loin, ensemble.

J'ai sauté les quelques paragraphes qui suivaient pour me concentrer sur la signature, une simple initiale, comme me l'avait dit Mme Bird. Une certitude s'est formée dans mon esprit : j'avais déjà vu cette écriture quelque part. Cette lettre, superposée à une autre…

Oui, je savais à présent qui l'avait écrite, qui avait aimé Lucy Middleton plus que toute autre personne au monde. Mme Bird avait raison, en un sens : c'était un amour qui défiait les conventions sociales. Mais ce n'était pas celui d'un châtelain veuf pour sa gouvernante. L'initiale qui concluait ces lettres n'était pas un R, c'était un P, écrit à l'ancienne manière, si bien qu'une minuscule apostille émergeait de l'œil de la lettre. Il était facile de le confondre avec un R, surtout lorsque c'était la lettre qu'on cherchait.

— Quelle jolie lettre, ai-je murmuré, butant sur les mots.

Oh, le sort de ces deux jeunes femmes, les longues vies qu'elles avaient vécues, si loin et pourtant si proches l'une de l'autre !

— Si triste, vous ne trouvez pas ?

Elle a soupiré, remis la lettre dans son enveloppe, en me jetant un regard plein d'espoir.

— Et si bien écrite !

Après m'être débarrassée de Mme Bird en lui jetant en pâture l'explication la plus évasive possible, je suis allée droit à ma chambre et me suis effondrée sur le lit. J'ai fermé les yeux, j'ai essayé de retrouver mon calme : en vain. Mon esprit sans cesse revenait au château, au grand et bel amour de Percy Blythe – Percy qui passait pour si froide, si rigide, Percy qui avait pendant cinquante ans gardé en elle un terrible secret dans le seul but de protéger sa petite sœur.

Percy la veille m'avait parlé d'Oliver Sykes et de Thomas Cavill à la condition expresse que je « rétablisse les faits ». Fermer la parenthèse, avait-elle dit à plusieurs reprises : mais pourquoi s'était-elle donné la peine de me faire ces révélations ? Que voulait-elle que je fasse dont elle était, elle-même, incapable ? J'étais trop fatiguée cette après-midi-là pour essayer de résoudre cette dernière énigme. J'avais besoin de dormir et de passer une bonne soirée avec maman. J'ai décidé de retourner au château le lendemain matin, pour un dernier entretien avec Percy Blythe.

Fin de partie

Je n'en ai pas eu la possibilité, finalement. Après le dîner, je suis allée me coucher et j'ai sombré sur-le-champ dans un profond et doux sommeil. Juste après minuit, cependant, je me suis réveillée en sursaut. Pendant un moment, je suis restée couchée, me demandant ce qui avait bien pu troubler mes songes. Un bruit nocturne, peut-être ? Ou m'étais-je poussée au réveil, pour ainsi dire ? Ce que je savais, c'était que ce retour subit à la conscience n'avait rien d'effrayant, contrairement à mon aventure de la nuit précédente. Il n'y avait personne dans la chambre, nul murmure inquiétant à mon oreille. Et cependant, quelque chose me tiraillait : ce lien inexplicable dont j'ai déjà parlé, qui me reliait au château. Je suis sortie de dessous les draps, me suis approchée de la fenêtre pour écarter les rideaux. C'est alors que je l'ai vu. Mes genoux ont cédé sous moi. A la place de la silhouette noire du château, une immense lueur, un brasier dont les flammes léchaient le ciel.

L'incendie de Milderhurst Castle a duré une bonne partie de la nuit. J'avais immédiatement appelé les pompiers : avertis par d'autres personnes du village, ils étaient déjà en route. Ils n'ont rien pu faire. Les murs du château avaient beau être de pierre, tout ou presque à l'intérieur était en bois. Les boiseries de chêne, les poutres, les portes, les planchers, les millions de pages. Comme Percy Blythe me l'avait dit, une étincelle et le feu partait comme dans une poudrière.

— Les pauvres vieilles dames, elles n'ont pas eu l'ombre d'une chance.

C'est ce qu'a dit le lendemain un des pompiers, au petit déjeuner que Mme Bird leur avait offert.

— Elles étaient assises toutes les trois dans une pièce du rez-de-chaussée, a-t-il ajouté. Elles devaient s'être assoupies devant la cheminée quand l'incendie s'est déclenché.

— Devant la cheminée ? Est-ce comme cela que les choses se sont passées ? Une braise tombée sur un vêtement ? C'est exactement ce qui est arrivé à leur mère. Mon Dieu, quelle histoire, quelle histoire !

— C'est difficile à dire, a répondu le pompier, qui s'est empressé de préciser son propos. Il y a des tas de causes possibles. Une braise, comme vous dites, une cigarette mal éteinte, un court-circuit… Dans ces vieilles maisons, l'électricité date souvent d'avant-guerre.

Je ne sais qui de la police ou des pompiers les avait posées, mais des barrières interdisaient l'accès au château, dont s'échappaient encore des fumerolles. J'ai retrouvé sans trop de mal le chemin qui passait par l'autre côté de la colline. Instinct macabre, peut-être, mais il me fallait voir ce qui restait du château. J'avais connu les sœurs Blythe quelques mois seulement, ce qui m'avait suffi pour concevoir envers leur monde un tel sentiment de possession que leur mort me plongeait dans un deuil véritable. La fin tragique de ces trois femmes, la destruction de leur château, et autre chose, la sensation, je crois, d'avoir été laissée sur le bord du chemin. Une porte avait été entrouverte et presque aussitôt fermée. A jamais : ce seuil, désormais, était infranchissable.

Je suis restée un long moment devant cette coquille vide et noircie, me remémorant ma première visite au printemps, le curieux sixième sens qui m'avait assaillie tandis que je passais devant la piscine circulaire et traversais le jardin abandonné. Tout ce que j'avais appris depuis…

Seledreorig… Le mot m'est revenu à l'esprit en un murmure. La tristesse que provoque l'absence d'une salle commune. Un morceau de moellon gisait à mes pieds ; j'ai eu la gorge serrée. Ce n'était qu'un bout de pierre. Les Blythe n'étaient plus et leurs heures lointaines resteraient à jamais muettes.

— Je n'arrive pas à en croire mes yeux.

Je me suis retournée ; derrière moi se tenait un jeune homme brun.

— Oui, c'est invraisemblable. Il a tenu des siècles, et il a suffi d'une nuit pour le mettre à bas.

— J'ai appris la nouvelle ce matin à la radio. Il fallait que je m'en rende compte par moi-même. Et puis je voulais vous rencontrer.

J'ai dû ouvrir de grands yeux, car il m'a tendu la main avec un sourire amusé.

— Je suis Adam Gilbert.

Le nom me disait quelque chose, bien sûr : un monsieur d'un certain âge, vêtu d'un costume en tweed, bien calé dans son antique fauteuil de bureau.

— Je suis Edie, ai-je bégayé. Edie Burchill.

— C'est bien ce que je pensais. La fille qui m'a volé mon boulot.

Il me taquinait, bien sûr, et j'ai désespérément cherché quelque chose de drôle à lui répondre. Au lieu de quoi…

— Votre genou… l'infirmière… je me disais…

— Oh, tout va bien. Ou presque.

Il a exhibé une canne.

— Si je vous dis que j'ai eu un accident de montagne ? m'a-t-il suggéré, ironique. Vous ne me croyez pas ? Diable, vous avez raison. J'ai trébuché sur une pile de livres, dans mon bureau, et me suis démis la rotule. Les risques du métier d'auteur…

Il a désigné la ferme, dans le lointain.

— Vous rentrez ?

Un dernier regard vers le château, et j'ai hoché la tête, sans rien dire.

— Puis-je me permettre de vous tenir compagnie ?

— Bien sûr.

En redescendant vers le village, lentement, à son rythme, nous avons parlé des souvenirs que nous avions du château et des sœurs Blythe, et de la passion que nous entretenions tous deux depuis l'enfance pour *L'Homme de boue*. Près du champ qui jouxtait la ferme, Adam a soudain fait halte.

— Bon Dieu, j'ai un peu honte de vous parler de ceci après ce qui s'est passé, mais…

Il a levé le menton, comme pour écouter une voix que je n'entendais pas.

— Oui, oui, il faut quand même que je vous en touche un mot. Quand je suis rentré, hier soir, Mme Button m'a transmis votre message. Est-ce bien vrai ? Vous avez trouvé quelque chose de nouveau sur la genèse de *L'Homme de boue* ?

Il avait les yeux marron et un regard plein de gentillesse, ce qui rendait la tâche plus difficile. J'ai fixé la racine de ses cheveux. Et menti.

— Non, malheureusement non. C'était une fausse alerte.

Il a levé une main au ciel avec un soupir.

— Ah, dommage. Elles l'auront donc emporté dans la tombe, ce secret. Il y a une certaine poésie à cela. Nous avons tous besoin d'une part de mystère, vous ne croyez pas ?

J'allais lui exprimer mon assentiment quand quelque chose a attiré mon attention, tout près de la ferme.

— Adam, excusez-moi quelques secondes. J'ai quelque chose à faire.

Je ne sais pas ce que l'inspecteur Rawlins, qui était tranquillement en train de prendre son petit déjeuner, a pensé lorsqu'il a vu une femme aux cheveux hirsutes et à la mine défaite courir vers lui à travers champs pour lui raconter une histoire invraisemblable. Je dois dire, et c'est tout à son honneur, qu'il n'a pas sourcillé lorsque je lui ai suggéré d'élargir le périmètre de son enquête. Je tenais d'une source sûre que deux hommes avaient été ensevelis à quelques mètres des murs du château. Pendant un quart de seconde, le mouvement de la petite cuiller dans sa tasse s'est ralenti.

— Deux hommes, dites-vous ? J'imagine que vous ne connaissez pas leur identité ?

— Vous vous trompez. Il s'agit d'un certain Oliver Sykes et d'un certain Thomas Cavill. Sykes est mort en

1910 pendant l'incendie qui a également provoqué la mort de Muriel Blythe. Thomas a été victime d'un accident, pendant une tempête, en octobre 1941.

— Je vois.

Il a chassé un moucheron qui voletait près de son oreille sans me quitter des yeux.

— Sykes est enterré à l'ouest du château, à l'endroit où se trouvaient les douves.

— Et l'autre ?

Je me suis souvenue de la tempête, de la fuite de Juniper dans les couloirs du château, et de Percy qui l'attendait dans l'enclos.

— Thomas Cavill est dans le cimetière des animaux. Juste au centre, près d'une pierre tombale qui porte le nom d'Emerson.

Il a bu une gorgée de thé et ajouté une cuillerée de sucre. Je n'ai pas cillé, même lorsqu'il a plissé les yeux.

— Si vous épluchez l'état civil, vous constaterez que ces deux individus ont disparu sans laisser de traces, et qu'aucun acte de décès n'a été enregistré à leur nom.

Tout homme a besoin de ces deux dates, comme Percy me l'avait rappelé. La première ne suffit pas. Sans cette deuxième parenthèse, le repos ne vient jamais.

J'ai décidé de ne pas écrire l'introduction à l'édition anniversaire de *L'Homme de boue*. J'ai expliqué à Judith Waterman que j'avais d'autres engagements, que je n'avais pas vraiment eu le temps de m'entretenir avec les sœurs Blythe avant l'incendie. Elle a répondu qu'elle comprenait mon point de vue et qu'elle était certaine qu'Adam Gilbert serait heureux de reprendre le dossier. Quelle objection aurais-je pu soulever ? C'était lui, après tout, qui avait fait toutes les recherches préliminaires.

Et qu'aurais-je pu écrire ? J'avais résolu l'énigme qui, depuis soixante-quinze ans, tourmentait chercheurs et critiques littéraires, mais j'étais dans l'impossibilité de partager ma découverte avec le reste du monde. Ç'aurait été trahir la confiance de Percy Blythe, un acte impensable. « C'est une histoire de famille », m'avait-elle rappelé, avant de me demander : « Mais je peux vous faire confiance, n'est-ce pas ? » Il n'y avait pas que cela. *L'Homme de boue* avait fait de moi une amoureuse des livres. Et j'allais lui signifier ma gratitude en l'associant à jamais à une histoire lamentable et sordide ?

Bien sûr, j'aurais pu me contenter d'une introduction banale et remâcher sans scrupules les éternelles lamentations sur « le mystère de l'Homme de boue », et autres sornettes. Ç'aurait été tout simplement malhonnête. De surcroît, Percy Blythe m'avait fait recruter par Pippin Books sous un prétexte fallacieux. Ce n'était pas l'introduction à la nouvelle édition du livre de son père qui l'intéressait : elle voulait me donner suffisamment d'éléments pour que je puisse rétablir la vérité concernant Sykes et Thomas Cavill. Mission accomplie : la police a effectivement consenti à approfondir ses recherches sur les lieux du sinistre ; deux corps ont été retrouvés, l'un dans les douves et l'autre dans le cimetière des animaux. Theo Cavill a enfin su ce qu'il était advenu de son frère Tom, mort par accident une nuit d'orage près de Milderhurst Castle, au beau milieu de la guerre.

L'inspecteur Rawlins m'a priée de lui donner quelques détails supplémentaires, mais je ne lui ai rien dit de plus. Ce qui n'était pas mentir, pas même par omission. Que savais-je, au fond ? Percy m'avait dit une chose et Juniper une autre. Je croyais fermement que Percy protégeait sa petite sœur, mais j'étais incapable d'en apporter la preuve. Dénoncer la pauvre Juniper ? C'était hors de question. La vérité était partie en fumée avec Milderhurst Castle et les trois sœurs. Si les pierres sur lesquelles reposait le château chantaient encore à voix basse la complainte de Thomas Cavill, je ne pouvais plus les entendre. Plus exactement, je ne *voulais* plus les entendre. Il était temps pour moi de reprendre le cours de ma vie.

V

1

Milderhurst Castle, 29 octobre 1941

La tempête qui s'était frayé un chemin vers le sud de l'Angleterre depuis la mer du Nord, en cette après-midi du 29 octobre 1941, avait tonné, grondé, grossi, tourbillonné, jusqu'à se déchaîner sur Milderhurst Castle et sa haute tour. Si, au crépuscule, les premières gouttes étaient tombées comme à regret, la pluie ensuite ne cessa pas jusqu'au matin. C'était une tempête sournoise, de celles qui préfèrent la constance au vacarme ; heure après heure, par gouttes énormes, la pluie sans relâche déferla sur les toits et les gouttières. La Roving enfla démesurément, l'étang sombre qui se trouvait au cœur des bois de Cardarker se fit plus noir encore et la jupe de terre molle qui cerclait le château se détrempa et bientôt s'emplit d'eau, recréant dans la nuit l'ombre des douves d'autrefois. De ces phénomènes, les deux femmes, terrées dans le château, n'avaient pas conscience. Tout ce qu'elles savaient, c'était ceci : après des heures d'attente anxieuse, on venait finalement de frapper à la porte du château.

Ce fut Saffy qui la première parvint à la porte. Elle posa la main sur l'embrasure et enfonça l'énorme clef de bronze dans le trou de la serrure. Le mécanisme était dur – il l'avait toujours été ; il lui fallut un certain temps avant de pouvoir faire tourner la clef. Dans la lumière blême du vestibule, elle vit que ses mains tremblaient, que le vernis de ses ongles était écaillé, que sa peau était marquée, vieillie. Puis le mécanisme céda et la porte s'ouvrit ; et toutes les lugubres pensées qui avaient assailli Saffy la journée durant s'envolèrent dans la nuit pluvieuse ; sur le seuil se tenait Juniper.

— Ma chérie !

Saffy en aurait pleuré de bonheur. Sa petite sœur bien-aimée était enfin à la maison, saine et sauve !

— Dieu soit loué ! Tu nous as tellement manqué !

— J'ai perdu ma clef, dit Juniper. Je suis désolée.

Malgré l'élégant imperméable et ce que le chapeau révélait de sa coupe de cheveux à la mode, Juniper, dans la pénombre du seuil, avait l'air si juvénile que Saffy ne put s'empêcher de prendre le petit visage de sa sœur entre ses mains et de poser un baiser sur son front, comme elle le faisait lorsque Juniper était enfant.

— Il n'y a pas de quoi, ma chérie, dit-elle en faisant un geste à Percy, dont la mauvaise humeur avait été absorbée par les pierres. Nous sommes si heureuses que tu sois revenue ! Ça a l'air d'aller, ma belle. Voyons ça…

Elle fit un pas en arrière, la main sur l'épaule de Juniper ; son cœur se gonfla d'un bonheur et d'un soulagement si intenses que ses mots, elle le savait, n'auraient pu les exprimer. Sans rien dire, elle serra June dans ses bras.

— Comme tu es un peu en retard, nous nous sommes inquiétées, tu sais.

— C'est le bus. Il s'est arrêté sur la route, il y a sans doute eu un… un incident.

— Un incident ?

— Oui, je pense. Un barrage, peut-être. Je ne sais pas vraiment…

Elle eut un sourire d'excuse et laissa son explication inachevée. Une expression de perplexité altéra brièvement ses traits. C'était assez pour ses deux sœurs. Les mots que Juniper n'avait pas prononcés résonnaient dans la pièce, menaçants. *Je ne m'en souviens pas.* Une excuse si banale dans la bouche de quiconque, hormis Juniper. Saffy sentit un malaise lui plonger dans l'estomac comme une ligne de pêche. Elle jeta un bref coup d'œil à Percy, en qui une inquiétude similaire s'était visiblement insinuée.

— Et si tu entrais ? fit cette dernière, retrouvant le sourire. Nous serons mieux à l'intérieur, avec ce mauvais temps.

— Oui, absolument ! Ma pauvre chérie, tu vas attraper un rhume, à ce compte. Percy, tu veux bien aller chercher une bouillotte à l'office ?

Percy disparue dans les sombres couloirs, Juniper s'approcha de Saffy et lui saisit le poignet d'un geste vif.

— Tom ?

— Il n'est pas encore arrivé.

Les traits de Juniper s'affaissèrent.

— Mais il est tard déjà, Saffy. Je suis moi-même déjà très en retard.

— Je sais.

— Qu'a-t-il bien pu lui arriver ?

— La guerre, ma chérie. C'est la guerre. Viens dans le salon, il y a un bon feu. Je vais te préparer quelque chose de bon à boire. Tu vas voir, il ne va pas tarder.

Lorsqu'elles furent parvenues au seuil du salon bleu, Saffy s'accorda un moment de vanité devant le spectacle de la table, si joliment dressée, puis suivit sa sœur devant la cheminée. Elle donna un coup de tisonnier à la plus grosse bûche tandis que Juniper sortait un étui à cigarettes.

Le feu jeta une pluie d'étincelles et Saffy sursauta. Elle se redressa, raccrocha le tisonnier à la grille et s'essuya les mains, bien qu'elles soient immaculées. Juniper fit craquer une allumette et tira sur sa cigarette.

— Oh, tes cheveux, dit Saffy d'une voix douce.

— Je les ai fait couper.

Toute autre jeune femme aurait porté la main à sa nuque. Juniper s'en abstint.

— J'aime beaucoup.

Elles échangèrent un sourire ; il y avait dans celui de Juniper, se dit sa sœur, quelque chose de malicieux. Bizarre, absurde, même. Juniper n'avait pas l'air le moins du monde nerveuse. Saffy détourna le regard tandis que sa sœur se posait la main sur l'estomac, la cigarette toujours aux lèvres.

Alors, Londres ! Tu es restée quatre mois à Londres ! Raconte-moi ça ; toi qui es si douée avec les mots, fais-moi vivre ce que tu as fait pendant tout ce temps. As-tu dansé ? T'es-tu assise au bord de la Serpentine ? Es-tu tombée amoureuse ? Les questions surgissaient dans son esprit, en file indienne, n'attendant que le moment de parvenir à ses lèvres. Cependant elle ne les posa pas. Elle resta debout près du feu, muette, les joues enflammées, tandis que la pendule égrenait les minutes.

C'était idiot, elle le savait bien. Percy n'allait pas tarder à revenir, réduisant à néant tout espoir de discuter en tête à tête avec Juniper. Elle n'avait qu'à se réveiller, elle n'avait qu'à prononcer ces quelques mots : *Parle-moi de lui, ma chérie, parle-moi de Tom, dis-moi ce que vous comptez faire.* Cette jeune femme aux cheveux relevés, c'était Juniper, après tout, et non pas une étrangère, c'était sa petite sœur adorée. Il n'y avait aucun sujet tabou entre elles deux. Et pourtant… Saffy repensa aux quelques mots qu'elle avait lus dans le journal de sa sœur et rougit de plus belle.

— Mais suis-je sotte, ce soir ! Je n'ai même pas pensé à te débarrasser de ton imperméable.

Elle passa derrière sa sœur, ainsi que l'aurait fait une femme de chambre, tira d'abord une manche puis l'autre, tandis que la cigarette de Juniper passait d'une main à l'autre, ôta le pardessus marron des fines épaules de sa sœur et le suspendit au dossier d'un fauteuil, sous le Constable. Ce n'était pas très intelligent de le laisser dégouliner sur le plancher, mais elle n'avait pas le temps de trouver une autre solution. Elle lissa le tissu d'une main, remarqua le joli travail d'ourlet et se maudit de son mutisme. S'en voulut de laisser les questions les plus banales mourir sur sa langue, comme si la jeune femme qui fumait au pied de la cheminée était une inconnue. Diable non ; c'était Juniper, enfin rentrée auprès de ses sœurs, et porteuse sans doute d'un secret qui pouvait changer le cours de leurs vies.

— Ta dernière lettre en date, articula enfin Saffy en redressant le col de l'imperméable tandis que son esprit vagabond se transportait dans les rues de Londres.

Où Juniper avait-elle pu acheter un aussi joli manteau ?

— Oui ?

Juniper s'était accroupie près du feu comme elle aimait à le faire enfant, et n'avait même pas pris la peine de tourner la tête. Saffy comprit avec un pincement au cœur que la tâche n'allait pas être facile. Elle eut un moment d'hésitation, puis s'arma de résolution. Un bruit dans le couloir venait de le lui rappeler : le temps pressait.

— Juniper, s'il te plaît, dit-elle en se précipitant à ses pieds. Parle-moi de Tom, dis-moi tout, ma chérie !

— Tu veux que je te parle de Tom ?

— Juste une chose, ma chérie. Je n'ai pas pu m'empêcher de me demander s'il y avait quelque chose entre vous, quelque chose de plus sérieux que ce qu'implique ta lettre.

Un moment de silence ; les murs semblaient tendre l'oreille.

Puis des lèvres de Juniper s'échappa un petit son de gorge, à peine plus qu'un souffle.

— Je voulais attendre, murmura-t-elle. Nous avions décidé d'attendre d'être tous les deux ici.

— Attendre ?

Le cœur de Saffy palpitait comme celui d'un oiseau en cage.

— Que veux-tu dire, ma chérie ? Je ne comprends pas bien.

— Tom et moi.

Juniper tira une longue bouffée de sa cigarette et, la joue contre la paume de sa main, poursuivit dans un nuage de fumée :

— Tom et moi allons nous marier. Il m'a demandé ma main, et je lui ai dit oui. Oh, Saffy !

Pour la première fois, elle tourna les yeux vers sa sœur.

— Je l'aime. Je ne peux pas vivre sans lui. C'est impensable.

C'était exactement ce à quoi elle s'attendait, et cependant Saffy fut presque contusionnée par la force de cette confession. Sa brièveté même, son impact, ses répercussions.

— Ah !

Elle se dirigea vers la table où étaient disposées les bouteilles, en prenant soin d'arborer un grand sourire.

— C'est merveilleux, ma chérie. Nous allons fêter cela !

— Tu ne diras rien à Percy, Saffy ? Pas avant que…

— Non, non, bien sûr. Pas un mot.

Saffy déboucha le carafon de whisky.

— Je ne sais pas comment elle va… Tu m'aideras, dis ? Tu m'aideras à lui faire comprendre ?

— Tu sais très bien que je suis de ton côté.

Saffy se concentra sur les deux verres qu'elle était en train de remplir. Oui, elle ferait tout ce qu'elle pourrait. Elle ne pouvait rien refuser à Juniper. Ce qui ne servirait sans doute à rien : Percy ne comprendrait pas. Le testament de papa était clair comme de l'eau de roche : si Juniper se mariait, le château était perdu. Le grand amour de Percy, sa vie, sa raison d'être…

Juniper avait le regard fixé sur le foyer, sourcils froncés.

— Elle finira par s'y faire, tu ne penses pas ?

— Bien sûr, mentit Saffy, qui vida son whisky d'un trait.

Puis s'en servit un deuxième.

— Je sais ce que cela signifie, Saffy, j'en suis vraiment consciente. Et je suis navrée au plus haut point. Oh, si papa avait pu s'abstenir de ce terrible testament ! Tout cela (elle désigna les murs), je n'en ai jamais voulu. Mais mon cœur, Saffy. Mon cœur.

Saffy tendit un verre à Juniper. Juniper se retourna pour le saisir ; Saffy blêmit et porta la main à ses lèvres.

— Que se passe-t-il ?

La langue de Saffy était paralysée d'horreur.

— Saffy ?

— C'est ton chemisier. Il est…

— Neuf, et alors ?

Saffy poussa un soupir de soulagement. Elle avait été abusée par un effet de lumière, rien de plus. Elle prit sa sœur par la main et l'attira près du lampadaire du salon.

Et tressauta.

Non, ses yeux ne s'étaient pas trompés. C'était du sang. Saffy se contraignit au calme. Il n'y avait rien à craindre, pas tout de suite, pas pour le moment. Non, aucune raison même de s'imposer une sérénité que rien n'était venu troubler. Avant qu'elle ait pu trouver les mots pour expliquer tout cela à sa jeune sœur, Juniper avait suivi son regard affolé.

Elle tira sur sa jupe, fronça les sourcils. Puis poussa un hurlement et, du plat de la main, se mit à frotter le tissu de son chemisier. Recula d'un pas, comme pour mieux échapper à l'épouvante.

— Chut, chut, murmura Saffy en agitant la main. Allez, ma chérie, n'aie pas peur.

Et, ce disant, elle avait dans la bouche un goût de panique, cette compagne silencieuse et familière.

— Je vais regarder. Laisse faire ta Saffy, ma chérie.

Juniper écarta les bras, le corps inerte, pesant. Saffy défit de ses doigts tremblants le chemisier, caressa du bout des doigts la peau souple de sa sœur, se souvint, fugitivement, de l'époque où elle faisait la toilette de Juniper enfant, tâta sa poitrine, ses côtes, son ventre, à la recherche d'une hypothétique blessure. Poussa un soupir de soulagement lorsque son examen fut fini.

— Tout va bien. Tu n'es pas blessée.

— Mais ce sang ? D'où vient-il ? D'où ?

Elle tremblait maintenant de tous ses membres.

— D'où peut-il bien venir, Saffy ?

— Tu n'en as aucune idée ? Tu ne te souviens pas de…

Juniper secoua la tête.

— Rien du tout ?

Les dents de la jeune fille claquaient.

— Ma douce chérie, reprit Saffy, de la voix calme et tendre qu'on réserve en général aux enfants, n'aurais-tu pas eu un moment d'absence cette après-midi ?

La peur fit luire les yeux de Juniper.

— As-tu mal à la tête ? Et tes doigts… Sens-tu ces picotements ?

Juniper hocha lentement la tête.

— Bon, très bien.

Saffy sourit du mieux qu'elle put en dépit de son inquiétude, aida Juniper à ôter le chemisier souillé, puis prit sa sœur par les épaules. Une boule de chagrin, de peur, d'amour et d'anxiété lui vint à la gorge lorsqu'elle sentit sous son bras les os frêles, la peau délicate de sa sœur. Jamais elles n'auraient dû la laisser seule à Londres. Percy aurait dû aller la chercher, la ramener de force.

— Ne t'inquiète pas, dit-elle d'une voix ferme. Tu es à la maison maintenant. Tout va bien se passer.

Juniper, le visage rigide, ne répondit pas.

Saffy jeta un coup d'œil inquiet vers la porte. Percy saurait prendre la situation en main. Elle n'était jamais démunie, Percy.

— Chut, chut, murmura-t-elle, mais plus pour elle-même que pour Juniper, qui n'écoutait plus.

Elles se rassirent et attendirent. Le feu crachotait dans l'âtre, le vent sifflait le long des murs et la pluie giflait les fenêtres. Ces quelques minutes semblèrent durer un siècle. Percy enfin apparut, essoufflée, dans l'embrasure de la porte. Elle avait couru, la bouillotte à la main.

— J'ai cru entendre un cri…

Elle s'interrompit devant le spectacle qu'offrait sa jeune sœur.

— Que se passe-t-il ?

Saffy désigna le chemisier taché de sang.

— Viens me donner un coup de main, Perce, dit-elle avec une gaieté factice, horrible à entendre. Juniper a voyagé une bonne partie de la journée et je crois qu'elle mérite un bain bien chaud.

Percy, le regard sombre, hocha la tête et, à elles deux, elles firent sortir leur petite sœur du salon.

Lequel se resserra imperceptiblement sur le vide qu'elles laissaient, murmurant de toutes ses pierres.

Le volet que Percy avait essayé de réparer glissa de son gond, minuscule incident qui n'eut pas de témoins.

— Elle dort ?

— Oui.

Percy soupira de soulagement, s'enfonça dans la pénombre des combles pour contempler un instant sa sœur endormie.

— T'a-t-elle dit quoi que ce soit de particulier ?

— Pas grand-chose. Elle se souvient très bien d'avoir pris le bus. Il s'est arrêté, elle est descendue sur le bas-côté, s'est accroupie… Et puis, le vide. Elle s'est retrouvée soudain en haut de l'allée du château, presque à notre porte, les bras et jambes parcourus de fourmillements. Tu sais, comme quand…

Percy savait, oui. Elle se pencha, caressa du dos de ses doigts la tempe de Juniper. Elle paraissait si frêle, si faible, si inoffensive dans son sommeil.

— Ne la réveille pas.

— Ce serait difficile, avec ça.

Percy désigna le petit bocal qui contenait les vieilles pilules somnifères de papa.

— Tu t'es changée, dit Saffy en tirant doucement sur le tissu du pantalon de Percy.

— Oui.

— Tu vas sortir ?

Telle était l'intention de Percy, en effet. Si Juniper avait fini par retrouver le chemin de la maison après être descendue du bus, cela signifiait très certainement que ce qui avait causé son trou de mémoire et la tache de sang sur son chemisier s'était produit dans les environs du château. Une seule solution : sortir avec une lampe torche, descendre l'allée et chercher la trace de cet incident. Elle se refusait à spéculer sur sa véritable nature : tout ce qu'elle savait, c'était qu'il lui fallait en retrouver les indices, les vestiges, et les faire disparaître. A dire vrai, elle n'était pas mécontente de cette mission. Le but était clair, ce qui lui permettait de ne pas donner libre cours à ses craintes et à son imagination. Inutile de compliquer les choses.

— Saffy, promets-moi de te trouver quelque chose à faire en mon absence, dit-elle sur un ton qui n'était pas exempt de sévérité. Je veux dire, ne reste pas ici à te morfondre dans l'inquiétude.

— Mais Perce…

— Je ne plaisante pas, Saffy. Elle en a pour des heures à dormir. Descends, écris un peu. Occupe ton esprit. Il ne faut surtout pas que nous nous mettions à paniquer.

— Et toi, dit Saffy en prenant sa jumelle par la main, fais attention à M. Potts. Pas de fantaisie avec ta lampe torche ! Tu sais comment il est aux heures de couvre-feu.

— Promis.

— Attention aux Allemands, tout de même. Sois prudente.

Percy s'arracha à l'étreinte de sa sœur, geste dont elle atténua la brusquerie en plongeant les deux mains dans les poches de son pantalon d'un geste crâne et vaguement ironique.

— Par une nuit de ce genre ? S'ils ont un brin de cervelle, je leur conseille de rester bien au chaud chez eux.

Saffy essaya de se mettre au diapason mais y échoua lamentablement. Comment lui en vouloir ? La pièce était un repaire de fantômes anciens. Percy maîtrisa le frisson qui menaçait de l'envahir et se dirigea vers la porte.

— Bon, très bien, je vais donc…

— Perce, tu te souviens, quand nous étions petites ? C'était notre chambre, ici.

Percy s'immobilisa, retrouva dans sa poche de veste la cigarette qu'elle s'était roulée.

— Oui, vaguement.

— Mais c'était bien, non ? Nous deux, ici…

— Dans mon souvenir, tu n'avais qu'une seule hâte, c'était de redescendre dans les étages inférieurs.

Saffy eut un sourire lourd de tristesse. Elle évita le regard de Percy, garda les yeux baissés sur sa jeune sœur.

— J'étais toujours pressée. Pressée de grandir, pressée de partir.

Percy fut prise d'une curieuse douleur à la poitrine. Inutile de céder aux sirènes du souvenir et des sentiments. Elle n'avait aucune envie de se rappeler la jeune fille que sa sœur jumelle avait été avant que papa ne la brise : cette joyeuse créature, pleine de talents et de rêves qu'elle avait toutes les chances, à l'époque, de réaliser. Non. Pas maintenant. Jamais, si possible. C'était une torture.

Elle avait glissé dans une des poches de son pantalon des bouts de papier qu'elle avait trouvés dans la cuisine en faisant chauffer l'eau de la bouillotte. Un hasard complet. En cherchant des allumettes, elle avait soulevé le couvercle d'une cocotte – leur avait remis la main dessus. La lettre d'Emily, reçue le matin même et déchirée en quatre morceaux. Dieu soit loué ! Elle n'avait aucune envie de voir Saffy sombrer dans des réminiscences désespérées. Elle allait pouvoir les jeter au feu en toute sécurité, à présent.

— Saffy, j'y vais maintenant.

— Je crois que Juniper va nous quitter, Perce.

— Que dis-tu ?

— Elle a l'intention de… prendre son envol.

Pour quelle raison Saffy tenait-elle ce genre de discours ? Pourquoi maintenant, pourquoi ce soir-là ? Le cœur de Percy s'emballa.

— Tu lui as posé des questions sur ce jeune homme ?

Saffy hésita suffisamment longtemps pour que Percy déduise d'elle-même la réponse à sa question.

— Et… elle veut l'épouser ?

— Elle m'a dit qu'elle était très amoureuse.

— Ce qui n'est pas le cas.

— Perce, elle en est persuadée.

— C'est faux, trancha Percy en levant le menton. Elle ne peut pas l'épouser. Elle ne l'épousera pas. Elle sait très bien ce qu'a fait papa. Elle sait très bien quelles seraient les conséquences de ce mariage.

— L'amour fait faire des choses cruelles aux gens, dit Saffy avec un sourire navré.

Percy laissa échapper la boîte d'allumettes qu'elle tenait ; elle se pencha pour la ramasser. Quand elle se redressa, elle constata que Saffy la scrutait, une étrange expression sur les traits. Comme si elle s'efforçait de lui communiquer une idée complexe, ou de découvrir avec elle la solution d'une obsédante devinette.

— Percy, tu crois qu'il va finir par arriver ?

Percy alluma sa cigarette et se dirigea vers l'escalier.

— Saffy, Saffy, comment veux-tu que je le sache ?

Le doute peu à peu s'était insinué dans son esprit. L'humeur exécrable dont avait fait montre sa sœur jumelle pendant toute la soirée n'était pas sans précédent, hélas ; raison pour laquelle Saffy n'y avait pas pensé outre mesure. Il lui fallait simplement trouver un moyen d'empêcher Percy de gâcher cette belle soirée. Mais les choses ne s'étaient pas déroulées comme prévu. Le retard des deux jeunes gens, l'interminable séjour de Percy dans la cuisine – descendue y chercher de l'aspirine, elle était revenue avec les vêtements boueux et une invraisemble histoire de bruits dans le jardin. Et l'aspirine ? Quand Saffy lui avait posé la question, elle avait répondu d'une façon si distraite qu'il fallait être aveugle pour ne pas y voir un prétexte. Et maintenant, cette réaction à fleur de peau, ce refus obstiné d'admettre l'éventualité du mariage de Juniper...

Non.

Non, non, Saffy, ne continue pas sur cette voie.

Percy pouvait être dure, et même méchante, mais elle était incapable d'un tel acte. C'était impensable. Percy aimait passionnément le château, mais pas au point de lui sacrifier son humanité. Percy était une femme courageuse, honnête, une femme d'honneur. Elle affrontait les bombardements, sauvait des gens ensevelis dans des cratères de bombe. D'ailleurs, ces traces de sang... ce n'était pas sur les vêtements de Percy que Saffy les avait vues.

Elle frissonna, bondit sur ses pieds. Percy avait raison, il était bien inutile de veiller au chevet de Juniper endormie. Il avait fallu trois des pilules de papa pour l'apaiser, pauvre agneau. Elle en avait pour des heures de sommeil.

Juniper semblait si faible et si vulnérable dans son lit que l'instinct maternel de Saffy, ou ce qui lui en tenait lieu, se rebella un instant à l'idée de la laisser seule. Mais rester... ah, le risque de sombrer dans une innommable panique était trop grand. Son esprit déjà grouillait d'hypothèses terrifiantes : Juniper ne souffrait de ces curieuses pertes de mémoire qu'après avoir subi un traumatisme, ou encore vu ou fait quelque chose qui lui avait excité les sens, quelque chose qui faisait battre trop vite son cœur. Le sang sur son chemisier, le malaise qui semblait la nimber, qui l'avait suivie dans la maison…

Non.

Pense à autre chose.

Saffy croisa les bras sur sa poitrine, appuya très fort. Essaya de toutes ses forces de défaire le nœud de la peur. Ce n'était surtout pas le moment de céder à l'un de ses accès de panique. *Reste calme, Saffy.* Il y avait encore bien des choses à élucider, mais celle-ci, du moins, était une certitude : ce n'était pas en se livrant aux démons de ses angoisses qu'elle pourrait aider Juniper.

Elle allait descendre au salon bleu, travailler à son roman, comme Percy le lui avait conseillé. Une heure ou deux en compagnie de la délicieuse Adele ; c'était exactement ce qu'il lui fallait.

Juniper était en sécurité ; Percy allait certainement trouver la cause exacte de son état, et Saffy… Saffy. Ne devait pas. Céder. A la panique.

Hors de question.

Son courage revenu, elle tira doucement la couverture vers le visage de Juniper, en lissa les plis. La jeune fille ne broncha pas. Son sommeil était si tranquille, si profond, semblable à celui d'un enfant qui revient d'une journée passée au bord de la mer, sous un ciel bleu, un soleil radieux.

Elle avait été une fillette si particulière.

Dans l'instant se forma un souvenir si parfait, si dense, qu'il tenait de la vision. Juniper enfant, ses petites jambes toutes maigres, ses cheveux blond-blanc étincelant sous le soleil de la fin de l'été. Accroupie, les genoux couverts de croûtes, pieds nus, sales, sur la terre aride. Perchée au-dessus d'un canal d'évacuation des eaux, grattant la terre avec un bout de bois, à la recherche d'un galet parfaitement poli qu'elle pourrait jeter à travers la grille.

La fenêtre des combles fut balayée par une rafale de pluie, et la vision tomba en poussière aussi vite qu'elle s'était formée : partis, la petite fille, le soleil, l'odeur de la terre sèche. Ne restaient que les combles aux recoins humides et sombres. Les combles où Percy et Saffy avaient passé leur enfance jumelle, entre les murs desquels elles étaient passées du stade de nourrissons geignards à celui de jeunes filles mélancoliques.

Il ne restait plus rien de leur séjour. Rien qui soit bien visible, en tout cas. Le lit, la tache d'encre sur le plancher, la petite bibliothèque près de la fenêtre, là où…

Non.

Pas ça.

Saffy serra les poings. Son regard tomba sur le médicament de papa. Après un moment d'hésitation, elle dévissa le bouchon et fit tomber une des pilules dans sa paume. Histoire de se calmer un peu.

Elle laissa la porte entrouverte et descendit les marches étroites sur la pointe des pieds.

Sous les combles, les rideaux eurent un soupir.

Juniper frissonna dans son sommeil.

Une longue robe scintillait tout contre la porte de l'armoire, pâle fantôme voué à l'oubli.

Dans cette nuit sans lune, pluvieuse, Percy, malgré ses bottes et son imperméable, ne tarda pas à être trempée jusqu'aux os. Pour ne rien arranger, la lampe torche se conduisait de façon capricieuse. Percy se campa sur le bord de l'allée et frappa le manche de la lampe contre sa paume. La pile rendit un son creux, la lumière revint par intermittence, et avec elle l'espoir. Soulagement de brève durée : la torche venait de rendre l'âme.

Percy jura entre ses dents et chassa du poignet les mèches de cheveux qui lui balayaient le visage. Ce qu'elle allait trouver, elle ne le savait pas vraiment ; ah, si sa quête avait pu finir à l'instant, quel qu'en soit l'objet… Plus elle s'éloignait du château, et plus il serait difficile de cacher la chose au monde extérieur. Pourtant, il le fallait. A tout prix.

Elle essaya de percer du regard les voiles de la pluie.

Le ruisseau avait doublé en volume et en débit ; elle l'entendait bondir et rugir dans sa course vers la forêt. Si la pluie continuait sur ce rythme, le torrent allait emporter le pont.

Elle tourna la tête vers la gauche, perçut dans la nuit les bataillons luisants du bois de Cardarker. Entendit le vent tournoyer dans les hautes cimes.

Percy essaya de ranimer la lampe torche. Fichu matériel qui ne voulait rien entendre ! Elle continua à progresser vers la route d'un pas de plus en plus prudent, essayant d'anticiper les obstacles.

Un immense éclair zébra le ciel et le monde lui parut soudain blanc – les champs gorgés d'eau, les arbres qui pliaient sous la tempête, le château, massif, crispé, déçu. Moment figé pendant lequel Percy se sentit prisonnière de la solitude la plus absolue, détrempée, dévastée, aussi bien de l'extérieur que de l'intérieur.

Elle le vit, enfin, alors que l'éclair s'effaçait du ciel. Une forme étendue sur l'allée, en contrebas. Immobile.

Un homme, à en juger par la taille et l'aspect. Seigneur Dieu.

2

Tom avait acheté des fleurs à Londres, un petit bouquet d'orchidées. Cela n'avait pas été facile d'en trouver – à un prix exorbitant, du reste ; et tandis que le jour lentement se traînait vers la nuit, il se prit à regretter ce choix. Le voyage n'avait pas amélioré leur apparence, loin de là, et il se demanda si les sœurs de Juniper appréciaient aussi peu les bouquets de fleuriste que Juniper elle-même. Il avait également apporté un pot de confiture. Dieu du ciel, il ne tenait pas en place.

Il regarda sa montre, pour la dernière fois, se promit-il. Dire qu'il était en retard tenait de l'euphémisme. Pas moyen de faire autrement ; le train avait été arrêté en pleine voie ; il avait dû trouver un bus ; le seul qui aille vers l'est partait d'une ville voisine. Il avait fait des kilomètres à travers champs pour découvrir que le bus ne circulait pas cette après-midi-là. Un autre bus avait surgi avec trois heures de retard alors qu'il s'était décidé à rejoindre Milderhurst à pied, avec l'aide éventuelle d'un automobiliste de passage.

Il était en uniforme. Il devait retourner au front dans quelques jours et d'ailleurs, il avait fini par en prendre l'habitude. Il était si inquiet cependant que la veste collait à ses épaules trop raides d'une curieuse manière. Il s'était décidé à porter sa décoration, celle que sa folle équipée en Belgique lui avait value. En était-il fier, heureux, gêné ? Il ne le savait pas trop. Quand il en sentait le poids contre sa poitrine, il ne pouvait s'empêcher de penser à tous les gars qui y étaient restés. D'autres que lui avaient des idées plus arrêtées sur la question. Sa mère, par exemple ; et pour cette première rencontre avec les sœurs de Juniper, il valait sans doute mieux la porter.

Pourvu que ces deux femmes ne le trouvent pas odieux. Pourvu que tout se passe bien. Pour le bien de Juniper, plutôt que le sien. Il ne savait que penser de son ambivalence. Elle parlait assez souvent de ses sœurs et du château, et c'était toujours avec affection. En l'écoutant parler, se souvenant de sa matinée au pied de la colline, deux ans plus tôt, Thomas se prenait à imaginer une idylle campagnarde, ou mieux encore, une sorte de conte de fées. Et cependant, elle avait pendant longtemps refusé l'éventualité d'une visite à Milderhurst. Et puis, deux semaines plus tôt, elle avait fini par changer d'avis, avec son imprévisibilité coutumière.

« Allons voir mes sœurs, annonçons-leur la nouvelle, la main dans la main, veux-tu ? »

Tom, encore ivre du bonheur d'avoir été accepté, n'en avait pas cru ses oreilles. Et quelques jours plus tard… Le train, la longue marche, le bus, les orchidées fanées. Sans doute se rapprochait-il du but : l'autobus avait déjà effectué de nombreux arrêts et le nombre de passagers n'avait cessé de diminuer. Il pleuvait ; au départ de Londres, le ciel était voilé de blanc, un masque menaçant qui s'était assombri au fur et à mesure qu'il approchait de la côte. A présent, la pluie tombait à verse et les essuie-glaces chuintaient sur un rythme soutenu qui l'aurait certainement incité au sommeil s'il n'avait pas été si tendu.

— Alors, on rentre à la maison ?

La voix avait surgi de l'autre côté de l'allée du bus, plongé dans les ténèbres ; elle appartenait à une femme d'une cinquantaine d'années. Difficile à dire, avec ce fichu couvre-feu. Thomas finit par distinguer un visage plutôt agréable, celui peut-être qu'aurait eu sa mère si la vie avait été plus tendre avec elle.

— Non, je rends visite à une amie. Elle habite route de Tenterden.

— Une amie ?

La femme eut un sourire entendu.

— Une petite amie, j'imagine ?

Il sourit parce que la femme avait vu juste, puis se rembrunit parce que l'expression lui semblait grotesque. Juniper Blythe et lui allaient se marier, mais elle n'était certainement pas sa « petite amie ». Une « petite amie », c'était le genre de fille qu'on rencontrait en permission, jeune, jolie, avec une petite moue et de longues jambes ; celle qui vous promettait toujours de vous écrire au front, celle qui aimait le gin, les bals et les baisers dans la rue, tard le soir.

Juniper Blythe n'avait rien à voir avec ces créatures. Juniper Blythe allait bientôt devenir sa femme, et lui son époux, certes ; mais tout épris d'absolu qu'il soit, Thomas savait très bien qu'elle ne lui appartiendrait jamais. Keats avait chanté des femmes semblables à Juniper. Sa dame des prés, la belle enfant des fées, la fille aux cheveux longs, aux pieds légers, aux yeux fous... C'était en tous points le portrait de Juniper.

La passagère attendait toujours sa réponse, et Thomas retrouva sa bonne humeur.

— Ma fiancée, avoua-t-il, se délectant de tout ce que le mot exprimait de solidité future, même s'il ne convenait pas plus à la relation que le précédent.

— Oh ! Magnifique ! Avec ce que nous subissons, c'est un plaisir que d'entendre une belle histoire. Vous l'avez rencontrée par ici ?

— Non… enfin, si, mais pas comme il le fallait. C'est à Londres que nous avons vraiment fait connaissance.

— A Londres.

L'inconnue eut un sourire de commisération.

— J'ai de bons amis là-bas et j'y vais de temps en temps, et la dernière fois que j'ai débarqué à Charing Cross… Mon Dieu. Pauvre grande et courageuse ville. C'est terrifiant, ces bombardements. Ni vous ni les vôtres n'en avez souffert, j'espère ?

— Non, nous avons eu de la chance. Jusqu'ici.

— Ça n'a pas été trop difficile pour venir ?

— Ne m'en parlez pas ! Je suis parti avec le train de 9 h 12. Depuis, c'est la comédie des erreurs…

— Oh, je vois très bien. Les trains qui s'arrêtent et qui repartent on ne sait quand. Les wagons bondés. Les contrôles d'identité. Mais vous voilà pratiquement arrivé. Quel dommage, ce mauvais temps. J'espère que vous avez un parapluie.

Il l'avait oublié, bien sûr, mais il sourit à la femme et s'abandonna à ses propres pensées.

Saffy décida de s'installer dans le salon bleu. Ce soir-là, elles n'avaient allumé de feu que dans cette pièce et, en dépit de tous les événements de la soirée, l'aspect de la table avait encore de quoi la réconforter. Elle posa son journal sur le bord de la table. L'idée de s'asseoir dans l'un des grands fauteuils, trop enveloppants, ne la séduisait guère. Elle ôta un des couverts, prenant soin de ne pas modifier l'ordonnancement des trois autres. C'était sans doute idiot, mais au fond d'elle-même, elle gardait l'espoir que ce dîner puisse avoir lieu. Avec ses quatre convives.

Elle se servit un autre whisky, s'assit à la table et se replongea dans la tragique histoire d'Adele. Qu'il était bon de retrouver ce monde secret, et avec quelle réconfortante affection il lui tendait les bras !

Un terrible coup de tonnerre la fit sursauter ; elle se souvint soudain qu'elle avait l'intention, depuis quelques jours, de retravailler la scène dans laquelle William annonce à Adele la rupture de leurs fiançailles.

Pauvre et chère Adele ! Une tempête, voilà ce qu'il fallait à cette scène. Le destin d'Adele se brise alors que les cieux semblent eux-mêmes déchirés par l'orage. Juste parallèle, se dit-elle. Les moments tragiques de l'existence méritent tous leur tempête.

Même si, le jour où Matthew avait annoncé à Saffy la rupture de leurs fiançailles, le ciel était calme. Si calme. Ils étaient dans la bibliothèque, assis côte à côte sur le sofa des amoureux, près de la porte-fenêtre. Douze mois après l'horrible voyage à Londres, la première de la pièce, le théâtre plongé dans les ténèbres, et cette créature hideuse surgie des douves, escaladant le mur, un cri de douleur aux lèvres... Saffy venait juste de servir le thé.

« Saffy, il vaut mieux pour toi et moi que chacun reprenne sa liberté.

« — Reprenne sa… Comment ? Que veux-tu dire ? Tu ne m'aimes plus ?

— Je t'aimerai toujours, Saffy.

— Mais alors… pourquoi ? »

Quand elle avait su qu'il venait, elle s'était changée en hâte, avait enfilé sa robe bleu saphir, sans conteste la plus jolie qu'elle ait jamais possédée. Elle l'avait portée plusieurs fois à Londres. Elle voulait le séduire, le pousser à la convoitise, comme en ce jour merveilleux, près du lac. Elle n'était plus que confusion.

« Pourquoi ? Pourquoi, Matthew ? »

Oh, qu'il était méprisable, indigne, ce tremblement dans sa voix !

« Saffy, à quoi bon ? Nous ne pouvons pas nous marier, tu le sais aussi bien que moi. Tant que tu ne veux pas quitter ce fichu château.

— Mais ce n'est pas que je ne veux pas. Je le veux ! Je n'ai qu'une envie, c'est partir !

— Alors viens. Nous partons. Maintenant.

— Je ne peux pas… Tu sais bien. Je te l'ai dit. »

L'amertume avait déformé les traits du jeune homme.

« Bien sûr que tu peux. Si tu m'aimais vraiment, tu viendrais. Tu monterais dans la voiture et nous partirions loin d'ici. Loin de cet horrible vieux tas de pierres. »

Il s'était levé, lui aussi, lui avait pris les mains.

« Saffy, je t'en supplie », avait-il soufflé – et dans ses yeux, il n'y avait plus qu'amour et tendresse.

Le chapeau à la main, il avait fait un geste vers l'allée, vers sa voiture.

« Partons. Là, maintenant, tous les deux. »

Je ne peux pas, je ne peux pas, avait-elle voulu lui répéter. Mais les mots n'étaient pas venus. Comment lui faire comprendre, comment lui demander un peu de patience, encore ? Non, impossible. Dans un moment d'extrême lucidité, elle avait entrevu le fossé, insurmontable. De quoi pouvait-elle lui parler ? De la panique sournoise qui la paralysait à l'idée de quitter le château ? De la peur monstrueuse qui l'enserrait dans ses ailes griffues, faisait défaillir son cœur, jetait un voile sur ses sens et pour finir la condamnait à cette triste prison, où elle gisait aussi faible, aussi impuissante qu'une enfant ?

« Partons, mon amour, lui avait-il dit. Partons. »

Et sa voix était si passionnée, si douce, que seize ans plus tard, dans la chaleur du salon bleu, Saffy en entendit encore l'écho lui couler le long de l'épine dorsale et s'installer, voluptueux, sous sa jupe.

Elle avait souri sans pouvoir s'en empêcher, même si elle était au bord du gouffre, même si les eaux les plus noires tourbillonnaient au fond de l'abîme. Souri à l'homme qu'elle aimait, souri à l'homme qui voulait la sauver, sans savoir, le malheureux, qu'elle était perdue, soumise depuis trop longtemps à un adversaire trop fort pour eux.

Souri et fait un pas en avant, sauté dans l'abîme.

« Tu as raison, Matthew. Mieux vaut pour l'un comme pour l'autre que chacun reprenne sa liberté. »

Elle n'avait jamais revu Matthew, ni sa cousine Emily, celle qui, tapie dans l'ombre, avait patiemment attendu son moment, celle qui avait toujours convoité ce que Saffy possédait.

Un gros bout de bois. Ce n'était qu'un bout de bois que les flots gonflés du ruisseau avaient rejeté sur le bord de l'allée. Percy le tira dans le fossé, en maudissant son poids et la branche qui avait heurté son épaule. Elle hésitait entre le soulagement et l'accablement à l'idée qu'il allait falloir poursuivre sa quête dans ce monde hostile. Elle avait repris le chemin de la grand-route lorsque quelque chose soudain l'arrêta. Un curieux malaise, pas vraiment un pressentiment, mais plutôt l'un de ces instants presque télépathiques entre jumeaux. Une vertigineuse inquiétude s'empara de son esprit. Saffy avait-elle suivi son conseil, s'était-elle trouvé une occupation pour ces heures difficiles ?

Percy resta un moment sous la pluie, ne sachant que faire ; ses yeux allèrent du bas de l'allée au château, masse sombre dans la nuit.

Mais pourtant non… le château n'était pas entièrement sombre.

Il y avait à une des fenêtres du rez-de-chaussée une lumière, petite, certes, mais visible à des centaines de mètres à la ronde. Le salon bleu !

Ah, fichu volet. Si seulement elle avait pris le temps de le réparer une bonne fois pour toutes.

Ce fut ce volet qui lui indiqua la marche à suivre. Elle n'avait aucune envie de voir M. Potts et sa petite troupe de la sécurité civile débarquer dans le domaine.

Après avoir jeté un ultime regard à la route de Tenterden, elle remonta vers le château.

Le bus s'arrêta et Tom en descendit d'un pas vif. Il pleuvait dru, et ses pauvres orchidées perdirent leur courageux combat lorsqu'il se retrouva seul sur la route.

Valait-il mieux des fleurs en bouillie plutôt que pas de fleurs du tout ? Il jeta le bouquet dans le fossé inondé. Le bon soldat, se dit-il, c'est celui qui sait quand sonner l'heure de la retraite. Et puis, il avait encore son pot de confiture.

A travers les trombes de pluie, il distingua une immense grille de fer forgé. Sur une simple poussée de la main, elle s'ouvrit en émettant un grincement strident. Il leva les yeux vers le ciel d'une infinie noirceur. Les paupières baissées, laissa couler les gouttes d'eau sur ses joues. Malédiction ! Mais sans imperméable ni parapluie, que faire ? Ah, diable, il était en retard, il était trempé, mais il était enfin là.

Il referma la grille derrière lui, tira son gros sac sur son épaule et commença à remonter l'allée. Doux Jésus, qu'il faisait noir là-dedans. A Londres, le couvre-feu était déjà un vrai calvaire, mais ici, à la campagne, par une nuit dont la tempête avait effacé toutes les étoiles, c'était pire que de marcher dans un tunnel. Il distingua sur sa droite une masse énorme, plus sombre encore que tout le reste ; ce devait être le bois de Cardarker. Le vent s'était levé et les cimes des arbres grinçaient. Il frissonna et poursuivit son chemin en pensant très fort à Juniper qui l'attendait au château – au sec, au chaud.

Le pas lourd, traînant, il franchit un premier virage, puis un pont, sous lequel passait un torrent déchaîné. L'allée s'étirait, interminable, sous ses yeux.

Un éclair soudain dans le ciel et Tom fit halte, émerveillé. Le spectacle était extraordinaire. Le monde pendant quelques secondes fut plongé dans une lumière blanc argent – la forêt livide, immense et menaçante ; le pâle château perché sur sa colline ; l'allée qui poursuivait son chemin blanc à travers les champs de mercure en fusion. Puis tout retomba peu à peu dans l'obscurité la plus complète. Tom garda quelque temps sous les paupières une persistance de l'éblouissante image, en négatif ; et ce fut ainsi qu'il comprit qu'il n'était pas seul dans cette nuit humide. Un homme à la silhouette mince remontait l'allée à quelques dizaines de mètres de lui.

Quelle idée de sortir par une nuit comme celle-ci, se dit-il. Ah, mais peut-être était-ce un autre invité du château, comme lui en retard, comme lui perdu dans la pluie. C'était une idée réconfortante, et il se demanda même s'il ne valait pas mieux héler l'autre visiteur. Tant qu'à arriver en retard, mieux valait de la compagnie, sans doute ! Un coup de tonnerre assassin ne lui en laissa pas le temps. Il pressa le pas, l'œil fixé sur cette masse encore plus noire que la nuit qu'il savait être le château.

Ce fut presque au dernier moment qu'il la vit, infime réconfort dans cette mer de ténèbres. Il fronça les sourcils, plissa les yeux : non, il n'avait pas rêvé. Il y avait un petit rayon de lumière dorée devant lui, une brèche dans la muraille de la forteresse. Juniper l'attendait, comme les sirènes des vieux contes, une lanterne à la main, sauvent leurs amants de la tempête. Débordant soudain d'une ardente résolution, il se dirigea droit vers ce fanal.

Tandis que Percy et Tom progressent péniblement sous la pluie, tout n'est que silence dans Milderhurst Castle. Sous les combles, Juniper est plongée dans des rêves sombres ; dans le salon bleu, sa sœur Saffy, qu'écrire a fini par lasser, s'assoupit lentement sur sa chaise, le corps affaissé. Derrière elle, la cheminée crépite ; devant elle, une porte qui donne sur le lac, des jeunes gens rassemblés pour un pique-nique. Une splendide journée de la fin du printemps 1922, plus chaude encore que prévu. Le ciel est bleu comme du verre de Venise. Les jeunes gens se sont baignés ; à présent, assis sur les couvertures, ils dégustent de délicieux sandwiches accompagnés de cocktails.

Quelques jeunes gens s'écartent du groupe et Saffy, dans le songe, les suit, en particulier le couple qui ferme la marche, un garçon du nom de Matthew et une jolie fille de seize ans, Seraphina. Ils se connaissent depuis l'enfance. Matthew est un ami des cousins de Seraphina, ceux qui vivent dans le Nord et sont un peu excentriques. Ce qui explique que papa l'accepte. Pendant des années, ils se sont poursuivis dans d'innombrables champs, ont pêché des générations de truites, ont admiré, les yeux grands ouverts, année après année, les feux de joie des moissons. Mais quelque chose a changé entre ces deux-là. Cette année, elle ne sait plus quoi lui dire, l'a surpris plusieurs fois qui la regardait, avec dans les yeux une expression insistante ; et les joues de la jeune fille, en guise de réponse, se sont empourprées. Depuis son arrivée, ils n'ont guère échangé plus de trois mots.

Le groupe s'installe dans une clairière, dispose dans le plus grand désordre quelques couvertures ; surgissent de nulle part un ukulélé, des cigarettes, des revues frivoles. Le jeune homme et la jeune fille ne se mêlent pas au reste du groupe. Ils ne se parlent pas, se regardent à peine. Assis l'un près de l'autre, pourtant, ils feignent de s'intéresser au ciel, aux oiseaux, au soleil qui joue dans les branches, même s'ils n'ont à l'esprit que la distance ridicule qui sépare son genou à elle de sa cuisse à lui. Le frémissement électrique qui emplit ce mince espace. Le vent chuchote, une feuille tombe en spirale, un étourneau chante…

Elle a un sursaut. Porte la main à ses lèvres, de peur que quelqu'un ne l'entende.

Ses doigts à lui ont frôlé le bord de sa paume à elle. Si légèrement qu'elle ne l'aurait peut-être pas remarqué si son attention n'avait pas été tout entière concentrée, avec une précision mathématique, sur la distance qui les sépare, cette proximité à vous faire perdre le souffle. C'est alors que la femme qui dort dans le salon bleu réintègre le corps de cette jeune fille qu'elle fut. Elle ne contemple plus les amoureux à distance, non… elle est assise en tailleur sur la couverture, les mains près des cuisses, le cœur battant dans sa poitrine avec la joie sans ombre et l'impatience de la jeunesse.

Saffy n'ose pas regarder Matthew. Elle jette un rapide coup d'œil aux autres jeunes gens, s'étonne qu'aucun d'eux ne semble remarquer ce qui se passe. Pourtant, le monde ne tourne plus dans le même sens. Tout a changé, mais alentour tout continue comme si de rien n'était, les rires, les conversations.

Elle baisse les yeux, promène le regard le long de son bras, jusqu'à son poignet, jusqu'à sa main aux doigts écartés. Là. Ses doigts à lui. Leurs peaux, l'une contre l'autre.

Elle s'enhardit, baisse les yeux pour traverser le pont de chair qu'il a construit entre eux ; du regard achève son voyage, remonte le long de sa main à lui, de son poignet, de son bras ; elle sait qu'au-dessus de l'épaule le regard de Matthew l'attendra ; elle approche, lentement… puis quelque chose détourne son attention. Une forme sombre sur la colline, derrière eux.

Son père, son éternel protecteur, les a suivis, les épie de la crête. Elle sent le poids de son regard, sait qu'il la regarde, elle, surtout ; sait qu'il a vu la main de Matthew tout contre la sienne. Elle baisse les yeux, ses joues s'enflamment et quelque chose bouge au creux de son ventre. L'expression de papa, sa présence sur la colline donnent à ses nouvelles sensations une acuité particulière, elle ne sait pas très bien pourquoi. Elle comprend que son amour pour Matthew – car c'est cela bien sûr qui court dans ses veines, l'amour – est curieusement semblable à la passion qu'elle a toujours eue pour son père. Le désir d'être adorée, choyée, de séduire ; le besoin avide, brûlant, d'être considérée enfin comme une fille spirituelle, intelligente…

Saffy était profondément endormie près du feu, un verre vide à la main, un vague sourire sur les lèvres ; Percy poussa un soupir de soulagement. C'était une bonne chose : le volet était cassé, elle n'avait rien trouvé dans la nuit qui puisse expliquer l'amnésie de Juniper, mais sur le front domestique tout semblait apaisé.

Elle passa par-dessus l'appui de la fenêtre, se laissa tomber sur le sol mou et détrempé qui recouvrait les douves. Que d'eau ! Elle en avait jusqu'aux chevilles. L'inspection du volet confirma ses doutes : il lui fallait de vrais outils pour le remettre dans ses gonds.

Percy contourna les murs du château jusqu'à la porte de la cuisine, la poussa et se retrouva enfin au sec, épuisée. Quel contraste ! La bonne et sèche chaleur de la cuisine, ses odeurs délicieuses, le bourdonnement des ampoules électriques… tout cela constituait un tableau si aimable, si intime, qu'elle fut envahie d'un désir impérieux : se défaire de son imperméable, de ses bottes en caoutchouc et de ses chaussettes ignoblement trempées, et se coucher sur le petit tapis, au pied de la cuisinière, laissant inachevées toutes les tâches entreprises. Dormir, avec la certitude enfantine qu'il y avait quelqu'un pour les mener à bien.

Elle eut un sourire, attrapa ces sournoises pensées par la queue et les chassa comme Adam aurait dû chasser le serpent. Pas de temps à perdre avec ces honteuses tentations ! Se coucher devant la cuisinière, comme un chien mouillé, quelle idée grotesque ! Elle essuya les gouttes de pluie qui l'aveuglaient encore et se mit en quête de la boîte à outils. Cette nuit, elle se contenterait de donner un coup de marteau pour faire rentrer le volet dans son gond. La réparation attendrait la lumière du jour.

Le rêve de Saffy s'est tordu comme un ruban au vent. Le lieu a changé, de même l'époque ; seule demeure l'image centrale, une ombre noire sur la rétine, comme celle que l'on voit lorsqu'on ferme les yeux pour ne pas être aveuglé par le soleil.

Papa.

Saffy est plus jeune à présent. Elle a presque douze ans. Elle monte une volée de marches entre deux murs de pierre et ne cesse de regarder derrière elle ; papa lui a dit que si les infirmières l'attrapent, elles lui interdiront de venir. La guerre fait encore rage ; on est en 1917. Papa a combattu en France mais il est revenu – du front, mais également, leur ont dit d'innombrables infirmières, toutes plus sévères les unes que les autres, de la mort. Saffy monte voir papa parce qu'ils se sont trouvé un nouveau jeu. Un jeu secret : elle lui raconte toutes les choses qui lui font peur quand elle est toute seule. Papa n'a pas peur, lui. Ses yeux luisent d'une étrange gaieté. Cela fait cinq jours qu'ils s'y livrent.

Soudain, le rêve fait un bond en arrière. Saffy n'est plus dans l'escalier aux marches froides ; elle est couchée dans son lit. Elle se réveille en sursaut. Seule, affolée. Elle tend le bras vers sa sœur jumelle, comme toujours lorsque le cauchemar approche, mais sa main ne rencontre que le vide. Elle passe toute la matinée à errer dans les couloirs du château. Comment occuper ces journées qui n'ont plus de forme, plus de sens, comment échapper au cauchemar ?

A présent, elle est assise, dos au mur, dans le réduit, sous l'escalier en colimaçon. C'est le seul endroit où elle se sente en sécurité. Des bruits flottent, venus du sommet de la tour ; les pierres soupirent et chanton-nent ; elle ferme les yeux et l'entend. La voix, la voix qui murmure son nom.

Un moment de bonheur : c'est sa sœur jumelle, enfin revenue ! Puis, dans la brume et la confusion, elle le voit. Il est assis sur un banc de bois, à l'autre bout de la pièce, sous la fenêtre, une canne sur les genoux. C'est papa, métamorphosé. Il n'a plus rien du vigoureux jeune homme parti au front il y a trois ans.

Il lui fait signe ; elle ne peut que lui obéir.

Elle approche à pas lents ; elle se méfie de lui, de ses ombres nouvelles.

— Tu m'as manqué, dit-il.

Il y a dans sa voix quelque chose de si familier que tout le désir, tout le manque accumulés depuis son départ enflent dans sa jeune poitrine.

— Viens t'asseoir près de moi, dit-il. Dis-moi d'où vient cette peur dans ton regard.

Elle s'exécute. Lui raconte tout. Son rêve, l'homme qui vient la chercher, l'homme effroyable qui vit dans la boue.

Au pied du château, Tom se rendit compte que la lanterne n'en était pas une. Cette lueur qu'il avait suivie dans la nuit, le fanal qui ramenait les marins à la terre ferme, n'était qu'un rayon de lumière électrique qui sourdait d'une des fenêtres du château. Un des volets pendait, cassé, défiant le couvre-feu.

Une fois au sec, il leur proposerait de le réparer, bien sûr. Juniper lui avait expliqué que ses sœurs à présent tenaient seules la maison, que les derniers domestiques avaient quitté le château à cause de la guerre. Tom était un piètre mécanicien, mais il savait se servir d'un marteau.

L'esprit plus léger, il traversa la bande de terre détrempée qui encerclait le château et monta les marches du perron. Resta un moment sous le porche à faire le point sur sa situation. Ses cheveux, ses vêtements, ses chaussures : trempés, à tordre, comme s'il avait traversé la Manche à la nage. Quelle importance ? Il était arrivé. Il fit glisser son sac sur le sol et en fouilla fébrilement le contenu. La confiture. Elle était là. Thomas sortit le pot et le palpa : intact.

Une sensation de plénitude l'emplit. Sa chance était peut-être en train de tourner. Le sourire aux lèvres, il se passa les doigts dans les cheveux pour leur redonner un peu d'ordre, laissa retomber le heurtoir sur la porte et attendit, le pot de confiture à la main.

Percy laissa échapper un juron et infligea un coup de poing rageur au couvercle de la boîte à outils. Nom d'un chien, où était donc passé ce fichu marteau ? Elle se creusa la cervelle. Quand s'en était-elle servie pour la dernière fois ? Les réparations dans le poulailler de Saffy ? L'appui de fenêtre dans le salon jaune ? La balustrade de l'escalier de la tour ? Elle ne se souvenait pas précisément d'avoir rangé le marteau mais, en femme d'ordre, elle ne l'avait certainement pas laissé traîner.

Nom de nom.

Elle se tâta les côtes, passa la main entre deux boutons de son imper pour atteindre la poche de son pantalon et en extirper avec soulagement sa blague à tabac. Puis défroissa une feuille de papier à cigarettes, en prenant soin de ne pas l'arroser des gouttes qui pleuvaient encore de ses manches, de ses cheveux, de son nez. Elle disposa les brins de tabac tout au long du pli, roula la feuille, lécha le bord et scella la cigarette. Une allumette, une bouffée profonde… Elle inhala un nuage de glorieux tabac, exhala la colère et la frustration.

Ce marteau égaré, c'était la goutte qui faisait déborder le vase. L'arrivée tardive de Juniper, le sang sur ses vêtements, son futur mariage – sans parler de la rencontre avec Lucy, dans l'après-midi…

Percy tira de nouveau sur sa cigarette, se frotta la paupière. Saffy n'avait pas pensé à mal. Comment l'aurait-elle pu ? Elle ne savait rien de ce qui s'était passé entre Percy et Lucy, de l'amour et de la déception dont Percy avait tant souffert. Percy avait veillé à ce que rien n'en transpire. Oh, Saffy pouvait bien avoir vu ou entendu – ou peut-être même deviné – ce qu'elle n'aurait pas dû savoir, mais même en ce cas… Non,

Saffy n'aurait jamais fait de mal à sa sœur jumelle en connaissance de cause. Elle qui, mieux que quiconque, savait à quel point on peut souffrir de la perte de l'être aimé.

Un bruit. Percy retint son souffle, tendit l'oreille. Ce n'était rien. Elle revit Saffy dans le salon bleu, assoupie dans le fauteuil, le verre en équilibre précaire sur son estomac. Peut-être avait-elle bougé, peut-être le verre était-il tombé sur le plancher. Percy leva les yeux vers le plafond, attendit trente secondes de plus. Oui, c'était bien ça.

A quoi bon se lamenter sur ce qui avait été et n'était plus ? Cela aussi, c'était une perte de temps. La cigarette coincée entre les lèvres, elle repartit à la recherche du marteau.

Tom frappa de nouveau. Le pot de confiture à ses pieds, il se frotta les mains pour se réchauffer. La maison était immense ; il fallait leur laisser le temps d'arriver jusqu'à lui. Deux ou trois minutes s'écoulèrent ; il tourna le dos à la porte et regarda la pluie dégouliner du toit. Curieux, tout de même : maintenant qu'il était à l'abri, le froid se faisait ressentir.

Du regard il suivit le chemin de la pluie ; elle s'accumulait au pied du château, bien plus détrempé que la pelouse environnante. Un jour, à Londres, alors qu'ils étaient tous les deux couchés dans son lit, et qu'il lui posait toutes sortes de questions sur le château, Juniper lui avait raconté l'histoire des douves.

« Papa les a fait combler après la mort de sa première femme.

— Le chagrin, sans doute », avait dit Tom.

Juniper couchée sous ses yeux, il n'imaginait que trop bien quelles folies une perte si effroyable pouvait pousser un homme à commettre.

« Non, pas le chagrin, avait-elle répondu, en lissant le bout de ses longues mèches. La culpabilité, plutôt. »

Il s'était demandé ce qu'elle voulait dire ; elle avait souri, avait fait pivoter son torse pour s'asseoir sur le bord du lit, offrant aux regards de Tom son dos nu et lisse.

« Caresse-moi. »

Et toutes ces questions lui étaient sorties de l'esprit. Elles ne lui étaient jamais revenues avant ce jour. La culpabilité. Qu'avait-elle donc voulu dire ? Il faudrait lui en reparler. Oui, une fois qu'il aurait été présenté aux sœurs, que Juniper et lui leur auraient appris la nouvelle. Plus tard, quand ils seraient tous les deux seuls. Ensemble.

Un triangle lumineux attira soudain son regard, un reflet tremblant à la surface de l'eau accumulée dans les douves. Ah, c'était toujours cette fenêtre au volet cassé. Le volet était peut-être simplement sorti de ses gonds ; pourquoi ne pas y jeter un coup d'œil maintenant ?

La fenêtre n'était pas haute. Il pouvait s'y hisser en un rien de temps. Ce qui lui éviterait d'avoir à ressortir plus tard dans la tempête. De surcroît, c'était peut-être un moyen de s'attirer les bonnes grâces des sœurs.

Un sourire satisfait aux lèvres, Tom posa son sac près de la porte et retourna patauger sous la pluie.

Depuis qu'elle s'est endormie, tournant le dos au feu qui crépite dans la cheminée du salon bleu, Saffy en songe a suivi le maelström de son âme, et approche de son centre. Ce lieu de silence où naissent tous les rêves, où tous les rêves reviennent mourir. Ce lieu où vit son démon familier.

Elle en a rêvé des milliers de fois avant ce jour, depuis qu'elle est toute petite. Il ne change jamais, ce cauchemar. Pareil à un vieux bout de film qu'on rembobine et qu'on repasse. Et bien qu'elle l'ait vu des milliers de fois, le rêve ne s'use jamais ; la terreur qui en émane est toujours aussi vivace.

Il commence ainsi : elle se réveille, pense qu'elle est dans le monde réel, puis se rend compte que tout autour d'elle n'est que silence. Il fait froid ; Saffy est seule. Elle passe les jambes par-dessus les draps blancs et pose les pieds sur le plancher. Sa nourrice dort dans la petite chambre toute proche ; sa respiration est lente, régulière, rassurante, peut-être, mais pas en ce monde où elle ne signifie rien d'autre qu'une infranchissable distance.

Saffy s'approche lentement de la fenêtre, incapable de résister à la tentation.

Elle grimpe sur la petite bibliothèque, serre sur ses chevilles sa chemise de nuit, pour chasser le frisson mortel qui s'est emparé d'elle. Lève une main vers la vitre couverte de buée et regarde dans la nuit…

Percy retrouva le marteau, après maintes vaines recherches et quelques bordées de jurons. Quel plaisir d'avoir enfin sous la main le manche de bois lisse que des années d'utilisation avaient débarrassé de toutes ses échardes. Avec un grognement de frustration joyeuse, elle l'extirpa des clefs à molette et autres tournevis avec lesquels il avait été rangé et le posa sur le carrelage, à ses pieds. Puis elle ouvrit le bocal de clous et en versa une demi-douzaine dans le creux de sa main. Voyons, était-ce la bonne longueur ? Six centimètres, cela devait suffire à maintenir le volet en place, du moins jusqu'au matin. Elle fourra les clous dans la poche de son imperméable, ramassa le marteau d'un geste vif et sortit de la cuisine par la porte de la cour.

Il fallait bien le reconnaître, il n'avait pas réussi sa manœuvre d'approche. Trébucher sur une pierre qu'on n'a pas vue et s'étaler de tout son long dans la boue des douves, ce n'est pas franchement brillant. Après avoir juré comme un troupier – ce qui tombait bien : il en était un, précisément –, Tom s'était remis sur pied, avait essuyé son visage d'un revers de la main, histoire d'y voir clair, et était reparti à l'assaut du mur, plus résolu que jamais.

Ne jamais laisser tomber. C'était ce que leur commandant leur hurlait sans cesse dans les oreilles, en France. Ne jamais laisser tomber.

Eh bien, il n'avait pas laissé tomber. Perché sur l'appui de la fenêtre, il avait pu caler ses pieds dans une petite anfractuosité entre deux pierres. Une chance ! De même que la lumière qui émanait de la pièce. Thomas se rendit compte sans mal que le volet était dans un triste état. Il allait falloir renoncer à sa réparation express.

Il s'était concentré sur ce maudit volet avec une telle intensité qu'il n'avait même pas pensé à jeter un coup d'œil dans la pièce. A présent, l'esprit libéré, il constata qu'il avait sous les yeux une scène qui semblait résumer l'essence même de l'intimité et du confort. Une jolie femme qui dormait près d'un feu de cheminée. Son cœur s'emballa. Juniper !

La femme tressauta ; les traits de son visage se raidirent ; il comprit alors que ce n'était pas Juniper, mais une des deux sœurs. Saffy, sans doute, que Juniper avait si fidèlement décrite. La plus maternelle des deux, celle qui, disait sa benjamine, avait pris la place de sa mère à la mort de celle-ci. Saffy qui avait élevé Juniper. Saffy qui souffrait de terribles crises de panique, et qui ne pouvait quitter le château.

Et tandis qu'il la regardait, elle ouvrit les yeux. Il fut si surpris qu'il manqua lâcher prise. Elle tourna la tête vers la fenêtre et leurs regards se croisèrent.

Percy vit l'homme dès qu'elle eut passé l'angle du mur. Il était en pleine lumière – une forme hirsute et sombre, un gorille, cramponné aux pierres, le nez sur la fenêtre du salon bleu. Le salon où Saffy dormait, près de la cheminée. Dans la poitrine de Percy quelque chose se mit à palpiter – toute sa vie, elle avait obéi à une seule exigence, protéger ses sœurs. Elle serra le manche du marteau dans sa main. Les nerfs en feu, elle se rua, sous la pluie battante, vers les douves.

Surgir à la fenêtre comme un ignoble voyeur, qui plus est maculé de boue des pieds à la tête, ce n'était pas exactement l'idée que Tom s'était faite de sa première rencontre avec les sœurs de Juniper.

Trop tard. Saffy l'avait vu. Il lui était difficile maintenant de sauter à terre et de revenir par la porte d'entrée, comme si de rien n'était. Il eut un sourire hésitant, fit un geste rassurant de la main, puis se rendit compte qu'elle était, comme tout le reste de sa personne, noire de boue.

Mon Dieu. Saffy s'était levée. Il n'y avait pas l'ombre d'un sourire sur son visage.

Elle avança vers la fenêtre.

Surgit en lui un mince espoir. La situation était honteuse, certes, mais si outrée qu'elle donnerait sans doute naissance, plus tard, à une de leurs anecdotes préférées. *Tu te souviens de la nuit où nous avons rencontré Tom ? Il a surgi à la fenêtre tel un démon couvert de boue, et a fait bonjour de la main ?*

Ça, c'était pour plus tard. En attendant, il n'avait guère d'autre choix que de la regarder s'approcher d'un pas lent, perdue dans un rêve, les membres grelottants, comme si elle avait aussi froid que lui sous la pluie.

Elle se pencha pour remonter la fenêtre ; au comble de l'embarras, il se mit à chercher ses mots. Ce fut alors qu'elle ramassa quelque chose qui traînait sur le rebord de la fenêtre.

Percy se figea. L'homme avait disparu. Sous ses yeux. Il était tombé de la fenêtre et s'était affalé sur le sol. Elle leva les yeux vers la lumière et vit Saffy, secouée de tremblements, les doigts serrés sur le manche d'une clef à molette.

Un craquement sec – qu'était-ce donc ? Un mouvement soudain, inattendu… Lui.

Lui qui tombait.

Quelque chose de froid et d'humide contre son visage.

Des bruits, des oiseaux peut-être, aux cris stridents. Il eut un sursaut. Le goût de la boue lui vint aux lèvres. Où était-il ? Où était Juniper ?

De grosses gouttes de pluie lui tombaient sur la tête ; il les sentait chacune séparément, comme des notes de musique, des cordes que l'on aurait pincées pour en tirer une musique complexe. Elles étaient belles, ces gouttes de pluie, et il se demanda pourquoi il n'en avait jamais pris conscience auparavant. Gouttes uniques, plus parfaites les unes que les autres. Tombant sur le sol et s'y abîmant, pour que naissent les fleuves, et les océans ; pour que les hommes, les animaux, les plantes puissent y puiser leur eau. C'était si simple.

Il se rappela un orage de son enfance. Son père était encore vivant. Tom avait eu peur. Il faisait sombre, il y avait des tas de bruits ; il s'était caché sous la table de la cuisine et avait pleuré, pleuré, et fermé les yeux et les poings. Il avait pleuré si fort, le bruit de son chagrin si bruyant à ses oreilles qu'il n'avait pas entendu son père revenir dans la cuisine. Et puis soudain, ce grand ours s'était penché, l'avait tiré de sous la table, l'avait pris dans ses bras puissants et l'avait serré contre lui ; « Tout va bien, tout va bien, petit », lui avait-il dit, et son haleine chargée de l'odeur douce et aigre du tabac avait donné force à ces mots. Portés par le souffle de son père, ces mots avaient pris valeur d'incantation, de promesse. « Tout va bien. » Tom n'avait plus jamais eu peur…

Qu'avait-il fait du pot de confiture ?

C'était ennuyeux, ça. L'homme qui habitait l'appartement de l'entresol le lui avait confié avec un sourire : « La meilleure confiture que j'aie jamais faite ! » Il avait cueilli les mûres lui-même ; quant au sucre, il avait économisé ses rations pendant des mois. Et Tom ne savait plus ce qu'il avait fait du précieux pot. Il l'avait apporté, c'était sûr et certain. Il l'avait mis dans son sac à Londres ; il l'avait sorti à un moment et posé quelque part. Sous la table ? Sous le porche, peut-être ? Mon vieux, il va falloir que tu te lèves et que tu ailles chercher ce pot de confiture. Tu ne peux pas faire autrement. Le pot de confiture est un cadeau. Oui, très bien, il allait se lever, retourner sous le porche et le retrouver en un rien de temps. C'était bien bête de l'avoir laissé là-bas. Simplement, avant d'y aller, il avait besoin d'un peu de repos.

Il se sentait fatigué. Exténué, vidé. Le voyage avait été si long. La nuit, l'orage, l'allée blanche et interminable, la journée passée dans les trains, les bus, les retards, les occasions manquées. Mais aussi l'autre voyage, celui qui l'avait conduit jusqu'à elle. Il avait marché si longtemps, si loin ; avait tant lu, tant enseigné, tant rêvé, tant désiré, tant espéré. C'était bien normal de vouloir se reposer un instant, dormir ; de sorte que lorsqu'il la reverrait, il serait enfin prêt.

Tom ferma les yeux. Sous ses paupières, il y avait des millions de petites étoiles qui scintillaient et dansaient ; elles étaient si belles ! Il n'avait plus qu'une envie, c'était de les contempler. Il n'y avait rien au monde dont il avait plus envie que de rester couché là à regarder ces étoiles. Ce qu'il fit ; elles tourbillonnaient et voletaient sous ses paupières ; pourrait-il jamais les toucher ; tendre un doigt, attendre que l'une d'entre elles s'y pose ? Puis il vit quelque chose qui se cachait dans leur multitude. Un visage, le visage de Juniper. Son cœur secoua ses ailes, exultant. Elle était là, elle était venue, finalement. Près de lui, penchée sur lui, la main sur son épaule, lui parlant tendrement à l'oreille. Des mots qui décrivaient les choses avec une telle perfection que lorsqu'il essaya de les saisir, de les répéter, ils lui fondirent entre les doigts ; et il y avait des étoiles dans ses yeux et des étoiles sur ses lèvres et de petites lueurs qui scintillaient dans ses longs cheveux ; il ne l'entendait plus même si ses lèvres bougeaient encore, même si les étoiles scintillaient ; il ne l'entendait plus parce qu'elle était en train de disparaître dans les ténèbres, et lui aussi.

— June, murmura-t-il tandis que les dernières lueurs tremblaient, s'éteignaient les unes après les autres, et que la boue emplissait sa gorge, et son nez, et sa bouche, que la pluie continuait de tomber sur son crâne, que l'air n'arrivait plus à ses poumons avides ; il sourit et le souffle de Juniper lui caressa la nuque...

3

Juniper se leva en sursaut, avec le mal de tête lancinant et la bouche amère que donne un sommeil artificiel. Ses yeux avaient été frottés au papier de verre. Où était-elle ? Il faisait noir, c'était la nuit, sans doute ; mais une lumière sourde émanait de la pièce. Elle fronça les sourcils, vit le haut plafond, au-dessus de sa tête. Ses poutres, ses ombres, tout lui était familier, et cependant il manquait quelque chose. Ce n'était pas vraiment ça. Que s'était-il passé ?

Il s'était passé quelque chose, oui, elle le sentait bien, mais quoi ?

Je ne peux pas me souvenir.

Elle tourna lentement la tête, pour laisser tout ce fatras d'objets indescriptibles se mélanger dans son crâne. Elle balaya du regard les alentours, ne vit qu'un lit vide, une étagère boiteuse, un rai de lumière émanant d'une porte entrouverte.

Juniper connaissait cet endroit. Les combles, à Milderhurst. Elle était couchée sur son propre lit. Ce qui ne lui était pas arrivé depuis longtemps. Il y avait eu un autre lit, une mansarde noyée de soleil. Pas comme ici.

Je ne peux pas me souvenir.

Elle était seule. Cette pensée lui vint, aussi tangible que si elle l'avait lue noir sur blanc, et cette absence était une douleur, une plaie béante. Elle aurait dû se trouver avec quelqu'un. Un homme, se souvint-elle. Elle attendait un homme.

Un mauvais pressentiment l'envahit ; ne pas se souvenir de ce qui se passait pendant une de ses absences, c'était normal, mais cela… c'était une autre sensation. Juniper était perdue dans les recoins de son propre esprit, mais bien qu'elle ne puisse voir autour d'elle que ténèbres, elle était pleine d'une terrible et lourde certitude : il y avait dans cette obscurité, avec elle, quelque chose d'effroyable.

Je ne peux pas me souvenir.

Elle ferma les yeux, tendit l'oreille autant qu'elle le put, chercha un son qui puisse la guider. Ce n'était pas le brouhaha de Londres, les autobus, les gens dans la rue, en contrebas, les murmures qui montaient des autres appartements ; mais les veines du château, qui craquaient, et les pierres qui soupiraient, puis un autre bruit, incessant, inhabituel. La pluie – la pluie, en averse légère sur le toit.

Elle rouvrit les yeux. La pluie, elle s'en souvenait.

Un bus qui s'arrête.

Du sang.

Elle se dressa soudain sur son séant. Trop concentrée sur ce fait, sur cette petite lueur d'espoir, de souvenir, pour prendre garde à la douleur sous son crâne. Elle se rappelait le sang.

Le sang de qui ?

Elle avait besoin d'air. Les combles soudain lui semblaient étouffants – tièdes, humides, épais.

Elle posa les pieds sur le plancher. Il y avait des choses à elle partout dans cette pièce, mais elle ne sentait plus aucun lien avec tout ce capharnaüm. Quelqu'un avait essayé de pratiquer une sorte de passage entre les livres et les objets divers.

Elle se leva. Le sang, elle se souvenait.

Pourquoi regarder les paumes de ses mains ? Quelle qu'en soit la raison, elle fut prise de dégoût. Il y avait quelque chose sur ses mains. Elle les frotta sur sa jupe et ce geste lui fit venir un frisson familier. Elle leva les paumes à la hauteur de ses yeux et les marques disparurent. Des ombres. Ce n'étaient que des ombres.

Perplexe, soulagée, elle marcha d'un pas tremblant vers la fenêtre. Tira le rideau noir du couvre-feu et souleva le cadre de la fenêtre. La fraîcheur de la nuit déposa un film ténu sur ses joues.

Il faisait noir, infiniment noir – ni lune ni étoiles ; mais Juniper n'avait pas besoin de lumière pour reconnaître ce qu'elle avait sous les yeux. Le monde de Milderhurst l'avait prise à la gorge. Animaux invisibles frémissant dans les sous-bois, ruisseaux riant sous les arbres, la plainte lointaine d'un oiseau. Les oiseaux, où se cachaient-ils quand il pleuvait ?

Il y avait autre chose au pied du mur. Une petite lampe, une petite lampe suspendue à un bâton. Il y avait quelqu'un en bas, dans la nuit, qui travaillait dans le cimetière des animaux.

Percy.

Percy, une pelle à la main.

Elle creusait.

Par terre, derrière elle, un monticule. Massif. Immobile.

Percy fit un pas de côté et Juniper écarquilla les yeux. Ses rétines envoyèrent un message à son cerveau assiégé ; dans les ténèbres de son esprit, la lumière se fit un instant et elle vit clairement la chose effroyable qui s'y cachait – le mal qu'elle avait senti sans le voir, le mal qui l'emplissait d'épouvante. Elle le vit – le nomma –, l'horreur comme une boule de feu remonta dans le moindre de ses nerfs. *Tu es faite exactement comme moi*, avait dit papa avant de lui avouer son terrible forfait.

Les plombs sautèrent et les lumières s'éteignirent.

Ces fichues mains.

Percy ramassa la cigarette qu'elle avait fait tomber sur le carrelage de la cuisine, la coinça entre ses lèvres et gratta l'allumette. Elle avait compté sur ce geste familier pour retrouver un peu de calme, mais c'était trop exiger d'elle-même. Sa main tremblait comme une feuille au vent. La flamme s'éteignit et elle dut réessayer. Se concentrer, produire un geste sec et ferme, puis ne pas lâcher la maudite allumette qui grésillait et prenait feu, l'approcher du bout de sa cigarette. Oui, bien, plus près encore. Quelque chose attira son regard, une tache noirâtre sur son poignet ; elle lâcha la boîte et l'allumette en flammes avec un bond.

Elle se mit à genoux pour ramasser les allumettes qui s'étaient répandues sur le sol de la cuisine. Les rangea, une par une, bien alignées, dans la boîte. Prenant son temps, s'absorbant dans cette tâche simple, qu'elle enfila sur ses épaules, manteau d'oubli, et se boutonna jusque sous le menton.

Ce n'était que de la boue sur son poignet. Une petite tache qu'elle n'avait pas remarquée en rentrant. Pourtant, elle s'était passé la brosse sur les mains, les bras et même le visage, frottant jusqu'à se faire saigner.

Percy gratta une autre allumette, la leva entre le pouce et l'index, regarda mais ne fit rien. L'allumette tomba.

Il était lourd.

Elle avait déjà soulevé des corps, avec Dot ; elles avaient sorti des gens de leurs maisons détruites par les bombardements, les avaient portés jusqu'à l'ambulance, puis de l'ambulance à l'hôpital. Elle savait que les morts pèsent plus que les amis qu'ils laissent derrière eux. Mais lui, c'était bien pire. Il était lourd.

Elle avait compris qu'il était mort dès qu'elle l'avait dégagé des douves. Etait-ce le coup, était-ce l'épaisseur d'eau boueuse dans laquelle il était tombé, elle n'aurait su le dire. Ce qui était certain, c'était qu'il était mort. Elle avait quand même essayé de le ranimer, sans grand espoir, mais poussée par l'horreur absolue de la situation ; elle avait essayé tout ce qu'elle avait appris au service de santé. Il n'avait pas cessé de pleuvoir, Dieu merci : quand ses fichues larmes coulaient, elle pouvait les ignorer, mêlées qu'elles étaient à la pluie.

Son visage.

Elle ferma les yeux, plissa les paupières – il était toujours là. Il serait toujours là, elle le savait bien.

Elle posa le front sur son genou et fut vaguement réconfortée par ce contact. L'os anguleux, sa fraîche certitude tout contre sa tempe où le sang, brûlant, battait la chamade, avait quelque chose de rassurant. Comme si cette peau n'était pas la sienne, mais celle d'une personne plus calme, plus mûre, plus sage, mieux préparée à affronter ce qui allait venir.

Sa tâche en effet n'était pas finie. Elle en avait déjà fait beaucoup, mais dans les jours qui venaient, il allait falloir écrire à sa famille. Pour leur dire quoi ? Elle ne le savait pas vraiment. La vérité ? Non. Elle en avait déjà trop fait pour revenir en arrière. Il y avait eu un bref moment où elle aurait pu faire les choses autrement. Appeler l'inspecteur Watkins, lui expliquer la situation dans toute sa terrible absurdité. Elle n'avait pas appelé l'inspecteur. Comment aurait-elle pu lui faire comprendre que ce n'était pas la faute de Saffy ? De sorte qu'il faudrait écrire, oui. Ecrire à la famille de cet homme. Percy n'avait aucun talent pour le mensonge, mais la nécessité lui donnerait des ailes.

Un bruit la fit sursauter. On descendait l'escalier.

Percy se releva, essuya ses larmes d'un revers de main. Furieuse contre elle-même, contre cet homme, contre le monde entier. Sauf Saffy.

— Je l'ai remise au lit, la pauvre, dit Saffy, appuyée au chambranle. Tu avais raison, elle s'était levée et elle était dans un état… Perce ?

— Je suis là.

Sa gorge la brûlait.

Le visage de Saffy apparut par-dessus la table.

— Qu'est-ce que tu fais là ? Oh, je vois. Je vais t'aider.

Pendant que Saffy s'accroupissait à son côté, rassemblant les allumettes et les entassant dans la boîte, Percy porta la cigarette qu'elle n'avait toujours pas allumée à ses lèvres, pour se donner une contenance.

— Elle est couchée ?

— Elle dort. Elle s'était levée. Les pilules étaient sans doute moins efficaces que nous ne le pensions. Je lui en ai donné une autre.

— Bien, dit Percy en frottant la tache de boue qu'elle avait sur le poignet.

— Elle était en état de choc, la pauvre chérie. J'ai fait de mon mieux pour la rassurer, je lui ai dit que le jeune homme avait dû être retenu sur la route et qu'il allait certainement finir par arriver. Demain, au grand jour. Tu ne crois pas ? Percy, tu es de mon avis ? Que se passe-t-il, Perce ? Tu as l'air bizarre.

Percy secoua la tête.

— Tu me fais peur, Percy.

— Oui, je suis bien de ton avis, dit Percy en posant la main sur l'épaule de sa sœur. Il va finir par arriver. Il a été retenu quelque part. Il faut prendre notre mal en patience.

Le soulagement de Saffy était visible. Elle tendit à sa sœur la boîte d'allumettes.

— Si tu veux mener ton plan à bien, tu vas peut-être avoir besoin de ça, dit-elle avec un pauvre sourire en désignant la cigarette fermement plantée entre les lèvres de sa sœur.

Elle se releva, rajusta la robe verte dans laquelle elle ne rentrait plus qu'à grand-peine. Percy fut soudain possédée par l'irrépressible envie de réduire la soie verte en charpie, de pleurer, de gémir, de faire hurler le tissu.

— Prendre notre mal en patience, oui, tu as raison. Juniper ira mieux demain matin. C'est toujours comme ça que ça se passe. La nuit repose. En attendant, je ferais mieux de desservir la table dans le salon bleu. Qu'en penses-tu ?

— Oui, ça vaut mieux.

— Il n'y a rien de plus triste qu'une table dressée pour un dîner qui n'a jamais été servi. Oh, mon Dieu !

Saffy s'était penchée sur le seuil.

— Que s'est-il passé ?

— J'ai fait tomber quelque chose, je sais.

— Mais oui. Tout un pot de confiture. Ah, quel gâchis !

Percy l'avait trouvé devant la porte d'entrée quand elle était revenue, la pelle à la main. Le plus gros de la tempête était passé ; les nuages commençaient à se disperser et quelques étoiles luisaient d'un éclat obstiné sur un ciel encore ténébreux. Elle avait vu le sac militaire, puis le pot de confiture.

— Tu n'as pas faim, Perce ? Tu veux que je te prépare une assiette avec du lapin ?

Saffy rassemblait les morceaux de verre poisseux, un à un.

— Je n'ai pas faim.

Elle était descendue à la cuisine, avait posé le sac et le pot sur la table, s'était assise, les avait regardés. Une éternité s'était écoulée avant que sa main enfin exécute la commande que son cerveau lui avait envoyée. Ouvrir le sac. Chercher des papiers. Elle savait très bien qui était ce jeune homme qu'elle avait enterré de ses mains, mais autant en avoir la preuve formelle. Les doigts tremblants, le cœur palpitant, elle avait plongé la main dans le sac. Et fait tomber le pot de confiture. Quel gâchis, en effet. Quel gâchis.

Il n'y avait pas grand-chose dans le sac. Quelques sous-vêtements, un portefeuille avec très peu d'argent et rien qui puisse indiquer l'identité de son propriétaire, un carnet relié de cuir. C'était dans le carnet qu'elle avait trouvé les deux lettres. L'une de Juniper et l'autre d'un certain Theo, son frère, apparemment.

Car si elle ne put jamais se résoudre à lire la lettre de Juniper, elle se força à lire celle de Theo. Oui, elle s'abaissa à lire le courrier de ce jeune homme qui venait de mourir, elle se plongea, défaillante, dans ces détails familiaux, intimes : la mère veuve, les sœurs et leurs jeunes enfants, le frère simple d'esprit que tous aimaient tant. Elle se força à relire chaque phrase deux fois, avec à l'esprit la vague idée qu'en se punissant de cette façon elle pourrait revenir en arrière. C'était idiot, bien sûr. L'irréparable avait été commis. Quant à expier… Il aurait fallu tout avouer pour cela.

Mais leur écrire la vérité, à ces gens-là ? Y avait-il la moindre chance qu'ils comprennent ce qui s'était passé ? Que ce n'était qu'un terrible accident dont Saffy n'était pas responsable ? Que Saffy, pauvre et chère Saffy, était la personne la plus inoffensive du monde, qu'elle était incapable de désirer ni de provoquer la mort ou la souffrance de qui que ce soit ? Qu'elle aussi avait été mutilée, abîmée, qu'en dépit de ses innocentes machinations elle ne quitterait jamais le château, qu'elle en était la prisonnière consentante depuis cette terrible attaque de panique, le jour de la première de *L'Homme de boue* ? Que le seul, le vrai coupable, était leur défunt père, Raymond Blythe ?

Non. Non, ce point de vue-là, personne ne pourrait le comprendre. Personne ne pouvait savoir ce qu'avait été leur enfance, à l'ombre de ce livre-monstre. Leur enfance ? Oh, pas seulement. L'héritage de *L'Homme de boue* se faisait encore sentir à tous les instants. Ce qui s'était passé cette nuit-là, ce qu'avait commis Saffy dans sa transe, c'était encore une conséquence du livre.

Du livre et du crime où il trouvait sa source. Papa, quand elles étaient petites, leur lisait souvent du Milton. *Le vice sera rejeté sur lui-même.* Rien ne pouvait être plus juste. Le crime du père était retombé sur leurs têtes.

Non. Elle irait jusqu'au bout, elle mentirait. Elle écrirait une tout autre histoire à la famille dont elle avait trouvé l'adresse dans le carnet, Henshaw Street, à Londres. Quant au sac, elle le détruirait. Ou le cacherait. Dans la chambre des archives, par exemple ; c'était l'endroit idéal. Quelle sotte elle faisait : enterrer un homme sans frémir puis rechigner ensuite à se débarrasser de ses effets personnels. La vérité et le mensonge, tels seraient désormais ses fardeaux jumeaux. Quels que soient les méfaits de papa, il avait raison sur un point : le rôle de Percy était de veiller sur ses sœurs. Elle ferait tout pour qu'elles restent ensemble.

— Percy, tu remontes bientôt ?

Saffy avait nettoyé le carrelage de la cuisine et jeté les morceaux de verre à la poubelle. Elle se tenait sur le seuil à présent, une carafe d'eau à la main.

— Pas tout de suite. J'ai deux ou trois petites choses à faire. Il faut que je change les piles de la lampe torche.

— Je vais monter un peu d'eau à Juniper. Elle a soif, la pauvre chérie. A tout à l'heure ?

— Oui, je passerai te voir en remontant.

— Ne tarde pas trop, Perce.

— Promis. Je remonte très vite.

Au bas de l'escalier, Saffy, un sourire un peu tremblant sur les lèvres, se retourna vers sa sœur.

— Nous voilà toutes les trois ensemble. C'est quelque chose, tout de même, Percy ? Toutes les trois ensemble, ici, comme autrefois.

Saffy passa la nuit au chevet de Juniper. Sa nuque lui faisait mal et elle avait froid, malgré la couverture qu'elle avait posée sur ses genoux. Elle resta, cependant ; son lit douillet, sa chambre confortable dans les étages inférieurs, cela ne lui disait rien, puisqu'on avait besoin d'elle ici. Le plus grand des bonheurs, ne l'avait-elle pas éprouvé en s'occupant de Juniper enfant ? Elle aurait aimé avoir des enfants à elle, oui. Elle aurait bien aimé ça.

Juniper remua dans son sommeil et Saffy se leva d'un bond, caressa le front humide de sa petite sœur. Quels démons, quelles forces obscures grouillaient derrière cette barrière de chair ?

Le sang sur son chemisier.

Cela aussi, c'était inquiétant, mais Saffy ne voulut pas s'y attarder. Pas maintenant. Percy sans doute trouverait l'explication. Percy, indispensable Percy. Percy qui réparait tout, qui savait toujours quoi faire.

Juniper retrouva son calme ; la respiration qui soulevait sa poitrine redevint régulière. Saffy se rassit. La tension avait été telle pendant toute cette journée que ses jambes lui faisaient mal. Elle se sentait incroyablement fatiguée. N'avait pourtant aucune envie de dormir : les idées qui lui étaient venues cette nuit-là étaient trop étranges. Elle n'aurait jamais dû prendre une des pilules de papa ; dans le salon, après s'être assoupie, elle avait fait le plus terrifiant des cauchemars. Oh, pas n'importe quel cauchemar : celui qu'elle faisait depuis son enfance. Mais cette fois-ci, il avait été si réaliste, si tangible ! C'était à cause de la pilule, sans doute, du whisky, de la soirée si lamentable, de la tempête... Dans son rêve, elle était à nouveau une toute petite fille. Quelque chose l'avait réveillée… un bruit à la fenêtre. Elle était allée voir. Dehors, il y avait un homme, cramponné au mur, noir comme la poix, noir comme un grand brûlé. Un éclair avait déchiré le ciel et Saffy avait vu son visage. Avait vu le jeune homme, enchanteur, avenant, sous le masque hideux de l'Homme de boue. Puis la surprise dans ses yeux, le sourire qui lui était venu aux lèvres. Tout se passait exactement comme dans le rêve qu'elle avait fait enfant, comme dans le livre de papa. Le cadeau de l'Homme de boue était son visage enfin révélé. Elle avait ramassé quelque chose – elle ne se rappelait plus quoi, exactement – et l'avait frappé à la tête de toutes ses forces. Les yeux du jeune homme s'étaient écarquillés sous l'effet de la surprise et il avait lâché prise… son corps avait glissé le long du mur et s'était abîmé dans les douves, les douves qu'il n'aurait jamais dû quitter.

4

La même nuit, dans un village voisin, une femme serrait contre sa poitrine son minuscule nouveau-né, et du pouce caressait sa joue duveteuse. Son mari ne devait rentrer que quelques heures plus tard, épuisé par son travail de nuit ; et la femme, qui ne s'était pas encore remise de son accouchement inopiné, traumatisant, lui raconterait dans la cuisine comment tout cela s'était passé : les premières contractions dans le bus, la douleur, impérieuse, subite ; les saignements, la peur panique – son enfant allait mourir, elle allait mourir, elle ne tiendrait jamais leur bébé dans ses bras. Puis elle aurait un sourire las, ému, essuierait les larmes qui couleraient, brûlantes, sur son visage, et lui parlerait de cet ange de bonté qui lui était apparu sur le bord de la route, s'était agenouillé près d'elle et avait sauvé la vie de son bébé.

Et l'histoire deviendrait légende familiale, racontée maintes fois, transmise aux générations suivantes, rejouée les soirs de pluie près de la cheminée, invoquée chaque fois que la dispute menaçait, pieusement narrée pendant les réunions de famille. Et le temps passerait, les mois, les années, les décennies ; jusqu'à ce jour où l'enfant miraculé fêterait ses cinquante ans sous le regard de sa mère veuve, dans une salle de restaurant ; et ses enfants lèveraient leur verre et honoreraient le souvenir de l'ange qui avait, une nuit de tempête, sauvé la vie de leur père, l'ange sans lequel aucun d'eux ne serait de ce monde.

Thomas Cavill ne partit jamais avec son régiment rejoindre le front d'Afrique du Nord. Il échappa à ce massacre, étant déjà mort. Mort et enterré au pied de Milderhurst Castle, dans le cimetière des animaux. Mort parce qu'il avait plu, que le volet était cassé, qu'il voulait faire une bonne impression. Mort parce que, des années plus tôt, un mari jaloux avait surpris sa femme en compagnie d'un autre homme.

Pendant des années, cependant, son destin n'émut pas grand monde. La tempête s'apaisa dès le matin, les rivières retrouvèrent un cours plus sage, et les grandes ailes sombres du bois de Cardarker se refermèrent, protectrices, sur Milderhurst Castle. Le monde oublia jusqu'au nom de Thomas Cavill, et sa trace se perdit dans les ruines de la guerre.

Percy écrivit à la famille Cavill une lettre qui n'était que mensonge et paya le prix de son méfait jusqu'à la fin de ses jours ; Saffy écrivit à ses futurs employeurs pour renoncer à son emploi de dame de compagnie : Juniper avait besoin d'elle, comment aurait-elle pu l'abandonner ? Les avions grondèrent pendant des nuits dans le ciel du Kent, la paix revint, les saisons se succédèrent comme les peaux innombrables d'un oignon. Les sœurs Blythe vieillirent. Elles devinrent pour les gens du village l'objet d'une curiosité étrange. Des mythes naquirent. Jusqu'à ce jour de printemps où survint une jeune femme. La fille d'une autre femme, qui, enfant, avait vécu au château ; les pierres la reconnurent, se mirent à chuchoter. Percy Blythe les entendit et comprit que le temps était venu. Qu'après avoir supporté son fardeau pendant plus de cinquante ans elle allait enfin pouvoir s'en débarrasser, et rendre à Thomas Cavill la date de sa mort. Enfin l'histoire pouvait toucher à sa fin.

Elle parla à la jeune femme. Elle lui donna pour mission de rétablir la vérité.

Ce qui ne lui laissait plus qu'une chose à faire.

Elle réunit ses sœurs, ses sœurs bien-aimées, près du feu et attendit que le sommeil et le rêve les prennent. Puis elle gratta une allumette et le feu prit dans la bibliothèque, là où tout avait commencé.

Epilogue
1993

Pendant des années, le grenier a servi de débarras. Des caisses, des vieux fauteuils et des brochures obsolètes. L'immeuble héberge une maison d'édition ; l'odeur ténue du papier et de l'encre a imprégné les murs et les planchers. Ce qui n'est pas si désagréable que cela, quand on y pense.

Les travaux ont duré des mois. Les vieilleries ont été déménagées ; le mur qui avait été autrefois érigé pour ménager deux pièces minuscules dans ce grenier plein de courants d'air a été abattu ; pour la première fois en cinquante ans, le dernier étage de la maison victorienne de Herbert Billing, à Notting Hill, a un nouveau locataire.

Ou plutôt, une nouvelle locataire. On a frappé à la porte ; la jeune femme descend de l'appui de la fenêtre et traverse la pièce. La fenêtre l'attire irrésistiblement. L'appartement donne plein sud ; il y fait toujours clair, surtout en plein juillet. Elle reste perchée là-haut des heures, à regarder ce qui se passe dans les jardins, dans la rue ; elle aime aussi nourrir les moineaux, qui commencent à connaître ses habitudes et sa générosité. Elle s'est souvent demandé d'où venaient ces taches sombres sur l'appui de la fenêtre. On dirait du jus de cerise ; les peintres ont eu beau peindre et repeindre, les traces reviennent toujours.

Edie Burchill ouvre la porte, sourit de surprise et de plaisir. Sa mère est sur le seuil, une branche de chèvre-feuille à la main.

— Je l'ai vu qui poussait sur la clôture d'un jardin, et je n'ai pas pu m'empêcher de t'en cueillir un peu. Rien n'égaie une pièce comme le chèvrefeuille, tu ne trouves pas ? As-tu un vase où je puisse le mettre à tremper ?

Un vase ? Non, pas encore. Mais pendant les travaux, Edie a trouvé un gros pot de verre, de ceux dont on se servait autrefois pour les confitures. Elle l'a posé près de l'évier. Elle y verse de l'eau et y dispose la branche de chèvrefeuille, installe le tout sur l'appui de la fenêtre, pour que les fleurs puissent profiter du soleil.

— Où est papa ? Il est resté à la maison ?

— Il vient de découvrir Dickens. *Bleak House.*

— Ah, diable, dit Edie. Je crains que tu ne l'aies perdu pour de bon, cette fois-ci.

Meredith fouille dans son sac et en sort quelques feuilles, qu'elle agite joyeusement au-dessus de sa tête.

— Tu l'as fini ! Bravo !

— Je l'ai fini, en effet.

— Tu me le laisses ?

— Je l'ai fait relier spécialement pour toi.

Edie, avec un grand sourire, prend le manuscrit.

— Félicitations ! C'est du beau travail.

— Je voulais attendre demain, et le déjeuner à la maison, poursuit Meredith en rougissant. Mais je n'ai pas pu m'en empêcher. Je voulais que tu sois la première à le lire.

— Encore heureux ! A quelle heure est ton atelier ?

— Trois heures.

— Je t'accompagne. J'irai voir Theo ensuite.

Edie ouvre la porte et laisse passer sa mère. Elle est sur le point de lui emboîter le pas quand une idée lui revient à l'esprit. Ce soir, elle a rendez-vous avec Adam Gilbert pour fêter la réédition par Pippin Books de *La Véridique Histoire de l'Homme de boue* ; elle a promis de lui montrer son édition originale de *Jane Eyre*. C'est le cadeau que Herbert lui a offert lorsqu'elle a accepté de prendre sa succession à la tête de Billing & Brown.

Elle fait volte-face, et l'espace d'une seconde les aperçoit : assis sur le rebord de la fenêtre, un homme, une femme. Si près l'un de l'autre que leurs fronts se touchent presque. Elle cligne des paupières : ils se sont évanouis déjà. Ne reste qu'une grande flaque de soleil.

Ce n'est pas la première fois qu'elle les voit. De temps à autre, ces mouvements qu'elle surprend du coin de l'œil… Ce n'est sans doute que le jeu du soleil sur les murs repeints en blanc ; mais l'imaginative Edie aime à penser qu'il y a autre chose dans ces jeux d'ombre et de lumière. Autrefois, peut-être, un homme et une femme ont vécu dans cet appartement qui est maintenant le sien, y ont connu le bonheur. Il n'en demeure aujourd'hui que ces taches de jus de cerise sur le rebord de la fenêtre. Leur bonheur réchauffe encore les murs de l'appartement.

Car tous ceux qui montent la voir disent la même chose.

« Cet appartement, il est plein de bonnes vibrations. »

Elle ne peut pas dire le contraire, même s'il lui est impossible d'en déterminer la raison. De bonnes vibrations. Des vibrations heureuses.

— Tu viens, Edie ?

Meredith passe la tête par la porte, un peu inquiète : elle ne veut pas être en retard à l'atelier d'écriture ; c'est un moment qu'elle adore.

— J'arrive, maman !

Edie ramasse la précieuse *Jane Eyre*, jette un coup d'œil à son reflet, qui lui sourit dans un petit miroir suspendu au-dessus de l'évier de porcelaine, et rejoint sa mère sur le palier.

La porte se referme derrière elle. Les amants fantômes se retrouvent enfin seuls dans le silence et la chaleur d'un jour d'été.

Remerciements

Mes remerciements les plus sincères pour tous ceux qui ont bien voulu lire les premières versions des *Heures lointaines* et me faire part de leurs remarques, et en particulier à Davin Patterson, à Kim Wilkins et à Julia Kretschmer. A mon amie et agent, Selwa Anthony, pour toutes ses attentions ; à Diane Morton qui a lu à toute allure les dernières pages du manuscrit ; à tous les membres de la famille, tant Morton que Patterson, et tout particulièrement à Oliver et à Louis et à tous les amis qui m'ont permis de m'évader plus souvent qu'il ne l'aurait fallu de Milderhurst, et qui m'ont supportée dans l'état où le château m'avait mise, hébétée, distraite et parfois même un peu désorientée.

J'ai la chance de travailler avec une équipe éditoriale d'ampleur mondiale. Je veux ici la remercier du travail accompli et du soutien sans faille qui a permis à ces *Heures lointaines* de parvenir en temps et heure chez l'imprimeur : Annette Barlow et Clara Finlay d'Allen & Unwin en Australie ; Maria Rejt, Eli Dryden et Sophie Orme de Pan Macmillan en Grande-Bretagne, et Liz Cowen, dont l'immense érudition ne cesse de m'émerveiller. Remerciements du fond du cœur également à Lisa Keim, à Judith Kerr et à leur équipe d'Atria, aux Etats-Unis, et à tous mes éditeurs, dont la fidélité est un si grand bonheur.

Merci également à Robert Gorman (Allen & Unwin) pour son dévouement, à Sammy et à Simon de Book-house, metteurs en pages méticuleux et d'une infinie patience. A Clive Harris, qui m'a prouvé que Londres peut encore montrer les traces du Blitz à qui sait les chercher. Aux artistes et aux maquettistes qui ont conçu pour *Les Heures lointaines* cette magnifique couverture. Aux libraires et aux bibliothécaires que les histoires font encore s'enthousiasmer. Et à la mémoire très chère de Herbert et de Rita Davies.

Et puis à vous, lecteurs. Sans vous, les choses seraient loin d'être aussi plaisantes…

Au commencement des *Heures lointaines*, il n'y avait qu'une seule idée, celle de plusieurs sœurs qui vivaient dans un château, sur une colline. Le reste m'est venu au fil du temps. Les sources d'inspiration ont été nombreuses : illustrations, photographies, cartes et plans, poèmes, journaux, les archives de la Mass Obser-vation, les récits de la Seconde Guerre mondiale que j'ai pu trouver sur Internet, l'exposition de l'Imperial War Museum consacrée aux enfants, mes nombreuses visites aux grandes demeures de Grande-Bretagne, les romans et les films des années 1930 et 1940, les histoires de fantômes et les romans gothiques…

Il m'est impossible de citer ici tous les livres que j'ai consultés. Voici quelques favoris : Nicola Beauman, *A Very Great Profession* (1995) ; Katherine Bradley-Hole, *Lost Gardens of England* (2008) ; Richard Broad and Suzie Fleming (ed.), *Nella Last's War : The Second World War Diaries of Housewife, 49* (1981) ; Ann De Courcy, *Debs at War* (2005) ; Juliet Gardiner, *Wartime Britain 1939-1945* (2004) et *The Children's War* (2005) ; Mark Girouard, *Life in the English Country House* (1979) ; Susan Goodman, *Children of War* (2005) ; Vere Hodgson, *Few Eggs and No Oranges : The Diaries of Vere Hodgson 1940-45* (1998) ; Gina Hughes, *A Harvest of Memories : A Wartime Evacuee in Kent* (2005) ; Norman Longmate, *How We Lived Then : A History of Everyday Life in the Second World War* (1971) ; Raynes Minns, *Bombers & Mash : The Domestic Front 1939-45* (1988) ; Jeffrey Musson, *The English Manor House* (1999) ; Adam Nicolson, *Sissinghurst* (2008) ; Virginia Nicolson, *Singled Out* (2007) ; Miranda Seymour, *In My Father's House* (2007) ; Christopher Simon Sykes, *Country House Camera* (1980) ; Ben Wicks, *No Time to Wave Goodbye* (1989) ; Sandra Koa Wing, *Our Longest Days* (2007) ; Mathilde Wolff-Mönckeberg, *On the Other Side : Letters to My Children from Germany 1940-1946* (1979) ; Philip Ziegler, *London at War 1939-1945* (1995).

Imprimé en France par

à La Flèche (Sarthe)
en février 2014

POCKET – 12, avenue d'Italie – 75627 Paris Cedex 13

N° d'impression : 3003573
Dépôt légal : mai 2013
S22390/03